现代小儿外科治疗学

主编 刘钧澄 李桂生

广东科技出版社

·广 州·

图书在版编目（CIP）数据

现代小儿外科治疗学/刘钧澄，李桂生主编．
广州：广东科技出版社，2003.10
ISBN 7 - 5359 - 3325 - 4

Ⅰ．现…　Ⅱ．①刘…②李…　Ⅲ．小儿疾病-
外科-治疗学　Ⅳ．R726

中国版本图书馆 CIP 数据核字（2003）第 032990 号

出版发行：广东科技出版社
　　　　　（广州市环市东路水荫路 11 号　邮码：510075）
E-mail：gdkjzbb@21cn．com
http：//www．gdstp．com．cn
经　销：广东新华发行集团
排　版：广东科电有限公司
印　刷：广东省肇庆新华印刷有限公司
　　　　　（广东省肇庆市星湖大道　邮码：526060）
规　格：787mm×1 092mm　1/16　印张 26.75　字数 530 千
版　次：2003 年 10 月第 1 版
　　　　　2003 年 10 月第 1 次印刷
印　数：1~3 000 册
定　价：55.00 元

前　言

　　近年随着肠内外营养、介入治疗技术、器官移植、微创外科的发展，外科治疗有了很大的进展，由此又推动了小儿外科治疗技术的发展。但在我国，许多小儿外科患儿常由成人外科医生来处理，因而常被当作成人的缩影，按成人疾病来处理，不但治疗不合理，造成患儿治疗效果差，并发症多，甚至治疗失败，因而把国内外在小儿外科治疗方面的最新进展介绍给读者显得尤为必要。本书在编写的过程中，特别邀请了国内在这些方面有较高造诣的专家和在临床第一线工作的有丰富经验的医生来撰写，希望能向读者提供一部能反映现代国内外小儿外科治疗水平，且具有临床实用价值，可供外科医生特别是小儿外科医生在医疗实践中有指导意义的参考书。

　　本书在编著的过程中，得到前小儿外科主任委员潘少川教授、现小儿外科主任委员刘贵麟教授等老一辈专家的大力支持，并亲自执笔撰写有关章节，在此致谢。

刘钧澄　李桂生

2003.5.10

目　录

第一章 总 论

第一节 小儿手术前准备和手术后处理

手术既是一个治疗过程，又是一个创伤过程，手术打击对机体的各种代谢都有严重干扰，而小儿对手术的耐受力、应变力及自身调节能力较差，所以，充分的术前准备，使病儿接近生理状态，以便耐受手术；及妥善的术后处理，尽快恢复生理功能，均可防止各种并发症的产生，促进早日康复。

一、手术前准备

手术前准备根据手术的急缓程度不同而有所差异。手术一般分为：①择期手术。例如先天性巨结肠根治术、胆总管囊肿切除术等，施行手术的迟早，不致影响治疗效果，此类手术应做好充分的术前准备。②急诊手术。当腹腔实质脏器大量出血、胃肠道穿孔或绞窄性肠梗阻时需在短时间内手术，术前要重点进行必要的准备，如迅速补液扩容，尽可能纠正休克，有时准备和处理可在手术过程中进行。③限期手术。例如胆道闭锁、先天性肥厚性幽门狭窄、恶性畸胎瘤等。目前随着人们认识的提高及各种监护设施的完善，限期手术的范围逐渐扩大，以往的一些新生儿急诊手术如先天性膈疝（后外侧疝）、消化道闭锁等，在严密的监护、呼吸管理和营养支持的条件下，采取延期手术，可进一步提高治愈率。

手术前准备包括病人家属和医护人员两方面的心理准备和生理准备，主要是使患儿尽可能具备良好的心理和生理条件，安全地承受麻醉和手术打击，术后顺利恢复；手术者则在于详细了解病情，全面检查，作出正确判断，制定合理的治疗方案，使手术达到预期的效果。

（一）心理准备

小儿外科病儿的心理准备是针对学龄前期和学龄期病儿的，通过医护人员的亲切接触和交谈，以及温馨护理，可消除病儿的恐惧心理，以配合操作。心理准备的另一个重要部分是针对患儿家属，由于对疾病的不甚了解和一些不科学的道听途说，术前往往过于焦急不安，如不详细解答病情、手术方案和可能的结果，术后将产生难以解决的医患矛盾。因此，手术前在明确诊断和定出手术方案后，应由主刀医师认真地与病儿父母及有关人员进行一次谈话，详细解答病情，尽可能说明手术方案，特别要说明术后可能产生的各种并发症及意外，对手术中需要切除的器官要特别注明，对术后的一些特殊情况应加以解释，如需行肠造瘘时，今后的护理方案和将来的治疗方案等。坦率而得体的术前谈话可增进医患之间的相互理解和信任，对术后可能出现的问题有一定的心理准备，有利于顺利恢复，谈话的具体内容需详细记录，并请家属签字为证。

（二）病儿的生理准备

1．一般准备　　对全身情况良好、重要器官无器质性病变或处于功能代偿期的病儿，外科疾病对全身的生理状况仅产生较小的影响，手术的耐受力良好，对此类病儿只需进行一般的术前准备。

（1）体格检查和实验室检查　　任何病儿术前都应进行全面的体格检查，除与病变有关的特殊体检外，应注意全身的营养状况、生长发育及心、肺、肝、肾等主要器官的功能。较小的手术仅进行包括出凝血时间在内的血、尿、粪3大常规检查；中等以上手术则需查：①血电解质及酸、碱平衡。②包括血浆蛋白的肝、肾功能。③胸片和心电图。

（2）术前禁食和补液　　儿童术前禁食至少6h，如择期手术一般在术前一晚10点以后开始禁食；小婴儿或新生儿正常情况下3～4h喂食一次，一般胃内容物在2～3h能完全排空，术前禁食4h即可，如需长时间禁食者，如进行肠道准备等，术前应进行适当补液，以免发生脱水。

（3）配血和输血　　估计手术时间长、可能失血量多的病儿应进行术前配血和备血；对术前血红蛋白和血细胞比容低的患儿应进行输血，提高血红蛋白至9g/mL、血细胞比容＞30％，一般每日每千克体重输血10mL，约可提高血红蛋白1～1.5g。

（4）控制体温　　小儿体温调节中枢尚未成熟，各种内外因素均可产生术前发热，同时又容易发生高热惊厥，故术前的降温十分重要，物理性降温和化学性降温均可使用，一般使肛温降至38.5℃方能手术。新生儿术前的保暖是至关重要的，低体温不仅增加氧耗量，术后硬肿症往往造成手术失败，所以新生儿手术前应置暖箱，足月产儿温度调至30～32℃，早产儿32～34℃，相对湿度维持在60％～70％。手术中需使用电热毯和保持室内温度。

（5）胃肠道准备　　腹部非胃肠道手术患儿，因术中可能产生胃肠道胀气而影响手术操作，术前应放置胃肠减压管；胃肠道手术术前一天进流质，术前一晚清洁灌肠，结肠手术还可应用抗生素保留灌肠。

（6）抗生素的应用　　外科手术预防性应用抗生素一直存在争议，一般认为普通择期清洁手术不需预防用药，对存在明显污染有发生感染的高度可能或一旦发生感染将产生严重后果者才预防性给药，如严重污染的创伤和大面积烧伤、连通口咽部的颈部手术、消化道穿孔和结肠择期手术前后、心脏手术和神经外科手术前后、近期曾患急性感染需急诊手术或免疫功能低下需手术者。预防性给药方法目前主张术前一次给足量抗生素，使组织内药物达到并保持有效浓度，术后用药不超过3天。

肠道手术前的抗生素准备：肠道手术，如结肠切除、巨结肠根治术等，术前进行抗生素准备对减少吻合口瘘、腹腔脓肿和切口感染是相当有效的方法。择期手术一般在术前1~2天开始口服肠道吸收不良的药物，如庆大霉素和灭滴灵合用，可直接杀灭肠腔内细菌，减少术中污染的机会；也有许多学者主张术前注射给药替代口服肠道吸收不良药物，以减少肠道菌群失调，同样达到预防感染的发生；急诊手术一律静脉给药。

（7）其他　小儿术前皮肤准备不需剃毛，但手术野的湿疹会影响伤口愈合，应尽早治疗；对有肠道寄生虫患儿的驱虫治疗可减少术后肠吻合口瘘的发生。

2．特殊准备　对全身情况欠佳、重要器官有器质性病变、功能濒于失代偿或已有失代偿表现的病儿，需深入进行检查和研究，并作积极和细致的特殊准备才能施行手术。

（1）营养不良　除恶性肿瘤患儿外，多数消化系统畸形的病儿术前也伴有营养不良，免疫功能低下和低蛋白水肿使这些病儿易发生术后感染和切口裂开。因此，术前应尽可能地进行营养支持，肠道营养和胃肠外营养均可。

（2）出血性疾病　小儿常见为因血小板减少进行脾切除手术，术前可输单采血小板进行补充；毛细血管性出血如过敏性紫癜患儿术前可应用激素治疗，口服泼尼松1~2mg/（kg·d）；对有先天性遗传性凝血活酶缺乏的患儿，术前注射凝血因子和AHG浓缩制剂及新鲜血浆均有助于术中和术后的凝血。

（3）肝功能障碍　有严重肝功能损害如营养不良、黄疸、腹水等，一般不宜施行任何手术；对有轻度肝损害的患儿，原发疾病是造成肝损害的主要原因，如先天性胆道扩张症和胆道闭锁，经适当的术前准备，可以进行手术，以免肝功能进一步损害。术前准备除营养支持外包括输注白蛋白提高血浆蛋白；给予保肝药物；对凝血酶原时间延长的患儿补充凝血酶原复合物，以及补充适量维生素。

（4）肾上腺皮质功能不足　长期应用肾上腺皮质激素往往有肾上腺皮质功能不足，此类患儿对手术创伤应激能力差，术中术后常出现低血压、呼吸抑制和麻醉苏醒延迟。故凡正在应用激素治疗或6~12个月内曾用激素超过1~2周者应：①术前24h及12 h各肌注醋酸可的松100mg；②手术时静注氢化可的松；③手术当日每6h肌注醋酸可的松50mg；④手术后逐渐减量，直至手术应激过去后才可停用。

（5）其他　恶性肿瘤术前应用化疗或放疗或带化疗药物于术中应用；糖尿病患儿术前应进行胰岛素治疗，手术中和手术后需反复测定血糖；癫痫病儿须一直服用抗癫痫药物；哮喘发作期不宜手术。

二、术后处理

病儿送出手术室一般需由麻醉师和手术组医师陪同，以免途中发生意外。回到病室后，轻柔平稳抱上病床，接好氧气、输液和各种引流管，小儿不易配合，各种导管容易脱落，此时应进行必要的固定约束。

1．术后监护　如施行中、小手术而情况平稳者，手术当日每隔30min测血压、脉搏、呼吸至清醒平稳即可；大手术或有可能发生内出血、气道压迫者，须密切观察，清醒平稳后仍需每隔 1～2h 监测生命体征、经皮氧分压和尿量，特别注意有无出血、呼吸道梗阻等早期表现，以便及时处理。

2．术后保暖　　小儿手术后保暖工作十分重要。新生儿中等以上手术后均需置暖箱，以免发生硬肿症和体温不升；使用热水袋时不要贴身，以免烫伤。

3．饮食和补液　　小儿非腹部手术一般在术后 6h 开始进食。腹部手术特别是胃肠道手术，需禁食 24～48h，肠道功能恢复，肛门开始排气后，才开始进少量流质，以后逐渐增加并转为正常饮食。禁食期间，应用静脉输液供给水、电解质和营养，大手术禁食时间较长，特别是肠闭锁等，有时需禁食 2～3 周，应进行周围静脉营养或中心静脉营养。

4．切口的观察和处理　　每日观察伤口是否出血、红肿和渗出，小儿腹部有张力的切口容易在 5～7 天哆裂，应密切注意，一旦发现切口处有腹水流出，应早期在麻醉下进行重新缝合。缝线拆除的时间根据切口部位和局部情况而定，头、面、颈和腹股沟在术后 4～5 天拆线，腹部、会阴部 7 天，胸部 8～10 天，四肢 10～14 天。

5．引流管的处理　　因治疗需要，手术后病儿常带有各种引流管，如胃肠减压管、导尿管、体腔内引流管及伤口引流管，除注意保持各种引流管通畅和每日记录引流量外，小儿还应特别注意引流管的妥善固定，以免脱落。

6．各种常见症状的处理

（1）疼痛　　术后疼痛，尤其是胸部和腹部手术，常限制呼吸运动，抑制换气，婴幼儿以腹式呼吸为主，即使下腹部手术，也会导致肺活量减少；伤口疼痛和体位影响，限制了深呼吸和咳嗽，气道分泌物排不出，易发生肺部感染；婴幼儿术后的剧烈哭吵还会影响伤口愈合。因此术后镇痛对小儿不容忽视，一般的小手术可采用经口或肛门应用少量解热镇痛药；中等以上手术目前多采用硬膜外或静脉持续性注入少量吗啡，可达到良好的术后镇痛。

（2）发热　　成人术后发热在 0.5～1℃，一般属正常范围，小儿中等以上手术后往往会发热 38℃ 以上，持续 1～2 天，超过 39℃ 需注意降温，以免高热惊厥，较高的体温或发热持续时间较长时，注意寻找原因，如脱水、感染等。感染是最常见的情况，静脉炎、留置导尿管后尿路感染、切口感染或肺部感染均可发生。

（3）恶心、呕吐　　恶心、呕吐常是麻醉后反应，小儿胃肠减压时亦会发生，由于为仰卧体位，小婴儿、新生儿常因呕吐而发生误吸，故对此类病儿术后床旁应常备吸引器，并注意保持鼻胃管通畅。

（4）腹胀　　腹部手术后因胃肠道功能未恢复、腹膜后操作及非腹部手术后发生败血症均可产生腹胀，严重的腹胀将影响腹部伤口的愈合甚至发生切口裂开，小婴儿的腹胀使横膈抬高，影响肺换气功能。术后一般的胃肠胀气，通过胃肠减压 2～3 天即可恢复，不需特殊处理；胃肠功能恢复较慢者可进行针灸治疗；严重的腹胀或术后数日仍不排气，应进一步检查以除外粘连性肠梗阻或腹膜炎的发生，以便早期处理。

第二节 水与电解质平衡

一、小儿体液平衡特点

小儿年龄愈小，体液总量相对愈多，主要是间质含液量高（见表1-2-1）。体液电解质的组成基本同成人，但出生数日的新生儿，血钾、氯、磷及乳酸多偏高，碳酸氢盐和钙偏低。通常每消耗420J（100卡）热量需要水120～150mL，除出生数日的新生儿外，年龄越小水的出入量越多，正常小儿每日热量和水的需要量见表1-2-2。另外，小儿缓冲系统、肺、肾及神经内分泌的调节功能差，容易受多种因素影响而发生水、电解质和酸碱平衡紊乱，及时妥善的处理是小儿外科最常遇到的问题之一。

表1-2-1 不同年龄体液分布（占体重%）

年　　龄	体液总量	细胞内液	细胞外液	
			间质液	血浆
新生儿	80	35	40	5
1岁	70	40	25	5
2～14岁	65	40	20	5
成人	60	40	15	5

表1-2-2 不同年龄小儿的热量、水需要量

年龄（岁）	热量（kcal/kg）	水［mL/（kg·d）］
<1	110	150
～3	100	125
～6	90	100
～9	80	75
～12	70	50
成人	40～50	

注：（kcal）×4.184 0 =（kJ）

二、水、电解质和酸碱平衡紊乱

1. 脱水　　脱水是指体液，特别是细胞外液容量的减少。根据血浆钠的浓度将脱

5

水分为等渗、低渗和高渗性 3 种，又可根据脱水的程度分为轻、中、重 3 度（见表 1-2-3）。外科病儿常见的脱水为低渗性脱水，多为肠梗阻、肠瘘、腹膜炎或其他渗出性感染及烧伤等，临床表现视脱水的轻重而异，中度以上脱水表现为口渴、皮肤弹性减低、粘膜干燥、眼窝和前囟凹陷，重度者可出现循环衰竭。

表 1-2-3　脱水的临床分度

程度	失水占体重%	口干	眼球凹陷	前囟凹陷	眼泪	尿	皮肤弹性	周围循环
轻	<5	稍干	稍有	稍有	有	有	正常	正常
中	5~10	较明显	较明显	明显	少	少	较差	四肢凉
重	>10	明显	明显	明显	无	无	极差	低血压

2. 钾代谢异常　　临床上以低血钾较为多见，发生的主要原因是钾的摄入不足或消化道丢失过多，当遇到重症脱水、酸中毒时，血钾多在正常范围，一旦酸中毒被纠正，细胞外钾转移入细胞内，遂出现低钾症状。在血钾 <3mmol/L 时临床上才出现肌肉软弱无力、麻痹性肠梗阻或呼吸肌麻痹，心电图异常，甚至心率紊乱、心力衰竭。高血钾主要见于肾功能衰竭或严重挤压伤，表现为心跳减慢而不规则，可发生早搏和室颤，甚至心搏停止。

3. 酸碱平衡失调　　血液中碳酸和碳酸氢盐含量 1:20 的比例是保持 pH7.4 的决定条件，如果某种因素促使比例发生改变，时间过久或体内代偿功能不足，则体液 pH 值超出 7.35~7.45 的正常范围而发生酸碱平衡紊乱。代谢性酸中毒是最常见的酸碱平衡失调，主要见于腹泻、饥饿、肾功能衰竭或严重感染，临床表现为呼吸深而有力、不安、呕吐、头痛、嗜睡甚至昏迷，口唇呈樱桃红色，新生儿及婴儿表现为精神萎靡、拒食、脸色苍白。代谢性碱中毒发生于严重的呕吐，如肥厚性幽门狭窄、十二指肠闭锁。呼吸性酸中毒外科因素多为先天性膈疝、膈膨升及胸腔积气积液等。临床上可出现混合性的酸碱失衡，根据临床表现、病史和血液生化检查结果进行判断。

三、小儿外科液体疗法

液体疗法的目的在于纠正水和电解质紊乱，恢复和维持血容量、渗透压、酸碱度和电解质成分的稳定，以恢复人体的正常生理功能。小儿外科的液体疗法由于小儿生理和病理特点不同而不同于成人外科和小儿内科，以纠正脱水为例，内科的腹泻患儿不可强求在 24~48h 内完全纠正脱水，而对肠套叠或消化道穿孔所引起的脱水则要求尽可能在几小时内纠正，以保证手术和麻醉过程的安全。

（一）补液的原则

补液首先要估算全日总输液量，包括日代谢基本需要量、额外损失量和当日已存在的失衡量，以便根据不同情况采取不同质量的溶液，以达到治疗的目的。原则是先补充失衡量（等渗液），再补充日需量（其中 1/5 用等渗液），最后输入额外损失量（用 1/2~3/4 等渗液）。

水和电解质失衡量估算主要是根据脱水的程度和血液生化检查结果进行判断，对于外科的低渗性脱水以等渗液纠正，轻度脱水补充 50～60mL/kg，中度脱水补充 80～100mL/kg，重度脱水补充 100～120mL/kg。外科急腹症的脱水，不需将脱水全部纠正再施行手术，能将失衡量基本纠正，生命体征维持平稳即可，剩余量可在术中、术后继续补充。酸中毒时根据血 pH 值和碱剩余计算输入的碳酸氢钠液，肝功能衰竭患儿常用 1/6M乳酸钠。

水的日需量与每日平均代谢率有关，临床上一般按体重计算，第一个 10kg 每日需液量 100mL，第二个 10kg 每日需液量 50mL，第三个 10kg 每日需液量 25mL。新生儿 24h 内禁食可不补液，初生 1 周内每日约需水分 50～75mL/kg；小儿大手术后 1～2 天内代谢率降低，需水量按 50%～70%供给，新生儿术后例外；发热患儿体温每升高 1℃，热量消耗增加 12%。

外科病儿的额外损失量包括：胃肠减压引流液、伤口或体腔引流液、创面渗出液等，一般按准确的收集量进行等量补充，根据临床经验可按表 1-2-4 估算。

表 1-2-4　补充各种损失液所需的水分与电解质

引流液（每 100mL）	5%葡萄糖（mL）	生理盐水（mL）	1/6M 乳酸钠 1.4%碳酸氢钠（mL）	10%氯化钾
胃　液	40	60		0.6～1.5
小肠液	20	70	10	0.3～1.5
回肠液	10	75	15	0.3～1.5
胆　瘘		67	33	0.4～1.5
胰　瘘		50	50	0.4～1.5
结肠瘘	60	30	10	0.3～1.5
胃肠减压 <6 个月	50	50		0.4～1.5
>6 个月	33	67		0.4～1.5
脓液、渗出液	67			

外科病儿的输液分为术前、术中和术后 3 个阶段。术前重点为纠正脱水和酸中毒，迅速补充血容量，提高病儿对手术和麻醉的耐受性；术中继续补充失衡量，还应注意手术时的额外损失量，如体腔液的丧失和术中创面暴露的蒸发等；术后输液则进行较正规的全面计算，把日需量、额外损失量和失衡量三方面作为全日总输液量，一般以 1/3 张液进行补充。补液的速度：婴幼儿 9mL／（kg·h），新生儿 11mL／（kg·h），儿童 8mL／（kg·h），严重脱水或休克者短时间补液速度可达 20mL／（kg·h），心力衰竭或肺部疾患者不超过 6mL／（kg·h）。

（二）儿科常用的溶液

非电解质溶液常用 5%～10%葡萄糖溶液，葡萄糖液输入体内，仅起供给水分和热量的作用，或纠正体液的高渗状态和酮中毒的作用，可视为无张力液体。电解质溶液包括生理盐水、复方氯化钠溶液（林格氏液）、碳酸氢钠、乳酸钠和氯化钾等，主要用于补充体液，纠正体液离子浓度，纠正酸、碱平衡失调或补充所需的电解质。将各种溶液按不同比例配成混合溶液，可以避免各自的缺点，更适用于不同的体液疗法的需要。临床几种常用的混合液简便配方如表1-2-5。

表1-2-5　常用的混合液简便配方

溶液种类	5%~10%葡萄糖（mL）	10%氯化钠（mL）	11.2%乳酸钠（mL）
等张糖盐溶液	500	45	
1/2张糖盐溶液	500	22.5	
1/3张糖盐溶液	500	15	
2/3张糖盐溶液	500	30	
2:1张溶液	500	30	30

（三）几种常见的小儿外科不同情况的输液原则和注意事项

1. 新生儿的液体疗法　　新生儿脱水及酸中毒的临床表现不明显，所以应详细询问出入液量，并进行密切观察；新生儿的入液量第一日补充三方面的液体损失总量不得超过200mL/kg，速度应适当减慢；肾脏对钠和氯的排泄不如婴儿，所用的电解质应适当减少；一般生后10日内血钾较高，如无明显低钾可不补钾；新生儿特别是早产儿对乳酸盐代谢差，酸中毒时宜用碳酸氢钠进行纠正。

2. 急性感染的液体疗法　　急性感染很容易发生体液紊乱，特别是感染性休克时，常见的体液紊乱为代谢性酸中毒和稀释性低渗状态。处理时应注意供给正常需要的热量、水和电解质，休克伴严重的酸中毒以5%碳酸氢钠进行纠正，稀释性低渗状态者应注意限制液量，以免加重心脏负担和水中毒。

3. 小儿烧伤的液体疗法　　烧伤后损失的血浆样液主要包括水、蛋白质和钠离子，伴有效循环量下降和血液浓缩。常用的补液标准为每1%的烧伤面积（Ⅱ、Ⅲ度），第一个24h输给胶体和晶体液约2mL/kg，大面积烧伤按3mL/kg计算，胶晶比为0.5∶1，严重烧伤为1∶1。烧伤后第一天需加入日需量的液体，输液中的半量在第一个8h内完成，第二个半量则分别在第二和第三个8h输完；第二天输液量为第一个24h的1/2；第三天则根据病情的需要而定。胶体液可用全血、血浆或血浆的代用品等，一般在第一天不宜输入大量血浆和全血，以右旋糖酐为好，中小面积的浅度烧伤可单用晶体溶液。

4. 小儿肠梗阻的液体疗法　　急性肠梗阻出现的体液代谢紊乱主要是由于大量呕吐、肠内液体滞留、小肠吸收障碍和肠粘膜通透性改变所致。高位肠梗阻失衡特征为失水、低钾、低钠、代谢性碱中毒；低位肠梗阻失衡特征为失水、低钠、低钾、代谢性酸中毒。补液原则除纠正脱水、电解质紊乱和酸碱失衡外，应主要等量补充丧失的胃肠液。

（郑　珊）

第三节　儿科病人临床营养支持

一、儿科患者的营养评定

■目的

临床上主要用于对患儿进行营养状况评估,指导合理营养支持等。通过营养状况评价可以发现患儿是否存在营养缺乏,特别是原发性的缺乏,也可明确患儿是否存在由于疾病而继发营养不良的可能,同时尚能了解疾病与营养之间的内在联系,为用营养支持方法治疗或辅助治疗疾病提供科学依据。这些对儿科尤为重要,因为小儿尤其新生儿相对储备少,易发生营养不良,且营养不良所致的危害也大于成人,如影响脑及重要器官的发育等。

■营养不良患儿的分类

任何一种营养物质的缺乏都称之为某种营养不良。儿科住院病人中约有 30% ~ 40%的病人存在不同程度的营养不良,对儿科病人而言营养不良通常指蛋白质和热量不足引起的营养不良,故又称为蛋白质 - 能量营养不良。一般可分为 3 种类型:

1. 消瘦型营养不良　　这类营养不良主要由热量摄入不足引起,主要表现为体重的丢失,根据患儿体重丢失的程度可分为轻度、中度、重度营养不良,如体重丢失低于同身高、同性别小儿 10% ~ 20%为轻度,低于 20% ~ 40%为中度,低于 40%以上为重度。

2. 低白蛋白血症性营养不良　　这类营养不良主要由蛋白质摄入不足或丢失过多,而热量摄入正常或较多而引起。临床上表现体重仍正常甚至高于正常标准,但血清白蛋白和转铁蛋白等浓度降低,免疫功能受损。

3. 混合型营养不良　　这是最为严重的一类营养不良,是由于蛋白质和热量的摄入均不足引起,常见于短肠综合征、消化道瘘及晚期恶性肿瘤病人。表现为低蛋白血症,各项人体测量指标均低于正常儿童。

■营养状况的评定方法

可分为人体测量、内脏蛋白测定、免疫学检查及其他特殊检查等。

1. 人体测量

(1) 体重　　是评定营养状况的一项重要可靠的依据。小儿可采用小儿生长发育表来判断或以同身高、同性别小儿的标准体重为标准进行评价。新生儿体重变化相当敏感应以电子秤测量。判断体重下降时间是重要因素,如 1 ~ 2 周内体重下降 10%,则多为体液平衡问题,这点新生儿尤为重要。但如在 1 ~ 3 月内下降 10%,则大多为脂肪和肌肉丢失,肌肉丢失越多则营养不良越重。

(2) 三头肌皮褶厚度　　是判断脂肪储存的方法。测量工具为皮褶计,以压力

9

$10g/cm^2$ 时为标准，测定部位选择在肩胛骨喙突和尺骨鹰嘴突中点处，上肢自然放松下垂，左右臂均可。检测者用拇指和食指捏起皮肤和皮下组织，使皮肤皱褶方向与上肢长轴相平行，用皮褶计分别测量 3 次，结果取均值。测得值与标准值相比较得出测定部位皮下脂肪厚度。

（3）上臂围　　可反映肌肉及脂肪的情况。5 岁以下儿童常利用此指标大致了解一般营养状况，因为 5 岁以下儿童其上臂围比较恒定。

（4）身高　　对生长发育中的儿童来讲较为重要。一般规律是小于 2 岁可用量床，大于 2 岁采用公式：50 + 25 + 5×年龄（岁）计算身高，单位为厘米（cm）。

2．内脏蛋白测定　　与营养有关的内脏蛋白较多，例举下列较常用的如：

（1）白蛋白　　血清中白蛋白浓度的降低（低蛋白血症）是营养不良的明显生化特征，持续低白蛋白血症是判断营养不良最可靠指标之一。一般认为白蛋白在肝脏合成，半衰期 20 天，短期蛋白质摄入不足时，机体通过肌肉分解，释放氨基酸，提供合成蛋白质的基质，同时伴有循环外白蛋白向循环内转移，使血浆内白蛋白维持在相当水平，因此，不能发现边缘性营养不良。

（2）转铁蛋白　　转铁蛋白在肝脏内合成，半衰期 8 天，作为营养不良指标比白蛋白敏感，但铁缺乏时如缺铁性贫血，转铁蛋白会代偿性增加。

（3）前白蛋白　　在肝脏内合成，半衰期 2 天。其作为营养不良指标比转铁蛋白更敏感，但它受创伤、感染等影响，在疾病稳定期或长期营养支持时它是一个较理想的指标。

3．免疫学检查　　分为体液免疫和细胞免疫。

（1）体液免疫　　主要是 IgA、IgG、IgM 等。当长期蛋白质-能量营养不良时，它们均受影响，表现为免疫球蛋白下降。

（2）细胞免疫　　进展快，包括：①总淋巴细胞计数（total lymphocyte count，TLC）：TLC = 淋巴细胞百分比 × 白细胞计数/100。若 TLC 为 800 ~ 1 200 为中度营养不良，TLC < 800 考虑重度营养不良。有报道指其不是一个敏感指标，且受干扰因素较多。②T-细胞亚群：包括 CD_3、CD_4、CD_8、CD_{56}。采用流式细胞术测定，但也受肿瘤、创伤等影响。

4．其他

（1）血浆游离氨基酸谱　　营养不良时其总氨基酸量和必需氨基酸量均下降。

（2）微量元素测量　　常用的有锌等，采用原子吸收法。营养不良患儿常伴有锌缺乏。

（3）必需脂肪酸缺乏　　严重的营养不良常伴有必需脂肪酸缺乏，表现为皮炎等。

二、儿科患者的肠外营养治疗

当小儿不能耐受经肠道营养时，完全由静脉输入各种人体所需的营养素来满足机体代谢及生长发育需要的营养支持名为静脉营养，又名肠道外营养（parenteral nutrition，PN），过去曾称静脉高营养（intravenous hyperalimentation）。自 1968 年 Dudrick 首次报道应用经中心静脉营养救治一例先天性肠闭锁小儿获正氮平衡以来，静脉营养的临床应用逐渐有报道。我国 20 世纪 70 年代初北京、上海、南京等少数大医院率先开展此项工作，但大多局限于成人。小儿较正规开展静脉营养临床应用研究则是从 20 世纪 80 年代开始。国内外众多研究和临床实践均证明，静脉营养对提高危重患儿的救治成功率，减少术后并发症，提高小儿生存质量确有显著作用。

■静脉营养途径选择

静脉营养输入途径分为经周围静脉 PN 和经中心静脉 PN。

1. 周围静脉 PN   由四肢静脉或头皮静脉输入的方式，一般适用于短期应用（<1 个月）或开始应用 PN 的患儿。一般采用 22G 或 24G 穿刺针能保留 3～5 天，如采用普通头皮针能保留 1～2 天。其优点是操作简单，便于护理，并发症少。90% 小儿采用经周围静脉 PN。应用时注意点有：①一般总液体渗透压应控制在 600mOsm/L 左右，最高不应超过 700mOsm/L。②液体应均匀输入，年龄越小越应注意。

2. 中心静脉 PN   由颈内静脉、颈外静脉、锁骨下静脉、股静脉等置管进入上腔静脉或下腔静脉的输入法。其优点是置管时间长，成人锁骨下静脉置管一般可保留 3～6 个月，甚至 >1 年。在儿科采用经股静脉置管一般可保留 2 周以上，最主要问题是与导管有关的感染，作者一组 42 例小儿应用经中心静脉 PN，5 例（11.9%）发生与导管有关的感染。另一优点是可输入高渗液体，葡萄糖浓度可达 25%。应用注意点：①导管需有专人管理。②不经输入营养液的导管抽血或推注抗生素。③每 24～48h 更换导管插入部位的敷料。

■全营养混合液（TNA）输液方式的研究和临床应用

传统的静脉营养输液以多个玻璃瓶为容器，经一条或数条输液管同时或相继输入。为简化静脉营养的实施，1972 年法国 Solassal 等研究将脂肪乳剂、氨基酸、葡萄糖的混合液用于 PN，名为"三合一"（three in one）营养液，以后又将电解质、维生素、微量元素等混合于营养液中，称为"全合一"（all in one）营养液。至 20 世纪 80 年代中后期，美国食品及药品管理局（FDA）批准脂肪乳剂可与葡萄糖、氨基酸溶液配伍。1988 年美国肠外与肠内营养协会称之为全营养混合液（total nutrient admixture，TNA），此 PN 输注方式有以下优点：①减少各营养液污染机会，其一次性在无菌条件下完成配制。②提高营养支持的效果，因为氨基酸与非蛋白热源同时输入，可提高氮的利用，有利于蛋白质合成。③减少并发症的发生，如高血糖及肝损害等。④简化护士操作，便于护理。

维持"全合一"营养液的稳定性是此技术的关键，维持"全合一"营养液的稳定，主要是脂肪乳剂的稳定（包括油水不分层、脂肪颗粒完整等），而影响乳剂稳定性的因素有营养液的 pH 值、温度、渗透压、电解质浓度及放置时间等。作者对小儿 PN 时常用的几个营养成分作了 pH 值、渗透压测定，结果见表 1-3-1～表 1-3-3。

表 1-3-1　各营养成分的 pH 值和渗透压

	10%脂肪乳剂	小儿氨基酸	10%GS	13%GS	25%GS
pH 值	7.35	6.61	5.12	5.10	5.10
渗透压（mOms/L）	288	533	593	682	1 359

表 1-3-2　各电解质和维生素的 pH 值和渗透压

	10% NaCl	10% KCl	10% 葡葡糖酸钙	VitC	多种维生素
pH 值	6.01	6.00	5.16	6.76	5.45
渗透压（mOms/L）	3 108	2 361	345	2 133	4 191

表 1-3-3　各营养成分按儿科临床应用比例复合后的 pH 值和渗透压

	10% GS + 10% NaCL + 10% KCl	前混合营养液 + 氨基酸	前混合营养液 + 脂肪乳剂（TNA）
pH 值	5.13	6.55	6.57
渗透压（mOms/L）	851	769	723

上海中山医院曾报道过氨基酸、维生素在 TNA 中的稳定性的实验研究，结果证明：TNA 中 17 种氨基酸浓度在配制后即刻的实测值与计算值之间无明显差异，在 4℃和室温保存 24h 后，各种氨基酸浓度虽有些变化，但与配制后即刻的浓度相比，差异无显著意义。同样，TNA 配制后即刻的维生素 A、E、C、B_1、B_2 浓度均比其计算值低，但差异无显著意义。在 4℃和室温下保存 24h 后，各种维生素与 TPN 配制后即刻测定之值间无显著差异。国外在 TNA 的稳定性方面也有不少研究。根据临床应用经验及国内外文献报道，作者认为临床使用应注意：①室温下全营养混合液 24h 内脂肪颗粒不破坏，如配制后暂不使用可置于 4℃冰箱内保存，但也不要 >3 天，主张现用现配。②高渗液体可破坏脂肪乳剂的完整性，我们平时所用的电解质、水溶性维生素、微量元素均为高渗液体，不能直接加入脂肪乳剂中，应先将它们与葡萄糖或氨基酸溶液混合稀释。③氨基酸溶液对脂肪乳剂的稳定性有保护作用，当氨基酸容量不足时，可引起脂肪颗粒裂解，配 TNA 液不可没有氨基酸。④电解质浓度应有限制，一般一价阳离子总浓度小于 150mmol/L，二价阳离子总浓度小于 2.5mmol/L，因脂肪颗粒表面带负电荷，阳离子浓度过大可引起脂肪颗粒破坏。

配好的营养液总渗透压与 13% 的葡萄糖溶液的渗透压相似，因此可直接从周围静脉输入。TNA 营养液的临床应用时，总液量 500mL 以上采用国产聚氯乙烯 1L 营养袋配制，根据一天总液量也可选择 2L 袋或 3L 袋配制；如总液量 500mL 以下（应用于新生儿）可采用 500mL 葡萄糖瓶配制，经临床 10 年的应用未发生任何副反应。为了获得稳定的 TNA 液，配制顺序为：①将电解质、水溶性维生素、微量元素加入葡萄糖溶液后放入营养袋。②氨基酸放入营养袋。③最后将脂溶性维生素加入脂肪乳剂后放入营养袋，边放边轻轻混匀。由于脂肪乳剂可提高 TNA 液的 pH 值，如营养液中含钙和磷，应提防产生磷酸钙沉淀的可能。我们一般将钙、磷隔日分开补充，最近华瑞制药公司提供一种有机磷制剂（glycophos），用它补充磷可避免磷酸钙沉淀。

■静脉营养制剂的研究及其临床应用

1. 氨基酸　　初期的 TPN 氮源为水解蛋白，可称为第 1 代氨基酸产品，自 20 世纪 70 年代起逐渐被结晶氨基酸溶液所取代，水解蛋白相对于结晶氨基酸有许多缺点，这也是它被淘汰的主要原因，如：①水解蛋白溶液含有大量氨离子，增加了敏感个体发生高氨血症的潜在危险和肝脏损害。②酶水解而产生的水解蛋白是氨基酸和肽的混合溶液，其中肽在肠外途径给予时易引起过敏反应（发热等）。③水解过程中要释出不溶解于水的胱氨酸和酪氨酸而形成沉淀，这一丧失对早产儿来说是一缺点，因为这 2 种氨基酸对早产儿是必须的。

第 2 代氨基酸又称为不平衡氨基酸溶液，所谓不平衡是指溶液中必需氨基酸和非必需氨基酸比例不平衡，早期过分强调了必需氨基酸的重要性。我国 20 世纪 80 年代初有类似产品问世和临床应用，如 11 氨基酸 – 912（上海）、氨复命 11s（天津）、日本的 Sohamine 等。其缺点是酸碱紊乱，主要是酸中毒。引起酸中毒的原因是氨基酸溶液中的碱性氨基酸（精氨酸、赖氨酸）采用盐酸盐形式，氯离子特别高，如 Sohamine 中氯离子为 162mmol/L，因此这类氨基酸易致高氯性酸中毒。

第 3 代氨基酸，即平衡氨基酸溶液，主要适用于普通成人的营养支持，配方的特点是：①必需氨基酸与非必需氨基酸比例约为 1:1。②溶液中去掉了氯离子，碱性氨基酸由盐酸盐改为醋酸盐形式，避免高氯性酸中毒的发生。国内极大多数医院应用这类氨基酸。主要品种有 15 – 氨基酸 823（上海）、氨复命 14s（天津）、凡命 Vamin（无锡华瑞）、乐凡命 Novamin（无锡华瑞）、18 氨基酸 500（上海、广州）等，它们应用于成人和大龄儿童营养支持效果肯定，但应用于早产儿、新生儿和婴幼儿 PN 有以下不足：①配方中甘氨酸含量过高。由于胆汁酸主要与甘氨酸和牛磺酸结合形成甘氨胆汁酸和牛磺胆汁酸，两者有竞争与胆汁酸结合作用，正常情况下它们有一定比例。甘氨胆汁酸对肝脏有毒性作用，而牛磺酸有护肝作用，如血中甘氨酸过多对肝脏不利。②胱氨酸、酪氨酸含量低，由于它们难溶解，配方中不能达到合适量，而它们对早产儿、新生儿又是必需的，因此应用于早产儿、新生儿 PN 不够合理。

第 4 代氨基酸又称专科或专病用氨基酸，主要包括：①肝病用氨基酸溶液（15 – 氨基酸 800、安肝平等）。②肾病用氨基酸溶液（肾必安等）。③创伤用氨基酸溶液（15 – 氨基酸 HBC）。④小儿专用氨基酸溶液，主要产品有小儿氨基酸注射液（上海）、爱咪特（天津）、Trophamine（美国）、Neopham（美国）、Vamin1ac（瑞典）等。下面重点介绍小儿专用氨基酸溶液的临床研究和应用。

小儿专用氨基酸溶液是 20 世纪 80 年代才出现的氨基酸新品种，主要根据小儿氨基酸代谢特点而设计。小儿氨基酸代谢特点包括：①除了维持体内蛋白质代谢平衡外，还需满足生长和器官发育需要。②需要更多的氨基酸品种，因为婴儿，尤其是早产儿肝脏酶系发育未成熟，某些非必需氨基酸不能从必需氨基酸转变，如胱氨酸从蛋氨酸、酪氨酸从苯丙氨酸的转变等。③支链氨基酸（BCAA）需要量多，因其主要在骨骼肌内代谢，不增加肝脏负担，对小儿未成熟的肝脏有一定好处。④精氨酸需要量大，精氨酸有刺激生长激素分泌，防止高氨血症和提高免疫作用。⑤需要牛磺酸。新近研究显示牛磺酸不仅参与胆汁酸代谢，而且与小儿神经系统发育成熟关系密切。

国外小儿氨基酸配方的设计大多以母乳为模式，如 Neopham、Vamin1ac 等，20 世纪 80 年代中后期美国 McGaw 公司推出新型小儿氨基酸配方（Trophamine），它是根据正常新生儿血液中氨基酸谱的情况而设计。根据 Helms 和 Heird 等的多中心应用研究显示 Trophamine 应用于各年龄组的小儿即使在低热量 PN 的情况下，小儿仍可获得良好生长发育、氮平衡和较理想的血液氨基酸谱。20 世纪 80 年代中后期通过选用普通成人营养型氨基酸配方（15－AA－823）、德国产小儿专用氨基酸配方（16－AA－600）和国产小儿专用氨基酸配方（爱咪特，18－AA－650），在等氮等热量情况下，分别用于 10 例 PN 持续 1 周以上的新生儿，结果在体重增加及氨基酸谱平衡方面，氮源选用小儿氨基酸配方的 2 组均优于普通配方组，但在氮平衡、PN 前后血尿素氮、血浆白蛋白等变化方面 3 组间无显著差异。

20 世纪 80 年代末至 20 世纪 90 年代初与上海长征制药厂合作，研制成功一新型小儿氨基酸注射液，其特点是：氨基酸种类多（19 种），必需氨基酸含量高（占 60%），支链氨基酸含量丰富（占 30%），含一定量胱氨酸（以半胱氨酸形式存在）、酪氨酸（以 N－乙酰酪氨酸形式存在）及较高含量的精氨酸，尤其含有对小儿生长发育关系密切的牛磺酸。至今我院临床已应用近 500 例，未见不良反应，营养支持效果良好。在一组 77 例新生儿 PN 时氮源选用新型小儿氨基酸（42 例）和普通成人配方 15－AA－823（35 例）的对照研究发现，体重增加：小儿配方组 15.5g/d，而成人配方组 9.9g/d，统计学上 2 组差异有显著意义；肝功能异常率：前者 0%，后者 8.6%；PN 有关的胆汁瘀积发生率：前者 2.4%，后者 11.4%；PN 一周后血清氨基酸谱变化：小儿配方组仅酪氨酸下降有显著意义，成人配方组有 7 种氨基酸下降有意义，它们是门冬酰胺、胱氨酸、异亮氨酸、酪氨酸、鸟氨酸、赖氨酸和组氨酸，但血浆白蛋白、前白蛋白、纤维结合蛋白、氮平衡等变化在 PN 前后 2 组无差异；纵观上述国内外研究，认为小儿 PN 时氮源应选用小儿专用氨基酸溶液，尤其是 <2 岁的婴儿。

近年国内外较多报道了谷氨酰胺（glutamine，Gln）在 PN 中的重要作用，它是人体内含量最多的非必需氨基酸，为体内合成嘌呤、嘧啶及核苷酸提供氮的前体，它也是一种高效能量物质。通过研究还发现它是许多重要代谢反应中的底物和调节物质，是肠道粘膜细胞及各种快速生长细胞（如淋巴细胞、成纤维细胞、巨噬细胞）的必需物质，有人称之为组织特需营养物，在饥饿、创伤、感染、手术等分解代谢过程中均伴有血和细胞内 Gln 水平的下降，且需要经较长时间方恢复正常，其降低程度与应激程度相一致。研究表明，肠外营养液中加入 Gln 可以改善氮平衡，促进肠道粘膜及胰腺的生长，对防止肠粘膜萎缩，维持肠粘膜的完整性及防止肠道细菌移位，防止肝脏脂肪变性，增加骨骼肌蛋白合成均起重要作用，现在认为，Gln 是机体应激期的条件必需营养素。

虽然 Gln 在机体生理和病理过程中起重要作用，但目前的 PN 液中不含 Gln，主要原因是 Gln 的不稳定，遇热易分解产生氨和焦谷氨酸等产物，因此如何克服 Gln 的不稳定性是多年来的研究重点。人们已发现 Gln 以肽的形式远比游离形式稳定，目前认为有 2 种 Gln 肽，即丙氨酰－L－Gln 和甘氨酰－L－Gln 较为理想，成人术后应用含 Gln 的双肽，已证明能明显提高氮平衡。

氨基酸临床应用剂量：早产儿、新生儿及婴儿 PN 时用 2.0~3.0g/（kg·d）；儿童用 1.5~2.0g/（kg·d）。

2. 脂肪乳剂　　自 1964 年瑞典 Wretline 首创安全高效的脂肪乳剂（intralipid）以来，它广泛应用于 PN，据报道已有 1 亿次的输注临床经验，为 PN 时非蛋白热量的双能源（即葡萄糖和脂肪乳剂）供给有了可靠保证。一般两者的热量比应为（1~3）:1，即由脂肪乳剂提供人体非蛋白热量量的 30%~50%。

双能源系统与单独使用葡萄糖相比，有许多优点。特别重要的是，双能源的代谢更为有效，因为在葡萄糖转变为脂肪的过程中，不需消耗能量，同时，有证据表明与单独使用葡萄糖相比，该系统可提高蛋白质合成的速度，因此被认为是在代谢方面最有效的系统。使用双能源系统生成的水潴留相对较少。1981 年 MacFei 发现虽然单独使用葡萄糖进行静脉营养，与同时使用葡萄糖和脂肪乳剂进行静脉营养均可使患者的体重增加，但前者造成体重增加的原因是体内脂肪增加和水潴留，而后者在增加脂肪的同时，体内蛋白质含量也增加。双能源系统对手术后病人和同时患有营养不良的病人或创伤患儿提供能量有特别重要的作用，这些患儿氧化葡萄糖能力下降，但是氧化脂肪的能力却增强。同样双能源系统对新生儿和小婴儿的 PN 也非常重要，因为他们氧化葡萄糖的能力有限。同时，也需要脂肪乳剂补充必需脂肪酸。另外双能源系统与单独使用葡萄糖相比，最主要的优点是发生并发症的危险性较小。如高血糖症、肝脂肪变性、CO_2 产生过多、水潴留、必需脂肪酸缺乏等。

脂肪乳剂以大豆油或红花油为原料，卵磷脂或大豆磷脂为乳化剂，甘油为等渗剂和水组成，主要作用是提供必需脂肪酸；供给高热量 [10% intralipid：1g = 46kJ（11kcal），20%：1g = 41.8kJ（10kcal）] 等。它的特点是：①脂肪乳滴粒径大小与天然乳糜微粒相似，其在血液中的清除与乳糜微粒相同。②与血浆等渗，可经周围静脉输注也可与其他营养素混合使用。③有一定的保护静脉和预防或逆转肝脏的脂肪浸润作用。

最近 B.Braun 公司已研制出新一代含 50% 中链（MCT）和 50% 长链脂肪酸（LCT）的脂肪乳剂（lipofundin），具有新的特性，其血中清除率更快，因中链脂肪酸的代谢无需肉毒碱转运而直接通过线粒体膜进行氧化，氧化迅速及碳链不延长；不在肝脏与脂肪组织蓄积；可增加氮贮留，另外提供热量也较高 [1g = 34.73kJ（8.3kcal）]，所以含 MCT 的脂肪乳剂更有利于危重患者、相对缺乏肉毒碱的小婴儿、肝功能异常及需长期 PN 的患者。国内外近几年临床应用已较多，未见有特殊并发症报道。

脂肪乳剂应用剂量：早产儿 1~2g/（kg·d），足月新生儿和婴儿 1~3g/（kg·d），儿童 1~2g/（kg·d）。应用注意点：①输注应 >16h，最好采用全营养混合液输注方式。②定期监测血脂，避免高脂血症的发生。③有高胆红素血症、出血倾向或凝血功能障碍、严重感染等情况时，脂肪乳剂应减量使用或停用。

3. 其他营养素　　包括电解质（钠、钾、氯、钙、磷、镁）、水溶性维生素、脂溶性维生素和微量元素等。

（1）电解质　　小儿 PN 时，电解质需每天给予，推荐用量见表 1-3-4。钙可用 10% 葡萄糖酸钙或氯化钙补充；磷可用磷酸盐制剂补充，如天津氨基酸公司的磷酸钾注射液，每支 2mL 含 6mmol 磷；镁可用 25% 硫酸镁补充。

表 1-3-4　小儿 PN 时推荐电解质用量

电解质	<10kg 婴儿/ [mmol/ (kg·d)]	10~13kg 儿童 (mmol/d)
钠	2~4	20~150
钾	2~4	20~240
氯	4~12	20~150
钙	0.25~1.5	2.5~10
镁	0.25~0.5	2~12
磷	1~3	6~50

（2）水溶性维生素　　根据我国营养学会及美国医学会营养指导小组推荐，静脉营养时需补充 13 种维生素，包括 4 种脂溶性维生素（A、D、E、K）和 9 种水溶性维生素 B$_1$、B$_2$、B$_6$、B$_{12}$、C、烟酸、叶酸、泛酸和生物素）。目前华瑞制药有限公司生产的水乐维他（soluvit N）及上海第一制药厂生产的九维他制剂均含有上述 9 种水溶性维生素，它们都是粉针剂；使用时先用葡萄糖溶化后加入葡萄糖溶液中使用。

（3）脂溶性维生素　　华瑞公司生产的维他利匹特（vitalipid N）含有上述 4 种脂溶性维生素，但有适合成人及 11 岁以上儿童用和适合 11 岁以下儿童用两种产品，它是白色乳剂，应加入脂肪乳剂中使用。

（4）微量元素　　华瑞公司生产的微量元素制剂分为适合成人用的安达美（ad-damel N）和适合小儿用的派达益儿（ped-el），儿童体重大于 15kg 者可选用安达美，每天 1 支；如新生儿、婴儿及体重小于 15kg 的儿童应选用派达益儿，派达益儿含有 6 种微量元素及钙、镁、氯、磷酸盐，每日每千克体重 4mL 即可满足儿科病人对电解质和微量元素的基本需要量。

■静脉营养的监测

静脉营养监测的目的是合理的营养评价及尽早发现并发症，要求和项目见下表。

表 1-3-5　PN 监测

项　　目	第 一 周	以　　后
1. 临床体征：皮肤弹性，囟门	1 次/天	1 次/天
2. 生长参数：体重	1~3 次/周	1~2 次/周
头围	1 次/周	1 次/周
3. 体液平衡：出入量	1 次/天	1 次/天
4. 血常规检查：Hb + WBC + BPC	2~3 次/周	1~2 次/周
5. 血液生化检查：Na，K，Cl	2 次/周	1 次/周
Ca，P，Mg	p.r.n	
肝功能 + sGPT + Bi	1 次/周	1 次/1~2 周

项　　目	第　一　周	以　　后
总蛋白 + A/G	1 次/周	1 次/1~2 周
BUN + Cr	1 次/周	1 次/1~2 周
血脂	1 次/周	1 次/1~2 周
血糖	p.r.n	p.r.n
6. 尿液检查：尿糖	1~2 次/天	p.r.n

三、儿科患者的肠内营养治疗

儿科病人不能耐受合适的经口喂养，可通过经肠道管饲进行营养干预。通常管饲的途径有鼻胃管、胃造瘘、鼻空肠管和空肠造瘘管喂养。对患慢性疾病的儿科病人营养的目的应该是提供营养素来满足病儿代谢和生理需要，能够促进继续生长和发育。虽然肠内、肠外营养均能提供合理营养，但肠道营养支持更有利于危重的和慢性病的儿科病人，因为肠道营养提供更生理性的营养素制剂，比肠外营养更经济、方便和安全；而且还表现为较少的代谢和感染并发症，减少病原菌进入或细菌移位至腹膜或循环；肠道营养还能提供更完整的营养素包括谷氨酰胺、微量元素、短链脂肪酸和膳食纤维；此外，肠道喂养对肠道的正性作用是通过促进胰胆分泌和内分泌神经因子，帮助促进胃肠道生理学和免疫学上的完整性而实现。虽然鼻肠喂养在短期病人营养支持中是有效的，但对患慢性营养紊乱的病人长期营养支持可能需要放置胃造瘘。

■儿科肠内营养的指征

常见的肠道管饲指征见表 1-3-6。

表 1-3-6　小儿常见需肠道管饲喂养的疾病

早产		肾病	
心肺疾病	慢性肺病	高代谢状态	烧伤
	先天性心脏病		严重创伤、颅内损伤
消化道疾病和功能不全		恶性肿瘤	
炎症性肠病	短肠综合征	神经性疾病	脑瘫
	胆道闭锁		
	胃食管反流		
	难治性的婴儿腹泻		
	慢性非特异性腹泻		

■儿科肠内营养素的需要量

1. 早产儿　对于适于胎龄儿的早产儿热能需要估计在 334.7~543.9kJ/（kg·d）

[80～130kcal/（kg·d）]，另根据环境温度、呼吸情况和代谢程度予以适当提高。然而对小于胎龄儿的早产儿，由于其脂肪储存量少，热能的需要估计在543.9～627.6kJ/（kg·d）[130～150kcal/（kg·d）]，采用乳清蛋白与酪蛋白比例接近母乳化的婴儿配方奶喂养，可使血浆氨基酸谱接近于母乳喂养儿。现已证明对于胃肠功能尚未成熟的早产儿，喂以含中链和长链混合的不饱和脂肪酸、多聚糖，作为脂肪和碳水化合物来源的低乳糖配方乳，可提高吸收率。由于胎儿在孕期最后3个月内能从母体得到更多的钙、磷和微量元素，因而对这阶段出生的早产儿，这类营养素的需要量应增加。

2. 婴儿和儿童

处于生长和发育旺盛期的重病婴儿和儿童，能量和蛋白质的需要应特别注意。当影响生长的诱因被去除后，随之将会有一个生长追赶期的出现，这就需要比正常小儿更多的热能和蛋白质，与蛋白质需要增加成比例的热能需要将增加50%～100%，估计追赶生长的热能需要可通过以下公式得到：

$$\frac{kcal}{kg} = \frac{RDA\,标准体重 \times 理想体重（kg）}{实际体重（kg）}$$

其中RDA标准体重是指同年龄正常小儿的RDA推荐的标准体重；理想体重是指同身高正常小儿的标准体重。在疾病康复早期，最好根据小儿的食欲来决定摄入量，如过度喂养会发生水肿。

严重代谢并发症往往与不恰当的水分摄入有关，因此，管饲小儿的液体平衡是非常重要的。水分的供给应在正常需要量的基础上，根据特殊疾病因素再作调整；接受高热能、高蛋白配方乳的儿童，必须对液体平衡进行严密监测，否则会发生严重神经损害，出现呕吐、腹泻、发热或多尿等。但适当的额外水分的供给可以防止慢性脱水或"管饲喂养综合征"的发生，这对一些不能表达的神经系统障碍或不成熟儿童来说是尤其重要的。

■肠内营养配方选择

选择一个最佳婴儿肠内配方要考虑许多因素，包括疾病诊断、合并的营养问题和营养需要量以及胃肠道的功能状态。配方中的重要因素包括渗透压、肾溶质负荷、热量密度、粘稠度和组成成分。

目前已有适合早产儿的配方、足月儿配方、适合于乳糖酶缺乏的豆类配方和其他特殊配方，如肝病专用配方和肾病专用配方等等。另外还有适合于1～6岁小儿的肠内营养配方，如儿安素（pediasure）。近年国外已生产出含纤维素的小儿肠内营养配方，更有利于小儿肠道功能的正常维持。

四、临床营养支持的并发症及防治

营养支持的并发症可分为肠内营养和肠外营养相关的并发症。

■肠内营养相关的并发症

肠内营养的有效性取决于肠内营养合理配方的选择、供给途径和方法的选择。肠内营养的并发症也主要来自这些方面的选择不当而影响患儿的耐受性或产生并发症，其并发症可分为即机械性并发症、胃肠道并发症和代谢性并发症。

1．机械性并发症

（1）鼻、咽、食管和胃的损伤　　大多由于喂养管管径太粗、太硬所致。故儿科病人建议用质软、适合儿科专用的喂养管更合理，新生儿更应注意。我们临床上已遇见多例因插胃管而致胃穿孔。

（2）喂养管堵塞　　喂养配方浓度过高、粘稠或输毕未用生理盐水冲洗喂养管所致。注意按常规操作，每次肠内营养输毕应冲洗喂养管。

2．胃肠道并发症

（1）胃排空延缓或呕吐患儿所致的吸入性肺炎　　是肠内营养较常见而严重的并发症，大多与体位、滴速、胃肠功能恢复情况有关。一般体位采用30°头高位，滴速以病人的耐受为准。胃肠功能需恢复良好。

（2）腹泻　　高渗透性腹泻最常见，其原因有吸收不良、乳糖不耐受，开始肠内营养时滴速过快，营养液污染等。应针对上述原因作相应处理。

（3）便秘　　由水分摄入不足、配方中膳食纤维过少及长期卧床等原因所致。应多饮水，疾病允许情况下增加活动。可补充膳食纤维。

（4）恶心、呕吐　　主要原因包括滴速过快、营养液量太多、溶液浓度太低、配方气味不佳和胃排空延迟。

3．代谢性并发症

肠内营养相关的代谢性并发症远较肠外营养少，但近年仍有因喂养管误入呼吸道而造成气胸、纵隔气肿、肺炎、肺脓肿等罕见病例报道，大都由于采用有导丝的喂养管，当给小婴儿或意识障碍的患儿置管时更应注意。

（1）高血糖和低血糖　　尤易发生于新生儿，因为他们调节血糖的机制还不完善，对新生儿实施肠道营养时应注意均匀滴速，避免输注时单位时间内滴速过快或在较快输注时突然停止输注。

（2）高钠血症和低钠血症　　主要与脱水（高渗引起）或体液输入过多致超负荷所致。小婴儿特别敏感于水的平衡，在营养支持期间注意24h进出量的计算并观察体重变化。

（3）高钾血症和低钾血症　　主要与小儿的肾功能不全或酸碱紊乱、稀释状态有关，注意在营养支持期间的密切监测。

■肠外营养有关的并发症

其可分为机械性、感染性和代谢性3大类。

1．机械性并发症　　主要发生在放置中心静脉导管时，包括气胸、血管损伤、导管移位和断裂。预防这些情况的发生主要是进行中心静脉置管时应由技术较熟练的专人操作，另外导管的材料选择也非常重要。

2．感染性并发症　　主要发生在应用中心静脉PN期间，我们在一组42例小儿应用经中心静脉PN的患者中，有5例（11.9%）发生导管有关的感染。国外报道其发生率为3%～18.8%。导管有关的感染一旦发生，应及时拔管和加用广谱抗生素，抗生素用至体温正常后一周。导管感染中应注意霉菌感染，因而拔管时常规作血培养和导管末端培养，以便合理选择抗生素，为了更有效地应用中心静脉 PN，减少导管感染，我们建议应遵循以下几点：①导管需专人护理。②不经导管抽血或推注抗生素等药物，仅输注营养液。③每 24～48h 更换导管插管处敷料一次。④插管期间如出现不能解释的发热，应考虑导管感染的可能。

3. 代谢性并发症 主要有高血糖症和低血糖症、高脂血症、低磷血症、静脉营养有关的胆汁瘀积和肝脏损害等。

(1) 高血糖症和低血糖症

1) 高血糖症 主要发生在应用葡萄糖浓度过大（>20%）或短期内输注葡萄糖过快，尤其在新生儿和早产儿，临床表现开始时有多尿，继而脱水，严重时出现抽搐、昏迷等，预防的方法是输入的葡萄糖要适量，注意从小剂量开始，如新生儿期开始用 5%～10% 葡萄糖，按最近我院对预防新生儿时期高血糖研究表明，早产儿葡萄糖按 8mg/（kg·min）、足月儿按 8～10mg/（kg·min）的速度给予较为安全，此外，在输注葡萄糖过程中须密切监测血糖和尿糖。

2) 低血糖症 一般发生在静脉营养结束时营养液输入突然中断或营养液中加用胰岛素过量。预防方法是停用 PN 应有 2～3 天的逐步减量的过程，可用 5%～10% 葡萄糖补充。小儿全营养液中的葡萄糖浓度不要太高，一般不必加用胰岛素。

(2) 高脂血症 主要在应用脂肪乳剂时剂量偏大或输注速度过快时发生，特别当患者存在严重感染、肝肾功能不全及有脂代谢失调时更易发生。临床特征为应用脂肪乳剂期间，患儿出现头痛、呕吐、贫血、血小板下降、凝血酶原时间延长、自发性出血、DIC 及肝功能损害（表现为肝肿大、黄疸和血 GPT 升高）等，有学者称上述表现为脂肪超载综合征，为防止高脂血症发生，主张小儿应用脂肪乳剂剂量应在 1～3g/（kg·d）之间，采用 16～24h 均匀输注，同时严密监测血脂浓度。

(3) 肝功能损害及胆汁瘀积（PN associated cholestasis 简称 PNAC） 临床特征是应用 PN 期间出现不能解释的黄疸或/和肝功能损害，其确切病因目前尚不知道，大多学者认为由多因素引起。主要包括：①早产儿、低体重儿：Beale 等报道出生体重 <2 000g 的患儿，在 PN 2 周后，有 50% 的患儿发生胆汁瘀积；出生体重在 1 000～2 000 g，其发生率为 15%。②禁食作用：PNAC 的发生率随禁食时间的延长而增加，多数病例在 PN 进行 2～10 周后发生。可能的机制是禁食使胆汁流动减少及胃肠道的激素发生改变，主要是缩胆素（CCK）分泌不足等。③感染：Margaret 等认为感染在小儿发生 PNAC 中是很容易接受的原因，在 PNAC 组有 56% 发生感染，有意义地高于"正常组"（13%），大多数患儿（78%）感染先于黄疸的发生。最常见的感染源是中心静脉导管和坏死性小肠结肠炎。④高热能：Hirai 等报道长期高热能 292.9～585.8kJ/（kg·d）[70～140kcal/（kg·d）] PN 可引起 PNAC 和肝脏病变，28 例患儿接受高热量 PN>2 周，18 例发生不同程度的肝脏损害。⑤氨基酸：许多作者认为氨基酸输入的量和成分与 PNAC 的发生有关。Vlleisis 等比较了早产儿中接受氨基酸 2.3g/（kg·d）与 3.6g/（kg·d）两组患儿，发现接受高氨基酸组胆红素升高较早、绝对值较大。一些学者已注意到氨基酸溶液的组成作为一种发生胆汁瘀积的潜在因素，如氨基酸溶液中缺乏胱氨酸（可合成牛磺酸）、牛磺酸。胆汁酸体内主要与牛磺酸及甘氨酸结合生成牛磺胆酸和甘氨胆酸，前者有利胆汁酸从胆道排泄，当牛磺酸摄入减少时，甘氨酸与胆汁酸结合增多，甘氨胆酸对肝脏有毒性作用，可引起胆汁瘀积。⑥其他：包括低蛋白血症、微量元素不平衡、动脉导管未闭、颅内出血、必需脂肪酸缺乏、高脂血症、多次腹部手术等因素。

作者曾对 37 例新生儿应用 PN > 10 天进行总结，发现 PNAC 5 例，通过对 PNAC 组和非 PNAC 组多因素比较显示：PNAC 的发生与开始 PN 的日龄、PN 应用天数、早产、高热量摄入、高脂血症等因素有关，并发现 PNAC 组的死亡率高于非 PNAC 组（40%：14%）。近 5 年发生 PNAC 的病例明显减少，其经验是：①尽早经肠道营养，尤其 PN > 2 周者。②PN 的氮源选择小儿专用的氨基酸溶液。③小儿 PN 时采用低热能，以 251.0 ~ 334.7kJ/（kg·d）［60 ~ 80kcal/（kg·d）］为宜。④积极预防和治疗肠道感染。

（蔡　威）

第四节　腹腔镜在小儿外科中的应用

1988 年法国医生 Dubots 腹腔镜胆囊切除术成功后，引起了全世界的轰动，腹腔镜手术以其手术切口小、术中创伤打击小、术后疼痛轻、恢复快、疤痕小、美观等优点，被越来越多的外科医生所接受并受到病人的欢迎。

目前，我国腹腔镜技术已经广泛地应用于成人外科和妇产科，在小儿外科领域虽然起步较晚，但是在一些先进的国家和地区，小儿腹腔镜手术亦取得了可喜的成绩。有报道，到目前为止约有 60% ~ 70%的小儿外科手术能够应用腹腔镜完成。

近几年我国小儿外科专家们经过了不断的努力，成功地开展和推广应用腹腔镜进行各种小儿外科手术，如阑尾切除术、小儿斜疝手术、巨结肠根治术、结肠造瘘术、先天性幽门狭窄环肌切开术、肾切除术、肾上腺肿瘤切除、肾积水、输尿管囊肿、精索静脉曲张、腹壁疝修补、胆囊切除、肠粘连松解、小肠憩室切除、食管闭锁探查吻合、腹腔型隐睾探查和切除术、腹腔内肿瘤活检术、脾切除术、胃食管反流胃底折叠术、卵巢囊肿切除术等。下面介绍的是目前较流行的小儿腹腔镜手术。

一、小儿腹股沟斜疝

【临床提要】

小儿腹股沟斜疝临床表现为腹股沟部或阴囊内有一带蒂柄的可复性肿物，活动、哭闹、咳嗽时因腹压增加而增大，平卧、晨起或安静状态时消失。若用手将肿物回纳腹腔时，可听见气过水声，斜疝可以在出生后不久即发病，但亦有在 2 ~ 3 个月后发病或 1 岁以后才出现症状的，对有以上症状者可作出诊断。

【治疗】

诊断确立后，均主张手术治疗。年龄幼小不是传统开刀手术的禁忌证，但年龄幼小却不适用腹腔镜手术，所以婴幼儿疝如果不是频繁发作或疝突出肿物不是太大，可观察至 6~8 个月后做腹腔镜手术较为适宜。

■治疗原则

小儿斜疝因其并无腹股沟管肌肉薄弱的因素，因此只要作疝囊高位结扎即可达到根治的目的，无需作修补，腹腔镜手术也是遵循这一原则。

■手术操作

采用氯胺酮麻醉。头高脚低位约 15°，共有 2 个切口和 1 个小针孔。一个切口在脐皱褶处，长约 0.4cm，穿刺气腹进腹腔镜，另一个切口在脐旁约 3cm，长度亦为 0.4cm，供操作钳使用，针孔位于患侧内环口体表投影处，长度约 0.15cm。腹腔镜下找到患侧内环口，带线针和针钩先后从针孔处穿入与操作钳配合，分别缝合内环口内半周腹膜和外半周腹膜，缝合时两针在腹膜下潜行分离避开精索血管及输精管，带线针缝合内侧腹膜后，退出带线针，缝线留在腹腔内，针钩从同一针孔处刺入缝合外侧腹膜，缝后用针钩把缝线从腹腔带出，使疝环口成一荷包缝合，皮下缚结，关闭内环口，解除气腹结束手术，因切口小，无需缝线。术后送麻醉恢复室或回病房观察，吸氧，患儿完全清醒后可进食半流。术后 1~2 天即可出院。

■腹腔镜下手术的优点

1. 切口小（0.4cm），无需解剖腹股沟管，损伤小。

2. 手术简便快捷，手术过程只需要 5~8min。

3. 手术基本无出血。

4. 内环口周围的血管和输精管腹腔镜下清晰可见，因此不会受损伤。

5. 术后疼痛小，恢复快。

6. 术后切口无需缝合，术后无疤痕。

■并发症的原因和防治

1. 疝囊残留余气

原因：内环口缝后缚结时，未同时将气体挤出。

预防：缝合后先将气体挤出再缚结。

2. 脐戳孔处网膜疝出

原因：

（1）术后排气过快，网膜随之疝出。

（2）小儿腹肌欠发达，拔除穿刺套管后不能很快收紧。

（3）患儿术后哭闹致疝出。

防治：

（1）排气后置入套管针芯后再拔出。

（2）术后脐部切口敷料加压密封。

3. 腹膜前气肿

原因：

（1）穿刺方法不熟练，未进入腹腔即进气。

（2）气腹针穿刺后，未能固定而退出所致。

预防：

（1）认真做好水试验，防止假阳性。

（2）证明穿刺进入腹腔后一定要固定好气腹针。

4．戳孔处血肿

原因：内环口体表投影靠近腹壁下血管，穿刺时不小心可损伤血管。

预防：作内环口体表投影处切口时，可将腹腔镜贴近腹壁，这时腹壁下血管清晰可见，切口可避开血管。

5．线结异物感

原因：缚结时打结太多，不能把结埋在皮下。

预防：缚3个结即可，不要太多以免成串珠状，缚结后提起切口周围皮肤，使线结埋于其下。

6．复发

曾对600例患者进行随访10～38个月，发现5例复发，复发率0.83%，而传统的手术方法国内专家总结的复发率0.9%，相差不大。如上所述，传统的疝囊高位结扎术治疗小儿斜疝是国内外公认的行之有效的、可靠的手术方法，腹腔镜的手术方法同样是遵循这一手术原理。正如国内专家总结传统手术方法的复发原因时指出的那样，有复发并不是手术方法本身有问题，而往往是由于经验不足所造成。经过随访分析，我们发现腹腔镜手术复发的原因并不是手术方法本身的问题，而是与以下因素有关：

（1）疝环口较大，腹膜较松弛，腹膜的活动度较大，单纯高位结扎容易复发。

（2）年龄太小（6个月以下），气腹空间小，操作空间小，手术较困难，缝合不尽满意，容易复发。

（3）操作不熟练，缝合不够严密，有遗漏。

（4）缝线不牢固，或术中操作时对缝线造成损坏，术中术后易折断而复发。

预防措施：

（1）疝环口较大，腹膜松弛的患儿改用传统的手术方法。

（2）年龄太小（6个月以下），气腹空间小，操作有困难时改用传统的手术方法。

（3）努力提高腹腔镜手术操作技能，缝合内环口腹膜时针线要全部在腹膜下潜行游离，不得遗留。

（4）选用韧性较好的缝线缝合，术中如发现缝线有受损，一定要更换缝线，重新操作。

二、腹腔镜辅助下巨结肠根治术

【临床提要】

传统的巨结肠根治术创伤较大、并发症较多、康复慢、住院时间较长，有较多的不足之处，尚待改进，而腹腔镜技术完全可以克服其不足的地方。术中腹部及盆腔的创伤小、干扰少、出血少、术后疼痛轻、肠功能恢复快、腹部切口小、术后疤痕不明显，术后康复快，住院时间缩短，术中、术后并发症少。

先天性巨结肠新生儿多表现为出生后排便延迟，进而出现腹胀、肠型甚至呕吐；婴幼儿表现为反复便秘、腹胀,严重时出现肠型及呕吐,肛管排气或排便后症状短暂缓解,2~3天后腹部渐又膨隆;直肠指检多有大量气体和大便排出进而腹胀减轻的典型体征。

根据典型的临床表现,结合钡灌肠检查、直肠粘膜组织化学检查和活检,术前诊断成立。

【治疗】

术前肠道准备10~14天(进食半流,每天用生理盐水回流洗肠1~2次),采用气管内麻醉,将患儿横卧于手术台一端,脐上皱褶切口建立气腹进腹腔镜(直径5mm),脐两旁共3个切口插入2个5mm及1个3.5mm套管置操作器械,术者正视显示器进行操作。进镜探查,于病变肠段及其与正常肠段交界处各取一小块浆肌层组织送冰冻活检以明确诊断及切除水平,用超声解剖刀紧贴肠壁于切除标志以下游离肠系膜,使结肠的吻合平面能无张力拖至肛门。盆腔的解剖亦紧贴直肠壁进行,前至腹膜返折下方,后侧抵尾骨尖,两侧至直肠侧韧带中上1/3。术野转至会阴部,先行肛管扩张,放入有齿圈钳夹住乙状结肠壁,直肠、结肠套叠式拖出肛门外,剪开肠壁,将结肠徐徐拉出,直至看到切除水平标记(取活检处)为止,腹腔镜下检查肠管有无扭转,直肠前壁保留3~4cm,后壁保留1.5~2cm,行直肠、结肠斜口吻合,重建气腹,检查腹腔内有无出血,盆底腹膜不予缝合,手术结束。病变肠段送病检。

■腹腔镜下巨结肠根治术的要点

1. 术中CO_2流量和压力不宜过大,特别是小婴儿,压力过大容易影响心、肺功能,2~4个月婴儿流量控制在2.5L/min,压力在1.06~1.46kPa(8~11mmHg)为宜。

2. 术前洗肠10~14天,清洗积粪和粪块,达到肠道通畅、腹胀消失、减少肠道炎症,2~4个月的婴幼儿洗肠时间可缩短至7天左右,这是预防术后肠炎的措施之一。

3. 术中认清病变肠段及正常肠段并于交界处上下端各取一小块浆肌层组织送冰冻活检,以明确诊断及切除肠段的水平。

4. 游离肠系膜时先从较薄处着手,穿透后进一步向上向下游离,要紧贴肠壁,避免损伤双侧输尿管。

5. 游离盆底时亦要紧贴直肠壁,前至腹膜反折稍下方,保留直肠前壁3~4cm,骶前分离至尾骨尖水平,直肠后壁保留1.5~2cm,直肠侧壁至侧韧带中上1/3处,使吻合口成斜口形。

6. 后放置橡皮肛管,对肠管起减压作用,并有利于吻合口的愈合。

7. 尽管腹腔镜术后患儿肠功能恢复的时间较早,但是为了减少粪便早期污染直肠与结肠的吻合口,影响其愈合,进食时间延迟至术后第4天,而拔除肛管的时间以第5天为适宜。

三、二孔腹腔镜阑尾切除术

【临床提要】

转移性右下腹部疼痛、发热、呕吐是小儿急性阑尾炎的3大症状。以右下腹压痛和腹肌紧张、抵抗或强直是最有价值的体征。实验室辅助检查，血白细胞多在 1 万以上，中性粒细胞在 80% 以上，穿孔腹膜炎时白细胞达 2 万以上。

【治疗】

氯胺酮麻醉，年龄较大的小儿可采用硬膜外麻醉，头低仰卧位，其中一孔取脐皱褶处切口 0.4cm，穿刺建立气腹进腹腔镜，气腹压力为 1.33 ~ 1.60kPa（10 ~ 12mmHg），第二孔为右麦氏点处切口 1cm 置入套管，插入操作器械或抓钳，夹持阑尾远端，全部或大部分拉入套管内，排除气腹，拔出套管及抓钳，把阑尾拉出腹外，边切断阑尾系膜，边向外牵拉，游离阑尾至根部，距回盲部 0.5cm 结扎阑尾根部并切除阑尾，残端消毒后可不包埋放回腹腔内，重新充气观察无出血，阑尾残端无异常，解除气腹，结束手术。

■ 二孔腹腔镜阑尾切除术的优点

1. 手术切口小、创伤小、手术操作时间更短、术后疼痛小、疤痕小、恢复快、术后 12h 可以进食，2 ~ 3 天后可出院。

2. 切口感染发生的机会少，传统阑尾切除术感染率较高。

3. 粘连性肠梗阻的发生率远较传统术式低。

■ 二孔腹腔镜阑尾切除术的缺点

坏疽性阑尾炎、后位阑尾、肥胖病人有时使用二孔腹腔镜难以完成手术，此时可改用三孔，如仍有困难时则中止转为开腹手术。

四、腹腔镜在隐睾病人中的应用

【临床提要】

腹腔镜主要应用在触及不到睾丸的隐睾病人中。在隐睾病人中触及不到睾丸的病例占 20%，其中睾丸缺如占 45%，睾丸在腹腔内占 30%，在腹股沟管内的占 25%。过去检查多靠 B 超、CT、造影、激素测定，均有较大的误差，现在使用腹腔镜检查其准确率达 95%。

【治疗】

■ 手术方法

氯胺酮麻醉，头低脚高位，脐皱褶处切口 0.4cm 穿刺建立气腹进腹腔镜，观察内环口及周围，如需操作则在脐两边切口置入操作钳及剪刀等。

正常内环口所见：精索血管与输精管汇合进入内环口，鞘状突闭合。触及不到睾丸的隐睾患儿，腹腔镜下有如下几种情况：

1. 内环口处可见精索血管盲端，未见睾丸，表示睾丸缺如，无需手术探查。

2. 发育很差的精索血管进入内环，如同时合并鞘状突未闭，提示有睾丸的可能性较大，需要手术探查腹股沟部，如鞘状突已闭合可以不必手术探查，因为此时有睾丸的机会很少，即使有睾丸也是发育很差，而且已经在腹腔外，没有探查的必要。

3. 发育较好的精索血管进入内环，提示可能有睾丸，应打开腹股沟管探查。

4. 睾丸位于腹腔内，如精索血管长，可以用腹腔镜做一期睾丸固定术，手术关键是在内环口处游离精索，从阴囊下端伸进抓钳，将睾丸拉至阴囊下端固定，同时在腹腔内关闭鞘状突，如精索血管短，可做二期睾丸固定术，此时可结合开放手术。

五、环肌切开术治疗先天性肥厚性幽门狭窄

【临床提要】

依据典型的临床表现患儿在出生后 3~6 周左右出现喷射性呕吐，同时有胃蠕动波，扪及幽门肿块，诊断即可确定，其中最可靠的诊断依据是触及幽门部的肿块，如不能触及肿块，进行超声检查或钡餐检查即可明确诊断。

【治疗】

1．纠正水、电解质紊乱，加强营养，置胃管，气管内麻醉，脐皱褶上切口 0.6cm 穿刺建立气腹进 5mm 腹腔镜，气腹压力维持在 1.33~1.86kPa（10~14mmHg）。

2．左下腹、右上腹各穿刺进套管，右上腹 0.6cm 切口进无损伤抓钳固定十二指肠近幽门或胃体远端。

3．左上腹 0.35cm 置幽门切开刀，切开幽门管浆肌层，深约 1~2mm，分离棒先分离至粘膜层，再以幽门钳彻底分离至粘膜膨出。

4．彻底止血，经胃管注气检查，证实无粘膜损伤，解除气腹，结束手术。

■手术注意事项

1．手术者一定要有熟练的开腹幽门环肌切开术的基础。

2．左上腹切口可高至肋缘下，这样幽门环肌的切开和分离较易。

3．术前一定要置胃管，有利于操作。

4．幽门环肌切开分离后，一定要从胃管注入气体检查证实无粘膜损伤。

（李宇洲　梁健升）

第五节　小儿腹部手术切口的选择

小儿不是成人的缩影，小儿手术有其特殊性，故不能简单地把小儿与成人的手术等同起来。因而小儿的手术切口也有别于成人。我国许多成人外科医生也兼做小儿的手术，这样成人外科医生很易把成人手术的原则、方法乃至手术切口搬至小儿患者身上使用，造成手术方法的不合理。小儿手术切口原则上应利于在手术中容易暴露清楚，便于手术操作；为此，手术切口应尽量靠近病变部位，且可根据术中需要易于扩大切口。术后伤口愈合牢固、不易裂开；切口愈合后不会引起功能障碍；手术切口疤痕小，不会影响美观。根据上述这些原则小儿腹部切口较多使用横切口，这与成人明显不同。因为小儿腹壁横径暴露比上下径好。而且小儿因腹壁肌层薄弱，术后腹胀、哭闹等均可引起腹压升高，两侧拉力大于上下的拉力，故采用直切口常常愈合不佳，易裂开。而横切口对腹壁的血管和神经损伤小，又经过腹壁各层肌肉，利于切口愈合且愈合牢靠。横切口与腹部皮纹方向一致，愈合后疤痕小。

此外还需注意切口与引流管和肠造瘘的关系，这2个问题如处理不当同样可引起切口愈合不良，甚至裂开。放置引流管不但需使腹腔内的液体易引流，而且应尽量避免引起切口感染和不易愈合。原则上不主张引流管从原切口引出，应另作一个小切口放置引流管。肠造瘘时拖出的肠管也不应从原切口引出，因为从原切口引出很容易引起切口感染、裂开，甚至形成腹膜炎。应另作切口引出体外，除非原切口相当小，肠造瘘后再无多余的位置需要缝合，可考虑利用原切口作肠造瘘术。

下面介绍一些常用的手术切口：

■肝胆系统手术

小儿肝胆系统常见的手术有肝脏肿瘤切除、胆管扩张症、先天性胆道闭锁等。肝脏肿瘤切除术包括有左外叶肝切除术、左半肝切除术、左三叶切除术、右半肝切除术、右三叶切除术、中肝切除术和肝不规则切除术。左肝的肿瘤切除，可取上腹部肋缘下横切口，或上至剑突的上腹部腹直肌切口。右肝肿瘤切除，常采用胸腹联合切口，上延至剑突的右上腹腹直肌切口，再将切口沿第七、八肋间延长至腋中线。左右肝的手术均可采用取该侧肋缘下横切口，内侧向上延至剑突下。

胆管扩张症的根治手术，切口多采用肋缘下横切口。先天性胆道闭锁手术，因胆道闭锁患儿肝脏较大，若紧贴肋缘下横切口，肿大的肝脏会妨碍手术操作。故应选择在肝下缘上方约1cm处作横切口，切口从右腋前线至剑突下，该切口的优点是：在肝脏的下缘进腹，易解剖肝门，手术后也因切口有肝脏的下缘遮挡，不易裂开。

■先天性肥厚性幽门狭窄

幽门环肌切开术的切口选择多采用在右肋缘下1～2cm的斜切口，切口内端在右腹直肌外缘，依次按腹壁各肌层的走向钝性分开，进入腹腔。此切口实质为"格子状"切口，对各层肌肉的损伤较小，术后伤口不易裂开。近年来为美观，也可选择沿脐上作弧型的环脐切口入腹。

■小儿先天性胃肠道畸形手术

小儿先天性消化道畸形的手术，对象主要是新生儿和小婴儿，为了术野暴露清楚和使伤口术后不易裂开，一般应选择横切口。手术中如需要肠造瘘的，造瘘的肠管切不要从原切口引出。因为从原切口引出肠管会增加手术后伤口裂开的机会。

■急性肠套叠手术

因肠套叠多发生在回肠末端回盲部，套叠后的肠管多在右上腹，故手术切口应选择在右上腹的横切口。也可根据体检摸到肿块的部位或灌肠复位所见套叠的位置，选择该部位作横切口进行手术。

■先天性巨结肠手术

可采用正中旁切口。由于不分离腹直肌，对肌肉、神经和血管的损伤少，手术中暴露较清楚。对新生儿和小婴儿也可采用下腹部的稍呈弧形的横切口。

■肾母细胞瘤和神经母细胞瘤手术

为了使手术野能充分暴露肿瘤，便于操作，多采用偏腰部的腹部横切口。对肾母细胞瘤可便于在手术中探查对侧有无肿瘤，以排除双侧肾母细胞瘤的可能。

■膀胱的手术

为了减少术后疤痕的发生，可采用下腹部横切口。

■腹股沟斜疝和交通性鞘膜积液手术

应采用在外环口上方沿皮纹方向的斜切口。对双侧斜疝者可采用正中的下腹横切口，分别向两侧钝性分离至腹股沟韧带，再进行斜疝手术。

（刘钧澄）

第六节　介入放射学在小儿的应用

●小儿腹部常见恶性实体瘤的介入治疗

基于对儿童肿瘤病理生理的认识提高和各种诊断的不断更新，儿童肿瘤的治疗原则和处理亦有很大的更新，治疗目的不仅满足于生存时间的延长，而且要求生活质量的提高，治疗原则已由过去的安全、根治变为肿瘤根治、功能维持、心理健康三者的有机结合。在争取长期生存的前提下，避免器官、肢体的切除或致残，减少不必要和过度的治疗，将肿瘤治疗中的副作用和后遗症控制在尽可能小的范围内，提高患儿的生活质量已成为儿童肿瘤治疗的宗旨和要求。

手术切除历来是治疗儿童腹部恶性实体瘤的主要方法。术前放疗、全身化疗可使肿瘤病灶局限，为手术创造条件，但其毒副作用严重。因此选择低毒、高效、安全的辅助治疗方法，在提高生存率的同时提高生活质量，成为临床亟待解决的重要课题。介入疗法治疗恶性肿瘤已应用多年，具有微创性、可重复性强、定位准确、疗效高、见效快等优点，可多种技术联合应用，简便易行。但因为穿刺技术和导管的限制，小儿应用较少。随着介入技术和导管质量的提高，儿童腹部恶性实体瘤的介入治疗逐步在国内外开展。腹部恶性肿瘤就诊时多属晚期，瘤体巨大，常粘连侵犯肿瘤周围的重要血管脏器，肿瘤完整切除困难多、风险大。经过介入治疗后，肿瘤坏死缩小、包膜增厚，有利于肿瘤完整手术切除，并能改善症状和预后，提高生存质量，特别是对中、晚期儿童腹部恶性实体瘤的治疗有着重要意义，虽然目前还存在一些尚待研究解决的问题，但随着操作技术的进步和导管、栓塞材料更臻完善（如同轴微导管的应用，中药合成栓塞材料的开发），可进一步进行血管的超选择性插管，尽可能对所有病理血管床进行栓塞，再注入更为特效的抗癌药，有可能达到肿瘤局部永久性灭活而取得与外科手术切除相近的效果，并有望扩大此类患者治疗的适应证范围，进一步提高其治愈率和延长其生存期。

一、肾母细胞瘤

【介入治疗的适应证和禁忌证】
■适应证

（1）巨大肿瘤，下界达髂前上嵴平面以下，内界超过腹中线。

（2）瘤体粘连侵犯周围重要的血管脏器。

（3）患儿全身状况差，不宜立即手术的早期肾母细胞瘤和体积较小的肾母细胞瘤。

（4）有远处转移者也可对肾原发病灶行姑息治疗，配合全身化疗。

（5）下腔静脉瘤栓形成，手术中瘤栓无法摘除或部分摘除者。

■禁忌证

（1）碘剂过敏者。

（2）严重心、肝、肾功能不全者。

（3）严重凝血功能障碍者。

（4）穿刺部位感染。

【介入化疗栓塞的方法】

■介入治疗术前准备

（1）病人准备　　详细了解病史及全面体格检查，确定诊断，制定治疗方案。完成血、尿、粪3大常规检查；心、肝、肾功能检查和出、凝血时间测定。摄片了解有无肺转移。向病人及家属解释介入手术方法及目的，操作中可能发生的并发症、不良反应，以取得合作。穿刺部位皮肤准备。造影剂过敏试验。术前禁食4h，术前30min肌注适量鲁米那（luminal）和氢溴酸东莨菪碱（hyoscine）。

（2）器械准备　　根据患儿的大小和体重挑选适当的穿刺针、导丝、扩张器、导管和开关接头等备用。采用插管经腹主动脉肾动脉造影者，应备用猪尾巴导管，行选择性肾动脉插管和肿瘤供血小动脉插管时常用 Cobra 导管。

（3）药物准备　　造影剂：76%复方泛影葡胺作腹主动脉造影，60%复方泛影葡胺做肾动脉和肿瘤供血小动脉造影，有条件的用非离子造影剂如优维显较好。

抗凝剂：等渗氯化钠注射液和肝素。

局部麻醉药：1%普鲁卡因或2%利多卡因。

化疗药物：常用阿霉素 $10mg/m^2$，顺铂 $10 \sim 20mg/m^2$，长春新碱 $75\mu g/kg$。

栓塞物质：碘化油、无水乙醇、明胶海绵、PVA（聚乙烯醇）、不锈钢圈等。

■造影方法

心电监护下，采用 Seldinger 法，在基础麻醉和局部麻醉下经皮穿刺行肾动脉造影。患儿仰卧，在腹股沟韧带下 1.5cm 处作 0.2cm 的小切口，持穿刺针套与皮肤呈 30°向头侧穿入股动脉，插入导丝和血管扩张器，然后插入多侧孔的猪尾导管至第 11 胸椎处主动脉内，针管呈水平，以高速注射器注入 76%的泛影葡胺 0.5mL/kg 连续拍片，显示腹主动脉的所有分支，借以了解双侧肾动脉的位置及走向。然后换以 5F 的单弯肾动脉导管（Cobra 管），管端朝向侧方，试注 38%的泛影葡胺 $2 \sim 3mL$，如见充盈的血管在一侧肾区略呈扇形分布，证实已进入肾动脉，即以高速注入 76%的泛影葡胺 0.5mL/kg。连续摄片注药后 3s 为动脉期，$3 \sim 8s$ 为实质期，$8 \sim 10s$ 为静脉期。以上整个过程也可用 Cobra 管一次性完成，有条件的可先用 DSA 摄影，然后通过电影回放，来寻找术者感兴趣的图像。

■造影表现

动脉期对正常肾动脉显影为有规则的树枝样分支，肾母细胞瘤表现为巨大肿瘤影内动脉血管供应增多，走向不定，形态和分布不规则，呈不规则的藤蔓状或串珠样扭曲，有时成角处可见小动脉瘤，造影剂常郁积成池（呈血管湖征象），肿瘤区的肾内动脉分支常为肿瘤所拉直、分开或挤拢，为肿瘤所包裹时表现为粗细不匀、变细或僵直。少数肾母细胞瘤周围肾组织广泛性坏死为血管影减少，但仍见血管的不规则走向。肾实质显影期，肿瘤区密度相对较低，密度多不均匀，但也可均匀，与正常肾实质分界清或不清。静脉期也可显示静脉内癌栓和侧支静脉显影征象。肿瘤巨大时可以推移周围正常动脉包括腹主动脉、腹腔动脉和肠系膜上动脉等。

■动脉化疗栓塞

经肾动脉造影证实为巨大肾肿瘤后，即行栓塞化疗，根据导管在供血动脉内超选情况选择介入方式：①单纯栓塞。②单纯化疗灌注。③栓塞加化疗灌注。化疗药物及栓塞剂的选择与配置视患儿的体质和肿瘤的大小、组织类型定。栓塞剂为明胶海绵颗粒、钢圈，行肿瘤中枢性供血动脉栓塞；栓塞剂为超液化碘油、PVA，行末梢性供血动脉栓塞。其化疗药用量相当于全身化疗一次剂量的 1/4～1/2。将上述药物放入小杯中用注射器反复抽吸混成乳剂（最好用超声处理），持注射器将栓塞剂用手推注入肿瘤堵塞小动脉，然后在无菌条件下将明胶海绵条捻成直径约 1.5mm、长约 1.0cm 的条状，经导管与少量生理盐水一起注入，用以堵塞较大的肾动脉主干。注射过程需在透视监视下进行，注射压力不可过高，特别是在血管栓塞即将完成时，过高的注射压力可造成栓塞剂反流而导致误栓。含化疗药物的碘油对肿瘤组织有较强的亲和力，可在肿瘤内长期保留，栓塞治疗后 2 周拍片仍可见肿瘤内碘油影。

栓塞进行到透视观察肿瘤供血动脉极为缓慢或当造影剂开始出现反流为止。栓塞后再行肿瘤供血动脉造影，以进一步观察栓塞后详情，一般再造影时显示肿瘤染色消失或减少 70% 以上。

针对下腔静脉瘤栓形成，手术中瘤栓无法摘除或部分摘除者在术后再次行瘤栓介入治疗，将导管插入瘤栓内进行化疗可使瘤栓迅速纤维化而使之固定。中山一院有 4 例采用此项方法至今生存良好。针对巨大瘤体的肾母细胞瘤可取分次栓塞治疗使瘤体缩小而方便手术。

【并发症】

一般而言，只要操作小心谨慎，往往不致发生并发症。如果出现多为：

1. 麻醉意外。
2. 造影剂过敏。
3. 穿刺部位血肿。
4. 血管内膜损伤。
5. 血栓形成和栓塞。
6. 非靶器官栓塞。

栓塞剂反流至肾外如肠系膜上动脉、肠系膜下动脉、下肢动脉、髂内动脉，可引起极其严重的并发症，应尽量避免。如为明胶海绵或不锈钢圈栓塞，症状较轻；如为无水乙醇或碘油反流，可引起内脏器官的坏死。避免的方法是导管头位置应较深，压力适当，推注时用力均匀，注射无水乙醇时应混入造影剂，特别是要在透视下推注。必要时使用球囊导管暂时阻断肾动脉血流后注入栓塞剂，以避免栓塞剂的反流引起异位栓塞。此外，如肿瘤内有动、静脉瘘，碘油可通过瘘进入肺部，引起肺栓塞。避免的方法是先用少量细颗粒明胶海绵栓塞，再用碘化油栓塞。或从股静脉穿刺插管，置放球囊导管于肿瘤引流肾静脉支，暂时阻断引流静脉血流（一般不超过30min）。或肾动脉注入碘化油栓塞后加用明胶海绵或不锈钢圈，完全阻断患侧肾动脉的血流。

【副作用和术后处理】

1．术后3日复查血常规，肝、肾功能、血生化。

2．术后常规抗炎、水化、支持治疗。

3．栓塞后综合征　　表现为腹痛、腰痛、发热、恶心、呕吐，此乃肾脏缺血及机体对栓塞剂的异物反应和肿瘤变性坏死所致。术后前几天疼痛较重，可予以镇痛剂。

4．发热　　常于术后2～3日出现，如低热可不予以处理，高热病人感到不适时要予解热剂或激素如吲哚美辛（消炎痛）、地塞米松，效果较好。

5．对恶心、呕吐者应用枢复宁4mg/m²静注，可有效防止呕吐，同时静脉输入葡萄糖、氨基酸、乳化脂肪及多种维生素。

6．白细胞减低　　可输入新鲜血浆或白细胞或用升白细胞药。

7．口腔炎、脱发　　停药后可自行缓解。

8．肾脓肿　　一旦发生需加强抗生素联合应用，并考虑经皮穿刺肾脓肿置放引流管进行引流。

大部分患者出现暂时的发热，可能为肿瘤大面积坏死所致。化疗药物引起的一过性骨髓抑制、胃肠道反应，一般对症处理数天就能恢复。脱发、口腔炎等少见。心、肝、肾功能良好。罕见穿刺血肿或过敏反应。与同期全身化疗者相比，介入治疗疗程短、毒副作用发生率低且程度较轻，未见重要的并发症和耽误手术时机的现象。术前全身化疗有几个潜在的危险，例如骨髓抑制、心肾功能受损可能引起手术延期和促进肿瘤生长、转移，而介入治疗动脉内给药时由于靶器官的首过代谢和首过提取作用，使外周血浆最大药物浓度（Cmax）和血浆药物浓度-时间曲线下面积（AUC）与以同等的量和注射速度经静脉给药者相比明显降低，可达到提高疗效和减少药物毒副作用的目的。故认为术前介入治疗创伤小，全身毒副作用少，只要无严重心、肺功能障碍，肝、肾功能正常，无严重出血性疾病倾向者都可以应用。

【介入治疗后手术时机】

介入治疗后数天内手术，肿瘤血供受到栓塞可使术中出血减少，但化疗效应尚未完全发挥，肿瘤坏死不充分，完整切除难度高，污染术野机会大。介入治疗后第2周，肿瘤坏死较明显，包膜开始增厚，手术完整切除机会增大。但因患儿对化疗药物的全身反应正处高峰期，患儿骨髓抑制较严重，周围血象较低，对手术耐受力较差。介入治疗后3周以上者粘连较多。所以介入治疗后手术时机的确定应根据具体情况，如果影像学证实肿瘤已缩小，中央区出现液化，包膜增厚，同时患儿全身情况较好，生命体征稳定，此时就可考虑手术，一般情况下，2～3周较为合适。

二、肾上腺神经母细胞瘤

【介入治疗的适应证与禁忌证】

■适应证

（1）早期和体积较小的肿瘤术前提供肿瘤所在的位置和血供。

（2）不能立即手术的晚期巨大肿瘤，先行动脉内化疗栓塞，使肿瘤缩小；瘤体粘连侵犯周围重要的血管、脏器，介入治疗利于手术切除和减少术中出血。

（3）有远处转移者也可配合全身化疗对肾上腺原发病灶行姑息治疗。

■禁忌证

（1）碘剂过敏者。

（2）严重心、肝、肾功能不全者。

（3）严重凝血功能障碍者。

（4）穿刺部位感染。

（5）有全身广泛转移的患者。

【介入动脉化疗栓塞的方法】

■术前准备

同肾母细胞瘤介入治疗。

■动脉造影的器械准备

常规准备2套动脉造影导管，一套供主动脉造影用，以了解整个肾上腺动脉的情况，另一套用于选择性或超选择性肾上腺动脉造影。常用导管包括4~5F的猪尾巴多侧孔导管、4~5F的Cobra、RH等导管，对动脉开口朝前的，可采用Simmon导管。导丝一般使用小J形导丝。

■药物准备

（1）造影剂　　非离子型造影剂优维显或76%的泛影葡胺。

（2）一般药物　　抗凝剂、等渗氯化钠注射液和肝素。

（3）局部麻醉药　　1%普鲁卡因或2%利多卡因。

（4）化疗药物　　常用VCR1mg/m^2，CTX600mg/m^2，CDDP60mg/m^2，VM-26 100mg/m^2。

（5）栓塞材料　　同肾动脉栓塞。

■血管造影检查

穿刺与腹主动脉造影基本同肾母细胞瘤，有条件的可在DSA系统设备下进行，腹主动脉肾动脉造影了解患侧肾上腺动脉和肿瘤供血动脉大致情况后，再用4~5F Cobra导管作患侧肾上腺动脉和肿瘤供血动脉选择或超选择性插管、造影。腹主动脉造影剂总剂量20mL左右，注射的速度为5~10mL/s，行肾动脉造影时总剂量为10mL左右，注射速度为2~3mL/s，肾上腺上动脉造影剂总剂量为3~4mL，注射速度为1.5mL/s。由于各支肾上腺动脉只供应肾上腺的相应区域，所以任何一支肾上腺动脉只能显示肾上腺的一部分，要了解整个肾上腺情况须行多次造影。一般来说，右侧肾上腺大部分由肾上腺上、下动脉供血，而左侧肾上腺大部分则由肾上腺中、下动脉供血。

■肾上腺神经母细胞瘤的造影表现

瘤体较大（通常在 $50cm^2$ 以上），形态不规则，肿瘤供血动脉增粗，粗细不均，走行迂曲、成网状排列，或向肿瘤集中成车辐状。因肿瘤坏死、出血、囊变，毛细血管期肿瘤染色阴影内常出现低密度区。有时可见血管湖和静脉早期显影，引流静脉扩张。瘤体较大时，可压迫侵犯周围组织器官。

■动脉化疗栓塞

造影证实后，根据导管在供血动脉内超选情况选择介入方式：①单纯栓塞。②单纯化疗灌注。③栓塞加化疗灌注。化疗药物及栓塞剂的选择与配置视患儿的体质和肿瘤的大小和组织类型定。一般栓塞化疗时用上述药物计算量的 $1/2 \sim 1/4$，两联或三联经导管注入，栓塞剂以明胶海绵颗粒为主，也可用碘油、PVA 等栓塞剂，疗效均好。栓塞治疗为肾上腺神经母细胞瘤介入治疗的关键，一般用含有化疗药物的超液化碘油乳剂充满整个瘤区，再使用细条状的明胶海绵，很少使用无水乙醇单独栓塞，若使用必须注意避免反流。栓塞过程中常见肿瘤供血动脉铸型，栓塞进行到透视观察肿瘤供血动脉极为缓慢或当造影剂开始出现反流为止。栓塞后再行肿瘤供血动脉造影，以进一步观察栓塞后详情。有时肾上腺神经母细胞瘤供血血管较细小、扭曲或起源变异较大，需要熟练的操作技术和对血管解剖的详尽了解。

【并发症及术后处理】

常见并发症及处理与肾动脉基本相似，另外偶有血压不稳，应注意监测血肾上腺素水平和术前预防使用 α－受体阻滞剂及镇静剂，只要作好充分准备，操作细心，一般可以避免严重并发症的发生。

【介入治疗对神经母细胞瘤病理组织学的影响】

经术前介入治疗者，在支持疗法作用下，全身情况有不同程度的改善，术中见肿瘤体积缩小，纤维包膜增厚、粘连，瘤内广泛坏死、液化或纤维化，术时失血减少。单纯手术者，肿瘤血供丰富，包膜易穿破，术时失血较多。神经母细胞瘤无化疗者，瘤细胞排列整齐，核分裂活跃，瘤细胞完整。术前化疗者，肿瘤包膜增厚，纤维组织增生，瘤细胞固缩甚至溃解、碎裂、核分裂少、有大片状坏死，甚至难于找到肿瘤细胞。单纯手术者，瘤细胞完整，细胞排列紧密，变性轻，核分裂活跃，细胞器发育不成熟。术前介入治疗者，瘤细胞稀疏，变性及碎裂多见，核密度增高可见扩张的粗面内质网，血管内皮细胞空泡变性、线粒体肿胀、溶解，纤维母细胞多见。

神经母细胞瘤较肾母细胞瘤转移早，侵蚀性更大，多数患儿就诊时已属晚期，治疗更困难，所以术前辅助治疗就显得更加重要。应用术前介入控制原发肿瘤或转移灶后施行延期手术或二次手术治疗小儿神经母细胞瘤，对提高手术切除率，减少手术并发症和延长无瘤生存的时间的临床价值已被证实。近年来，通过术前辅助治疗，延期和二次手术已成为治疗以往不能切除的神经母细胞瘤的关键，提倡对诊断明确的Ⅲ期、Ⅳ期病例，术前可常规给予介入治疗，诊断不明确者先作活检再化疗，延期手术或二次手术，以达到完整切除原发肿瘤的目的。

三、肝母细胞瘤

肝癌是介入放射治疗最早的治疗对象，而肝母细胞瘤也是小儿肿瘤中最早应用介入放射治疗的病种，其中尤以经皮股动脉穿刺肝动脉栓塞术和经肝动脉插管化疗进展迅速。经动脉栓塞（TAE）的原理是由于肝母细胞的血供主要来自肝动脉，将其栓塞导致肝母细胞瘤细胞缺血坏死，而周围肝脏组织血供来自门静脉，不会导致肝坏死。但门静脉主干已有瘤栓，肝功能失代偿者不宜采用。近年来将其与经肝动脉化疗肿瘤缩小后再次手术、经皮穿刺瘤内无水乙醇注射等手段结合应用，常有良好效果。肝母细胞瘤的肝动脉灌注（HAI），将导管插入肝动脉，一般多在插入肝动脉后先行肝动脉造影术，了解肝脏及肝母细胞瘤的血管分布，肿瘤供血及侧支循环情况，并使导管头部尽可能靠近肝母细胞瘤，注入大剂量化疗药物，一般以顺铂（CDDP）、阿霉素（ADR）、丝裂霉素中的 2~3 种药物联用，这种治疗常与动脉栓塞术合用。栓塞化疗的机制：一般认为 CDDP 可在瘤细胞 DNA 中产生交联和链内交联，抑制细胞分裂周期；ADR 的抗瘤机制可能与 DNA 结合及抑制核酸合成有关。栓塞化疗后，瘤组织内栓塞剂的分布与瘤组织坏死、纤维化、瘤细胞凋亡的分布程度亦未发现对应关系，提示除化疗药物的抗肿瘤作用外，栓塞化疗的效果可能与瘤内血管栓塞和灌注损伤有一定的关系。如何进一步改进术前动脉化疗和栓塞方案，杀灭瘤组织中残存的散在癌细胞，则可能是降低术后复发率、提高治愈率的关键。

【介入治疗的适应证与禁忌证】

■适应证

（1）早期和体积较小的肿瘤术前提供肿瘤所在的位置和血供。

（2）不能立即手术的晚期巨大肿瘤，先行动脉内化疗栓塞，使肿瘤缩小。

（3）瘤体粘连侵犯周围重要的血管、脏器，介入治疗利于手术切除和减少术中出血。

（4）有远处转移者也可配合全身化疗对肝脏原发病灶行姑息治疗。

■禁忌证

（1）碘剂过敏者。

（2）严重心、肝、肾功能不全者。

（3）严重凝血功能障碍者。

（4）穿刺部位感染。

（5）有全身广泛转移的患者。

【介入动脉化疗栓塞的方法】

■介入治疗术前准备

（1）病人准备　　详细了解病史及全面体格检查，确定诊断，制定治疗方案。完成血、尿、粪 3 大常规检查；心、肝、肾功能检查和出、凝血时间测定。摄片了解有无肺转移。向病人及家属解释介入手术方法及目的，操作中可能发生的并发症及不良反应，以取得合作。穿刺部位的皮肤准备。造影剂过敏试验。术前禁食 4h，术前 30min 肌注适量鲁米那（luminal）和氢溴酸东莨菪碱（hyoscine）。

（2）器械准备　　常用导管包括 4～5F 的 Cobra 、Yashiro 等钩导管，酌情使用同轴微导管。

（3）药物准备

造影剂、抗凝剂、局部麻醉药和栓塞材料的使用同前。

化学治疗药物：顺铂（CDDP）90mg/m^2、阿霉素（THP－ADR）40mg/m^2、VP－26 100mg/m^2、环磷酰胺 1 200mg/m^2。

■血管造影检查

穿刺与腹主动脉造影基本同肾母细胞瘤，有条件的可在 DSA 系统设备下进行，引入 5F Cobra 导管行腹腔干、肝动脉造影，了解肝动脉和肿瘤供血动脉大致情况后，再用 4～5F Cobra 导管作肝动脉肿瘤供血动脉选择或超选择性插管、造影。

1．正常肝脏动脉血管造影表现　　肝左动脉从肝固有动脉分出后即向左上行，往往先分出左尾状叶动脉，再分出左内叶动脉和左外叶动脉，后者分成上下两段支，供应相应的肝叶和肝段。左内叶动脉可直接起自肝固有动脉，也可来自肝左动脉或左外叶动脉或上段动脉。肝右动脉从肝固有动脉分出后即向右上行，先分出细小的胆囊动脉，再分出右尾叶动脉，然后分出右前叶动脉，最后为右后叶动脉，后者分为上下两段动脉，分别供应相应的肝叶和肝段。有时右后叶动脉分成上、中、下 3 支，其中间 1 支供应右后叶中部。有时右尾状叶动脉可起源于右后叶动脉的上段支。有时肝左动脉、右前叶动脉和右后叶动脉同时起源于肝固有动脉，这时就不存在肝右动脉干了。有时肝固有动脉在肝门处一分为三，除肝右动脉、肝左动脉外，还有居于两者之间的肝中动脉。

2．肝母细胞瘤的造影表现　　肝母细胞瘤主要由肝动脉供血，多少不定。动脉期可见肝内血管增粗、迂曲，周围血管移位、分离或呈弧形环抱现象，常见肝动、静脉分流征。毛细血管期血供丰富的瘤体明显"染色"，其密度比周围肝实质浓，若肿瘤较小时可无明显血管移位，而肿瘤较大时可致肝动脉及其分支移位、拉直，甚至可致胃十二指肠动脉移位。静脉期偶见门静脉及肝静脉受侵和瘤栓形成，使血管截断或狭窄。另外造影剂常呈湖样聚集，开始出现于动脉期，消失很慢。

■动脉化疗栓塞

血管造影后，根据导管在供血动脉内超选情况选择介入方式：①单纯栓塞。②单纯化疗灌注。③栓塞加化疗灌注。先经导管缓慢地将稀释的化疗药注入靶血管。灌注化学治疗完毕后，可根据情况进行栓塞治疗，应尽可能使用复杂类栓塞剂，通常先用末梢栓塞剂（如碘化油乳剂）栓塞，将 CDDP（40～60mg/m^2）和 ADR（20～30mg/m^2）或者 THP－ADR 混合在 5mL 的碘化油中，在几分钟内通过肝动脉注入到肝内，再行中央性栓塞，将 1～2mm 的浸有造影剂的明胶海绵条注入增强栓塞作用，直到供血动脉完全栓塞。目前多直接采用选择性肝动脉造影，如无特殊情况应避免作腹腔动脉造影，以减少造影剂用量并提高肝内病灶的检出率。导管头端宜置于肝总动脉或肝固有动脉，如无特殊情况，一般不单行左肝动脉或右肝动脉造影，尤其是首治患者，以免遗留病灶。造影剂的流速应根据肝动脉的粗细而定，通常为 4～6mL/s，总剂量为 15～30mL。图像采集时间约 10s，以观察动脉期及静脉期。若发现肝脏某区域血管稀少甚至缺乏，则需探查其他血管（如肠系膜上动脉）以发现异位的肝动脉或侧支供血。原则上碘化油剂量应用足，但一般应尽可能保留肝固有动脉，以利于再次 TAE，但如果有明显动 - 门静脉瘘则除外，如果两支动脉供应肿瘤，可将其中一支闭塞使肿瘤血供重新分布，以便能集中治疗，有小范围肝动脉 - 门静脉瘘仍可用碘化油栓塞，范围扩大者应慎重，尽量避免栓塞剂进入非靶血管。

【介入治疗效果的判定指标】

1．瘤体缩小率。

2．AFP 减少率。

3．化疗副反应（按 WHO 化疗副反应分期评定）。

4．组织学效果。

【介入治疗对肝母细胞瘤组织结构的影响】

肝血管插管造影显示肿瘤属单结节，营养血管在瘤体周围成网，再发分支进入瘤体。显影的碘油主要集中于瘤体周围。软 X 线片显示瘤体内有局灶性的碘油和阴性结节。与之对应的组织学是碘油阴性结节，多是已经坏死和纤维化的瘤组织，其边缘围绕栓塞剂。碘油阳性结节大多可以见到成团或成片的瘤细胞。高倍镜下，碘油小滴多在细胞外。汇管区内某些较大血管，可见其腔内被碘油所充填。一些微小血管内膜亦有碘油沉积。栓塞化疗后瘤组织坏死纤维化一般达 80% 以上。反复多次重复染片未发现瘤体内碘油分布与瘤组织坏死、细胞凋亡程度之间存在联系。未发现各种瘤细胞亚型术前化疗的反应差异。碘油和抗肿瘤药物的混合物能选择性地积聚在肝肿瘤内。而且碘油在平扫 CT 上易于观察，能发现其他影像学检查所不能发现的微小转移灶。切除瘤体的切面上显示肿瘤组织广泛的坏死区，而邻近的正常肝组织未受累及。

【并发症】

一般而言，只要操作小心谨慎，往往不致发生并发症。如果出现多为：

1．麻醉意外。

2．造影剂过敏。

3．穿刺部位血肿。

4．血管内膜损伤。

5．肝功能衰竭。

6．血栓形成和栓塞。

【副作用和术后处理】

基本同肾动脉栓塞，另外术前注意肝功储备，术后注意观察肝功能的变化，积极予以护肝、消炎利胆。

●脾功能亢进血管栓塞治疗

一、脾的解剖与生理

脾是位于左季肋部深处的腹膜内实质性脏器，表面覆盖菲薄而紧张的纤维性被膜，被膜与腹膜愈合，被膜的纤维组织深入脾内形成一系列小梁，小梁之间为脾髓，由疏松的脾窦构成。脾髓内层为大量淋巴组织构成的白髓。

脾的上方和后方与左膈相邻，后下方比邻左肾上腺和左肾，脾肾韧带从脾连接到左肾及胰尾前方。脾前方与胃底部相邻，胃脾韧带从脾连接胃大弯，其内含有胃短动脉、胃短静脉和胃网膜左动静脉。脾下方为结肠左曲，脾结肠韧带从脾走向结肠，其内含有胃网膜左动、静脉的网膜支。脾右方是网膜囊，有脾门结构及胰尾相邻。

脾动脉是腹腔动脉3大主支之一，沿胰腺上缘走向左方，脾动脉经脾肾韧带行至脾门附近，分为数条脾支经脾门入脾。沿途发出胰腺及胃的动脉分支。有胰大动脉、胰尾动脉、胃短动脉，分布于胰体、胰尾、胃底和胃大弯，胃短动脉和胃网膜左动脉可以从脾门附近由脾动脉分出，也可以从脾支分出。

脾是人体内最大的淋巴器官，是网状内皮系统的重要部分，其主要功能有：①产生淋巴细胞（主要是B细胞）、浆细胞、抗体及免疫球蛋白，参与人体的免疫活动。②作为网状内皮系统的一部分，对血液中衰老的血细胞成分进行破坏和吞噬，并吞噬病原微生物和异物，对血液起着过滤作用。③参与调节骨髓活动的作用。④作为大储血库，起调节血容量的作用。

二、脾功能亢进的病理生理

脾功能亢进（hypersplenism）是一种综合征。其表现为3大特点：①脾肿大。②一种或多种血细胞减少。③骨髓造血细胞增生。

脾功能亢进有原发性和继发性2种，原发性脾亢原因不明，继发性脾亢原因可以是：①感染性疾病。如疟疾、黑热病、血吸虫病、病毒性肝炎等。这些疾病可引起脾内淋巴和浆细胞增多及由于巨噬细胞高度活跃而引起不同程度的脾肿大和功能亢进。②门静脉高压症。如门脉性肝硬化、肝癌伴大的门静脉癌栓形成等原因引起，由于脾静脉压力增高导致脾窦充血，引致充血性脾肿大和功能亢进。③造血系统的疾病。如遗传性球形红细胞增多症、自身免疫性溶血性贫血、地中海贫血、骨髓纤维化伴髓样化生等，大量红细胞在脾内破坏而诱发脾亢。④淋巴网状系统恶性肿瘤。如淋巴瘤、慢性淋巴细胞性白血病。⑤结缔组织病。如严重的组织细胞增生症X、戈谢病、尼曼－皮克病等。

脾功能亢进的发病机制目前有2种学说：①过分潴留和吞噬学说：当充血性脾肿大时，血细胞在红髓脾索内滞留时间过长，数目过多，就大量被巨噬细胞破坏，由于脾内血流缓慢，酸度增高及葡萄糖浓度降低，红细胞更易损伤而被破坏。②体液（激素）学说：脾脏可能产生某些体液因素，抑制骨髓造血功能和加速血细胞的破坏。如在免疫性血小板减少性紫癜和自身免疫性溶血性贫血中，脾脏会产生病理性抗体。在血栓性血小板减少性紫癜，脾切除后远处器官的病变有时能够自愈或缓解，部分再生障碍性贫血可在脾切除后好转。另外，脾切除后病人对放疗、化疗引起的骨髓抑制的耐受力增强，可能是去除了脾脏体液因素的结果。

三、脾功能亢进的诊断

1. 临床表现　　主要为脾肿大，全血细胞减少，骨髓呈增生表现。
2. 实验室检查　　通常表现为正色素性红细胞性贫血，网状红细胞计数增多。血小板和粒细胞明显减少，且有核左移现象。骨髓检查见造血细胞各系不同程度的增生活跃。

四、脾功能亢进血管栓塞治疗

脾功能亢进的治疗通常是针对引致脾功能亢进的原发疾患，若血液学改变不甚严重者，可不需治疗。对于严重的继发性脾肿大及脾功能亢进者，传统方法有手术切除或脾区的放疗。手术的指征是：①脾肿大显著，造成严重压迫症状。②贫血严重，尤其有溶血性贫血时。③相当程度的血小板减少及出血症状。④白细胞严重减少，有反复感染。若是由于肝硬化或门静脉疾患继发引起的脾功能亢进者，在脾切除的同时需作脾肾静脉或脾腔静脉分流术。由于对脾的生理和病理生理的深入认识，对脾切除治疗已有不同的看法。脾切除后患者可有 IgM 减少，脾血过滤功能消失，B 淋巴细胞和 T 淋巴细胞减少及失调，淋巴细胞转化率显著降低，粒细胞和巨噬细胞对病原微生物的吞噬能力减低、免疫功能减低等改变。脾切除后容易发生感染，尤其是小儿发生暴发性感染的发病率或脓毒血症的机会显著增加，Diamond 等报道脾切除后严重感染的发病率为正常人群的 50 ~ 80 倍。

脾功能亢进的介入治疗始于 1973 年，Madisom 首先报道在临床上试用脾动脉栓塞治疗门脉高压症伴脾功能亢进，得到脾脏缩小及外周血细胞迅速改善的结果。1980 年 Spigos 等应用部分性脾动脉栓塞法，明显减少了全脾栓塞所引起的并发症。1985 年，Jonasson 等报道用明胶海绵粒作部分性脾栓塞治疗脾功能亢进，长期（1 ~ 8 年）随访结果是相当安全有效和很少发生严重并发症。部分性脾动脉栓塞已广泛应用于脾功能亢进的治疗，成为外科脾切除术的替代方法，具有较低的并发症发生率和死亡率的优点。

【介入治疗的适应证】
1. 各种原因所致的脾肿大并有脾功能亢进，具有外科手术指征者。
2. 脾功能亢进导致全血细胞显著减少者。
3. 门静脉高压，充血性脾肿大并有脾功能亢进，具有上消化道出血史及出血倾向者。

【介入治疗的禁忌证】
1. 继发性脾功能亢进，其原发疾病已达终末期者，有恶液质及脏器功能衰竭者。

2．严重感染及脓毒血症，脾栓塞有发生脾脓肿的高危病人。

3．凝血酶原时间低于正常70%者，需纠正凝血功能后再行介入治疗。

4．巨脾症，严重黄疸，大量腹水者为相对的禁忌证。

5．其他常规介入操作的不适应证。

【介入治疗技术】

■术前准备

（1）常规检查血象、凝血三项、肝功能等。

（2）穿刺部位备皮及各人清洁工作。

（3）术前应用抗生素以预防感染。一般方案为 PG80 万 U、庆大霉素 16 万 U，静滴，必要时可加用甲硝唑 0.2g，术前 2 日开始。也有报道应用喹诺酮类抗生素。

■栓塞步骤和方法

（1）操作步骤　常规消毒铺巾，局麻下以 Seldingers 技术穿刺股动脉。小儿可由麻醉医师施以静脉麻醉和镇静，以保证不影响操作。小儿可应用 18G 穿刺针和 4F 动脉鞘，穿刺针较大成功效率会减低，现有新型的多重交换的小穿刺套件较适合小儿股动脉的穿刺。穿刺成功及保留动脉鞘后，引入 4F～5F 的导管作腹腔动脉甚至脾动脉的插管造影，并指引将导管借助导丝超选择插管至脾动脉干的末段或者不同的脾支内，要求导管前端越过胰尾动脉，然后经导管注入栓塞剂进行栓塞。

（2）栓塞方法　可有以下几种：①脾动脉主干栓塞：常用较大体积的栓塞材料如不锈钢螺圈、可分离球囊、明胶海绵条放置于脾动脉主干使其栓塞。由于栓塞以后脾内动脉可以通过胃短动脉、胃左动脉及胃网膜动脉分支形成侧支循环，对脾功能亢进的影响很小，故仅用于治疗脾动脉瘤。脾外伤出血，也可作为临时减低门静脉高压的措施，采用该方法脾不发生梗死。②脾段动脉栓塞：采用适当大小的明胶海绵条使一定大小的脾内分支栓塞，由于脾的解剖决定了脾小梁之间没有血管互相吻合，因此引起栓塞动脉远端的脾梗死，栓塞过程通过造影证实形成脾栓塞范围在 40%～60% 之间，可达到"部分行脾切除"的效果，既改善了临床症状，又保留脾的免疫功能。该方法较安全，并发症较少。但由于末梢脾窦未能栓塞，仍有充血空间，存在当动脉压力减低后，带细菌的肠系膜静脉血和门静脉血倒流入脾，容易引起梗死区的感染形成脓肿，而且脾功能亢进较易复发。③脾动脉末梢性栓塞：采用细小的颗粒性栓塞材料如 0.5mm 的明胶颗粒、300～500μm 粒径的聚乙烯醇颗粒或碘油、无水乙醇、鱼肝油酸钠等液体栓塞药剂对脾动脉末梢进行栓塞，栓塞水平为淋巴鞘甚至脾窦水平，使栓塞部位完全梗死。

控制栓塞范围有 2 种方法：①是超选择插管至某一脾支或更远，该支远端部分完全栓塞，然后再栓塞另分支。文献报道多选择脾下极的动脉分支，认为优点是脾下极有大网膜相邻包裹，即使产生坏死，很快能被周围的大网膜包裹，不易弥散引起全腹膜炎，同时左下胸膜腔和肺的反应较轻，且栓塞范围也易控制。②在脾动脉远端以低压流控法注入栓塞药剂，利用血液的流动分布栓塞末端脾组织，通过反复造影与栓塞前比较，控制栓塞范围大小。或根据血流速度的改变来估计，如脾内造影药剂流速减慢约50%～60%，造影药剂停滞时超过80%。以上 2 种方法都有人采用，前一种控制方法，由于未受栓塞的脾段解剖结构仍然正常，对正常脾功能保留影响较小。末梢脾窦完全栓塞可致干性梗死（无动静脉灌注），尤其是使用碘油、无水乙醇或鱼肝油酸钠作栓塞剂，继而容易产生纤维化改变而不易出现脓肿。

■栓塞药剂的制备和选择

（1）明胶海绵　为最常用的脾栓塞剂，方便价廉。可先将其剪成 0.5～2mm 大小，分包，高压或气体消毒后备用，也可临时再剪成粒状或条状。用时，可将颗粒浸泡于 75%酒精中，排掉酒精后以含有抗生素的生理盐水混合注入。栓塞较大动脉时可将条状海绵塞进注射器小嘴内，用以上方法经导管送入。

（2）聚乙烯醇（Ivalon，PVA）　为永久性栓塞剂成品，粒径由 150～500μm 不等，用于末梢栓塞效果很好，但价格昂贵。

（3）无水乙醇　为很好的超选择性栓塞药剂，末梢血管内皮接触后受损而致闭合，组织凝固，栓塞完全，且本身有直接杀菌作用，局部细菌不易繁殖，栓塞后容易机化，并发症少。

（4）鱼肝油酸钠　曾是常用的血管内栓塞硬化剂，也通过损伤血管内皮引起栓塞。但该栓塞剂反应较大，局部可引起疼痛及炎症反应，且可有过敏反应，近年来已少见其应用的报道。

■栓塞范围的控制

文献报道脾栓塞范围应控制在 40%～70%，绝对不宜过度栓塞，但栓塞范围过小临床症状改善效果不明显，应视患者的全身情况及耐受程度考虑。代谢旺盛的小儿患者、全身情况好或血液病所致的脾功能亢进者栓塞范围略宽松，较差的患者采用分期多次栓塞的方法达到治疗目的又减少并发症的出现。

■术后处理

股动脉穿刺部位要彻底压迫止血加压包扎，由于脾功能亢进者血小板可明显减少，凝血功能会较差，注意有无穿刺点再出血是必要的。术后卧床及禁屈穿刺侧髋关节 24h，术后严密观察生命体征、神智、腹部的症状体征等。使用有效的抗生素和激素 3 天以上，预防感染和减轻术后并发症。连续观察血象变化，必要时作 B 超或 CT 检查了解脾内的变化或腹腔的情况。

■常见并发症及处理原则

（1）脾脓肿　可由导管导丝及栓塞剂污染引起，体内其他感染灶的带菌血逆流进脾静脉也是一个原因。较小的脓肿可经保守治疗治愈。较大的脓肿可经皮穿刺引流辅助治疗。如果脓肿破裂并引起腹膜炎应及早行外科手术治疗。

（2）误栓　导管前端位置过近或注入栓塞剂的压力过大，栓塞剂反流误栓塞胃、胰的动脉，严重者可导致急性胰腺炎。因此栓塞剂应伴造影剂在透视下进行缓慢推注，压力应小，确保无反流，可减少意外栓塞非靶器官的机会，轻度胰腺炎用抗生素对症处理，一般可痊愈。

（3）左下胸腔积液及左下肺炎　发生率约 18%，脾上部栓塞后局部反应可刺激左膈及左下胸膜引起炎症及疼痛，左下肺呼吸受限易诱发肺炎及胸腔积液。可应用抗生素、镇痛及局部理疗等方法，多能恢复正常。

（4）栓塞后综合征　　发生率几乎 100%，但程度不同，可有一过性发热、左上腹不适、食欲不振、腹痛等，经用抗生素消炎、止痛、退热等治疗可逐渐缓解，多在 1 周左右消失。

●消化道出血的介入诊断和治疗

【介入理论】

向胃肠道供血动脉内直接注入造影剂不仅可显示各级血管的形态，还可显示出血液的分布、回流或溢出至血管外。这是诊断的理论基础。然而，消化道的血液供应比较复杂，其特点包括：①来源广泛。食管血供可来源于锁骨下动脉分支甲状颈干，胸主动脉发出的多支食管动脉和腹腔动脉分支胃左动脉的食管支；胃的血供来源于腹腔动脉的 3 个分支，即胃左动脉、肝动脉发出的胃十二指肠动脉和脾动脉发出的胃短动脉和胃网膜左动脉；十二指肠的血供来源于腹腔动脉分支肝动脉发出的胰十二指肠上动脉和肠系膜上动脉的分支胰十二指肠下动脉；空回肠的血供来源于肠系膜上动脉；左半结肠和横结肠的血供来源于肠系膜上动脉，右半结肠的血供来源于肠系膜下动脉；直肠的血供来源于肠系膜下动脉的分支直肠上动脉和髂内动脉的分支直肠下动脉。因此对于不明原因、不明部位的消化道出血，血管造影检查至少要包括腹腔动脉、肠系膜上动脉和肠系膜下动脉，必要时还要对髂内动脉等进行全面而详细的检查。②血管间有丰富的吻合支。消化道的血管不仅是同一血管的不同分支间有着丰富的吻合支，而且腹腔动脉与肠系膜上动脉、肠系膜上动脉与肠系膜下动脉以及肠系膜下动脉与髂内动脉均有相应的分支在末梢形成广泛的吻合。

消化道出血的介入治疗包括局部药物灌注和栓塞治疗。我国普遍使用的灌注药物是垂体后叶素（pituitrium postius），它是由猪、牛、羊等动物的脑垂体后叶中提取的水溶性成分，内含催产素和血管加压素（vasopressin）。其中对消化道出血起治疗作用的是血管加压素。血管加压素的作用机制是使脾动脉、肠系膜动脉、胃左动脉及其他内脏小动脉的毛细血管前括约肌收缩，使汇入内脏循环的血流减少，达到止血的目的。

消化道出血的栓塞治疗一直争议较多。一般认为肝脏、胃、十二指肠、直肠等部位和器官，由于其血液供应来源于多支动脉，且吻合支丰富，栓塞治疗可迅速止血，安全可靠。而空回肠、结肠血液供应直接来源于肠系膜上动脉和肠系膜下动脉，尤其是动脉弓以下为终末动脉，一旦较大分支受损则侧支循环较难形成，易造成节段性肠坏死。但近年来也有报道对小肠平滑肌瘤、回盲部血管结构不良进行栓塞获得成功，作者认为在超选择插管下用明胶海绵颗粒栓塞肠系膜上动脉弓状吻合之前有较好的止血效果，一般不会导致肠坏死。

【适应证】

1. 不明原因消化道出血，经纤维内窥镜等检查仍不能明确出血部位者。
2. 各种原因引起的消化道出血，经内科保守治疗无效者。
3. 急性消化道大出血，临床上暂不能行外科手术治疗者。
4. 因外科手术、介入操作、经皮肝穿等医源性因素引起肝脏损伤导致胆道出血者。

【禁忌证】

1．出现休克，不能耐受血管造影的危重病人。

2．肝、肾功能严重衰竭，凝血功能严重障碍者。

3．对造影剂严重过敏者。

4．心律紊乱者为药物灌注治疗的相对禁忌证。

【技术和材料】

■术前准备

在行血管造影和介入治疗前首先应详细了解患者病史，并结合临床体征、实验室检查、纤维内窥镜检查、核素扫描等相关检查结果来确定最佳的造影时机、造影部位和范围，拟订治疗方案。同时还应实事求是地向患者或家属交代检查治疗的目的、方法、价值及可能发生的不良反应及并发症，并在手术同意书上签字，以争取病人及家属的理解和支持，避免不必要的医疗纠纷。其他术前准备如腹股沟备皮、碘过敏试验、术前禁食与禁水等同一般造影检查。

■血管造影

经股动脉行 Seldinger 穿刺，插入造影导管。导管一般可选用 4～5F 的 Cobra、Simmon、Yashiro 等导管。对于不明原因、不明部位的消化道出血患者，应对腹腔动脉、肠系膜上动脉、肠系膜下动脉等进行全面而详细的检查，如怀疑直肠病变，还需行髂内动脉造影，以防遗漏病理改变。如造影前已明确出血部位，或在造影过程中发现可疑之处，则应进一步超选择插管，准确显示病变的部位和性质。

消化道出血血管造影征象：①造影剂外溢，这是出血的直接征象。表现为局部造影剂异常聚集，外溢的造影剂可以为小片状并恒定存在，很长时间后才逐渐弥散或随着胃肠道的蠕动及消化液的稀释逐渐变淡。其病因大多为动脉瘤破裂、外伤、溃疡等，也可表现为点状或线状的造影剂外溢，在胃肠胀气的背景图像衬托下呈线状影并恒定残存于胃粘膜沟内，多见于出血性胃炎。②病变异常血管，多为出血的间接征象。在肿瘤病变处显示出异常的肿瘤血管、肿瘤染色及周围血管移位；血管结构不良表现为粗细不均的血管丛，末梢血管杵状扩张、迂曲，引流静脉早显；血管瘤表现为丰富的血窦，供血动脉常增粗；动脉瘤出血常表现为瘤壁模糊、毛糙。另外，局部血管痉挛是出血的重要间接征象。

尽管 1963 年 Baum 和 Nusbaum 通过动物实验发现用电影摄影记录血管造影可检出 0.5mL/min 的出血，但临床上直接征象即造影剂外溢的发现率仅为 18.4%～64%，更多的是通过间接征象来推测病变所在部位。然而在个别病例血管造影所发现的异常血管并不一定就是出血灶。对于如何提高诊断阳性率，许多学者作了大量努力，归纳为以下几点：

1．掌握好造影时机。只有在活动性出血时血管造影才能最大程度地发现出血的直接征象，而出血间歇期只能发现间接征象，甚至一无所获。这种情况下可在一定时间内保留导管，以等待出血活动期重复血管造影。

2．正确选择造影血管。这也是提高诊断阳性率的重要前提。如前所述，除了对消化道的主要供血动脉如腹腔动脉、肠系膜上动脉、肠系膜下动脉等进行全面的检查外，还要对临床上考虑的可能出血部位及造影过程中可疑之处进行超选择插管造影，阳性率与靶动脉内造影剂的灌注量明显相关。胃左动脉、肝固有动脉、脾动脉、胃十二指肠动脉等高流量血管及出血易发区应尽量行选择性造影。笔者经历一病例常规造影为阴性，但内窥镜高度提示十二指肠区出血，后改用微导管在胰十二指肠上动脉造影才发现微小动脉瘤及破裂出血征象。

3．有学者认为电影摄影能更有效地记录造影过程，避免肠气重叠和运动伪影对诊断的干扰，也有学者认为 DSA 能更清晰地显示小血管和细微结构。笔者认为对于能够很好配合检查的患者，DSA 能更好地显示血管形态及造影剂异常聚集，而电影摄影较适用于不能很好配合呼吸及运动的病人，尤其是数字化电影的出现，免除了传统电影胶片冲洗等一系列烦琐的过程，使病人及时得到诊断和治疗。

4．延长造影摄片时间至 25s，甚至更长，并与造影前平片仔细、反复对照，以期发现微量的造影剂外溢或静脉性出血。

5．有学者主张对造影阴性病人，或出血间隙期病人使用血管扩张剂如 654－2 等行药物性血管造影，以提高阳性率。

■药物灌注治疗

血管造影明确出血部位后即可开始药物灌注治疗。常用的介入治疗灌注止血的药物是血管加压素（pitressin），它可使小动脉、小静脉和肠管的平滑肌收缩，以达到止血目的。血管加压素注入靶血管后药物直接作用于血管平滑肌，且局部维持较高浓度，因此作用明显优于静脉全身用药。理论上讲导管尖端越接近出血部位，药物作用越集中，作用越强大，而且可减少药物用量，减少副作用的发生。然而实际操作中精确的超选择插管并非易事，常常费时费力，因此要根据手术中实际情况决定超选择插管至动脉哪一级分支，做到安全、有效、易行。临床实践肠系膜上动脉主干内灌注垂体后叶素往往亦可取得满意疗效。灌注最好用微量注射泵进行，以保持匀速，精确掌握用药剂量。灌注开始时剂量以 0.2U/min 为宜，灌注 20～30min 后复查血管造影。如灌注有效则可见血管管径明显收缩，但仍能保持良好的血流进入毛细血管和静脉，无造影剂外渗。如造影显示动脉无明显收缩，出血仍未控制，则将垂体后叶素增加至 0.4U/min，20～30min 后再次复查血管造影，如果效果仍不理想则应考虑栓塞、手术等其他治疗方法。当血管造影确认出血已停止，则以当前剂量维持灌注 12～16h。如果血管造影及临床征象表明出血已被控制，即可将垂体后叶素逐渐减量，每 6～8h 减少 0.1U/min，直至完全停止，此时最好仍留管观察 12～16h，确认出血已停止后拔除导管。如在观察期间再次出血，则可重复灌注垂体后叶素或行栓塞治疗。

肾上腺素早年也用作经动脉插管灌注，现已大多被加压素代替，据报道，其剂量为：①胃左动脉、胃十二指肠动脉或肠系膜下动脉：8～16mg/min。②腹腔干或肠系膜上动脉：20～30mg/min。但是肾上腺素有心脏副作用，所以在一些患者特别是老年人应慎用。

■栓塞治疗

对于手术、外伤、感染等原因引起动脉损伤、破裂、动脉瘤导致消化道出血者，以及急性胃粘膜病变、胃十二指肠溃疡等引起的消化道出血，可根据血管造影所见，对病变部位如肝动脉、胃十二指肠动脉、胃左动脉进行超选择插管，然后用明胶海绵颗粒或明胶海绵条进行栓塞，对血流量较大的部位可在明胶海绵栓塞的基础上再加用弹簧钢圈进行补充和巩固。国内外文献对此报道甚多，止血迅速，安全可靠。对胃肠道出血，还可用 PVA 颗粒（商品名 Ivalon）和钢圈组合行永久性栓塞。Ivalon 分为多种规格，$100 \sim 500\mu m$ 直径可提供良好的末梢栓塞；$1\,000 \sim 2\,000\mu m$ 直径用来栓塞小的供血动脉。Ivalon 栓塞剂的制备是先将造影剂、白蛋白和高分子葡聚糖以 2:2:1 的比例混合成糊状，然后再与适量 Ivalon 颗粒混合，应注意避免阻塞导管腔。最后用合适直径的 Gianturco - Wallace - Chuang（GWC）钢圈，这种组合能提供较好的永久性栓塞。

尽管对于肠系膜上动脉和肠系膜下动脉供血区域栓塞止血一直争议较多，但就疗效而言，栓塞治疗确实不失为一种有效的治疗手段。在具体操作上则应谨慎，注意：①严格掌握栓塞的适应证，充分意识到肠系膜上动脉、肠系膜下动脉分支栓塞潜在的风险性，并争取病人及家属的理解和配合。②谨慎操作，采用超选择性血管插管技术，接近出血部位。③栓塞水平必须在动脉弓吻合支之上，以保证被栓塞部位必要的代偿血供，但又要避免损伤或栓塞大的血管分支，以免周围血管代偿不足。④栓塞剂选用直径 2mm 左右大小的明胶海绵颗粒为宜，切忌使用无水乙醇、IBCA 等末梢型栓塞剂，否则会损伤动脉弓及肠壁内血管网，不可避免地引起节段性肠坏死。也有学者主张用 $100\mu m$ 的 PVA 颗粒，因为这种微粒可以通过肠管供血的动脉超选择性栓塞正在出血的部分血管。简单地说就是尽量小范围地栓塞肠管血管以达到止血目的。Guy 报道 10 例用 Tracker 微导管进行栓塞止血，全部止血成功，仅 2 例内镜检查提示肠管局部缺血表现，但无人出现肠梗阻。⑤注入明胶海绵颗粒过程中反复造影，当无造影剂外溢或病理性血管不再显影时即可停止，切忌过度栓塞。

对于消化道出血的病人，栓塞治疗一定要在患者凝血功能控制良好的基础上进行。因为有回顾性研究提示，不纠正凝血状态，患者的再出血机会高出 2.9 倍，死亡率也高出 9 倍多。

栓塞后应行血管造影以确认疗效，患者的黑便可能仍会持续 $1 \sim 2$ 天（肠道残血），一般经过栓塞治疗再出血的几率就比较少，又因导管本身即可引起血栓形成，所以一般都不主张留置导管。

【并发症】

除穿刺插管引起的并发症及造影剂过敏反应外，垂体后叶素灌注最常见的副反应是腹痛，其原因可能是血管加压素使血管平滑肌和肠道壁收缩所致。大多数情况下可自行缓解，对病人影响不大。但如果腹痛持续 $20 \sim 30min$，甚至进行性加重，就应考虑肠缺血的可能，其原因可能是垂体后叶素剂量过大，给药速率过快，导管位置不当或进入小分支内造成药物分布不均匀，插管过程中损伤血管或引起血栓形成。此时应根据情况调整药物用量、给药速率，复查造影调整导管位置。血管加压素除作用于肠道外，还可使其他脏器、四肢、冠状动脉血流减少，引起高血压、心律失常等心血管系统反应。因此在给药时应密切监护病人血压、心律等，一旦出现异常必须调整药物用量，甚至停止治疗。血管加压素还有抗利尿作用，可引起水潴留、电解质失调等全身性不良反应，一旦出现应予利尿，相应补充电解质。

栓塞的并发症主要是栓塞剂反流造成邻近血管如肠、肾动脉栓塞或随血流冲至远处如下肢，造成非靶器官误栓，对于这类并发症关键在于预防，特别应注意的是在注射栓塞剂时应很好地掌握注射速率和压力，一旦发现血流变缓则应更加谨慎，少量、缓慢地注入栓塞剂，并随时用生理盐水冲洗，直至目标血管完全闭塞，血流停止。如果发生误栓，则应采用适当的保护措施，如给予激素、吸氧、疏通和扩张血管药物等，以减少组织梗死的程度。肠系膜上动脉栓塞的并发症是节段性肠缺血坏死，这是最严重的并发症，发生率约10%～25%。其主要原因是栓塞范围过大导致周围血管代偿不全或末梢血管受损，侧支循环不能建立。主要预防措施在于掌握好栓塞的适应证和栓塞范围，合理使用适当的栓塞剂。肠坏死一旦发生则应及时切除坏死的肠管。

【两种特殊情况的介入处理】

■胆道出血的介入治疗

胆道出血50%来自肝实质，45%来自胆道和胆囊，胰腺疾病所致的出血很少。胆道出血最常见原因是外伤；其他原因包括肝活检、PTC、PTCD、胆道内引流术、胆道支架、胆管结石术后（包括外科取石和ERCP术）；肝胆部位的感染（特别是合并结石时）也可引起出血，肝的寄生虫病、阿米巴脓疡均可引起血性胆汁。此外，肝胆道的恶性肿瘤也是引起胆道出血的原因；胆道息肉、异位的胃肠道和胰腺组织是引起胆道出血的少见原因。7%的胆道出血尚可由血管病变引起，包括动静脉畸形、动脉/胆道瘘和静脉/胆道瘘，动脉–门静脉瘘可以引起严重的门脉高压，继发的胆道静脉曲张也可以是胆道出血的原因。胆道出血中，外伤或医源性的原因导致胆道壁的撕裂、缺血和坏死是导致出血的重要原因，支架和胆道取石术可致胆道壁溃烂出血。胆道出血的另一重要原因是外伤、感染、手术等导致动脉或静脉的损伤，特别在动脉受损后形成瘤样扩张，最后破裂出血。

如果医生在临床上没有考虑到胆道出血引起上消化道出血，就很有可能漏诊。因为即使利用现代影像学技术，有时胆道出血也很难查见。约1/3病人可表现为消化道出血、胆绞痛以及阻塞性黄疸，此外也可能出现贫血、发热、右上腹包块或钝痛。如果出血量小而病期长，患者症状仅仅是贫血。胆道出血的另一个重要的特点是原发的病损往往和继发的出血有一定的时间间隔：几周、几个月甚至数年之久。PTC和ERCP在X光下可看到充盈缺损，提示可能的出血，但不能确诊；B超可以查见肝内或胆囊内的血肿；近年认为CT是一种适合筛查胆道出血的工具，正常胆囊CT值为0～20HU，出血发生时胆汁密度可渐增高至50～60HU以上，CT复查提示胆汁密度不断升高以及胆囊内的血块。CT检查还可以查见胆石、钙胆汁、肿瘤以及损伤，这些都能够成为胆道出血的原因。

胆道出血时，选择性肝动脉造影可导致胆道显影，这一征象能比较可靠地提示出血。但是应排除以下因素所引起的胆道显影：此前已使用胆道造影剂；尿道造影剂也可经由胆道排出；或是由肠道反流回来的造影剂。排除了以上情况，再结合内镜方面的检查，胆道出血是有可能确诊的。50%的患者可由内镜直接看到出血自Vater壶腹出现，这是出血最直接的征象，但由于大多数胆道出血的间歇性，并非每个患者都能查见，目前有学者认为对患者行十二指肠乳头内的内镜检查并行内容物取样，血红蛋白阳性者提示胆道出血。腹腔干-肠系膜上动脉的造影在肝内发现假性动脉存在强烈提示胆道出血的可能。此外若存在动脉-门静脉瘘也是提示出血的重要征象。25%的患者在造影时，可见到造影剂漏出血管外进入胆道。

传统的外科手术在治疗上主要包括肝脏的修补、部分切除、肝动脉的结扎等。与外科相比，介入具有适应证广、操作简单和疗效好、损伤小等优势，所以在处理情况相对较平稳的病人时，笔者认为介入性的方法应当作为首选。一般情况下，明胶海绵粒已足够止血，对于较大的动脉-门静脉瘘或血管胆道瘘，可用弹性钢圈或可脱球囊来阻塞出血的血管。堵塞血管的目的是降低出血血管的血压，而不是把这一范围的肝实质填塞住，因此最理想的治疗是对出血血管超选插管并用可吸收材料堵塞止血。如果这样的插管较难做到或患者情况恶化，也可以栓塞肝动脉或其分支（可使用永久性材料或钢圈或可脱球囊），肝脏有丰富的侧支和双重血供，所以上述治疗后肝栓塞不常见，也因此在介入治疗时要特别注意患者的门脉情况，例如门脉性的肝硬化，阻塞肝动脉就可能引起严重后果。目前认为门脉灌注减少和胆道梗阻有关，在肝移植术后出血的病人一般依靠保守治疗和胆道引流止血，但这也带来一个问题，因此类治疗会导致日后胆管系统的狭窄，所以对于顽固的、大量的出血应考虑使用介入性的肝动脉分支栓塞。肝静脉出血的治疗方法是使用球囊导管对瘘口部位行暂时性阻塞，促进血栓形成以止血。

■胰腺疾病并发消化道出血

胰腺疾病直接导致的出血较少见。主要出血的原因是胰腺疾病并发的消化道溃疡、出血性胃炎，甚至少数可能因呕吐导致食管粘膜撕裂而引起出血。胰腺疾病直接导致的出血原因为：胰腺或胰周血管的直接损伤或血栓形成（通常和门脉有关）。

胰腺炎或胰腺创伤后胰酶的消化作用可致周围组织损伤而形成假性囊肿。胰腺假性囊肿具有不断增大并最终自发或因手术损伤而致破裂的特性，破裂后胰酶进入上消化道或结肠、腹腔或者在少数病例中可进入胰管而导致出血，有时出血又流入假性囊肿中，偶尔可见胰腺假性囊肿导致重要血管的损伤而致严重出血。最常见受累的血管依次为：脾动脉、胃十二指肠动脉和胰十二指肠动脉。在严重病例中所有胰周血管均可被累及，包括主动脉和门脉属支。上述这类出血病例的病情危重，迄今为止死亡率甚高，多数学者认为这类出血与术前准备不足和过分的保守治疗延误手术有关。胰腺假性囊肿可以在术前、术中或术后破裂导致出血，据报道假性囊肿病人的出血率约6%～10%，假性囊肿内引流术后出血约为18%。近年来由于介入性诊疗手段的广泛应用，以及更早更大范围的手术治疗，使此类并发症的死亡率显著下降。

胰腺疾病并发出血的另一机制是胰周血管的栓塞所致的肠梗死，若累及门脉属支（特别是胰腺炎中最常见的是脾静脉受累）则有可能造成相应的静脉曲张引发出血。胃短静脉→胃左/右静脉的回流；胃网膜左静脉→胃网膜右静脉→肠系膜上静脉的回流；或者是少数病例中，胃网膜左静脉和左结肠静脉→肠系膜下静脉存在交通，以上3种情况胃左/右静脉和胃网膜右静脉都可经脾静脉回流进入门脉，而脾静脉的栓塞可导致食管胃底静脉或左半结肠的静脉曲张，引发出血。胃冠状静脉有时也有脾静脉回流，脾静脉栓塞、胃短静脉不能缓解门脉高压时，静脉曲张也就形成了。造成胰周血管栓塞的原因不止胰腺炎，肿瘤（包括癌、胰岛细胞瘤和囊腺瘤）以及其他不很清楚的原因都可以导致脾静脉阻塞。

对一个已知有胰腺炎的患者来说，早期发现其出血是正确处理的前提。临床征象包括：1/2的患者可以有上消化道出血；1/4的患者可有反复的腹部钝痛；1/3的患者可查及脾脏增大。如果出现可触及的腹部包块有搏动感和杂音，同时有消化道出血征象以及血清淀粉酶升高的表现，临床医生应警惕胰腺炎合并的出血。内镜检查可排除其他原因出血，也可提示假性囊肿溃入肠腔的位置，超声扫描可表现为胰腺假性囊肿的快速增大以及内容物的声学性质的突然变化：急性出血时胰腺假性囊肿像一个均质肿块，边界清楚。1周后表现为囊性包块内的混杂回声，可为软组织或脓液样回声表现。最后经过几周，若无新的出血，则血肿吸收，超声表现恢复到与出血前相似。要注意的是有时假性胰腺囊肿难以和假性动脉瘤在B超上鉴别。CT是诊断胰内出血或胰周出血的可靠方法，因为出血在CT扫描上表现胰周组织密度改变，动态螺旋扫描可以显示位于假性囊肿内的假性动脉瘤。此外，CT也是准确评估胰腺创伤的好方法。血管造影是必不可少的检查方法：它可以辨认出血的部位和血供来源；还可以排除因胃溃疡、出血性胃炎和食管黏膜撕裂等其他原因引起的出血；更重要的是血管造影可了解门脉的情况。广而言之，每个有胰腺疾病的患者都应当有这方面的检查。通过间接门脉造影，可以分辨脾静脉的单独阻塞和肝病所引起广泛门脉高压，因为以上这2种情况的外科处理完全不同。简言之，血管造影提供的信息可指导更准确和彻底的外科手术，这一点使其在胰腺疾病的诊疗中扮演十分重要的角色。胰腺疾病所致出血的血管造影表现包括：动脉受到侵蚀；假性动脉瘤形成（可以是大型的单个假性动脉瘤，也可表现为多发的小假性动脉瘤）；有时可见出血征象（包括假性动脉瘤溃入腹腔或消化道，少见出血进入胰管的情况）。

胰腺疾病所致出血的处理应尽快确诊和完全彻底的手术治疗。在术前检查中介入性的血管造影是十分重要的一环。一旦出血部位确定，应紧急进行剖腹探查。具体的手术方法尚有争议，近期的研究显示出血动脉结扎或囊肿瘤内动脉缝扎止血＋囊液引流，外加脾切除或胃、肠管切除的疗效优于胰腺的部分切除或全切。当然由于胰头肿物引起的胰管出血或胰腺炎应切除部分或全部胰腺组织，控制出血。介入放射学在控制出血方面有广泛的适应证：①如果病人情况危殆，出血动脉粗大，可立即使用机械性的阻塞装置，包括球囊导管和可脱球囊或是GWC钢圈，可理想地控制出血，介入处理后立即剖腹探查，因为出血动脉的侧支循环可能开放。②如果出血的动脉是较小的假性动脉瘤或胰腺内的小动脉，使用明胶海绵粒就能控制出血，不用进一步手术，因为这些小假性动脉瘤十分脆弱，容易破裂，故栓塞时应把栓塞物质的载体溶液量控制到最少，注射压力也应控制在最低。③有时CT和B超提示明显的出血，而血管造影的征象不十分明确，这种情况多半是因为更小的动脉分支和假性动脉瘤造成出血所致，有时出血在造影上见得到，但具体的来源却不明确，这时用明胶海绵粒有限地栓塞脾动脉和胃左动脉往往可以立即止血，使用明胶海绵这种可吸收的栓塞物是为保守治疗争取时机，临床情况改善后此处血管可重新开放。④介入性的治疗可作为手术治疗的辅助手段。虽然理论上手术仅需切除脾脏，但实际上由于周围静脉迂曲、炎性反应使手术复杂，且手术要切除多处粘连，往往引起广泛出血。这时介入医生需在脾动脉留置球囊导管阻断脾动脉以控制出血，使手术更加安全。手术后更可以将球囊导管留在合适的部位，随时可以再次打胀球囊止血，特别是对于手术中除了切脾还包括对胰腺假性囊肿引流或胰腺本身部分或全部切除的病人，这条球囊导管更显得必要。有数据显示，术后再出血的死亡率相当于胰腺疾病自发出血死亡率的 2 倍。所以综上所述，介入性的处理对于胰腺疾病所致出血的治疗是十分必要的，只要患者情况相对稳定都应行介入的诊断和治疗。

【疗效与评价】

对于不明原因、不明部位的消化道出血，血管造影及介入治疗是积极的诊疗措施。尽管出血的直接征象发现率较低，但依靠血管本身的异常改变往往可作出定位诊断，准确率达 90%～95%，与病理诊断的定性符合率达 76%。动脉内缩血管药物灌注治疗的总有效率为 72%～84%，其中以肠系膜上动脉、肠系膜下动脉及胃左动脉供血区灌注的疗效较好，可达 90% 以上，十二指肠及胃体部出血灌注成功率则小于 50%，可能与其血供来源多元化有关。灌注治疗后出血复发率为 15%～30%。栓塞治疗对于血管性病变如动脉瘤、血管畸形、肿瘤等引起的消化道出血疗效可靠，即时止血率可达 79%～88%。但对于溃疡性病变等慢性病理性过程，灌注治疗、栓塞治疗都只能起到暂时性止血作用，大多数病人仍需手术解决根本性问题，恶性肿瘤持续生长、复发也是引起出血复发的原因，因此还要结合手术、化疗等综合性治疗。

●肌骨系统病变的血管性介入治疗

一、蔓状血管瘤

【临床表现】

软组织血管瘤包括海绵状血管瘤、毛细血管瘤和蔓状血管瘤，其中蔓状血管瘤约占 1.5%，但由于其同时存在动、静脉畸形，因此生长较快，可明显地导致局部功能障碍，外科手术常难以清除干净，复发率高。蔓状血管瘤的特点是血管瘤中包含许多小动脉和小静脉的交通，好发于头部和四肢，患者多从儿时即发现局部血管性肿物，随着发育而迅速增大。蔓状血管瘤为皮下或肌间软组织内肿物，略隆起于皮面或明显呈波浪状或蚯蚓状隆出于皮面，柔软，有一定张力，手压后可缩小，常可触及震颤，局部皮温较高，听诊可闻及局部血管收缩期杂音，四肢的蔓状血管瘤当有较多的静脉性畸形时，类似海绵状血管瘤，但皮温高、震颤及血管杂音为后者所缺。

【影像诊断】

蔓状血管瘤除通过临床体征诊断外，超声多普勒和数字减影动脉造影（DSA）是诊断的可靠方法。超声可显示局部血管扩张、血流速度异常加快及动静脉瘘，DSA 可显示患处动脉显著增粗，造影剂排空迅速提示血流量大，瘤体为末梢的小静脉呈多囊状扩张，小动脉直接与瘤体相通，或出现动静脉短路，病肢的肢端反而有时呈现缺血甚至溃破。

【介入治疗】

近年来运用介入性血管内栓塞的方法取得较好的效果，但仍待进一步完善。方法是：采用 Seldinger 技术从股动脉插管，将导管引至血管瘤供血动脉，行动脉造影了解血管瘤的大小、分布、动静脉瘘的位置，以及引流静脉的情况，进一步行介入治疗。

■治疗步骤

首先栓塞直接的动静脉瘘，这样可减少局部血流量和流速，堵塞短路而改善正常组织供血以及防止注入栓塞剂时栓塞剂直接回流大静脉引起肺梗死。把导管引至动静脉瘘口处，造影测量瘘口的直径，然后经导管送入同直径的带羊毛不锈钢圈堵塞瘘口，再送入适量的明胶海绵条增加堵塞效果，造影证实。

超选择分段栓塞蔓状血管瘤的扩张瘤体:将导管分别引入较小的载瘤动脉内,经导管迅速注入适量的无水乙醇,很快即可在造影中显示扩张瘤体的范围缩小、血流减慢,然后再用明胶海绵条注入充填余下血窦,造影证实。反复在不同载瘤动脉进行上述操作以栓塞尽可能多的扩张瘤体。需注意:①提供肢体循环供血的动脉主干不能被栓塞。②假如载瘤动脉过粗和血流量过大,而其末梢即为扩张瘤体时,可先按其直径放置栓塞钢圈,使其血流量减少后再施行上述栓塞过程,或者压迫肢体的动脉近段,减少血流量再行栓塞。

■疗效评价

介入性血管内栓塞治疗蔓状血管瘤是一个有效可行的治疗方法，它提供了一种创伤小、无疤痕、出血少、适应范围广的治疗手段，对外科手术无法彻底清除的蔓状血管瘤，具有较高的治疗价值，有效率几达 100%。不足的是：较大部分患者一次栓塞不能达到完全治愈，小部分患者由于载瘤动脉即肢体供血动脉无法完全栓塞，前者可分多次栓塞达到治疗目的，后者可为二次外科手术切除作术前的准备。

二、软组织恶性肿瘤的介入治疗

常见的这类肿瘤有纤维肉瘤、软骨肉瘤、尤文氏瘤等，其原发生于肢体软组织内，不伴有骨骼的病变，血供较为丰富，生长速度较快。介入治疗的目的是杀灭瘤细胞、廓清瘤周组织、缩小瘤体、堵塞载瘤血管以利于进一步手术切除，减少出血，减少转移率的发生。

【介入操作】

术前应作常规的肿瘤穿刺活检，以明确其组织病理学类型。在 DSA 引导下，采用 Seldinger 技术从股动脉引入导管（必要时从其他动脉引入），将导管引入肿瘤供血动脉，行动脉造影，了解肿瘤供血情况及病理血管形态，然后在载瘤动脉内经导管缓慢注入化疗药物。常用的化疗药物及其用量为：顺铂 $50mg/m^2$、阿霉素 $50mg/m^2$、卡铂$600mg/m^2$、VP-16 $100mg/m^2$、VCR$1mg/m^2$、MTX$500mg/m^2$ 等，选用二联或三联。动脉内灌注化疗后，再经导管注入栓塞剂栓塞载瘤动脉及分支，栓塞剂可选用碘油、碘油+酒精、PVA及明胶海绵粒等，力求做到瘤体末梢的栓塞，造影证实肿瘤染色消失。

【疗效评价】

经动脉内灌注化疗栓塞术后，大部分软组织恶性肿瘤均有不同程度的体积缩小、边界变清、疼痛减轻。一般来说，由于介入治疗无法达到完全杀灭肿瘤的目的，因此，不应作为唯一的治疗方式，可在介入治疗后短期观察有效时进行外科切除肿瘤，介入治疗是一很好的术前准备。

三、动脉瘤样骨囊肿

【临床表现及诊断】

动脉瘤样骨囊肿（ABC）是一种含血性囊肿，因患骨外形类似动脉瘤的囊状膨胀而命名的骨囊肿样病变。多见于 20 岁以下的青少年，并多有外伤史，好发部位是四肢长骨和脊椎，病程发展较快，长骨受累时引起局部疼痛及肿块，常合并病理性骨折。脊椎发病常引起脊柱僵直及背部疼痛，一定程度时可引起神经受压的症状，如束带状疼痛、下肢无力、大小便失禁等，严重者引起瘫痪。根据典型的部位、X 线表现及骨穿活检在病灶内抽出大量陈旧性血液等，可作出临床诊断，镜下病理检查可发现骨内囊腔状结构，其中充满血液组织，囊壁周围可观察到纤维组织、骨样组织及多核巨细胞。

【动脉造影诊断及血管栓塞治疗】

常规采用 Seldinger 技术引入导管至动脉瘤样骨囊肿的供血动脉近端，行动脉造影。动脉瘤样骨囊肿的动脉造影表现为：供血动脉增粗迂曲、分支增多，呈多血管肿瘤样改变，但通常缺乏一条真正的主要供养血管，周围软组织供血在肿瘤周围形成乱麻状或螺旋状粗细不一的小血管，其间可散在不同大小的血管隙或血窦，可有动静脉瘤存在，周围血管有推压及移位，肿瘤染色浓而不均匀。在引入选择性栓塞治疗以前，一些动脉瘤样骨囊肿病例对外科医生来说较为困难，尤其是位于脊椎、骶骨和骨盆的病灶，或者巨大动脉瘤样骨囊肿，其难以刮除干净和术中大量出血是外科医生极为头疼的问题，放射治疗同样是不满意的。

在动脉造影基础上，作动脉瘤样骨囊肿供养动脉的超选择插管然后经导管注入栓塞材料，主要选用聚乙烯醇（PVA）以及不锈钢圈联合，如果供养血管超选择插管很成功，则无水乙醇是一种非常有效的栓塞剂，但其可能在栓塞时引起局部的疼痛。

【疗效评价】

血管栓塞治疗后的疗效通过临床和影像学改变来评价，已证明血管栓塞对动脉瘤样骨囊肿是一种有效的治疗，首先是近期的临床症状的改善，疼痛通常在数天内或最多数周内即消失。另外，病灶缩小，伴有病灶的成骨约在治疗后 2～4 个月开始发生。从目前的资料表明，约 90% 的动脉瘤样骨囊肿在动脉栓塞治疗后症状改善，约 58% 病例几乎产生病灶的完全骨化。在动脉瘤样骨囊肿，成骨几乎总是开始于周边部，而相对地，骨血管瘤则通常是成骨稀少而通透性增加。栓塞后大部分动脉瘤样骨囊肿病灶的完全骨化需要 8～12 个月乃至 1 年以上。在一组 24 例的病例调查中，有一例骶骨动脉瘤样骨囊肿在首次动脉栓塞后 13 个月出现复发，在 6 个月后再次进行了治疗，病灶无 X 线征象变化，但临床症状完全消失。另一例股骨干动脉瘤样骨囊肿栓塞后 1 个月发生病理性骨折，需用髓内钉内固定，5 个月后治愈。

【并发症】

1. 重要结构的缺血　　例如脏器和所有神经性结构的误栓缺血，这是文献认为最大的并发症，因此，神经并发症存在的危险有时不允许作椎体病灶的栓塞。基于这个理由，一些学者提出应在注入栓塞材料前使用躯体感觉唤醒剂（异戊巴比妥钠）注射，以评估神经系统由于栓塞造成损害的可能性。Boriani 等曾报道 47 例栓塞中有 3 例神经瘫痪，其中 1 例为暂时性的。而较后的文献已无发生的报道。

2. 其他的并发症　栓塞后发热、恶心，多发生于治疗后的首几天，可自行缓解或经对症处理缓解。

四、恶性骨肿瘤的血管内介入治疗

临床上最常见的原发性恶性骨肿瘤为骨肉瘤（约占全部的 20%，发病率为 1.7/10^7），其他的有软骨肉瘤、纤维肉瘤、尤文氏瘤、恶性纤维组织细胞瘤、脊索瘤等。对于恶性骨肿瘤，在 20 世纪 70 年代前均主张尽快作截肢或关节离断术，其 5 年存活率为 10%～15%。以后采取的是大剂量辅助性全身化疗加截肢作为外科的综合性治疗。由于静脉全身化疗副作用大、疗效低及临床化疗时间长，其应用受到限制。恶性骨肿瘤的血管内介入治疗最先由 Hekste（1972）报道，随后在临床逐步得到开展。20 世纪 70 年代后期以来，应用动脉内灌注化疗结合保肢手术已取得较显著效果，5 年生存率提高到 47%～74%，存活期的延长和患肢功能的保全使患者获得疾病和心理上的双重医治。关于动脉内灌注化疗，国内外已有较多的论述，Huth 等认为至少有 3 个优点：①瘤区药物浓度比静脉化疗高 6～30 倍，而全身毒副作用却减少。②控制肿瘤的生长浸润，减少种植复发机会。③抑制肿瘤生长后减少术中出血。Feldman（1975）首次报道应用动脉栓塞的方法治疗骨肿瘤，其目的有 2 个：①作为手术治疗前准备，以减少术中出血。②针对难以手术切除的解剖复杂部位如脊柱或骨盆的恶性骨肿瘤作保守治疗，限制肿瘤的生长。陈伟等（1999）对恶性骨肿瘤采用动脉内灌注化疗加动脉栓塞的方法治疗，并对肿瘤治疗前后的临床变化和组织学变化进行了较深入的探讨。与单纯全身化疗比较，在全身反应、局部变化、实验室结果的变化和病理组织学变化等方面，化疗栓塞术均显著优于静脉化疗组。经过化疗栓塞后切除的骨肉瘤标本，有明显大范围的肿瘤细胞坏死和成骨反应，瘤周出现纤维包膜样结构，瘤细胞坏死率为 81%～94%（静脉化疗组为 26%～40%），治疗 1 周后的症状比治疗前明显减轻，肿瘤逐渐缩小，关节活动度增加，而静脉化疗组则无明显改变。因此，对于准备行保肢术的恶性骨肿瘤患者，动脉栓塞治疗可明显改善术前症状，缩小肿瘤体积，廓清瘤周的肿瘤组织浸润，减少外科术中出血，减轻远处转移的发生率，提高治疗效果，也为恶性肿瘤尤其是脊柱及骨盆部位病变的非手术保肢治疗提供一种较好的手段。较新的研究表明（Lee YH et al. 1999），骨肉瘤的血管内皮生长因子（Vaslcular endothelial growth factor, VEGF）的 mRNA 表达率很高，其中的 VEGF165、VEGF189 存在于骨肉瘤细胞表面，含有 VEGF165 的骨肉瘤病人有明显的不良预后，而 VEGF165 又是骨肉瘤循环增高的基础，其导致骨肉瘤的高循环量和转移倾向，而栓塞治疗恰好是拮抗了 VEGF 所产生的结果。

【介入治疗方法】
■选择性动脉内灌注化疗

常规消毒局麻。以 Seldinger 技术引入导管，作肿瘤肢体动脉的选择性插管及造影，明确肿瘤供养动脉的情况以及瘤内血管情况，将导管置于最近端的肿瘤供养动脉（因可能有数支供养动脉），通过导管缓慢注入稀释的化疗药物，最常用的化疗药物包括：顺铂 50mg/m²、阿霉素 50mg/m²、卡铂 500mg/m²、VP-16 100mg/m²、VCR1.4mg/m²、MTX 1 000mg/m² 等，灌注时间不小于 20min。为了减少化疗药物与血浆蛋白过多过早结合而失效，可采用在肢体近段和肿瘤远段加扎止血带减缓血流速度，以及在灌注中采用球囊灌注导管以暂时阻断血流的方法，可提高疗效。灌注完成后拔管，处理穿刺点。每 2 周重复一次。

■ 单纯动脉栓塞化疗

该方法最多用于手术前准备，动脉插管与造影方法同上述。分别对不同的肿瘤供血动脉作超选择插管，然后经导管注入栓塞材料达到阻断肿瘤血供的目的。超选择插管时可采用导丝导入法和同轴导管法，务求进入真正的肿瘤喂养动脉内。栓塞材料可选用聚乙烯醇（PVA）颗粒、碘油或无水乙醇，如果单纯为了短期内切除术而作准备，则可用明胶海绵颗粒栓塞，如果为了骨盆与脊椎骨恶性肿瘤作短期内手术前准备，则可在髂内动脉或腰动脉等放置钢圈栓塞，栓塞后应造影检查明确肿瘤血供的阻断。

■ 栓塞剂的选择

作者曾随机选用过 PVA、明胶海绵粒、白芨粉、含药微球、无水乙醇、碘油（或与无水乙醇混合）等作恶性肿瘤的栓塞。总的体会是：只要作肿瘤供养动脉的超选择插管成功，任何固体微粒栓塞剂和液体栓塞剂均可应用，如果所进入的动脉支还包括多支肿瘤局部以外的供血动脉，为避免皮肤严重坏死，则可选用颗粒性固体栓塞剂。

（1）含药微球　　作者使用自制的阿霉素微球，具有粒径小、易通过导管和能缓释化疗药物的特点，栓塞中极少发生并发症，栓塞后仍有持续的局部化疗作用维持，是一种很好的栓塞剂。

（2）白芨粉浆　　由中药白芨根茎的磨粉颗粒与造影剂混合而成，其粒径更小、易达末梢小血管，栓塞效果好，操作控制容易。而且，白芨含有薜荔果多糖等抗肿瘤成分，对肿瘤有抑制作用。缺点是栓塞后疼痛反应持续时间较长，但对症处理后可逐渐缓解。

（3）明胶海绵　　由于其颗粒较大，不能达到末梢栓塞，肿瘤较快产生侧支循环从其他血管供血。另外，明胶海绵短期内自行降解，栓塞不能长期作用，一般仅用于较大的肿瘤手术前为减少术中出血而作的栓塞。

（4）无水乙醇　　过去在肢体病变的栓塞中无水乙醇一般不易被采用，如果不能精确地超选择插管，进入真正的肿瘤供养动脉时，使用它容易产生皮肤和皮下组织坏死。但无水乙醇栓塞效果非常好，它是一种蛋白变性剂，因呈液态，能够通过微小动脉进入肿瘤毛细血管，注入后致使血管内膜损伤，血液中的蛋白变性，形成凝固混合物而起栓塞作用，栓塞作用完全，血管不易再通，能彻底阻断肿瘤的血液供应。使用中除了防止反流造成异位栓塞外，应注意在栓塞过程中局部可产生一过性疼痛，需要加以镇痛、安定的处理。

（5）碘油（碘油–无水乙醇混合物）　　为肿瘤栓塞较常用的栓塞剂，虽为液态，但在血中呈油性微粒形态，与无水乙醇混合后油珠更细，栓塞作用可达末梢小动脉，并具有促进纤维化的作用，操作中可在透视监视下了解其流动及沉积情况。其栓塞并发症的预防与使用无水乙醇相同。

【疗效评价】

近期疗效可通过临床症状和体征，以及血清碱性磷酸酶等实验室结果评价，动脉内灌注化疗后几天内，肿瘤局部疼痛可减轻至消失，症状改善率约 60%。灌注化疗栓塞后情况则有差异，部分原来肿痛很厉害者，化疗栓塞后症状迅速改善。而相反，部分患者在 1 周内会产生栓塞反应，有短期性的疼痛增加和局部红肿，但在 7~10 天后，所有患者的症状都明显改善。栓塞反应的严重程度，视乎使用何种栓塞剂。化疗栓塞后 1 周的血清 AKP 与治疗前相比可有较明显的减低，临床症状体征及影像学检查可作为中长期疗效的判断标准。另外，肿瘤切除后镜下肿瘤细胞坏死率、假包膜形成等病理改变以及复发时间、生存时间等均可判断远期疗效。治疗有效的影像学表现包括：

(1) 骨肿瘤缩小，软组织肿块缩小或消失，邻近软组织脂肪线重新出现，提示瘤周浸润水肿减少。

(2) 肿瘤区域的骨质修复，原溶骨破坏区硬化增加，尤其原骨内破坏灶的边缘出现清楚的硬化或形成完好的硬化环，类似"良性"病灶。

(3) 骨膜修复，骨膜新骨形成及趋向成熟，形成类似骨性包壳的骨皮质轮廓，边界清楚。

(4) 病理骨折线骨质修复，大量新骨骨痂形成。

(5) 动脉造影显示原肿瘤供养动脉变细，供养支减少，瘤区肿瘤性新生血管变稀、小甚至消失，血管湖变小或消失。

(6) CT 复查显示瘤区密度增高，骨质硬化及周围软组织边界清楚。

(7) MRI 显示瘤区出现液性或半液化坏死，肿瘤周边可见暗环（成熟骨质），残余组织的 MRI 表现分别是：暗区（肉芽组织）、斑点（含铁血黄素沉积）、囊状区（充满液体的囊性坏死灶）以及均质信号区（残留存活的肿瘤组织）。

（庄文权）

第七节　小儿麻醉

一、儿童的解剖、生理特点

小儿不是成人的缩影，小儿的解剖、生理、麻醉与成人有明显差别，具体如下：

【呼吸系统】

1. 新生儿多为强迫性经鼻呼吸，而鼻腔相对狭窄，不仅呼吸做功明显增加，而且容易发生呼吸道梗阻。在镇静或麻醉时需放置口咽通气管或气管内插管以保持气道通畅。

2. 与成人相比，婴幼儿的头大，舌体大，颈部短，喉头位置高，声门和环状软骨均较狭窄，会厌位置较高，不仅容易发生呼吸道梗阻，而且给人工呼吸或气管插管带来困难。

3. 对于婴儿和小于 7～10 岁的儿童，气道最窄的部分在环状软骨而不是像成人那样在声门。因喉腔呈漏斗型，因此当气管内插管遇到阻力，不应勉强通过，以免因粘膜损伤而引起术后声门下呼吸梗阻。

4. 婴儿和儿童气道直径较小，微小的变化即可引起明显的气道阻力增加，Poiseuille 定律指出，对于层流，阻力与半径的四次方成反比，轻微的水肿即可使气道阻力明显增加，导致气道受累。

5. 机体代谢率高，耗氧量增加，为 7～9mL/（kg·min），CO_2 产量也增加，麻醉期间应充分供氧，避免死腔通气增加而引起缺氧和二氧化碳蓄积。

6. 为满足较高的需氧量，婴儿与成人相比，单位体重的每分通气量较大，而功能余气量（FRC）较小。由于每分通气量与 FRC 的比值高，应用吸入麻醉药时诱导迅速。

7. 婴儿肺循环系统的特点是无呼吸时血氧饱和度下降迅速，当婴儿咳嗽、屏气、肺泡萎缩时，发生明显血氧饱和度下降。治疗上需用静注药物加深麻醉或使用肌松药。

8. 膈肌是婴儿主要的呼吸肌。与成人相比，新生儿只有半数的 I 型慢收缩氧化肌纤维可用于支持增强的呼吸运动，因此，较成人容易发生膈肌疲劳。

9. 小儿肋骨呈水平位，肋骨柔软，随胸内压降低而塌陷，从而减低了婴儿增加通气的有效性。

10. 小儿正常呼吸频率（表 1－7－1）。

表 1－7－1 小儿呼吸频率

年　龄	呼吸频率（次/min）
新生儿	40～50
＜1 岁	30～40
2～3 岁	25～30
4～7 岁	20～25
8～14 岁	18～20

【循环系统】

1. 新生儿心排血量为 180～240mL/（kg·min），是成人的 2～3 倍，以满足较高的代谢需要。

2. 新生儿和婴儿心室顺应性差，肌肉相对较少，增加收缩力的能力有限，增加心排出量主要靠增加心率，心动过缓是对婴儿危害最大的心律失常，导致相应的心排血量减少。

54

3. 心率和血压随年龄变化，围术期应维持在与年龄相应的水平（表1-7-2）。

表1-7-2　小儿正常心率及血压

| 年　　龄 | 心率（次/min） | 血压 kPa（mmHg） | |
		收缩压	舒张压
早产儿	120~180	6.00~8.00（45~60）	4.00（30）
足月新生儿	100~180	7.47~9.33（55~70）	5.33（40）
1岁	100~140	9.33~13.3（70~100）	8.00（60）
3岁	84~115	10.0~14.7（75~110）	9.33（70）
5岁	80~100	10.7~16.0（80~120）	9.33（70）

【中枢神经系统】

1. 出生时，脑干及脊髓鞘并不完全，逐渐发育直至1岁始髓鞘化。尽管如此，小儿机体的大部分脂肪分布在中枢神经系统，因此脂溶性药物（如麻醉药）在中枢神经系统比成人更快达到较高浓度。

2. 在婴儿期，血脑屏障通透性高，许多药物如阿片类药物容易通过，所以在应用阿片类药物时应减量。胆红素也能通过血脑屏障，导致脑损害（胆红素脑病）。

3. 小儿发育不成熟的中枢神经系统（与其代谢率亦有关系），使吸入麻醉药的最小肺泡浓度（MAC）高于成人（表1-7-3）。

表1-7-3　小儿吸入麻醉药的 MAC（%）

年龄（岁）	氟　烷	安氟醚	异氟醚	地氟醚
0~3	1.08	2.0	1.35	9.0
3~10	0.9	1.9	1.3	8.0
成人	0.76	1.7	1.15	7.0

【血液系统】

1. 血容量在出生时为 90mL/kg，以后逐渐减少，婴儿为 80mL/kg，到 6~8 岁时达成人水平 75mL/kg。

2. 大部分血红蛋白正常的儿童，可耐受血液丢失达总量 20%，但在临床上若估计有进一步出血的可能，当出血超过 10% 就应该进行容量替代治疗。容量替代治疗用血浆蛋白可避免不必要输血，血细胞比容（HCT）为 25% 以上可以尽量不输血，避免发生感染及产生抗体而影响患儿以后的生活，特别是女性儿童。

3. 出生时，胎儿血红蛋白（HbF）占优势，但 3~4 个月时大部分被成人型血红蛋白（HbA）所替换，HbF 与氧亲和力高（氧合血红蛋白解离曲线左移），但临床上无意义。6 个月时 HbA/HbF 比例与成人相似。

【体温调节】

1．与成人相比，婴儿和儿童体表面积与体重的比例大，因而体热丢失较多。

2．3 个月以下的婴儿寒冷时不能通过寒战代偿。

3．婴儿对冷刺激的反应是增加去甲肾上腺素的分泌，从而增加棕色脂肪代谢。去甲肾上腺素同时也使肺动脉和外周血管收缩。严重时可导致肺内分流增加、缺氧和代谢性酸中毒，患病后或早产的婴儿棕色脂肪储备有限，对寒冷更敏感。因此，术中监测体温十分重要。

【泌尿系统】

1．新生儿的肾功能发育不全，肾小球滤过率仅为成人的 15% ~ 30%，1 岁后才达成人水平。因此，对药物的代谢和清除都受到限制，主要依靠肾脏代谢的药物作用时间延长。

2．因肾小球滤过率和浓缩功能降低，新生儿对水、电解质紊乱的代偿能力降低。因此术期应严格调节输液量。

【肝胆系统】

1．婴儿肝酶系统主要与 II 相反应（结合）相关的酶发育不成熟。通过 P_{450} 系统代谢药物清除时间可能延长。

2．高胆红素血症和胆红素被药物从白蛋白替换，可导致胆红素脑病。对于早产儿，更低的胆红素水平即可引起胆红素脑病。

二、术前评估和准备

【术前评估】

麻醉前对患儿身体情况的正确评估和充分准备，不仅可保证麻醉和手术的顺利施行，使患儿安全返回病房，而且有益于患儿早日恢复健康，因此，麻醉前准备是麻醉和手术不可缺少的一部分。

1．了解患儿和家长对麻醉的要求，并作必要的解释以减少患儿的恐慌心理和取得信任。

2．询问妊娠时间、分娩情况（包括 Apgar 评分）。

3．检查有无先天性疾病史，并了解手术创伤程度和手术体位。

4．了解是否有呕吐、胃肠道反流病史。

5．纠正贫血，择期手术要求血红蛋白不低于 100g/L 或 HCT 高于 30%。

6．正确估计脱水程度并予以纠正（表 1 - 7 - 4）。

7．并存呼吸道感染者宜行择期手术。麻醉前体温在 38℃ 以上者虽然不是全麻的禁忌证，但伴有炎症表现者，应延期行择期手术。上呼吸道感染的小儿在术中出现呼吸不良反应的危险比正常儿童高 9 ~ 11 倍。基础肺功能紊乱包括：①氧弥散能力降低。②肺顺应性降低，阻力增高。③闭合容量降低。④分流（通气血流比失调）和肺氧摄取增加。⑤气道反应性增高。

表 1-7-4　小儿脱水程度估计

	脱水（占体重%）		
	轻（5%）	中（10%）	重（15%）
体　征	皮肤、粘膜干燥	皮肤花斑、肢冷、组织弹性低、眼球凹陷和前囟凹陷	休克，对疼痛无反应，血压下降
补液量	50mL/kg	100mL/kg	150mL/kg

8．明确患儿体重，以指导用药。

表 1-7-5　小儿体重的估计

年　　　龄	体　重（kg）
新生儿	3
4 个月	6
1~8 岁	年龄×2+8
9~13 岁	3×年龄

9．检查静脉，以估计穿刺困难程度；仔细检查口腔，了解其张口程度、牙齿情况、有无扁桃体肥大及其他可能妨碍气管插管的形态学异常。

【术前禁食】

1．禁食的目的是保持胃空虚，以预防麻醉中的呕吐、反流和误吸。在英国择期手术儿童一般要求禁食 6h，禁饮 4h，哺乳小儿禁乳 4h。胃残液量 > 0.4mL/kg，pH < 2.5 是有误吸肺炎危险的临界水平。但小儿长时间禁食不仅因小儿饥饿哭闹甚至会发生代谢性酸中毒，还因为小儿代谢旺盛，体液丧失快，容易造成脱水及低血容量。目前认为禁食时间可以缩短。研究结果表明，婴幼儿麻醉前 4h 进食物和奶，麻醉前 2h 喝清淡饮料或水，与常规禁食相比，前者胃残液量 > 0.24~0.46mL/kg，pH 值为 1.80~2.20；后者胃残液量 > 0.25~0.57mL/kg，pH 值为 1.60~1.90；不同年龄的禁食者，两者胃残液量 > 0.4mL/kg，pH 值 < 2.5 的例数无明显差异。但禁食 4~12h 者的血浆酮体及游离脂肪酸显著高于禁食 2h 者。目前禁水的时间见下表：

表 1-7-6　小儿禁食、禁水时间（h）

年　　　龄	奶/食物	清水/糖水
<6 个月	4	2
6~36 个月	6	2
>36 个月	8	3

如果手术时间推迟，应在术前 2~3h 静脉输液以维持生理体液需要。

【术前用药】

1. 10 个月以下婴儿通常可短时间离开家长，不需要麻醉前用药。

2. 10 个月~5 岁的儿童依恋家长，麻醉诱导前需了镇静，常用药物有：安定 0.2mg/kg，肌注，或 0.1~0.5mg/kg，口服；苯巴比妥钠 2~4mg/kg，肌注；咪唑安定 0.5~1.0mg/kg，溶于糖浆中口服，在 20min 内起效，但有时起效时间难以预测。

3. 抗胆碱药使用，通常为阿托品或东莨菪碱，主要取其抑制唾液腺分泌的作用，阿托品常用剂量为 0.02mg/kg，东莨菪碱 0.015mg/kg，麻醉前 1h 肌注。注意发热患儿不要使用阿托品。

4. 麻醉性镇痛药，通常应用吗啡、哌替啶和芬太尼，吗啡常是发绀型先天性心脏病的术前用药，由于哌替啶和吗啡可产生呼吸抑制，对儿童应慎用。对术前呼吸抑制、缺氧所致的烦躁不安病儿禁用吗啡和哌替啶。常用哌替啶 1mg/kg 或吗啡 0.08~0.1mg/kg。

5. 如存在裂孔疝或胃食管反流，可在术前 2h 口服西咪替丁 7.5mg/kg 或甲氧氯普胺 0.1mg/kg，以提高胃内 pH 值，减少胃液量。

6. 患儿有慢性疾病如哮喘、癫痫或高血压，术前应继续使用药物治疗。

7. 神经科患儿除诱导时静脉内注射阿托品外不用任何术前药。

8. 行斜视矫正术的患儿，不要用大量镇静药，这类患儿诱导时给阿托品 0.02 mg/kg 静脉内注射，以阻断眼心反射。

9. 为避免患儿在进手术室前哭闹，必要时可施行基础麻醉，待患儿入睡再进手术室，常用氯胺酮 5~7 mg/kg 肌注，或硫妥钠 15~20 mg/kg 深部肌注。

三、局部麻醉

1. 局麻药的药理特点

(1) 由于新生儿血浆白蛋白含量较低，局麻药与蛋白结合亦减少，结果游离局麻药浓度增加。

(2) 6 个月以下小儿的血浆胆碱酯酶活性降低约 50%，新生儿的肝微粒体酶系统发育不全，结果使局麻药的代谢速度减慢。

(3) 局麻药毒性反应较易发生，因此用量应根据体重仔细计算。在小儿，重复用药容易引起蓄积性局麻药毒性反应。

2. 在合理的基础麻醉或辅助用药的基础上，小儿可在局部麻醉下手术。

(1) 门诊小手术可在局部浸润麻醉下完成。

(2) 臂丛神经阻滞常选腋路法。常用 1% 利多卡因 8~10 mg/kg 加适量肾上腺素。

(3) 阴茎阻滞（包皮环切术）、髂腹股沟神经阻滞（腹股沟斜疝修补术）在临床上以患儿尤为适用。

■腰麻

1. 适应证 ①孕龄不足 36 周的早产儿，有支气管、肺发育不良，呼吸暂停史或需要呼吸支持的婴儿，全麻后易发生呼吸暂停和心血管系统不稳定，腰麻可减少这些麻醉后并发症状。②存在恶性高热危险者。③患慢性呼吸道疾病患儿，如哮喘。④饱食后可配合的需行急诊手术的年长儿和少儿。

2．解剖特点　脊髓在胎儿期与椎管长度相同，出生时其末端终于 L_3 水平，随后逐渐移向头端，2岁时其末端即达成人的部位，近于 L_1 水平。

3．方法

（1）可采用侧卧位或坐位。早产儿和新生儿宜采用坐位以限制药物向头侧扩散，头部保持直立以防止气道梗阻。婴儿常用22号3.8cm穿刺针，大于2岁的儿童可用25号或26号穿刺针。

（2）穿刺前应建立静脉通路和静脉输液，整个过程应行监测。必须保持体温正常，特别是对早产儿和新生儿。穿刺完成后婴儿应保持仰卧位。避免采用头低足高位或头高足低位。

4．药物和剂量

（1）最常用重比重的布比卡因或丁卡因。

（2）婴儿剂量相对偏大，作用时间缩短。

（3）推药剂量（至 T_6 水平）：①0.75%布比卡因溶于8.2%葡萄糖中，0.3mg/kg，适用于婴儿和儿童。②1%丁卡因，加等量10%葡萄糖，婴儿予0.8～1.0mg/kg，儿童予0.25～0.5mg/kg。

5．并发症和禁忌证

（1）儿童麻醉平面消退较成人明显增快。如果阻滞不全，应慎用辅助药物，特别是对于早产儿和新生儿。

（2）小于7～10岁儿童很少发生低血压，可能由于其静止交感神经张力低于成人。只有出现皮肤斑纹或呼吸暂停伴心动过缓方可发现阻滞平面过高。

（3）禁忌证与成人相似，特别要注意有无先天性中枢系统解剖缺陷和Ⅲ～Ⅳ级脑室内出血的病史。

■骶管和硬膜外麻醉

1．适应证　如果骶管或硬膜外麻醉与全身麻醉联合应用，则适用于各种胸部、腹部、盆腔和下肢手术，特别是估计有明显术后疼痛者（如骨科手术）。

2．解剖特点　注意新生儿硬膜囊止于 S_3，婴儿骶管穿刺注意避免穿破硬膜。

3．方法

（1）常在全麻后行腰骶部硬膜外麻醉。

（2）应用3.8cm短斜面的穿刺针进入骶管，单次注入局麻药行骶管阻滞。此法特别适用于时间短伴明显术后疼痛的手术，如疝修补术、睾丸固定术和包皮环切术。如手术时间长或需术后镇痛，可从骶部硬膜外腔向头侧置入导管，分次或持续输注局麻药物。对婴儿可通过20号40～50mm硬外穿刺针，置入22号导管；年长儿需通过17号或18号90～100mm硬外穿刺针置入20号导管。

（3）小于7岁的儿童硬膜外腔尚未广泛血管化，骶管导管可置入达腰段或胸段，$T_{6\sim9}$ 用于胸科手术（如漏斗胸修复），$T_{10\sim12}$ 用于腹部手术，$L_{3\sim4}$ 用于盆腔手术。与术高位穿刺和置管比较，虽操作容易，但骶管导管易污染，术后易脱管。

（4）硬膜穿刺可用于腰段或胸段，穿刺置管常用于少年儿童，从皮肤到硬膜外腔很短（1～2cm），需注意避免穿破硬膜，应用生理盐水而不是空气作阻力消失试验。

（5）常用药物与剂量

1）单次硬膜外阻滞时，常用0.125%～0.25%布比卡因，每节段按0.06mL/kg计算（阻滞平面从骶5开始计算）。

2）连续硬膜外阻滞时用药见表1-7-7。

表1-7-7　硬膜外阻滞常用药

局麻药	浓度（%）	用量（mg/kg）
利多卡因	0.7～1.5	8～10
地卡因	0.1～0.2	1.2～1.5
布比卡因	0.25～0.5	2

4．禁忌证同脊麻。

四、麻醉药物

【吸入麻醉药】

小儿肺泡吸入全麻药浓度增高比成人快，婴儿肺泡通气量相对比功能残气量高，血管丰富的组织比例高，很快与血浓度平衡，婴儿吸入全麻药血气溶解系数较低，故婴儿肺泡全麻药浓度增加最快。婴幼儿麻醉诱导较快。吸入高浓度强效麻醉药特别是控制呼吸时，全麻药在肺泡及血液中浓度很快增高，与有时发生的血压急剧下降可能有关。若呼吸不受抑制，婴儿麻醉药的排出也较快，婴儿停止吸入70%氧化亚氮时，2min内肺泡 N_2O 浓度下降至10%，成人则需10min才达此水平。

1．氟烷（Halothane）　氟烷广泛用于小儿全麻，诱导平稳，对呼吸道刺激轻，易于控制麻醉浓度，其诱导时间短，大儿童为4～6min，新生儿和婴儿为2～3min，因麻醉时间及深度不同，患儿苏醒时间为10～30min不等。

氟烷麻醉下发生与剂量相关的自主呼吸抑制，潮气量降低，呼吸频率增高。它也可抑制心肌，出现心动过缓以及心排血量低。预先注射阿托品有部分预防作用。婴儿血管收缩反应比成人差，一旦心排血量减少，血压随即降低，难以代偿。在控制呼吸下吸入氟烷的浓度应限制在0.5%以内。对心力衰竭患儿，氟烷可引起严重低血压。

氟烷麻醉后可出现寒战及肌强直，多见于矫形手术后，寒战反应使氧耗量增加，对患儿不利。

小儿虽较广泛应用氟烷，有的曾重复使用，但报告肝功能受损病例很少。发育期前儿童无"氟烷肝炎"的危险，可能与婴幼儿氟烷代谢程度低于成人，且较快地排出体外有关。然而对肝功能不全患儿禁用。

与其他强效吸入全麻药相同，氟烷可增加脑血流量，使颅内压增高，但在低浓度下此效应较小。

2. 安氟醚（Enflurane） 安氟醚诱导不如氟烷平顺，可发生屏气、咳嗽及喉痉挛，安氟醚的 MAC 值较高，特别是在婴儿，安氟醚麻醉期间呼吸肌及心肌可受到抑制，深麻醉时脑电图呈兴奋波形，特别存在有呼吸性碱中毒时，可出现癫痫样抽搐。因此，有癫痫病史的儿童不宜选择安氟醚。

3. 异氟醚 异氟醚对心肌及呼吸肌的抑制比氟烷轻。由于异氟醚的血气溶解系数低，诱导及苏醒快，然而异氟醚刺激味强可发生呼吸抑制、咳嗽及屏气，特别是在早产儿。异氟醚麻醉后拔管和苏醒期喉痉挛少见。

4. 七氟醚 七氟醚对上呼吸道刺激小，它和氟烷一样可以用作小儿麻醉诱导。由于七氟醚的血/气分配系数低（0.63），诱导及苏醒快。

七氟醚代谢产物是氟化物，代谢率低，大约在 3%，远达不到诱发肾功能障碍的水平。

5. 地氟醚 地氟醚血/气分配系数为 0.42，溶解度小于七氟醚，但地氟醚对呼吸道刺激大，可以导致 30% 的病人发生喉痉挛。因此，在小儿麻醉应用中受到限制。

6. 氧化亚氮 氧化亚氮是一种无色、透明、无味的气体，常与其他吸入麻醉药配伍使用。由于使闭合性气体空间扩张，在新生儿可导致肺损害，尤其是患先天性肺气肿、气胸的患儿。先天性腹壁裂开、脐疝及肠梗阻等，患儿体内有闭合空腔存在，氧化亚氮应列为禁忌。

【静脉麻醉药】

1. 硫喷妥钠 是各年龄小儿最常用的诱导药，但应记住较小的婴儿对巴比妥特别敏感，较大的儿童可以安全使用，通常剂量为 2.5% 溶液 4~5mg/kg。

2. 美索比妥 本药 1mg/kg 可以导致注射部位疼痛。附加应用利多卡因（1mg/kg）可以避免疼痛。美索比妥可引起中枢神经系统兴奋，导致肌肉震颤，有癫痫病史的患儿禁用。

巴比妥类药物可以增加剂量，通过直肠给药，例如：硫喷妥钠 30mg/kg，美索比妥 25mg/kg，大约 5~10min，患儿可以入睡，在这期间应严密观察呼吸，防止呼吸抑制。

3. 异丙酚 异丙酚可以用作静脉诱导和全凭静脉麻醉，但后者不常使用于小儿麻醉。用于静脉诱导，儿童剂量常高于成人，婴儿剂量高于小儿（2.5~4mg/kg）。小儿静注引起局部疼痛，发生率比成人高。辅助用利多卡因可以避免。在成人应用异丙酚可以看到停药后很快苏醒，但在小儿没有这么明显，特别是在 5 岁以下的儿童。

在 ICU，异丙酚对于儿童不用作镇静药物。

4. 依托咪酯 快速注射依托咪酯对呼吸循环抑制较轻，但注射时局部有疼痛，不随意的活动和咳嗽常见，由于其代谢很快，可以用于全凭静脉麻醉，但在全凭静脉麻醉时其麻醉浓度波动较快，所以在小儿不常用。

5. 氯胺酮 静脉用药为 1~2mg/kg，肌注量为 5~10 mg/kg。应用氯胺酮后口腔分泌物显著增多，应用抗胆碱药物可以对抗。氯胺酮偶尔会导致苏醒时烦躁和躁动，术后可能发生幻觉和噩梦，但在儿童幻觉发生率较成人低，注射氯胺酮后心率增快，血压及肺动脉压均升高。可轻度抑制呼吸频率和潮气量，它还可使颅内压及眼内压增高，因此对头部创伤或颅内高压的患儿相对禁忌。在眼科手术时应注意眼内压的改变。

五、呼吸道的管理

【面罩麻醉】

1. 面罩麻醉时应准备好适当的气管插管设备，包括气管导管、接头、喉镜及适量的肌松药。

2. 面罩应适合面型以减少死腔，最好选用透明的塑料制品，可观察到口唇颜色和口腔分泌物或呕吐物的情况。

3. 婴儿舌较大、小儿增殖腺肥大均可引起呼吸道阻塞，若有发生，应插入合适的口咽通气道，可将通气道近患儿的面部，其尖端应达下颌角。

4. 婴儿喉部软骨及气管环较软，面罩麻醉时麻醉医师应采用正确姿势以防自己的手指压迫患儿呼吸道。

5. 喉罩（LMA）在儿科麻醉已被普遍接受，对多数婴儿和儿童喉罩可保证通畅的气道。如果病人要在麻醉下行放射学检查，喉罩十分有用，而面罩通气无法应用或用起来很麻烦。

【喉镜检查】

1. 头部位置要正确，枕部放一垫圈，防止肩部上抬。

2. 仔细检查牙齿，因很多小儿乳齿松动，喉镜检查时应注意牙齿，用拇指分开口唇，插管时对牙齿不能加压。

3. 选择小镜柄的喉镜，小于 2 岁的儿童建议使用直镜片，这样可以在较小的口腔内提供更佳的视野，更易挑起会厌，弯镜片一般常用于大于 5 岁的患儿。

【插管术】

1. 插管前面罩充分供氧。

2. 最合适的导管是最大口径的易于通过声门及声门下区的导管，正压呼吸导管周围应有轻度漏气。

3. 内径小于 5.5mm 的导管不要用气囊，因气囊是不必要的且这些导管内径小，会增加呼吸道阻力。

4. 气管导管连接管的口径应与导管内径相等，并应紧密连接。

5. 插管后双肺听诊检查呼吸音，如改变体位应再次听诊，以防导管脱出或插入过深。

6. 注意颈部伸展使导管前端向外移动，而颈部屈曲则导管向气管下端移动。婴儿颈部完全伸展或屈曲导管可有 1~3cm 的移动，头部位置变动时要考虑导管移动，导管必须仔细固定。

7. 小儿气管导管大小及长度估计（见表 1-7-8）仅供参考，应准备不同号码 3 根导管，选用最合适的。

62

8．足月新生儿从声门到隆突的距离约为 4cm，婴儿导管距尖端 2cm 处有一道黑线，3cm 处有两道黑线，当导管经过声门时应看清楚这些标志。

表 1-7-8　小儿气管导管大小及长度估计

年龄（体重 kg）	内径（mm）	长度（cm）	
		口插	鼻插
新生儿	3.5	3.0	9	11
3 个月	5	3.5	10	13
1 岁	10	4.0	11	14
2 岁	12	4.5	13	15
3 岁	15	5.0	14	16
6 岁	20	5.5	16	18
8 岁	25	6.0	17	19
12 岁	40	7.0	20	22

注：公式：导径大小（内径）$= \dfrac{年龄（岁）}{4} + 4.0$

导管深度 $= \dfrac{年龄}{2} + 12$ 或为气管导管内径的 3 倍

全身体检发现某些患儿可能插管困难，例如巨舌、颌骨小、颈硬的病人，对这些病人应该注意：

1．不使用肌松药，保持自主呼吸。

2．准备好各种喉镜片、气管导管及管芯。

3．记住喉部加压比移动喉镜片可能更易于见到声门，因此插管时应有助手保持喉头位置良好。

4．插入导管前可注射阿托品 0.02mg/kg，防止分泌物增多，静注利多卡因 1mg/kg，减少插管时喉痉挛。

■纤维喉镜

小儿应用纤维喉镜较少，因许多纤维喉镜太粗，不能通过小儿气管导管。小儿常利用纤维喉镜寻找声门，插入管芯，然后再置入导管。喉部出血及分泌物可妨碍纤维喉镜使用。

■鼻腔插管术

当不能暴露患儿声门时，应注意：

1．检查鼻孔大小及通畅度，应用较大的一侧鼻孔，因大多数导管开口斜面向左侧，用右鼻孔插管成功率较高。

2．准备好合适导管并加润滑剂，鼻导管应比口插管内径小 0.5mm。

3．用吸入全麻诱导，氧化亚氮加氧加七氟醚，不用巴比妥或肌松药。

4．病人深麻醉后，头部轻度后伸位。

5．自鼻孔插入导管，导管可插至5种方向。

（1）喉头　　　是希望的位置。

（2）喉头右侧　　　退出导管少许，将导管转向左侧，并将患儿头向右侧。

（3）喉头左侧　　　退出导管少许，将导管转向右侧，并将患儿头向左侧。

（4）食道退出导管少许，最大程度地使头过伸，再插入导管。

（5）会厌前面　　　退出导管少许，屈曲头部。

6．若不能成功，从另一鼻孔再插。

7．其他有用的方法包括

（1）听导管口声音找最大呼吸音处插入。

（2）自另一鼻孔插入第2根导管以堵塞食道。

（3）颈部外压迫，使声门对向导管尖端。

【拔管】

1．小儿拔管时很容易发生喉痉挛，尤以氟烷麻醉后或拔管时麻醉较浅，更易发生，因此：

（1）拔管前要准备好供氧及再插管设备。

（2）病儿呼吸恢复良好，清醒后再拔管（偶尔需深麻醉下拔管）。

（3）避免在病儿咳嗽或挣扎时拔管。

2．下述病儿必须完全清醒后拔管

（1）插管困难者。

（2）急症手术病例，这些病例麻醉苏醒时可呕吐出胃内容物。

（3）婴儿。

六、术中输血输液的管理

围术期对液体的需要有2个方面：①维持需要；②补充需要。维持液体是指用来补充机体的必然失水；补充液体的目的在于补充不正常的失水，主要有消化道失液（腹泻、呕吐、胃肠引流等），创伤导致的局部失液或失血。

1．维持量（表1-7-9）

表1-7-9　小儿正常体液维持量

体　　重	mL/（kg·d）	mL/（kg·h）
第1个10kg	100	4
第2个10kg	50	2
第3个10kg	20	1

2．体液生理缺失量　　主要指因禁食、禁水所致。

　　生理缺失量（mL）＝维持量（mL）×禁食时间（h）

手术第 1h 应补充 1/2 缺失量，余下的在第 2 ~ 3h 内输入。

3．第三间隙体液损失量　　因手术性质及大小不同而异。体表、四肢及颅内手术的损失量较小，而胸、腹内手术的损失量较大。一般认为，小手术的损失量为 2mL/（kg·h），中手术为 4mL/（kg·h），大手术为 6mL/（kg·h）。

因此，输液总量应为维持量、生理缺失量和第三间隙损失量之和。

4．输液种类　　对于健康儿童，为补充其已损失量和正在损失量，"标准"的输注液体为乳酸林格氏液。对于早产儿、脓毒血症新生儿、糖尿病母亲的婴儿和接受全肠道外营养的儿童，在围手术期常用 5% ~ 10% 葡萄糖，这些患儿应定期检测血糖。目前比较合适的补充方案为生理缺失量和第三间隙损失量以乳酸林格氏液补充，正常维持量以5% 葡萄糖液和 0.45% 生理盐水各 1/2 补充。

5．术中输血

（1）总血容量（EBV）的估算：早产儿为 100 ~ 120mL/kg，新生儿为 90mL/kg，婴儿为 80mL/kg，1 岁以上者为 70mL/kg。

（2）估计的红细胞容积（ERCM）：

$$ERCM = EBV \times HCT/100$$

（3）可接受的红细胞丢失量（ARCL）：

$$ARCL = ERCM - ERCMacceptable$$

ERCMacceptable 指最低可接受的 HCT 时 ERCM 值。

（4）可接受的失血量（ABL）

$$ABL = ARCL \times 3$$

1）如失血量少于 ABL 的 1/3，可输注乳酸林格氏液。

2）如失血量大于 ABL 的 1/3，可输注胶体液，最好用 5% 白蛋白。

3）如失血量大于 ABL，应输注浓缩红细胞；仍应用晶体液作为维持液。

4）对于年幼儿，有时很难精确估算小量失血，监测 HCT 可有助于避免不必要的输血，或提醒麻醉医师需要输血；对于婴儿和年幼儿，可使用小的吸引器和称量纱布计算失血量。

5）可接受的 HCT 不再认为是 0.3，对每个病人估计是否需要输注红细胞。心功能正常的健康儿童可通过增加心排血量来代偿急性贫血。患脓毒血症的虚弱儿童、进行化疗或大手术时，则需更高的 HCT。

6．监测　　术中监测主要是为了指导输液，中心静脉监测及直接动脉测压用于较大手术，可反复血气分析，测定血糖和血细胞比容。尿量是输液是否合适的良好指标，合适的输液至少应能维持 1mL/（kg·h）的尿量。

7．F. Berry 的儿童补液方案（参考）

（1）4 岁以下儿童术中输液标准：

1）第 1h：补液 25mL/kg。

2）其后每小时：维持输液 + 创伤补液

4mL/（kg·h）＋（轻度创伤）2mL/（kg·h）＝ 6mL/（kg·h）

4mL/（kg·h）＋（中度创伤）4mL/（kg·h）＝ 8mL/（kg·h）

4mL／（kg·h）＋（重度创伤）6mL／（kg·h）＝10mL／（kg·h）

3）补偿失血：红细胞或 3 倍于红细胞的晶体液。

（2）4 岁以上儿童输液标准：

1）第 1h：补液 15mL/kg。

2）其后每小时：与 4 岁以下儿童相同（见上页）。

3）补偿失血：与 4 岁以下儿童相同（见上页）。

第八节　小儿术后镇痛

过去错误地认为婴儿不会对疼痛和刺激产生反应，现已发现婴儿手术时对疼痛和刺激的内分泌反应要比成人强 3～5 倍，其伤害通路和存在于脑干的心血管及神经内分泌控制中枢之间的联系包括丘脑－垂体－肾上腺轴，甚至在早产儿就已发育完好。所以在成人出现的应激反应在小儿均可见到。大部分儿童较容易安全地得到镇痛。儿童对疼痛的概念和反应不仅受到外科创伤的影响，而且也受到社会心理方面的影响，如认知的形成，应付策略、表达疼痛的能力，以前疼痛的记忆、恐惧及个性、文化、家庭等。因此，加强对疼痛的全面了解和儿童需要适当的镇痛的认识有望改进儿童疼痛的治疗。

一、全身用镇痛药

1. 非阿片类镇痛药　　对于轻微到中度疼痛，单一应用的镇痛药，如对乙酰氨基酚（扑热息痛）或非类固醇抗炎药（NSAIDs，如双氯芬酸），口服或经直肠用。但所有的非类固醇抗炎药应避免用于 1 岁以下的婴儿及患有凝血性疾病、血小板减少症、肾功能损害、严重的肝功能损害及乙酰水杨酸过敏史、胃肠道出血史等病人。其用法见表 1-8-1。

表 1-8-1　小儿非阿片类镇痛药的用法

药　　物	途　　径	计　　量	
扑热息痛	口服	15～20mg/kg	每隔 4h，必要时
	直肠	20～30mg/kg	每隔 4h，必要时
双氯芬酸	直肠	0.5～1mg/kg	间隔 8h

2. 阿片类镇痛药　　对于较严重的疼痛，即较大手术后，麻醉性镇痛药是必需，可静脉单次注射或滴注给药。吗啡滴注已经是经典，适用于各年龄阶段的儿童，尤其是局部镇痛有禁忌及不适用病人自控镇痛（patient-controlled analgesia，PCA）的儿童。但重要的是认识到儿童接受静脉滴注麻醉性镇痛药需要密切观察，新生儿和早产儿对麻醉性镇痛药很敏感，应该在 ICU 内严密监护，儿童有呼吸道梗阻、窒息史、头外伤或颅压高

及严重并发症如哮喘、心脏病时，麻醉性镇痛药滴注应相对禁忌。

溶液准备：加入吗啡 0.5mg/kg 至 50mL 的生理盐水。

$$1mL 溶液 = 10\mu g/kg 吗啡$$

推药滴注速率见表 1-8-2。

表 1-8-2　新生儿婴儿吗啡的用法

年　　龄	滴注速率
新生儿	0.5~0.7 mL/h，最大量 1.0 mL/h
1~3 个月的婴儿	1.0 mL/h，最大量 2.0 mL/h
>3 个月的婴儿	2.0 mL/h，最大量 4.0 mL/h

表 1-8-3　小儿阿片类镇痛药的用法

药　　物	途径	每次剂量（mg/kg）	持续输注速度 mg/（kg·h）	PCA 每次追加剂量（mg/kg）
曲马多	口服，直肠用药	0.5~1.5		
	口服，缓释剂	0.5~2.0		
	静脉用药	0.1~0.5	0.25	0.5
吗啡	口服，直肠用药	0.25		
	口服，缓释剂	0.5		
	静脉用药	0.05~0.1	0.01~0.03	0.025

表 1-8-4　曲马多用量（用输液泵：将 100mg 曲马多溶于 40mL）

体重（kg）	mg/h	mL/h
10	2.5	1
20	5.0	2
30	7.5	3
40	10.0	4
50	12.5	5

注：1. 可在持续输注前先单次静脉推注（0.5~1.0mg/kg）

2. 每 2~4h 调节一次剂量（根据疼痛评分）

3. 在规定的表格上适时记录疼痛评分与副作用

二、病人自控镇痛（PCA）

PCA 是治疗急性疼痛的一种方法，它用一个程序泵允许病人自己给药。它以固定的间隔静注小剂量的麻醉性镇痛药，保持血药浓度在有效范围内，因此减少无效镇痛或副作用，如过度镇静、呼吸抑制、恶心和呕吐。能够理解疼痛时推按钮这一概念的儿童均可使用 PCA。通常年龄的低限为 6 岁。

溶液准备：加入吗啡 0.5mg/kg 至 50mL 生理盐水。

$$1mL \ 溶液 = 10\mu g/kg \ 吗啡。$$

PCA 泵能按程序 mL 为单位工作，应用上述溶液。

例如：单次剂量：1mL

锁定时间：5min

基础滴注：1mL/h

4h 限量：13mL

开始 PCA 前应静脉单次给药使病人舒适，背景滴注（基础滴注）的同时开始 PCA 可以改善儿童夜间睡眠。儿童吗啡 PCA 或连续输注的具体标准如下：

表 1-8-5　7 岁以下儿童（使用药液浓度 0.2mg/mL）

用　　法	用　量 （mg/kg）	举例：对于一个体重为 10kg 的儿童，使用 0.2mg/mL
基础输注（每小时）	0.01 ~ 0.05	0.1mg = 0.5mL
每小时限量	0.03	0.3mg = 1.5mL
首次剂量（每隔 5min，至无痛）	0.02	0.2mg = 1mL
最大剂量	0.1	1mg = 5mL
疼痛加重时	2 ~ 3 倍基础量	

静注效果不佳时，如需吗啡，可追加 0.05 ~ 0.10mg/kg

表 1-8-6　7~11 岁的儿童（通常仿照标准 PCA 用量，药液浓度同上）

年龄（y）	大概体重（kg）	PCA 设置（使用 0.2mg/mL 药液）
7 ~ 8	20	1/6/0
9 ~ 11	30	2/6/0

表 1-8-7　12~15 岁的儿童（参照标准 PCA 使用剂量，应用标准溶液：1mg/mL，15 岁以上治疗可与成人相同）

年龄（y）	大概体重（kg）	PCA 设置（使用 0.1mg/mL）
12 ~ 14	40 ~ 50	0.5/6/0
15	> 50	1/6/0

表 1-8-8　儿童和青少年 PCA 的指导方案

阿片类	途径	浓度	负荷量 （mg/kg）	连续输注 [mg/（kg·h）]	PCA 剂量 （mg/kg）	给药间隔 （min）	4h 限量 （mg/kg）
吗　啡	静注	1mg/mL	0.03 2～3 次	0.015	0.02	6～10	0.25
哌替啶	静注	10mg/mL	0.3 2～3 次	—	0.15～0.2	6～10	2.5

三、硬膜外镇痛

硬膜外镇痛可提供良好的术中和术后镇痛。

表 1-8-9　儿童硬膜外输注的适用方案

溶液：

　　＜1 岁：0.1%布比卡因，不加芬太尼

　　1～7 岁：0.1%布比卡因，加芬太尼 $3\mu g/mL$

　　＞7 岁和成人：0.1%布比卡因，加芬太尼 $10\mu g/mL$

输注速度：

　1．开始速度为 0.1mL/（kg·h）

　2．随疼痛程度增加可逐渐增大剂量，最大剂量为 0.3mL/（kg·h）

　3．单次注射剂量≥6kg：1%利多卡因 1mL 加 1∶200 000 肾上腺素

　　　　6～15kg：1%利多卡因 2mL 加 1∶200 000 肾上腺素

　　　　＞15kg：1%利多卡因 5mL 加 1∶200 000 肾上腺素

表 1-8-6　　儿童硬膜外参考剂量

药　　物	速　　率	
布比卡因	儿童：0.4mg/（kg·h）；	婴儿：0.2mg/（kg·h）
利多卡因	儿童：1.6mg/（kg·h）；	婴儿：0.8mg/（kg·h）
吗啡	儿童：单次 $25\mu g/kg$；	连续 $4\mu g/$（kg·h）
	婴儿：单次 7.5～$12.5\mu g/kg$；	连续 1.2～$2\mu g/$（kg·h）
布比卡因＋芬太尼	儿童：0.1%布比卡因＋芬太尼 $2\mu g/mL$；	连续 0.3mL/（kg·h）
布比卡因＋吗啡	儿童：0.1%布比卡因＋吗啡 $10\mu g/mL$；	连续 0.2mL/（kg·h）

四、末梢神经阻滞

神经阻滞在儿童易于施行，既能用于术中，也能用于术后镇痛。常见的阻滞有阴茎神经阻滞、髂腹股沟/髂腹下神经阻滞及股神经阻滞，其次是肋间神经阻滞、坐骨神经阻滞、腋神经阻滞和胸膜间神经阻滞。

1. 阴茎神经阻滞　　为包皮环切术提供良好的镇痛，特别是门诊手术病人，而单次骶管可能出现下肢无力、麻木以及尿潴留，因此延迟出院。给药剂量为 0.25% 布比卡因 1~3mL，最大量 5mL。并发症主要是血肿。

2. 髂腹股沟/髂腹下神经阻滞　　为腹股沟疝修补术、鞘膜积水切开术、睾丸固定术提供了良好的术后镇痛，特别是非甾体类抗炎药（NSAIDs）被用于辅助镇痛。药物为 0.25% 布比卡因（加或不加肾上腺素），最大剂量为 2mg/kg（或加肾上腺素时为 3mg/kg）。并发症主要是股神经运动阻滞。

3. 股神经阻滞　　是股骨干骨折后最快、最容易和最有效的镇痛方法，与外侧皮神经阻滞一起对大腿皮肤移植提供了适当的术后镇痛。药物是 0.25% 布比卡因（加或不加肾上腺素），最大剂量为 2mg/kg（或加肾上腺素时为 3mg/kg）。

（冯　霞）

第九节　小儿重症监测治疗

小儿危重病监测治疗，即是运用各种仪器设备和临床手段获得可靠的生理数据，从而明确疾病的诊断、评估疾病的严重程度、提高治疗效率，预测疾病的转归并且在一定程度上改变疾病的转归。

一、循环监测

■心率及心律

小儿每搏输出量少，心率改变对心排出量的影响比成人大，心率过快或过缓均易引起血流动力学变化。心率及心律可通过听诊、触诊和连续心电示波进行监测，心电示波的电极放置部位与标准 12 导联心电图并不完全一致，对危重患儿疑有心功能或心律异常时，应及时描记 12 导联心电图。

小儿心率增快常见于哭闹、容量不足或缺氧，例如窦性心律 150 次/min 对于一个安静的新生儿和哭闹、躁动的 2 岁小儿都是正常的。心率减慢常见于缺氧。心率减慢比增快更危险，应积极处理。

■血压

动脉血压主要决定于有效循环血量、心肌收缩力和周围血管阻力，可通过无创和有

70

创方法监测。

无创性动脉血压测量：主要是血压计袖带测量法，常选择一侧上肢测量肱动脉血压，袖带宽度为上臂长度的 2/3。如因特殊情况不能测量上肢动脉血压，可测量下肢动脉血压，在记录时应注明测量部位，因为动脉口径不同，血压有所差异，一般股动脉血压常高于肱动脉血压。新生儿可不行血压监测。

有创性动脉血压测量：通过外周动脉（常采用桡动脉、肱动脉或股动脉、足背动脉）穿刺在动脉腔内留置导管，连接传感器测压。此方法可连续测量动脉血压，并可通过动脉导管采取血标本进行各项检查。适应证：①严重休克、大量出血患儿。②需控制降压或血压波动显著者。③使用血管活性药物需连续监测血压者。

■中心静脉压（CVP）

中心静脉压指近右心房处的上、下腔静脉的压力，通过穿刺颈内静脉、锁骨下静脉或股静脉在上、下腔静脉内留置导管进行测量。CVP 代表右心室前负荷，受右心泵功能、循环血容量和体循环系血管紧张度等因素影响，是临床观察血流动力学变化的主要指标之一，正常值为 0.49～0.98kPa。

1．适应证　①严重创伤、失血、脱水、休克。②急性心功能不全。③需大量输血、输液。④复杂大手术。

2．CVP 升高常见原因　①右心功能不全，如充血性心力衰竭、心源性休克等。②缩窄性心包炎、心包填塞。③肺循环阻力升高如肺水肿、肺动脉高压。④胸内压升高等。

3．CVP 降低常见原因　①血容量不足。②应用血管扩张剂。

通过血压（BP）、CVP 和尿量（UO）可初步指导临床治疗。

表 1-9-1　根据 CVP、BP、UO 拟定合理的治疗方案

CVP	BP	UO	提　示	治　疗
↓	↓	↓	血容量不足	扩容，补液
↓	正常	输液后改善	心功能良好，血容量轻度不足	适量扩容
↑	↓	↓	1．右心功能不全 2．心脏舒张受阻 （张力性气胸、心包填塞）	1．强心，限液量 2．去除受阻因素
↑	正常或↑	正常	输液过量；肺循环阻力增高	限液量，利尿；扩血管
正常	↓	↓	心功能不全或血容量不足	静脉补液试验

■其他

通过肺动脉漂浮导管（SWAN-GANZ 漂浮导管）可进行进一步的血流动力学监测，如测量右房压、肺动脉压、肺毛细血管楔压、心排血量，计算心脏指数等，通过肺动脉导管采血进行混合静脉血气分析，了解组织氧合状态和氧供需平衡情况。

二、呼吸监测

■ 一般监测

1. 呼吸方式、频率、节律和幅度　中枢性呼吸抑制表现为呼吸浅慢、节律不整、呼吸停顿，常见于镇静、镇痛药物作用或中枢病变。呼吸肌无力表现为呼吸浅速、呼吸辅助肌参与呼吸活动，常见于胸腹大手术后、肌肉松弛剂作用、伤口疼痛等。吸气性呼吸困难表现为吸气时"三凹征"（胸骨上、下和肋间凹陷），提示上呼吸道梗阻；呼气性呼吸困难表现为呼气时间延长，提示下呼吸道梗阻；呼气呻吟是小婴儿下呼吸道梗阻和肺扩张不良的表现。

监测方法：听诊法和监测仪监测，后者常用阻抗法，将电极置于胸部，胸部气体与组织比例在呼吸时发生变化，电极的阻抗亦随之变化，从而得出呼吸波形。此方法常利用心电图电极监测呼吸，应用时需注意：患儿活动时可影响呼吸波形；呼吸道梗阻导致窒息时监测亦不准确。

2. 神志　低氧血症和二氧化碳潴留均可影响神志，急性低氧血症时患儿烦躁不安、意识障碍；急性二氧化碳潴留时可出现面色潮红、多汗、嗜睡、昏迷。

3. 皮肤粘膜有无发绀，应注意严重贫血时发绀不明显。

4. 肺部体征　通过望、触、叩、听了解胸腔及肺部情况。

5. 胸部 X 光片检查　帮助了解胸腔及肺部情况。

■ 脉搏血氧饱和度（SpO_2）

脉搏血氧计测得的是功能性氧饱和度，表示氧合血红蛋白在有功能血红蛋白（包括氧合血红蛋白和去氧血红蛋白，不包括异常血红蛋白如一氧化碳血红蛋白和高铁血红蛋白）中所占的百分比。如异常血红蛋白不增高，氧饱和度在 70% ~ 100% 的范围，脉搏血氧饱和度与实测的动脉血氧饱和度相关性很好（r = 0.90 ~ 0.98）。正常值：吸空气为 SpO_2 的 96% ~ 100%。

1. 监测部位　手指、足趾，婴儿可用手背、新生儿用足背。

2. 影响因素　①全身或局部低灌注状态如休克、应用血管活性药、严重水肿、严重低温或局部动脉受压等。②血液中异常血红蛋白增高时测定值偏高。③严重黄疸患儿、血液中有诊断用色素或静脉应用美蓝者测定值偏低。④新生儿黄疸照射用光可干扰测定结果。

■ 呼气末二氧化碳（end tidal CO_2，$ETCO_2$）

$ETCO_2$ 监测主要应用于气管插管机械通气的患儿，通常采用红外线 $ETCO_2$ 分析仪，正常儿童 $ETCO_2$ 比 $PaCO_2$ 约低 0.27 ~ 0.67kPa（2 ~ 5mmHg），正常值为 4.5 ~ 6 kPa（35 ~ 45mmHg）。

1. $ETCO_2$ 升高常见原因　①CO_2 产生增加，如体温升高、代谢增加等。②呼吸中枢抑制，肺泡通气量减少。③呼吸肌麻痹、神经疾病、高位脊髓麻醉或急性呼吸困难引起的通气不足。④放松止血带、快速静注碳酸氢钠、腹腔内 CO_2 充气等可使 $ETCO_2$ 突然升高。

2．ETCO$_2$降低常见原因　①过度通气。②死腔通气增加，如肺栓塞。③CO$_2$产生减少，如低温、麻醉等，心肺脑复苏时如ETCO$_2$低于1.3kPa（10mmHg），复苏成功的希望极小。④呼吸机回路或气管管道脱离、漏气、堵塞等可导致ETCO$_2$突然降低。

■血液气体分析

动脉血气分析可反映呼吸功能和酸碱平衡情况，是临床常用的监测项目；混合静脉血气分析可反映组织氧供状态，是评估危重患儿组织氧耗、氧供和氧摄取的必需监测项目。

1．血氧分压（PO$_2$）　指血浆中物理溶解的氧产生的压力。正常值：动脉血氧分压（PaO$_2$）10～13kPa，混合静脉血氧分压（PvO$_2$）4.6～5.5kPa，动静脉血氧含量差［C（a－v）O$_2$］4～8mL/L。

表1-9-2　PaO$_2$、PvO$_2$、C（a-v）O$_2$变化的临床意义

PaO$_2$	PvO$_2$	C（a-v）O$_2$	临　床　意　义
↓	↓	正常	氧合功能障碍
正常	↓	↑	循环灌注不足
↓	↓	↑	心肺功能不全、组织灌注不良
正常	↑	↓	组织细胞损害严重，微循环严重障碍，预后不良

2．血氧饱和度（SO$_2$）　正常值：吸空气时动脉血氧饱和度（SaO$_2$）为96%～99%，静息状态下混合静脉血氧饱和度（SvO$_2$）68%～77%。SvO$_2$增高常见于低温、麻醉和组织细胞功能衰竭时氧耗减少；氰化物中毒、严重感染时氧摄取减少。SvO$_2$降低常见于心输出量、动脉血氧饱和度、血红蛋白降低和组织氧耗增加。SvO$_2$＜60%表示氧供降低；SvO$_2$＜50%提示出现无氧代谢；SvO$_2$＜30%提示预后极差。

3．动脉血二氧化碳分压（PaCO$_2$）　指血浆中物理溶解的二氧化碳产生的压力。正常值为4.5～6kPa，临床意义同ETCO$_2$。

4．实际碳酸氢盐（AB）　指隔绝空气的标本中所含碳酸氢盐（HCO$_3^-$）的实际数值。

5．标准碳酸氢盐（SB）　指在标准状态下［血温37℃、PaCO$_2$为5.32kPa（40mmHg）、SaO$_2$为100%］，血内HCO$_3^-$的含量，正常值21～27mmol/L，是判断代谢性酸碱平衡的重要指标。正常情况下AB＝SB，如AB＞SB提示有二氧化碳潴留。

6．剩余碱（BE）　指在标准状态下，用酸或碱将1L全血滴定到pH值为7.4时所需的酸（＋）或碱（－）的摩尔（mol）数，正常值为±3mmol/L。

7．改良氧合指数（PaO$_2$/FiO$_2$）　动脉氧分压与吸入氧浓度的比值，正常值为400～500。PaO$_2$/FiO$_2$＜300提示存在肺交换功能障碍，应该接受氧疗；PaO$_2$/FiO$_2$＜200提示肺交换功能严重障碍，如急性呼吸窘迫综合征（ARDS）或其他原因引起的急性呼吸功能不全、心功能不全，需呼吸机支持呼吸。

■机械通气患儿的特殊监测

小儿常哭闹不合作，易导致呼吸机脱落或气管插管脱出，而且小儿呼吸道分泌物多，气管插管内径较小，容易出现气管导管堵塞导致窒息，因此，在机械通气过程中应常规监测呼吸频率、潮气量、分钟通气量、气道压力等，保证机械通气的顺利实施。

三、肾功能监测

常用监测指标是尿量、血生化、尿常规等，特殊监测包括钠排泄分数（FENa）、肾衰指数（RFI）、自由水清除率（CH2O）等。

正常小儿尿量为 1~2mL/（kg·h）。

四、体温监测

婴儿因棕色脂肪储备有限，而且体表面积与体重的比例大，体热丢失较多，对寒冷比较敏感，术后应十分重视体温监测。

五、各种管道的观察

术后各种引流管道应保证通畅，密切观察引流液颜色、性质和量，对于高度怀疑术后出血的患儿，如发现引流管不通畅，应同时观察腹围、血红蛋白水平、中心静脉压等。

六、其他监测

危重病患儿应常规监测电解质和酸碱平衡，包括血生化、动脉血气分析等。对于微循环较差、休克的患儿应监测血乳酸水平，如血乳酸持续升高，则提示预后不良。大量输血或肝脏术后患儿需监测凝血功能如凝血三项等。严重感染或营养不良患儿需监测免疫功能。

七、危重患儿术后常用治疗措施

1. 镇静及镇痛　　术后疼痛不适、恐惧可使患儿烦躁不安、哭闹、不配合治疗，应适当给予镇静及镇痛。可给予盐酸异丙嗪或氯丙嗪 0.5~1mg/kg 肌注或静注，苯巴比妥 3~6mg/kg 肌注，安定 0.1~0.3mg/kg 静注，咪唑安定 0.1~0.2mg/kg 静注，吗啡 0.08~0.1mg/kg 或哌替啶 1mg/kg 静注。1 岁以下的婴儿仅在机械通气时可应用吗啡。在镇静及镇痛期间应密切观察呼吸及循环变化。

2. 呼吸治疗　　术后小儿呼吸功能受到不同程度的损害，包括麻醉影响呼吸中枢和肺功能，胸部或腹部手术创伤影响呼吸和咳嗽能力，手术本身可影响呼吸功能如开胸手术或颈部手术，术前合并肺部疾患如肺炎等，因此呼吸管理是近代小儿外科手术后管理的重要组成部分。

(1) 机械通气 对于病情较重的患儿如先天性膈疝、先天性食管闭锁等，术后应继续给予呼吸机支持呼吸，逐渐脱离呼吸机。在机械通气时，要注意加温湿化或雾化供应呼吸道充足的水分，预防气管插管堵塞。

(2) 氧疗 术后常规鼻导管吸氧或头罩、面罩吸氧，保证组织氧供。

(3) 肺部物理治疗 定时、有效地翻身、拍背、吸痰，对改善肺循环和通气有重要作用。合并肺炎患儿给予肺部超短波或红外线理疗，进行雾化吸入达到化痰目的。

3. 循环支持改善微循环 循环不稳定的患儿首先应保证氧供，其次要积极改善循环状况，给予晶体液和胶体液扩容；多巴酚丁胺 $1 \sim 5\mu g/$（$min \cdot kg$）提高心排出量，提高氧输送；微量多巴胺 $1 \sim 3\mu g/$（$min \cdot kg$）、654 – Ⅱ 0.5 ~ 1mg/kg 改善微循环等。

4. 维持水、电解质及酸碱平衡 术后早期常见代谢性酸中毒，如肾功能正常，在 BE > – 10mmol/L 时，主要是循环血容量不足所致，应以扩容为主，慎用碳酸氢钠，以防造成碱中毒，影响组织氧供。

5. 预防应激性溃疡 手术创伤、休克、严重感染、大量输血等常影响胃肠道供血、供氧，形成应激性溃疡，应预防性给予制酸剂如 H_2 受体拮抗剂、胃粘膜保护剂如氢氧化铝凝胶保护胃肠道粘膜。

6. 合理应用抗生素防治感染 严重感染危及生命时，宜选择广谱、强效抗生素，同时积极寻找病原微生物，尽早转为针对性治疗。

7. 人工低温或保暖 高热患儿给予冰敷、冰毯或药物降温；低温患儿尤其是新生儿应积极保暖、升温，给予新生儿保暖车床、电热毯、石英暖炉等，注意提高环境温度，贴身衣物应柔软、保暖性好，特别注意头部保暖，复温治疗应谨慎，预防烫伤。

8. 保护肾功能 保证充足的血容量和稳定的灌注压，避免使用肾毒性药物，必要时给予速尿 1 ~ 2mg/kg 利尿，微量多巴胺 $1 \sim 3\mu g/$（$min \cdot kg$）、普鲁卡因、立其丁等扩张肾血管，如疑为肾前性少尿，可给予甘露醇 0.2g/kg 加速尿，用药后 2h 尿量达 6 ~ 10mL/kg 提示为肾前性少尿。对于已确诊为肾功能不全的患儿，可进行连续性肾脏替代治疗（CRRT）、间歇性血液透析，病情许可也可行腹膜透析。

9. 营养支持 儿童身体脂肪比成人少，当不能进食时能量储存较少，应该更早开始静脉营养。

表 1-9-3 小儿生长需要的热量

新 生 儿		120kcal/（kg·d）
婴 儿	第 1 个 10kg	100kcal/（kg·d）
	第 2 个 10kg	50kcal/（kg·d）
	第 3 个 10kg	20kcal/（kg·d）

注：1（kcal）×4.184 0 = 1（kJ）

蛋白质需要量：2 ~ 3g/（kg·d）。

脂肪需要量：每日总热量的 35％ 应为脂肪，最大量不超过 3.5g/（kg·d）。

每日总热量中葡萄糖占 35％～50％，脂肪占 35％，蛋白质占 15％，非蛋白热量与氮的比例应为 100～150kcal:1g。对重症患儿可应用生长激素 0.2U/（kg·d）促进合成代谢。

（陈　娟）

第十节　小　儿　烧　伤

【临床提要】

日常生活中小儿烧伤屡见不鲜，据国内一些单位的统计资料显示，需要住院治疗的烧伤小儿占住院烧伤病人的 26.95％～48.16％。由于小儿皮肤菲薄，易为致伤因子造成深度烧伤；又因为小儿脏器发育未成熟，功能不全，一旦受伤反应强烈，病情严重，变化迅猛，若处理不当或处理不及时容易死亡。然而，亦由于小儿处于生长发育阶段，生长力强，若处理得当或处理及时也容易恢复，创面愈合也较成人和老人快。

■小儿烧伤的致伤原因

1. 热力烧伤

（1）热液烫伤，最常见。主要有开水、沸汤、热粥烫伤，或洗澡时没有调试好水温致小儿被热水烫伤。

（2）火烧伤，小儿好奇，喜欢玩火或玩烟花爆竹，稍不小心就会被烧伤。在一些还没有电的小山村，学龄儿童在蚊帐里看书，累了睡着后打翻煤油灯或蜡烛，被子、蚊帐燃烧，常致严重烧伤，并易发生呼吸道吸入性损伤。

2. 化学性烧伤，以石灰烧伤为多，儿童在化石灰的石灰池边玩耍，不小心掉进灰池中被烧伤；此外，洁厕液烧伤也常有发生。误饮强酸、强碱者也偶尔见到。

3. 电烧伤，多见于儿童在变电站变压器玩耍，或爬树捉鸟触及高压电线被高压电烧伤；幼儿在家里拔、插家电插头也会被电烧伤。

■小儿烧伤早期的诊断

1. 诊断步骤

（1）详细询问病史　重点询问致伤原因、作用强度和持续时间、受伤时衣着、周围环境、受伤后的处理。

（2）全面的体格检查，特别注意检查鼻、咽、口腔和双肺以判断有无呼吸道吸入性损伤。

（3）计算烧伤面积、估计烧伤创面的深度和有无感染。

（4）必要的实验室检查和一些特殊检查，如血常规观察有无血液浓缩，胸部右前斜位 X 片检查是否有严重吸入性损伤。

2. 烧伤面积的计算　在国内烧伤面积的计算主要用中国九分法和手掌法。

（1）中国九分法

头颈部：9% + （12 - 年龄）

双上肢：9% × 2

躯干 + 会阴（1%）：9% × 3

双下肢 + 双臀（5%）：9% × 5 + 1 - （12 - 年龄）

（2）手掌法　　患儿 5 个手指并拢的一个手掌面积为其体表面积的 1%。

3．烧伤深度的估计　　在国内烧伤深度的估计主要用三度四分法：

Ⅰ°烧伤：表皮层受伤，累及角质层、透明层和颗粒层，基底细胞层完好无损。临床上表现为皮肤红斑，疼痛；伤后 2～3 天脱屑愈合。

Ⅱ°烧伤：特点是伤及表皮层全层及部分真皮，临床上有水泡，可分为浅Ⅱ°烧伤和深Ⅱ°烧伤。其区别见表 1 - 10 - 1。

Ⅲ°烧伤：特点是伤及皮肤全层，严重者可伤及肌肉、骨骼，可以炭化。临床上深Ⅱ°烧伤和Ⅲ°烧伤的区别见表 1 - 10 - 2。

表 1 - 10 - 1　浅Ⅱ°烧伤和深Ⅱ°烧伤的区别

	浅Ⅱ°	深Ⅱ°
症状	锐痛	钝痛
水泡	大，泡皮薄	小，泡皮厚
基底	红，均匀，潮湿	白中透红，不均匀，湿润
血管栓塞征	无	细小，棕红，网状
愈合时间	2 周左右	4 周左右
色素沉着	轻，时间短	重，时间较长
瘢痕增生	无	重

表 1 - 10 - 2　深Ⅱ°烧伤和Ⅲ°烧伤的区别

	深Ⅱ°	Ⅲ°
症状	钝痛	不痛
水泡	有	无
基底	白中透红，不均匀，湿润	苍白，焦黄，炭化，干
温度	较高	低
针刺试验	痛	不痛
拔毛试验	不易，有毛根结构	易，无毛根结构
血管栓塞征	细小，棕红，网状	粗大，黑，树枝状
愈合时间	4 周左右自愈	要植皮才愈
瘢痕增生	不规则	与植皮形式有关

由于热力烧伤热的作用可以持续一段时间；化学性烧伤，主要是强酸和强碱烧伤，过去认为强酸作用于皮肤组织，引起组织凝固性坏死，不会像强碱那样皂化脂肪不断深入损伤深部组织；后来证明强酸也和强碱一样可以不断深入损伤深部组织，其作用持续时间可达96h；电接触性烧伤，血管内膜受损，也可以出现进行性坏死；此外，大面积烧伤休克期，体表血管收缩，苍白，温度低，以致对烧伤深度估计时容易偏深。所以对烧伤深度的估计必须连续观察，多次估计，以求准确。

4．吸入性损伤的诊断

（1）小儿吸入性损伤的严重性　小儿烧伤时哭喊容易吸入高热空气或液体发生吸入性损伤。由于小儿呼吸道短而窄，一旦发生吸入性损伤往往比较严重。小儿头面颈部烧伤，由于局部组织疏松，易因组织水肿压迫气道，导致呼吸困难，必须注意。

（2）吸入性损伤的分类　现在还没有统一的分类标准。目前较多的是分为上呼吸道吸入性损伤、中呼吸道吸入性损伤和下呼吸道吸入性损伤；或分为轻度吸入性损伤、中度吸入性损伤和重度吸入性损伤。在临床上应把两者结合起来，例如，上呼吸道吸入性损伤可以仅仅是局部充血，轻度水肿，不影响患儿的呼吸，为轻度吸入性损伤；相反，损伤虽然局限于上呼吸道，但损害严重，局部高度充血水肿、糜烂，影响呼吸，则为重度吸入性损伤。

（3）诊断要点

1）病史　有在密闭的环境下被烧伤，或衣服着火后奔跑哭喊，或哭喊时把热汤、沸水吸入气道的病史。

2）症状与体征　进食疼痛，鼻毛烧焦，鼻前庭、口腔、咽喉粘膜充血水肿，呼吸平顺，是上呼吸道吸入性损伤，损伤部位在声门以上，为轻度吸入性损伤；进而吞咽疼痛、声音嘶哑、呛咳，口腔、咽喉、声带粘膜充血水肿、糜烂，唾液增多，火烧伤者痰可有碳末，胸部听诊可闻鼾音，为气管隆突以上受伤，属中度吸入性损伤；再进而呼吸费力或呼吸困难、拒食，声音嘶哑、呛咳，口腔、咽喉、声带粘膜充血水肿、糜烂，口唇外翻，流涎，火烧伤者痰有碳末，随损伤呼吸道部位不同，胸部听诊可闻中小干湿性啰音，为气管隆突以下受伤，属重度吸入性损伤。

3）胸部右前斜位 X 片征　轻度吸入性损伤无阳性 X 线征；中度吸入性损伤者气管变窄，气管壁增厚；重度吸入性损伤者早期可见渗出性征象，后期可有炎症表现。

4）纤维支气管镜检查　可观察呼吸道的损伤部位和程度。

5）^{133}Xe肺扫描检查　对诊断呼吸道的吸入性损伤有帮助。

6）血气分析　对判断呼吸道吸入性损伤的严重程度有帮助。

5．合并伤的诊断　必须详细询问病史，进行全面的体格检查，以发现如脑外伤、气胸、骨折、脱位等等。

6．并发症的诊断　必须对患儿进行全面检查和密切观察，以发现如休克、急性肾功能不全或衰竭、应激性溃疡消化道出血等并发症的出现。

（1）烧伤休克的诊断　小儿大面积烧伤后，血管通透性增高，体液外渗，导致低血容量性休克。由于小儿大面积深度烧伤后测量血压较难，故诊断小儿烧伤休克主要依据下列指征：烦躁不安或后期反应迟钝、意识障碍，烦渴索饮，四肢冰冷，末梢循环不良，睑结膜血管充盈差，呼吸促，心率快，尿少或无尿，血常规检查血浓缩。

（2）急性肾功能衰竭的诊断　小儿大面积深度烧伤后，血容量不足，液体复苏不及时、不切实；或大量肌红蛋白、血红蛋白释出，没有及时补足液体和碱化小便，以至肾小管被堵塞而损伤肾功能；若为一些可以损伤肾功能的化学物质引起的大面积化学性烧伤，也可能发生急性肾功能衰竭，应该注意。急性肾功能衰竭的诊断不难，每天尿量少于 $250mL/m^2$ 体表面积为少尿，少于 $50mL/$天为无尿，加上血 BUN 和 Cr 的检查结果即可诊断。

（3）应激性溃疡消化道出血　小儿大面积烧伤后，血容量不足，液体复苏不及时，数小时内即可发生应激性溃疡消化道出血，必须注意。对液体复苏不及时的大面积烧伤小儿，应停留胃管监测胃液 pH 值和红细胞数量，以早期诊断。

7．对患儿原有疾病的诊断　必须详细询问病史，进行全面的体格检查，以发现如感冒、肺炎、肝炎、地中海贫血等等。

■小儿烧伤严重程度的分类

目前国内通用的小儿烧伤严重程度的分类方法是分为轻度烧伤、中度烧伤、重度烧伤和特重度烧伤。标准是：

轻度烧伤：烧伤总面积在 5% 以下的 II°烧伤。

中度烧伤：烧伤总面积在 6%～15% 的 II°烧伤，或 III°烧伤面积在 5% 以下。

重度烧伤：烧伤总面积在 16%～25% 的 II°烧伤，或 III°烧伤面积在 6%～10%；或虽然烧伤面积没有达到上述标准，但有下列情况者也属重度烧伤：全身情况较重或已经出现休克；合并严重的创伤；合并化学性中毒；合并重度吸入性损伤。

特重度烧伤：烧伤总面积在 26% 以上的 II°烧伤，或 III°烧伤面积在 11% 以上。

【治疗】

■小儿烧伤的治疗

1．休克期的治疗

（1）液体复苏　小儿烧伤面积在 5% 以上者就可能发生休克，所以，对小儿烧伤休克期的液体复苏必须及时、确切。患儿入院后首先建立可靠的静脉补液途径进行补液。

1）补液公式　目前国内常用的是 1970 年全国烧伤会议提出的补液公式。①第 1 个 24h 补胶体和晶体的量：2 岁以下：烧伤面积（%）×体重（kg）×2mL；2 岁以上：烧伤面积（%）×体重（kg）×1.75mL。②第 1 个 24h 补水的量：2 岁以下：100～150mL/（kg·d）；2 岁以上：50～100mL/（kg·d）。③第 2 个 24h 补胶体和晶体的量为第 1 个 24h 补胶体和晶体的量的一半，第 2 个 24h 补水的量与第一个 24h 补水的量相同。

然而，在临床上我们常用的补水量计算方法是：①补每天生理代谢需水量：第 1 个 10kg，补 100mL/kg；第 2 个 10kg，补 80mL/kg；第 3 个 10kg，补 70mL/kg。②如果使用热风治疗或使用空气悬浮床会增加额外失水量，因此需增加补水量，约增加每天生理代谢需水量的 10% 左右。③如果有吸入性损伤者需增加每天生理代谢需水量的 13% 左右。

此外，在临床上我们发现，烧伤面积超过 40% 的大面积深度烧伤小儿第 2 个 24h 补胶体和晶体的量为第 1 个 24h 补胶体和晶体的量的一半是不够的，应以 2/3 为宜；第 3

个 24h 补胶体和晶体的量也为第 1 个 24h 补胶体和晶体的量的 2/3 为宜。

2）补液的注意事项 ①烧伤后头 8h 补液量应为第 1 个 24h 补胶体和晶体的量的一半、补水量的 1/3。②补液的胶体和晶体的比例以 1:1 为宜，不要超过 1:2；大面积深度烧伤者补胶休液应以血浆、5% 白蛋白溶液为主，有贫血者可输适量的红细胞或全血，代血浆的量不宜太多。③所有补液需分为几个等份，均匀交替滴入。④所有补液要用输液泵匀速滴入，切忌时慢时快，以免不能及时纠正血容量的不足或引发心力衰竭、肺水肿。⑤补液公式算出来的补液量只能作为参考，必须根据患儿的病情随时调整补液的质、量和速度。

3）补液的调整指标 ①尿量：尿量可反映血容量的情况，又可以反映肾脏的功能，是一个调整补液的重要指标。2 岁以下患儿尿量在 5~15mL/h 左右，2 岁以上患儿尿量在 15~25mL/h 左右表示纠正血容量满意；但是，烧伤面积超过 40% 的大面积深度烧伤小儿尿量要求应在 15~30mL/h 左右；如果烧伤小儿年龄较大，接近 14 岁，烧伤面积又超过 40% 的大面积深度烧伤，要求尿量更多，要求接近成年人。如果无尿，要判断是血容量不足还是急性肾功能衰竭，可以按下列程序进行检查和处理：a. 检查尿管，排除尿管堵塞或脱离后尿道口。b. 输液试验，据患儿年龄和身材大小不同，在 15min 内，快速输入 5% 或 10% 的葡萄糖溶液 30~300mL。输后有尿，为血容量不足，要加快补液速度、增加补液。若仍然无尿，要考虑肾血管痉挛。c. 肾血管痉挛，用舒张血管的药物，如马氏利尿合剂等。若仍然无尿，要考虑急性肾功能衰竭。d. 急性肾功能衰竭：在补足血容量的同时行血液透析。若尿多，表示补液过多，应减慢补液和减少补液。②精神状态：患儿安静，表示纠正血容量满意；患儿烦躁不安，表示血容量纠正不满意，应加快补液速度增加补液。③末梢循环：四肢末端温暖，睑结膜或甲床毛细血管充盈良好，表示血容量纠正满意；四肢末端冷，睑结膜或甲床毛细血管充盈不良，表示血容量不足，要加快补液速度增加补液。④脉搏：婴幼儿在 160 次/min 以下，儿童在 140 次/min 以下，若脉搏快而弱，为血容量不足，要加快补液速度增加补液；若脉搏快而强，为补液过多，应减慢补液和减少补液。

（2）保持呼吸道通畅和湿润 补液后，接着检查患儿是否要作气管插管或行气管切开，因为小儿头面颈部烧伤容易水肿压迫气道引起窒息，有吸入性损伤者更易在休克期发生水肿压迫气道引起窒息，需要及时作气管插管或行气管切开，随时吸净呼吸道的分泌物，保持呼吸道通畅；超声雾化吸入或气道内滴入生理盐水以保持呼吸道的湿润。

（3）休克期创面的处理 在补液及处理呼吸道后，跟着进行早期简单清创，剃除毛发，去除异物，用 2×10^{-4} 碘伏溶液清洁创面，然后根据患儿的具体情况外用 1% 磺胺嘧啶银冷霜、20% 磺胺嘧啶银混悬液或 10% 碘伏软膏；再选用暴露、半暴露或包扎疗法。

进入消毒隔离病房，需要根据患儿的具体情况选用病床的类型（如普通病床、小儿"人字床"、翻身床、空气悬浮床）、患儿体位，配合使用持续热风治疗（使用热风治疗机或空气悬浮床），保持室温在 32~35℃。

（4）防治感染 ①及时、正确处理创面。②加强对气管插管或气管切开后的治疗和护理。③加强对静脉导管或尿管的护理，以预防静脉源性感染或经泌尿系统来源的感染。④早期小量进食，减轻肠道屏障的损害和细菌及其毒素转移引起肠源性感染。⑤合理使用抗生素，烧伤后早期使用抗生素可到达创面、痂下组织，对预防创面感染有一定的作用；早期使用抗生素对预防肠源性感染亦有一定的作用。由于早期没有细菌学的资料，可根据创面的表现和当前病房的常见菌及其对药物的敏感性选择抗生素；待细菌培养和药物敏感试验的结果出来，立即按之选用敏感的抗生素。

(5) 防治多脏器功能不全或衰竭　①及时、有效的液体复苏。②及时、正确处理创面。③防治感染。④充足的能量和营养。⑤根据不同的脏器选用不同的防治方法，例如，为预防消化道功能衰竭、应激性溃疡消化道大出血，除上述4点外，可以早期小量进食，以减轻胃肠道粘膜的损害；监测胃液的 pH 值，使之维持在 pH≥5，静滴甲氰咪胍，口服氢氧化铝凝胶，以减轻胃酸对胃粘膜的损害；同时给以葡萄糖酸锌、维生素 A、维生素 B 等帮助粘膜的修复。

2.创面的处理　　患儿入院行早期简单清创后，可按下列原则进行治疗：Ⅰ°烧伤创面的处理：保持创面清洁，3天左右可脱屑痊愈。浅Ⅱ°烧伤创面的处理：保持创面痂皮完整，外用1%磺胺嘧啶银冷霜或10% 碘伏软膏半暴露或包扎疗法；定期翻身防止创面长期受压溶痂感染；配合持续热风治疗；一般14天左右愈合。近年研究证明表皮生长因子（EGF）、碱性成纤维细胞生长因子（bFGF）、负荷电气溶胶治疗能促进创面的愈合，负荷电气溶胶治疗7天左右创面即可愈合。深Ⅱ°烧伤创面的处理与浅Ⅱ°烧伤创面的处理原则基本相同，但是，为防止创面过早溶痂感染，缩短疗程，对深Ⅱ°烧伤创面可以行削痂植皮术。在炎热潮湿的南方大面积烧伤者早期不宜用包扎疗法，以免溶痂感染。Ⅲ°烧伤创面的处理：早期也要保持创面焦痂完整，外用20%磺胺嘧啶银混悬液或10%碘伏软膏，暴露、半暴露，定期翻身，配合持续热风治疗；有计划的分次切痂植皮。

3.感染的防治　　小儿本身抵抗力弱，大面积烧伤后机体免疫功能进一步削弱，若创面处理不好、静脉护理不当或气管切开后治疗与护理不佳均易导致感染。

(1) 创面感染及处理

1) 细菌性创面感染　　致病菌有 G⁺性菌、G⁻性菌，需氧菌、厌氧菌，目前仍然以铜绿色假单胞杆菌和金黄色葡萄球菌为多。它们所致的创面感染临床区别要点见表1-10-3。

表1-10-3　铜绿色假单胞杆菌和金黄色葡萄球菌创面感染临床区别要点

	铜绿色假单胞杆菌	金黄色葡萄球菌
创面颜色	灰黯，痂软潮湿	明亮，创面上有脓苔
分泌物	无色或蓝绿色，稀薄，腥臭味	黄色，粘稠，脓臭味
创缘	生长停顿	红肿，尚能生长
后期	创面烂糟糟，出现坏死斑	出现脓栓，往深处打洞

细菌性创面感染的处理原则：早期，刮除创面上的分泌物或溶化的痂皮，用（2～

4）$\times 10^{-4}$碘伏溶液清洁创面，若是铜绿色假单胞杆菌感染可外用20%磺胺嘧啶银混悬液暴露、定期翻身、加持续热风治疗，一般2~3天左右可控制感染。若为金黄色葡萄球菌感染可外用10%碘伏软膏、暴露、定期翻身，加持续热风治疗，一般2~3天左右也可以控制感染。

若创面感染严重，已危及生命，可以在加强全身治疗的同时，做好充分准备，抓紧时间进行"抢切"焦痂，切痂后必须用异体皮严密覆盖创面。如果创面感染不严重，不危及生命则以待控制感染后再择期手术为宜。

2）真菌性创面感染　　致病菌有念珠菌、麴菌、毛霉菌等等，目前以白色念珠菌为多。它们所致的创面感染的临床表现要点是：①白色念珠菌：开始时创面出现一些白色粉末状的斑点，不易擦掉；1~2天后长出棉絮状的菌丝，同时向深处侵犯，痂皮变软；3~4天后向创面深处打洞，取出的坏死组织像桑枣样成串。②麴菌：开始时创面出现一些白色粉末状的斑点，不易擦掉；1~2天后长出棉絮状的菌丝，同时向深处侵犯，痂皮变软；3~4天后创面上的菌丝可以变为灰色、黄色、棕色、红色、绿色、黑色，随时间推移而颜色变深，在同一个创面上可以有不同颜色的菌丝。进而菌丝向周围扩展，使创面表面似有一层蜡样薄膜，在其中出现黑色斑点，表面坚硬，下面霉烂，坏死组织中有大量麴菌菌丝和孢子，血管内有血栓，血栓内也有大量麴菌菌丝和孢子。③毛霉菌：开始时创面出现一些白色小斑点或小黑斑，次晨黑斑周围出现一圈红晕，随后变黄变黑，在其外又出现一圈红晕，随后又变黄变黑，如此不断扩大；黑斑表面坚实，下面霉烂；坏死组织中有大量毛霉菌菌丝和孢子，血管内有血栓，血栓内亦有大量毛霉菌菌丝和孢子。

真菌性创面感染的处理原则：早期，刮除创面上的真菌灶，依次用双氧水、5%碳酸氢钠溶液、$(2~4)\times 10^{-4}$碘伏溶液清洁创面，外用10%碘伏软膏、暴露、定期翻身、持续热风治疗，一般2~3天左右即可控制感染。若真菌侵犯到痂下，则刮除创面表面的真菌灶，依次用双氧水、5%碳酸氢钠溶液、$(2~4)\times 10^{-4}$碘伏溶液清洁创面，再依次用3%碘酊、75%酒精作创面及周围皮肤灭菌，在真菌感染区覆盖一层拧干的3%碘酊纱布，缝合固定；然后，于距离真菌感染区边缘约1cm处作切口，直到深筋膜表面或超越真菌侵犯的平面，分离切除感染的焦痂和所有的坏死组织，手术中切忌经过病灶，以免孢子撒播在切痂后的新鲜创面上再度感染。

(2) 全身感染及处理　　小儿抵抗力弱，烧伤感染后若处理不及时或不当，很易发生全身感染。对患儿的全身感染必须早期诊断，及时治疗；若等症状很典型或血培养结果出来才作处理则往往错过治疗的时机，导致死亡。

1）烧伤创面脓毒症的早期诊断　　各种病原菌所致全身感染的早期表现有共同之处，早期诊断要点：①患儿突然变得烦躁、易惊、诉伤口痒。②突然食欲不振，或突然变得特别贪吃。③体温突然升高超过39℃或弛张热（多为G^+细菌感染），或体温突然降到35℃以下（多为G^-细菌感染）。④呼吸浅促。⑤脉搏加快，与体温变化不成比例，或体温曲线与脉搏曲线分离。⑥肌肉震颤。⑦舌震颤，不能伸舌出口外；舌质红绛，干而无津，舌苔焦黄，黑苔或光剥。⑧创面变灰黯，痂软潮湿，或创面上有黄色脓苔，分泌物增多，有臭味，创缘红肿，上皮生长停顿，后期创面烂糟糟，出现坏死斑，出现脓

82

栓，往深处打洞。⑨白细胞变化范围增大，每天的变化超过5 000/cm³。血小板大幅度减少。⑩痂下组织细菌计数超过 $10^5/g$。

血培养可以阳性，但是血培养阴性不能否定创面脓毒症，而且等待血培养结果出来往往错过治疗的时机，必须再三强调。

2）铜绿色假单胞杆菌和金黄色葡萄球菌创面脓毒症的临床表现有相似之处，需要鉴别。其临床主要区别点见表 1-10-4。

表 1-10-4　铜绿色假单胞杆菌和金黄色葡萄球菌创面脓毒症的区别要点

	铜绿色假单胞杆菌	金黄色葡萄球菌
精神状态	早期多抑制	早期多兴奋
体　温	多降低	多升高
呼　吸	早期多抑制，易发生呼吸困难	早期不易发生呼吸困难
食　欲	早期食欲减退	早期不变
创　面	早期灰黯，痂软潮湿，分泌物蓝或绿色，稀薄，腥臭味，后期创面烂糟糟，出现坏死斑	早期明亮，创面上有脓苔，分泌物黄色，粘稠，脓臭味，后期创面出现脓栓，往深处打洞
白细胞数	早期多减少	早期多增加
绿珠蛋白	尿绿珠蛋白（＋）	尿绿珠蛋白（－）
创面涂片	可见 G⁻杆菌	可见 G⁺球菌
创面培养	铜绿色假单胞杆菌（＋）	金黄色葡萄球菌（＋）
血液培养	铜绿色假单胞杆菌（＋）／（－）	金黄色葡萄球菌（＋）／（－）

3）铜绿色假单胞杆菌和真菌创面脓毒症的区别　　由于铜绿色假单胞杆菌和真菌创面脓毒症的临床表现十分相似，必须鉴别。其临床主要区别点见表 1-10-5。

表 1-10-5　铜绿色假单胞杆菌和真菌创面脓毒症的区别

	铜绿色假单胞杆菌	真　菌
发病界线	较清晰	不清晰
病　情	发展快，重	时好时坏，若明若暗，越来越差
精神状态	抑制	抑制-兴奋-抑制
呼　吸	早期多抑制，易发生呼吸困难	早期变化不大
体　温	多降低	多升高或弛张热
食　欲	早期食欲减退	早期不变
脓毒症状	与创面改变程度相符	出现脓毒症状，早期创面似乎不错
创　面	溶痂，分泌物增多，绿色，腥臭	真菌灶发展迅速

	铜绿色假单胞杆菌	真　菌
黑　斑	坏死斑，坚硬，周围溃烂	真菌斑，表面丁硬，基底糜烂，周围创面有似蜡膜状的菌丝膜覆盖
抗菌效果	抗铜绿色假单胞杆菌有效	抗铜绿色假单胞杆菌无效，症状反加重
病　程	较短	相对较长

4）创面脓毒症的处理原则　①加强全身的支持疗法，包括纠正贫血、低蛋白血症、水与电解质紊乱等。可用主动或被动免疫疗法以提高机体的抵抗力。②积极、正确处理创面，迅速控制创面感染。③合理使用抗菌药物，一旦出现早期症状，应立即使用敏感的抗生素。若没有患儿的细菌学资料，可根据当前病房常见的致病菌选用抗生素，然后待细菌培养结果出来再调整抗生素。使用抗生素的量要足，要根据抗生素的半衰期安排每 6～8h 给药一次。给药时应把一个剂量抗生素加到 30～50mL 的 5%～10% 葡萄糖溶液中快速滴入。如果使用得当，患儿的病情于 24h 后好转，否则应及时调整抗生素。当病情被控制后应立即停用。若为细菌和真菌或多菌感染，应在使用抗真菌药物的同时使用敏感的抗生素。④严格遵守无菌操作技术和消毒隔离制度，防止交叉感染加重病情。

4．营养治疗

（1）补充热量　可按下列公式计算：

$$65 \times 体重（kg）+ 25 \times 烧伤面积（\%）= kcal/天$$

$$1kcal = 4.187kJ$$

（2）补充 3 种主要营养物质在总热量中的比例：蛋白质占总热量的 15%，脂肪占 35%，碳水化合物 50%；氮与非氮热量之比为 1g:0.53～0.63 mJ(125～150kcal)。

（3）补充各种维生素、微量元素等等。

（4）营养治疗的途径　能经口进食者应给以进食，不能进食者可鼻饲或静脉输入。静脉营养者要注意各种营养成分比例，要补充支链氨基酸。热量与营养的补充要根据病情调整。

5．恢复期的治疗

（1）功能锻炼。

（2）防治瘢痕增生及挛缩　深Ⅱ°、Ⅲ°烧伤愈合后都有瘢痕增生及挛缩，必须尽早防治。目前比较有效的是积雪草甙制剂（肤康®），口服其片剂，外用其霜剂或外用康瑞保软膏；可以配合压力治疗。

（3）心理治疗　消除容貌损毁的患儿的自卑心理，鼓励他们勇敢地生活在正常的儿童之中。

■小儿烧伤的预防

1. 对小儿家长进行预防烧伤的教育　从妇女妊娠后期就需要开始对未来的小儿

家长作预防烧伤的教育，如给小儿喂食时要调好温度；洗澡的时候，在澡盆中先放冷水，后放热水，调好水温以免烫伤。

2. 注意小儿的安全　　不要让幼儿或儿童单独留在家里，以免因玩火或玩家电、插头而被烧伤；把一些易燃易爆的东西（如火柴、烟花爆竹）放在儿童拿不到的地方，以免玩耍而被烧伤；把一些易致烧伤的化学物品（如盐酸、硫酸等等）放在儿童拿不到的地方，以免被烧伤或误饮；在北方，要注意改进炕头，以免幼儿或儿童被烧伤；不要让幼儿或儿童烧火煮饭，以免被火烧伤。

3. 从小要教育小儿注意安全，以免被烧伤。

（利天增）

第十一节　新生儿皮下坏疽

【临床提要】

新生儿皮下坏疽（subcutaneous gangrene of newborn）是一种发生于新生儿皮肤和皮下组织的急性化脓性感染。本病主要由金黄色葡萄球菌引起，少见白色或柠檬色葡萄球菌，偶见变形杆菌、绿脓杆菌或链球菌。本病多见于背侧（如腰骶、背、臀、会阴及肩部），因为局部经常受压、皮肤及皮下组织血液循环较差、加之褥垫较硬和局部易受大小便浸渍所致。此外，北方天气寒冷，故冬季发病率高。目前，在我国大中城市生活条件已明显改善，本病已很罕见。

皮下坏疽的病理表现为皮下脂肪、浅筋膜甚至部分肌层广泛充血、白细胞浸润，大量渗出液，渐皮下积脓，致局部充血和水肿的皮肤产生"漂浮"感，中央部分皮肤缺血、暗红，坏死。本病分为蜂窝织炎、坏疽、坏死及脓肿4型。

临床表现有呕吐、拒乳、哭闹和体温升高等全身症状。局部皮肤明显充血、水肿、边界不清、触痛明显。病变范围迅速扩大，皮肤转暗红，皮下组织坏死、液化，致皮肤有"漂浮"感。合并败血症时出现精神萎靡、黄疸、贫血、肺炎及体温不升等。病情迅速恶化，病死率高。脓肿型者常无全身症状。

在典型皮下坏疽病例，即当新生儿哭闹不安、食欲不振和体温升高时，只要小心检查背侧受压部位皮肤，一般诊断多无困难。病变位于骶尾部时注意与脊膜膨出、毛细血管瘤继发感染、血管瘤伴发血小板减少综合征（Kasabach-Merritt 综合征）和尿布皮炎鉴别。

【治疗】

包括全身治疗和局部治疗两部分。

■全身治疗

住院后立即静脉联合应用强有力的抗生素，如Ⅲ代头孢类。以后根据细菌培养结果及药物敏感试验再调整方案。支持治疗可用丙种球蛋白、人血白蛋白或静脉营养以利组织修复。少量输新鲜血或血浆已不再是首选方法。病儿应力争母乳喂养，增强机体抵抗力。维生素 B、维生素 C 的补充也很重要。为加强和促进循环，还可加用复方丹参等中药以活血化瘀。

■局部治疗

必须立即进行。对蜂窝织炎型者可以局部外用消炎软膏（如百多邦或金霉素、红霉素软膏），外敷水调的中药（如如意金黄散），或适当进行理疗。密切观察病变的发展速度和进程，并注意发现皮肤的漂浮感。坏疽型者就诊时局部皮肤往往已可发现漂浮感，此时应立即在局麻下行多个、多方向、相距约 2~3cm 的小切口以引流脓液或血性混浊渗出液。切口需达皮肤漂浮区的边缘，长度以 1.2~1.5cm 为宜。切开后在伸入皮下弯钳的协助下再切开下一个口。切开后用凡士林纱条充填引流。注意操作应迅速、轻柔，术毕即刻加压包扎，并使病儿仰卧半小时余，以防止过多渗血。手术当日需密切观察局部敷料，防止失血性休克。坏死型者应逐日减除坏死组织。在炎症完全控制，且创面有新鲜肉芽组织时方可考虑植皮术。脓肿型病儿全身情况大多良好，应用抗生素（静脉用或酌情仅用口服），同时局麻后行脓肿切开引流术。有的病儿出院后数月或年余又出现局部原切口瘢痕间有积脓时，也可按同法处理。

洗澡换药在皮下坏疽是一种特殊的治疗方法。病儿局部切开引流后次日，如果没有局部活动性渗血即可开始每日一次的洗澡换药。宜在喂奶前约 0.5~1h 进行。方法是逐个拔出引流纱条后，用普通清洁温水泡洗、轻柔冲洗局部、冲出脓腔内的渗出液及坏死组织，再先后用无菌生理盐水和消毒液（2‰高锰酸钾、1‰黄连素或呋喃西林溶液等）冲洗局部各个伤口。无菌敷料沾干后逐一放置凡士林纱条于各切口内，外用大纱布覆盖。每日需酌情处理伤口如加做切口引流、剪除坏死组织或撤除引流纱条等。炎症被控制后病儿全身情况好转，局部皮肤红肿逐渐减轻，渗出物也随之减少，切口于 2~4 周内缓慢愈合。局部遗留多个条形下凹的瘢痕，除影响美观外基本上无功能障碍。个别报道有不造成明显跛形的患侧肢体 1cm 短缩畸形；但也有瘢痕挛缩致脊柱畸形，明显影响活动的报道。

（叶蓁蓁）

第十二节　先天性畸形围产期的监护与治疗

超声学的进展，为临床医学的发展提供相辅相成的效应。产科超声影像学业务范围的不断扩大，使临床上先天性胎儿异常的检出率不断提高。对胎儿形态方面畸形的诊断，B 超扫描是首选方法，其检出率达 75% 左右。B 超扫描不仅可进行胎儿内部结构异常的诊断，而且对胎儿器官系统功能方面的异常，可利用介入超声对染色体异常的胎儿进行早期诊断，早期超声筛查，从而降低出生缺陷、提高人口素质、提高围产期质量。先天性畸形患儿围产期的小儿外科早期监护、治疗对其生存率有着不可估量的积极作用。

本节重点论述胎儿消化系统、泌尿系统发育异常的小儿外科监护与治疗。

一、胎儿消化系统异常

消化道闭锁或狭窄，造成的梗阻、穿孔、腹膜炎是直接威胁围产儿生存的重要因素。因此出生前 B 超诊断之后，应选定分娩方式、时间和地点。选择小儿外科技术比较成熟的医疗单位，并与产科医生密切合作，早期进行小儿外科监护治疗是提高先天性消化道畸形梗阻的围产儿生存率的重要关键。

胚胎 8~10 周，消化道的空化已完成，但是 10~12 周后部分消化腺发育逐渐生成，胎儿的吞咽、消化和吸收功能开始运作。但如消化道闭锁、狭窄，宫内羊水-胎儿之间的循环受障碍，产生羊水过多。超声扫描可根据空腔器官梗阻近端异常扩大，积液的液性暗区和无回声区特点，且显示梗阻近端的泡沫影而诊断。确诊率一般在 90% 左右。

出生前诊断方法包括羊膜腔穿刺，绒毛、脐穿刺术等均属创伤性产前诊断技术。目前 B 超产前诊断为首选的无创伤性筛选方法，根据消化道梗阻部位不同，其超声图像特征不一样。食管闭锁探查胎儿上腹部时胃泡的无回声区消失，有时在闭锁上段可见囊状扩张积液。幽门狭窄或闭锁，在上腹部胃区可见胃泡无声区扩大，呈单泡状，肠管回声减少。十二指肠闭锁或狭窄，可在上腹及中腹部分别见到为胃泡和扩大的十二指肠近端的无回声区两个相连，和 X 线十二指肠梗阻的双泡征为其特点。小肠闭锁为闭锁上端肠管扩张，积液的肠段成阶梯排列的无回声区，又称蜂窝状。而肛门闭锁则为下腹探查时见乙状结肠和直肠近端扩张，位于盆腔可见液性暗区。先天性巨结肠 B 超诊断一般较困难，但胎儿腹胀，下腹部有扩张的 C 型肠管液性暗区，应注意出生后随诊。脐膨出是位于脐部有完整羊膜包裹的向腹壁外突出，有肠管回声，也可能肝、脾膨出。而腹裂是腹壁的正中裂开，内脏脱出漂浮于羊水中，无任何覆盖物而区别。

产前诊断是根据胎儿异常的性质、部位，而决定胎儿去留。一般消化道梗阻诊断后，产科医生和小儿外科医生共同研究分娩时间、地点和方法。非实质器官的脐膨出，一般在 10cm 以下，主张在剖宫同时进行小儿外科术前准备、气管内麻醉准备。在肠管未完全充气情况下，作脐膨出复位修补术，复位容易。

食管闭锁如果不合并其他严重的先天性畸形如复杂型心脏病、神经系统畸形者，小儿必须在分娩断脐处理后，出生体查后交由小儿外科行早期监护治疗。如剖宫手术室有流动式 X 光照片装置，则经新生儿鼻孔插入一条不透 X 线的有导丝的单腔导管。因为食管闭锁盲壁常位于第 2~3 胸椎水平，所以从齿龈到盲闭的食管近端长度为 9~11cm，如插管受阻，则拍摄全胸腹部平片，显示导管位于盲端水平而确诊食管闭锁。拔出导丝，停留食管盲端导管定期抽吸近端口咽部分泌物，以免反流误吸入呼吸道导致吸入性肺炎。这是产前诊断的优越性。根据食管闭锁类型，在分娩 24h 后，作充分术前准备后再行食管重建术。如早产儿、低体重儿，则第一期先作胃造瘘术，待体重达 2.5kg 后再作Ⅱ期食管重建术。

幽门管梗阻、十二指肠闭锁、小肠闭锁，产前诊断率达 95% 以上。小儿外科医生在接到产科产前会诊时，必须密切和产科医生合作。本病可经产道正常分娩，但娩出的围产儿应交由小儿外科监护治疗。患儿停留鼻胃管，定期抽吸胃内容物，防止消化道反流致吸入性肺炎。低流量吸氧、保温。同时进行手术前各种血液生化常规检查、交叉配血准备,如幽门和十二指肠梗阻者,送到放射科作立位和斜坡卧位拍摄平片,即可看到前者上腹"单泡征"、后者为"双泡征",可确诊。

但如产前诊断是小肠闭锁,呈蜂窝状多角形液性暗区超声图像,则出生后 4~6 小时内,用稀钡 30~50mL 经肛门注入,可见没有结肠袋的"胎儿型结肠"X 线征则即可诊断小肠闭锁。

排除先天性重型心脏病或其他多科缺陷情况下,尽量在气管内麻醉下行肠管复通手术。注意小肠闭锁的多发类型和术后短肠综合征。

手术后送 SICU 进行监护观察,注意氮平衡及水、电解质的补充。产前诊断和早期小儿外科治疗大大提高本病的生存率。

二、膈疝

膈疝多数为腹腔脏器主要是肠管疝入胸腔,有时也有脾脏疝入,在 B 超下从胎儿背部探测可见无回声的肠管疝入胸腔而确诊,第二、第三孕期诊断率达 100%。

早期小儿外科监护治疗:众所周知,胎儿膈疝缺损导致腹腔脏器通过裂口进入胸腔,严重压迫影响胎儿肺发育不良。出生后呼吸动作,改变胸腔负压,加重腹腔内脏疝入胸腔,产生紧急胸腔内正压,不仅加重肺容量压积,导致纵隔移位。新生儿可引起反射性休克,即所谓"膈疝危象"。患儿出生后吸入性呼吸困难、口唇发绀。因为纵隔移位、心脏异位、出生后常被误诊为吸入性肺炎、青紫型心脏病。产前 B 超诊断率一般在 98% 以上。因此分娩时产科医生务必要求小儿外科医生共同在场接诊,娩出后即交由小儿外科监护治疗。

1. 断脐处理后,立即给新生儿正压吸氧、血型检测、交叉配血、插胃管,在手术室有 X 光机设备者,即作斜坡位及侧位胸腹平片,有必要时可经胃管注入 38% 泛影葡胺 20mL 可清楚看到疝入胸腔内的胃和小肠而确诊。

2. 尽快在气管插管麻醉下进行经腹的膈疝修补术。因为膈肌缺损,简单缝合裂孔可致胸腔容量变小,所以主张用血管代替物作补片修补膈肌缺损。如大量消化管及脾脏均疝入胸腔,则复位后腹腔压力增大,压迫下腔静脉影响循环。因此手术者双手扩张腹壁肌肉,以手扩张腹腔内容量,再回纳疝内容物进入腹腔,关闭腹腔。笔者有 4 例胎儿膈疝在娩出后,立即由小儿外科监护、早期手术,3h 后完成修补术。

3. 手术后 SICU 监护也是近年膈疝治愈率提高的关键。因为肺的发育不良、手术后腹胀,呼吸的支持和 TPN 至关重要,一般在 SICU 监护 3~5 天。

三、胎儿泌尿系统异常

胚胎的肾单位(包括肾小球、近端肾小管集合管和远端肾小管)在胚胎 18 周发育形成,即有尿生成,泌尿系统任何一个部位梗阻,都会引起上尿路积液。管腔扩大,B 超对液体探测是液性暗区,准确率达 99% 以上。随着 B 超对人类胎儿体内器官检测,随着不同孕周而异。尿路梗阻最早表现为肾盂内积液，中山大学附属第一医院 B 超检测 495 例不同孕周胎儿肾，第 32 周以后的胎儿正常肾盂容量在 0.9cm 以下，如肾盂分离值在 1cm 列为出生后应注意随诊。如在 1.5cm 以上为肾盂积液。胎儿膀胱在排尿后，残余尿不超过 2cm，如反复多次扫描均见膀胱明显液性暗区应考虑为巨大膀胱可能。膀胱在正常胎儿充盈时其液性暗区最大径为 5cm。如膀胱液性暗区随同年龄增长而增大时应按尿路梗阻处理，出生前产科医生应与小儿外科医生联系，通知分娩时间，早期交由小儿外科监护、早期处理。下面简述早期小儿外科诊疗的常规。

1. 鉴别上、下尿路梗阻的病因。泌尿系统任何一个部位的异常梗阻都会引致肾盂积液。因此产前 B 超诊断胎儿肾积水，出生后必须早期进行系列的泌尿系统检查。围产儿 B 超是首选的无损伤检查。MRI 能清晰的看到梗阻近端扩大、积液的影像，但不能代替静脉肾盂造影。静脉肾盂造影既能了解尿路梗阻部位，也能观察双肾肾功能。核素扫描对肾小球的分泌相和排泄相评估及利尿性肾图，是比较准确的评估方法。但如果双侧轻度肾积水，而输尿管增粗，怀疑为下尿路梗阻所致时，必须进行尿道膀胱排泄性造影。

2. 产前诊断尿路梗阻，可在没有出现临床症状前进行矫治手术。如属下尿路梗阻或尿道闭锁，务必急行膀胱造瘘，解除梗阻后Ⅱ期再作矫治术。常规作尿细胞学随诊，当反复出现尿路感染时则行Ⅰ期矫治术。笔者一组上尿路梗阻患儿，当上尿路梗阻，肾盂是正常的 3 倍时手术治疗。本组平均手术年龄为 72 天。取得长期随诊（8～12 年）的满意效果。

3. 新生儿肾盂输尿管连接部梗阻，有部分患儿是重度肾积水，其早期治疗主张肾盂插管引流而不是整形。因为重度梗阻结果是肾内高压肾功能严重受损、皮质变薄，尤其合并感染情况下，更应立即在 B 超引导下介入肾盂置管引流术，这是挽救患肾的优选方法。待 4～6 周后肾减压控制感染，肾功能恢复一般情况改善后才进行手术治疗。

四、胎儿腹部占位性病变

随着超声技术的不断提高，B 超对人体各器官的分辨力的认识越深入，临床上对各种器官和组织异常的辨别力也不断提高。因此 B 超产前诊断胎儿腹部占位性病变成为可能。如儿童期一些胚胎性肿瘤（含良、恶性）或有遗传倾向性肿瘤的产前检出率越来越多。这为提高儿童期恶性实体瘤的早期诊断、早期治疗，提高生存率有着非常重要的应用前景。

笔者与产科 B 超合作曾检出第 3 妊娠期 35 周以后的多例胎儿腹部占位性病变患儿，包括肝占位性病变 2 例，出生后诊断证实为肝母细胞瘤，1 例 8 天后手术右半肝切除。2 例肾上腺异常增大，出生后证实 1 例为肾上腺血肿，1 例为神经母细胞瘤。1 例骶尾部畸胎瘤、1 例卵巢囊肿，均于生后 7～28 天期间早期进行手术治疗，取得满意疗效。

产前诊断胎儿腹部占位性病变，小儿外科治疗原则参考如下几点：

1. 胎儿腹部占位性病变不同于神经系统异常的处理原则，如无脑儿、露脑儿、脑膜脑膨出等或遗传超声学检查胎儿染色体异常、非整倍体异常包括 21 三体征、18 三体、X 单体或 13 - 三体，这些目前被一致认为超声确诊率高，一经诊断应立即中止妊娠。但目前腹部占位性病变的产前诊断，虽可根据占位性病变的部位、性质确定为实质性或囊性病变，可初步考虑其良、恶性，但随着小儿肿瘤学的发展，小儿外科技术的提高，更重要的一点是小儿恶性实体瘤的发病与年龄有关，一般年龄越小，肿瘤分期越低，组织分化程度越好，手术切除率越高。所以不能因胎儿腹部有占位性病变，一律列入中止妊娠立即引产的范围。

2. 小儿外科监护、早期治疗。监护范围包括立即对围产儿作血清酶学检查，如 AFP（甲胎蛋白）、HCG（绒毛膜促性激素）及 24h 尿 VMA 检查测定，这些都是相关肿瘤的标记物，也可作为手术后随诊的客观指标。

3. 选择进行各种影像学检查。出生后 B 超腹部扫描是最佳早期诊断手段，必要时作 MRI，结合血清酶学改变及 B 超检查。MRI 一般可以确诊。因为 CT 的 X 线切取层较多，总的 X 线摄取量较大，应列为必要时进行。

4. 一经确诊，配合血常规、尿常规及系列生化检查后即按新生儿腹部手术在气管内麻下剖腹探查行肿瘤摘除术。手术后必须强调 SICU 监护。如属恶性肿瘤 I 期完整切除者，化疗应在严格控制下进行，注意化疗毒副反应。

（刘唐彬）

第二章　肿　瘤

第一节　小儿恶性肿瘤化疗原则

使用药物治疗肿瘤的历史悠久，但真正把化疗药物系统地应用于临床治疗恶性肿瘤是在 20 世纪 40 年代以后，从氮芥治疗淋巴瘤、氨甲喋呤治疗白血病至今，肿瘤化疗已发展成为一门专门的学科。研究出的化疗药物已有 100 多种，常用的有 30 多种。化疗已成为恶性肿瘤综合治疗中重要的组成部分。小儿肿瘤中现已有多种恶性实体瘤可通过增加化疗的综合治疗手段得到治愈。

一、细胞增殖周期与抗癌药物的作用时相

活体细胞由蛋白质合成前期（G1 期）开始到有丝分裂期（M 期）结束为止，构成了一个细胞周期。正常细胞的生长和增殖是在基因的控制下与整体相适应，从而维持组织器官的正常功能。肿瘤细胞由正常细胞转变而来，但具有不受控制生长的增殖性，细胞增殖的过程是一个在复杂的酶系统控制下由核酸合成到蛋白质的合成最后进行有丝分裂的复杂过程（见图 2-1-1）。

有丝分裂后产生的子代细胞，可进入长短不等的休止期（G0），也可直接进入蛋白合成前期（G1）再进入 DNA 合成期（S），然后经短暂的蛋白质合成后期（G2），细胞进入有丝分裂期（M），有时细胞长期处于静止的非增殖状态（G0），在肿瘤细胞被大量杀伤后，G0 期细胞可重新进入增殖周期，成为恶性肿瘤复发的根源。

不同的抗癌药物有不同的作用机制而作用于不同的时相，根据作用时相的不同，将抗癌药物分为时相非特异性药物及时相特异性药物。如仅作用于细胞增殖 S 期的药物称为 S 期特异性药物，如仅作用于有丝分裂期的药物称为 M 期特异性药物，而直接破坏或损伤 DNA 的药物不论细胞处于哪一时相，包括非增殖周期的休止期均可起到杀伤作用的称为时相非特异性药物。

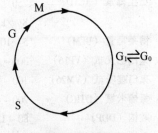

图 2-1-1

91

一般说来时相非特异性药物杀伤细胞能力强，而且对一些正常的细胞亦有杀伤作用，该类药物常呈现明显的量效关系，即一次用量大，杀伤力大。时相特异性药物相对来说杀伤力较弱些，特别是对增殖比率低的实体瘤，单独使用很难达到较彻底的杀伤，该类药物常呈现明显的时效关系，即用药时间长，杀伤力大。与时相非特异性药物联合用药时可发挥协同作用（见表2-1-1及表2-1-2）。

表 2-1-1 常用抗癌药物的作用时相

细胞周期	抗癌药物分类
G1 期	门冬酰胺酶、类固醇激素
S 期	氨甲喋呤、5-氟尿嘧啶、羟基喜树碱、阿糖胞苷、双氟胞苷
G2 期	博莱霉素、鬼臼乙叉甙、鬼臼噻酚甙
M 期	长春新碱、长春花碱、长春花碱酰胺、失碳长春碱、紫杉醇、多西紫杉醇
各期（包括 G0 期）	环磷酰胺、异环磷酰胺、阿霉素、表阿霉素、吡喃阿霉素、米托蒽醌、更生霉素、氮烯米胺、顺铂、卡铂、草酸铂、卡氮芥、司莫司汀、甲基苄肼等

表 2-1-2 常用抗癌药物剂量及不良反应（简介）

药物名称	剂 量	不 良 反 应
环磷酰胺（CTX）	$500 \sim 1\,200mg/m^2$	骨髓抑制、消化道反应、脱发、不育、血尿等
异环磷酰胺（IFO）	$5.0 \sim 7.5g/m^2$，分 3 ~ 5 天，配用 Mesna 剂量约为 IFO 的 60%	骨髓毒性、出血性膀胱炎、神经毒性
阿霉素（ADM）	$30 \sim 50mg/m^2$，总量 $< 550mg/m^2$	骨髓毒性、心肌毒性、呕吐、脱发等
表阿霉素（EPI）	$70 \sim 90mg/m^2$，总量 $< 900mg/m^2$	骨髓毒性、心肌毒性、呕吐、脱发等
吡喃阿霉素（THP）	$40 \sim 50mg/m^2$，总量 $< 900mg/m^2$	骨髓毒性、心肌毒性、呕吐、脱发等
米托蒽醌（MXT）	$10 \sim 12mg/m^2$，总量 $< 100mg/m^2$	骨髓毒性、呕吐、心肌毒性较小
更生霉素（ACTD）	$250 \sim 400\mu g/m^2$，连用 5 天或 6 ~ $8\mu g/kg$ 连用 5 ~ 10 天	骨髓毒性、消化道反应、静脉炎
博莱霉素（BLM）	$5 \sim 10mg/m^2$，总量 $< 300mg/m^2$	发热、肺纤维化、皮肤毒性等
鬼臼乙叉甙（VP16）	$300 \sim 350mg/m^2$，分 5 天	骨髓毒性、过敏、发热、低血压等
鬼臼噻吩甙（VM26）	$100 \sim 200mg/m^2$，连用 5 天	骨髓毒性、消化道反应等
氮烯米氨（DTIC）	$200 \sim 400mg/m^2$，连用 5 天	骨髓毒性、消化道反应、流感样症状
顺铂（DDP）	$80 \sim 120mg/m^2$	肾毒性、耳毒性、消化道反应等
卡铂（BDCA）	$300 \sim 400mg/m^2$	骨髓毒性等
草酸铂（L - OHP）	$100 \sim 130mg/m^2$	外周神经炎、骨髓毒性等
宁得朗（ACNU）	$100mg/m^2$	骨髓毒性、消化道反应等
司莫司汀（MeCCNU）	$100 \sim 200mg/m^2$	骨髓毒性、消化道反应等

药物名称	剂　量	不　良　反　应
甲基苄肼（PCZ）	$100 \sim 200mg/m^2$，连用 14 天	骨髓毒性、粘膜炎、神经病变
阿糖胞苷（Ara-C）	$100 \sim 300mg/m^2$，连用 5 天	骨髓毒性、粘膜炎、肝损害、发热等
双氟胞苷（GMZ）	$0.8 \sim 1.0g/m^2$，1 次/周	骨髓毒性等
长春新碱（VCR）	$1.4mg/m^2$，1 次/周	外周神经毒性、脱发、便秘等
长春花碱（VLB）	$6mg/m^2$，1 次/周	骨髓毒性、消化道反应等
长春花碱酰胺（VDS）	$3mg/m^2$，1 次/周	骨髓毒性、外周神经毒性等
失碳长春碱（NVB）	$25mg/m^2$，1 次/周	骨髓毒性、神经毒性、静脉炎等
紫杉醇（Taxol）	$135 \sim 175mg/m^2$	过敏反应、荨麻疹、低血压、骨髓毒性
泰索蒂（Taxetele）	$75 \sim 100mg/m^2$	骨髓毒性、过敏反应
拓扑替肯（CPT-9）	$1.2 \sim 1.5mg/m^2$，连用 5 天	骨髓毒性、腹泻等
羟基喜树碱（HCPT）	$5 \sim 20mg/m^2$，连用 5～10 天	腹泻、骨髓毒性等
氨甲喋呤（MTX）	$20 \sim 40mg/m^2$，或 $2 \sim 10g/m^2$，配 CF 解救	骨髓毒性、粘膜炎、肝肾损害等
5-氟尿嘧啶（5-FU）	$5 \sim 7.5g$/疗程或 $15mg/kg$	腹泻、口腔炎、骨髓毒性等
优福啶（UFD）	$20 \sim 40g$/疗程	腹泻、口腔炎等
呋喃氟尿嘧啶	（FT207）$20 \sim 40g$/疗程	腹泻、口腔炎等

二、确定治疗目的，制定治疗计划

化疗的目的当然应该是治愈肿瘤，特别是对儿童肿瘤而言。但目前的化疗药并非有100％的疗效，并非每个病例都能通过化疗得到治愈。而且化疗药有许多毒性，使用时不可盲目加大剂量，应根据患儿的病理类型、病理分期、适用的药物、机体的一般情况、承受能力等来制定完整的治疗计划。

1. 对于就诊时已无手术指征的晚期播散性肿瘤，首先应明确病理类型，如属于对化疗敏感的肿瘤如淋巴瘤、神经母细胞瘤、肾母细胞瘤、胚胎性横纹肌肉瘤、生殖系统肿瘤及各种胚胎性来源的恶性肿瘤等都可考虑先行新辅助化疗（诱导化疗），尽量采用根治性的化疗方法（即保证化疗的剂量强度，足量准时）进行救援治疗。期望缩小原发肿瘤病灶，消除远处转移病灶后再争取手术切除原发肿瘤，术后续行辅助化疗或放疗。通过综合治疗的手段达到治愈的目的。小儿恶性实体瘤中多数属于对化疗敏感的由胚胎来源、生殖系统来源及基因缺陷发育异常导致的恶性肿瘤。即使就诊时已属于晚期，失去手术完整切除的时机，也不应轻言放弃。

2. 对于较局限的肿瘤，早期手术切除是积极有效的治疗手段。术后经病理明确诊断，如属于分化程度差、有转移播散倾向的生物学特性的恶性肿瘤，即使当时未发现有远处转移，也应于术后早期（一般在 2 周内）采取根治性的化疗手段实施术后辅助化疗3～6 个疗程，密切观察 2 年以上，避免术后复发转移，争取提高 5 年生存率及治愈率。

3．临床上常见许多晚期肿瘤，就诊时发现无手术指征，或已经过正规化疗证实无效，且患儿一般情况较差，病理类型属于对化疗不敏感的肿瘤。此时治疗的目的是延长生存期，提高生存质量，以支持对症治疗为主，不必追求化疗的彻底性，不需准时，称为姑息治疗。姑息治疗在成人肿瘤中运用较多，在小儿恶性实体瘤中则尽可能采用积极化疗加手术等综合治疗手段。

三、如何选用化疗方案

欲取得良好的化疗疗效，除确定治疗的目的制定治疗计划外，必须有合理的治疗方案。包括用药时机、药物的选择、剂量、疗程、间隔时间等。如何合理使用抗癌药，牵涉到药物的药理作用及药代动力学，肿瘤的生物学特征，包括肿瘤在体内的分布情况、肿瘤的增殖动力学、增殖比率（GF）的大小等等。目前可供临床选用的有效化疗药物达30多种，临床工作中，应选择单药抑或联合化疗、先选择全身静脉化疗抑或经动脉灌注化疗、选用什么药物、使用多少剂量、多少疗程、间隔多长时间、配用哪些辅助药物、用药时需要监测什么功能，这些都是临床上很实际的问题。每个临床医师都有自己的经验，但一般应遵循以下原则：

1．充分了解患儿的全身情况，必须有病理组织学或细胞学的诊断，结合临床表现，征得家人同意后方可考虑用药。因为化疗药物常具有较明显的毒性反应，包括致畸形、诱发第二癌的潜在可能性，所以不宜做诊断性化疗。其次应全面了解患儿的临床分期，即肿瘤侵犯的范围，这样才可以做到心中有数，制定完整的综合治疗规划，并预测治疗效果。同时还应全面了解患儿有无其他全身性疾患，如有无贫血、营养不良、发育缺陷及心、肺、肝、肾、骨髓功能有无损害。应认真权衡化疗的必要性，患儿的承受能力，化疗可能取得的疗效及化疗可能引起的毒副反应或不良后果，以决定是否化疗。是否需要调整各化疗药物的剂量，或避免使用某种药物，尽可能做到治疗个体化。特别要注意的是：大多数化疗药物的疗效与剂量强度呈现明显的量效关系。对化疗十分敏感的肿瘤，初治时使用的药物剂量如果不足量，仍然可取得较好的近期疗效，但远期复发率会增高，会影响总治愈率及远期生存率，此点应引起小儿外科医师的注意和重视。因为对于患有恶性肿瘤的患儿来说，治疗的目的特别应追求治愈率及远期生存率，仅取得较好的近期疗效意义不大。

2．全面了解患儿的病程长短与既往治疗情况，对指导临床用药帮助很大，对于病程短，从未接受过治疗的患儿，往往对化疗药物敏感，可望取得较好的疗效。如过去已用过多种化疗药初治时疗效较好，停药后出现复发或转移者，或患第2种肿瘤时，再用化疗药物往往疗效较差，体内已产生抗药性。此时应考虑选用以前未曾使用过的二线化疗方案，或与既往使用过的化疗药无交叉耐药的新药，如紫杉醇、多西紫杉醇等。选用新药或选用二、三线化疗方案应向家长交待清楚，征得家长同意和配合。

3．尽可能选用联合化疗方案，尽可能争取早期取得缓解。肿瘤化疗是一门年轻的学科，每年都有经过确认（临床前及临床实验）的新药问世，有些新药确有很强的抗肿瘤作用，对于复治的晚期患儿来说，在家人同意的情况下可以试用，以积极的方法去争取患儿治愈生存。一般说来，一种化疗方案在实施 2~3 个疗程时应评价疗效，通过复查胸片、B 超或 CT 等作出疗效判断，如疗效好可续行相同方案化疗 2~3 个疗程，如疗效不好则及早更改化疗方案，以免延误治疗时机。

4. 儿童肿瘤患者正处于生长发育阶段，制定治疗方案时必须考虑到对儿童正常生长发育的影响。放射治疗可造成儿童肿瘤患者的骨骼畸形、性腺损害、肺功能损伤、智力损伤等不可逆性的损伤，故在儿童肿瘤治疗中受到严格的限制。长期大剂量化疗对儿童的肾功能、心肺功能等诸方面的影响已日益受到关注，在争取长期生存的前提下，避免器官及肢体损伤。将肿瘤治疗中的副作用和后遗症控制在尽可能小的范围内，提高患儿生存质量，已成为小儿肿瘤治疗的宗旨和要求。

四、化疗的禁忌证及注意事项

【禁忌证】

1. 无明确的病理组织学或细胞学诊断。
2. 血象不正常，白细胞 $< 3.5 \times 10^9/L$，血小板 $< 80 \times 10^{12}/L$ 或有严重的贫血。
3. 肝、肾功能生化指标明显异常。
4. 合并有感染性高热者。
5. 合并有肠梗阻、腹膜炎、内出血等外科急症者。

【注意事项】

1. 当决定实施化疗时，医师要慎重决定化疗药物的剂量。如患儿各项检查均符合要求，且治疗为根治性时，应按足量给药，保证剂量强度才能保证疗效，并避免诱导耐药。所有患儿应根据体表面积或体重精确计算药量。当患儿的肿瘤属于对化疗敏感且肿瘤负荷过大时，为安全起见，可将总的药量分若干天给予，以避免肿瘤溶解综合征（大量肿瘤细胞在短时间内坏死，其坏死产物不能及时排出体外，造成肾小管阻塞致急性肾功能衰竭的一系列症候群）。

2. 用药方法应尽可能规范，所有的化疗药物均应稀释后给药，属细胞周期非特异性的化疗药尽量一次给药，属细胞周期特异性的化疗药尽量分次给药，也可根据各药说明决定给药方法。稀释的液体多为 0.9%NS 或 5%GS 或特指的稀释液，尽量不用含其他药物或电解质的液体，以免影响化疗药物的结构从而影响疗效。例如顺铂（DDP）应加在高渗盐水或生理盐水中稀释，因为 DDP 在高氯的环境中活性强且高浓度的氯化钠可减少肾小管对 DDP 的重吸收。如加在葡萄糖液中入体后其效价会降低，且毒性会增大。卡铂的抗瘤谱与顺铂相似，但肾毒性远低于顺铂，故使用时不需严格水化，但如与氨基糖甙类抗生素合用会加重耳毒性及肾毒性。

3. 化疗期间应特别注意止吐及记录患儿的尿量，频繁呕吐易造成水分及电解质丢失，尿量排出减少，则肿瘤细胞的坏死物及化疗药的代谢物不能及时排出，会加重肾脏的毒性，同时也加重了化疗药物的毒性。化疗前预防性使用有效的止吐药很有必要，化疗的同时注意及时输液保证尿量也是安全渡过化疗反应的重要措施。体重 $< 20kg$ 的小儿应按 80~120mL／（kg·d）剂量给予，维持输液时间在 6~8h 以上，并视呕吐及进食情

况、尿量及时调整补液量。

4．化疗后要勤查血象，每周1~2次，当出现外周血白细胞低时，可每日或隔日复查，对于第一次接受化疗者更应及时检查，以防出现粒细胞缺乏导致的感染性休克。及早发现外周血白细胞减少，可及早对症处理。一般来说，使用化疗药物时不是最危险的时期，化疗后8~10天左右出现骨髓抑制时才是最危险阶段。

5．医师需要熟悉掌握化疗药的性质、药物代谢特点、不良反应类型及不良反应发生的时间，对患儿可能出现的各种不良反应做到心中有数，给予及时正确的处理，才能保证疗效，特别是某些特殊化疗药物需定时解毒，或需用配伍药时，一定要严格按照要求去做，以避免出现意外的并发症。

五、常见化疗药物的毒副反应及其处理

大多数化疗药物在杀伤或抑制肿瘤细胞的同时，对正常细胞、组织、器官有损害，成为限制用量，阻碍疗效发挥的障碍。这些损害有时是难以避免的，但确是可以通过适当处理使这些毒性作用降到最低，在短期内恢复，而不影响治疗计划的正常进行。

1．骨髓抑制　　人的正常骨髓处于增生活跃状态，不断生成新鲜的血液成分。红细胞的半衰期为120天，血小板的半衰期为5~7天，而白细胞的半衰期为6~8h。所以化疗后最先出现白细胞减少，然后出现血小板减少，多次化疗后会出现贫血。白细胞减少发生早且严重，血小板减少多为轻度至中度，白细胞减少主要是中性粒细胞减少，其主要后果是感染，常伴有发热，有时较难发现原发感染灶。如果白细胞数 $< 1.0 \times 10^9/L$ 或中性粒细胞 $< 0.5 \times 10^9/L$ 且持续5天以上，发生严重感染的机会明显增加。处理方法如下：

（1）化疗后口服沙肝醇、利血生、维生素 B_4、升白安及中药制剂如升白口服液、生血调元汤、复方皂矾丸、爱福宁口服液等均有预防白细胞减少的作用。

（2）应用各种粒细胞集落刺激因子 G-CSF 和粒细胞-巨噬细胞集落刺激因子 GM-CSF 等能刺激骨髓造血干细胞释放白细胞入血，迅速改善粒细胞缺少状态。小儿剂量为 $5 \sim 10 \mu g/kg$，皮下注射，每日一次，视病情给予 3~10 支以上。

（3）伴有发热者应同时给予广谱有效的抗生素，用药前先酌情做血培养、咽拭子培养、痰培养、尿培养及大便培养，尽可能用药敏指导临床用药，大剂量冲击疗法 3~5 天伴随外周血白细胞上升后而控制体温。

（4）成分输血的应用，对于反复多次化疗的患儿，有时化疗药的毒性导致骨髓抑制严重，出现血系明显减少，当白细胞 $< 0.5 \times 10^9/L$ 时，较难分类，此时骨髓对 G-CSF 的刺激常处于无反应状态，应及时配输浓缩的白细胞，对防治感染有一定价值。当血小板 $< 30 \times 10^{12}/L$ 时，躯体表面及注射部位常有瘀斑和出血点，此时需配输浓缩的血小板以改善机体出血倾向。当血红蛋白 $< 60g/L$ 时，应配输浓缩的红细胞改善贫血。

（5）提供无菌环境，强烈化疗后，出现粒细胞缺少及免疫功能低下时，有些患儿精神状态略差，应交待家人避免带小儿外出，避免多人探视，病房内定时用紫外线消毒，如有条件可将患儿置于层流病房或无菌化疗床中，以减少感染源，避免院内交叉感染，

帮助患儿平稳渡过化疗危险期。

2. 消化道反应 最常见的消化道反应是急性呕吐，一般发生在用药当天，有些敏感的患儿呕吐会持续 1~2 周并形成条件反射，一听说化疗或看见输液即会发生呕吐，伴随呕吐常出现食欲不振、厌食等。目前已有专门的针对化疗药的止吐剂 5 - HT$_3$ 受体拮抗剂蒽丹西酮、格拉司琼等，疗效确切，止吐有效率均在 80% 以上，而且极少出现胃复安的锥体外系症状，建议化疗前常规应用。还有些患儿表现为腹痛、腹泻或便秘，腹痛常见于腹部肿瘤化疗后，因肿瘤细胞的坏死刺激胃肠道或牵拉所致，给予解痉药及一级止痛药可以缓解。少数患儿需要二级甚至三级止痛药。腹泻常是某些抗代谢药如 5 - FU、MTX 等的不良反应，出现腹泻应警惕化疗药物中毒，应立即停止化疗，给予止泻处理，加强补液，调整水、电解质失衡。便秘是化疗后常出现的不良反应，原因可能是：

(1) 有些植物类抗癌药如长春碱类有神经毒性，会影响肠道运动功能而产生便秘，严重时会出现麻痹性肠梗阻。

(2) 化疗前应用的止吐剂会抑制肠蠕动引起便秘，轻度者不需处理可自行缓解。中度者需口服各种缓泻剂润肠通便，有时需洗肠诱导排便。为防止出现较重的消化道反应，化疗期间建议饮食宜清淡，以蔬菜水果为主，少食油腻及高脂肪、高蛋白等难消化的食物。

3. 心脏毒性 化疗药引致的心脏毒性主要表现为充血性心力衰竭的肥厚性心肌病，心电图改变为：心律失常、心肌缺血、心肌梗死等，引致心肌毒性的化疗药主要是以 ADM 为代表的蒽环类抗肿瘤抗生素，而且心脏毒性一旦发生常为不可逆性。有些儿童在使用 ADM 类药物数年后才出现心力衰竭，亦有少数儿童使用中等量的 ADM 后，产生亚临床心肌损害。故使用蒽环类抗肿瘤药物时要注意不可过量，ADM 的累积剂量应 < 450mg/m^2，EPI 的累积剂量应 < 900mg/m^2，且在应用蒽环类药物前给少量的地塞米松可能对心脏有保护作用。现有学者为降低 ADM 的心脏毒性将 ADM 的每疗程一次剂量改为分 3 周给药，或分 3 天给药。

4. 肝脏毒性 许多化疗药经肝脏代谢会引起转氨酶及血清胆红质升高，有些药物如 L - ASP 干扰蛋白质的合成容易引起肝功能异常，对于需要接受较大剂量化疗的小儿在化疗的同时辅用稳定细胞膜的护肝药对保护肝脏有一定的作用。应用某些特殊化疗药时应特别注意肝脏功能，如 HD - MTX 应用前要仔细全面了解肝功，否则解毒及排泄受影响时，会引起随后的骨髓抑制加重，消化道反应持久而严重，甚至造成不可逆性损害而危及生命。

5. 肾脏毒性 多种抗癌药及其代谢产物需要经过肾脏排出体外，肾脏也是易受损伤的器官之一。对肾功能影响较大的药物最常见于铂类化疗药、环磷酰胺、异环磷酰胺、HD - MTX 等。肾毒性是 DDP 的剂量限制性毒性。应用 DDP 时如不注意水化利尿常会引起急性肾小管坏死，出现蛋白尿、少尿、尿毒症等。DDP 的剂量为 80~120mg/m^2，如一次给药应 < 100mg/m^2，严格水化利尿措施，包括用药前给予生理盐水、氯化钾，尿量保持在 100mL/h 以上，用药后给予甘露醇、速尿等，避免同时应用对肾小管有害的如氨基糖甙类抗生素。如分 3~5 天给药，剂量为 20~30mg/（m^2·d），这样肾毒性的发

生率可明显降低，CTX 和 IFO 在体内的代谢产物丙烯醛，可损伤尿道上皮尤其是膀胱粘膜上皮，引起血尿，多次用药还会引起膀胱纤维化，故应用 IFO 及 HD－CTX 时应给予尿道保护剂巯乙硝酸纳（Mesna），该药与丙烯醛可形成无毒的化合物经尿道排出，从而起到尿道保护作用。一般用量为 IFO 的 60%，分 3～4 次于应用 IFO 起 8h 内给予。

6. 皮肤毒性　　主要为脱发、色素沉着等，但有些化疗药有剧毒，如注药时不慎漏入皮下，会引起皮肤化学性溃疡坏死，很难愈合。故在应用长春碱类化疗药时一定要格外小心，注意选择较大的血管，保证血流通畅，用药后尽可能用等渗液体大剂量充入，以减少局部血管的刺激。如一旦外渗应立即局部封闭（普鲁卡因＋地塞米松）数次，冷敷，72h 后给予热敷、理疗等将损害减少到最低程度。脱发及色素沉着的发生程度依所用药物、剂量、化疗次数而不同，但均为可逆性，当停止用化疗药后可自行恢复。

7. 过敏反应　　许多抗癌药会引起机体产生过敏反应，但发生率不高，多表现为荨麻疹等。值得注意的是：新的抗肿瘤药紫杉醇类会引起Ⅰ型变态反应，出现喉及支气管痉挛、喘鸣、低血压、荨麻疹等，需急救处理，故使用紫杉醇类药物前必须常规给予抗过敏预防用药，以策安全。

小儿肿瘤不同于成人肿瘤。区别在于：①肿瘤类型不同，儿童肿瘤多来源于胚胎性及生殖系统，多数属于对化疗敏感的肿瘤。②小儿病情变化快，化疗后毒性反应严重，但只要处理及时得当，多数可以迅速恢复。③小儿身体各脏器功能基础好，代偿能力强。因此小儿恶性实体瘤的治疗前景广阔，通过合理的综合治疗手段，治愈率可望得到大大提高。

（刘魁凤）

第二节　小儿血管瘤与淋巴管瘤

一、血管瘤

【临床提要】

血管瘤（hemangioma or angioma）为小儿最常见的先天性血管畸形或肿瘤。以血管内皮细胞增生或血管腔的汇集与增多为主要病理改变，腔内充满血液与循环系统相通。可发生于人体任何部位，但以体表软组织中最为多见。皮肤血管瘤大多数在新生儿期出现。少数可至婴幼儿期才开始显现。婴幼儿的发病率约为 3%～8%。有家族性倾向的占 10%。

■血管瘤的分类

在我国，基本上沿用 Wirchow 的三级分类法。第 1 类为毛细血管瘤，包括葡萄酒色斑与草莓状血管瘤；第 2 类为海绵状血管瘤；第 3 类为蔓状血管瘤。

近年来，根据细胞学特征、临床表现和自然病史的不同，将血管瘤分为 2 大类，一类称为真性血管瘤，主要包括草莓状血管瘤和混合性血管瘤，分为生长期与退化期；另一类称为血管畸形，包括毛细血管瘤型（如葡萄酒色斑）、静脉型、微小动静脉瘘型、先天性动静脉瘘型及混合型。

■血管瘤、血管畸形的临床表现

1. 毛细血管瘤

（1）新生儿斑痣　　又称橙色痣，常见于前额、上眼睑、眉间、鼻周或颈项部。橙色或淡红色，不突出皮面，轻压即可退色。

（2）葡萄酒色斑　　多见于颜面部，少部分位于躯干或四肢。颜色较新生儿斑痣为深，呈淡红至暗红色，或暗紫色，不高出皮面，病变范围随患儿生长而扩大，不会自行消退。除了影响美容外，这种血管瘤不会引起功能障碍。在脸部三叉神经分布范围内的葡萄酒色斑可合并有脑膜毛细血管瘤，出现抽搐等表现，称为 Sturge - Weber 综合征。

（3）草莓状血管瘤　　是小儿血管瘤中最常见的一种，可发生在身体各部位，但位于头面部的占一半以上。通常在出生后几天至几周内发现。

2. 混合性血管瘤　　指毛细血管瘤与海绵状血管瘤的混合体，又称毛细血管海绵状血管瘤。表面的毛细血管瘤以草莓状血管瘤为多见。多见于面部与四肢。侵犯范围有时非常广，以至于眼睑、口唇、鼻或耳等组织器官都被这种不断扩展的血管瘤组织所侵犯，可引起呼吸、饮食、视觉和听力等功能障碍。另外多见的一类为海绵状血管瘤与淋巴管瘤混合出现，因同源于胚胎期的脉管组织，以肢体的肥大畸形为多见，临床上称为淋巴血管瘤。

3. 海绵状血管瘤　　海绵状血管瘤的病变位于皮下或肌肉，边界不清楚，触之柔软，可被压缩，表面皮肤无变化或仅呈轻微的青紫色，其色泽表现视肿瘤的部位与深浅而定。病变可见于全身各部位，以面部、腮腺、四肢、躯干为多见，内脏血管瘤也大多属于此类。

4. 蔓状血管瘤（动静脉瘘性血管瘤）　　又称为葡萄状血管瘤，比较少见，是一种迂回弯曲、极不规则而有搏动性的血管瘤，较常见于头部颞浅动脉分布的额颞部及肢端，肿瘤呈条索状高起，在皮下蜿蜒性搏动，表面皮肤潮红，温度较正常皮肤处为高，患者自己可感觉到搏动，触诊有震颤感。

晚期病例，还有各种并发症的相应表现。如肢体血管瘤并发肢体肥大畸形，由钙化肌肉痉挛引起出血、溃疡，瘢痕愈合而出现各种畸形等。

■血管瘤血管畸形的诊断

（1）皮肤温度测定。

（2）血氧测定。

（3）血流量测定。

（4）X 线检查。

（5）彩色多普勒超声检查。

（6）核素检查。

（7）X线轴向断层显像（CT）检查及数字减影血管成像（DSA）检查。

（8）病理检查。

（9）免疫组化检查。

【治疗】

血管瘤尤其是草莓状血管瘤有自行消退的可能。所以目前有关治疗的争论较大，有不主张治疗者，有主张治疗者，其说法不一。鉴于我国国情一对夫妻只生一个孩子，血管瘤的出现使家长一般都非常紧张，尤其是生长迅速的血管瘤，因此应与家长密切合作，严格限时观察，必要时将采用合理的促进退化的措施，争取早期退化；对血管畸形则应积极治疗。

治疗血管瘤血管畸形的方法很多，但任何一种方法均非完全理想，在临床应用中有一定的局限性，必须结合患儿的具体情况，如血管瘤的类型、部位、面积大小、年龄、曾用过的治疗方法、对要采用的药物的敏感性等，来综合考虑选用。

1. 血管瘤的手术治疗　　对于面积不大、比较局限而又不在身体暴露部位的血管瘤可采用切除术，特别是对草莓状血管瘤及部分混合性血管瘤手术宜早期进行。手术必须注意以下几点：①切口边缘至少离血管瘤组织 0.5cm，否则极易复发。②对侵及皮下组织的血管瘤，切开皮肤时避免过深否则将切开血管瘤组织，出血多，影响暴露。③切开皮肤后应由血管瘤组织的四周向基底部推进，钳夹进入血管瘤内的边缘营养血管，切忌在血管瘤组织上操作。④确实一时无法切除的血管瘤或因出血至血管瘤萎瘪无法判断界限时，应作缝扎治疗。⑤尽快摘除血管瘤组织是控制大量出血的重要措施，手术医师要密切配合，果断快速手术。

2. 硬化剂治疗　　近20余年来，西安医科大学创用脲素作为硬化剂注入血管瘤及血管畸形，治疗小儿血管瘤达数万例，具有较好的临床效果。对于大面积血管瘤结合选择性动脉插管注药可提高疗效，治愈率达92%。脲素为人体的终末产物，为可溶性的栓塞剂和硬化剂，经多种动物实验和临床观察，组织学及电镜检查证明其可使血管内皮细胞发生萎缩、变性、坏死进而纤维化。脲素无毒副作用，对大面积血管瘤、血管畸形的治疗，作用尤为突出，长期大量应用亦安全有效。目前为提高治愈率，缩短疗程，采用综合疗法，联合、滚动用药，亦显示出较好的效果。

3. 激素治疗　　1963年 Hopkins 医院首先应用激素治疗巨大血管瘤，此后有很多应用的报道，由于观察指标不同、用药方法各异，所获疗效亦不同。目前用药方法有2种：①全身用药。主张遵循大剂量、短疗程的原则，连用2周无效即改用其他疗法。②局部用药。使局部浓度高、副作用小。其机制可能是皮质类固醇激素与血管瘤组织中的 E 受体竞争性结合，从而抑制了血管瘤的增生。

4. 压迫疗法　　Wallerstein 于1961年首先应用，以后国内外相继有很多报道。近年来随着"间断性气体压迫装置"的问世，将压迫疗法向前推进一步。间隙性加压，安全有效且使用方便。适用于伴有血小板减少及心力衰竭的巨大血管瘤，尤其是四肢巨大血管瘤为首选。亦可配合其他方法如脲素注射疗法同时应用。其机制是压迫可促使血管瘤组织内的血液排空，破坏内皮细胞，致血栓形成，小的动静脉瘘封闭，促使血管瘤退化。缺点为疗程长，仅适用于四肢。

5．激光治疗　　常用的激光器有二氧化碳激光器，掺钕钇铝石榴石激光器和氩离子激光器等，激光束照射可使血管瘤组织变性、凝固性坏死、炭化和气化从而起到治疗血管瘤的作用。其副作用有增生性疤痕、表皮萎缩、纹理改变或皮肤凹陷、色素加深或减退。

6．同位素治疗　　①同位素敷贴，常用的放射性核素多为^{32}P和^{90}SR。对表浅的血管瘤效果较好。②同位素胶体瘤内注射，对深部血管瘤有治疗作用。应严格控制辐射剂量，保护易受放射损害的器官和组织。

7．栓塞治疗　　栓塞可阻断血管瘤的供血动脉，关闭瘤内的小动静脉瘘，消除血管瘤形成和发展的病理结构基础，从而促进血管瘤退化。但是单独栓塞，随着侧支循环的建立及血管瘤的存在，复发率极高，故有些学者提出高选择性动脉栓塞后手术切除的治疗方法。这样既可以减少术中出血，又能基本保证彻底切除，以减少复发。再加上术前造影，了解血管瘤的范围及大血管的分布，使手术变得安全、迅速而精细。

8．平阳霉素方法　　1988年国内郑勤田首先提出局部注射法，后又改进用选择性动脉插管法治疗血管瘤、血管畸形。现已有很多报道。其机制是平阳霉素可抑制血管内皮细胞的增生，促使其消退。部分患者有发热、厌食、过敏反应，严重者可导致休克、肺纤维化，故用药后应严密观察，并应严格掌握适应证及用药量。

总之，对血管瘤的治疗，最好根据患儿的年龄、肿瘤的部位、范围大小以及深浅、治疗过与否、对应用药物的敏感性及其不良反应的大小等全面综合考虑，采用联合用药、滚动式用药及综合治疗，以期取得较好的效果。

二、淋巴管瘤

【临床提要】

淋巴管瘤（lymphanigioma）与血管瘤一样，也是脉管的先天发育畸形，属错构瘤。淋巴管瘤较血管瘤少见得多，淋巴管瘤内可混有血管瘤。

1．单纯性淋巴管瘤　　多位于皮肤浅层，凸出于皮肤表面，多在股部、上臂、胸壁、头皮等处多见，外表呈小泡状颗粒，有针尖至豌豆大，透明或淡红色，压迫时可溢出带有粘性的淋巴。

2．海绵状淋巴管瘤　　多见于四肢、颈、腋窝、面颊、口腔、唇、舌等处。位于肢体者使该部呈象皮肿样畸形。面颊部的淋巴管瘤，可使容貌完全改变；唇部的可引起巨唇；舌部的形成巨舌。巨大的面颊部海绵状血管瘤有时同时侵犯口腔、舌、咽下部等处，造成饮食和说话障碍，甚至有呼吸困难。

3．囊状淋巴管瘤　　约有3/4发生在颈部，特别是颈后三角，属于锁骨上窝；也有位于颈前三角，在下颌骨下面；有些延伸到锁骨后面进入胸腔，或胸骨后进入前纵隔。常见的如鸡蛋大小，但也有像饭碗、菜碗大小，表面光滑，质地柔软，波动明显，覆盖的皮肤由于薄的囊壁内大量积留清液，可呈淡蓝色，透光试验阳性。

【治疗】

淋巴管瘤不会自然消退，治疗方法以手术为主。局限的淋巴管瘤可在婴幼儿期切除。颈部囊状水瘤因可能并发感染或压迫呼吸道，偶有严重感染破坏血管壁造成出血，在新生儿或婴儿早期即应切除，清除病变要尽可能彻底，对粘附的重要神经血管要妥善分离。有小部分囊壁剥离困难时，可用 0.5% 的碘酒涂擦囊壁内膜以破坏其内皮细胞。颈部创面手术后应用橡皮片引流。肢体的象皮肿样海绵状淋巴管瘤可分次切除，先切取在瘤体上的皮肤，然后再盖覆植皮。近年国内外应用脲素和博莱霉素（bleomycin A5）治疗海绵状和囊状淋巴管瘤有较好的疗效。采用局部注射法，先行穿刺，尽量吸尽淋巴液，脲素应用 40% 的浓度，每次剂量 5~10mL 每周 1~2 次，根据病情，一般注射 10 次。博莱霉素每次剂量 0.6~1.5mg/kg，每个病儿总剂量 2~4mg/kg，5~7 天后再注射，一般 3~4 次即可生效，两者均可配合手术行注射疗法，剥离困难的残存部分可用脲素或博莱霉素注射，也有报道用一种溶血性链球菌制剂 OK－432 作肿瘤的局部注射疗法，取得较好的疗效；其他疗法，如放射、硬化剂、激素等均无效果。

（徐　泉　郭新奎）

第三节　甲状腺肿瘤

【临床提要】

儿童甲状腺肿瘤（thyroid tumor）分良性和恶性，主要临床表现为甲状腺内孤立性单发结节。良性主要是甲状腺腺瘤（thyroid adenoma），有完整包膜，生长缓慢，多无任何症状，但有继发甲状腺功能亢进和恶变的可能性。恶性肿瘤为甲状腺癌（thyroid carcino-ma），绝大多数为乳头状癌，少数为滤泡状癌，未分化癌及髓样癌均罕见。甲状腺癌表面不平整，质地较硬，吞咽移动度小，临床表现主要为甲状腺结节伴或不伴颈淋巴结受累，部分患者可以颈部淋巴结肿大为首发症状而无甲状腺结节。

儿童甲状腺癌的高发病率常与接触放射线有关，故采用放射线治疗儿童良性疾病应慎重。儿童甲状腺结节癌比例高达 50%，且临床较早出现颈淋巴结转移，但常误诊为颈淋巴结核或慢性淋巴结炎，致使超过半数患儿确诊时已有颈淋巴结转移。

辅助检查可帮助确诊本病：

1. B 超检查　　可了解结节属单发或多发、囊性和实质性，以及淋巴结有无肿大。

2. 放射性药物显像

（1）核素扫描　　应用放射性^{131}I 扫描，甲状腺癌多表现为"冷结节"，但应警惕覆盖其上的正常甲状腺组织可使其呈现"凉结节"。

（2）单光子发射型计算机断层摄影　　SPECT 可鉴别结节的良恶性，癌结节 14~15s 显影，良性结节 30s 内不显影。

3. 细针穿刺活检　　技术操作不难，并发症少，诊断准确率可达 85%，对制定治疗方案帮助甚大。

【治疗】

外科手术为儿童甲状腺肿瘤的主要治疗手段，术前需根据临床诊断制定手术方案外，术中应行肿瘤结节快速冰冻切片活检，根据病理诊断结果采取相应的手术方式。

■甲状腺瘤

儿童甲状腺孤立结节约一半以上为腺癌，而早期患者临床上与腺瘤难以鉴别，故对诊为甲状腺瘤者仍主张行患侧甲状腺大部分切除或腺叶切除，而不主张做结节摘除。术中行冰冻切片检查，如为甲状腺癌，按甲状腺癌手术原则处理，如冰冻切片报告为良性腺瘤而术后报告为腺癌时，只做过结节摘除或腺体大部分切除者，应再次手术。行腺叶切除且无颈淋巴节肿大者，可定期随访而暂不再次手术。

■甲状腺癌

根据不同的病理类型和临床分期，手术方法有一定区别，手术主要包括甲状腺的切除范围及颈淋巴结的处理。在切除范围方面，基于乳头状癌有多中心病灶及腺体内播散的特点，有人主张行甲状腺全切除，但多数人认为全切除术除引起甲状腺功能低下后遗症外，尚可能造成持续性甲状旁腺功能低下，并增加喉返神经损伤机会等严重并发症。因此目前在选择切除范围时，多数采用如下原则：

(1) 病变限于一侧腺体，行患侧腺叶及峡部切除，或加对侧大部分切除。

(2) 对侧腺体受累或有多发病灶，行甲状腺全切除或次全切除。

(3) 累及颈部器官或肺转移仍应积极切除原发癌灶。在儿童患者中，约65%确诊时已有单侧或双侧颈淋巴结转移，因此，颈淋巴结的清除也为手术重要组成部分。颈淋巴结转移主要集中于颈内静脉周围，严重者可累及颈后三角，术中应探查上述区域，发现肿大淋巴结时，应彻底清除送检。对无淋巴结肿大者，不主张行预防性颈淋巴结清扫术。

^{131}I 治疗可作为复发或已行甲状腺全切除或次全切除术的远处转移患者的术后内切除疗法，但因其对儿童生长发育的有害影响，以及存在致癌及诱发白血病的可能性，一般认为在儿童患者不宜广泛使用。

未分化癌恶性度高，浸润广泛且较早转移，就诊时多已无手术机会，但小儿极少为未分化癌而多为乳头状癌，后者预后良好，术后多可长期存活。甲状腺癌患儿，尤其行全甲状腺切除者，应长期服用甲状腺素，除作为防止甲状腺功能低下的替代疗法外，尚可抑制作为甲状腺致癌因子的 TSH 的分泌，预防复发或抑制残留癌的生长。

（刘文旭）

第四节　神经母细胞瘤

【临床提要】

神经母细胞瘤（neuroblastoma）起源于胚胎神经嵴的交感神经元细胞，为小儿最常见的恶性肿瘤。约75%位于腹膜后肾上腺部，也可见于腹部交感神经区、纵隔、盆腔或颈部。

神经母细胞瘤多见于2~5岁婴幼儿，男性多于女性。初发症状常为长期不明原因的发热、面色苍白、贫血；也可因原发肿瘤或转移灶所引起的局部表现，如腹胀、Horner 综合征、呛咳、便秘、尿潴留而来就诊。极易早期转移至颅骨、眼眶和四肢长骨。

B 超、CT 常可明确肿瘤部位、大小、邻近器官的受压情况，腹部平片中肿瘤部位的细砂状钙化、静脉肾盂造影的肾脏推移、骨转移时的虫蚀样破坏对鉴别诊断有很大意义。尿和血清的 VMA、HVA 的检测对神经母细胞瘤的确诊有临床价值。

神经母细胞瘤的临床分期方法甚多，传统的 Evans 分期方法是根据肿瘤的大小、范围进行，往往不能包括淋巴结状况和手术切除情况，对预后的评价作用有其局限性。目前多采用 INSS 临床分期方法：

Ⅰ期：肿瘤局限于原发组织和器官；肉眼观察完全切除，同侧和对侧淋巴结镜检正常。

Ⅱa 期：单侧肿瘤肉眼观察切除不完全，淋巴结镜检正常。

Ⅱb 期：单侧肿瘤切除完全或不完全，伴有同侧淋巴结镜检阳性。

Ⅲ期：肿瘤扩展超越中线，伴有或不伴区域淋巴结转移；中线之内肿瘤伴双侧淋巴结转移。

Ⅳ期：肿瘤播散到远处淋巴结、骨、骨髓。

Ⅳs 期：原发病灶属Ⅳ期以下，仅有肝、皮下或骨髓转移。

【治疗】

根据不同分期、不同年龄和手术切除的可能性进行个体化治疗是神经母细胞瘤治疗的关键。随着综合治疗方案的不断完善，尤其是辅助化疗和术前化疗的开展，使低危组神经母细胞瘤的预后已有显著提高，而Ⅲ期、Ⅳ期病例的根本改善至今仍有待探索。

■治疗原则

Ⅰ期：完整切除原发肿瘤，无需进一步治疗。近年强调 1 岁以下的Ⅰ期肿瘤多可自然消退，主张可密切随访，暂不手术。

Ⅱ期：对组织结构良好、无淋巴结转移、神经烯醇化酶（NSE）和铁蛋白正常，N-myc 基因拷贝数 <10，DNA 异倍体的低危病例，完整切除原发肿瘤后可不予其他治疗；而对组织结构不良、淋巴结阳性、肿瘤标记物（NSE、铁蛋白）数值升高，DNA 二位体，N-myc 拷贝数 >10，手术切除后应常规化疗 12 个月，必要时还需局部放疗。

Ⅲ期：肿瘤完全切除者，根据组织结构、淋巴结浸润、肿瘤标记物、N-myc 基因扩增、DNA 倍体检测结果，决定放疗剂量（15～30Gy）和术后化疗时间（12～18 个月）。而肿瘤未完全切除，术后化疗 3～6 个月后仍有肿瘤残留或肿瘤标记物（VMA、HVA、NSE、铁蛋白）高于正常或淋巴结增大，应予二次手术或二次探查，常规区域淋巴结清扫，肿瘤床剥除，术后化疗 18 个月。肿瘤巨大判断不能切除者，应术前化疗后再予延期手术。

Ⅳ期：确诊后先予化疗 3～6 个月，待原发肿瘤缩小、转移病灶消失后再予延期手术，术后化疗 18 个月，放疗 15～30Gy。

Ⅳs 期：原发肿瘤切除，术后根据转移病灶变化、肿瘤组织结构和肿瘤标记物变化，决定是否给予化疗，放疗慎用。

■手术治疗

神经母细胞瘤手术指征的掌握强调肿瘤诊断的准确性和切除可能性的判断。临床判断原发肿瘤可能切除而全身情况允许者均应争取一期完整切除肿瘤；而临床表现不典型、诊断不确定者，均应手术探查，病理活检明确诊断。

临床上局限性肿瘤多可以通过手术切除而达到治愈的目标。在现代辅助化疗不断完善的条件下，显微镜下肿瘤残留也并不影响预后。

神经母细胞瘤的腹部进路多采用横切口，手术切口应足够大，充分暴露肿瘤；手术中应该减少挤压，多用锐性分离，减少钝性分离；手术应尽量使用电刀、激光刀、超声刀等，不仅可使小血管和微小淋巴管封闭，减少出血，而且可以杀灭恶性肿瘤，避免恶性肿瘤细胞的残留和播散；切除肿瘤或肿瘤累及脏器时，先结扎或阻断静脉，再处理动脉，减少恶性肿瘤经血运转移；先游离或处理肿瘤的周围组织，争取肿瘤整块切除，避免或减少肿瘤的切开和过多操作。脱落的恶性肿瘤细胞容易在组织创面上种植，手术中的无瘤操作概念十分重要。创面和切缘应该用纱布垫进行保护；肿瘤发生溃破时，应用纱布扎或手术巾保护，使肿瘤与正常组织、尤其与创面隔离；与肿瘤组织反复接触的器械应经常更换；尽量避免手术者手套与肿瘤的直接接触；肿瘤切除后，"肿瘤床"应用化疗药物冲洗，减少恶性肿瘤细胞的种植。

神经母细胞瘤的手术切除范围，应根据各种肿瘤的生物特性而决定。对原发肿瘤的广泛切除，连同周围的器官及其淋巴结转移区的整块切除的根治性肿瘤切除术已逐渐减少应用，除非神经母细胞瘤切除后复发并有淋巴结转移的病例；而大部分病例应充分暴露肿瘤与周围组织关系，力争完整切除肿瘤；如肿瘤与重要血管及脏器粘连明显，不主张广泛切除多个脏器，可在术后化疗后再行二期手术。

新辅助化疗（术前化疗）的应用使原发肿瘤缩小、包膜增厚，为完整切除肿瘤创造良好条件，同时有效地杀灭循环血液、周围淋巴结和远处的微小瘤灶，减少肿瘤细胞的术中播散。而术前化疗时间，即延期或二次手术的时机掌握取决于肿瘤对术前化疗的效应，多在化疗后 2~6 个月，此时手术出血少，易分离，切除率高，常可获得满意疗效。二次或多次根治术的手术要点是争取肿瘤完全切除，区域淋巴结清扫和可能残留肿瘤细胞的"肿瘤床"的剥除。

■化疗和放疗

神经母细胞瘤的化疗强调多药联合化疗，较为常用的有 OPEC 和改良 CCSG 方案。OPEC 方案为：VCR 1.5mg/m², 静滴，第 1 天；CTX 600mg/m², 静滴，第 1 天；DDP 60mg/m², 静滴，第 2 天；VM-26 100~200mg/m², 静滴，第 4 天；3~4 周重复。改良 CCSG 方案为：CTX 150mg/m², 静滴，第 1~5 天，第 22~26 天；DDP 90mg/m², 静滴，第 6 天；ADM 35mg/m², 静滴，第 8 天；VP-16 150mg/m², 静脉 24h 连续滴注，第 28~30 天；6 周重复。

近年开展的强化诱导化疗辅以自体或异体骨髓移植、干细胞移植对晚期神经母细胞瘤的肿瘤细胞杀灭，预防骨髓抑制、继发感染等致命性化疗并发症具有积极意义。常在原发肿瘤完整切除、化疗后临床缓解、转移灶控制或消失后应用造血细胞刺激因子动员后制备自体或异体骨髓或自体干细胞，然后应用大剂量 L-PAM（美法仑）、DDP、VM-

26、VP－16 辅以 CTX、ADM、DTIC 进行强化化疗，然后将已制备的骨髓或干细胞回输，常可获得理想疗效。

放疗在术后多应用于肿瘤有肉眼残留者，局部剂量多在 15～30Gy。Ⅲ期、Ⅳ期病例如术前化疗不敏感，也可试用局部放疗。晚期骨转移疼痛明显者，也有应用放疗，但作用仅为姑息性缓解症状。而巨大肝转移者可在局部加用放疗后再行转移灶根治术。

（高解春）

第五节　肾母细胞瘤

【临床提要】

肾母细胞瘤（nephroblastoma）是由胚胎第 5 周出现的后肾母细胞癌变而来的肾内恶性肿瘤。又称肾胚胎瘤或肾胚细胞瘤。1899 年 Max Wilms 曾详细描述此瘤的特点，故冠其名为 Willms 瘤（下称 WT）。

WT 的发病率约为每年 100 万名 1～14 岁小儿 7.8 例，男女之比近于 1。发病高峰年龄为 1～3 岁。5 岁以下占 77%。常合并泌尿系畸形、单侧肢体肥大、虹膜缺损和 Beckwith－Wiedmann 综合征（包括内脏肥大、巨舌和智力低下）等。

腹部肿块、腹痛、血尿是 WT 常见的临床症状，此外尚可出现发热、苍白、不活泼及因肿瘤压迫引起的便秘，腹泻、呕吐和食欲不振等症状。

实验室检查包括血常规、尿常规、血肾功能（BUN、Creat）、肝功能、LDH、CRP、血清 NSE、AFP 及尿 VMA、HVA 等。血肾素、红细胞生成素、粘蛋白及血钾测定也有助于诊断。

影像学诊断包括胸部、腹部及骨骼的 X 线摄影、静脉肾盂造影、腹部 CT、动脉造影、下腔静脉造影及腹部超声检查等。

应与 WT 进行鉴别的疾病有神经母细胞瘤、肾多房性囊肿、肾癌（肾透明细胞癌、Grawitz 瘤）等，还应与肾盂积水和胆总管囊肿等鉴别。

【治疗】

按 NWTS－3 的意见强调先手术，明确诊断，确定病理类型和临床分期，使治疗个体化。其治疗方案见表 2－5－1

SIOP 则认为术前化疗可使肿瘤缩小，对Ⅲ期及Ⅳ期患者施延期手术，即延期一期手术或延期二期手术；对Ⅰ期及Ⅱ期患者施初期手术。

■手术治疗

（一）手术要点

1．由于肿瘤压迫或瘤栓阻塞，有可能使下腔静脉阻塞，故术中开通静脉以上肢或头、颈为妥。

2．患侧腰部以布卷或皮枕垫高。

3．偏患侧的上腹部横切口（图 2－5－1），必要时可向健侧延长，或斜向上方辅加切口开胸，使术野充分显露，防止过力压迫肿瘤，致使包膜破裂，瘤组织外溢。

表 2-5-1　各期肾母细胞瘤治疗方案

	S	RT	CT
FH　Ⅰ期	+	-	L
			EE
Ⅱ期	+	-	DD
		+	K
Ⅲ期	+	+	DD
		+	K
FH　Ⅳ期 UH　各期	+	+	DD
		转移灶(+)	J

注：FH：预后较良组织型；S：手术；RT：放疗；CT：化疗；L：AMD + VCR，10W；EE：AMD + VCR，6M；DD：AND + VCR + ADR，15M；K：强化 AMD + VCR，15M；J：AMD + VCR + CMP，15M；UH：预后不良组织型

4．开腹后立即切开对侧肾 Gerota 筋膜，将整个脂肪囊剥离，观察、触摸肾脏的前面和后面，如发现有异常结节，应作活检。如肿瘤巨大，无法探查对侧，则应将肿瘤切除之后，更换手套重新探查对侧肾脏。

5．肿瘤与结肠系膜粘连处，不要强行剥离，可远离粘连处将系膜剪开，粘连的系膜留在肿瘤表面，随肿瘤一起整块切除。

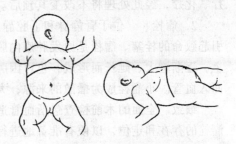

图 2-5-1　上腹部横切口

6．先结扎肾静脉，可导致肿瘤内淤血，瘤栓可沿肿瘤的侧支静脉扩散，所以如果可能，操作又无困难，以先结扎肾动脉为安全。

7．应尽量在 Gerota 筋膜的外侧剥离肿瘤（图 2-5-2）。

8．尽量收集摘除的淋巴结，或与肾门部及肿瘤整块切除。不主张常规施行从膈肌以下至腹主动脉分叉部的根治性淋巴结廓清术。

9．原发于肾脏上极的 WT，应将患侧的肾上腺一并切除；与肿瘤粘连并有浸润的膈肌，不要勉强剥

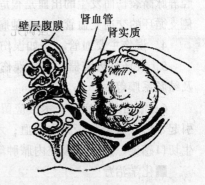

图 2-5-2　肾筋膜外剥离肿瘤

107

离，应与肿瘤一起切除，肿瘤原发于肾下极时，可保留肾上腺。

10．输尿管应尽可能向膀胱侧从周围组织中剥离，靠近膀胱处切断、结扎（图2-5-3）。

11．切断肾静脉时要观察血管内有无血栓，触摸下腔静脉是否存在瘤栓，如果发现下腔静脉内瘤栓，则应在瘤栓的近心端安置血管阻断带，切开下腔静脉取出瘤栓。

12．患侧肾脏与肿瘤切除之后，应在肿瘤周边留置金属夹，作为放疗定位的标志。

13．检查核实肝、膈肌及其他腹内脏器有无转移灶、播散灶。确实止血后，缝合切口。

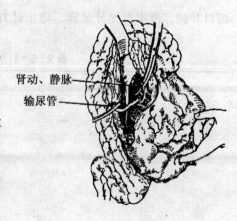

肾动、静脉
输尿管

图2-5-3 处理肾蒂及输尿管

（二）手术并发症

1．肿瘤破裂　　是切除WT时常见的并发症（±25%），是术后复发的重要原因。常发生于切口欠宽敞，术野显露不佳；肿瘤过大，瘤组织坏死软化；过力挤压肿瘤；或术前肿瘤已破裂或被膜下破裂。因此切口应够大，轻柔操作，尽量采用锐性剥离；坚持在Gerota筋膜外剥离肿瘤；如肿瘤过大更应耐心，切勿急于处理肾蒂而过多搬动肿瘤。一旦发现肿瘤破裂，瘤组织污染术野，应先控制瘤组织继续外溢，吸出瘤组织，在保护裂口、瘤组织不再外溢的情况下完成切瘤手术。用稀释的抗癌药灌洗瘤床，术后应用放疗、化疗，经此处理将不改变其预后。

2．瘤栓　　位于肾静脉和下腔静脉内的瘤栓偶可脱落，并随血流进入右心房和肺引起致命的栓塞。瘤栓是原发肿瘤内脱落的瘤细胞团块游离于血流中，附着在血管内壁上，逐渐增大、延长而形成；也可因肿瘤破裂而脱离瘤体的肿瘤团块，经破裂的血管腔而入血管。小瘤栓成为播散的来源，大者可致栓塞而致命。

细致、全面的术前检查包括血管造影、心功能检查、腹部超声及CT检查，可发现瘤栓的存在和定位，以便有准备地进行手术和对瘤栓进行处理。

3．术中出血　　切除巨大WT时，由于操作不慎或失误可造成肾动脉、肾静脉或下腔静脉撕裂伤而发生的出血是很危险的。出血也可能发生在剥离肿瘤时，撕断与肿瘤建立侧支循环的交通支血管。由于肿瘤破裂，营养肿瘤的血管被撕裂亦可引起猛烈的出血。

4．误伤主要血管　　如误伤主动脉、下腔静脉及对侧肾动脉、肾静脉等。

5．误伤临近脏器　　如误伤十二指肠、肝十二指肠韧带及其中的结构、胰腺、脾及结肠系膜等。

6．术后并发症　　术后应留置尿管以观察对侧肾功能情况；胰腺损伤、脾损伤可引起术后腹膜炎和腹腔内出血；术后肠粘连的发生率为6%，应引起重视；此外还可发生切口感染、膈下或腹腔内脓肿等。

■化学治疗

20世纪50年代AMD、20世纪60年代VCR应用于临床以来，分别单剂用药，无瘤存活率为50%。1969年（NWTS-1）两剂联合用药无瘤存活率为80%。1974年

108

（NWTS-2）的疗效：Ⅰ期 FH（AMD 与 VCR 二剂用药 6 个月）无瘤存活率达 90%；Ⅲ期、Ⅳ期 FH 加 ADR 三剂用药无瘤存活率亦达 90%。于是 WT 的疗效成为综合治疗的典范，上述三剂加上 CPM 组合的方案已为各国所采用。

1. 抗癌药剂量及副作用

ACD：手术次日为第 1 日，连用 5 日，15μg/（kg·d），静注，一次不超过 500μg。副作用：呕吐、口腔炎、血小板及白细胞减少、皮疹及脱发等。

VCR：1.5mg/（m^2·次），1 次/周，第 8 日开始，一次不超过 2mg。副作用：肌力低下、腱反射减弱、皮肤感觉异常等神经异常，便秘、腹痛及脱发等。

ADR：20mg/（m^2·次），第 6 周连续 3 日，以后每 3 个月重复一次。总量不超过 300mg/m^2。副作用：恶心、呕吐、口腔炎；血小板及白细胞减少；期外收缩、ST-T 异常、不整脉等。

CMP：10mg/（kg·次），第 6 周开始，每 6～7 周重复一次。副作用：出血性膀胱炎、血小板及白细胞减少、恶心、呕吐及脱发等。

2. 据 SIOP 报道先用 AMD + VCR 可使肿瘤明显缩小，因此，40% 的患儿手术时为病期Ⅰ而先手术者病期Ⅰ的肿瘤只占 20%。故提出根据病期及病理类型使用不同的化疗方案。

■放射治疗

（一）适应证

SIOP 主张术前照射可使肿瘤缩小，减少术中肿瘤破裂的危险，而 NWTS 则认为术前照射使组织学判断困难，但主张术后照射。NWTS-2 提出Ⅰ期 FH 者放疗有害无益，NWTS-3 提出Ⅱ期 FH 者放疗与提高存活率无关，各病期放疗量 1 000rads 与 2 000rads 的疗效无差异。放疗对肺转移灶极为有效，照射后遗留局限肿瘤或再发结节可手术切除。肺外转移灶多为 UH，肺转移灶放疗有效。

（二）方法

一般在术后 10 日左右开始，每周 5 天，180rads/日，临床分期为Ⅰ期、Ⅱ期者在病肾切除后行瘤床照射。Ⅲ期以上照射瘤床及其外的膈下区。病期Ⅳ不管组织类型均施瘤床及转移灶照射。采用远距离钴或直线加速器，可获最低限度的皮肤损伤。各年龄组别原发病照射量见表 2-5-2。

1 岁以下病期Ⅱ、Ⅲ、Ⅳ总量不超过 1 000rads。

表 2-5-2　不同年龄照射量

年龄	照射量
～12 个月	1 200～1 800rads
13～18 个月	1 801～2 400rads
19～30 个月	2 401～3 000rads
31～40 个月	3 001～3 500rads
40 个月以上	3 501～4 000rads

■不能切除的 WT 的治疗

多主张先放疗、化疗，待肿瘤缩小后施行手术。即 AMD1～5 日，以后每 5 周重复一次，VCR 第 1 天用药，以后每周一次。第 2 周肿瘤无缩小迹象时可追加 1 200～1 260 rads（150rads×8 次或 180rads×7 次），一般 6 周内即可手术。

■复发 WT 的治疗

病期Ⅰ、Ⅱ、Ⅲ复发者的存活率为40%，病期Ⅰ的治愈率较其他期高，病期Ⅰ的存活率为53%以下。UH（间变）、腹部复发及诊断后6个月内的早期复发者等其预后不良。初期治疗时可用AMDS和VCR单侧治疗，复发者可二剂合用。ADR、DTIC及CMP也有疗效。因复发者多为UH，其疗效有待提高。

■双侧WT的外科治疗

（1）一侧肾切除，对侧部分肾切除。

（2）双侧部分肾切除。

（3）一侧肾切除，对侧活检后化疗和/或放疗。

（4）双侧活检后化疗和/或放疗。

（5）体外手术切除肿瘤后自体肾移植。

（6）双侧肾切除后同种肾移植。

以上方案适用于同时性WT，对异时性或其他脏器已有转移者，则应根据双侧肾脏发病时间、病期的不同而分别对待。

（江启俊）

第六节　肝　脏　肿　瘤

【临床提要】

小儿肝脏肿瘤（tumor of liver）以恶性肿瘤多见，良、恶性肿瘤之比约为1∶3。其中良性肿瘤以血管瘤（hemangioma）、错构瘤（hamartoma）、畸胎瘤（teratoma）多见；小儿肝脏恶性肿瘤中肝母细胞瘤（hepatoblastoma）占60%左右，肝细胞肝癌（hepatocellular carcinoma）占30%左右，其他有恶性畸胎瘤（malignant teratoma）、肝脏胚胎性肉瘤（hepar embryonal sarcoma）等。小儿肝脏肿瘤大多数在6岁之内发病，其中2岁之内发病占2/3。肝癌患儿的发病年龄多在9～12岁。

小儿肝脏肿瘤多为发生在肝脏某一叶的单发性肿瘤，可使肝叶变形、移位，当肿瘤增大时可呈多结节伸延到肝间质及肝门区组织。肿瘤切片可因分化程度不同而颜色不同；分化较好的肿瘤可有黄绿胆汁色，质地较均匀，看见窦状胆管和血管；而分化较差的肿瘤多呈白色，有出血和坏死灶。肝母细胞瘤在组织上可分为6个类型：胎儿上皮型、胚胎和胎儿上皮型、巨柱型、小细胞未分化型、上皮和间叶混合伴畸胎特征型、上皮和间叶混合不伴畸胎特征型。

小儿肝脏肿瘤多以进行性腹胀或右上腹无痛性肿块就诊。恶性肿瘤迅速增大使肝包膜张力增加而使患儿有呼吸困难、端坐呼吸，并常因肝功能损害、胃肠道受压而有厌食、疲倦，中晚期者多有消瘦、乏力等恶液质表现。个别患儿因肿瘤破裂出血而有急腹症表现；也可因肿瘤坏死、继发感染及巨大肿瘤的代谢产物引起瘤性发热。体检可见肝脏明显肿大，常伴有腹部静脉曲张，恶性肿瘤晚期患儿伴有腹水并有恶液质貌，表现为面色苍白、消瘦、低蛋白性肢体肿胀等。因门静脉受压或瘤栓形成常伴有脾脏肿大。

小儿肝脏肿瘤的诊断，在症状和体检的基础上以影像诊断为第一选择，其中 CT 诊断的临床价值较高，要求施行有对比和无对比增强 2 种扫描，因为有些肿瘤的密度接近正常肝组织。B 超亦能明确肿块部位和性质，但不如 CT 清晰、准确。对肝脏肿瘤的切除可能性判断最有帮助的是肝血管造影，其中肝动脉造影只能显示肝动脉异常，提示外科医生警惕肝门解剖时的潜在危险；近年提倡应用下腔动脉和肝动脉造影对判断门脉系的浸润情况，判断手术切除可能性更有价值。

生化甲胎蛋白（AFP）的检测对肝母细胞瘤和肝癌的诊断有一定的特异价值，大多数病例可有 AFP 明显增高，并与肿瘤的增长呈正相关递增。但其阳性率与肿瘤组织类型有关，主要有未分化、胚胎型的上皮细胞成分分泌，所以仍有一定的假阳性比例。

【治疗】

■治疗原则

根治性切除肿瘤、确保肝功能的有效代偿、延长生存期和提高生存率是小儿肝脏肿瘤的现代治疗原则。针对不同病理类型、临床分期，治疗方案有所不同。

1. 良性肿瘤　　大多数肝脏良性肿瘤都可以通过手术切除达到根治。肝脏的局部解剖和肝肿瘤切除后肝功能代偿是小儿肝脏肿瘤手术治疗的主要课题。小儿肝脏良性肿瘤往往较大，过去一直以肝叶规则切除为传统手术方法，外科手术切除率仅 40%，但术中出血、休克和术后肝功能衰竭等并发症导致手术死亡率约 10%～25%，近年随着肝母细胞瘤早期诊断的开展和肝血管阻断等控制出血技术的应用，以肿瘤局部切除替代规则肝叶切除，使小儿肝脏肿瘤的切除率和良性肿瘤治愈率达到 90% 以上。

2. 亚临床期恶性肿瘤　　纠正至白/球蛋白比例正常，凝血酶原时间 > 50% 后即行根治性肿瘤切除术。肿瘤局限者通过肝段或肝叶切除，达到相对扩大根治。不能切除的肿瘤，术中即作患侧肝动脉结扎、插管、肝动脉栓塞等治疗。术后常规运用 DDP，ADM 全身化疗或经插管介入化疗。

3. 临床期恶性肿瘤　　肝功能处于代偿阶段者均应争取根治性的切除或大部切除后术中置管化疗，术前判断不能切除者可通过全身化疗、插管化疗、局部放疗，使肿瘤缩小后再行手术。化疗药物可加用 IFS、VP - 16 等药物。

4. 晚期恶性肿瘤　　对肝母细胞瘤已累及二叶以上者，仍可作肝动脉结扎（HAL）、肝动脉插管（HAl），经皮穿刺肝动脉栓塞（TAE），并辅以免疫或中药等姑息性治疗。

■介入治疗

肝脏恶性肿瘤是儿童肿瘤中最早应用介入治疗的，其中尤以经皮股动脉穿刺肝动脉栓塞（TAE）和经肝动脉灌注化疗（HAI）应用较多，进展迅速。

TAE 近年发展迅速，被认为是不宜手术治疗的肝母细胞瘤或肝癌病人有条件者应首选的方法。其原理是由于肝母细胞瘤的血供主要来自肝动脉，将其栓塞，导致肝母细胞瘤缺血坏死，而周围肝脏组织血供主要来自门静脉，不会导致肝坏死。近年又开展经皮超声导引肝内门脉支栓塞（PVE），其与 TAE 合用常可增加疗效。但门静脉主干已有瘤栓，肝功能失代偿及有黄疸、腹水者不宜采用。一般以为，单纯 TAE 难以使肝母细胞瘤达到根治，近年多将其与 HAI、二次手术等手段结合应用，尤其强调一旦肿瘤缩小到有切除可能时，仍应不失时机力争切除，才有良好疗效。

HAI 有 2 个途径：或经手术插管到患侧肝动脉，同时合并结扎患侧肝动脉，每天或隔天灌注化疗药物；或经皮穿刺股动脉插管到肝动脉，大多不留置而作一次性大剂量化疗。一般多在插入肝动脉后先行动脉造影，了解肝脏和肿瘤的血管供应及侧支循环，并使导管开口尽可能靠近肿瘤，并常与动脉栓塞合用，可使肝脏肿瘤局部有较高的药物浓度，化疗效果明显优于全身化疗。

■化学治疗

现代小儿肿瘤的治疗概念对手术切除后的辅助化疗十分重视。小儿肝脏恶性肿瘤切除后应该马上进行化疗，总疗程 1~1.5 年。一般认为：小儿肝脏恶性肿瘤发生的同时，肿瘤细胞就不断地自瘤体脱落并进入血循环，其中的大部分虽能被身体的免疫防御机制所消灭，但有少数未被消灭的肿瘤细胞却会成为复发转移的根源，因此当肝脏恶性肿瘤手术后，大部分患者事实上已有远处微小的病灶转移或潜伏在某个部位。这些微小病灶由于十分微小，临床上的 CT、B 超往往不能发现。所以，仅以手术切除原发的局部肿瘤不可能根治肿瘤，必须进行术后化疗。

小儿肝母细胞瘤的化疗多用以顺铂、阿霉素为主的联合化疗。常用方案有 THP－ADR＋DDP 方案：DDP 80mg/m^2，静滴，第 1 天；THP－ADR（比柔吡星阿霉素）30mg/m^2，静滴，第 2、3 天；3~4 周重复。ICE＋A 方案：IFO（异环磷酰胺）1 200mg/m^2，静滴，第 1、2 天；VM－26 150mg/m^2，静滴，第 3 天；PDD 3mg/kg，静滴，第 4 天；表阿霉素 20mg/m^2，静滴，第 5 天；3~4 周重复。而儿童肝癌可用 MAF 方案：MMC（丝裂霉素）8mg/m^2，静滴，第 1 天；ADR 30mg/m^2，静滴，第 1 天；5－Fu10mg/kg，静滴，第 1 天，3 周重复。

小儿肝脏恶性肿瘤由于生长迅速、转移早和易被延误，确诊时已为Ⅲ期、Ⅳ期晚期肿瘤者可达 50%~70%。对于此类晚期患儿，争取原发肿瘤的完整切除和转移灶的满意控制是提高生存率的关键所在。近年应用术前化疗后再延期手术治疗小儿晚期肝脏恶性肿瘤，即通过术前化疗使原发肿瘤缩小，为完整切除创造条件，同时能有效地杀灭循环血液中肿瘤细胞微小转移灶，减少肿瘤细胞的远处转移。对不能切除的肝母细胞瘤应用全身化疗、局部放疗、介入治疗、肝动脉结扎、栓塞等手段使肿瘤缩小后切除，使肝母细胞瘤的治疗有了明显进步。

■免疫治疗

肝脏恶性肿瘤患儿常有机体免疫功能下降，表现为结核菌素迟缓皮肤超敏反应，淋巴细胞转化试验，自然杀伤细胞、巨噬细胞、淋巴因子激活杀伤细胞等指标的下降。此类患儿除手术、化疗、放疗外，生物反应修饰剂（BRM）的应用常有临床价值。

BRM 是传统的肿瘤免疫学、现代免疫生物学和生物工程技术三位一体的产物，其常通过调动机体对内外环境刺激应答的效应机制，达到内环境的重新稳定。BRM 不仅可刺激宿主抗肿瘤的免疫应答，刺激造血功能促进骨髓抑制的恢复，增强对肿瘤治疗的耐受，而且可直接调控肿瘤细胞生长和分化，加强肿瘤细胞对机体对抗肿瘤机制的敏感性，导致肿瘤坏死，诱导肿瘤细胞凋亡而直接导致肿瘤细胞死亡。BRM 的应用原则应为：①外科手术或化疗使肿瘤缩小时应用最有效，一般在术后 1~2 周或化疗、放疗的间歇期应用。②根据患儿免疫状况和用药效应选择合适的药物和治疗方法。③应用前后和疗程中动态测定患儿的免疫功能，并注意不良反应的预防和处理。传统的卡介苗、小棒状杆菌、转移因子对肝脏恶性肿瘤疗效不明显，近年干扰素（IFN）、白介素Ⅱ（IL-Ⅱ）、淋巴因子激活杀伤细胞（LAK）、肿瘤浸润淋巴细胞（TIL）在肝母细胞瘤的应用报道甚多，其中尤以白介素、干扰素等重组的细胞因子在肝母细胞瘤术后辅助治疗的疗效较好，具有一定临床应用价值。

第七节 胚芽细胞瘤

【临床提要】

胚芽细胞瘤（germ cell tumors）来源于潜在多功能的原始胚细胞。在人体胚胎发育过程中，某些多能细胞逃逸组织导体和胚胎诱导体的控制，从整体上分离或脱落下来，使细胞基因发生突变，分化异常，则可发生胚芽细胞瘤（图2-7-1）。

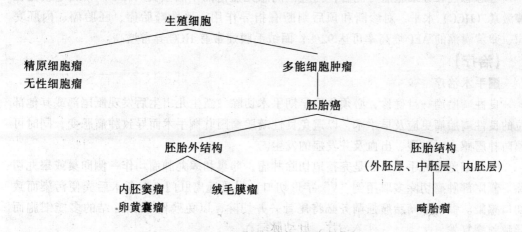

图2-7-1 各类胚芽细胞瘤的组织发生

胚芽细胞瘤按病理类型可分为良性畸胎瘤（beniga teratoma）、未成熟畸胎瘤（immature teratoma）、胚胎癌（embryonal carcinoma）、内胚窦瘤（endodermal sinus tumor）、卵黄囊瘤（yolk sac tumor）、绒毛膜瘤（choriana）、精原细胞瘤（seminoma）和无性细胞瘤（dysgerminoma）。其中尤以畸胎瘤为最多，约占胚芽细胞瘤的85%以上，并且恶性倾向随年龄增长而呈上升趋势。

在发生部位上，胚芽细胞瘤与胚生学体腔的中线前轴或中线旁区相关，多见于骶尾部、纵隔、腹膜后、卵巢和睾丸等性腺部位。好发于新生儿和婴儿，女性为多。

畸胎瘤由于部位各不相同，常有多种并发症和明显的恶变趋势，所以在临床上可有各种症状和表现：无痛性肿块是胚芽细胞瘤最常见的症状，良性畸胎瘤多为圆形囊性、边界清楚、质地软硬不匀，甚至可扪及骨性结节；骶尾部畸胎瘤常可根据其所在位置分

113

为显型、隐型和混合型3种临床类型；纵隔肿瘤压迫呼吸道而引起呛咳、呼吸困难及颈静脉怒张；后腹肿瘤多有腹痛，并可引起肠梗阻；盆腔和骶尾部胚芽细胞瘤多因便秘、排便困难、尿潴留而就诊；卵巢、睾丸胚芽细胞瘤可发生卵巢或睾丸扭转、坏死，表现为剧烈疼痛和相应的局部症状；畸胎瘤当发生继发感染和囊内出血时，肿块常可迅速增大，局部明显压痛，并同时伴有发热、贫血、休克等全身感染或失血症状；腹膜后、卵巢、盆腔、骶尾部等部位肿瘤也可突然破裂而发生大出血、血腹、休克等凶险表现；恶性的胚芽细胞瘤常表现为肿瘤迅速生长，失去原有弹性，浅表静脉怒张，充血，局部皮肤被浸润并伴有肤温增高，可经淋巴和血行转移而有淋巴结肿大和肺、骨转移症状，同时出现消瘦、贫血、瘤性发热等全身症状。

胚芽细胞瘤大多数为外生性或有明显肿块可扪及，根据临床表现常能诊断。仔细的腹部体检和直肠指检，对腹部、盆腔的胚芽细胞瘤和隐型骶尾部畸胎瘤的检查非常必要；良性畸胎瘤 X 线平片可发现肿瘤内有骨、牙齿等异常钙化影；胃肠道钡餐、钡剂灌肠和 IVP 可了解相应部位的胃肠道或肾脏、输尿管、膀胱等脏器的受压推移情况。对生长迅速、浸润范围较广的胚芽细胞瘤病例应进行 CT、MRI 检查，以明确肿瘤浸润范围及与重要血管、脊髓神经的相邻关系。

考虑恶性胚芽细胞瘤可能者，均应检测患儿血清的甲胎蛋白（AFP）和绒毛膜促性腺激素（HCG）水平，对诊断和预后判断有指导作用。恶性畸胎瘤、胚胎癌、内胚窦瘤、卵黄囊瘤的 AFP 增高率可达 92%；而绒毛膜瘤常有 HCG 异常增高。

【治疗】

■手术治疗

良性畸胎瘤一旦确诊，必须争取早期手术切除。新生儿出生后发现骶尾部或其他部位的良性畸胎瘤更应及早手术，以避免良性畸胎瘤因耽搁手术而导致肿瘤恶变，同时可预防肿瘤感染、破裂、出血及并发症的发生。

胚芽细胞瘤的手术要点是完整地切除肿瘤，卵巢和睾丸肿瘤均作一侧卵巢或睾丸切除。骶尾部肿瘤切除多取用倒"V"字形切口，尽量远离肛门，以免术后粪便污染而致切口感染。骶尾部畸胎瘤强调务必将尾骨一并切除，以免残留 Honson 结的多能细胞而导致肿瘤复发。

胚芽细胞瘤往往恶性程度高，易转移、易种植。手术操作不当常可加快肿瘤的播散。在整个手术过程中，必须有无瘤概念，防止肿瘤的播散和恶性肿瘤细胞的局部种植。手术中应该减少挤压，多用锐性分离，减少钝性分离，原则上不应对囊性肿瘤进行抽吸；肿瘤发生溃破时，应用纱布包扎或手术巾保护，使肿瘤与正常组织尤其与创面隔离；与肿瘤组织反复接触的器械应经常更换；尽量避免手术者手套与肿瘤的直接接触；肿瘤切除后，"肿瘤床"应用化疗药物冲洗，减少恶性肿瘤细胞的种植。

胚芽细胞瘤临床已有明确转移的淋巴结，除了恶性淋巴瘤因属血液系统疾病并对化疗敏感外，一般均要进行淋巴结清扫。某些原发肿瘤与转移淋巴结相隔较远时，可以一期手术，多个切口将淋巴结与原发肿瘤一起切除；也可以分段手术，在原发肿瘤切除后2～6周再作二期淋巴结清扫。关于临床上和 CT、B 超等影像诊断都没有发现肿大的淋巴结，是否需要作预防性的淋巴结清扫尚有争议；区域淋巴结是否对肿瘤播散有防御功能？预防性的区域淋巴结清扫是预防肿瘤播散还是损伤局部免疫防御功能、促使肿瘤播散？区域淋巴结预防性的清扫与等到临床出现转移时清扫，临床疗效是否相同？近年来，小儿肿瘤外科医师对预防性的淋巴结清扫多持谨慎态度，对睾丸和卵巢恶性肿瘤原则上不作预防性淋巴结清扫，只有在术后肿瘤生化指标持续不降或 CT、B 超提示有淋巴结肿大时才进行二期淋巴结清扫。

胚芽细胞瘤的转移灶的手术治疗已日益受到重视。但小儿肿瘤转移灶的手术指征完全取决于原发肿瘤的疗效。原则上，转移肿瘤的手术治疗多应用于原发肿瘤手术切除、控制满意，转移灶呈单个并有切除可能者。肺部孤立性转移灶在原发肿瘤控制的前提下，应用手术治疗的效果比较肯定；胚芽细胞瘤的肝脏转移与成人不同，呈单个孤立转移灶的机会很多，在原发肿瘤彻底切除并控制满意约 6 个月的时机，如果肝脏转移灶位于一叶可以切除者，均应争取肝转移病灶切除；小儿肿瘤脑转移病程快、症状凶、预后差，手术机会相对较少。

■化学治疗

恶性胚芽细胞瘤的治疗原则为联合辅助治疗，手术切除后常规化学治疗 1.5~2 年，常用 PVB 方案：顺铂 $20mg/m^2$，静滴，第 1~5 天；长春花碱 0.2mg/kg，静滴，第 1、2 天；博莱霉素 $12mg/m^2$，静滴，第 2、9、16 天，4 周重复。国际抗癌联盟资料表明该方案有效率和缓解率可达 70% 以上，但博莱霉素累积所致肺纤维化导致病人死于呼吸衰竭的报道日益增多。近年推荐 PVB 与 CISCA 方案交替使用，CISCA 方案为：顺铂 $20mg/m^2$，静滴，第 1~5 天；环磷酰胺 $600mg/m^2$，静滴，第 1 天；阿霉素 $25mg/m^2$，静滴，第 4、5 天，3~4 周重复。也可应用 DDP、ADM、IFS、VP-16 等化疗药物进行联合化疗。

恶性胚芽细胞瘤巨大或广泛浸润，临床判断不能切除者，可应用术前化疗或放疗，使肿瘤缩小后再予延期根治手术，对提高手术切除率、保留重要脏器有积极意义。对晚期病例，应用术前化疗或放疗也可达到解除肿瘤压迫、控制转移灶和争取再次手术机会的治疗目的。

■放射治疗

放射治疗仅用于明确有镜下或肉眼残留的恶性胚芽细胞瘤病例，放疗剂量镜下残留以 25Gy 为宜，肉眼残留者可应用到 35Gy，对手术切除完整者，近年主张以化疗为主，放疗慎用，以避免放疗时造成生殖器官、骨骼发育的延迟损害。

（高解春）

第八节 睾 丸 肿 瘤

【临床提要】

睾丸肿瘤（tumor of testis）分原发性及继发性，原发性肿瘤来源于生殖细胞、内分泌细胞和支持细胞 3 种睾丸组织成分。继发性肿瘤多见于白血病或恶性淋巴瘤转移。小儿睾丸原发性肿瘤以生殖细胞占多数（60%～75%），其中卵黄囊瘤（yolk sac tumor）多见，其次为畸胎瘤（teratoma）。精原细胞瘤（seminoma）多见于青壮年，且不少为未满6岁以前实行睾丸固定术的隐睾，儿童罕见，间质肿瘤也很少见，因可分泌性激素而呈现性早熟和乳房增生，横纹肌肉瘤（rhabdomyosarcoma）源于精索、附睾、睾丸包膜及鞘丸，性腺母细胞瘤则来源于性别异常如睾丸女性化、纯性腺发育不良和混合型性腺发育不良等患儿发育不良的性腺。

小儿原发性睾丸肿瘤中，睾丸卵黄囊瘤约占生殖细胞肿瘤的85%～90%，绝大多数患儿年龄小于3岁，肿瘤主要转移至腹膜后淋巴结和腹股沟淋巴结，或经血行转移至双肺。临床上按有无转移及转移部位分为3期。Ⅰ期：肿瘤局限于睾丸内，胸部及腹膜后，影像学检查阴性，术后AFP恢复正常。ⅡA：与Ⅰ期相似外，病理学确诊腹膜后淋巴结转移。ⅡB期：影像学证实有腹膜后淋巴结转移且AFP持续升高。Ⅲ期：有腹膜后以外的远处转移。临床上约80%患儿获确诊时属Ⅰ期。小于1岁者，肿瘤恶性度低，生长缓慢，预后明显优于2岁以上患儿。卵黄囊瘤有分泌甲胎蛋白（AFP）的生物学特性，90%以上血清AFP异常升高，此为瘤标可作为疗效评价及术后监测肿瘤残留和复发的依据。

小儿睾丸畸胎瘤多由成熟成分构成，以囊性多见，多呈良性过程，仅15%呈现恶性，预后良好。

睾丸横纹肌肉瘤生长迅速、早期转移，约半数确诊时已有淋巴结和肺转移，预后不良。

精原细胞瘤与隐睾恶变关系密切，隐睾恶变率比正常睾丸高20～40倍，可于术后潜伏20年至青春期发病，故儿童期发病者罕见。

睾丸肿瘤临床上表现为阴囊内无痛性睾丸肿大，需与睾丸鞘膜积液、睾丸炎、附睾结核等鉴别。睾丸肿瘤多为实质性，沉重而透光试验阴性。诊断时不宜行诊断性穿刺，以免促使肿瘤的淋巴及血行转移。B超及CT检查对小儿睾丸肿瘤的诊断很有价值，可确定肿瘤性质，并发现腹膜后淋巴结转移灶，胸部X线检查能发现肺转移病灶，血清AFP测定对卵黄囊瘤有确诊价值。

【治疗】
■手术方式
腹股沟高位精索睾丸切除术为小儿睾丸肿瘤的主要治疗方式，手术操作的要点为先行腹股沟切口并显露精索，先于内环口处行高位精索血管阻断，再行睾丸精索切除，有时尚需切除与肿瘤紧密附着的部分阴囊皮肤。首先阻断精索血流的目的是预防术中肿瘤受挤压时引致血行性播散的可能性。对属Ⅱ期、Ⅲ期患儿，应同时行腹膜后淋巴结清扫，清扫范围应包括患侧肾周筋膜内全部脂肪组织，以及从肾蒂上2cm水平以下的腹主动脉、下腔静脉前侧壁外1cm，至同侧髂总动脉上1/3，对侧髂血管分叉处淋巴结及脂肪，并切除腹膜后残留的精索。

对Ⅱ期、Ⅲ期睾丸卵黄囊瘤患儿需行腹膜后淋巴结清扫已受公认，而对Ⅰ期患儿行清扫术则仍有争论，但目前多数认为Ⅰ期患儿无需作腹膜后淋巴结清扫术，其主要依据为：①睾丸卵黄囊瘤主要经血行转移，淋巴结清扫阳性率低，清扫对预后并无改善。

②术后化疗的进展与完善，使其日益规范有效。③术后瘤标的动态监测以及 B 超、CT 扫描对腹膜后淋巴结的定期检查，可为二次补行腹膜后淋巴结清扫提供及时而明确的依据。根治性腹膜后淋巴结清扫除创伤大外，尚可造成阳痿、射精功能障碍等并发症。因此，对Ⅰ期患儿，仅行高位精索睾丸切除术，术后每月复查 AFP、腹部 B 超、胸部 X 线检查，如术后 4 周 AFP 仍高于正常，应考虑有残留肿瘤和存在转移灶，如 CT 证实腹膜后淋巴结肿大，再行腹膜后淋巴结清扫以提高生存率。

■化学治疗

占小儿睾丸肿瘤绝大多数的卵黄囊瘤及恶性畸胎瘤均为恶性生殖细胞肿瘤，化疗对其有良好疗效，术后均应给予化疗 4～6 疗程。Ⅰ期患儿采用 VAC 方案（长春新碱每日 1.5mg/m^2，第 1 天，第 5 天；更生霉素每日 15μg/kg，第 1～5 天；环磷酰胺每日 5～7mg/kg，第 1～5 天）。Ⅱ期、Ⅲ期患儿可采用 PVB 方案（长春新碱每日 1.5mg/m^2，第 1 天；博莱霉素每日 20mg/m^2，第 2、9、16 天；顺铂每日 20mg/m^2，第 1～5 天）或 BEP 方案（博莱霉素每日 20mg/m^2，第 2、9、16 天；足叶乙甙每日 100mg/m^2，第 1～5 天；顺铂每日 20mg/m^2，第 1～5 天），每 3 周重复。博莱霉素因有肺纤维化副作用，最好不要超过 4 疗程。

■放射治疗

精原细胞瘤对放射治疗高度敏感，术后可行同侧髂淋巴结和腹膜后淋巴结预防性照射，此为成人常规治疗措施。但儿童对化疗耐受性相对比成人强，而儿童未发育成熟的组织因放疗而引起的放射性损伤却比成人严重，这是儿童肿瘤患者常多采用术后化疗而较少加用放疗的重要原因。

第九节　卵　巢　肿　瘤

【临床提要】

小儿卵巢肿瘤（ovarian tumor）少见，好发于学龄期，5 岁以前少见。小儿卵巢肿瘤 90％以上为单侧，但肿瘤分类繁多，主要包含上皮性肿瘤、生殖细胞肿瘤及性腺间质肿瘤。与成人卵巢肿瘤以上皮性肿瘤为主（67％～90％）不同，儿童卵巢肿瘤的 60％～90％为生殖细胞瘤，其中又以畸胎瘤为最常见。儿童卵巢肿瘤约 20％～30％为恶性，常见的为未成熟畸胎瘤、无性细胞瘤、卵黄囊瘤、颗粒细胞瘤及胚胎癌等。良性肿瘤以囊性畸胎瘤等成熟畸胎瘤最常见，其次为属上皮性肿瘤的浆液性囊腺瘤和粘液性囊腺瘤。支持-间质细胞瘤被视为低度恶性或潜在恶性，可于手术后数年甚至几十年后出现复发和转移，应长期随诊。

小儿卵巢肿瘤的临床表现以腹痛、腹胀及腹部肿块为常见症状及体征，腹痛常较轻，至出现腹胀就诊时，肿瘤已较巨大，瘤径常超过 10cm，因甚少粘连，活动度常较大。儿童卵巢肿瘤的常见并发症是蒂扭转，常诱发剧烈腹痛，扭转严重且持续时间长时，可使肿瘤缺血坏死而出现急性腹膜炎表现，可误诊为急性阑尾炎。间质肿瘤可分泌性激素而出现性早熟、阴蒂肥大或阴道出血等性征异常表现，这常见于卵巢颗粒细胞瘤。

B超、CT扫描及瘤标测定为常用辅助诊断措施，对肿块有定位和定性诊断价值，瘤标监测中，AFP单项异常增高有助于卵黄囊瘤的诊断，HCG单项的升高提示为绒毛膜上皮癌，两者均增高见于胚胎癌及混合型生殖细胞瘤。

【治疗】

卵巢肿瘤直径大于5cm时一经诊断，应及早手术治疗，以预防肿瘤蒂扭转的发生及恶性肿瘤的转移。根据术中肿瘤冰冻切片的病理结果及临床分期选择不同的术式。恶性肿瘤术后再辅以化疗。

1. 良性卵巢肿瘤　　可采用肿瘤剥除或患侧卵巢输卵管切除，良性肿瘤剥除术有尽可能多地保留卵巢组织以减少对患儿生育能力影响的优点。方法是于卵巢门以上3cm处环绕一周切开卵巢皮质，沿肿瘤包膜外剥除肿瘤，预先小针头注入水于卵巢皮质与肿瘤囊壁之间，有助于肿瘤的剥除。对巨大的囊性畸胎瘤，可先放出瘤内液体，以利于卵巢组织的辨认、保留及肿瘤的剜出。但对浆液性或粘液性囊腺瘤，一般禁忌穿刺，以免组织细胞及囊液溢出引发浆液性或粘液性腹膜瘤以及肠粘连。

2. 恶性卵巢肿瘤　　现强调尽量采用保留患儿生育能力的术式，其适应证不受肿瘤期别的限制。因此，原则上仅行患侧卵巢和附件切除，除非子宫已受累，一般不切除子宫及对侧卵巢，腹膜后淋巴结清扫亦无必要。

(1) 恶性生殖细胞肿瘤　　主要有未成熟畸胎瘤、卵黄囊瘤和无性细胞瘤等，此类肿瘤恶性度高，但对化疗敏感，未成熟畸胎瘤尚有向良性逆转的倾向。切除单侧附件为常规术式。一期患者切除患侧的附件及大网膜，Ⅱ期、Ⅲ期、Ⅳ期患者如子宫及对侧卵巢正常，应予保留。所有患者，术后均应给予化疗4～6个疗程，常用VAC、PVB或PEB方案。

(2) 性索间质肿瘤　　多数性索间质肿瘤为良性，包括纤维瘤、泡膜细胞瘤、支持细胞瘤等，治疗原则按良性卵巢肿瘤处理。颗粒细胞瘤、间质细胞瘤、环管状性索间质瘤属低度或潜在恶性，按恶性卵巢肿瘤原则处理，此类肿瘤有晚期复发的特点，术后应长期随诊。

对复发的恶性生殖细胞肿瘤、性索间质肿瘤和交界性瘤，应积极再次手术。

(刘文旭)

第十节　横纹肌肉瘤

【临床提要】

横纹肌肉瘤（rhabdomyosarcoma）是小儿最常见的软组织恶性肿瘤，好发于2～6岁和青春期。婴幼儿期多发于头、颈和女性生殖泌尿系统，青春期病例多见于男性生殖泌尿系、躯干和四肢。

横纹肌肉瘤来源于间叶组织，按 WHO 病理分类可分为胚胎型、腺泡型、多形型和混合型 4 个类型。小儿横纹肌肉瘤多属胚胎型，多见于泌尿生殖系；阴道胚胎型横纹肌肉瘤，根据形态被称为葡萄状肉瘤，预后最好。

横纹肌肉瘤以进行性增大、边界不清的无痛性肿块为主要表现，不同部位可有不同的特殊表现：眼眶、耳道、鼻腔等部位的横纹肌肉瘤，可出现斜视、眼球突出、结膜水肿、鼻出血、面瘫，膀胱横纹肌肉瘤多发生于 5 岁以下男孩，可将膀胱出口阻塞或脱垂至尿道内，表现为排尿不畅、血尿、尿潴留；前列腺部横纹肌肉瘤多见于 4~6 岁儿童，肿瘤常将膀胱向前上方推移，表现为慢性尿潴留和充盈性尿失禁，并常伴有排便困难。阴道横纹肌肉瘤好发于 2 岁以下女婴，多为胚胎型葡萄状肉瘤，表现为阴道血性分泌物或阴道口颗粒状胶质肿块垂露；腹膜后横纹肌肉瘤早期多无症状，常至肿瘤巨大压迫邻近器官才引起相应症状而被发现；四肢躯干部横纹肌肉瘤多为多形型，好发于学龄期儿童或青春前期少年，肿块位于肌层内，增长迅速、边界不清、活力度差，可因神经压迫而出现疼痛和感觉异常，压迫脊髓者可有瘫痪发生。

横纹肌肉瘤至今尚无特异性肿瘤标记物，主要依靠形态学检查和组织学确诊。B 超和 CT 能对各部位肿块准确定位，了解肿瘤性质、大小和范围，尤其适合于腹膜后和颅内病变者。头颈部、眼眶、额窦部肿瘤应作颅底平片及断层摄片以了解骨质破坏情况。泌尿生殖系肿瘤作静脉肾盂造影可发现膀胱内充盈缺损或膀胱壁受压及可能存在的肾盂积水、输尿管扩张等。怀疑骨转移者，同位素扫描具有诊断价值。病理诊断为唯一可靠的确诊依据，对性质不明、肿瘤垂露或浅表的肿瘤可作手术活检或针吸穿刺活检。光镜检查难与其他恶性肿瘤鉴别者，近年应用肌动蛋白（actin）、肌球蛋白（mysin）及肌红蛋白（myoglobin）作为肿瘤肌源性的免疫组化标志。也可应用电镜观察，发现肿瘤细胞中的 Z 带或免疫荧光发现肌凝蛋白可确诊。但穿刺活检常因组织太少、不能分型，并有促使肿瘤扩散的可能，因此临床诊断明确者应慎重。

【治疗】

■治疗原则

小儿横纹肌肉瘤的治疗原则已由过去最大限度的切除肿瘤、争取生存率转变为完整切除局部肿瘤，最大限度保存肢体和器官功能，控制或防止肿瘤转移，以求在提高生存率的同时，提高患儿的生活质量。

根据微小病灶（微小残存肿瘤）化疗的现代概念和理论认为：由于残存微小病灶可被术后化疗进一步消灭和治愈，使小儿横纹肌肉瘤的治疗原则应以外科手术、辅助化疗、局部放疗达到控制或基本切除原发肿瘤，而并不要求为达到肿瘤 0 级杀灭而截肢、广泛切除周围脏器，手术范围趋向缩小，保存肢体和脏器功能，甚至通过多次根治，不断更新化疗药物而得到满意疗效。

术后化疗和延期手术的临床应用也使横纹肌肉瘤患儿保存肢体和脏器的可能性大大增加。肢体病变较广泛或累及重要肌腱、血管、神经者，目前也常在病理活检确诊后，予化疗或局部放疗使原发肿瘤缩小后再行肿瘤扩大根治术，避免截肢而提高患儿生存质量。膀胱和前列腺部的横纹肌肉瘤，家长难以接受传统的尿粪改道、广泛切除手术，目前通过膀胱镜或经会阴、耻骨上探查确诊后，应用化疗和放疗使肿瘤缩小后行膀胱部分切除、肿瘤摘除等局部手术，IRS - Ⅲ的资料表明如此膀胱或前列腺部的横纹肌肉瘤患儿生存率可达60%，而ISR - Ⅰ、IRS - Ⅱ行全膀胱及直肠切除的生存率也仅30%，现代治疗原则的应用使生存率和治疗质量均有显著提高。而阴道和子宫部的横纹肌肉瘤，早已摒弃了过去全子宫、全阴道切除方法，在经阴道活检后，化疗后延期进行肿瘤摘除或部分阴道切除，以维持生育功能。如此治疗原则对儿童横纹肌肉瘤的原发肿瘤的控制和最终消灭，提高手术切除率、保存肢体脏器、预防转移播散、提高生活质量均有积极意义。

■治疗方案

手术切除辅以化疗或放疗的综合治疗仍是横纹肌肉瘤的主要治疗手段。如何针对不同病理分期、组织亚型制定合理有效的治疗方案是提高生存率、减少不必要损害的关键。

Ⅰ期：任何部位、组织亚型均只需局部切除手术，术后VAC方案化疗：VCR 2mg/m^2，静注，1次/周，连用12次；ACTD 15mg/kg，静注，第1~5天，第1、12、24、36、48周重复；CTX 2.5mg/kg，口服，第42天开始，连续24个月。不需放疗。

Ⅱ期：无重要脏器、血管累及的Ⅱa期及FH型肿瘤者治疗方案同Ⅰ期。特殊部位和重要脏器累及者可术前用VAC方案化疗6周后延期手术；临床分期Ⅱb期、Ⅱc期和UH型患者，可以VAI（VCR、ACTD、IFS）或VIE（VCR、IFS、DDP）化疗2年，同时瘤床放疗15~30Gy。

Ⅲ期：均应常规瘤床放疗（40~55Gy），术后化疗2年，化疗方案：

（1）脉冲VAC　　VCR 2mg/m^2，静注，1次/周，连用12次；ACTD 15mg/m^2，静注，第1~5天，CTX 10mg/kg，静注，第1~3天，再用20mg/kg，静注，第21、42、63天。12个月后维持剂量：VCR 2mg/m^2，第1、4天，ACTD 15mg/m^2，第1~5天；CTX 10mg/kg，第1~3天，4周重复。

（2）CYVADTIC　　CTX 500mg/m^2，静注，第1天；VCR 1mg/m^2，静注，第1、5天；ADM 50mg/m^2，静注，第1天；DTIC 250mg/m^2，第1~5天，4周重复。

（3）VAI或VIE方案。

Ⅳ期：均应先予6个月左右脉冲VAC化疗或局部放疗后，切除治疗，术后化疗方案同Ⅲ期，疗程2年。有条件者应在强化化疗一个疗程后作自身骨髓或干细胞移植，以后维持化疗18个月。

■手术要点

小儿横纹肌肉瘤的外科手术强调原发肿瘤及周围正常组织"被膜"的完整切除。躯干和肢体肿瘤的切除，采用广泛肌群切除，达到局部扩大根治的效果；但四肢及睾丸肿瘤，除局部原发肿瘤常可进行理想根治手术外，IRS - Ⅱ和IRS - Ⅲ的资料均提示有26%的患儿可有局部淋巴结转移，近年要求术前常规腹部、盆腔、腹股沟局部CT检查，无淋巴结肿大者不需作后腹膜或腹股沟淋巴结清扫，而对CT提示淋巴结肿大者行二级淋巴结清扫。

眼眶、鼻咽、盆腔、膀胱等部位的横纹肌肉瘤，在术前化疗或放疗后进行延期手术时，一般不作眼眶内容物摘除、全膀胱或直肠切除术，而尽可能进行部分膀胱切除、部分阴道切除、肾周组织切除等合理手术而不改变膀胱、直肠等功能。对术后残留肿瘤和局部复发病例，均应在化疗后及时再次手术，仍可取得理想疗效。

（高解春）

第十一节　肾上腺肿瘤

肾上腺肿瘤（adrenal tumor）源于肾上腺皮质或髓质，在小儿以神经母细胞瘤最常见，尚有肾上腺皮质肿瘤，包括皮质腺瘤及皮质癌，以及来源于髓质的嗜铬细胞瘤。

一、肾上腺皮质肿瘤

【临床提要】

肾上腺皮质肿瘤（adrencortical tumor）包括皮质腺瘤（adrencortical adenoma）及皮质癌（adrencortical carcinoma），在我国并不多见，约占皮质醇症的 1%～2%，在小儿，家族性双侧性病例较多。国内文献报告中，腺瘤和腺癌的比例约为 10：1，在小儿，腺癌的比例明显增高。肾上腺腺瘤一般只分泌皮质醇，而雄激素分泌常低于正常，患儿多表现为向心性肥胖、多血质症等症状，皮质癌则不仅大量分泌皮质醇，还分泌相当量的雄激素，甚至醛固酮，故除表现皮质醇征外，尚可出现性征异常。临床上可分为男性化型、女性化型及库欣综合征。男性化型除表现为肌肉发达、骨骺早闭外，在男孩可呈现阴茎增粗等早熟现象。在女孩，则表现为阴唇肥大。应注意与先天性肾上腺性征异常相鉴别。女性化型临床极少见，表现为女性性征早熟及男孩乳腺增大，单纯的库欣综合征皮质瘤极罕见，多与男性化型并存。醛固酮增多症患者表现为四肢无力、软瘫及顽固性低血钾。

地塞米松抑制试验在库欣综合征的筛选及病因鉴别诊断上有重要帮助，B 超检查可发现 80% 左右的肾上腺肿瘤病灶，CT、MRI 对皮质肿瘤有良好的定位及定性诊断价值。肿瘤直径大小对判定腺瘤或腺癌有重要参考价值，因腺瘤呈良性生长，直径多在 2～5cm，腺癌呈浸润性生长，直径常超过 6cm。

【治疗】

肾上腺皮质腺瘤及腺癌摘除术为本病主要治疗方法，但肾上腺皮质癌已有远处器官多发转移或局部浸润大血管者，多认为不宜手术。

■围手术期处理

肾上腺皮质腺瘤和皮质癌都有自主皮质醇分泌功能，除致患侧及对侧肾上腺皮质萎缩外，尚造成水钠潴留、低血钾等水、电解质代谢紊乱及高血压等改变，术前应纠正高血钠低血钾状态，降低血压，手术中及术后应适量补充氢化考的松约 1 周，剂量从 50～100mg/日渐减至 25mg/日，再改维持量醋酸考的松口服，一般替代疗法常需半年以上，以预防肾上腺皮质功能不全的发生。

■手术要点

1. 切口选择　　儿童较多采用的切口为上腹部横切口经腹膜腔入路，将结肠肝曲或脾曲牵向内下方，切开十二指肠外侧后腹膜或脾肾韧带，再切开肾周筋膜，便可显露肾上腺肿瘤。

2. 肿瘤切除　　肾上腺皮质腺瘤应行腺瘤摘除，皮质癌应行肾上腺切除。腺瘤有完整包膜，肿瘤较小，可沿包膜外锐性或钝性从肾上腺组织中剥离肿瘤再结扎血管止血，皮质癌瘤体较大，血供丰富，包膜菲薄或不完整，并可能侵及肾脏，手术难度大，出血多。右侧肾上腺静脉粗短并直接汇入下腔静脉，术中易撕裂并误伤下腔静脉，粗暴的手术操作尚可导致肿瘤包膜破裂溢出瘤浆污染术野，粘附于大网膜的肿瘤组织甚难彻底清洗和去除，应考虑切除大网膜以预防大网膜的种植性肿瘤复发。对侵及肾脏的皮质癌，常需行含肿瘤的肾上腺、肾脏、肾周脂肪及淋巴结的整块切除术。对无法手术切除癌瘤和术后残留肿瘤的皮质癌患儿，应用双氯苯二氯乙烷（mitotane）可有效降低皮质激素水平，并使瘤体缩小。

腹腔镜经皮或经腹腔肾上腺肿瘤摘除术虽手术时间较长，但创伤小，效果良好，对直径小于6cm的某些肾上腺良性肿瘤，是值得采用的较新治疗措施。但术前应根据肿瘤是否有局部浸润，包膜是否光滑以排除恶性肿瘤。

二、肾上腺嗜铬细胞瘤

【临床提要】

嗜铬细胞瘤（pheochromocytoma）最常发生于肾上腺髓质，交感神经系统的其他部位亦可发生。该病好发于青壮年，儿童约占10%。在儿童患者中双侧多发性、家族性及恶性所占比例明显高于成人。主要临床表现为高血压和代谢亢进。高血压在小儿常表现为持续性，并常伴阵发性加重导致高血压性脑病，头痛为最常见症状，表现为发作性和持续性阵发性加剧，并伴面色苍白、大汗、手足湿冷。视乳头水肿、眼底渗出物等高血压眼底病变导致视力减退常为儿童患者的早期表现。

对诊断本病的辅助检查有如下方法：

1. B超检查　　对肾上腺内瘤灶有较高检出率，为肾上腺疾病首选检查方法。

2. CT和MRI检查　　除肾上腺内病灶外，尚可发现肾上腺外肿瘤，是其优点。

3. 同位素碘代苄胍扫描　　对嗜铬细胞瘤的阳性发现率可达90%以上。

4. 正电子发射断层摄影　　对查找来源不明的异位综合征的肿瘤有极高诊断价值。

5. 24h尿儿茶酚胺定量测定。

【治疗】

手术切除肿瘤可治愈90%以上患儿，但麻醉及手术风险较大，充分的术前准备、正确的术中对应措施等围手术期处理可有效降低手术死亡率。

■术前准备

1. 治疗高血压　　常应用α-肾上腺能受体阻滞剂以控制血压于正常范围1～2周，常用药物有苯苄胺和酚妥拉明，用量为苯苄胺1mg/（kg·d），酚妥拉明为5～10mg，每日 4~6 次。并根据血压及心率及时调整药量。

2．扩充血容量　α-阻滞剂的应用使挛缩的血管床扩张导致血容量不足，术前 3 天可输足量胶体液如全血、血浆等以扩容，可有效预防术中的低容量性休克。

3．需行双侧肾上腺切除者，给予糖皮质激素。

■手术操作

1．麻醉　气管插管全麻安全可靠，肌松满意且镇痛完全，最常采用。

2．切口　通常采用经上腹横切口，尤其对双侧多发性患儿。

3．手术原则　从分离肿瘤至摘除肿瘤期间，因肿瘤受挤压而增加儿茶酚胺释放常致血压升高，因此，术中应尽早阻断肿瘤血供，操作尽量轻柔避免挤压瘤体。出现血压过高时，可用 0.1% 硝普钠或立其丁静注控制血压。摘除肿瘤后可因血中儿茶酚胺浓度降低而出现低血压，因此，术中常需过量输液扩容以预防和减轻低血压的发生。常规穿刺留置颈内静脉输液管可保证液体的快速输入，中心静脉压及动脉压的监测，对了解心功能及血压变化是必要的。

■术后处理

术后注意加强对心率、血压和尿量的监测，以便及时发现并处理血容量不足。如术后血压仍高，应注意排除残留肿瘤的可能性。术后 2~3 天应复查 24h 尿 VMA 以便评估疗效。

（刘文旭）

第三章 颈部疾病

第一节 先天性肌性斜颈

【临床提要】

先天性肌性斜颈 (torticollis) 又称肌性斜颈,是一侧胸锁乳突肌纤维性挛缩,颈部向患侧偏斜的畸形。主要表现为婴儿出生后,一侧胸锁乳突肌即有肿块,不易辨认,生后10天~2周肿块变硬,不活动,呈梭形,5~8个月逐渐消退,胸锁乳突肌纤维性挛缩,变短,呈条索状,牵拉枕部偏向患侧;下颌转向健侧肩部,面部健侧饱满,患侧变小;眼睛不在一个水平线,严重者导致颈椎侧突畸形。其发病原因及发病机制尚无定论,各家说法不一,有报道说引起斜颈的原因多达80余种。多数学者认为臀位异常分娩、产伤导致胸锁乳突肌血肿肌化、萎缩、坏死瘢痕形成,此外还有子宫内外感染、遗传及动静脉栓塞而致肌肉坏死等,基本病理变化为胸锁乳突肌纤维化,引起该肌纤维化的病理变化过程。目前无明确定论。诊断一般无困难,但应与其他原因所致斜颈鉴别:①骨性斜颈,该病主要有颈椎异常,如寰枢椎半脱位、半椎体等,X线检查可确诊,胸锁乳突肌不挛缩。②颈部炎症,常有淋巴结肿大,有压痛等全身症状,胸锁乳突肌无挛缩。③眼肌异常,由于眼球外肌的肌力不平衡,斜视以颈部偏斜协调视物所致。

【治疗】

早发现、早治疗,效果显著。晚期斜颈畸形手术矫正,合并其他组织异常(如面部畸形、颈椎侧凸)难以恢复正常。

■非手术疗法

主要包括手法矫正治疗、局部药物注射治疗、小针刀治疗及激光、物理治疗和针刺治疗等。非手术治疗可在新生儿期便开始进行。

1. 手法矫正治疗　初生确诊后,由母亲轻柔按摩热敷,适度向健侧牵拉头部,睡眠时可用沙枕固定。随着患儿生长,母亲手法扳正力度增加,枕部旋向健侧,下颌向患侧,每日数次扳正,坚持不懈,多数可获满意疗效。

2. 局部药物注射疗法　在手法矫正的基础上,将药物如泼尼松龙或去炎缩松注射在肿物局部,可明显增加疗效,一般每次注射剂量不超过1支,可配用适量局麻药注射，3次为一疗程。两次注射间隔1周。效果欠满意者，2周后重复注射。3个疗程仍不满意者，建议手术治疗。

3．小针刀治疗　　这是一种微创疗法，常和手法矫正一同进行，局部麻醉后，第一切口选择在患侧胸锁乳突肌胸骨端，第二切口选择在患侧胸锁乳突肌锁骨端，小针刀在左手食指、中指的指示下，逐渐切断乳突肌肌腱，直到肌张力减低或消失为止。

4．激光、物理疗法、针刺疗法　　也是配合手法矫正的疗法，多用于发病早、病情轻的患儿。

■手术疗法

适用于1岁以上或非手术疗法不满意的患儿。1岁以下胸锁乳突肌挛缩明显者，手术可提前进行。超过12岁的患儿，面部及骨骼畸形常难矫正。手术一般采用基础加颈丛麻醉，取锁骨近端上一横指处横切口，对1～4岁患儿病情轻者，仅切断胸锁乳突肌的锁骨头和胸骨头，术后应用沙袋矫正，拆线后教育患儿下颌向患侧，枕向健侧旋转。对4岁以上畸形严重者，切除该肌锁骨及胸骨头2cm，亦可行"Z"字型延长术。必要时可在乳突部做第二切口，切断肌肉在此处的附着。另外，切除所有挛缩的软组织，松解颈深筋膜甚至颈鞘，直至该肌完全松弛。缝合伤口，头放矫正位，头颈胸石膏固定3～4周。术中注意事项：①勿损伤膈神经、颈外静脉、颈总动脉和颈内静脉。②松解彻底。③适当的固定。

■复发

极少部分患儿治疗后复发，常见原因有：①松解不彻底，如小针刀治疗、术中未松解颈鞘等。②肌肉挛缩严重者，术后未行石膏固定或固定时间太短。③术后局部粘连等。

（刘云建　刘钧澄）

第二节　甲状腺舌管囊肿

【临床提要】

甲状腺舌管囊肿（thyroglossal duct cyst）是由于先天性的甲状腺舌骨残留所引起。它是以颈部正中的肿物为突出的表现。多数情况下病变在新生儿期不易发现，而多见于学龄前儿童或较大龄少年儿童。

甲状腺舌管囊肿的临床表现为颈中线的囊性肿块。肿块以位于舌骨上下水平最常见，但亦可位于由舌底至胸骨后的任何水平位置。在未发生感染的情况下，囊肿是光滑、柔软、边界清晰的，并可随伸舌运动而上下活动。由于甲状腺舌管囊肿可通过甲状舌骨与口腔相通，因此可以发生反复的感染。感染时肿块表现为红肿，亦可破溃流脓。

甲状腺舌管囊肿需要与颈部的皮样囊肿、异位甲状腺、气管源性囊肿和淋巴结肿大相鉴别，但有时在手术前鉴别较为困难。

【治疗】

完全切除甲状腺舌管囊肿及它的管道是唯一的治疗方法。多采用气管内麻醉，颈部横切口。手术切除由囊肿分离，再由下往上分离其管道直到舌根部，予以切除。由于甲状舌骨穿行于舌骨中，故手术需将舌骨的中心部分切除才能有效地防止复发。手术宜在未发生感染前治疗，则术后复发率非常低。感染后再手术易造成甲状腺舌管残留而引起复发。

第三节　腮裂囊肿与腮裂瘘

【临床提要】

腮裂囊肿和腮裂瘘（branchial cyst & fistula）是由胚胎期各对腮裂未完全退化的组织所形成。它向外开口形成瘘管和窦道，无外口时形成囊肿。儿童期完全的瘘管最多见，其次是向外开口的窦道，囊肿则较少见。成人期则囊肿较为多见。通常瘘管和窦道的细小开口早期并未引起注意，而当有粘液由开口流出时才引起患儿家长的注意和就诊。最早的临床症状亦可能是由于稠厚的粘液物质未能自发引流而形成的一个感染性包块。体格检查可在颈的侧面发现一个小的开口或囊肿。当患儿颈向后伸而紧张颈部皮肤时，可扪及一个向上行的索条状结构即瘘管。沿瘘管挤压可有粘液样物质由外口流出。瘘口的部位依起源的腮裂而不同。第一腮裂瘘表现为耳前窦道或外口位于下颌角下方、颌下腺附近，内口在外耳道。第二腮裂瘘是临床上最多见的类型，外口位于胸锁乳突肌前缘，通常在中下 1/3 交界处。瘘管穿过颈阔肌和颈筋膜，沿颈鞘上升达舌骨水平，然后在颈动脉分叉间向内转，在二腹肌的后腹和茎骨舌骨肌的后方，舌下神经的前方穿行，终止于扁桃腺窝。第三、第四腮裂瘘较少见，其位置较低，常在近胸骨柄附近，多为一短小的瘘管和窦道，亦可上行开口于梨状窝。

腮裂囊肿需要与颈部的其他肿块性病变，包括淋巴管瘤、甲状腺腺瘤、皮样囊肿及某些恶性肿瘤的颈部淋巴结转移相鉴别。

【治疗】

用手术方法将腮裂囊肿与腮裂瘘（包括瘘管的全程）完全切除是治疗的最佳方案。手术应尽可能早的在未发生感染情况下进行，如果局部有感染情况发生，应先抗感染治疗，包括使用抗生素，局部理疗，待炎症控制后再进行手术切除。有脓肿形成则需要先行切开引流，再行抗感染治疗后二期手术切除病变组织。

手术采用气管内麻醉。仰卧位，头后仰，先围绕瘘管外口做一横椭圆形切口，然后向上分离。找到瘘管后，可插入小导管或瘘管内注射美兰，作为切除瘘管的引导。手术时最好配合运用头式的放大镜来辨认瘘管，沿瘘管后向上分离至下颌水平，再做一平行的横切口，将分离的瘘管由切口提出，再继续向上和深部分离，直视下分离至瘘管进入咽部的地方，用可吸收线予以缝扎。术中要注意勿损伤瘘管，否则易造成瘘管的部分残留而引起术后复发。

（周　李）

第四节　颈静脉扩张

【临床提要】

颈静脉扩张（jugular venous phlebectasia）又称颈静脉瘤（venous aneurgoms）或颈静脉囊肿（venous cysts），是一种较少见的颈静脉系统囊状或梭形扩张疾病。该病最常见于右侧颈内静脉，少数发生于颈外静脉，偶见于颈前静脉。绝大部分是单侧的，极少数是双侧的。该病好发年龄为 5～7 岁，亦可见于婴儿及成人。该病预后良好，目前还没有该病并发病变血管破裂出血及其他严重并发症的文献报道。

该病的确切病因尚未弄清，学者们提出如下几种学说：①先天性的局部静脉壁肌层缺如，弹力纤维缺乏。②颈静脉系统与毗邻组织、器官构成特殊的局部因素。③局部血管创伤的继发结果。

该病临床自觉症状不明显，患者在大叫、屏气时在颈前根部出现一可复性包块，安静时包块消失。多数患者无不适感觉，少数患者在包块出现时伴头痛及颈部肿痛。

根据主诉及体征，对颈前可复性包块穿刺抽出暗红色的静脉血，诊断大致成立。该病应与颈部囊状水瘤、皮样囊肿、甲状舌骨囊肿、腮裂囊肿、颈部化脓性淋巴结炎、动静脉瘘、咽喉部憩室等相鉴别。

对本病有鉴别诊断的辅助检查：①超声显像及彩色多普勒检查。②CT 及动态 MRI 检查。

【治疗】

目前对该病的治疗仍有争议，Bowdler 认为该病是一种良性、自限性的疾病可不必治疗。但有不少学者认为，局部血管病变有产生血栓形成、感染甚至破裂出血的危险因素存在，同时有碍美观，主张作选择性的手术治疗。

■手术治疗的 2 种方法：

1. 颈静脉结扎、切除术　　该术式适用于单侧颈内静脉、颈外静脉及颈前静脉。手术在气管插管、静脉复合麻醉下进行。取患侧胸锁关节上 3cm 作一长约 3cm 横切口，切开皮肤、皮下、颈阔肌；切断胸锁乳突肌（如病变在颈外静脉，则不必切断），暴露病变的静脉，动作要轻柔，勿伤及内侧的颈总动脉及邻近的交感神经，向血管的近心端分离时，嘱麻醉师减少潮气量，以防肺过度膨胀而损伤胸膜造成气胸。病变血管通常呈梭形扩张，长约 2.5～3cm，扩张部直径约 2.5cm，病变血管壁菲薄柔软，透过管壁可清楚见到旋涡状血流通过，在病变血管的上、下端分别用 4 号丝线结扎，切除两结扎线间的病变血管（亦可不切除），两断端用 1 号丝线作贯穿缝扎。术野放胶片引流后逐层缝合切口各层，术毕。

因颅内静脉是通过颈内静脉、椎静脉、咽丛及导血管静脉 4 条通路回流入右心房，结扎一侧颈内静脉不会引起颅内静脉回流障碍，这一点已得到国内外的临床资料证实。

2. 涤纶布包裹病变颈内静脉缝合术　　近年，有学者经动物实验研究发现，结扎颈内静脉会引起一过性颅内压增高及可能诱发颅内静脉血栓形成，建议对双侧颈内静脉扩张症用涤纶布包裹缝合治疗。采用长方形的涤纶布包绕病变的颈内静脉一圈并略收紧，使病变血管口径与上下端正常血管口径相同，然后用 5 - 0 聚丙烯线连续缝合涤纶布的对合缘。

■手术过程可能出现的并发症及处理

1. 病变血管撕裂　　即用手指轻压裂口，用 6 - 0 聚丙烯线修补。

2. 气胸　　立即修补破损口并放置胸腔闭式引流管。

（李维光）

第五节　甲状腺功能亢进症

【临床提要】

甲状腺功能亢进症（简称甲亢，hyperthyroidism）是由于各种原因引起甲状腺合成甲状腺素增多，导致循环中甲状腺素异常增多而出现以全身代谢亢进为主要特征的一组证候群。小儿甲状腺功能亢进症少见，约占甲亢病人的 3% ~ 3.5%。从新生儿至 14 岁均可发病，发病高峰为 9 ~ 14 岁，女孩多见，女：男为 5∶1。依其病因临床上可分为原发性、继发性和高功能腺瘤 3 类。原发性甲状腺功能亢进症也称为 Graves 或 Bescdow 病，最常见。是指在甲状腺肿大的同时出现功能亢进症状，腺体弥漫性肿大，双侧对称，常伴有突眼，故又称为"突眼性甲亢"。继发性甲亢较少见，病人常先有结节性甲状腺肿多年，以后才出现功能亢进症状，腺体呈结节状肿大，两侧多不对称，无突眼。高功能腺瘤罕见，是指腺体内有单发的自主性高功能结节引致的甲亢。

诊断主要依靠典型的临床表现，结合一些特殊的检查。

小儿原发性甲亢的临床表现与成人差别不大，但精神症状较为突出，身高迅速增加。典型的症状有甲状腺肿大，性情急躁、易激动、怕热、多汗、纳亢、体重减轻、心悸、脉快有力、脉压增大。其中脉率增快及脉压差增大尤为重要，常为判断病情程度和治疗效果的重要指标。

■小儿甲亢的特殊检查方法

1. 基础代谢率测定　　可根据脉压和脉率计算，或用基础代谢率测定器测定。后者可靠，但前者简便、实用。常用的计算公式：基础代谢率 =（脉率 + 脉压）- 111。测定基础代谢率要在完全安静、空腹时进行。基础代谢率正常值 ± 10%。增高至 + 20% ~ + 30% 为轻度甲亢，+ 30% ~ + 60% 为中度甲亢，+ 60% 以上为重度甲亢。

2. 甲状腺摄^{131}I 率的测定　　正常甲状腺 24h 内摄取^{131}I 量为人体总量的 30% ~ 40%。如果在 2h 内甲状腺摄取^{131}I 量超过人体总量的 25%，或在 24h 内超过人体总量的 50%，且吸^{131}I 高峰提前出现，均可诊断甲亢。

3. 血清中 T_3 和 T_4 含量的测定　　甲亢时，血清 T_3 可高于正常 4 倍左右，而 T_4 仅为正常的 2 倍半，因此，测定 T_3 对甲亢的诊断具有较高的敏感性。

【治疗】

■手术适应证

1．甲状腺药物治疗1年以上，疗效欠佳者。

2．服药后有严重副作用，主要为粒细胞和白细胞减少或过敏反应而不能继续服药者。

3．甲状腺明显肿大出现压迫症状者。

4．继发性甲状腺功能亢进。

■禁忌证

1．未经内科药物治疗的甲亢。

2．严重心肺疾病包括心血管先天性畸形，患儿不能耐受手术者。

■术前准备

完善的术前准备是保证手术顺利进行和预防术后并发症的重要环节。

1．术前检查　全面体格检查、血尿常规、肝肾功能、血电解质检查。颈部照片了解气管有无受压或移位。Valsava试验以确定气管有无软化。详细检查心脏包括有无扩大、杂音和心律不齐。喉镜检查以确定声带情况。

2．药物治疗准备　术前降低基础代谢率的主要手段。先用硫氧嘧啶类药物如甲基或丙基硫氧嘧啶或他巴唑、甲亢平等，基本控制甲亢症状后停药，并改服2周的碘剂，碘剂初次量每次3滴，每日3次，以后逐日每次增加一滴，至16滴为止，然后维持此剂量。若单纯用抗甲状腺药物心率控制不佳，可加用心得安。由于碘剂只抑制甲状腺素的释放，而不抑制其合成，因此一旦停服碘剂后，贮存于甲状腺滤泡内的球蛋白大量分解，甲亢症状可重新出现，甚至比原来更为严重，因此，凡不准备施行手术者，不能服用碘剂。

■手术治疗

甲亢手术采取甲状腺次全切除术，手术治疗效果取决于切除甲状腺组织多少，一般认为切除甲状腺95%的组织，保留甲状腺组织4g左右为宜。

1．麻醉　宜用气管内插管全麻。年长儿且合作的儿童，甲状腺又不大者，可采用颈丛麻醉加辅助麻醉。术中持续监测脉搏、血压、呼吸、血氧饱和度、心电图。

2．体位　取头过伸仰卧位，头部用半月形沙袋固定，防止移位（图3-5-1）。

3．切口　取锁关节上缘一横指弧形的横切口，至两侧胸锁乳突肌前沿（图3-5-2）。

4．手术步骤

（1）切开皮肤至颈前浅筋膜，沿此筋膜潜行分离皮瓣，上至甲状软骨，下至胸骨上窝。皮肤巾悬吊皮瓣。沿颈白线切开至甲状腺假被膜，如甲状腺不大，仅须将颈前肌群向外侧牵开，就可以提供足够的手术野。如甲状腺较大，可将颈前肌群切断，进入甲状腺真假被膜之间的解剖层面，进行甲状腺的游离。

（2）甲状腺上极内侧，离断甲状腺悬韧带，用粗线缝扎上极，向下牵拉缝线有助甲状腺上血管的暴露（图3-5-3），甲状腺上血管分前后两支，紧贴上极分别处理离断甲状腺上血管前后支，可防止喉返神经损伤。甲状腺上血管后支离断后，可以显露位置相对恒定的上甲状旁腺，加以保护。

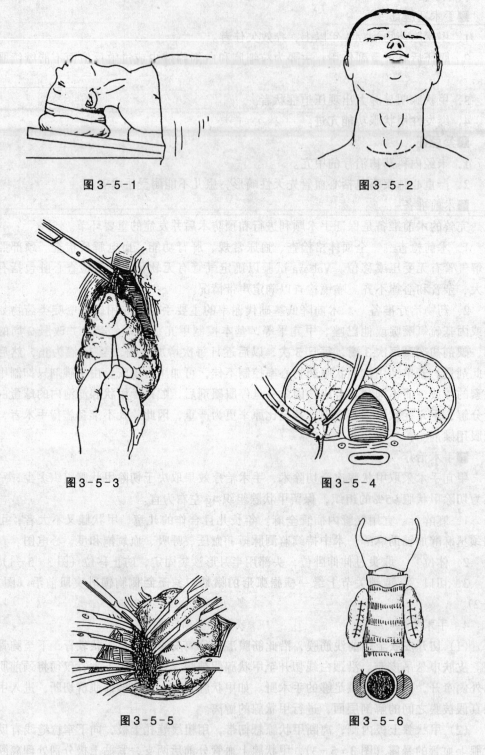

图3-5-1

图3-5-2

图3-5-3

图3-5-4

图3-5-5

图3-5-6

（3）甲状腺上极处理后，于甲状腺外侧向下游离，即可辨认游离甲状腺中静脉，甲

130

状腺中静脉与颈内静脉仅于一短干相连，注意撕裂损伤引致出血。

（4）甲状腺下极血管分内外两支，通常紧贴腺体游离血管，避免大块结扎组织，同样可以防止喉返神经损伤（图3-5-4）。

（5）气管前离断甲状腺峡部及锥体叶后，沿甲状腺背筋膜分别用蚊式钳钳夹甲状腺被膜，保留适当甲状腺被膜，切除约90%～95%的腺体组织。用丝线间断缝合甲状腺被膜与气管前筋膜，包埋残留甲状腺组织压迫止血（图3-5-5、图3-5-6）。

（6）同法处理对侧甲状腺。

（7）创面充分止血后，将橡皮引流管分别置于两侧甲状腺窝，经切口下方另戳创口引出。逐层缝合离断的颈前肌群、颈白线、颈阔肌，皮内缝合皮肤。

■术后观察和处理

1. 观察病儿呼吸、脉搏、血压、体温的变化，注意颈部引流管通畅，经常挤捏引流管，以免血块堵塞。

2. 帮助病儿排痰，保持呼吸道通畅，床旁备气管切开包，以备不时之需。

3. 术后当日予地塞米松10mg，静注，次日视病儿心率酌情再给，密切观察预防甲亢危象发生。术后继续服用复方碘化钾溶液，每日3次，每次10滴，共1周左右；或由每日3次，每次16滴开始，逐日每次减少1滴。

4. 引流管一般于术后48h，引流液少于5mL时拔除。

■术后主要并发症及处理

1. 术后呼吸困难和窒息　　多发生在术后24～48h内，是术后最危急的并发症。常见的原因为：①术后出血。常由于甲状腺上动脉及下动脉或分支或较粗大的静脉结扎松脱；腺体创面严重渗血；切口出血等形成血肿，而压迫气管引起呼吸道阻塞。同时有颈部肿胀、切口渗血。②喉头水肿。多见于气管内插管及手术创伤所致，出现喘鸣及急性呼吸道梗阻。③气管塌陷。较大甲状腺肿，气管壁长期受压后可发生软化，切除腺体后，已软化的气管壁失去两侧腺体及其周围组织的支持而向下塌陷。术中疑有气管软化时，可将软化的气管缝吊于两侧胸锁乳突肌上。但多需施行气管切开，确保呼吸道通畅。④敷料包扎过紧或不当。发现上述情况，必须立即行床旁抢救，及时敞开切口，去除血肿，或行气管切开；病儿情况好转后，再送手术室作进一步的检查、止血和其他处理。

2. 喉返神经损伤　　小儿甲状腺次全切除术，多在全麻下进行，术中无法了解发音情况，较成人手术易损伤喉返神经。大多数是手术处理甲状腺下极时，不慎将近喉返神经切断、缝扎或钳夹、牵拉造成永久性或暂时性损伤所致。少数也可由血肿压迫或瘢痕组织压迫或牵拉所致。一侧喉返神经损伤，声带居中且无运动，声门不能闭合发生声嘶。两侧喉返神经损伤可发生呼吸困难，应立即作气管切开。

3. 喉上神经损伤　　喉上神经在舌骨大角平面处分为内外两支。喉内支经甲状舌骨肌进入喉内，分布于喉粘膜，损伤后喉粘膜感觉丧失，可发生误咽，而引起呛咳，尤其是进食流质后更明显，一般经理疗后可自行恢复。喉外支则下行分布于环甲肌，与甲状腺上动脉伴行，损伤后引起环甲肌瘫痪，使声带松弛，音调降低但不声嘶。游离甲状腺上极时，应紧靠甲状腺上极结扎切断甲状腺上血管，防止损伤喉上神经。

4．手足抽搐　　因手术时误切甲状旁腺或其血供受累所致。甲状旁腺有 4 个，一般位于甲状腺侧叶背侧与气管筋膜之间。两个上甲状旁腺的位置较固定，约位于两叶背面上中 1/3 交界处，通常在离断甲状腺上后支血管后可显露，术中应加以保护。切下的腺体组织应进行仔细检查，如有可疑为甲状旁腺者，要立即取出移植于胸锁乳突肌内，可避免甲状旁腺功能低下。发生手足抽搐后，应限制肉类、乳品和蛋类等食品（高磷饮食）。静注 10% 葡萄糖酸钙或氯化钙 10～20mL，症状轻者可口服葡萄糖酸钙或乳酸钙 2～4g，每日 3 次。口服双氢速固醇（DT_{10}）能明显提高血中钙含量，降低神经肌肉的应激性。还可用同种异体带血管的甲状旁腺移植。

5．甲亢危象　　多数人认为与术前准备不够、甲亢症状未能很好控制及手术应激等因素有关。多发生在术后 12～16h 内，表现为高热 39℃ 以上，心率快（140～160 次/min 以上）、心率紊乱、烦躁不安、谵妄、嗜睡，可迅速发展至昏迷、虚脱、休克甚至死亡。治疗方面：①应给予吸氧、镇静、退热、补充血容量及能量等一般处理。②大剂量激素以拮抗过多甲状腺素的反应，地塞米松 10～30mg/日或氢化可的松 200～400mg/日，分次静滴。③碘剂：口服复方碘化钾首次剂量 60 滴，以后 4～6h 30～40 滴，紧急时亦可给复方碘溶液 2mL 或碘化钠 1g 加入 10% 葡萄糖 500mL 中静滴。④肾上腺能阻滞剂：利血平 1～2mg，每 8h 1 次，或用心得安 5mg 静滴，可减慢心率。⑤如有心功能衰竭，加用洋地黄制剂。

（洪楚原）

不符合以上标准时应放弃 ECMO 治疗或考虑其他治疗方法。

1. ECMO 的应用指征
K：8h、SvO₂＜0.8以上（50mmHg）；以 G·G ……日本 …… JECLS 指标为＜0.4（
600mmHg）或 OI＞57.15（ b。

2. ECMO 的应用标准 …… IB 是指最多…………最……
……（CDH 等）和新的危困出血，……由于无……足够自身…….. 或 ECMO 帮助后仍对太
…… …… 肺动脉压力过高…… ………… …… ……对……困…… …… 应…… ……

…… …… …… …… …… …… ……

NO 吸入疗法的应用

NO 主要作用于血管平滑肌…… 以 1:0…… 以 5…… 可 …… 使肺……的…… 以……孔隙
…… 血以太受到 …… …… …… …… 血 有平滑肌 …… 而 NO …… 则 …… 的 以 …… 次 …… …… 次 …… 以
因此以来以以以以以以以……以以以以以以以以

第四章 胸部疾病

第一节 先天性后外侧膈疝

【临床提要】

先天性后外侧膈疝（又称胸腹裂孔疝或 Bochdalek 疝）是先天性膈疝最常见的类型，发病率约为1:2 200～1:5 000，左侧发病机会比右侧多 5 倍，约 1/4 伴有肠旋转不良。肺发育不良和胚胎时期形成的持续肺动脉高压是膈疝的主要病理生理基础，从而造成相应的临床症状。

根据临床症状发生的时间，可将先天性膈疝（CDH）患儿分为高危患儿（出生 6h 以内出现症状）和低危患儿（出生 6h 以后出现症状）。高危患儿的死亡率仍相当高。典型症状如在新生儿期出现，可表现为呼吸急促、呼吸困难、全身青紫、呼吸窘迫等呼吸系统症状；呕吐等消化系统症状。体征包括患侧胸部呼吸运动减低，心尖搏动移向对侧，胸腔处可闻及肠鸣音，舟状腹等。在婴幼儿及儿童期才出现症状可表现为反复出现的上呼吸道感染或慢性消化道症状，体征较轻微。

新生儿有呼吸困难和青紫应考虑到膈疝，应立即行 X 线检查，如发现患侧胸腔内有胃肠道充气影，心脏纵隔向对侧移位则可确定诊断。较大患儿可行钡餐检查，可见部分胃肠道位于胸腔内。如为肝脏等实质性器官疝入胸腔，可通过 B 超检查明确诊断。

主要与膈膨升相鉴别，X 线上膈膨升表现为膈抬高，常达第 2、3 肋水平，侧位片上膈肌影光滑、完整。

【治疗】

传统观念认为新生儿膈疝患儿需要急诊手术治疗，但现在对膈疝治疗观点有明显改变。认为在手术前经各种措施使患儿状况稳定 4～16h，纠正缺氧和肺低灌注可改善患儿生存状况和减少潜在的肺动脉高压形成。

■ECMO（extracorporeal membrane oxygenation）的应用

ECMO 被认为是使 CDH 患儿呼吸、循环功能稳定从而能够较好耐受手术的桥梁，也是世界各国近 10 余年来所关心和研究的主要手术前后的治疗方法。其实质是提供了部分心脏-肺旁路而使肺得到休息，在此期间新生儿发育不全的肺进一步成熟。在部分

术后情况恶化的患儿通过 ECMO 处理也有成功的报道。

1. ECMO 的使用指征　　AaO_2（肺泡-肺小动脉氧张力差）$> 81.1kPa$（610mmHg）长达 8h，$PaO_2 < 6.65kPa$（50mmHg）长达 4h；急性呼吸状况恶化，$PaO_2 < 5.3kPa$（40mmHg）或 pH 值 > 7.15 达 2h。

禁忌证：出生体重 $< 2 000g$，妊娠时间 < 34 周；机械通气 > 7 天；脑血管出血及血液高凝状态；严重的染色体异常等。

2. ECMO 的并发症　　出血是最常见并发症，包括插管处出血、直肠出血、膈疝修补处的出血和颅内出血。颅内出血是主要死亡原因，所以使用 ECMO 期间常规每天行头颅超声检查是必要的。其他并发症包括胸内并发症（如胸腔内出血）、周围循环灌注降低等。

■对持续性肺动脉高压的处理

NO 是一种选择性的肺动脉舒张剂，因为它可明显舒张肺动脉而不造成全身低血压。NO 主要作用机制是通过肺泡-毛细血管膜弥散而刺激肺小动脉平滑肌内的鸟嘌呤环化酶而产生血管舒张作用，血管平滑肌松弛，然后 NO 很快被循环中的 Hb 所灭活，从而使其血管舒张作用局限于肺血管。血浆中的亚硝酸盐和硝酸盐水平可反映肺泡-毛细血管 NO 的吸收，并可看出哪些病人会对持续 NO 吸入产生有效作用。

■肺泡表面活性物质减少的治疗

使用 Infasurf（100mg/kg）作为外源性肺泡表面活性物质治疗，在 CDH 患儿出生后第一次呼吸之前通过气管内插管打入 Infasurf 可降低肺泡表面张力和稳定呼吸功能，降低气压伤发生率，加强肺血流灌注及气体交换。

■CDH 患儿的手术治疗

左侧膈疝多经腹切口，其优点是回纳腹部脏器时较方便，如同时合并肠旋转不良等先天性畸形可同时予以纠正。此外，有时患儿腹腔发育较小，疝内容物回纳后缝合腹壁有困难，则可在原切口作暂时性腹壁疝。右侧膈疝有大块肝脏进入胸腔时因经腹肝脏复位较危险，必要时可另作右胸切口，便于整复肝脏和修补缺损。

回复疝入胸腔脏器时应轻柔，如较困难可经疝孔边缘放置尿管平衡胸腹腔压力后再行回纳。如有疝囊应同时切除。关闭疝孔最后一针可适当胀肺以尽量排除胸腔内气体。

■术后处理

高危的先天性膈疝患儿术后需要呼吸机辅助呼吸至呼吸、循环稳定。

■CDH 患儿的随访

CDH 患儿成长过程中很少有呼吸系统问题，大多数能像正常人一样生活，出生时发育不全的肺以后可接近甚至达到正常容量，这可体现在肺生长过程中支气管分支及肺泡数目增多。常见问题有胃-食管反流和膈疝复发等。

第二节　先天性胸骨后膈疝

【临床提要】

胚胎第 8 周时，心脏的横膈部分开始形成并与前肠系膜的背侧相遇发展为膈肌的中心腱部分。胸腹膜的后侧体壁与外侧体壁相融合完成横膈的正常发育，形成胸腹腔的屏障。在此阶段如果停止发育则可形成胸骨后的膈肌缺损，腹内脏器在一定的条件下由此通道进入胸腔成为先天性胸骨后膈疝（congenital retrostenal henia & morgagni hernia）。

患儿的症状、体征因疝入胸腔内容物的多少而异，但多数都因胃肠道内气体和食物的不断增加而临床症状呈进行性加重。体检可见患儿呈现舟状腹和胸部饱满，充气的肠管进入胸腔，使患侧的胸部叩诊呈鼓音，听诊可闻及肠鸣音。由于占位性压迫，而表现有不同程度的呼吸困难和发绀，患侧呼吸音减低或消失，纵隔向对侧偏移。如果发生部分性肠梗阻则临床症状更为明显。

胸部 X 线摄片如能看到胸内肠型和纵隔移位的典型征象可确定诊断。在新生儿时期如果见到心脏移位，呼吸窘迫而无其他异常者即应想到膈疝的可能。此外，膈疝常合并食管闭锁、先天性心血管畸形、中肠旋转不良、泌尿生殖系统畸形等。

【治疗】

确诊后要进行吸氧、胃肠减压等一般处理。手术时机与先天性后外侧膈疝相同。

■手术

多采用经腹途径，因为：①腹腔容积小，疝入胸腔器官完全复位至腹腔，腹压增大会加重心肺负担，造成更严重的心肺功能紊乱。②此类膈疝常合并肠旋转不良等腹腔内畸形，经腹手术可同时纠正这些畸形。③腹腔内操作后可行胃造瘘减压术。④如腹腔容积过小可行临时人工腹壁疝，以暂时缓和腹腔内压力过高的现象。如果术前已明确胸内有病变需要矫治或预计有广泛胸腔粘连者，也可酌情经胸或分别经胸、腹切口或胸腹联合进路。

■术中和术后注意事项

①首先争取麻醉科医生配合，早期进行气管内插管辅助呼吸，禁止用面罩给氧，以免大量气体进入消化道，使疝入胸内的腹腔脏器容积增大，使呼吸循环功能障碍更加严重。②将疝内容物复位后应特别注意勿过分增加腹腔压力，以免使腹内脏器受压导致血循环障碍，静脉回流受阻。③胸腔闭式引流和胃造瘘减压，必要时进行人工腹壁疝，能有效缓解腹腔内压力，提高肺活量，促使肺膨胀。④术后注意血气分析，随时纠正酸碱失衡现象。

第三节　先天性食管裂孔疝

【临床提要】

先天性食管裂孔疝（congenital esophageal hiatus hernia）是指胃或其他组织脏器经过食管裂孔进入胸腔、纵隔，其中以滑动型最多，约占95％以上。临床可分为4型，包括：①滑动型食管裂孔疝：食管下端及胃贲门自原来膈下位置移到膈肌上方后纵隔内，食管入胃的角度亦由锐角变成钝角，可发生食管胃功能不全。②食管旁疝：食管、胃、贲门保持原来位置，胃底经裂孔突入纵隔，疝入脏器多为胃底或向右翻转的胃体连同大网膜和结肠，合并反流性食管炎者少。③短食管型食管裂孔疝：由于食管发育不全或由于反复炎症病变疤痕收缩，致贲门上移至纵隔。④混合型食管裂孔疝：滑动型食管裂孔疝与食管旁疝同时存在。

不同类型食管裂孔疝的临床表现也不完全一样，滑动型疝的常见症状：①疼痛。②反流性食管炎症状。疼痛的症状可表现为如胆绞痛或胃溃疡痛，也可仅表现为缓和的疼痛。反流性食管炎症状表现为上腹、胸骨后烧灼样疼痛，有的甚为剧烈，有的较轻，仅有烧心感而无明显疼痛。

诊断主要靠钡餐检查、内窥镜检查等。

【治疗】

■内科治疗

无症状的小的食管裂孔疝不须治疗，症状轻微的采用对症治疗。

■手术治疗

外科处理原则是复位疝内容物；修补松弛薄弱的食管裂孔；防治胃食管反流；保持胃流出道通畅；兼治并存的疾病和合并症。

手术治疗的适应证：①食管裂孔疝并反流性胃炎内科治疗效果不佳。②食管裂孔疝同时存在幽门梗阻、十二指肠淤滞。③食管裂孔旁疝或巨大裂孔疝。

1. Hill手术　手术要点是复位并固定膈下食管，强化食管裂孔，同时行胃底折叠术。行腹中线切口，进入腹腔后剪开肝三角韧带，牵开肝左叶，剪开膈食管膜将疝内容物复位。游离食管，剪开小网膜囊，切断结扎3支胃短动脉，暴露右膈脚及左膈脚和正中弓状韧带，缝线将其牵引挑起，切开主动脉前筋膜，钝性游离出弓状韧带，便于修补裂孔。胃固定时保护主动脉免受损伤，裂孔用丝线缝合，以可容食指尖为度，胃后固定术先从贲门小弯侧至胃前壁进针、出针，继而在同一平面的胃后壁进针、出针，再穿过弓状韧带，共穿3排左右，但缝线不穿过食管壁，只穿过膈食管膜。

2. Collis手术　可采用胸腹联合切口或单纯腹部切口。腹部切口可采用肋弓下斜切口或腹直肌切口，充分游离食管下段、贲门、胃底，切断结扎最高的2～3支胃短血管，切开膈食管膜与小网膜，解剖疝囊膈肌脚，食管套带牵引向左前方，修补膈裂孔，将预先放置的扩张器胃管一并沿胃小弯放置，在胃食管角处劈开胃底长约5～7cm，小弯侧切缘仿食管入胃的口径缝成胃管，大弯侧切缘缝合关闭切口，用以包绕新成形的胃管，包绕长度为 3cm，全周包绕为 Collis‑Nissen 术式，半周包绕为 Collis‑Belsey 术式，适用于反流性食管炎合并狭窄及短食管的病例。

（徐　哲）

第四节　膈　膨　升

【临床提要】

膈膨升（diaphragmatic eventration）可由于先天膈肌发育不良或因损伤（产伤、颈胸部手术）造成膈神经麻痹而引起。由于膈膨出，可使患侧肺受压，肺活量减少，重者影响患侧肺发育，临床表现类似后外侧膈疝，表现为轻重不同的呼吸困难、反复呼吸道感染。左侧膈膨升常伴有消化道症状，尤其有胃扭转时，恶心、呕吐更明显。患儿多伴有生长发育缓慢，X 线检查时可见一侧膈肌抬高、活动降低或有矛盾运动，胸片表现为一光滑完整而向上突起的横膈，有时可见下方有一透亮的弧影，此病注意与膈疝鉴别。

【治疗】

■部分性膈膨升，无症状，可观察。

■手术治疗

1. 手术指征　①完全膨出在前 4 肋以上。②有呼吸窘迫综合征表现。③横膈矛盾运动明显。④反复呼吸道感染，内科治疗无效。⑤伴有胃扭转及急性肠梗阻。

2. 手术方法　手术入路：分经胸、经腹 2 种。经胸入路术野暴露好，操作容易，可避免损伤膈神经，但手术创伤较大，多用于右侧膈膨升的治疗。经腹入路，创伤小、恢复快，且又可同时处理伴发的消化道畸形，但暴露不及经胸入路好，多用于左侧膈膨升的手术。

经胸或经腹均行膈肌折叠术。

（李桂生）

第五节　漏　斗　胸

【临床提要】

漏斗胸（funnel chest, pectus excavatum）是一种先天性胸廓畸形疾病，男性患者多于女性，其发生比率约为 3:1。其确切病因尚不清楚，但该病有明显的遗传倾向，文献报道约 1/3 病人有家族史。该病病理解剖特征是：①前胸下部肋软骨过度向后方错位生长，形成胸骨体及其邻近肋软骨极度凹陷。②膈肌中央腱过短，胸骨剑突后方与心包、腹直肌韧带连接挛缩，使胸骨体下段与剑突极度下陷。该病主要临床症状是反复肺部感染（约占80%），运动耐量下降（约占67%），胸痛（约占8%），哮喘（约占7%），年长儿及青少年患者还会诱发孤僻、自闭等心理障碍。

【治疗】

■手术时机

以3~5岁为宜。因随年龄增长，畸形日渐严重，影响生长发育。应注意部分婴儿出生时有前胸壁凹陷伴反常呼吸，但在1~2岁前会自行消失，称之为假性漏斗胸。故手术不宜过早进行。

■手术指征

（1）测量胸脊间距　根据胸部X线侧位片测量胸骨凹陷深处后缘与脊椎前缘间的距离。＞7cm为轻度，5~7cm为中度，＜5cm为重度。中度以上则有手术指征。

（2）有长期反复肺部感染及运动耐力下降病史。

（3）有美观上的要求。

■手术方式

目前较流行的术式有：①畸形肋软骨切除，胸骨后置钢板支撑固定术。②胸骨翻转术。③胸肋骨楔形截骨矫形术。④畸形肋软骨切除，三点固定术。限于篇幅，仅介绍前2种，均为目前大多数学者所推崇的。

（一）畸形肋软骨切除，胸骨后置钢板支撑术（适用于各年龄组及各种类型的漏斗胸）

手术在气管插管，气体吸入或静脉全麻下进行。男性取正中切口，女性取乳头下弧形切口，切开皮肤皮下，游离两侧皮瓣及胸大肌，暴露并切除双侧第3~7肋软骨（通常第6、7肋软骨的胸肋关节端会融合成一条）。具体步骤：先切开肋软骨骨膜，用骨膜剥离器分离肋软骨，保持骨膜完整，勿损伤深层的胸膜，在肋软骨的胸骨及肋骨端切断肋软骨后取出。切断腹直肌在剑突上的附着点并切除剑突。此时胸骨下陷畸形已大部分消除。提起胸骨，紧贴胸骨后向两侧彻底分离纵隔粘连，同时将两侧的胸膜反折推向外侧，使胸骨恢复正常位置。在胸骨角上作一横向楔形切口，用10号丝线缝合切口，使胸骨下段抬高（见图4-5-1），将预制的不锈钢板从第4肋间水平置于胸骨后（见图

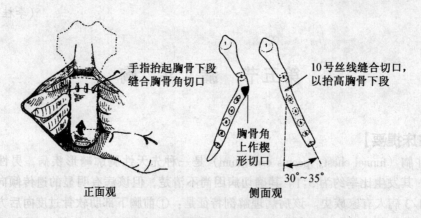

手指抬起胸骨下段缝合胸骨角切口

10号丝线缝合切口，以抬高胸骨下段

胸骨角上作楔形切口

30°~35°

正面观　　　　　侧面观

图4-5-1

手指抬起胸骨下段缝合胸骨角切口

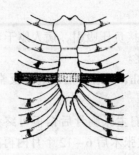

图 4 - 5 - 2

不锈钢板置于胸骨后，第 4 或 5 > 肋骨水平，钢板两端，分别固定在第 4 或 5 > 肋骨断端

4 - 5 - 2）。支撑钢板的固定方法有 2 种：①在钢板两端各戳一小孔，用 10 号丝线穿过小孔缝合到两侧的肋骨断端上（通常在第 4、5 肋骨）。②在钢板中央戳 4 个小孔，用 2 条钢丝穿过小孔，再穿过胸骨固定。据经验后一方法固定较好，不易移位。将切断的腹直肌用 10 号丝线缝合到胸骨下段。在胸骨后及双侧胸大肌后分别置胶管引流。用 2 - 0 吸收线将两侧胸大肌缝合到胸骨中线骨膜上。用 5 - 0 吸收线缝合皮下及皮内各层，术毕。

（二）游离胸骨翻转术（适合年龄较大且畸形对称的漏斗胸）

切口选择、暴露胸骨及肋软骨方法同上。剥离第 3 ~ 7 肋软骨骨膜，在距肋软骨、肋骨连接 0.5 ~ 1cm 处切断肋软骨，骨膜下游离剑突，切断腹直肌与胸骨的连接，充分分离胸骨与纵隔粘连，自下向上沿胸骨边缘切断软骨骨膜及肋间肌，在第 1 ~ 2 肋间水平横断胸骨，形成一块游离的胸骨肋软骨骨瓣。切除部分畸形肋软骨，使游离骨瓣与胸廓缺损口相吻合。将骨瓣 180° 翻转，胸骨断端用不锈钢丝或 10 号丝线对端缝合固定，或将游离骨瓣插入胸骨断端的骨膜下重叠缝合。骨瓣两侧的肋软骨逐根向上移一个肋间，即骨瓣上的第 3 肋与第 2 前肋软骨断端重叠或端端缝合。削平修整突起的胸骨体。将腹直肌重新缝合到胸骨的下段，将剥离的肋软骨骨膜及肋间肌重新缝回到翻转骨瓣的肋软骨新建的连接处以保证骨瓣的血供。胸骨后及胸大肌后置胶管引流，其余胸大肌及皮瓣各层的缝合方法同上。

■术中注意点

（一）第一种术式

1. 切断肋软骨时，尽量保持骨膜完整，尽量避免伤及肋间肌及肌间血管神经，勿穿破骨膜下的胸膜。

2. 放置胸骨后钢板时，钢板应从胸骨缘并紧贴胸骨后穿过，用力适度，则可避免损伤两侧的胸廓内动脉、胸膜及深层的心脏。

3. 放置胸骨后钢板的水平位置，根据每个病人的畸形程度向上、下作适度调整，到胸骨位置满意为止，胸骨局部隆起部分可用刀削平。

4. 预制的不锈钢板规格为宽 1.2cm，长为病人乳头连线 + 2cm，厚 1mm。

（二）第二种术式

游离骨瓣重新缝合到胸前缺口前一定要作适当的修整，畸形肋软骨切除不宜过多，要保证有足够的肋软骨断端缝合面。

■术后处理

1．胸骨及胸大肌后的引流接负压吸引，病人躯干与水平成30°半坐卧位以保证引流通畅，引流管放置48~72h为宜。

2．用弹力绷带包裹胸部48h，减轻术后胸廓的反常呼吸运动。

3．积极抗感染治疗。

4．20世纪80年代前学者们主张胸骨后钢板可终生保留（钢板移位或有不适感者除外），90年代以来多数学者主张术后6~12个月内再次手术取出钢板。

（李维光）

第五章　食　管　疾　病

第一节　先天性食管闭锁及气管食管瘘

【临床提要】

先天性食管闭锁及气管食管瘘（congenital esophageal atresia and tracheoesophageal fistula）简称先天性食管闭锁，它是新生儿期严重的消化道发育畸形。临床上并不少见，估计我国每年约有食管闭锁5 000余例，但实际接受治疗不足5%。随着围产医学和新生儿外科的发展，国外报道出生体重2 500g以上无严重畸形，治愈率已达98%以上。北京儿童医院每年收治5～6例，成活率大约85%。

食管闭锁国内常用分型如下：

Ⅰ型：食管闭锁之远近端均为盲端，无瘘管，两端距离远，占4%～8%。

Ⅱ型：食管近端有瘘与气管相通，远端盲端，两端距离远，占0.5%～1%。

Ⅲ型：食管近端盲端，远端食管有瘘与气管相通，占85%～90%，其中两端距离大于2cm称Ⅲa，两端距离小于2cm称Ⅲb。

Ⅳ型：食管闭锁的近远端均有瘘管与气管相通，占1%。

Ⅴ型：无食管闭锁，但有瘘管与气管相通，占2%～5%。

五型中以Ⅲ型最为多见，北京儿童医院近10年来收治均为Ⅲ型食管闭锁。

其临床表现以Ⅲ型食管闭锁为例，生后即表现唾液过多，泡沫状唾液从口角溢出，也可从口鼻大量涌出，患儿呈明显呼吸困难、鼻翼煽动、阵发青紫，这是由于奶汁或唾液充满食管上段盲袋后，反流入气管及支气管的结果。此时充分吸净盲袋中的奶汁和粘液，患儿情况好转，以后每次喂奶均可出现同样症状。检查两肺有明显痰鸣音或细湿啰音，临床表现似吸入性肺炎。腹部体征可帮助区分是哪一型，Ⅲ型大量气体从食管气管瘘进入胃肠道，腹部饱满。X线是本病最简单的诊断方法，从鼻腔或口腔插入胃管至食管近端，在10～12cm处受阻，继续插管见管端从咽部返回口内，此时将胃管向外拔出2～3cm拍胸腹正位片，即可明确诊断。如以上方法不能确诊可用30%泛影葡胺少量注入近端作食管造影，检查其盲端位置及有无瘘管。

【治疗】

手术是唯一的治疗方法。随着围产医学发展、肠外营养、呼吸管理和高效抗生素的出现，认识到有必要先进行充分的术前准备，是提高食管闭锁成活率的关键。

■术前准备

1．精心护理　　患儿置辐射热暖箱、头高位。

2．食管近端置导管，持续有效地吸引唾液。

3．禁食、应用肠外营养。有条件的用输液泵控制速度，每日只给 50 ~ 70mg/kg。

4．抗生素应用　　多用第三代头孢菌素类药物如罗氏芬、先锋必。国外有人认为术前常规预防性抗生素不可取，以近端盲袋有效地持续吸引更为重要。

5．呼吸管理是食管闭锁多年来提高成活率的关键，有条件的患儿应放在 NICU 病房监护、持续正压给氧或使用呼吸器来改善呼吸功能。

■手术方法

（一）经胸膜外入路一期吻合术（以Ⅲ型食管闭锁为例）

取右第 4 肋间后外侧切口，依次切开肋间内肌，用小的弯钳撑开肋间，胸膜随之与肋间内肌分离，用食指或刀柄轻轻剥离切口上下缘之胸膜，向后外侧推进直达纵隔处。注意在肺门部胸膜极易撕破，遇破口仍可继续剥离，最后再予修补。结扎奇静脉，寻找食管近端（从口、鼻腔下胃管作指示很易找到），轻轻分离食管与气管间组织，将其向上游离至胸入口。食管远端通常正好在奇静脉下方，由于其特殊的血液供应和神经分布，往往不宜过多分离，勿损伤或切断迷走神经，以防术后胃功能障碍。食管气管瘘切断后用 5 - 0 可吸收线关闭瘘口（有人不切断瘘管，结扎后与近端食管作侧端吻合，从而减少吻合口张力）。在近远端食管无张力情况下，行端端单层吻合，作近端横口，远端前壁可纵行切开 0.5cm，以加大吻合口直径，用 5 - 0 可吸收线，后壁间断 5 ~ 6 针，最后一起打结。将胃管作支架引入远端食管内，缝合前壁 4 ~ 5 针。吻合完毕食管可不放支架管，也有人认为放支架管早期起减压作用，若出现吻合口瘘则作喂养用，胸膜外不放引流管。

单层端端吻合较端侧吻合术后吻合口瘘或瘘管复发的发生率低，有人统计两者对死亡率的影响无显著差异。

胸膜外入路优点：对肺脏挫伤小，术后肺炎恢复快。出现吻合口瘘，经禁食、肠外营养及抗生素治疗可保守治愈。天津儿童医院及北京儿童医院自 20 世纪 80 年代均采用本法，取得较好效果。手术途径是经胸腔还是胸膜外，各家看法不一，有人统计二者对死亡率影响无显著差异。

1973 年 Livaditis 在动物实验基础上，提出环形食管肌层切开，延长了食管近端长度，增加了一期修复食管的好机会，是食管闭锁治疗史上的重大进展。同时证明间断食管肌层并不妨碍其功能以及远端食管的血液供应。国内外有关报道很多，它可避免两端距离远时，游离发育不良及血运极差的远端食管及导致术后食管功能障碍，但也有人行远端食管环肌切开成功的病例。总之，在食管吻合过程中遇有张力情况下，环肌切开不失为首选的方法，目前被国内外临床广泛使用，并取得良好的成绩。

（二）介绍国外手术方面的进展

1．延期食管吻合术　　必须先作胃造瘘术。食管最好的自然增长在生后 8 周内，此时食管增粗、肥厚，同时两端接近，是一期吻合的最佳时间。1965年Howard和Myers首先介绍食管近端扩张后延迟吻合法。1971年Rehbei用水银袋扩张近端食管。1980年加滕哲夫用银制橄榄球在全麻及透视下，从食管两端内挤压挫开通路，大约10天左右，达到食管端端吻合。1973年Hendren用微型电磁石经胃造瘘向上牵引食管远端，待两端接近后再作吻合。美国盐湖城有人报道用延期"穿线连通法"治疗两端距离远的食管闭锁：方法是近远端用一条线穿过，线的两端分别从口腔和胃瘘拉出，1周后每日拉动穿通线，并加粗线扩张食管，在食管两端形成纤维隧道，慢慢扩张上皮化形成食管。

2．分期食管吻合术　　有2种方法：

（1）传统方法是颈部食管造瘘（选在左侧，方便再次食管替代术），在6个月~1岁时作结肠或胃管代食管手术。

（2）有人选择用胃转移行胃管替代术，也就是开胸手术同时剖腹将胃进入胸腔代食管。方法是生后在近小弯侧作胃造瘘，经造瘘喂养扩大胃容量，经造影证实可利用的胃管够长时，行胃大弯侧胃管代食管与近端食管吻合。胃管用吻合器成形，食管作单层或双层吻合均可。它的优点是可避免多次手术、吻合口无张力、代食管有良好的蠕动功能和防止胃食管反流等。1996年Johuc报道3例早产儿Ⅰ型食管闭锁作以上方法成活。

■术后处理

基本同术前，叶蓁蓁总结出重视呼吸管理的经验，术后保持呼吸道通畅，吸管进入深度小于7~8cm，以免损伤吻合口致瘘形成。术后5天作食管造影，用泛影葡胺口服，无吻合口瘘则可经口喂养。也有人报道术后常规呼吸器IMN辅助呼吸1~3天，胸腔或胸膜外引流管置2~4天，胃管支撑吻合口7~10天，术后4天鼻饲或胃造瘘滴奶，15天拔除造瘘管。

■术后并发症

1．吻合口瘘　　发生率5%~15%，术后有肺不张或气胸出现，应高度怀疑有吻合口瘘可能，口服少量造影剂后拍X线片，了解瘘的方向及大小。引起吻合口瘘的原因与手术技术、缝线选择、吻合口张力及吻合口保护性固定不无关系。首先新生儿食管吻合技术要求高，食管不能用镊夹，选用无损伤5-0可吸收线。其次吻合张力是关键，有张力易缺血，不利于愈合，选用近端食管肌层切开减少张力。也有人强调固定食管近端于脊柱旁至少4~8针，有人只结扎不切断食管气管瘘，利用气管固定远端。国内凡开展食管闭锁手术的单位均有吻合口瘘的报道，近10年来各中心医院相继开展胸膜外入路手术，出现吻合口瘘，经禁食、胸膜外置管、抗生素控制感染和肠外营养，大部分吻合口瘘经1~3周可治愈。

2．吻合口狭窄　　发生率20%~40%，原因与食管本身的发育条件、手术技术、吻合口有无瘘以及吻合口张力均有关系。有人认为双层吻合比单层吻合狭窄率要高。选用早期食管扩张治疗，每2~4周1次，连续3~6个月。如保守治疗无效，则考虑有胃食管反流。

3．胃食管反流　　各家报道发生率不一，约20%~60%，其中1/2需作抗反流手术。其原因目前尚无定论。其一有人认为是手术损伤食管下端神经所致，故不宜过多解剖，只局限瘘管的分离。其二有人认为是食管下端先天性神经发育不全或缺如所致。香港郑伟对18例食管闭锁术后作1周~5年胃电图检查，结果显示有异常的胃肌电活动，它可使平滑肌的控制受到干扰，说明内源性神经有先天性异常的可能。胃及食管的不规则蠕动及不协调收缩是引起术后胃食管反流的原因。食管测压检查可证明有无食管下端1/3运动及下端括约肌发育不全。也有人认为术后食管功能异常是存在的，但并不一定会产生临床症状，有症状者只占40%。手术后患儿反复吸入性肺炎、气管炎、吞咽困难或体重不增应考虑本症。保守治疗包括直立位稠奶喂养、服用止吐药物等，多数主张早期作抗反流手术，这可防止吻合口狭窄及气管瘘复发。

■展望

目前国外对食管闭锁的研究有2项取得了进展。一项是食管闭锁胃转移替代食管后，胃排空及呼吸功能的研究。第2项为远端有瘘的食管闭锁在获得成功修补后，其呼吸功能的纵向研究。

国内要提高食管闭锁的成活率，实际上是全面提高小儿外科的医疗护理水平。因此，先天性食管闭锁是现代小儿外科的缩影。

（陈幼容）

第二节　食管化学性损伤

【临床提要】

食管化学性损伤（esophageal chemical injury）多为误吞强酸或强碱等化学腐蚀剂引起的化学性灼伤。亦有因长期反流性食管炎、长期进食浓醋或长期服用酸性药物（如阿司匹林等）而引起者，但较少见。强碱产生较严重的溶解性坏死，强酸产生凝固性坏死。灼伤的严重程度，取决于吞服化学腐蚀剂的类型、浓度、剂量、食管的解剖特点、伴随呕吐情况以及腐蚀剂与组织接触的时间。化学腐蚀剂还常波及口咽、喉部、胃及十二指肠，而与食管3个生理狭窄接触时间最长，腐蚀程度相对较重。根据灼伤的病理程度，一般分为3度灼伤。Ⅰ度：食管粘膜表面充血水肿，经过脱屑期以后7~8天而痊愈，不遗留瘢痕。Ⅱ度：灼伤累及食管肌层。在急性期组织充血、水肿、渗出，组织形成溃疡，3~6周内发生肉芽组织增生，以后纤维组织形成瘢痕而导致狭窄。Ⅲ度：食管全层及其周围组织凝固坏死，可导致食管穿孔和纵隔炎。灼伤后病理过程可大致分为3个阶段。第1阶段即在伤后最初几天内发生炎症、水肿或坏死，常出现食管早期梗阻症状。第2阶段在伤后1~2周，坏死组织开始脱落，出现软的、红润的肉芽组织。梗阻症状常可减轻。这时食管壁最为薄弱，约持续3~4周。第3阶段瘢痕及狭窄形成，并逐渐加重。病理演变过程可进行数周至数月，但超过一年后再发生狭窄者少见。瘢痕狭窄的好发部位常在食管的生理狭窄处，即食管入口、气管分叉平面及食管下端处。误服腐蚀剂后，立即引起唇、口腔、咽部、胸骨后以及上腹部剧烈疼痛，随即有反射性呕吐，吐出物常带血性。若灼伤涉及会厌、喉部及呼吸道，可出现咳嗽、声音嘶哑、呼吸困难。严重者可出现昏迷、虚脱、发热等中毒症状。瘢痕形成后可导致食管部分或完全梗阻。因不能进食，后期出现营养不良、脱水、消瘦、贫血等，患儿生长发育受到影响。诊断依据有吞服化学腐蚀剂的病史、有关临床表现及体检发现口咽灼伤，必要时通过碘油造影确诊。胸骨后疼痛、背或腹痛应排除食管或胃穿孔。晚期作食管 X 线检查能明确狭窄的部位和程度。

【治疗】

1. 急诊处理　　此步骤非常关键，方法是否合理关系到患儿有无并发症及其严重程度，对愈后影响极大。治疗程序如下：①简要采集病史，包括所服腐蚀剂的种类、时间、浓度和量。②迅速判断患儿一般情况，特别是呼吸系统和循环系统状况。保持呼吸道通畅，必要时气管切开。尽快建立静脉通道。③尽早吞服植物油或蛋白水，以保护食管和胃粘膜。无条件时吞咽生理盐水或清水稀释。对以往用弱酸溶液中和碱性物、碱性溶液中和酸性物的方法现有争议。有认为此法不仅无益，而且有害，因化学反应产生的热可造成再度损伤。④积极处理并发症，包括喉头水肿、休克、胃穿孔、纵隔炎等。⑤防止食管狭窄，早期使用肾上腺皮质激素和抗生素，可减轻炎症反应，预防感染、纤维组织增生及瘢痕形成。对疑有食管、胃穿孔者禁用激素。是否腔内置管作支架或以食管加压法防止狭窄，目前尚有争议。

2. 扩张疗法　　宜在受伤 2～3 周食管急性炎症、水肿开始消退后进行。对轻度环状狭窄可采用食管镜下探条扩张术；对长管状狭窄宜采用吞线经胃造瘘口拉出，系紧扩张探条顺向或逆行作扩张术。有的采用塑料细条作扩张术。食管扩张应定期重复进行。

3. 手术疗法　　对严重长段狭窄及扩张法失败者，可采用手术治疗。在狭窄部的上方将食管切断，根据具体情况以胃、空肠或结肠与其吻合替代食管。结肠由于体积小，抗酸能力强，基础代谢率低，生理干扰少，近远期疗效良好而成为食管重建首选替代物。为预防吻合口瘘，应注意以下几点：①作吻合时注意口径大小，采用间断缝合方法，保留好吻合支，可将网膜移至颈部，覆盖吻合口。②移植肠段静脉回流受阻是导致吻合口瘘发生的重要原因之一，在肠段经胸骨后拖至颈部过程中忌用暴力牵拉，防止扭曲，胸骨后间隔尽可能分离大，根据个体差异可将胸锁关节切除，防止压迫结肠，影响静脉回流。③结肠有一种集团蠕动，通常开始于横结肠，因此可采用横结肠作顺蠕动移植，加速结肠食管排空，从而减少吻合口瘘发生。④吻合口局部污染和积液容易并发吻合口瘘，因此，吻合时不断用 0.5% 活力碘拭擦吻合口，吻合完成后，局部要充分止血，而且放置有侧孔的橡皮引流管引流。⑤术前除做好肠道准备外，纠正全身低蛋白血症也十分重要。可先采用扩张疗法放置胃造瘘管，保证营养充分。⑥预防肺部并发症。因食管高度狭窄，部分营养患儿夜间有不同程度反流，易导致术后发生肺炎，术前采用高枕睡觉，常规应用抗生素 5～7 天。狭窄段食管有切除及旷置 2 种处理方法，主张前者的理由是残留食管有恶变可能，主张后者的理由是手术对患儿创伤大。目前，国内学者因发现残留食管恶变者罕见，多倾向于旷置。胃或肠段上提途径可经胸膜腔、胸骨后或胸骨前皮下，根据病儿一般情况而定。

（刘云建　刘钧澄）

第三节　胃食管反流

【临床提要】

胃食管反流（gastroesophageal reflux，GER）是指胃内容物反至食管。这是一种常见的临床综合征。有生理性与病理性之分，病理性胃食管反流，轻者引起不适、呕吐，重者则可致食管炎及肺部吸入综合征甚至窒息死亡。GER 并非是食管下端括约肌（LES）单一的作用而是由许多因素所致或综合产生 GER。其中 LES 是首要的抗反流屏障，食管正常蠕动，食管末端粘膜瓣、膈食管韧带、腹段食管长度、横膈脚肌钳夹作用及 His 角等结构亦在防止反流中起一定作用，若上述解剖结构发生器质或功能上病变，胃内容物即可反流到食管而致食管炎。胃食管反流临床上主要表现有 3 大症状：呕吐、食管炎和吸入综合征。呕吐为主要症状，有些患儿反复呕吐可致营养不良和生长发育迟缓。少数可因食管炎出血而而呕血，此时患儿可有贫血。1/3 患儿因吸入反流液而反复出现呛咳、支气管炎、哮喘及吸入性肺炎等呼吸道感染症状。目前诊断 GER 的方法有下列几种：

1. 食管钡餐放射学检查　　X 线诊断食管裂孔疝已沿用多年，且诊断率很高；但对发现 GER 的机遇率低。食管 X 线摄像除了解有否先天性食管畸形外，尚对食管炎也有一定诊断价值。

2. 食管动力学检查　　在诊断 GER 中，主要了解食管运动情况及 LES 功能，检查安全、简便且无损伤。新生儿出生 6 天以内其食管下端括约肌压力（LESP）是明显低的，但以后随年龄增长与大年龄儿童组值逐步相接近。

3. 食管 pH 值 24h 监测　　食管 pH 值 24h 监测诊断 GER 的敏感性为 88%，特异性为 95%，目前为首位诊断方法，能客观地反映反流情况，安全、操作简便，且能分辨生理性与病理性。正常情况下一般睡眠时没有反流，总反流时间 < 4% 监测时间，平均反流持续时间 < 5min 及平均清除时间 < 15min。

4. 食管内镜检查　　此为最适宜的明确食管炎的方法，但不能反映反流严重程度。

【治疗】

■一般治疗

小儿尤其是新生儿、婴儿的 GER 治疗中，体位与饮食喂养十分重要。患儿体位以前倾俯卧 30°位最佳（包括睡眠时间），Meyers 和 Herbst 也证实且提出此种体位的优点是食管胃连接处位于最上方，减少了与酸性物的接触。较大儿童睡眠体位以右侧卧位，上半身抬高为好，以利促进胃排空减少反流。

正常生理性 GER 很罕见发生在睡眠期，多数在餐后 2h 内，所以喂养可采用粘稠厚糊状食物，少量、多餐以高蛋白低脂肪餐为主能改善症状或减少呕吐次数，晚餐后不宜再喝饮料以免发生反流，避免应用刺激性调味品和影响食管下端括约肌张力的食物和药物。

■药物治疗

近10年来发展很快，主要药物为以促胃肠动力剂与止酸剂2大类。合用尤对反流性食管炎效佳。药物治疗GER在成年人与较大儿童中已积累了较多的经验，但在新生婴儿期目前仅处在观察、试用研究中，故对后者应用时尤要慎重。

1. 促胃肠动力剂

（1）乌拉胆碱（bethanechol）　拟副交感神经剂，增加食管下端括约肌张力，减少胃食管反流，也能增进食管收缩幅度，清除酸性物质及促进胃排空的作用，小儿剂量为$8.7mg/m^2$体表面积。副作用主要表现腹部痉挛、腹泻、尿频与视力模糊等，但副作用轻、短暂。哮喘是用药的相对禁忌证。

（2）甲氧氯普胺（metoclopramide）　为周围神经系统与中枢神经系统多巴胺受体拮抗剂，可增加节后神经末梢乙酰胆碱释放，对胃酸分泌无作用；增加食管收缩幅度。近来证明还可增加食管下端括约肌张力，促进胃排空。小儿剂量每次$0.1mg/kg$，每天3～4次，但长期服用副作用严重，约1/3患儿服用后出现神经、精神症状，如：焦虑、不安定、失眠及急性锥体外系症状，往往迫使中止服药，临床长期服用并不理想。

（3）多潘立酮（domperidone，吗丁啉）　其抗呕吐和胃动力学作用基于它拮抗多巴胺受体，影响胃肠运动。由于对血脑屏障的渗透力差，故对脑内多巴胺受体几无抑制作用，因此可排除精神和神经副作用。本药可使胃肠道上部的蠕动和张力恢复正常，促使胃排空，增加胃窦和十二指肠运动协调幽门的收缩，还可增强食管的蠕动和食管下端括约肌的张力。儿童剂量每次$0.3mg/kg$，每日3～4次。副作用偶见轻度瞬时性腹部痉挛及可观察到血清泌乳素水平增高，但停药后即可恢复正常。服用本药时尚需注意同时使用抗胆碱能药品可能会减弱药物作用。另外，1岁以下儿童由于其代谢和血脑屏障功能发育尚不完全，故对幼儿给药应非常小心。

（4）西沙比利（cisapride）　系一种新型有效的食管、胃肠道新动力剂。它可增加胃排空及食管下端括约肌压力，部分作用类同胆碱能机制，包括从肌间神经丛中释放乙酰胆碱，对胃酸分泌无作用也不增加食管蠕动。作用范围较广，对整个消化道能改善其运动功能。儿童用量$0.3mg/kg$，每日3次；出生后5天～11个月婴儿每次可用0.15～$0.2mg/kg$，每日3次。据报道在服用3～7天后即可明显改善反流；如伴支气管肺部病变，服药后数周不但反流消失，肺部症状也获改善或消失。药物副作用少，仅有少数患儿发生短暂的副作用（腹鸣、稀便），系由于胃肠道运动活动增强所致。

2. 止酸剂

（1）西咪替丁（cimetidine，甲氰咪胍）　组胺H_2受体阻断剂，此药对减少胃酸分泌有效。儿童剂量每日20～$40mg/kg$。其副作用少，一般未发现严重不良反应。可有血肌酐轻度增高或血清转氨酶升高的肝、肾功能影响，停药后即可恢复正常，少数长期服用可出现男性乳房发育，有时有头痛、便秘和腹泻，一般不影响治疗，也偶见药物热、皮疹，胃功能减退者应酌情减量。

（2）雷尼替丁（ranitidine）　是一种有效、作用迅速的组胺H_2受体拮抗剂。作用较西咪替丁强，它能抑制激发性胃酸分泌，即减少其分泌量，也降低其中所含的酸度与胃蛋白酶。虽无提高食管下端括约肌张力的作用，但对治疗反流性食管炎有良效。小儿剂量 5～10mg/kg。副作用少，国外应用多年从未发生有严重副作用的报道；少数患儿（7%～8%）出现乏力、头痛、头昏和皮疹。在肾功能减退儿应酌情减少用量。

（3）奥美拉唑（omeprazole）　　属于新的一类胃酸分泌抑制剂取代苯并咪唑，特殊的 H^+，K^+ ATP 酶抑制剂，它可阻断胃壁细胞氢离子分泌的最后共同通道，在体内测量 omeprazole 和西咪替丁对组胺刺激胃酸分泌的抗分泌作用，发现前者比后者强 10 倍。

3．粘膜覆盖药物　　反流性食管炎、溃疡形成或有粘膜糜烂，应用此药，可覆盖在病损表面形成一层保护膜，减轻症状、促进愈合。此类药有硫糖铝（sucralfate）、藻酸盐抗酸剂 gaviscon、胶体次枸橼酸铋（colloidal bismuth subcitrate，CBS）等。近期，国内市场上也采用思密达（smecta）治疗食管炎，收到十分满意的疗效，思密达对消化道粘膜具有强的覆盖能力，并通过与粘液糖蛋白的相互结合、修复，提高粘膜屏障对攻击因子的防御功能。

■外科手术治疗

大约有 5%～10%GER 患儿经一般治疗和药物治疗后无效需行手术治疗。新生儿期 GER 一般不作抗反流手术，大于 1 个月婴儿则可按指征考虑。抗反流手术方式很多，如 Boerema 胃前壁固定术、Hill 胃后壁固定术、Belsy Ⅳ 型手术及 Nissen 胃底折叠术等。目前国外开展最广的是采用 Nissen 胃底折叠术治疗小儿病理性胃食管反流，其机制是人工造成一个加强的食管下端高压区以利抗胃内容物反流，另一个常用的抗反流手术是 Thal - Ashcraft、Boix - Ochoa 手术，其原理是纠正解剖畸形，能使生物抗反流机制转为有效。在手术操作上要保证腹腔内食管长度足够且固定，修复失常的 His 角。手术指征如下：

（1）内科非手术治疗 6 周后失败者。

（2）食管炎，尤以出血、溃疡和纤维化狭窄者。

（3）食管炎致梗阻或裂孔疝嵌顿或发现有裂孔疝者。

（4）反复肺炎、窒息及婴儿猝死综合征。

（5）进餐后呕吐，难以维持正常生长发育。

（6）存在有客观依据，证实为病理性 GER，如：食管 24h pH 值监测。

现简单介绍 Nissen 手术：

Nissen 手术是 360°全胃底折叠术。临床上多用上腹部正中切口。进腹后切断左侧三角韧带，向右牵拉肝左叶。从食管腹段前面切开后腹膜找到食管腹段。切开膈食管膜，游离足够长的食管下端，以纱布带绕过，作为牵引，充分游离胃底，小弯侧切开肝胃韧带上部，必要时切断胃左动脉，大弯侧切开胃脾韧带和离断胃短动脉。胃上部的后面予以游离，避免折叠缝合时有张力。上述游离过程中应注意保护迷走神经，勿使受损。将游离的胃底后壁绕经贲门后面，拽向右侧，在食管下端前面与移位的胃前壁相遇，即完成胃底对食管胃连接部的包绕。然后缝合胃底，为 4～5 针浆肌层缝合，中间穿经食管肌层，全部缝合长 2～3cm。为了巩固折叠的位置，防止滑脱，把折叠的胃壁下边用间断浆肌层缝合缝于胃壁上。折叠的胃底部应该够松，为了避免缝合过紧，在食管内插入 16～24F 橡皮管作为支撑物。在食管后面缝合左、右膈脚，以缩窄膈裂孔。缝合之后，食管旁可容一指尖通过膈裂孔。

此手术疗效好，控制呕吐或反流疗效达95%，死亡率一般仅0.6%，术后疗效判断标准：①全部症状与合并症完全、永久性解除。②能够打嗝、排出胃内多余气体。③必要时还能呕吐。④食管动力学研究和食管pH值24h监测结果正常或接近正常值范围。

主要合并症有复发、折叠部回纳到胸腔、胃食管连接部狭窄及胀气综合征（gas bloat syndrome）等。后者发生原因可能与手术中损伤迷走神经分支有关。有人提出在行Nissen手术时加做幽门成形术改善因胀气综合征而致的胃扩张情况。英国Spitz教授报道Nissen术后有10%病例有肠粘连并发症发生，应引起重视。

（施诚仁）

第六章 腹部疾病

第一节 新生儿胃穿孔

【临床提要】

新生儿胃穿孔（neonatal gastric perforation）系先天性发育缺陷，胃壁肌层薄弱或缺损所致，亦可见于胃远端梗阻致胃扩张穿孔。消化性溃疡或胃管机械性损伤，大量使用肾上腺皮质激素继发溃疡均可致胃穿孔；因缺氧窒息、胃出血继发感染、坏死亦可致胃穿孔。本文主要介绍新生儿期胃壁肌层缺损引起的胃穿孔。

■病因

胚胎发育早期，胃壁环肌始于食管下端，渐次向胃底、胃大弯发展，胚胎第5周始出现胃壁斜形肌，继而出现纵形肌，如此发育过程中发生障碍，停顿，即可形成胃壁肌层缺损。出生前后窒息致胃壁血运障碍，粘膜肌层受损、出生后过早或过量喂奶均可为发病诱因，胃内压骤然升高亦可导致胃破裂。

■病理

主要病理所见为胃壁肌层缺损，缺损范围大小不一，最常见在胃大弯侧、贲门、胃底处仅见粘膜、粘膜下组织及浆膜层，有时浆膜层亦可缺如，胃壁菲薄如纸。出生后吞气、进奶，胃内压骤增，病变部分膨出、压迫致缺血坏死，发生哆裂，少数胃破裂可自贲门裂至胃窦部，偶见全胃坏死。胃溃疡及胃管机械损伤所致胃穿孔均为小圆形，边缘糜烂坏死。

■临床表现

多在出生后3~4天突然发病，发病前多数患儿拒奶、轻微呕吐、精神萎靡；继而出现进行性腹胀、呼吸困难、面色苍白、频吐，呕吐物带血性或咖啡样物，亦可便血。腹壁、阴囊皮肤水肿，肝浊音界消失；脱水、酸中毒、休克为致死原因。

常见并发畸形：先天性食管闭锁、先天性十二指肠梗阻等。

■诊断与鉴别诊断

新生儿、早产婴儿出生后4~5天突然发生腹胀伴呕吐、呼吸困难，查体肝浊音界及肠鸣音消失应考虑本病。X线腹立位片腹腔内可见大的气、液面，膈下有游离气体，胃泡影消失，肠充气少。插胃管可连续抽出多量气体。腹腔穿刺有多量气体抽出。

应与胎粪性腹膜炎、肠穿孔鉴别。胎粪性腹膜炎者肠管多粘连成团，腹腔游离气体少，肠管积气少，可见胃泡影及胎粪钙化灶，依此多可予以鉴别。

【治疗】

一经诊断应积极做术前准备：禁食，胃肠减压，纠正水、电解质紊乱，输血浆纠正休克，抗生素控制感染。呼吸困难者可作腹腔穿刺、缓慢减压、缓解呼吸困难。

■手术治疗

全麻插管，上腹横切口依层达腹腔。迅速清除腹内积液、奶或脓液；探查胃穿孔部位，多在胃底、胃大弯处，切除边缘坏死组织，全层缝合胃壁、浆肌层间断缝合加固，亦可将部分大网膜覆盖在修补处。全胃坏死者胃切除经幽门饲养，二期空肠间置。注意探查有无其他处胃壁肌层缺损及胃幽门、十二指肠有无先天性梗阻等异常。

手术后继续禁食、胃肠减压 3~4 天，抗生素控制腹膜炎、败血症。可予以 1~2 周胃肠外营养支持，待全身情况好转，无呕吐腹胀、肠鸣音正常，开始喂奶并逐渐加量。

■预后

此症死亡率高，可高达 50%~80%。预后好坏与就诊、手术治疗时间早晚密切相关，胃穿孔、腹膜炎、休克为致死原因。及早就诊、及时手术、积极控制感染、加强营养支持是提高治愈率的关键措施。手术后早期少数可有生长发育迟缓、贫血等，远期随诊大多生长发育正常。

(马汝柏)

第二节　先天性贲门失弛缓症

【临床提要】

先天性贲门失弛缓症（congenital achalasia of the cardia）又称贲门痉挛或巨食管症，原因尚未完全明了。本病是食管动力性紊乱，表现为吞咽时贲门不能开放。临床表现为吞咽困难，进食后呕吐，营养不良和反复的呼吸道感染。吞咽困难为主要症状，为间歇性或一过性发作。较大儿童可诉胸骨后疼痛、胸闷不适或绞痛样感。小儿呕吐多发生在夜间，有时清晨发现枕边有夜间呕吐的食物残渣或湿枕。婴儿患者呕吐物极易反流入气管，引起窒息、发绀、阵发呛咳及反复呼吸道感染，也可引起哮喘发作。病情严重者流质食物也不能通过。长期呕吐导致体重下降、发育迟缓、贫血、营养不良和消瘦，病情较轻者吞咽困难呈间歇发作，仍有一定量食物可通过，而无明显体重下降。有上述临床症状者，应作 X 线或食管动力学检查。X 线胸片示宽大食管影、食管潴留及液平面，胃泡很少见到。钡剂造影示胃食管交界区持续痉挛狭窄，食管体部在吞钡后无推进性蠕动波或完全无蠕动反应，食管腔依病程不同有相应的扩大。除显示上段食管扩张外，钡剂造影还可见食管下段呈"鸟嘴状"、萝卜形或漏斗形狭窄，食管下段括约肌不见开放或仅有少量钡剂可通过入胃内。食管动力学检查可见本病患儿食管下段括约肌压力一般为

5.3~8.0kPa，明显高于正常人的＜2.6kPa。吞咽动作也不能使压力下降。食管收缩波振幅减弱或完全缺如，部分病例可出现第三收缩波。

本病特点是：食管下段括约肌压力升高致食管下段功能性梗阻；吞咽困难时食管下段括约肌无松弛或不全松弛；吞咽时食管体部无蠕动；食管扩张。根据这几点配合上述之检查不难作出诊断。需注意的是新生儿、婴儿也可患此病。

本病须与先天性环咽部食管失弛缓症、食管狭窄、症状性弥漫性食管痉挛鉴别诊断。

【治疗】

■药物治疗

包括有抗胆碱类药、α肾上腺受体阻滞剂（如心得安）、三硝酸甘油类和钙拮抗剂等药物。心痛定宜在餐前30min口服。药物治疗可缓解症状，但作用时间短，不能阻止病情发展，且长期服用有副作用。

■扩张疗法

扩张疗法是在X线下把气囊置于食管下括约肌并充气，利用气囊扩张贲门，撕裂粘膜层及部分肌层，达到撕裂食管下括约肌，使其松弛。也可局麻下用软性食管扩张器插入食管腔内，由造影剂注射管注入造影剂，在透视下将扩张器瓣叶部插入食管狭窄部扩张，直至扩张达到要求。扩张后30min进食干饭。同时配合服解痉药物，持续约3个月。

■手术治疗

手术目的是解除贲门梗阻症状。1918年Heller经胸入路将食管下段肌层作前、后两个纵形切开治疗本病。1931年Groene Veldt改良为前侧一个切口，此即改良Heller术，是目前治疗本病的基本方法。

1. 术前准备　有长期慢性呕吐者应纠正失水及电解质平衡失调，改善营养情况及贫血。梗阻严重者术前3天清洗食管，必要时可用碳酸氢钠液，清洗后注入抗生素液，流质2天。术前停留胃管。术前口服或静滴抗生素。

2. 手术　Heller术有经胸及经腹2种手术入路。

（1）经胸途径　优点是游离食管方便，食管下端暴露充分能清楚地显露，对病情重、狭窄段长、合并食管炎及食管周围炎者尤为实用，术中万一切破食管粘膜，修补或改其他手术方式方便。膈肌上3.5cm已有狭窄者，经胸手术进路为佳。经胸手术可不必另作腹部切口而行膈肌切开，同时完成幽门成型术，暴露并无困难。患儿置右侧卧位，由左侧第8肋床入胸而不切除肋骨，游离下肺韧带，切开纵隔胸膜，放入食管探子或胃管，以纱布带牵引食管，解剖食管下段，适当解剖食管裂孔以显露胃食管交界区，勿过多进行操作。肌层切开上达扩张起始部以上1~2cm，下达胃底不超过1cm。游离食管粘膜充分膨出于切口，至少游离食管周径的1/2。如术中发现裂孔较松弛，可在食管后将膈脚缝合1~2针，如发现有反流的可能，则将胃底部作部分或完全包绕食管下段防反流。经膈顶切口将胃食管交界区牵入腹内，再修补食管裂孔周围组织并固定食管。

（2）经腹途径　因小儿肋弓较浅，易于牵开，术野可以满意地暴露贲门。经腹入路对小儿呼吸系统、循环系统干扰较经胸途径者小，完成幽门成型及防反流术也较容易。但存在食管显露长度有时不够的缺点，因而适用于年龄较小患儿和病史短、无食管硬化或食管周围炎者。切口起自剑突达脐上，入腹腔后切断肝左叶三角韧带，并牵向右侧。适当分离胃脾韧带，切开腹段食管前腹膜，游离食管以纱带向下牵引，在裂孔部稍作钝性分离即可将痉挛段及部分食管扩张部拉至腹内，肌层切开与经胸入路同，操作得当可不干扰食管裂孔正常结构，如有必要仍需缝缩膈脚，防止发生食管裂孔疝，术毕视需要作胃底折叠防止反流及幽门成形术，术中注意保护迷走神经干。食管前腹膜应予修补。

此外，因手术切开肌层，括约肌环已破坏，故发生胃食管反流的可能性增加，所以同时作抗反流手术有益。

3．手术合并症

（1）食管粘膜穿孔　　术中切破粘膜或术后强烈呕吐所致，应早作闭式引流，按脓胸处理。出现经久不愈食管瘘，则行瘘修补术或食管部分切除及食管吻合术。

（2）反流性食管炎　　一般给予氢氧化铝凝胶、胃舒平等制酸剂治疗。无效者，手术治疗。行食管部分切除、食管胃肠吻合术或食管胃转流术。

（3）食管裂孔疝　　与手术将裂孔切开有关。故手术时应在食管后方两侧膈脚缝合2~3针，缩小裂孔，同时把贲门固定在膈下。术后出现食管裂孔疝，手术修复食管裂孔是唯一治疗方法。

（刘钧澄）

第三节　先天性肥厚性幽门狭窄

【临床提要】

先天性肥厚性幽门狭窄（congenital hypertrophic pyloric stenosis），因幽门肌肉肥厚，其腔道狭窄致幽门部机械性梗阻，是新生儿期的常见消化道畸形疾病。北京儿童医院外科新生儿组统计近10年收治本病453例，占新生儿消化道畸形疾病的首位。其病因尚不完全清楚，各家看法不一；多数学者认为先天性幽门肌发育不良。也有人认为幽门肌间神经中血管活性肠道多聚肽酶的增加，是引发幽门狭窄的原因等等。

■临床症状

1．呕吐　　为早期症状，多在生后2~3周出现。北京儿童医院统计453例病儿中有318例在此间出现呕吐占70％，部分婴儿生后即吐或1~2月之间才出现呕吐。初起为食后溢奶，日见频繁，几乎每次奶后立即呕吐或数分钟后吐出，呈喷射样呕吐，可喷至数尺之外。吐出物均为奶水而不含胆汁，严重者因胃粘膜出血，吐出物呈咖啡色，患儿吐后有强烈食欲，再吃奶仍用力吸吮。由于入量不足，逐渐消瘦且体重不增，呈脱水及营养不良，小便减少，大便几天才有1次。由于大量丧失胃酸，导致碱中毒。

2．胃型及蠕动波　　上腹部可见胃型及自左肋下向右上腹移动的蠕动波，本组453例中其阳性率占95％，多在喂奶后及饱食后看到。

3. 右上腹肿块　是本病特有体征，于右上腹或偏中可扪及典型的肿块，呈枣核状或橄榄状、活动有弹性。扪及大小只是实际肿块的 1/4 或 1/5，本组 453 例中约 95% 可扪及肿块，注意检查时要有耐心和经验。

■诊断

绝大多数患儿根据典型病史和体检，诊断并不困难。如肿块扪及不清，传统方法是选择上消化道钡餐检查，可见胃呈不同程度的扩张、胃排空延长、幽门管细长 1～3.5cm，内径 0.5cm，幽门部呈鸟嘴征、蕈征及肩征，以上是典型 X 线钡餐表现。近年开展腹部 B 超检查，可免去患儿接受 X 线，专业 B 超医生需有丰富的经验及耐心细致观察。美国波士顿 Levine-D 医院对幽门狭窄 B 超检查中，发现变异的解剖关系，即拉长幽门挤压十二指肠与胆囊紧临并位于其下，连续观察 10 例均有此征象，被认为有助于本病的诊断。

【治疗】

本病绝大多数需外科手术治疗，极少数患儿由于发病晚，呕吐不严重，可保守治愈。

北京儿童医院统计过去手术死亡率为 2%～3%，多因重度脱水、重度营养不良及肺炎所致。近 10 年 453 例无死亡，国外 Maher-M 报道 229 例，死亡率 0.4%。

■术前准备

本病非急症手术，入院后应充分做术前准备。首先纠正脱水和碱中毒，碱中毒应补 1/2 张生理盐水。例如 3kg 婴儿脱水 5%，补脱水液 150mL，其中生理盐水 75mL，10% 葡萄糖液 75mL。脱水严重者应取血生化检查，根据其化验结果逐步调理水及电解质紊乱。重度营养不良可给肠外营养，近年多采用中长链脂肪乳、氨基酸、白蛋白、微量元素及多种维生素，按一定比例从周围静脉输入，并用输液泵维持 24h 均匀滴入。贫血患儿术前少量输血，每次 25～30mL。合并肺炎患儿静滴抗生素，多用第 3 代头孢类药物。经过 2～3 天补液，绝大多数患儿情况好转，可考虑手术。

■开腹手术

自 1908 年和 1911 年分别由 Fredet 及 Ramstedt 首创幽门环肌切开术以来，几十年被临床广泛应用，方法简单，疗效满意。

麻醉多选用硬膜外，切口多用右上腹直肌或右上横切口，近年考虑美观及愈合用脐上弧形切口。北京儿童医院自 1991 年以来弧形切口 250 例。手术操作进入腹腔提出肥厚的幽门至切口外固定，在幽门前上方无血管区纵行切开浆膜及浅肌层，其长度向胃端延长 0.5cm，而十二指肠端决不可切过，以免造成十二指肠穿孔（因肥厚的肌肉可突然终止在十二指肠端、界限明显）。术者用幽门钳插入并轻轻分开肥厚的肌层，大约厚 0.3～0.5cm，直至粘膜向外膨起达浆膜，多数无需止血，切口使用 5-0 可吸收线皮内缝合。

■腹腔镜手术

自 1998 年 4 月以来北京儿童医院采用经腹腔镜行幽门环肌切开术 60 余例，效果良好。

1991 年 Alain 报告腹腔镜幽门环肌切开术以来，国外有关报道不断，其优点是手术打击小，术后反应轻，肠粘连少，切口疤痕小，住院时间短。

手术步骤：术前下胃管，麻醉采用气管插管加硬膜外。脐上横切口长约 2~3mm，气腹针穿刺入腹，空针抽吸确认，注入 CO_2 气体，压力 1.33~1.86kPa（10~14mmHg），压力维持在 1.60kPa（12mmHg）。拔穿刺针，4mm 套管针空刺进入腹腔，防止气体外溢，必要时切口可缝合并与套管针固定。进入 30°斜面腹腔镜，直视下于右上腹、左上腹选择无血管区域各进入 4mm 套管一根。右上腹置无损伤抓钳固定十二指肠近幽门部，适当逆时针旋转以暴露幽门前上方，左上腹进入幽门切开刀，切开幽门管浆肌层深 1mm，用分离棒先分离粘膜层，再用幽门钳彻底分离至粘膜膨出。检查无活动出血，经胃管注气检验有无十二指肠损伤，最后排气，缝合腹膜及肌鞘，粘合皮肤。

腹腔镜手术者应具有熟练的开腹幽门环肌手术的基础，以保证手术操作的安全性。北京儿童医院目前应用腹腔镜作幽门环肌切开术，已达熟练程度，约 15min 完成手术，无并发症，但费用高于开腹手术。

■术后处理

术后无需胃肠减压，一般禁食 6~8h，即可少量喂水，食后不吐则改吃奶并逐渐加量喂养，入量不够者仍需静脉补液 2~3 天。个别患儿术后仍有呕吐，估计是胃幽门部粘膜水肿，逐渐好转无需再手术。

■并发症

本组 453 例中，伤口裂开 6 例；其中脐上弧形切口 2 例，切口疝 2 例，伤口感染 2 例。裂开多在术后 3 天，由于患儿年龄小，腹壁薄，均需再次手术缝合伤口。切口疝的原因可能与在缝腹膜时带上大网膜、滑结及针距宽等有关，手术者要认真细致操作，可避免以上情况。

先天性肥厚性幽门狭窄术后，近远期疗效满意，不留任何后遗症。国外有人报道，术后 4 周作 B 超检查，所有数据均恢复正常。

（陈幼容）

第四节 胃 扭 转

【临床提要】

胃扭转（gastric volvulus）1886 年首次被报告。1904 年 Borchardt 将其典型症状归纳为三联征：局限性上腹部膨隆伴腹痛、胃管不能插入、呕吐但呕吐物不含胆汁或干呕。1923 年胃扭转的 X 线征象被描述，此后大量病例被报告。胃扭转在小儿少见，最近有学者报告 51 例患儿，52% 小于 1 岁，26% 是新生儿。临床常见的是慢性胃扭转，成人多合并食管旁疝。

■引起胃扭转的病因

1. 胃周围韧带缺如或松弛　　如胃脾韧带、胃结肠韧带、胃肝韧带、大网膜等。

2. 胃解剖或功能异常　　包括急性或慢性胃扩张、胃出口梗阻、胃动力不足、吞气症、消化性溃疡、胃肿瘤、胃下垂等。

3. 邻近器官的异常　　包括膈肌异常（裂孔疝、滑疝、食管旁疝、Bochdalek's 疝或其他先天缺损、膈肌破裂、膈膨升、膈神经麻痹）、脾肿大、横结肠扭转、肠旋转不良和中肠扭转、肝左叶发育不良和位置变异。

■胃扭转的病理分型

1. 器官轴型扭转　　顺胃的长轴扭转，胃大弯可旋前或旋后（图6-4-1）。

图6-4-1

图6-4-2

2. 系膜轴型扭转　　以大弯、小弯中点连线为轴，幽门或贲门可向前旋转亦可向后旋转，以前者多见（图6-4-2）。

■主要分类

1. 扭转程度分完全性扭转和部分性扭转，后者多属幽门区扭转。

2. 按扭转发生经过分急性扭转和慢性扭转，后者有时可无症状。

■临床表现

小儿胃扭转的临床表现依赖于扭转和梗阻的程度，主要有胃管不能置入，阵发性痉挛性腹痛、呕吐但呕吐物不含胆汁或干呕、上腹部膨隆、发育迟缓和呕血等。慢性胃扭转的症状多不典型。

■X线表现

器官轴扭转：完全扭转时站立位平片可见一宽大气液平面；钡餐检查显示胃大弯位于小弯之上，幽门向下，幽门窦位于十二指肠球部上方（图6-4-3、图6-4-4）。系

图6-4-3

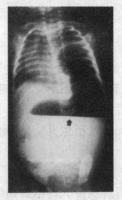
图6-4-4

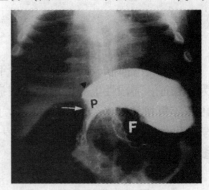
图6-4-5
P-幽门　F-胃底

156

膜轴扭转：站立位平片可见胃呈颠倒状，可见 2 个气液平面；幽门位置抬高，可超过胃食管连解部（图 6-4-5）。2 类扭转有时都可见膈疝和脾脏异位的 X 线征象。

【治疗】

治疗分非手术治疗和手术治疗。非手术治疗主要用于新生儿和婴幼儿慢性不完全性胃扭转或新生儿胃折叠症。可采用体位喂养法，患儿喂奶前应防止哭闹而咽下大量的空气，喂奶时将小儿上半身抬高呈半坐卧位或右侧卧位。患儿吸奶时须防止吞下大量的空气。喂奶后保持原体位，并轻轻拍背，30min 以后才改回平卧位。经 3~4 个月此法治疗后，症状逐渐减轻直至消失。如改善不明显，可把进食的奶改为较稠的奶糊，再配以体位喂养法。

急性胃扭转是小儿外科急症之一，手术应在出现血管绞窄之前施行。手术原则是将扭转的胃进行整复，同时对病因进行矫治。单纯鼻胃管减压是不充分的。术中胃切开减压有利于扭转复位。复位后要仔细检查有无坏疽或穿孔。同时与扭转发生的相关因素一并处理，如修补膈疝或切除肿瘤等。必要时可行胃固定术，以防扭转复发。

（陈亚军）

第五节　胃十二指肠溃疡

【临床提要】

小儿的胃十二指肠溃疡（gastroduodenal ulcer）比成人少见。本病可见于各年龄组，从新生儿至年长儿均可发生，胃溃疡以小婴儿较多，十二指肠溃疡则以年长儿多见，男:女为 2:1。小儿慢性溃疡，其临床表现与成人相似，但不典型，如表现为上腹部位不定的疼痛，有饥饿感，进食可缓解。疼痛呈周期性发作，而体征不明显，偶有上腹偏右或正中有压痛。婴儿多为急性溃疡，多系继发性的，如产伤、休克、严重创伤、烧伤、败血症等，或服用阿司匹林、激素后引起，可突然出血或穿孔，亦可表现为慢性失血致贫血。通过钡餐检查 50% 可得到诊断，纤维胃镜对胃溃疡 100% 可诊断，十二指肠溃疡 90% 可明确，同时可诊断是否合并幽门螺旋杆菌。

【治疗】

■内科治疗

适用于慢性溃疡，可服用抗酸剂如胃舒平、胃得乐等；H_2 受体阻滞剂，如甲氰咪呱、雷尼替丁、法莫替丁等；质子泵抑制剂如洛赛克、达克普隆等；抗胃泌素制剂如丙谷胺；以及强化粘膜防卫能力的治疗，症状可缓解，有些患儿可以治愈。合并幽门螺旋杆菌时，常需服用抗生素，一般应大剂量、疗程足、联合用药、

■外科治疗

1. 手术适应证

（1）上消化道穿孔、腹膜炎。

（2）大出血，或内科治疗无效的反复出血者。

（3）幽门梗阻。

（4）慢性溃疡，内科治疗无效时（约占10%）。

2．手术方式

（1）穿孔修补。

（2）出血点结扎加迷走神经切断幽门成形术。

（3）高选迷走神经切除加幽门窦切除。

（4）胃切除术（约切除50%）。

小儿胃切除50%以上的患儿经长期随访均出现营养不良和贫血，影响小儿的生长发育，所以胃大部分切除不适宜用于小儿，尤其是年龄小者，故选择术式应注意。

（李桂生）

第六节　十二指肠梗阻

十二指肠梗阻（duodenal obstruction）从病因上可以分为内源性梗阻和外源性梗阻。内源性梗阻是指肠管自身病变所致的梗阻，常见疾病是十二指肠闭锁与狭窄。外源性梗阻是指肠管以外原因所致的梗阻，如肠旋转不良、十二指肠前门静脉等。环状胰腺曾被认为是外源性梗阻，目前认识到在胰腺环绕部位均伴有十二指肠自身狭窄或闭锁，系双重原因所致。

小儿十二指肠梗阻大多由先天性因素所引起，且多在新生儿或小婴儿期发病。十二指肠梗阻常有相似的临床表现，需要认真鉴别诊断、及时进行包括手术在内的恰当治疗。近年，十二指肠梗阻的诊断、治疗水平及预后已有很大改善。十二指肠梗阻的合并畸形发生率较高，亦应认真对待，综合考虑治疗方案。

一、肠旋转不良

【临床提要】

肠旋转不良（malrotation of intestine）系在胚胎期肠管发育过程中，以肠系膜上动脉为轴心的正常肠管旋转运动发生障碍，使肠管在腹腔的位置异常及肠系膜附着不全等，导致十二指肠受压、中肠扭转等病变，是新生儿及婴幼儿期十二指肠梗阻的常见原因。

典型的病理改变为：①肠旋转不良，回盲部常位于右上腹和中上腹部，而非正常的右下腹。②中肠旋转，发生率在50%以上，重者可导致肠管血运障碍及肠坏死。③盲肠及升结肠与右侧腹壁之间形成的膜状索带跨越并压迫十二指肠。④十二指肠及近端空肠自身屈曲、粘连。此外，还有比较少见的类型，即：⑤肠不旋转。⑥肠反向旋转，典型表现为十二指肠位于肠系膜上动脉前方，而横结肠位于肠系膜上动脉后方。此型有很多变异。脐膨出、腹壁裂、后外侧膈疝等常与本症并存，十二指肠闭锁或狭窄亦为常见的合并畸形。

本症可在任何年龄首次出现症状，约75%患儿在生后一个月以内发病，主要临床表现为高位肠梗阻。患儿常在生后3~5天间断出现胆汁性呕吐，而胎便排出正常。当发生肠扭转时，呕吐频繁，数小时后即可出现便血及呕血，提示发生肠管血运障碍。如不能得到及时救治，将导致肠坏死。年长儿常表现为慢性腹痛。

部分患儿出现上腹部胀满、胃型及蠕动波，而下腹部平坦。但剧烈呕吐后可全腹平坦而柔软。当发生持续的肠管血运障碍，将逐渐出现全腹胀满、压痛与肌紧张，肠鸣音消失，患儿全身情况迅速恶化。

本症须与其他原因引起的十二指肠梗阻及新生儿出血性疾患鉴别，以使患儿得到及时治疗，避免因中肠扭转导致肠坏死。影像学检查有助于术前诊断。发病时，腹立位平片可能有"双泡征"表现。钡灌肠为传统检查方法，如显示回盲部位置异常，对本症诊断具有重要意义。钡餐造影的典型表现为：肠管走行异常及因中肠扭转、钡剂通过障碍所致的"鼠尾征"或"螺旋征"。近年，超声检查逐步应用于临床。不论是否为发病状态，均可以通过彩色多普勒发现绝大多数患儿存在的肠系膜上动、静脉关系异常。肠扭转时，可因肠系膜上静脉围绕肠系膜上动脉旋转而出现"旋涡征"。超声检查简便、迅速，还可使患儿免于放射性照射。

【治疗】

因本症可能并发中肠扭转，且年龄越小，发生中肠扭转的几率越高，故常需限期和紧急手术治疗。新生儿十二指肠梗阻合并出现呕血、便血而不能除外本症者均有手术指征。以肠坏死、腹膜炎就诊的晚期病例也并非少见，应立即手术探查，而避免术前繁琐检查。仅个别症状轻微的大龄儿可以考虑保守治疗、观察。

1. Ladd手术　　为传统的手术方式，效果满意。手术步骤为：

(1) 肠扭转复位　　开腹后应首先将全部肠管提出腹腔观察，发生肠扭转者立即复位。因绝大多数为顺时针扭转故应作逆时针复位，直至肠系膜根部完全平坦为止。复位的同时记录扭转程度。

(2) 松解十二指肠前腹膜索带　　肠扭转复位后，便可见盲肠及升结肠与右侧腹壁之间有膜状索带相连，跨越并压迫十二指肠。彻底松解索带，使盲肠、升结肠与十二指肠完全分开。

(3) 松解十二指肠及空肠起始部粘连　　十二指肠及空肠起始部常有膜式粘连及肠管屈曲，也有的该段肠管位置变异，位于肠系膜上动脉前方。应将粘连的膜状组织完全分离，使十二指肠被拉直并置于脊柱右侧。分离至肠系膜根部时应特别注意，避免损伤系膜血管。

(4) 切除阑尾　　应作为常规，以避免日后一旦发生阑尾炎时诊断困难。为避免切除阑尾时污染腹腔，可在处理完阑尾系膜后用探针将阑尾内翻至盲肠，用丝线结扎阑尾根部。日后阑尾因缺血而坏死，自行脱落，自肛门排出。

(5) 肠管还纳　　将十二指肠拉直，小肠依次还纳于右侧腹腔，回盲部还纳于左上腹，而结肠位于左中下腹。一般不需要做肠管与腹壁的缝合固定，绝少复发。

2. 肠反向旋转的处理　　由于肠系膜上动脉跨越并压迫横结肠造成结肠梗阻时可做升结肠或回肠与左侧结肠的侧侧吻合术。也有人主张做右半结肠切除、回肠横结肠吻合术。将结肠与十二指肠及肠系膜上动脉分离，使肠管呈不旋转状态的手术方式，在理论上可行，而实际操作困难。

3．肠管血运障碍、肠坏死的处理　　因肠扭转导致肠管血运障碍，复位后不能立即恢复者，可作局部热敷或肠系膜血管封闭，进行短时间观察，仍不能恢复者按肠坏死处理。因肠扭转发生的时间和松紧程度不同可能发生不同长度的肠坏死。肠坏死常首先发生于空肠近端，最重者为全部中肠坏死。肠扭转复位后，如坏死肠段明确、患儿全身情况较好，应作Ⅰ期肠切除吻合。如患儿全身情况较差，坏死肠段界限不明确，可暂时保留肠管，简单缝合关腹或先做肠外置。术后积极进行全身治疗，12～48h后，再次手术探查肠管情况。此时如有明确的肠管坏死，亦应争取做肠切除吻合手术。应尽量避免肠造瘘，因高位空肠瘘水、电解质及营养维持非常困难。为吻合方便应首先松解十二指肠前腹膜索带及十二指肠、空肠起始部粘连。吻合后按上述 Ladd 手术方式还纳肠管。

4．合并畸形的处理　　术中应常规探查肠管，以免遗漏合并畸形。应特别注意是否合并十二指肠腔内梗阻。此时，其梗阻近端肠管扩张更加明显。合并畸形的处理见有关章节。

二、十二指肠闭锁、狭窄

【临床提要】

十二指肠闭锁与狭窄（atresia and stenosis of duodenum）是十二指肠内源性梗阻的主要原因，一般认为闭锁多于狭窄。目前大多数学者用胚胎期肠管空化过程发生障碍的理论来解释其发生原因，但不能说明为何本症有众多种类及高频率的并发畸形。

十二指肠闭锁为完全性梗阻，远近段肠管直径相差悬殊，其间可保持肠管连续、仅有索条相连或完全离断。狭窄为不完全性梗阻，最多见为风兜样的膜式狭窄。十二指肠的管状或环状狭窄较为为少见。病变可发生在十二指肠各部，但以降段的壶腹远端最为多见，手术时应特别注意与胆总管的病理解剖关系，防止误伤。

十二指肠闭锁出生不久即可发生频繁而剧烈呕吐，大多含有绿色胆汁，无正常胎便排出。十二指肠狭窄可在生后至几岁的任何时候出现呕吐，但仍以新生儿期发病者多见。严重狭窄的临床表现与闭锁相似，狭窄较轻者呕吐为间歇性，多为含有胆汁的不消化积存食物　偶有病变位于十二指肠乳头近端，呕吐物不含胆汁，却常带有血丝或咖啡样物。

常见的临床表现是上腹部胀满、胃型及蠕动波，下腹部平坦或凹陷。剧烈呕吐的患儿可不出现腹胀。频繁呕吐而得不到及时治疗，患儿将迅速出现水、电解质平衡紊乱。间断发病的十二指肠狭窄患儿，大多伴有贫血及营养不良。约半数患儿合并其他畸形，如肠旋转不良、环状胰腺、21－三体综合征等，应同时作出诊断。本病需要与环状胰腺、肠旋转不良及幽门部梗阻等疾病鉴别。

腹立位平片为首选的辅助检查，典型表现为"双泡征"，根据滞留物及呕吐情况也可以出现"单泡征"或"三泡征"。钡餐造影可显示胃、梗阻近端的十二指肠扩张及蠕动增强。狭窄者可有少量钡剂到达远端。超声检查可用于本症诊断。无论是患儿出生后还是产前经母体的超声检查，如探测到胃与扩张的十二指肠出现内容物滞留，应首先考虑本症。产前诊断可使患儿尽早得到治疗。

【治疗】

十二指肠闭锁或狭窄最终均需要手术治疗。应积极做好术前准备，除胃肠减压、纠正脱水及电解质平衡紊乱，还应积极治疗可能存在的肺部感染及营养支持。早产儿应置暖箱内保温。大龄患儿应在贫血与低蛋白血症得到改善后手术。

1. 隔膜切除、肠管纵切横缝术　　本术式操作简单，打击小，病变肠管的后、侧壁仍然保持连续状态，有利于术后肠功能恢复，是治疗十二指肠膜式狭窄及闭锁的首选术式。手术步骤为：

（1）探查病变，显露肠管的粗细交界部及其近端 1~数厘米的隔膜附着处。隔膜附着处肠管隐约显露一环状浅凹迹，颜色稍显苍白。附着处远端肠管因隔膜的存在较其近端肠管略微增厚。仍有疑问者可自胃管注水、注气或将胃管引入十二指肠进一步确认。

（2）跨越隔膜附着处纵行切开肠管前壁。切口长度以能显露肠腔内病变并进行手术操作即可，过长切口横缝后将造成肠管过分曲折。

（3）病变位于十二指肠降段者，应首先确认胆总管开口，切勿损伤。胆总管可能开口在隔膜根部、隔膜上，甚至胆总管末端呈分叉状，分别开口于隔膜的远、近侧面。除肉眼观察、手指触摸外，最有效的方法是挤压胆囊，观察胆汁的流出位置。

（4）如胆总管开口与隔膜无关，应环周切除隔膜。有胆总管走行及开口（内）侧的隔膜应适当保留，切除其余的大部分隔膜后，该部隔膜将自然回缩，不会影响肠内容物通过。隔膜切除后的粘膜残迹，通过间断缝合及电凝止血。为减少出血，可以边切边缝。

（5）横行缝合肠管。

2. 十二指肠-十二指肠菱形吻合术　　适用于膜式狭窄及闭锁以外的大部分病例。本术式比较符合生理，且由于近、远端肠管横、纵向切口的相互牵扯作用，使吻合口呈菱形，保持持续开放状态，有利于肠内容物通过。手术步骤为：

（1）探查病变，适当游离梗阻的远、近端肠管，使其相互贴近。

（2）横行切开临近梗阻近端盲端的肠管前壁，远端肠管作同等长度的纵行切开（图6-6-1）。

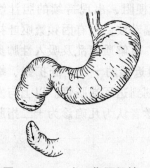

图6-6-1　十二指肠闭锁

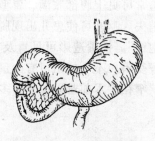

图6-6-2　环状胰腺

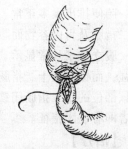

图6-6-3　十二指肠-十二指肠菱形吻合

（3）将远端肠管切口的最近端与近端肠管切口后壁中点贴近，远端切口两侧中点与近端切口两端贴近，进行肠管吻合（图6-6-3）。后壁连续、前壁间断的吻合方法较为简便、快捷。

3．十二指肠-十二指肠侧侧吻合术　与菱形吻合的不同在于远、近端肠管的吻合口长轴方向相对进行吻合，吻合口呈直线状，不利于肠内容物通过。

4．十二指肠-空肠吻合术　一般经结肠后做顺蠕动的侧侧吻合，曾被广泛采用。但手术后出现吻合口通过不畅、盲祥综合征者并不少见，故目前首选十二指肠-十二指肠菱形吻合术。远近段肠管距离过远或粘连严重、不便游离者仍可采用本术式进行治疗。近端吻合口应作在临近梗阻点的最低位，且应足够宽大。

5．胃-空肠吻合术　虽手术操作简便，但术后与生理状态差距甚大，合并症较多，应予以废弃。

6．扩张肠管的处理　幼儿以后病例，因长期慢性梗阻，使近端肠管极度扩张、肥厚，肠蠕动功能明显减退。即使手术解除了梗阻，肠管的形态与功能也难以恢复。遇上述情况应首先将扩张肠管剪裁、成型，再与远端肠管吻合。十二指肠-空肠吻合术后因吻合口不畅导致的巨十二指肠症，也应进行肠管剪裁后重新吻合。

7．胃造瘘术　有人在十二指肠闭锁或狭窄手术后附加胃造瘘术，使减压更加充分，有利于吻合口愈合及扩张肠管回缩。还有人通过胃造瘘口插入达吻合口远端的喂养管，术后可以早期进行肠道内营养。但以上操作延长了手术时间，增加了切口瘢痕。应根据具体条件和习惯决定是否应用。

三、环状胰腺

【临床提要】

环状胰腺（annular pancreas）系由于胰腺组织在胚胎期发育异常，呈环状或钳状，环绕并压迫十二指肠，造成梗阻。目前认识到，胰腺组织可生长到十二指肠壁内，与肠壁组织交织融合，并伴有十二指肠自身狭窄。因此，试图通过手术切断环状的胰腺组织以解除肠道梗阻的做法是不可行的。本症约半数合并其他畸形。

本症以早期新生儿发病者居多。主要表现为十二指肠梗阻，出现持续的胆汁性呕吐。胎便排出大多正常。体检常可见上腹部胀满、胃型及蠕动波。也有因频繁呕吐排出十二指肠及胃内容物而腹胀消失。呕吐可使患儿出现脱水、电解质紊乱及吸入性肺炎。

腹立位平片常显示"双泡征"。钡餐造影可见胃及梗阻近端的十二指肠扩张、蠕动增强，而钡剂在十二指肠降段受阻。不全梗阻可有少量钡剂到达远端肠管。以上与发生在该部位的十二指肠闭锁或狭窄在手术前难以鉴别。多数学者认为凡确诊为十二指肠梗阻者即有手术指征。

【治疗】

主要是手术治疗，术前准备同十二指肠闭锁。手术切断环状胰腺非但不能解除十二指肠自身的狭窄和闭锁，还可能招致胰漏。故应实施消化道短路手术。

1．十二指肠-十二指肠菱形吻合术　因本症梗阻两端肠管邻近，稍加游离即可以进行吻合，应作为治疗本症的首选术式（图 6-6-2，手术步骤见十二指肠闭锁、狭窄）。

2. 其他　　十二指肠-十二指肠侧侧吻合术及十二指肠-空肠吻合术因种种问题应被十二指肠-十二指肠菱形吻合术取代。

四、十二指肠前门静脉

【临床提要】

如胚胎期 2 支卵黄管静脉及其间的 3 个吻合支在退化过程中发生异常，保持了位于十二指肠前方的静脉血管，即成为十二指肠前门静脉（preduodenal portal vein）。同样原因还可以形成分别位于十二指肠前、后的门静脉重复畸形。单独出现的异位门静脉并非都能引起肠梗阻。本症常合并肠旋转不良、十二指肠闭锁及十二指肠前胆总管等畸形。

【治疗】

如在高位肠梗阻患儿手术中发现了异位门静脉，必须继续探查有无其他合并畸形。手术禁忌切断和损伤跨越十二指肠的门静脉血管，也不可试图将其移位。确认十二指肠触到门静脉压迫时应做肠管的短路手术，如十二指肠-十二指肠吻合和十二指肠-空肠吻合。妥善处理各种可能引起肠梗阻的合并畸形，才能最终收到满意疗效。

五、十二指肠重复畸形

【临床提要】

重复畸形可发生在消化道的任何部位，但发生在十二指肠者少见。十二指肠重复畸形（duodenal duplication）常合并低位颈椎或上胸椎脊柱裂等畸形。有学者对上述合并畸形提出了胚胎学解释，并称其为"脊索裂综合征"。根据重复畸形大小、所处位置及组织学结构可能有不同临床表现。如消化道梗阻、出血或由于重复的消化道进入胸部引起呼吸窘迫及肺部感染。

出现消化道症状并伴有高位脊柱畸形的患儿要想到本症的可能性。胸部 X 线平片不可缺少，其不仅可以显示脊柱情况，还可以显示进入胸部的重复肠管，一般位于右侧后纵隔。钡餐造影常可提示相应部位的占位性病变。B 超、CT 及 MRI 大多可以直接显示病变，但究竟为何种畸形及发生的部位，未必都能在术前作出诊断。

【治疗】

以手术为主，应争取将重复肠管切除，困难者可以考虑做肠腔内开窗引流。进入右胸的重复畸形，须通过胸腹联合手术才能直接暴露并完全处理病变。

六、肠系膜上动脉压迫综合征

【临床提要】

按正常解剖学肠系膜上动脉于第 1 腰椎水平从腹主动脉发出，两者之间形成45°~

60°夹角。十二指肠第3段于第3腰椎水平跨越此夹角。此角度过小，屈氏韧带位置过高、过紧等解剖学变异及某种原因所致邻近部位的组织变性为可能的病理学基础。生长发育过快、迅速消瘦等为大龄患儿常见的诱发原因。

肠系膜上动脉压迫综合征（superior mesenteric artery compression syndrome）典型临床表现为饭后上腹不适、饱胀感及疼痛，常有胆汁性呕吐。俯卧、左侧卧或膝胸体位可使症状缓解。钡餐造影有助于诊断，表现为：钡剂在十二指肠相当于第3腰椎右侧部位突然受阻，且多为垂直压迹，其以上肠管可有一定程度扩张、蠕动增强及钡剂的往复运动。体位改变（如俯卧、左侧卧）可能使钡剂通过，梗阻缓解。

【治疗】

应首先考虑保守方法治疗。少量多餐及餐后体位疗法可能使症状缓解。以上方法无效时可放置通过屈氏韧带的肠内营养管维持正氮平衡，有条件也可以考虑中心静脉营养。上述治疗可使大多数患儿营养状态得到改善，恢复腹膜后脂肪的缓冲功能而获得临床好转。久治不愈的慢性患儿可以采取手术治疗。

1. 屈氏韧带及其周围组织松解术　　本术式操作较为简单，不切开肠腔、避免了腹腔污染，据认为疗效满意，应作为首选。术中除将屈氏韧带彻底松解，还应游离十二指肠"C"形袢的下部及空肠起始部，并将其从肠系膜上动脉后方转到右侧，从而解除梗阻。

2. 十二指肠-空肠吻合术　　患儿有严重的腹腔粘连、局部松解困难时可以选用，一般经结肠后吻合。

（马继东）

第七节　肠闭锁与肠狭窄

【临床提要】

肠闭锁和肠狭窄（atresia and stenosis of intestine）是一种严重的先天性消化道畸形，基本上见于新生儿期。病因不全明确。病变可发生在空肠、回肠和结肠的任何部位。肠闭锁最常见于回肠和空肠下段，其次多见于空肠上段，但少见于结肠，后者只占3%～10%。肠狭窄明显少见，发病部位大致同肠闭锁。由于肠管狭窄的程度不等，发病早晚也不相同，症状与肠闭锁所致的完全性肠梗阻酷似或较轻。

肠闭锁的病理分型有：I型：闭锁两端肠管连续、肠腔内有隔膜（图6-7-1a）。长期肠蠕动可致隔膜变为筒状，呈风斗样（wind-sock），也称盲袋型（图6-7-1b）。II型：闭锁两端以索条相连（图6-7-2）。IIIa型：闭锁两盲端断开，伴有不同程度的"V"形肠系膜缺损（图6-7-3）。IIIb型：指分离的闭锁近端扩张肥大，细小的远端沿肠系膜呈螺旋绕行，呈苹果皮样（apple-peel）（图6-7-4）。IV型：为多发型，如腊肠样或I、II或III多种型合并存在（图6-7-5）。肠狭窄可为孔形、斜孔形、单处或多处管形（图6-7-6）。

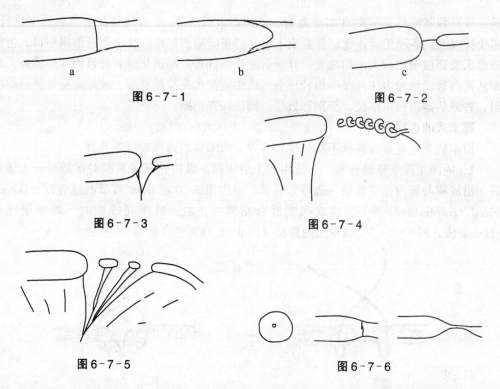

图 6-7-1　　　　　　　　　　　图 6-7-2

图 6-7-3　　　　　　　　　　　图 6-7-4

图 6-7-5　　　　　　　　　　　图 6-7-6

临床表现为孕妇可能羊水过多。病儿有生后早期呕吐、腹胀和无正常胎便排出等肠梗阻症状。动态观察呕吐的性状、颜色和腹胀的部位可以初步判定梗阻部位的高低。新生儿无正常胎便，只有少量灰绿色粘液在肛诊后排出。注意当因宫内小肠套叠而继发肠闭锁时，结肠发育正常，有正常胎便排出。

合并畸形（主要在腹腔及消化道，如胎粪性腹膜炎、胆道闭锁、肠管无神经节细胞症、肠旋转不良、幽门肥厚性狭窄、食管或肛门直肠闭锁、肠重复畸形、美克尔憩室及泌尿、心血管、骨骼等系统畸形）时，还可同时伴发其他症状。病情发展后出现黄疸、脱水、酸中毒、继发感染、营养不良和 DIC 等全身症状。此外，还可能因羊水过多致早产而引发其他合并症（如低体重、呼吸窘迫综合征、缺氧缺血性脑病、坏死性小肠结肠炎等）。

有助于本病鉴别诊断意义的影像学检查有：①产前 B 超检查发现囊性包块影。②腹部立位 X 线平片可见 3 个或多个气液面、结肠不充气。③腹部彩色 B 超检查有囊性占位影。④钡剂灌肠可诊断胎儿型结肠、结肠闭锁、肠旋转不良或左半细小结肠等病。

常需鉴别的疾病有肠重复畸形、肠旋转不良、肠无神经节细胞症、胎粪性肠梗阻等。有时术前确诊困难，直至开腹探查后方能具体确认。

【治疗】

手术是唯一有效的治疗方法，应力争早期进行。术前准备极为重要，一般需数小时以上。血、尿、便 3 大常规，血生化，肝、肾功能，心电图，血气分析等检查及配血均需完成。保温、给氧、预防或治疗感染、持续胃肠低压吸引、补液等措施均应立即进行。术前还需注意有无合并的内科情况（如重度黄疸、呼吸困难、贫血、体温不升、硬肿症等）和其他严重畸形（如心血管、肛门、食管等）。手术均应在全身麻醉下进行。术中持续监测各项生命体征，注意出入量，必要时输新鲜血。统一用腹部横切口，但需根据病变部位确定其大小和位置。开腹后应仔细探查全部消化道。经目测和触摸外，常常还需向远端肠腔内注入并于指轻压空气或生理盐水直至回盲瓣，才能完全排除远端梗阻，并最后辨清梗阻部位、型别和数量。同法探查结肠。

■术式的选择

因本病发生的部位高低不同、型别各异，故术式的选择有以下几种：

1．隔膜切除肠壁缝合术　　适用于Ⅰ型闭锁。纵向切开肠系膜对缘肠壁进入肠腔后，沿隔膜与肠内壁交界处一边剪除隔膜，一边用5-0或6-0可吸收缝合线（Dexon、Vicryl、polydiodanone 等）连续或间断缝合粘膜并止血，再用同线横向间断单层缝合（Herzog 法，图6-7-7）或单层内翻法（图6-7-8）缝合肠壁。

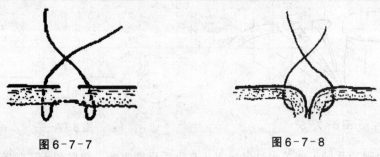

图6-7-7　　　　　　　　　　　　　　　图6-7-8

2．肠切除吻合术　　适用于Ⅱ型、Ⅲ型及Ⅳ型。

（1）肠切除术　　切除肠管盲端时应尽量多保留肠管，但又要避免留下明显扩张肥厚或可能神经节细胞发育不良的肠段。芮有臣根据王练英、江泽熙对闭锁两盲端肠壁肌层和神经节的研究结果对闭锁近端和远端肠管分别切除20cm和5cm。近端肠管切除后断端应与肠管纵轴垂直（图6-7-9）。当肠管极度扩张时需在肠系膜对缘做楔形剪裁（图6-7-10）。远端肠管较细，故断端应略呈斜形（肠系膜缘略长，肠系膜对缘稍短）以利肠管血运（图6-7-9）。当远端肠管过细时，还需在肠系膜对缘适当延长切口1~1.5cm，以加大吻合口径（图6-7-11）。多发型肠闭锁时，切除中间各闭锁段后再按上法剪裁及切除两端闭锁盲端。Ⅲb型时常需基本上切除全部螺旋形小肠。酌情行端背肠吻合并加用营养支架管。

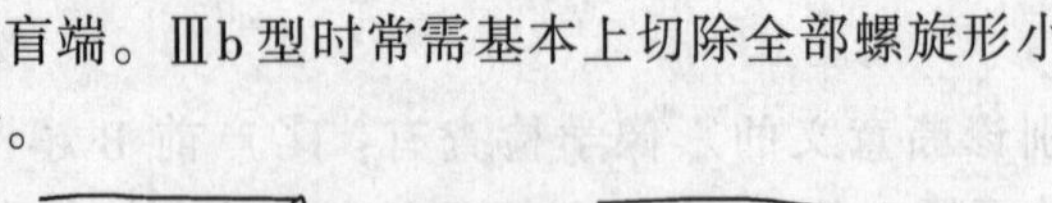

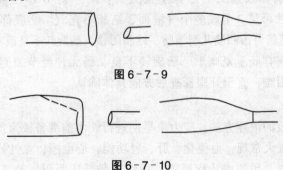

图6-7-9

图6-7-10

图 6-7-11

（2）肠吻合术　　新生儿肠管纤细，故原则上用 5-0 可吸收缝线。先连续端端缝合后壁，再间断吻合前壁。有端端吻合（图 6-7-9）和端背吻合（图 6-7-11）法。必要时部分加浆肌层缝合。应力争只有一处肠吻合。当梗阻两端肠管口径相差甚远、病儿一般情况差、有腹腔污染、顾虑吻合口漏时可选用近远端肠管端侧（倒"丁"字，即 Bishop-Koop，图 6-7-12）或侧端（正"丁"字，即 Santulli，图 6-7-13）吻合术。以上 2 种术式均需同时做单孔肠造瘘术。待 1~2 周吻合口畅通后，再经腹膜外切除造瘘肠段并缝闭瘘口。北京儿童医院创始的斜吻合方法是先楔形切除扩张肥大的近端肠管，并部分缝合，后将断端修复成长方形备用；再沿远端肠段肠系膜缘剪开约 3cm 长，并修剪两头肠壁。吻合时先连续缝合近系膜缘侧（dd'至 bb'，图 6-7-14），此时近远端肠系膜呈部分重叠。再由近端至远端肠腔内插入导尿管做支架并在保护下，再缝合肠系膜对缘（cc'至 aa'）肠壁（图 6-7-15）。最后拔除支架尿管并缝闭肠管。吻合口远端数针最为关键，因为直接影响吻合口径大小。此后还需在吻合口近端约 3~5cm 处再做减压肠瘘及另一孔以内置胃肠扩张管。近年该院又改用长形斜吻合法（图 6-7-16，6-7-17）。2000 年 Kling 报告通过游离十二指肠水平段和近端空肠，切除并剪裁后与远端空肠吻合，成功治愈 3 例 Treitz 下 10cm 以内的高位空肠闭锁（图 6-7-18）。吻合肠管后还需将结肠移至左腹部并切除阑尾。此方法较 Honzumi 法（图 6-7-19）的优点在于切除了功能不良肠管，吻合效果好。此外，肠侧侧吻合术，因易引起盲端综合征已少应用。

肠吻合术时应保证肠管血运正常、无张力、两端口径接近、缝线号码正确及质量优良，用无损伤缝针，操作仔细、轻柔，不用力钳夹组织，吻合针距匀称、平整。吻合术后再缝闭肠系膜裂口。术毕应自近端轻轻试压挤气体和肠液通过吻合口，确保无漏隙。近年有用肠吻合器者。

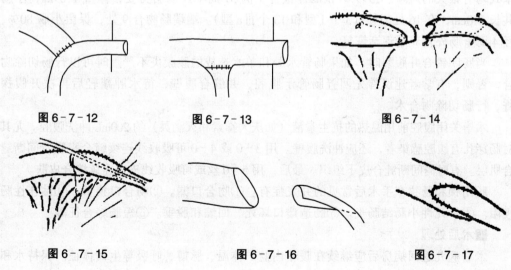

图 6-7-12　　　　　图 6-7-13　　　　　图 6-7-14

图 6-7-15　　　　　图 6-7-16　　　　　图 6-7-17

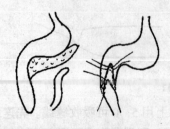

图 6-7-18

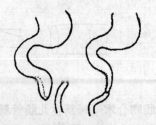

图 6-7-19

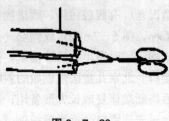

图 6-7-20

（3）肠造瘘术　　当近远端肠管直径差距过大、吻合困难，或腹腔污染时选用倒或正"丁"字肠吻合术，并同时行单孔肠造瘘术（图6-7-12，图6-7-13）。如术中发现胎粪性腹膜炎，肠管广泛粘连或肠穿孔时应行双孔肠造瘘术。注意两瘘口间应相距2cm以上，以防粪便进入远段肠管。在结肠闭锁时还可选择回肠远端单孔造瘘或Mikulicz双肠腔造瘘术（图6-7-20）。

（4）肠外置术　　仅用于病情危重、腹腔严重感染或广泛粘连无法行肠吻合或肠造瘘时，术毕继续积极抢救休克和中毒等症。

（5）胃造瘘及经肠吻合口置管术　　有学者建议在近Treitz韧带的高位空肠闭锁时先做胃造瘘，并经过胃造瘘置硅胶营养管于肠吻合口远端，以早期喂养。但近年已因肠外营养的广泛应用而质疑此术的价值和意义。

在肠闭锁和肠狭窄手术时应充分考虑到保留小肠的长度。足月新生儿小肠长度为150～300cm，平均约250cm。必须力争保留小肠＞75cm才足以维持生存及正常的生长发育。国外有主张在判定剩余小肠长度时，梗阻远端瘪细的肠管应加倍计算。有学者建议在估计切肠后所余肠管过短或当吻合口接近Treitz韧带时应只做近端剪接后行端端肠吻合术。或主张在多发肠闭锁，肠切除后可能造成短肠时行多个肠吻合术。需注意这2种术式均有很大的风险。1999年Benson报告1例31周早产双胎男婴，体重1.69kg，小肠共长140cm，有16处闭锁（3个Ⅰ型和13个Ⅲa型）。端端肠吻合9处，保留小肠80%，经4周全肠外营养后逐渐恢复。

当肠闭锁合并腹裂时，如果肠管水肿和羊水造成的腹膜炎不严重时可以行肠切除吻合，否则，有学者建议首先回置肠管于腹腔，并缝合腹壁，待水肿减轻后再次开腹探查，行肠切除吻合术。

术毕关闭腹腔前用温热的抗生素液（如庆大霉素和灭滴灵）约200mL冲洗腹腔。尤其对肠穿孔有腹腔感染者，还应冲洗腹壁。用3-0或4-0可吸收线连续缝合腹膜及间断缝合肌层。有时需间断缝合皮下组织。最后，用5-0丝或可吸收线皮内连续缝合皮肤。

肠闭锁和肠狭窄手术后常见的并发症有：①吻合口漏。②吻合口狭窄。③粘连性肠梗阻。④坏死性小肠结肠炎。⑤肠造瘘口坏死、回缩和脱垂。⑥短肠综合征等。

■术后处理

术后病儿返回病房后应继续在暖箱内监护体温、脉搏、呼吸等生命体征。保持水和电解质平衡、抗菌、适当变动体位、吸痰及给氧等均不容忽视。对黄疸者必要时应用蓝光照射。尿量和胃肠减压量的测定和术后输入液体的质、量和速度关系密切。

静脉点滴广谱抗生素 7～10 天。目前普遍忽视血液药物浓度的监测。严重败血症时除联合应用抗生素外，有主张术毕立即预防性口服抗霉菌药物。术后管理中静脉输液极为重要。手术后每日按 100～120mL/kg，1/5 张生理盐水补给日需量。手术次日起液体内加氯化钾至 0.15%。每日胃肠减压量则以 3 份生理盐水和 1 份 0.15% 氯化钾等量补充。此外，还需随时根据临床情况调整。胃肠减压需持续 7～10 日或更长。当减压液由绿变黄至无色、量也逐渐减少、腹胀不明显、肠鸣音恢复和排出胎便后方可拔除。术后恢复平稳者经口进食也应逐渐加量。首先试进 10mL 糖水后，再逐渐改为牛奶并增加浓度。母乳也需同样逐渐加量。为促进结肠蠕动有主张术后 2～3 天开始扩张直肠，用少量 1/2 张生理盐水或液体石蜡灌肠。

肠闭锁术后肠功能恢复缓慢，静脉输液在 3～5 天内不可能满足病儿所需热量。因此，应于术后 3 天全身情况平稳后开始正规的全肠外营养，5 天以后逐渐达到每日补给热量 > 292.88kJ/kg（70kcal/kg），氨基酸 2.5～3.5g/kg、脂肪乳剂 1.5～2.5g/kg 和葡萄糖 20～30g/kg。多种维生素和微量元素也同时静脉输注。输液方式应首选周围静脉途径。数周后再逐渐小心地过渡至肠内营养和经口喂养。当保留小肠 < 75cm 时，多合并短肠综合征，术后肠功能的完全恢复常常旷日持久，故需耐心等待并注意临床表现和系统监测各项生化指标，并精心治疗（包括在有肠瘘时将近端排出的肠液回输入预先做的粘膜瘘口内）。应除外单糖或双糖不耐受，胃肠液的 pH 值及糖的不完全代谢产物检测有助明确诊断。国外有推荐试用止泻药盐酸洛派丁胺。回肠末端切除者应常规补充维生素 B_{12}，以防贫血。最终肠功能预后的判断取决于回肠，因为它有较空肠更强的适应和成熟的能力；新生儿的小肠还能生长和成熟；况且，剩余小肠的长度也难准确判定。怀疑合并吻合口漏或不全性肠梗阻时，应进行 B 超、X 线平片等检查。必要时需钡餐除外吻合口狭窄或肠粘连等机械性原因，有的甚至还需开腹探查。

■预后

肠闭锁和狭窄的预后取决于先天情况（出生体重、闭锁类型和部位、有无合并畸形及严重程度，见表 6-7-1）和后天情况（就诊时间早晚、全身情况、有无低体温、硬肿症、肺炎、腹膜炎或败血症等）、围手术期管理和手术技术水平。病儿出院后还需长期随访，以期得到最后和最佳疗效。

表 6-7-1 南非某纪念儿童医院肠闭锁存活率与体重和伴发畸形的关系

	病例数	存活率（%）
体重（kg）		
> 2.3	114	109（95.6）
1.8～2.2	69	56（81.0）
< 1.8	36	27（75.0）

续表

	病例数	存活率（%）
伴发畸形		
无或轻度	146	138（94.5）
中度	39	31（79.5）
重度	34	23（67.6）
总计	219	192（87.6）

40余年来，由于综合条件的不断改善，肠闭锁的存活率不断提高。在我国以每10~15年为比较，病死率由最初的64.7%~67.5%到35.4%~50%，至18.6%~29%。肠狭窄的治疗效果明显优于肠闭锁，病死率由过去的28.6%、35%，降至目前的<10%。但总体来说，我国的水平和国际水平仍有相当大的差距（表6-7-2）。

表6-7-2　肠闭锁型别与病死率关系

型别	南非某纪念儿童医院 1959~1994		北京儿童医院 1956~1966	
	病例数	死亡数（%）	病例数	死亡数（%）
Ⅰ	48	4（8.3）	114	38（33.3）
Ⅱ	20	3（15.0）	31	11（35.5）
Ⅲa	35	6（17.1）	254	109（42.9）
Ⅲb	43	9（20.9）	27	24（88.9）
Ⅳ	48	4（8.31）		
总计	194	26（13.4）	426	182（42.7）

（叶蓁蓁）

第八节　肠　梗　阻

【临床提要】

肠内容物通过肠管时发生障碍，均称为肠梗阻（intestinal obstruction）。肠梗阻是普通外科常见疾病，是由多种不同的病因、病理所组成的一组疾病。肠梗阻的病因多且复杂，可分为机械性、动力性、血运性3大类型。

机械性肠梗阻：临床上最为常见，是由于各种机械原因引致肠管梗阻，肠内容物不能通过，常见的有先天性发育异常、肿瘤或炎症使肠腔狭窄，肠管之外粘连或肿物压迫使肠腔不能通畅，肠内异物使肠腔堵塞，以及绞窄性疝、肠套叠、肠扭转都属于机械性肠梗阻的范畴。

动力性肠梗阻：由于肠壁肌肉运动障碍，以致肠内容物不能通过，但没有器质性的肠腔狭窄。一般可分为麻痹性梗阻与痉挛性梗阻2类。前者肠壁肌肉因神经反射而失去其蠕动能力，不能使肠内容物向下运行，导致肠梗阻。如腹部大手术后、急性弥漫性腹膜炎、腹膜后出血或感染等；后者是由于肠壁肌肉过强收缩使肠腔变小，但仅为暂时性，肠壁本身并没有解剖上的病变，见于肠道有炎性病变和神经系统功能紊乱等。

临床上还有一种表现为机械性肠梗阻症状和体征，但无机械性梗阻原因的疾病，称为假性肠梗阻。它的定义最初来源于一些具有机械性肠梗阻的症状和体征的病人，但手术探查却未发现有机械性梗阻的原因，因而命名为"慢性假性肠梗阻"，这是一种肠道动力障碍所引起的肠梗阻。它可以是急性自限性的，如痉挛性肠梗阻即属于此范畴，也可以是肠道神经肌肉病变所致的慢性假性肠梗阻，其病变可发生于一段消化道，也可广泛累及整个消化道。引起假性肠梗阻的主要疾病有：①血管胶原病。②肌肉浸润性病变。③内分泌失调。④神经系统病变。⑤药物源性。⑥电解质紊乱。

慢性假性肠梗阻根据病理的改变分为3种类型：肠肌间神经丛病变、肠肌病变和非肌肉病变。而按有无诱发因素分为原发性和继发性。此病可在任何年龄段出现，年龄越小，症状越重，持续时间越长。长期慢性腹胀、便秘可影响患儿营养的吸收，由于肠腔内细菌过度增生，毒素吸收，常使患儿出现发热、食欲差，严重营养不良、体重下降等症状。患儿表现为腹部膨胀，或见宽大的肠型。肠鸣音减弱或消失，叩诊呈鼓音并有振水音。

根据肠壁血液循环有无障碍，肠梗阻可分为单纯性和绞窄性2类：如肠壁血液循环正常，仅肠腔内容物不能通过，称为单纯性肠梗阻；如在梗阻的同时肠壁血液循环发生障碍，肠管缺血，即称为绞窄性肠梗阻；一般在机械性肠梗阻中，肠腔内病变或堵塞以及肠外肿物压迫所致的肠腔狭窄，都是单纯性肠梗阻；而肠扭转、肠套叠和粘连带所致的梗阻多为绞窄性。肠系膜血管栓塞或血栓形成所致的梗阻显然为绞窄性。单纯性和绞窄性肠梗阻的分类在临床治疗上有极其重要的意义，因为绞窄性如不能及时解除，肠管缺血必然导致肠壁坏死和穿孔，以致发生严重的腹腔感染和全身性中毒，导致死亡率升高。缺血性肠梗阻是由于肠系膜血管血栓形成或栓塞造成肠管血液循环发生障碍，肠管失去其运动能力，但肠腔并没有阻塞。

按照梗阻的部位，肠梗阻分为高位性小肠梗阻、低位性小肠梗阻和结肠梗阻，后两者均属低位肠梗阻。高位和低位肠梗阻的临床表现有所不同，全身性生理紊乱出现的时间和严重程度亦有差异，因而在处理原则上有区别。

按照肠腔梗阻的程度，可分为完全性和不完全性肠梗阻；按照梗阻进程发生的快慢，肠梗阻又分为急性和慢性肠梗阻。慢性、不完全性肠梗阻多为单纯性，而急性、完全性肠梗阻则可能为单纯性或绞窄性，而绞窄性机械性肠梗阻必然是急性完全性肠梗阻。与成人不同，小儿肠梗阻有相当一部分原因是由先天性畸形引起的。

各种类型的肠梗阻，各有其特殊的临床表现，但是肠腔内容物不能顺利通过肠腔的临床表现则是一致的，表现为：腹痛、腹胀、呕吐、肛门停止排便排气。

【治疗】

临床治疗上除要确定肠梗阻诊断外，还需辨别肠梗阻的类型，包括是机械性还是动力性肠梗阻？是小肠肠梗阻还是结肠梗阻？特别是辨别是单纯性还是绞窄性肠梗阻？这是处理机械性肠梗阻中最重要的问题，也是在肠梗阻的诊治中经常需要警惕的问题。一旦确诊是绞窄性肠梗阻必须尽早进行手术。上述的肠梗阻分类主要是为了临床治疗的需要，不可能是绝对的，因此不应机械地理解为一成不变。

肠梗阻患儿发生的全身性病理生理变化，主要是由于肠膨胀、体液丧失、毒素的吸收和感染所致。体液的丧失以及水和电解质的失衡，是肠梗阻很重要的病理生理变化。严重的脱水、血液浓缩和血容量的降低，可出现尿量减少、肾功能不良甚至休克。随着体液的丧失，身体里出现电解质的缺乏和紊乱，血液酸碱度平衡也发生改变。出现低血钾和低血钠，酸碱平衡失调以酸中毒较为常见，碳酸氢根多降低。在梗阻部位以上的肠腔含有多种强烈的毒性物质，这些物质很可能是细菌的产物；在绞窄性肠梗阻肠壁失去其生活力时，毒素和细菌可以渗透至腹腔内引起严重的腹膜炎，通过腹膜的吸收作用，引起全身性中毒症状和休克，在这种情况下死亡率很高。

肠梗阻的治疗包括纠正失水、电解质紊乱、酸碱失衡；持续有效胃肠减压；抗生素的使用以及手术治疗。失水可分为低渗性失水、等渗性失水、高渗性失水。电解质紊乱常见是血清钾和钠降低。酸碱失衡多见于代谢性酸中毒。纠正失水、电解质紊乱和酸碱平衡失调是治疗肠梗阻重要的一步。有效的胃肠减压可把积累在胃肠道内的液体和气体吸出，减轻腹胀程度。通过胃肠减压可减少积聚在肠道内的细菌，也可促进肠腔通畅性的恢复。当留置胃管后，患儿仍出现呕吐，必须检查胃管是否有插入足够的长度、有无打折和堵塞。肠梗阻时，因为肠道内的细菌移位可发生感染，因而应使用抗生素，特别是抗厌氧菌的甲硝唑和第二、三代头孢类抗生素进行抗炎治疗。特别是肠管坏死后，肠道内的细菌更可引起全身感染，甚至出现感染性休克。在非手术治疗期间，应经常检查患儿的生命体征，尤其是脉搏、体温的变化，还需注意腹部情况的变化，定期动态腹部X线检查。一旦出现腹痛加剧呈持续性、消化液或腹腔液有血性液体、腹胀明显加剧、有腹膜刺激征、病情恶化等绞窄性肠梗阻迹象，或经过非手术治疗无效，应即时进行手术治疗。

手术治疗包括：肠梗阻的病因治疗（下面将分别叙述）；坏死的肠管行肠切除吻合术；患儿全身情况差，不能适应复杂手术者，可急诊行肠造瘘术，待日后情况好转再行肠造瘘关闭术。患儿围手术期仍需按非手术治疗的治疗方案，如禁食、胃肠减压、纠正失水和电解质紊乱及酸碱平衡失调，补充血容量和支持治疗，应用抗生素和甲硝唑。肠梗阻主要病原菌是需氧大肠杆菌、厌氧菌中的厌氧链球菌，它们属脆弱类杆菌。最好在术前2h应用抗生素和甲硝唑，在麻醉切开皮肤时可用一次冲击量，术后持续1~2天或术后再用1~2次。如有肠坏死可联合应用广谱抗生素5~7天。

小儿假性肠梗阻，目前只能进行减轻症状的治疗。多用非手术治疗包括药物治疗、营养补充、应用抗生素等。药物可应用普瑞博思，它主要作用于肌肉的神经丛，能促进乙酰胆碱的释放，刺激全消化道引起运动。口服要素饮食补充营养，长期不能进食者须靠肠外营养补充。由于患儿会出现肠液的郁积，肠腔内细菌往往过度繁殖，所以应使用抗生素。在经过长期非手术治疗无效时，可考虑部分肠切除或肠造瘘，但目前效果并不理想。对结肠假性肠梗阻可先用生理盐水保留灌入结肠内，再用结肠镜减压，期望改善症状。

一、蛔虫性肠梗阻

【临床提要】

蛔虫性肠梗阻（intestinal obstruction of ascariasis）是因蛔虫堵塞引起的肠梗阻。蛔虫多寄生于小肠，因卫生习惯的关系小儿多患有肠道蛔虫。当小儿出现发热、腹泻、呕吐等身体不适、饮食不当或驱虫不当时，很易引致肠内蛔虫异动，扭结成团，堵塞肠管，形成肠梗阻。偶尔可因大量的蛔虫积聚，引起肠袢异常摆动，发生肠扭转。也有因肠壁坏死、穿孔，蛔虫经穿孔处进入腹腔，并引起腹膜炎的病例。近年来随着卫生条件和人民卫生习惯的改善，本病的发生越来越少。

临床表现为腹痛、呕吐、及肛门排便和排气的改变。腹痛开始可为脐周阵发性疼痛，随着病情的发展，可演变为持续性腹痛。呕吐症状与其他肠梗阻相似，有时可见呕吐出蛔虫。腹部体检可触到一个或多个条索状包块，包块呈粉团样挤压可变形。

实验室检查白细胞数升高，特别是嗜酸性细胞的增高对诊断肠道蛔虫症有帮助。结合临床表现应考虑到本病。

【治疗】

根据病情多可采取非手术治疗。手术治疗仅用于完全性肠梗阻经保守治疗无效或出现肠坏死、肠穿孔和肠扭转等并发症导致腹膜炎时。

非手术治疗包括禁食、胃肠减压和纠正水、电解质紊乱和酸碱平衡。可从胃管注入食用油或石蜡油，或从胃管注入氧气，使成团的蛔虫松开，缓解梗阻症状。氧气的使用量为每次150mL/岁以下，最大量不超过1 500mL，20~30min内注完。梗阻症状缓解后，再用甲苯咪唑、阿苯达唑（肠虫清）、枸橼酸哌哔嗪（驱蛔灵）和左旋咪唑等驱虫治疗。

手术治疗包括切开肠管取蛔虫、坏死肠段切除肠吻合术。对有肠穿孔者，术中需注意检查腹腔内有无从肠管钻出的蛔虫，必须将其清除不得遗留在腹腔。术后按肠梗阻术后处理。

二、粘连性肠梗阻

【临床提要】

粘连性肠梗阻（intestinal obstruction of adhesion）是肠袢间或肠袢与其他脏器出现粘连或索带的形成而导致的肠梗阻。产生粘连或索带的原因在小儿可分为2类：先天性因素多由胎粪性腹膜炎、肠旋转不良或麦克尔憩室等疾病所形成；后天性因素是因腹腔炎症或在腹腔手术后所形成的，此外其他疾病，如结核、肿瘤、脓肿等所产生的腹腔内渗出液，亦可引起肠粘连而造成梗阻。

与手术有关的肠粘连一般发生在小肠，很少发生在结肠。由于腹内肠粘连引起的肠梗阻约占肠梗阻总数的40%。据统计腹部手术后94%左右存在不同程度的腹腔内粘连。外科手术、细菌感染、组织缺血等导致的炎性反应是粘连形成最常见的因素。炎症使腹膜基质乳头破裂，引起组胺和血管激肽释放，脏器表面毛细血管通透性增加，导致浆膜的血清渗出，形成纤维蛋白沉积。术后腹腔粘连的形成与腹膜的愈合有着密切的关系。但有腹腔内粘连，并不一定就会发生粘连性肠梗阻，只有下列情况才会造成粘连性肠梗阻。①肠管与腹壁粘连或肠袢折叠形成锐角，以及粘连处发生扭转，致使肠内容物通过发生障碍。②粘连带两端固定，其下形成一环，肠袢穿过此环形成内疝，或肠管受压使肠内容物正常运行受阻。③一组肠袢粘连成团，肠壁有疤痕性狭窄等。粘连性肠梗阻绝大部分发生在腹部手术后，腹腔内产生粘连与个体因素密切相关，并与手术者的操作情况、肠管受伤的程度、异物刺激的严重程度，物理刺激的强度，腹腔应用抗生素等药物，手术中遗留器械、纱布、缝线以及全身的情况等有明显的关系。少数肠粘连患儿无腹部手术史，剖腹探查时才发现存在着以下各种情况，包括腹膜炎、腹腔脓肿、肠管间有广泛粘连、肠系膜淋巴结炎、腹腔结核、先天性肠旋转不良伴广泛粘连、小肠膀胱内瘘伴腹腔粘连等。

【治疗】

粘连性肠梗阻诊断并不困难，但长期以来其预防和治疗一直是腹部外科中的一个棘手的问题，治疗方式的选择目前仍有争议。粘连性肠梗阻多与手术有关，故肠粘连的预防与治疗不能分开。预防术后肠粘连的措施，包括手术时应细心、轻柔地操作以减少组织的损伤，术毕用生理盐水冲洗腹腔，彻底清除腹腔内异物、积血和渗出液，尽量减少肠管的暴露时间和机械性刺激，合理应用抗生素预防和控制腹腔内的感染，这是目前预防术后粘连性肠梗阻最基本和最重要的方法。近年来为防止手术操作引起粘连性肠梗阻，所采取的预防措施主要是针对引起粘连的病因而制定的，如防止纤维蛋白沉积、促进纤维蛋白溶解、隔离肠管等，具体操作时可运用硅油涂在创面上形成一个疏水性的涂层，在腹膜间形成隔离屏障，起到覆盖和润滑作用，也减少了纤维蛋白的渗出和沉着。浆膜缺损区涂抹硅油后，保护了创面，有利于间皮再生，同时也促进了局部组织纤溶活性的恢复。另外，也可用透明质酸（一种高分子直链聚糖）的凝胶涂布在组织表面，起到隔离肠管的作用，在腹膜修复期形成一种暂时的屏障。使受损浆膜有序地修复，直到形成连续的间皮细胞覆盖层，达到生理修复，避免组织接触面间形成纤维蛋白沉积，这对防止术后粘连的形成有着显著效果。此外右旋糖酐腹腔内灌注，可覆盖在浆膜受损的肠管表面，稀释减少局部纤维蛋白浓度，保护局部纤维蛋白溶解酶原激活物，干扰多形核白细胞表达粘连分子，从而达到防止粘连的目的。利用其他生物隔膜将浆膜损伤部位的肠管分隔，也是一种措施。

治疗上首先要区分单纯性和绞窄性肠梗阻，前者，尤其是不全性梗阻时，可首先采用非手术治疗。措施包括：禁食，胃肠减压，低压灌肠等减轻腹胀及肠腔内压力；纠正失水、电解质失衡，补充血容量；给予广谱抗生素及甲硝唑等，控制肠道内需氧菌和厌氧菌生长，减少毒素吸收；在胃管内注入中药如肠粘连缓解汤、大承气汤进行治疗。据文献报道，下列因素与非手术治疗成功与否有关联：最近一次剖腹手术的年龄较大（如大于7岁）；术后近期内（小于4个月）发生肠梗阻；原发手术对腹腔骚扰较小；曾有多次腹部手术史和多次出现粘连性肠梗阻的病例等。如果非手术治疗成功机会较大，应积极进行非手术治疗，在确保无肠坏死出现的情况下，非手术治疗时间可超过 24h 以上。

小儿粘连性肠梗阻手术与非手术治疗的选择有时非常困难。在观察期和非手术期间，出现下列的情况应高度怀疑有肠绞窄，必须及时手术治疗：经非手术治疗后症状未见缓解，胃肠减压液量增多，呈绿色或含粪汁，咖啡色液，腹痛加剧，腹胀明显；透视液平面增加；脉搏加快，血压下降；肠鸣音由强变弱或消失，腹腔穿刺有血性或混浊渗出液；X 线腹部平片可见闭袢肠管导致的咖啡豆征或假性肿瘤。而对于经保守治疗后仍表现为完全性肠梗阻的病例，特别是在难以排除是否发生缺血绞窄坏死时，也必须果断手术治疗，以免因耽误病情导致严重并发症。

应当指出，如利用上述临床表现作为手术判断标准，事实上肠管多已发生坏死，显然手术时机已错过。但目前仍未有一个较好的手术判断标准，据文献报道 CT 在临床体征出现之前即可提示梗阻肠段发生绞窄。在诊断粘连性肠梗阻和指导其治疗方面，CT 具有快速、简便、非侵入性的特点，能全面了解整个胃肠道的解剖关系，尤其适用于急性梗阻患者。当病儿因胃肠减压等治疗而临床症状有所减轻时，肠梗阻本身的病变并没有停止发展，最终成为绞窄性肠梗阻发生肠坏死。此时 CT 表现为肠系膜肿胀、系膜血管充血、腹水，出现特征性的"旋涡征"，表现为围绕以塌瘪的肠袢为中心、肿胀肠系膜旋涡状排列。特别在增强扫描时肠壁增强不明显最具有诊断价值，可作为绞窄性肠梗阻的 CT 诊断依据，为手术探查的明确指征。与前几项指标综合比较，对绞窄性肠梗阻诊断的特异性超过 90%。必须强调的是，CT 在粘连性肠梗阻的诊断方面固然重要，但必须密切结合病史、临床表现、实验室检查、腹部平片等资料进行综合考虑，以指导临床治疗。超声波检查也被临床用于绞窄性肠梗阻的鉴别诊断。一般说来，对粘连性肠梗阻患者在超声波检查之前，除胃肠减压外暂不行其他任何处理。由于腹部膨隆，探头宜取腹部外侧斜向扫描，以排除气体的干扰。在发生粘连性肠梗阻时，超声波显示塌瘪的小肠或升结肠近端存在明显扩张的肠袢，常常只提示单纯性肠梗阻，但如有下述声像特点可成为绞窄性肠梗阻的诊断线索：扩张的肠袢呈麻痹状态、失去蠕动功能的肠管近端的小肠仍具有蠕动功能；肠梗阻发生后腹腔渗液的快速积聚等。

手术治疗应视粘连的具体情况而定，包括剥离粘连的肠袢、切除索带、肠段切除端端吻合、肠捷径吻合、肠排列术等。若肠袢无血运障碍，可试行将粘连的肠袢剥离松解，在分离过程尽量不要损伤肠管的浆膜层，以免术后再次引起粘连性肠梗阻和肠瘘。如因索带引起肠梗阻，应切除索带，解除梗阻。肠血运有障碍者，应行该段肠管的切除、肠端端吻合术。不要有侥幸的心理保留血运不好的肠管，以免引起术后肠管坏死。对多次手术粘连严重，肠管粘连成团，充血水肿，分离易损伤肠管浆肌层者，可行肠捷径吻合术。广泛性粘连性肠梗阻、多次行肠粘连松解手术者，可行肠排列术。

近年有学者开始大胆尝试将腹腔镜用于粘连性肠梗阻的诊断与治疗。该技术创伤小、恢复快，住院时间短，但在诊断和治疗急性肠梗阻方面存在着以下顾虑：肠梗阻时套管针的插入易引起肠穿孔；抓钳容易损伤扩张的肠管；由于技术上的原因，导致再手术率高。

三、先天性消化道畸形致肠梗阻

因先天性消化道发育的异常、畸形引起肠梗阻，包括有肠闭锁和狭窄、肠重复畸形、胎粪性腹膜炎和胎粪性肠梗阻、先天性巨结肠、先天性肛管直肠畸形。此类疾病已在有关的章节叙述。但临床上处理小儿特别是新生儿肠梗阻时，需注意此类疾病的特点，如发病年龄早，可并发多种畸形等，临床处理时不要遗留。同时在新生儿期治疗患儿时，应以简单的手术首先挽救生命和不损伤重要生理功能作为首要的任务。

（刘钧澄　刘云建）

第九节　腹　内　疝

腹内疝（internal abdominal hernia）是腹腔内肠管从正常位置突入有发育缺陷的、病理性的或正常的孔隙。内疝是肠梗阻的原因之一，小儿腹内疝少见。多是肠系膜裂孔疝，其次为十二指肠旁疝。

一、肠系膜裂孔疝

【临床提要】

据统计约 1/3 的肠系膜裂孔疝（mesenteric hiatal hernia）发生在小儿。小儿肠系膜裂孔疝为先天性发育异常所致，无疝囊，肠祥穿过肠系膜裂口而发生的肠梗阻。裂孔直径较小和容易还纳的肠系膜裂孔疝可终生无症状。肠系膜裂孔疝除先天性发育异常外，也可由创伤和手术失误造成。多发生在小肠系膜，其中以回肠末端最常见，但也可发生在横结肠或乙状结肠系膜。直径多在 2～10cm，边缘整齐，稍增厚。多为单发，也可多发。疝入的肠管多为小肠，有时为横结肠或乙状结肠。肠管疝入后常自行复位，临床出现痉挛性、间断性腹痛。若疝入的肠管过长，肠内容物逐渐增多，肠管扩张、嵌顿，则出现梗阻症状。多数小肠穿过肠系膜裂孔后容易造成肠绞窄和扭转。

临床表现以腹痛最常见。少数患儿曾有间断性腹痛发作史。多数患儿发病急骤，突然发生持续性腹痛，伴便秘，有不同程度的腹胀，并可触及压痛性肿块，肿块多在右下腹部。肠绞窄后可出现腹肌紧张，压痛，腹胀加重，肠鸣音减弱及全身中毒症状。腹部立位摄片有机械性肠梗阻表现，有时见到单个肠管扩张。肠系膜裂孔疝术前诊断困难，大多在剖腹探查时见肠管扭转、坏死，以及肠系膜有裂孔而确诊。

【治疗】

积极抗休克，早期及时手术，正确选择术式，是提高该病成功率的关键。除了按肠梗阻非手术治疗外，当患儿出现休克时，经过一段不太长的时间的抗休克治疗后，或在诊断明确后或疑有肠系膜裂孔疝时，应争取尽快手术。否则会使病情加重，使更多的肠管坏死，甚至危及生命。手术方式主要有 3 种：①肠管复位、肠系膜裂孔修补术。适合于没有肠坏死者，把嵌顿的肠管复位，修补裂孔。②肠切除、肠吻合术。对全身情况尚好，但内疝中的肠管出现坏死者，可切除坏死的肠管，行肠管吻合。其余肠管回纳，修补裂孔。对近端肠管扩张者，可在保证不污染腹腔的情况下，排出近端肠液，减少术后腹胀和吻合口的张力。同时吸净腹腔内渗液，减轻术后毒素的吸收。③肠切除、肠造瘘术。对全身情况差、中毒症状明显、有休克者，估计难以耐受肠切除、肠吻合术，可急诊行肠造瘘术。以后待病情稳定再行肠造瘘关闭术。

二、十二指肠旁疝

【临床提要】

十二指肠旁疝（paraduodenal hernia）罕见，病因不清楚。可能与中肠发育障碍有关。左右两侧均可发生十二指肠旁疝，以左侧较右侧多见。左侧的疝囊突向小肠系膜左侧的 Landxert 隐窝，而右侧的疝囊在小肠系膜的 Waldayer 隐窝。疝的内容物多为小肠，疝囊为腹膜。十二指肠旁疝可以无症状，约半数的患儿有消化道梗阻症状，出现腹部持续性痉挛性疼痛，伴有剧烈呕吐，呕吐物带有胆汁。腹部可触到包块。当出现绞窄后，腹痛加剧，患儿全身情况迅速出现恶化。

【治疗】

确诊后应马上进行手术，而在其他手术过程中发现本病也应进行相应的处理。肠管无坏死，应将肠管复位，关闭疝口。在肠管复位时，应避免损伤肠系膜的血管，以免术后发生肠坏死。若出现嵌顿的肠管发生坏死，应做肠管切除吻合术。复位肠管后关闭疝口。

（刘钧澄）

第十节　短肠综合征

【临床提要】

小儿短肠综合征（short bowel syndrome in children）系指因各种原因行广泛小肠切除，切除小肠长度超过原长度 2/3 以上，新生儿剩余小肠 < 75cm 者导致水、电解质代谢失调，脂肪、蛋白质、糖类、各种维生素与重要微量元素等吸收不良的综合征。常见原因诸如先天性小肠扭结坏死、急性广泛肠扭转坏死、出血性坏死性小肠炎等。

小儿小肠长度随种族、性别、胖瘦、年龄、个体等因素而有差别。早产儿小肠平均长度为 233cm，足月新生儿小肠长度为 216 ~ 265cm。按 Beneke 的计算公式小儿身高 100cm 小肠平均长度为 389cm。

■临床表现

Rickham 与 Pullan 将小儿短肠段综合征分为 3 期，为大家认可。

一期（急性期）：15～30 天，主要是顽固性大量腹泻导致水、电解质紊乱，营养吸收障碍，低蛋白血症与免疫功能低下。表现为明显的等渗性脱水。脉细快，血压下降，尿少，伴酸中毒。由于低钾出现神志淡漠，目光呆滞，四肢无力，反射消失，心悸与心律失常等。可表现脂肪下痢：大便次数多，量多，色淡黄，恶臭。在便盆上可见漂浮油珠。维生素 A 吸收不良出现夜盲、角膜干燥和软化。

二期（中间代偿期）：3～6 个月，主要是营养吸收障碍，该期仍有腹泻，长时期存在，但程度轻。各种营养物吸收不良，蛋白质吸收不良出现消瘦、低蛋白、贫血。维生素 D 和钙吸收不良出现感觉异常、骨骼疼痛、手足抽搐。Touloukian 报道 4 例婴儿短肠综合征，用 TPN 后因维生素 D 缺乏发生佝偻病，经 X 线摄片与生化检查证实。严重缺钙引起骨质疏松或骨折。维生素 B_{12}、铁与叶酸缺乏引起小细胞性贫血和大细胞性贫血，出现面色苍白、心悸、头晕与食欲不振。维生素 A、核黄素与维生素 B_1 吸收不良，出现皮肤粗糙、表皮角化过度、舌炎、口角炎与周围神经炎。维生素 K 吸收障碍使凝血酶原形成不良引起皮下出血、牙龈出血、血尿等。微量元素锌缺乏出现肠源性肢端皮炎、皮疹、味觉障碍。铜缺乏出现贫血，中性白细胞下降，骨质改变。铬缺乏出现耐糖能力异常。硒异常出现心肌病以及下肢肌肉痛等。

三期（恢复期）：可延续一年以上。经过治疗营养基本纠正，机体代偿作用逐渐完善，病情稳定。该期糖已完全吸收，蛋白吸收 75% 左右，脂肪吸收仍不满意。

■辅助检查

1．粪脂测定　　粪便用苏丹衫与醋酸溶液染色，脂肪染成黄色小球，轻度脂泻 75% 阳性，明显脂泻 90% 以上阳性。

2．脂肪吸收试验　　在试验前先口服脂肪含量 > 50g/24h，饮食 3 天，以后口服脂肪含量 70g/24h，饮食 3 天（小儿酌情减量）。收集 72h 大便，测定大便中脂肪。

按公式计算：$脂肪吸收率 = \dfrac{饮食内脂肪 - 粪脂}{饮食内脂肪} \times 100\%$

< 95% 为吸收不良。

3．D-木糖试验　　木糖是一种戊糖，口服后在空肠吸收，不在体内代谢，主要在肾脏排出，故不受体内糖代谢影响，在肾功能正常情况下测定尿中的木糖排出量可反映小肠对糖的吸收情况，正常 $1.51 \pm 0.21g$。诊断阳性率在 90% 以上。

4．尿内尿蓝母测定　　饮食中的色氨酸在肠道细菌中色氨酸酶的作用下分解为吲哚，经门静脉在肝内解毒为尿蓝母从尿中排出，正常人 24h 内尿中尿蓝母含量 < 100mg。短肠综合征病儿尿中尿蓝母含量高于正常。

【治疗】

■药物治疗

可作为辅助治疗。短肠综合征患儿代偿性胃酸分泌亢进。可用 H_2 受体阻滞剂如甲氰咪胍或雷尼替丁、可待因减轻腹泻。激素有利于脂肪和维生素 A 的吸收。止泻可用苯乙哌啶、鞣酸蛋白、硅酸铅。胆汁性腹泻可用消胆胺。用盐酸呱二苯丁胺（lopermide）对治疗腹泻有效。维生素 D_2 辅以钙剂可治疗维生素 D 缺乏性佝偻病。

■营养治疗

178

目的：①纠正水、电解质与酸碱平衡失调。②补充人体各种必需的营养物质。③促进剩留小肠的顺应性，逐渐恢复对各种营养的吸收功能。④促使剩留小肠粘膜最大限度发挥再生能力。

营养治疗包括 TPN（胃肠道外全营养）、HPN（家庭胃肠道外营养）、ED（要素饮食）与 LRD（低渣饮食）等。

一期：应用 TPN 补充水与各种电解质，静滴 5% 葡萄糖乳酸钠林格氏液，加适量氯化钾、葡萄糖酸钙、硫酸镁及复合维生素液。输入 L 型氨基酸结晶（包括胱氨酸、酪氨酸、半胱氨酸的混合液）。应用中链三酸甘油脂的脂肪乳剂，配合用药物治疗。

二期：从 TPN 逐渐过渡到 HPN，摄入 ED 或 LRD 或等渗饮食。婴儿多以母乳喂养，可促粘膜再生，逐渐增加小肠的顺应性。

三期：继续 HPN、HED（家庭要素饮食）或 HLRD（家庭低渣饮食）到完全过渡到普食。

■手术治疗

目的：延长食物在消化道内吸收时间，增加营养吸收。手术方法如下：

1．迷走神经切断术和幽门成形术　　迷走神经切断分为迷走神经干切断术和选择性迷走神经切断术 2 种，以选用后者较好，其具体方法：显露迷走神经前干和后干。先拉开前干找到埋藏在小网膜内的肝支。在前干发出肝支处切断胃前支，并尽量将分支分离到胃小弯处切断。将贲门和食管下端牵向左侧，找到后干，把前干与肝支拉向右侧，找到后干的腹腔支，沿腹腔支向上，在后干分出胃后支处将胃后支切断，并尽量将胃后支分离到胃小弯处的各分支切断。选择性迷走神经切断的同时应加作幽门成形术，防止术后胃内容物通过障碍而发生胃扩张。幽门成形术常采用 Heinek‐Mikulicz 手术，即幽门纵切横缝手术。该手术可减少胃酸和胃液分泌，恢复胰酶的消化作用。

2．小肠倒置吻合术　　把广泛小肠切除后的剩留远端小肠在约 4～6cm 处切断，保留该段小肠的肠系膜血管供血，倒转 180°，与远近肠管作端端吻合术。

3．小肠肠袢再循环术　　将近端小肠末端弯成一个圆圈，该肠袢的长度约 6～8cm，再将远端肠袢的末端圆圈形肠袢行端侧吻合术，其形如"蜗牛"。使食物在肠袢圈中转流，延长食物停留时间，增加剩留小肠的消化与吸收功能。

4．小肠肠袢延长术　　选好一段 8cm 左右小肠，仔细观察供应该段肠袢的肠系膜分布，用 2 把肠钳控制该肠段的二端，再用细小电烙针将系膜对侧肠壁正中纵形劈开，电凝止血，进入肠腔，吸尽肠液。将系膜侧的肠壁经肠腔用细小的电烙针在正中纵形劈开，肠管即劈成二片，在小肠系膜的二层之间用脑膜剥离板将其慢慢地剥开。二层肠系膜各含有一只血管供应二片肠壁。随后用 GIA 吻合器将二片肠壁分别缝成通过 F12～16 号导尿管的肠管，即形成二段直径比原来肠管小 1/2 的小肠。二段小肠顺蠕动连接作端端吻合，使小肠长度延长了一倍。最后将延长了的肠段与剩留小肠的远近端作端端吻合。该手术为 Bianchi 首先在动物实验取得成功，又称 Bianchi 小肠延长术。1981 年 Bianchi 首先用于临床获得成功。Thompsn 于 1995 年报告 14 例小肠肠袢延长术，12 例（86%）病情改善。

5．小肠新粘膜形成术　　在剩留肠系膜对侧肠壁作纵形切口，切开肠壁 8～10cm，将邻近横结肠浆膜面贴近于敞开的小肠切口上，并间断缝合固定，1.5～2.5cm宽的结肠浆膜面暴露于小肠肠腔。3～4个月后粘膜从缝合的小肠边缘向结肠浆膜面爬行并覆盖显露在小肠肠腔的结肠浆膜面，形成了新的小肠粘膜，扩大了小肠粘膜面积，可增加对营养物的吸收。经动物实验证明新形成的粘膜与原小肠粘膜的形态与组织结构完全一致。新粘膜刷状缘中的氨基酶、麦芽糖酶、乳糖酶等活性与正常小肠粘膜的酶类相似。褚先秋（1997）报道新生儿短肠综合征14例中9例手术，行新粘膜成形术3例，经5年以上随访均存活，经各种检测，说明糖、脂肪、蛋白与离子均已正常。

6. 人造小肠瓣膜术　　分别在剩留小肠吻合口的远近两端4cm处各建立人造瓣膜。环形切除小肠1.0～1.5cm的肠壁浆肌层，保留粘膜与粘膜下层，将上下两边的浆肌层对拢缝合，使粘膜下层与粘膜向肠腔内翻形成环形的粘膜瓣，使肠蠕动减慢，延长食物在小肠内通过时间。

7. 结肠间置术　　切取一段带结肠系膜血管的横结肠曲与左半结肠，长8～15cm。作顺时针方向转90°，间置于剩留空回肠之间，再将横结肠近端与左半结肠远端作端端吻合，以恢复结肠连续性，经临床观察钡剂通过间置结肠时停留时间延长，增加营养物的吸收。

8. 阑尾间置术　　广泛小肠切除时回肠切除过多，只剩留一小段回肠残株，无法保留回盲瓣。Uroz（1995）认为切除回盲瓣的短肠综合征其死亡率比未切除回盲瓣的短肠综合征高。为了保留回盲瓣可采用阑尾间置术。手术方法：在阑尾基底部切断阑尾，盲肠裂口缝闭。保留阑尾系膜血管，把开放的阑尾基部与回肠残株作端端吻合，阑尾尖端切除开放造瘘，以免阑尾腔内分泌物潴留引起吻合口瘘。同时作近端空肠造瘘。术后TPN维持，数周后行二期手术。拔除空肠造瘘，缝闭阑尾瘘口。沿阑尾纵轴切开阑尾，按阑尾切口长度切开空肠末端肠壁行阑尾空肠侧端吻合术，保留了回盲瓣。

（褚先秋）

第十一节　肠　套　叠

肠套叠（intussusception）是某段肠管及其系膜进入邻近肠管内引起的一种肠梗阻。分急性和慢性肠套叠，以前者常见。

一、急性肠套叠

【临床提要】

急性肠套叠（acute intussusception）是临床上最常见的小儿急腹症，多发生在1岁内婴儿，发病年龄以4～10个月为高峰期，以后随着年龄的增长发病率逐渐降低。临床上多发生于肥胖男婴。本病终年可见，但以春末夏初发病较为集中。虽然致病原因不明，但与饮食习惯和方式的改变、食物刺激以及偶尔因手术引起的肠功能紊乱，回盲部局部解剖异常，肠道痉挛和病毒感染等有关。

临床上所见到的大部分是发生近端肠管按正常蠕动方向套入远侧肠腔内，称为顺行套叠。偶尔也有相反者，称为逆行套叠。发生肠套叠后，套入部随着肠管蠕动的增强逐渐前进，该段套入肠管所属附着的肠系膜也被拖入鞘内，其颈部被束紧。随着病程的延长，套入部肠管最终因供血停止而发生缺血性坏死。不同部位肠管血液供应受阻程度有所不同，坏死最先发生于受压最紧的中层及与外层的转折区，最内层发生坏死较晚，而外层少出现坏死。肠套叠的类型依其发生率分别为回结型、回盲型、回回结型（复套）、小肠型、结肠型和多发型。回结型和回盲型占了75%以上。

■急性肠套叠的临床表现

（1）腹痛　　腹痛为最早症状，呈阵发性，患儿常突然发作哭闹不安，面色苍白，延续数分钟后患儿安静，甚至可以入睡，但间歇10~20min后又重复发作。

（2）呕吐　　早期呕吐，吐出奶汁、奶块等食物。逐渐发展吐出胆汁，晚期含有粪便。

（3）血便　　多在起病数小时后排出血便，为粘稠的果酱色大便。偶尔有出血量较多者，可排出红色的血便。

（4）腹部肿物　　腹部可扪及腊肠形肿物。

发病早期患儿一般情况尚好，24h后病情逐渐恶化，症状加重。患儿出现精神萎靡、嗜睡、面色苍白，呈严重脱水表现。体温常升高至39℃以上，脉率加快，48h后因腹胀明显加剧，导致膈肌升高，影响呼吸。如发生肠坏死会出现典型的腹膜刺激征。患儿全身中毒症状不断加重，脉搏细速，高烧40℃以上，甚至发展至休克、全身衰竭而死亡。

■急性肠套叠的诊断

主要根据腹痛、呕吐、便血、腹部肿块临床4大症状。以便血伴有腹部触及腊肠样肿块为典型。有些病儿早期症状不典型，病史不详或肠套叠继发于其他疾病会增加诊断难度。常误诊为腹泻、痢疾或其他肠道疾病。对诊断有疑问时可借助于X线透视下钡剂或空气灌肠检查明确诊断。钡剂或空气注入后，可看到套叠处有受阻的影像。套入肠管的头端呈圆形，空气灌肠透视下可见软组织肿块、钳状阴影等；钡灌肠可见杯口形、发团状影、蟹钳状或弹簧状阴影。腹部B超检查也对诊断有帮助，可见"同心圆"或"靶形"块影。其影像特征是，一个较宽的环状低回声区包绕着一个呈高低相间混合回声或呈一致性高回声的圆形中心区。

急性肠套叠须与细菌性痢疾、美克耳憩室出血、消化不良及急性胃肠炎、腹型过敏性紫癜、蛔虫性肠梗阻、结肠息肉和直肠脱垂疾病进行鉴别诊断。须警惕有些患儿在患这类疾病的基础上合并肠套叠。

【治疗】

治疗有非手术疗法和手术疗法。

■非手术疗法

非手术疗法又可分为X线透视下空气或钡剂灌肠和在B超监测下生理盐水灌肠复位，以及应用纤维结肠镜气体复位。

（一）复位前处理

复位前，应对患儿进行必要的检查，了解患儿的全身状况。确定患儿是否适合非手术治疗。为增加复位的成功率，复位前应注射阿托品0.01mg/kg、鲁米那3~4mg/kg；必要时用氯胺酮或其他基础麻醉剂肌注使病儿解痉镇静。

（二）各类复位方法

1．空气灌肠

（1）优点：经济、操作简单方便，在基层医院也可进行。病儿一般不需住院，复位后仅在门诊观察数小时即可。复位时如发生穿孔，对腹膜刺激性也较小；而钡剂则可引起强烈的化学刺激反应，死亡率也会随之升高。

（2）缺点：空气灌肠显影不如钡剂清晰，若不能确诊时仍需加用钡剂。空气灌肠复位较钡灌肠易穿孔，且套叠整复时影像不如钡剂明确，复发率高。复位过程出现穿孔时，往往要比B超下盐水复位来得凶险。

（3）适应证：全身情况好，生命体征基本正常。透视下肠腔无明显液平。腹胀不显著，无腹膜刺激症状，发病在48h以内者。

（4）禁忌证：①发病超过48h或全身情况不良，高烧、脱水、精神萎靡不振及休克等中毒症状者。②腹胀明显，且透视下肠腔内有多个巨大液平。③已有腹膜刺激症状或疑有肠坏死者。④患有痢疾等肠壁本身的损害性病变而合并肠套叠者。⑤多次复发性肠套叠而疑有器质性病变者。⑥出血早且量多，肠壁、血管损害严重者。⑦肿块过大已至横结肠脾曲以下，估计很难复位者。⑧小肠型套叠。

（5）方法：

1）将有气囊的双腔管插入肛门，深约5~6cm。注入气体使气囊充气，防止复位时灌入气体泄漏。另一端接空气灌肠机。

2）胸腹透视注意肠腔积气及膈下有无游离气体。

3）注入压力为8.0~10.6kPa，如有肠套叠，此时可发现阴影，空气前进受阻，出现肠套叠各种影像。继续注气时可见空气影向前推进，套入之头端逐渐被挤后移。如果压力不够可逐渐加大至13~16kPa，若不能复位，应放出气体，待病儿休息片刻，然后再次注入空气。在复位的同时，术者用手在患儿腹部按摩，推压肿块帮助复位。在套入肠段退至右下腹回盲部时，复位会出现困难。此时应仔细观察局部的变化，当看到气体突然进入小肠，继之中腹部小肠迅速充盈气体，说明复位已经成功。继续维持肠内压一段时间，防止复位不全。将结肠气体放出，再次检查腹部不再扪及肿块。拔出气囊管，多有大量气体和暗红色血粘液便排出。

（6）空气灌肠的并发症及预防措施：

1）结肠穿孔　　其发病率约为1%~5%。在复位过程中，如果看到腹腔内突然有"闪光"改变，气体迅即弥散全腹及膈下，此乃结肠穿孔的征象。此时拔出注气管无大量气体排出，患儿腹胀严重，全身情况急剧恶化，面色灰白，呼吸急促而艰难，心跳加速脉搏细弱不易摸及。由于腹压升高致使膈肌抬高，并压迫胸腔脏器及下腔静脉，导致缺氧，下肢血液回流障碍，皮肤可出现青紫及花斑。遇此情况如只是抢救休克、气管插管和加压给氧，常会致延误时机，造成死亡。最快捷有效的方法是立即用粗针头在剑突

182

与脐或脐与髂前上棘连线中点刺入腹腔，如果有大量气体溢出，患儿全身情况会刻好转。呼吸、心跳、血液循环恢复正常，然后再行剖腹手术补肠穿孔和套叠复位。

空气灌肠穿孔原因：选择病例不当，发病超过48h肠管已出现坏死；注气压力过高速度过猛。

2）复位不全　　空气灌肠复位症状再发者比钡剂灌肠高。其原因可能由于透视影像不清、复位不全所致。也有因复位时套入部被推回至回盲部，但未完全复位，而误为已复位。

2．钡剂灌肠　　其适应证、方法和优缺点见空气灌肠。首先观察有无肠套叠的各种影像，确诊后进行复位。借靠钡剂的压力推动套入部逐渐退出，并有钡液进入回肠。

3．B超下盐水复位

（1）优点：避免X线照射的影响；可从横纵两个断面对套叠包块进行动态追踪，影像比X线更清楚；可诊断出回回结型；不易发生穿孔，且医师可直接观察患儿，非常安全。

（2）方法：B超腹部扫描见"同心圆"或"靶形"块影确诊后，用35~37℃等渗盐水，匀速推入直肠内，或用压力6.5~13kPa注入。随着注水量增加和水压增高，B超下可见横断面上套叠鞘部与套入部之间的无回声环状液性暗区逐渐增大，套入部压逐渐缩小，最后消失。套叠包块向回盲部移动，动态追踪中见新的横断面上的"同心圆"或"靶形"块影，随着水压的渐增，又反复出现上述影像，最后套叠包块复位到回盲部。在纵断面上，首先看到结肠内的回声液性与套头之间出现明显的杯口状阴影，随压力增加，进入套入部与鞘部之间的液体逐渐增多，套头渐缩小，出现典型的宫颈样改变，继之套头变平，最后又出现新的杯口状阴影，上述影像反复出现，套叠块影退至回盲部。同时可清晰地看到套叠块影纵断面上套入肠管的情况。在回盲部常规采用纵断面观察，由于水压增加，盲肠内无回声液性暗区渐增大，肿块影由大变小，套叠的块影宛如伸延到海洋中的一个半岛，故称为"半岛征"，随着复位的进展，这个"半岛"由大变小，最后通过回盲瓣突然消失。在复位成功的瞬间，随着肿块影的消失，液体急速通过回盲瓣进入回肠。复位成功后盲肠和末端回肠肠壁的影像清晰，水肿的回盲瓣呈"蟹爪样"运动，末端回肠水肿明显，其纵断面呈"沟壑样"，横断面呈"铜线样"改变。

（3）B超复位的鉴定：根据回盲部"半岛"块影通过回盲瓣突然消失，盲肠内液体急速进入回肠，以及水肿的回盲瓣呈"蟹爪样"运动，末端回肠水肿，其纵断面呈"沟壑样"改变来证实肠套叠复位。

（4）肠穿孔在B超下标志：当复位过程中出现肠穿孔时，B超荧光屏可立即出现一些特征性变化，如：腹腔出现中等量液体，结肠内液体消失，肠管在腹腔上漂浮等。

4．应用纤维结肠镜复位

患儿复位前亦应注射术前针，给予镇静、解痉药物如鲁米那、阿托品类。为监测结肠腔压力，可将测压表装置（如血压表）以"T"形三通管与内窥镜抽吸管连接。术者在助手协作下，轻柔插镜，循腔渐进，尽量少作拉钩动作。在发现套入段头部之前，避免向肠腔送气。在内窥镜下可见套入段头部，其形态似充血肿胀的子宫颈，颜色可呈鲜红色至紫灰色。在套入段头部的远端肠管可有一段结肠粘膜出现水肿及充血现象。

肠套叠诊断经确立后，如无禁忌证，即可用送气泵以均匀速度输出气体。复位时肠腔气压力一般在 6.67～10.7kPa（50～80mmHg）。通过内窥镜输气管肠镜端，接近于套入段头部向肠腔注气加压灌肠，可见头部向近端肠管退缩，内窥镜尾随头部深入，直至其消失。套入的头部在突然消失时，可有一轻轻的"噗"声，小肠即奔气而使塌陷的腹部中央膨胀，继续观察 1～2min 可见近端肠腔有肠液和黄色粪便向远端肠管排出。

（三）复位后处理

1．复位成功后患儿安然入睡，不再哭闹，腹胀减轻，肿块消失。为证实肠套叠已经复位，可给活性炭 1g 口服，数小时后由肛门排出含有黑色炭末的粪便，或在灌肠液中见到黑色炭末。复位后应在门诊观察数小时，以了解是否复位完全，确认复位后方可进食。

2．由于复位后，肠内的细菌和毒素吸收，患儿出现腹胀、高热、心率加快等症状。应给予静脉补液和应用抗生素、甲硝唑等。同时须密切观察病情，对高热等进行对症处理。

■手术疗法

1．手术前处理

（1）包括建立静脉通道，并纠正水、电解质紊乱和酸碱平衡失调。

（2）应用抗生素。

（3）禁食、停留胃管和胃肠减压。

2．各类手术方法

麻醉：根据病情可采用气管内麻、硬膜外麻或基础麻加局麻。麻醉后应再次检查腹部，此时患儿安静，腹肌柔软，套叠肿块更易触及，少数患儿麻醉后，套叠可自行复位。

（1）腹腔镜观察下盐水复位　空气或钡灌肠 3 次操作复位不成功者，可试图在腹腔镜观察下继续复位。先经肛门在直肠内放入 20 号 Foley 导尿管，球囊内注入 10～15mL 盐水。脐上用 5mm trocar 插入，注入 0.93～1.33kPa（7～10mmHg）的压力，分别在耻骨上左右两旁插入 5mm 的 trocar。保持距离患儿 100cm 高度水压，持续从肛门插入双腔尿管后灌入盐水复位，同时腹腔镜下观察回盲部和末端回肠，证实复位成功者，操作结束。若复位不成功，可继续重复 2 次盐水复位。仍不成功，将改为开放性手术。

（2）开放手术疗法　发病超过 48h，全身情况差；复套；非手术复位失败；肛检可触及肠套叠头部者，或晚期合并有其他肠道疾患，多次复发，或有慢性肠套叠者均宜手术。

切口一般多采用右腹横切口，其优点在于术中暴露好，术后伤口裂开机会较少。

整复手法：切开腹膜后，术者以右手顺结肠走向，探查套叠肿块。经常可以在升结肠、横结肠肝区或中部触到套叠的肠管，肿块置于切口外，在套入部之头端在明视下用两手拇指及食指缓慢地交替挤压直至完全复位。如遇回回结肠套叠，在肿块退出回盲瓣后仍须继续挤推至完全脱套为止。在复位过程中切忌牵拉套之近端肠段，以免因此而造成套入肠壁撕裂甚至断裂。套叠的阑尾亦应切除。在已复位的肠管往往可见距离回盲部数厘米的回肠壁上，有一直径约 1～2cm 的圆形或椭圆形凹陷区，这是套叠后局部集合淋巴小结肥厚水肿、内陷的结果。必须使之恢复平整，以免凹陷保留引起复发。也不要误把此处为引起套叠的原因而切开。复位时如发现浆膜层有细小裂开应予修补。复位后的肠管还常见有肠壁水肿、瘀血青紫，浆膜下出现小块出血或黑色区等征象，此时应使用温盐水纱布包裹该段肠管数分钟，或用 0.25% 普鲁卡因封闭肠系膜的血管周围，证实肠管生活力良好后，可将肠管还纳腹腔，不必作任何固定手术。如果肠壁已坏死，不能脱套或疑有继发性坏死可能者，在病情许可下可行肠切除肠吻合术。如果病情严重，患儿不能耐受肠切除手术时，可暂行肠造瘘或肠外置术。

3. 手术后处理　　按肠梗阻术后处理、禁食、胃肠减压，继续治疗水、电解质紊乱和酸碱平衡失调情况。对出现高热、腹胀等情况需对症处理。给予应用抗生素。由于患儿腹胀严重及禁食，伤口易裂开，故需密切观察患儿的伤口情况，防止伤口感染和裂开。有肠造瘘和肠外置的患儿，待病情好转后再关闭肠造瘘或处理肠外置。

二、慢性肠套叠

【临床提要】

慢性肠套叠（chronic intussusception）多发生于较大儿童，病期较长，通常血循环障碍不严重，肠壁充血水肿不明显，肠腔保持部分通畅，无肠管坏死、中毒高热、脱水等症状。由于病情缓和，常延迟数周甚至数月以上才就诊。患儿一般情况尚佳，无休克，腹胀也不严重。主要症状仍为腹痛。

慢性肠套叠常由器质性病变引起，如息肉、血管瘤、淋巴管瘤、美克耳憩室等。阑尾完全内翻也可引起慢性肠套叠，虽经多次空气灌肠复位，仍反复发作，最后需切除阑尾。

【治疗】

慢性肠套叠多数为器质性病变引起，确诊后应行手术治疗。手术要去除套叠的原发病变，必要时切除病变所在的部分肠管。

三、复发性肠套叠

【临床提要】

是指多次反复发作肠套叠，患儿局部可能有致病因素引起。复发性肠套叠（recurrent intussusception）多有腹痛、呕吐、肿块。

【治疗】

一般仍主张先用非手术治疗。复发后再次灌肠多可解除套叠。对疑有器质性病变或术后复发性肠套叠者应施行剖腹探查术，去除原发病变。

第十二节 阑 尾 炎

【临床提要】

急性阑尾炎（acute appendicitis）是常见的急腹症。小儿急性阑尾炎发生率较成人低，儿童各年龄期均可发病，6～10岁为发病高峰年龄，性别及季节无明显差异。小儿盲肠相对较成人游离，异位阑尾炎发病率高。发生急性阑尾炎的原因是多方面的。有解剖因素，小儿阑尾腔狭小，易引起引流不畅，粪石常可引起急性阑尾炎发生；此外与蛔虫、蛲虫等寄生虫也有密切的关系；肠道细菌的移位可致阑尾炎的发作；一些疾病也可导致阑尾炎，如新生儿阑尾炎，可因先天性巨结肠致结肠内压力增高而引起。

阑尾炎在病理上分为卡他性、蜂窝织炎性或化脓性、坏疽性。小儿阑尾炎病程较短，临床症状常不典型，加之小儿常不能叙述，增加了诊断的困难。早期临床常与消化不良等疾病混淆。小儿阑尾壁薄、易穿孔，穿孔后又因为大网膜短，不能包裹炎症不易局限，引起弥漫性腹膜炎。

小儿阑尾炎的临床症状与成人有相似之处，腹痛和恶心呕吐是最常见症状。较大患儿可诉转移性的右下腹痛，年龄较小者常表现为震荡痛，如不愿行走、轻拍身体其他部位时，震荡至腹部患儿出现啼哭。患儿还出现发热以及便秘或腹泻等消化道激惹征象。腹部体征可表现为腹部压痛和反跳痛、结肠充气（Rovsin）征、腰大肌征或闭孔肌征阳性。年龄较小者可采用对比法来了解有无腹部压痛，检查者双手同时压腹部两点，由患儿一只手自由抵抗，重复多次可看出有无压痛和真正压痛位置。直肠指检对诊断有帮助。腹部穿刺对诊断困难者可有帮助。实验室检查血白细胞和中性粒细胞增高。X线腹部检查常有右下腹密度增高，肠道充气异常。B超检查可清晰地测出阑尾形态，壁厚及腔内是否有粪石，而且影像变化与病理改变基本一致，同时还能观察到周围肠管蠕动情况，腹腔有无渗出及阑尾是否被大网膜包裹等。不同类型的阑尾炎，B超下有其影像特征，故B超检查有助于临床诊断，并有助了解阑尾炎的病理分型。对临床表现不典型的阑尾炎或异位阑尾炎也可做出诊断。

慢性阑尾炎主要表现为反复的右下腹隐痛，钡灌肠或钡餐检查多可帮助诊断。

小儿阑尾炎应与急性肠系膜淋巴结炎、过敏性紫癜、急性胃肠炎、肠蛔虫症、美克尔憩室炎、右侧输尿管结石、右侧卵巢囊肿扭转和急性坏死性肠炎等疾病鉴别。

【治疗】

因小儿特点，阑尾炎一经诊断，应手术切除阑尾。年龄较大，患病超过3天，出现阑尾周围脓肿者，可在严密的观察下先行非手术治疗，3个月后再切除阑尾。对于急性单纯性和蜂窝织炎性阑尾炎应预防性给予抗生素以防止术后感染；而对坏疽、穿孔性阑尾炎，应予抗生素治疗。预防性抗生素应用显著降低术后感染率，特别是甲硝唑的应用大大减少了伤口的感染，甲硝唑加第二、三代头孢菌素效果好。目前提倡手术切开皮肤之前，静滴甲硝唑和抗生素，术后继续应用。阑尾切除术前应做好相应的处理，如纠正水、电解质紊乱和酸中毒，高热时给予降温等。

手术可在腹腔镜下进行，也可常规开放性手术。

■腹腔镜下阑尾切除术

麻醉下，头低足抬高 10°～20°角，左侧倾斜 10°～15°角。气腹压 1.3～1.6kPa（12mmHg）。脐上置入腹腔镜，依次窥测上腹部、右下腹部、左下腹、盆腔，证实为急性阑尾炎及阑尾位置无变异后。右侧麦氏点偏上方置阑尾抓钳，左下腹置操作器械，找到阑尾后，分离周围粘连，阑尾抓钳牵起阑尾，置入钛夹钳在阑尾系膜上钛夹后电凝剪刀切断，分离达阑尾系膜根部，其血管均上钛夹或钛夹加套扎后远端 0.3cm 剪断。也可电灼阑尾根部 2 次，每次电灼时至组织发黄为止。把预做的线圈送入腹腔内结扎阑尾根部两圈，在两线间剪断阑尾。残端电灼，从 10mm 套针鞘取出阑尾，局部冲洗腹腔，吸净渗液，如腹腔渗出液浑浊且量较多或残端处理不满意者，置腹腔引流管。

■常规开放性手术

与成人阑尾切除术相同。对阑尾周围脓肿、阑尾穿孔引起弥漫性腹膜炎、阑尾残端处理欠可靠，除应吸净腹腔内液体外，还需放置引流管。术后麻醉清醒后早期采取半坐卧位和早期活动。

对单纯性阑尾炎或慢性阑尾炎可采用阑尾内翻术。手术中找到并提起阑尾，于阑尾系膜根部切断系膜，为使阑尾便于内翻，须完全切除阑尾壁上的系膜。钳夹离阑尾根部 0.5cm 处，用探针从阑尾尖端内翻阑尾入盲肠内，在钳夹处结扎根部，荷包缝合包埋阑尾。

近年为美观，对阑尾切除术切口进行改进。对术前阑尾炎诊断明确，排除阑尾异位时选用此切口。沿右下腹横纹切开皮肤和皮下组织，自右髂前上嵴的内下方 1～2cm，沿皮纹至腹直肌外缘，切口长约 4～5cm，达腹外斜肌腱膜，用拉勾上下拉开切口，经麦氏点沿腹外斜肌腱膜纤维的走行方向斜行切开腱膜，按常规方法分离肌肉、腹膜，切除阑尾。不缝合腹膜，用可吸收线缝合拉开肌肉 2～3 针，连续缝合腹外斜肌腱膜，间断缝合皮下，最后切口连续缝合皮内。手术后切口瘢痕较小甚至不明显。

■小儿阑尾脓肿的治疗

有学者主张以非手术治疗为主，认为阑尾炎症已局限包裹，手术可使炎症扩散，而非手术治疗合并症少，住院时间短，3 个月后再行阑尾切除较安全。阑尾周围脓肿估计包裹较好者，应密切观察症状、体征，并行实验室检查和 B 超检查。病情发展的应及时手术治疗，手术以引流为目的，如坏疽的阑尾、蛔虫及粪石等包裹粘连不明显应予清除，但避免暴力分离粘连。暂不宜切除阑尾，半年后再切除阑尾。但亦有学者认为阑尾脓肿难包裹易引起弥漫性腹膜炎，且非手术治疗后阑尾炎复发率为 20%。因此，对小儿阑尾脓肿，如全身中毒症状重，包块大、张力高，腹部压痛范围广或非手术治疗无改善甚至加重者，仍要积极手术。行阑尾切除和腹腔冲洗术，既可减少阑尾炎复发的潜在危险性，又可避免再次住院，以及脓肿破裂发生中毒性休克的危险。阑尾脓肿因回盲部及阑尾与大网膜、后腹膜、侧腹膜、末端回肠间有粘连形成，手术是取右下腹经腹直肌切口便于暴露，入腹后迅速吸尽脓腔内脓液，小心分离粘连，多可暴露阑尾切除之，残端荷包包埋，若阑尾远端与周围粘连严重难以提起，则行逆行阑尾切除，再用抗生素冲洗腹腔直至冲洗液清亮为止，一般无需放置腹腔引流管。

■并发症及其处理

阑尾切除术后并发症有出血、切口感染、粘连性肠梗阻、阑尾残株炎和粪瘘等。此外还有腹腔脓肿、内外瘘和门静脉炎。

（1）腹腔脓肿 是阑尾炎未经及时有效处理的后果。除阑尾周围脓肿外，还有膈下脓肿、肠间脓肿和盆腔脓肿。多在术后原症状一度缓解，再逐渐表现出感染症状。全身症状主要是发热，呈弛张性高热，早晚波动大，也可中度持续发热，伴随全身不适、乏力、贫血、多汗、恶心、肠激惹征象和梗阻症状。局部症状因病变部位而异。B超和CT检查可帮助做出诊断，一经诊断，即应在B超引导下穿刺抽脓或置管引流。根据腹腔脓肿的部位选择体位，先用探头探查，确定针靶及进针位置。再用消毒探头，在监示器监视下进针至脓腔。抽尽脓液，再用含抗生素的无菌生理盐水冲洗脓腔。最后置入引流管并固定好。盆腔脓肿经直肠穿刺，用肛门镜撑开肛门，由直肠前壁进针抽脓并置管。

（2）内、外瘘形成 多数因阑尾周围脓肿未能及时引流，引起脓肿向小肠、大肠、膀胱、阴道或腹壁穿破，形成内瘘或外瘘。根据不同的瘘，做相应的处理。

（3）门静脉炎 近年较少见，临床表现为肝肿大，剑突下压痛，轻度黄疸，寒颤、高热等。可发展成为感染性休克和脓毒症。一经诊断，应迅速使用大剂量有效的抗生素，可静滴甲硝唑和第二、三代头孢菌素以及丁胺卡那霉素等。

第十三节　肠　瘘

【临床提要】

因肠壁的损伤或病变，引起肠管内容物从肠腔持续进入腹腔，并与腹内其他脏器或体表发生交通，称为肠瘘（intestinal fistulas）。肠管与腹腔内其他脏器相通为内瘘，与体表交通为外瘘，临床上以肠外瘘较多见。

引起肠瘘的原因主要与手术有关。常见为肠吻合术后，吻合口生长不良，出现吻合口裂开以及手术中损伤肠管。还可发生在手术中对肠管的生活力判断有误，把血运障碍的肠管误认为正常而未做处理，术后肠管出现缺血坏死，这多见于肠套叠、嵌顿性疝、绞窄性肠梗阻和坏死性小肠结肠炎等，此外外伤、炎性肠道疾病、放射性肠炎和肿瘤等，也可引起肠瘘。

肠外瘘可以按形态分为管状瘘、唇状瘘和断端瘘。管状瘘是肠壁瘘口和腹壁外口之间有一段长短、粗细、曲直不同的瘘管，瘘管的下端可能存在脓腔。唇状瘘是肠粘膜外翻与皮肤愈着而形成，有如唇状，多系腹壁切口下肠管破裂所致，故在瘘口可看到肠粘膜，并可直接进入肠腔。断端瘘是肠管完全或接近完全断裂而形成，肠内容物全部从瘘口流出体外。管状瘘多可经非手术治疗愈合，随着胃肠外营养的广泛应用，越来越多的唇状瘘也可经非手术治疗愈合，断端瘘只有手术治疗才可治愈。根据瘘口的数目可分为单个瘘和多发瘘，前者有自行愈合的可能，而后者多需手术治疗。以瘘发生的部位分为高位瘘和低位瘘，高位瘘的病理生理变化较大，处理也较困难，死亡率也远远高于低位瘘。按肠瘘流出肠内容物的数量分为高流量瘘和低流量瘘，高流量瘘患儿每日丢失的肠内容物量可有数百毫升，甚至上千毫升。

发生肠外瘘后的机体出现一系列病理生理改变。主要有：大量肠液丢失在体外，引起脱水、电解质紊乱和酸碱平衡失调；因肠外瘘时蛋白质大量丢失，且不能经胃肠道补充营养，同时患儿因感染而处于高分解代谢状态，故可迅速出现营养不良；含有消化酶的肠液外溢，引起瘘周围皮肤和组织的腐蚀糜烂、继发感染和出血，并可引起腹腔内感染、脓毒血症和多系统与器官衰竭而危及生命。

肠外瘘的诊断并不太困难，特别是有手术史者，如手术切口出现肠液、粪便、气体、肠粘膜等，多可做出诊断。若瘘孔较小或瘘管曲折狭小，特别是结肠瘘，肠内容物较干稠，肠液漏出不多，临床诊断有困难。此时可口服活性炭，从伤口流出黑色物可确诊，并可根据流出的时间和量的多少，粗略判断出瘘口的位置。通过口服钡剂，观察瘘口的位置，掌握瘘口以上肠道的长度，对治疗方案的选择有帮助。对瘘管造影可了解瘘管远端的肠管长度。

【治疗】

根据肠外瘘发生后机体的病理生理改变，能否控制感染决定治疗的成败，应尽快选择有效抗生素，同时应及早进行有效的引流，使感染能迅速得到控制。有效的营养支持治疗是肠外瘘治疗中的一个重要部分。因而对肠外瘘患儿应进行抗感染、引流、纠正体内稳态失常、营养支持、腹部局部保护皮肤和手术等综合治疗。

1. 控制腹腔感染和防止继发感染　虽然肠外瘘患儿易出现营养不良，但腹腔感染仍然是肠外瘘患儿死亡的主要原因，营养不良与感染两者形成恶性循环，要终止这一循环必须从控制感染着手。当患儿出现肠瘘时，根据消化道细菌分布，应尽快选择有效抗生素。静滴甲硝唑和第二、三代头孢菌素。腹腔感染往往是外溢肠液未能得到妥善控制所致。因此，控制外溢肠液是治疗肠外瘘的首要措施。早期有效的腹腔引流是控制感染与治疗肠外瘘的关键，肠外瘘的初期多有局限性腹腔炎症或脓肿存在，在瘘口处于从小逐渐扩大的过程，通畅的引流及时去除外溢的肠液，可减轻对瘘和周围组织的腐蚀作用，使炎症迅速消退，促进瘘口自愈。腹腔液的引流，可用双套管进行持续负压引流。因患儿年龄较小，不宜选用粗而硬的引流管，且引流管应避免直接压迫在肠袢和其他脏器上，以免引流管压迫肠管造成更多肠管坏死。对引流不畅者须撑大引流口必要时敞开切口，使腹腔内液体尽快引出。若引流仍不满意者，持续出现发热，身体迅速衰弱，还应考虑剖腹清除积蓄在腹腔其他部位的肠液、脓液。这些残存的脓性肠液常是酿成病程冗长、病理生理改变复杂、发生多器官功能衰竭的根源。此外，还应注意肺部和其他器官的感染，防止褥疮的发生。

2. 纠正患儿机体内稳态失常　肠外瘘时由于不能进食、大量肠液外溢，患儿除有严重感染，还出现高血糖、糖尿与高渗性利尿、低钾、低钠、代谢性酸中毒等机体功能紊乱的现象。应及时根据血液生化检查结果，治疗失水、电解质紊乱和酸碱平衡失调。在治疗肠外瘘的早期，纠正水、电解质、酸碱失衡，应与抗感染同步进行。

3．营养支持　　营养支持与控制感染紧密相关。感染得到控制时营养状况有所改善，相反感染严重时营养状况亦将下降，营养不良将使感染更难控制。营养的改善既有赖于充足的热量与氮的补充，也有赖于机体在感染得到控制后进入合成代谢阶段。营养支持有肠外营养和肠内营养。2种营养方法各有其优缺点和适应证，应根据患儿具体情况来选择。在腹腔内炎症未得到有效的控制时，多先采用全胃肠外营养（TPN），其优点在于水、电解质的补充较方便，营养物质从静脉输入，胃肠液的分泌量减少有利于感染的控制，能促进瘘口自行愈合。胃肠外营养应按比例补充脂肪、葡萄糖、氨基酸、维生素和微量元素。氨基酸量 $2 \sim 2.5g/（kg \cdot d）$，热能为 $251 \sim 355kJ/（kg \cdot d）$，较合理。选用小儿专用氨基酸，应用含中链脂肪酸的脂肪乳剂，定期检查肝功能。肠内营养（EN）具有经济、不需静脉穿刺特别是腔静脉的置管，减少了许多并发症。但肠内营养需在腹腔炎症得到控制后，才能进行。高位肠瘘肠内营养不但补充的能量不足，且护理困难。此类患儿应胃肠外营养加 EN。

4．保护腹壁皮肤　　肠液外瘘时，肠液可腐蚀腹壁皮肤，使局部糜烂、感染。腹壁皮肤的糜烂，患儿哭闹，腹部伤口易裂开，肠管更易再损伤。故应暴露腹部伤口，并同时防止肠液流往其他地方，引起大片腹壁皮肤糜烂。同时因患儿年龄较小，还需保温。我们采用木制或金属制带灯泡拱形的"电桥"。患儿腹部伤口不需盖敷料，在瘘口周围涂氧化锌软膏和棉花，防止肠液流往他处，并随时更换。天气寒冷或患儿体温较低时，"电桥"上装低瓦数（$5 \sim 10W$）灯泡，供保暖和保持局部干燥。电灯泡需防止患儿触电和烧伤。

5．药物治疗　　在纠正内稳态失衡后，腹腔内引流通畅，腹腔感染得到控制，并经过 TPN 治疗，可考虑使用人工合成生长抑素衍生物善得定治疗。给药途径有静脉、肌肉、皮下等。用善得定后，可使肠液明显减少，能促进肠瘘自愈。

6．手术　　自 20 世纪 70 年代以来，胃肠外营养应用使肠外瘘的治疗效果有了明显的改变。相当一部分患儿肠瘘不需手术便可自愈，早期手术仅用于引流不好，炎症无法控制的患儿，手术目的在于引流外漏的肠液。对经过营养支持但瘘仍未愈的患儿，也可进行手术。手术时机一般选择在感染已经得到控制，身体状况和一般情况也有改善，肠瘘发生已超过 3 个月者。手术方式多采用肠切除吻合术。在有瘘的肠段无法游离，不具备肠切除吻合的条件及肠瘘局部修补的条件不理想的情况下，可用带蒂全层肠片或肠浆肌层覆盖修补肠瘘。用于修补的带蒂肠管，在分离肠系膜时，紧贴肠壁，用细丝线将终末血管逐一结扎，不要损伤供应肠血管弓。

近年来有部分学者在肠瘘发生的早期，行肠瘘修补术或肠部分切除、肠吻合术。注意应选择在肠瘘发生的初期，腹腔炎症不严重的患儿。在初次手术后 $3 \sim 5$ 天，出现腹腔引流量增多，引流液内或切口有肠内容物出现，有恶臭味；也可在术后出现腹胀、腹痛、体温升高、腹膜炎症状，经 B 超检查或腹腔穿刺证实出现肠瘘。此时腹腔内炎症不严重，肠壁充血水肿不厉害，患儿全身情况好，可行急症手术治疗肠瘘。术后应放置引流管，并保证引流管的通畅。术后除抗炎治疗外，胃肠外营养仍然是必需的。

（刘钧澄）

190

第十四节　卵黄管发育异常

【临床提要】

卵黄管发育异常（dysplasia of vitelline duct）是由于卵黄管组织残留所致，按卵黄管全部或部分未闭可分为脐茸（卵黄管粘连在脐部的残留）；脐窦（卵黄管脐端残留的未闭盲管）；卵黄管瘘（又称脐肠瘘；卵黄管完全未闭）；卵黄管囊肿（卵黄管的两端已闭，仅中间部仍保持原来的内脏）；脐肠索带（卵黄管及其血管纤维化索带的残留连接在脐与末端回肠）；美克尔憩室（卵黄管肠段的未闭）。同一病人可有 2 种以上病变，因病变不同可以有不同的临床表现。

脐茸在脐部凸出红色息肉样组织，分泌少量的粘液及血性浆液，无合并脐炎时无臭。

脐窦内被覆粘膜，可用探针探得窦道，粘膜不断分泌粘液，常发生脐炎。

卵黄管瘘常发生脐部周围皮肤糜烂，瘘口可见肠粘膜，间断排出有粪臭的气体和粪水，瘘口宽大者可因腹压增加导致肠管由脐孔脱出，甚至造成肠嵌闭和绞窄。

卵黄管囊肿可在中下腹触及囊性包块，活动，边界清楚，可造成不完全性肠梗阻或囊肿穿破造成腹膜炎。

脐肠索带平时无症状，如以索带为轴心发生肠扭转或索带压迫肠管可出现肠梗阻症状。

美克尔憩室因憩室壁中可有迷走组织，出现症状的美克尔憩室 50%～60% 含有异位胃粘膜，分泌胃酸引起肠粘膜溃疡、出血甚至穿孔。有的憩室底狭窄，分泌物不能排出而引起了憩室炎，临床症状酷似急性阑尾炎，常造成误诊。美克尔憩室也可成为肠套叠的起始点引起肠套叠。憩室顶端有纤维索带与脐相连或与腹腔内脏粘连固定，这种情况下可致内疝、憩室和纤维带直接压迫邻近肠袢或粘连牵拉过紧引起肠袢屈曲成锐角或肠袢沿憩室长轴发生扭转而造成起病急骤、症状严重的绞窄性肠梗阻。憩室穿孔大多骤然发生，临床表现为剧烈的腹痛、呕吐、发热。体检可发现腹膜刺激症状明显，腹肌强直，有些病例可伴有肠梗阻症状。美克尔憩室所致的消化道出血大都为无痛性便血。起初色泽暗紫，以后则转为鲜红，一天内可反复多次，每次可达数百毫升，在短期内发生失血性休克，部分病例经适量输血等治疗后，便血短期内停止或反复间歇性出血。

对本病有鉴别诊断意义的辅助检查：

1. 脐窦　可自窦口处注入造影剂摄侧位 X 线片，可见脐窦的行走方向和长度，不与肠管相通。

2. 卵黄管未闭　可口服活性炭 1～2g 观察有无炭粉颗粒从瘘口排出，如有则可明确诊断，亦可从瘘口注入造影剂摄 X 线片，可见造影剂进入小肠。

3. 卵黄管囊肿　摄腹部 X 线平片便可见肿物阴影及肠管移位，B 超检查提示囊性肿物。

4．美克尔憩室　　当憩室有异位胃粘膜时，由于同位素^{99m}Tc-过锝酸盐可以积聚在胃粘膜细胞内，在作同位素扫描时，只要在中下腹部出现局限性增高的放射性浓聚区，就应高度怀疑美克尔憩室的存在。但下腹部出现模棱两可放射性浓聚区时，可进行 SPCT 断层显像，以提示诊断敏感性。还可进行药物丁顶实验，如西米替丁、五肽胃泌素、胰高血糖素等使结果更为准确。憩室穿孔时，在 X 线下观察偶可见膈下游离气体。

【治疗】

各类病变必须手术治疗，由于病变不同，手术方式也各不相同。

1．治疗脐茸必须去除粘膜，可采用丝线结扎有蒂的粘膜，使其坏死脱落。对基底较大的病变可用电灼治疗，电灼时切勿过深进入腹腔，在无氯胺酮麻醉时可能会因患儿哭闹腹压增加使肠管脱出而造成嵌闭。电灼无效时则可手术切除。

2．脐窦伴有感染时应先控制感染，包括应用抗生素、理疗等，脓肿形成时应作切开排脓、引流，待炎症消退后再手术切除。手术时在探针引导下，沿脐下弧形切开皮肤，在腹膜外游离窦道将其完整切除。

3．卵黄管瘘一经确诊应作脐及瘘管切除术，环绕脐部作梭形切口，沿瘘管剥离找到瘘管的回肠端，沿肠管纵轴作楔形切除，然后横行缝合。如并发肠管脱垂有肠绞窄应作肠段切除。

4．切除囊肿是治疗卵黄管囊肿的唯一治疗方法，手术时应将囊肿两端纤维索带一并切除，以防止日后索带造成肠梗阻。

5．脐肠索带一般难以在术前确诊，如因肠梗阻行剖腹探查发现该症，即切除索带解除肠梗阻，有肠绞窄者的作肠切除吻合术。索带压迫造成条形肠壁坏死行局部修补术。

6．对有症状的美克尔憩室一经确诊应手术治疗，切除憩室组织。因诊断急性阑尾炎进行手术时发现阑尾正常，应探查回肠末端 100cm，发现有病变的憩室应一并切除。因其他手术时发现无症状的憩室且全身情况良好者，原则上应将憩室切除以防后患。手术应将憩室全部切除，不要遗留已形成的溃疡或异位组织。手术方式以楔形切除横行缝合为好，以免在基底部残留异位组织及术后肠狭窄。若憩室底部穿孔且有邻近肠壁受累或合并肠梗阻时或憩室基底部异常宽大或直径大于肠腔及憩室周围及肠壁有明显和较广泛的迷走组织时，应作肠切除吻合术。美克尔憩室出血合并消化道大出血时术前准备十分重要，不必急于手术，术前必须输血补充小儿血容量，使血红蛋白恢复至 90～100g/L，收缩压达到 10.64kPa 以上方可进行手术，在有足够的循环血量时麻醉和手术才能平稳，不致出现术中休克。另外对 3 岁以下患儿发生无痛性大量血便，或已多次出血，在排除其他出血原因后，应作剖腹探查手术，憩室出血的可能性最大。

第十五节 消化道重复畸形

【临床提要】

消化道重复畸形（duplication of the alimentary tract）是一种少见的先天性消化道畸形，其发病机制为多源性，不同部位与形态的畸形，可能由不同的病因引起。本病可发生于消化道的任何部位，但以回肠为最多见，其次是食管、结肠、十二指肠、胃、直肠等。由于本病的形态和大小变异很大，其病理分型一般可分为5型。①肠内隔膜型：在肠腔内形成一纵行的粘膜性隔膜，其外形酷似局部增粗的肠管。②肠壁囊肿型：囊肿发生于肠壁，在肠壁形成圆形或卵圆形的囊肿。③肠外管状型：畸形肠段在系膜侧与主肠管并行，外形呈并行的双管状结构，与主肠管间开口于两端，可单开口和双开口。④肠外囊肿型：囊肿贴附于肠管一侧，与主肠管无开口，多有单独的血管。⑤孤立型：成独立存在的结构，与主肠管无联系。重复消化道的管壁在组织学上与正常消化道结构相似，具有完整的平滑肌层和粘膜，除孤立型外，肠壁紧密附着在主肠管一侧，与主肠管有共同的浆膜层，具有共同的血液供应，因而不能剥离。约 20%～25%的病例具有迷走胃粘膜和胰腺组织，易造成消化性溃疡甚至出血及穿孔。

消化道重复畸形多无特异性和体征，常在出现并发症时才就诊，症状可出现于任何年龄，但多数在2岁以内发病。

1. 食管重复畸形可因囊内分泌物的积聚而压迫食管、心、肺、神经出现反复上呼吸道感染和肺炎、呼吸窘迫、呕吐、胸背疼痛、病变侧眼睑下垂、局部无汗等症状。当囊内衬有胃粘膜组织时，因受胃酸及消化酶的腐蚀，使邻近组织发生炎症，甚至出血和穿孔，出现呕吐、咳血、便血或脓胸。

2. 胃重复畸形常有腹胀、腹痛，呕吐物不含胆汁，上腹部可扪及囊性包块。

3. 小肠型重复畸形者其症状依重复肠腔的大小而异。大的球形囊肿可压迫肠道引起肠梗阻，亦可因重复畸形的肿块诱发肠套叠或肠扭转，甚至肠坏死。腹部可扪及圆形或椭圆形、光滑，有一定活动度的包块，可出现腹痛。与主肠道相通的囊腔因积液可经肠道排出，故不易扪及包块。当囊腔内衬胃粘膜时，常发生溃疡，出现呕血或便血，溃疡穿孔时出现腹膜炎症状。

4. 结肠重复畸形的症状一般较轻，其症状包括腹胀、便秘、大多有慢性不完全性肠梗阻表现，可出现排鲜红血便。

5. 直肠重复畸形早期出现肛门内和会阴部肿物，用力排便或哭闹时肿物更明显，有时可消失，同时伴有不同程度的进行性排便困难。

■对本病有鉴别诊断意义的辅助检查

1. 正侧位胸部的 X 线摄片检查　见后纵隔圆形或卵圆形边缘光滑的肿块，当在 X 线透视下观察肿块随呼吸运动而变形时更应考虑本病。

2. 钡餐或钡灌肠检查　往往难以确诊，多见肠腔内有圆形充盈缺损或肠壁上有压迹，一旦钡剂进入畸形囊腔，即可显示双管腔或钡剂分流则可得出诊断。

3．B超检查　　绝大多数管状或囊状重复均可通过B超诊断，当探查到长管状囊状包块并可见蠕动波图像时，可作为诊断的依据。

4．放射性核素^{99m}Tc检查　　加重复肠管含有胃粘膜组织时，可显示放射性浓集区，这对本病提供了重要的有特异性的诊断依据。

5．脊柱X线摄片检查　　因起源于前肠包括食管、胃、十二指肠1段及2段的重复常可合并脊柱畸形，最常见为脊柱裂、脊椎融合、半脊柱畸形等，所以凡有后纵隔肿块或腹部肿块同时伴有脊柱的异常，或存便血、肠梗阻、肠穿孔等同时也伴有脊柱异常时，应考虑本病的可能。

【治疗】

由于消化道重复畸形可能发生严重的并发症，故一经发现应及时手术治疗，手术中要注意避免遗漏多发重复畸形。

1．纵隔内重复畸形　　囊肿侧开胸，巨大囊肿术中先穿刺抽液减压以扩大术野，多数囊肿可与食管、脊柱分离而完整切除，对于穿过膈肌的病例可同时开腹一期切除或分期切除。对于粘连紧密或形成疤痕者不应勉强分离，可将粘连处囊壁遗留，刮除粘膜。

2．胃重复畸形　　对小型囊肿可完整切除或连同部分胃壁切除后再行吻合。对于近幽门的囊肿不能完全切除者可行重复胃部分切除加粘膜剥离后缝合残存浆肌层。

3．十二指肠重复畸形　　因囊肿与十二指肠有共同肌壁，且靠近胆总管、胰管等重要器官，单纯囊肿切除不可能，可采用开窗术，靠近囊肿之远端切开外壁，然后切除一部分囊肿与十二指肠之内的共同壁，使二腔交通，不使分泌物发生滞留。

4．空回肠及回盲部重复畸形　　多数情况下重复肠管与主肠管有共同系膜或者共壁，需行肠切除吻合术，如肠管行重复畸形切除后可能影响吸收功能时，可行远端共壁开窗术。对有消化道出血的病例，应争取彻底或行粘膜剥除术，使重复肠管无功能化，以预防溃疡及出血甚至肠穿孔等严重并发症。

5．结肠重复畸形　　如解剖条件允许可作肠切除。长达直肠的双管状结构重复畸形一般不需作全结肠切除，只要矫治畸形的下段，将两个直肠的共壁切除一大部分，使两个直肠变为单一腔，扩大畸形肠壁与主肠管的交通口，使粪便能通畅排出即可。采用钳夹共同肠壁开窗法，使手术更加简便安全有效，并发症少。

6．直肠重复畸形　　不宜采用重复直肠切除术，因手术复杂，扰乱大，术后往往影响肛门括约肌功能。对重复直肠远端盲闭者，行共壁开窗术，对直肠旁重复畸形者，可行重复直肠切除术。

（李穗生）

194

第十六节 新生儿坏死性小肠结肠炎

【临床提要】

新生儿坏死性小肠结肠炎（necrotizing enterocolitis，简称 NEC）是小肠、结肠的广泛或局限性坏死。临床上以腹胀、呕吐、便血为主要表现；腹部 X 线平片以动力性肠梗阻、肠壁积气、门静脉积气为特征。1953 年 Schmid 首先提出"坏死性小肠结肠炎"这一概念，但直到 20 世纪 60 年代中期才逐渐引起人们重视。随着围产医学和儿科学的发展，使更多低体重儿得以存活，因而 NEC 的发病率有上升趋势。虽然近几年病死率有所下降，但仍是目前新生儿尤其是未成熟儿早期死亡的主要原因。

NEC 的病因与出生时机体缺氧、肠管缺血、细菌的毒素等多因素有关。当围产期诸多有害因素单独或联合作用，其损伤力超过机体的耐受程度足以引发肠道坏死时，就形成了 NEC。

■引起 NEC 的相关因素

1. 肠粘膜损伤

（1）新生儿窒息、严重败血症、休克等状态下，可引起机体防御性反射，使血液重新分配，减少肾脏和小肠的血流，以保证大脑和心脏的灌流。有研究表明，在窒息缺氧时，其结肠近端灌流量可减少 35%，回肠末端灌流量减少 50%，并产生了类似 NEC 的表现。

（2）新生儿血细胞比容较高，早产儿、低体重儿更易发生血液浓缩。血粘稠度过高可减少心排出量，同时可引起肠粘膜微循环障碍，二者均可造成肠粘膜损伤。

（3）人工喂养儿，若奶液配制过浓、渗透压过高（> 460mOsm/L），可直接损害未成熟的肠粘膜，也可使肠壁血流量减少。高渗性药物溶液对肠粘膜也有直接损伤作用。

（4）其他 脐动脉插管可引起血管痉挛或血栓形成；交换输血速度过快可中断门静脉回流产生血栓；严重先天性心脏病血液分流较多可影响体循环血量；上述情况均可间接或直接造成肠粘膜损伤。

2. 肠道细菌的作用 新生儿出生后，随着进食肠内很快出现细菌，过度繁殖的某种肠道菌群较易侵入缺乏分泌型 IgA 或已受损伤的肠粘膜，造成 NEC。致病菌以大肠杆菌最多，其次是克雷白氏菌，也有厌氧的梭状芽胞杆菌。

3. 肠运动功能失调 新生儿肠管壁缺乏成熟的神经、肌肉控制，因而肠管运动能力弱。低体重儿、早产儿，肠壁神经细胞和肌肉发育更不成熟，此种情况下，易造成功能性肠梗阻。梗阻时肠管扩张，肠腔内压力增高，气体可穿入受损伤的肠粘膜，形成粘膜下、浆膜下积气，更进一步加重了肠粘膜的缺血性损伤。气体进入肠壁血管可形成门脉积气。

肠道病变的范围可局限也可较广泛，除十二指肠外，从食管至直肠均能受累。主要病变位于结肠和回肠末端。病变肠段肿胀、肥厚、粘膜广泛出血坏死。镜下见粘膜呈凝固性坏死，粘膜下层有弥漫性出血或坏死。肌肉层也有断续的坏死区，严重者整个肠壁全层坏死，常伴肠穿孔。68%的病理标本可见修复性病理变化，如粘膜再生、肉芽组织增生及早期纤维增生，此病理演变过程提示肠道损伤在临床发病前数天即已开始。

临床上多见于早产儿、足月小于胎龄儿，男婴较女婴多发。于生后2~3周内发病，大多发生于生后2~12天。

■主要表现

1．腹胀　　常为首发症状，呈进行性加重。腹壁可出现红肿、发硬。肠鸣音减弱或消失。

2．呕吐　　呕吐物带胆汁或咖啡样物。无呕吐的患儿常可经胃管抽出胆汁样或咖啡样胃内容物。

3．腹泻、血便　　腹泻每天5~10次不等，水样便1~2天后出现血便。可为鲜血、果酱样、黑便或仅于大便中带血丝。

4．其他　　感染中毒表现严重，精神萎靡，反应差，体温不升，四肢厥冷，皮肤花纹状。早产儿易有呼吸暂停和心动过缓。

■X线检查

一次腹部平片无阳性发现，可多次摄片连续观察其动态变化。

1．早期征象

(1) 胃泡中度胀气，部分有潴留液。

(2) 以小肠轻、中度胀气为主，结肠少气或无气；或小肠、结肠均胀气。

(3) 部分肠管僵硬、分节、管腔不规则或狭窄变细。

(4) 肠粘膜及肠间隙增厚、模糊。

2．进展期征象

(1) 肠管中度扩张，肠腔可见多个呈阶梯样分布的细小液平面。

(2) 粘膜下积气，表现为粘膜下层小囊泡或串珠样透亮区；浆膜下的积气呈细线状、半弧状或环状透亮区。有肠坏死时粘膜下及浆膜下积气合并存在。

(3) 门静脉积气，表现为肝内门静脉呈细小树枝状透亮区，从肝门向外围伸展。

(4) 腹腔积液或气腹影。

■实验室检查

1．粪便检查　　潜血试验多阳性；粪便细菌培养多阳性，以大肠杆菌多见。

2．血培养　　大多为革兰氏阴性杆菌，可与粪便培养结果一致。

3．腹腔穿刺　　穿刺液涂片及培养大多为杆菌。

4．腹部B超检查　　可见肝实质及门静脉内间歇出现微小气泡。

5．超声心动图　　有时可见下腔静脉内有微小气泡进入右心房。

■诊断和鉴别诊断

凡新生儿特别是早产儿、足月小于胎龄儿，围产期有缺氧史或受其他致病因素影响的，有下列4个特征中的2个，即可诊断。4个特征是腹胀，便血，肌张力低下、嗜睡或呼吸暂停，肠壁积气。

诊断需与新生儿先天性巨结肠并发的小肠结肠炎、新生儿出血症、消化道梗阻、胎粪性腹膜炎、中毒性肠麻痹、新生儿肠套叠鉴别。

【治疗】

怀疑 NEC 即应开始治疗，包括：

■非手术治疗

1．禁食、胃肠减压　　一般 8~12 天，最长达 3 周。待腹胀消失，大便潜血转阴，有觅食反射，临床一般情况明显好转，可开始恢复饮食。先从饮水开始，无呕吐及腹胀，可喂母乳或稀释奶。

2．静脉补液、维持营养　　热量 272~313.8kJ/（kg·d）[65~75cal/（kg·d）]，有酸中毒时给予 $NaHCO_3$ 纠正。供给全血、血浆及血液有形成分。可经中心静脉导管给予 10~14 天的肠道外营养。

3．抗生素　　针对肠道杆菌可用氨苄青霉素静注，对厌氧菌首选甲硝唑。

4．其他治疗　　强的松可阻滞血管舒缓素，防止产生激肽以中止内毒素休克的发展。多巴胺可增加心排出量。

■外科治疗

1．手术指征

（1）气腹。

（2）腹膜炎怀疑有肠坏死。

（3）内科积极治疗病情仍继续恶化，休克、酸中毒不能纠正或出现 DIC 的。

2．手术方法

（1）坏死肠段切除加肠造瘘术　　多数学者认为这是 NEC 的经典术式。

（2）坏死肠段切除一期吻合术　　用于病变范围局限、无明显腹腔污染的患儿。

（3）单纯肠造瘘减压术　　适用于病变广泛，若切除病变肠管则形成短肠综合征，不处理则死亡的患儿。该术式有利于病变恢复。

（4）腹腔引流术　　仅适用于病情极度危重不能耐受手术探查者。

关瘘时机选择：肠道重建术可于造瘘术后 3~4 周左右进行。早期关瘘有以下优点：减少瘘口并发症；缩短肠道外营养时间，及早恢复剩余肠功能；减少瘘口二端口径差异，防止肠狭窄。

■预后

本病死亡率 20%~40%。存活者肠狭窄发生率 5%~44%，多于术后 3 周~3 个月出现症状，狭窄部 80% 以上位于结肠，尤以脾区发生率高；小肠少见，多居于回肠末端。

（陈亚军）

第十七节　先天性巨结肠症

先天性巨结肠症（congenital megacolon）又称肠管无神经节细胞症（aganglionosis）。

由于 Hirschsprung 1886 年将其详细描述，所以通常称之为赫施朋氏病（Hirschsprung's disease 简称 HD）。

■病因

先天性巨结肠主要为结肠远端不同长度的肠段缺乏神经节细胞，导致功能性肠梗阻。近年来分子生物学有关 HD 的基因研究已有突破性发展，1967 年以来研究者相继发现 HD 患儿 RET 及 EDNRB 基因突变。

■病理

先天性巨结肠症狭窄段位于扩张段远端，狭窄肠管细小，与扩大肠管直径相差悬殊，其表面结构无甚差异。扩张段肠壁肥厚、质地坚韧如皮革状。肠管表面失去红润光泽，略呈苍白。结肠带变宽而肌纹呈纵形条状被分裂。结肠袋消失，肠蠕动极少。先天性巨结肠症的主要病理改变为位于狭窄肠狭窄段肌间神经丛（Auerbach 丛）和粘膜下神经丛（Meissner 丛）内神经节细胞缺如，其远端很难找到神经丛。神经纤维增粗，数目增多，排列整齐呈波浪状。狭窄段近端结肠壁内逐渐发现正常神经丛，神经节细胞也渐渐增多。

■临床症状及体征：

1．不排胎便或胎便排出延迟　　新生儿 HD24h 未排出黑色胎便者占 94%～98%，约有 72% 需经处理（塞肛、洗肠等）方能排便，多数患儿迅即又出现便秘。

2．腹胀　　腹胀为早期症状之一，约占 87%。新生儿期腹胀可突然出现，也可逐渐增加，主要视梗阻情况而定。至婴幼儿时期由于帮助排便的方法效果愈来愈差，以致不得不改用其他方法，久之又渐失效。便秘呈进行性加重，腹部逐渐膨隆。常伴有肠鸣音亢进，尤以夜晚清晰。

3．呕吐　　新生儿 HD 呕吐者不多，但如不治疗，梗阻加重则呕吐可逐渐增加，甚至吐出胆汁或粪液。

4．肠梗阻　　新生儿肠梗阻中，HD 占第 2 位，梗阻多为不完全性，有时可发展成为完全性。

5．肛门指检　　直肠肛管指诊对于诊断新生儿巨结肠症至关紧要。它不但可以查出有无直肠肛门畸形，同时可了解内括约肌的紧张度、壶腹部空虚以及狭窄的部位和长度。当拔出手指后，由于手指的扩张及刺激，常有大量粪便、气体排出呈"爆炸样"，腹胀立即好转。

6．一般情况　　新生儿由于反复出现低位性肠梗阻，患儿食欲不振，严重营养不良、贫血、抵抗力差，常发生呼吸道及肠道感染，如肠炎、肺炎、败血症、肠穿孔而死亡。

■诊断：

如果新生儿不排胎便或胎便排出延迟合并腹胀、梗阻、呕吐，肛门指检伴有气便排出，均应怀疑有 HD 之可能，并应进行以下检查。

1．钡剂灌肠　　病变肠段肠壁缺乏正常蠕动，肠粘膜光滑，肠管如筒状，僵直、无张力。如果显示出典型的狭窄、扩张段和移行段，即可明确诊断。

2．肛管直肠测压检查　　直肠内的压力刺激可引起肛管内括约肌松弛，同时肛管

198

外括约肌收缩。这种反射现象被称为直肠肛管抑制反射（RAIR），HD 时消失。

3. 酶组织化学检查　　先天性巨结肠症者，可以看到狭窄部（无神经节细胞段）出现乙酰胆碱酯酶阳性的副交感神经纤维，通常于靠近粘膜肌处最为丰富，可见直径增粗数目众多的阳性纤维。

■鉴别诊断

1. 先天性巨结肠类缘性疾病

(1) 神经节细胞减少症（hypoganglionosis）　　在组织学检查中，直肠肛管肌间可见孤立的神经节细胞和众多的无髓神经纤维。神经节细胞数目仅有正常的 1/3，而神经丛面积只有正常的 1/5 大小。

(2) 神经节细胞未成熟症（immaturity of ganglia）　　钡灌肠可以出现细小结肠，组织学检查其神经节细胞小、数目正常、胞浆少、单个触突，而神经丛面积正常，此症多见于未成熟儿。

(3) 神经节细胞发育不良症（hypogenesis）　　临床表现如全结肠型无神经节细胞症，组织学检查除神经节细胞数目和直径异常外，神经丛亦变细长，包括神经节细胞缺乏和不成熟的病理改变兼有。肌间神经丛窄而纤长，其面积和细胞数目均不及正常的 1/3。其细胞直径只有 5～6 个月胎儿水平，是高度神经节细胞发育不全症。一般病变波及较长，手术预后不良。

(4) 肠神经元发育异常（neuroral intestinal dysplaia）　　过去有人称为神经节细胞增多症。就诊时年龄平均约 5 岁左右，钡灌肠可见细小结肠或巨结肠，测压 2/3 可出现非典型的松弛反射，其病理检查特点为：①粘膜下神经丛增多，巨大神经节、神经节细胞增多（每个节内多于 7 个细胞），多为发育不良，形态异常。②神经丛神经节细胞异位于肌层或粘膜层。③乙酰胆碱酯酶活性升高，此病可分 A、B 两型。A 型交感神经发育不全或萎缩，B 型大多数交感神经分布正常。④在副交感神经纤维末梢或分枝点上出现结节状增生的神经节细胞芽。有人统计在疑为 HD 的病例中无神经节细胞症仅占 1/3，而 2/3 为神经节细胞发育异常症。B 型单纯性局限型神经元发育异常，其症状较轻，保守治疗效果较好。约占 90% 病例用内括约肌部分切除即可奏效。此症亦可伴发无神经节细胞症（HD）及神经节细胞未成熟症。如为 A 型，则需根据病情及术中切片检查，必需切除直肠及降结肠。倘若仅切除乙状结肠直肠则复发率高。此病 1 岁以内如能确诊，使用保守治疗最少要坚持 6 个月。4～5 岁以后治疗效果不佳。

总之，目前诊断 HD 类缘性疾病比较困难，不同类型的类缘性疾病又可相互混合出现，其治疗方法、预后也不完全一样，其诊断方法主要靠全层肠壁活检、组化及 HE 染色，手术时必须彻底切除全部病变肠管。否则复发后治疗更为困难。

2. 特发性巨结肠　　本症多见于儿童，病儿出生后胎便排出正常，后来出现顽固性便秘或便秘合并污粪。现在一般认为与类缘性病变有关。

3. 获得性巨结肠　　毒素中毒可导致神经节细胞变性，发生获得性巨结肠。最有代表性的是南美洲发现的锥体鞭毛虫病（Chages 病）。

4. 继发性巨结肠　　术后排便不畅可继发巨结肠。

【治疗】

■保守治疗

1．口服润肠剂或缓泻剂保持每天排便。

2．开塞露塞肛每天一次。

3．洗肠每天一次保持排便通畅。

■中西医结合非手术治疗

1．耳针　　肾、交感、皮质下等穴位。每天一次，每次 30min。

2．穴位注射　　肾俞及大肠俞穴注射人参、ATP、新斯的明，每天一次，交替注射。

3．扩张直肠肛管　　每天一次，扩张器应超过狭窄段，每次 30min。

4．内服中药。

■手术治疗

（一）直肠肛管背侧纵切、心形斜吻合术（王果手术）

1．左下腹经腹直肌切口切开腹膜探查腹腔，了解狭窄肠管的部位、长度以及扩大肠管的范围。在正常端移行部及预计保留结肠处，缝一丝线作为拖出时的标记。必要时快速切片，以决定正常神经节细胞部位及切除长度。找到输尿管，在腹膜反折处紧靠直肠剪开腹膜。

2．牵开输尿管，以免损伤，在直肠后间隙进行分离，向尾端分离至尾骨尖（约为齿状线水平）。结扎切断上 1/3 直肠侧韧带，盆腔内用干纱布填塞止血。

3．向上剪开结肠系膜的腹膜层和脾结肠韧带。逐一钳夹、结扎、切断乙状结肠及降结肠动、静脉。

4．术者转至会阴部操作，强力扩张肛管，婴儿需能扩至两指进入，年长儿童则可通过三指，以保证扩大肠管顺利拖出。放入橄榄头扩张器于直肠上端，在扩张器颈部用粗丝线结扎结肠。如无此种橄榄头可用环钳替代。

5．直肠、结肠套叠式拖出肛门外在结扎线处切断直肠。继而将粗大结肠徐徐拖出直至可见到已缝有标记的正常肠段为止。切除粗大结肠用长血管钳钳夹近端结肠。

6．直肠背侧纵形劈开至齿线上 0.5cm 处，切口两翼分开呈"V"形，细心分离清除直肠周围的疏松结缔组织，使直肠肌层吻合时可与结肠浆肌层贴紧。

7．首先在"V"形尖端（即 6 点处）缝两针，3、9、12 点各缝一针作为固定牵引线。应特别注意"V"形尖端引线必须靠近齿线不可过远，12 点引线距肛门缘约 2.5cm，结肠前壁吻合部宜相应较高，以免吻合后前壁肠管过多堆积于肠腔。然后牵拉两根牵引线在两根线间顺序缝合浆肌层一周。缝线应距切口缘约 0.3cm，为全层吻合留有余地。

8．切除多余直肠、结肠，吸尽肠腔粪液消毒后，结肠内塞干纱布待手术完毕时拉出。同样在四周等分缝合牵引线 4 根，在两线之间依次全层缝合一周。吻合完成后前壁长、后壁短形如马蹄突出于肛门外。检查有无漏缝或出血，必要时给予补缝然后将其送还盆腔。吻合口前壁距肛门约 4cm 后壁约 2cm。术毕放软橡皮肛管一根，4～6 天拔出，对预防肠炎颇为有益。

术后处理：

1．鼻胃管减压，肠功能恢复后拔除。

200

2．静脉输液，给予广谱抗生素 5~7 天。

3．注意发生小肠结肠炎。

4．出院前作肛门指检以了解吻合口情况，需要时可扩肛。

此手术的优点：

1．手术显露清晰，步骤简要，易于掌握。

2．盆腔分离少，常规不放导尿管，仅在开腹和关腹时各挤压膀胱一次，从而避免了膀胱感染和疼痛性尿潴留。

3．肛门外切除结肠行端端斜吻合减少了盆腔及腹腔污染机会，也节约了腹腔内操作时间，同时消灭了盲袋、闸门、吻合口感染和裂开等并发症。

4．心形斜吻合口径宽大不需要扩肛，避免其他术式需扩肛 3~6 个月，减轻了家属经济及精神负担和患儿痛苦。

5．不需任何夹具，减少护理工作，消除了家长的恐惧心理以及夹具引起的各种并发症。

6．最大限度保留了内括约肌同时也完全解除了内括约肌痉挛，从而基本上解决了术后污粪、失禁和便秘复发，并减少肠炎发生率。由于此术式基本上消除了伤口感染、吻合口漏、吻合口狭窄以及肛门失禁和便秘复发，目前全国许多医院相继采用此方法。

（二）结肠切除直肠后拖出术（Duhamel 手术）

1．开腹后分离直肠上部及乙状结肠直肠在耻骨平面钳夹切断。直肠残端用丝线内翻缝合两层或用肠道吻合器闭合。分离降结肠及脾曲，切除巨大结肠并封闭结肠远端。

2．用手指或钳夹纱布球分离直肠后骶前间隙直至皮下。

3．术者转至会阴部先用食指扩张肛门，在肛管皮肤粘膜交界处两侧各缝线一根，牵开肛门用尖刀在齿线处切开后半环。沿此切口分离肛管与外括约肌向上进入原盆腔分离之通道，以长弯血管钳经此通道夹住结肠残端缝线，将结肠由此通道拖出肛门外。结肠后半环浆肌层与远端肛管均匀缝合，切开结肠后壁行全层吻合切除多余结肠。远端肛管后壁与结肠前壁用两把血管钳呈倒"V"形钳夹。

由于 Duhamel 手术存在着明显的缺点如盲袋、闸门征候群结肠、直肠又不在一个直接连贯的通道上，为此许多学者又设计出一些改良术式，其目的都是为消灭盲袋、闸门以及改变钳夹方法。常用改良术式如下：

1．直肠内结肠套出、直肠结肠吻合术（赖炳耀手术）

（1）切口、开腹探查、分离直肠后间隙、游离乙状结肠、降结肠同前术式。

（2）结肠内放入长柄海绵钳在直肠上部结扎将直肠呈套叠式拖出肛门外，切除巨大结肠将直肠结肠平分为前后各一半，切除后半部直肠齿状线以上部分并在此平面作结肠肛管后壁吻合。

（3）结肠直肠前壁钳夹放入肛门待其肠管粘连下端肠壁坏死脱落。赖氏后来将前壁钳夹改为吻合。

2．直肠后结肠拖出、直肠结肠前壁环钳术（张金哲手术）

（1）开腹后分离直肠后间隙及结肠如原术式。

（2）由直肠后已分离之通道将套筒送入直至皮下于齿状线平面，切开肛管后壁将结肠后壁与肛管吻合。用海绵钳伸入直肠夹住直肠残端翻出肛门外直肠折曲部在腹膜反折处。

（3）环夹器底叶由结肠腔放入上叶，由直肠腔放入直肠残端由上叶之环内拉出然后扭紧螺丝使两叶夹至适当紧度切除多余直肠。

（4）术者由腹腔内将翻折之直肠顶部与结肠固定数针，以减轻钳夹顶部之张力防止吻合口漏。

3．直肠后结肠拖出、直肠结肠"Z"型吻合术（Ikeda手术）

（1）开腹后分离直肠后间隙切除巨大结肠如原术式。直肠上端用直角钳夹住结肠断端用丝线暂时闭合。扩张肛管在齿状线平面横行切开肛管后壁，结肠由此切口拖出，结肠后壁与肛管后壁吻合。平行直肠上端处将结肠前壁切开约1/2周径。

（2）直肠上端后壁与切开之结肠下端前壁靠拢对整缝合数针固定。由肛门内放入一长钳夹器其夹臂长约10cm以上，一叶放入结肠内另一叶放入直肠内，其顶部应超过结肠直肠间隔，否则间隔未夹完全将影响术后粪便排出。如采用肠道吻合器先经肛门将结肠直肠间隔吻合，切开再经上端吻合切开，不但保证间隔切开完全而且免除了术后肛门留放夹钳之苦和夹钳带来之并发症，但费用昂贵。

（3）直肠前壁上缘与结肠前壁下缘对齐间断缝合两层，当夹钳脱落后形成一新的肠腔，其吻合线如"Z"形。

（三）直肠粘膜剥除、鞘内结肠拖出术（Soave手术）

1．开腹后探查游离乙状结肠、降结肠同前术式。

2．在直肠近段用0.5%普鲁卡因肾上腺素液注入粘膜与肌层之间，将粘膜与肌层推开以利分离和减少出血。切开浆肌层注意勿损伤粘膜完整性。用蘸有肾上腺素液的小纱布球及锐性分离粘膜逐步向深部齿状线处分离。

3．扩张肛门沿齿状线切开粘膜一周，由肛门将粘膜与肌层分离直至与盆腔分离面相沟通，将已分离之管状粘膜与其上部连接之粗大结肠一并经肛门拖出。切除粗大结肠将肛管粘膜与正常结肠浆肌层间断缝合，肛门外置结肠约5~10cm，待10~14天后，结肠与直肠肌层粘连不再回缩时切除多余结肠。近年来亦有人一期切除结肠吻合。

4．盆腔内行直肠鞘后侧切开以防术后病变肠管痉挛狭窄。将直肠鞘与结肠周围固定，手术完成后直肠段有两层肌层。

（四）经腹结肠切除、结肠直肠吻合术（Rehbein手术）

1．开腹探查、游离结肠同前术式。

2．沿直肠四周剪开腹膜向远端分离直肠直至距肛门婴儿3~5cm、儿童5~7cm，在此高度切断直肠然后切除巨大结肠。

3．直肠结肠前后左右先缝合4针，将左右两引线牵开，首先缝合后壁，继之缝合侧壁。

4．直视下放入橡皮肛管，其顶端须超过吻合口5~8cm以保证术后排气及分泌物通畅，达到吻合在无张力情况下顺利愈合。避免污染造成盆腔感染等并发症。

（五）拖出型直肠结肠切除术（Swenson手术）

1．开腹后在盆腔直肠周围切开腹膜，沿直肠向肛门分离，结扎切断血管及韧带，分离直至皮下，向上分离乙状结肠、降结肠系膜，切除巨大结肠。暂时封闭两端断端。

2．扩肛后用长弯血管钳夹仟直肠残端将直肠外翻至肛门外。

3．在直肠前壁靠肛门处作一横切口，插入长弯血管钳至盆腔分离之通道夹住近端结肠缝线将其拖出肛门外。

4．在齿状线处环形分次切断直肠，将直肠与拖出结肠浆肌层对齐缝合，切除直肠及多余结肠，全层缝合一周。

（六）经肛门巨结肠手术

1998年Torre D.L报告经肛门巨结肠手术成功，近年来国内各医院已相继采用。本手术适应于新生儿、小婴儿短段型及常见型巨结肠，近段结肠无张力的拖出肛门吻合者。手术步骤如下：

1．截石位、置放导尿管，双下肢一并消毒包裹吊起。

2．扩肛、直肠内消毒，肛管松弛直肠呈脱垂状，放射状缝合齿状线及周围皮肤共8针，结扎后直肠呈外翻状。

3．在齿状线上注射肾上腺生理盐水（每100mL盐水放8滴肾上腺素）于粘膜下一周，齿线上1cm处用针状电极环形切开。分离直肠粘膜边分边缝线，待全周分离后将缝线集中牵引，以防单线撕裂粘膜。用刀柄钝性继续向近端分离，如有出血可电灼止血，必要时结扎止血。

4．当粘膜管分离至5~6cm时，可见直肠肌鞘呈折叠袖套状环行脱出于粘膜管周围，此时已进入腹腔的腹膜反折处，术者向上再稍加分离。

5．小心切开前壁肌鞘及腹膜，证明已进入腹腔后紧贴肠管将肌鞘全部切开，慎勿损伤膀胱及两侧的输尿管及精囊。

6．牵拉直肠，分离结扎右后侧的直肠上动静脉，近端均应缝扎两道。继续向上分离肠系膜，注意保留靠肠壁的血管弓，直至正常肠段可以无张力的拖出肛门吻合，并保证血供良好。切除扩大结肠。

7．在正常段取肠壁快速切片，以确定吻合部位。在齿线上1cm处纵形劈开直肠肌鞘后壁、以防止肌鞘收缩狭窄。将正常结肠与直肠肌层缝合一周，切除多余结肠，用可吸收线将结肠全层与直肠粘膜肌层缝合一周。留置粗橡皮管4天，以防肠管曲折，给术后扩肛造成困难。

■预后

对新生儿的HD诊治应特别慎重，根据患儿一般情况及病变肠管的长度、医院设备及条件可分别选择保守治疗、经肛门入路手术及根治手术。虽然婴幼儿HD随着年龄的增长，其手术危险性逐渐降低但是根据近年国外大宗病例报告，根治术后并发症仍然较多。术后伤口感染约占10%，吻合口漏约7.2%，肠梗阻11.2%。远期随访肛门失禁仍有13.6%，便秘复发9.4%，肠炎7%，死亡2.2%，需再次手术者占8.1%~12.9%。国内随访1 017例，大致和上述并发症相同。Shonc（1994年）报告术后早期并发症占25%以上，晚期并发症近40%。Skaba（1994年）报告94例Kasai术后，伤口感染12.7%，吻合口裂开11.7%，吻合口狭窄10.6%。其收集文献共4 431例，术后死亡率为0~3.4%，吻合口狭窄3%~21%，吻合口漏3.4%~13.3%，术后便秘复发约占

10%左右，肠炎约5%~10%。从上述资料已不难看出，HD根治手术后并发症仍然多而严重，尤其是远期随访时仍有10%~15%需再手术；晚期死亡率约2.2%~3.4%。

（王　果）

第十八节　胃肠道息肉病

胃肠道息肉病（polyp of gastrointestinal tract）包括肠道孤立病变（幼年性、淋巴样和家族性腺瘤性息肉），不常见的胃肠道息肉综合征（Peutz－jeghersz综合征、Gardner's综合征和Turcot综合征）。大部分胃肠道息肉是良性的，为粘膜的错构瘤或粘膜下淋巴增生，但腺瘤性息肉具有潜在恶性。息肉常见于儿童期，占学龄前和学龄期儿童的1%。胃肠道息肉主要表现为频发的直肠出血，在2~5岁年龄段，幼年性息肉占80%，淋巴性息肉占15%，腺瘤性息肉占3%左右。

一、幼年性息肉

【临床提要】

幼年性息肉（juvenile polyps）也称潴留性息肉。1908年首先被Verse报告。1957年Horrilleno首先应用幼年性息肉这个名称，并将其与其他息肉的组织学区别进行了描述。1962年Morson证实了幼年性息肉是良性病变，其治疗不同于有潜在恶性的腺瘤样息肉。1964年McColl等定义了孤立性幼年性息肉（isolated juvenile polyps）与幼年性息肉病（juvenile polyposis syndromes）的区别。

■病因学

幼年性息肉的病因不清，一般认为与错构瘤样畸形和炎症有关。研究资料表明，炎症后的粘膜结构重组与息肉产生密切相关。这是因为炎症和溃疡可导致结肠粘膜腺体区域性梗阻，梗阻的腺体增生、分支和扩张，形成了囊状结构，囊状结构突出于粘膜表面，这种改变使其更易发生炎症、溃疡和产生肉芽组织，此周期恶性循环，逐渐增大的肿块突入肠腔，随粪便和肠蠕动向下移动，牵连粘膜形成柄蒂，最终形成典型的息肉特征。

■病理

幼年性息肉头部多呈球形，表面光滑，红色。其直径多为1~3cm，少数小于1cm。息肉表面常伴有溃疡，易出血。典型的息肉有一个狭长的、覆盖结肠粘膜的蒂，不含肌肉组织。蒂易造成息肉扭转，其结果可使息肉自行脱落。组织学观察，息肉的表面有一层独立的结肠上皮，当有炎症发生时，上皮表现为反应性增生，酷似发育不良和腺瘤样改变。息肉的主体包括扩张的充满粘液的弯曲的囊腺和存在于固有层中的大量的炎性细胞。腺体含有分化良好的粘液细胞，间质明显增宽，内有丰富的结缔组织，其中含大量的血管和炎性细胞，有时也含有少量平滑肌细胞。有丝分裂少见。

■发病率

一般认为幼年性息肉占学龄前儿童的 1% 左右，大部分幼年性息肉发生在 10 岁以前，高峰期是 3~5 岁，青春期以后少见。约 50% 的病人息肉是单发的，其余可有 2~10 个不等。最近 10 年随着纤维结肠镜的广泛应用，对息肉位置的认识已经改变。以前认为 70% 的息肉位于直肠和乙状结肠，现在发现仅 40% 位于直肠和乙状结肠，其余60% 分布于近端结肠。

■临床表现

幼年性息肉最常见的表现是出血（93%），由于出血是息肉表面的溃疡引起，一般出血量较少，多为粪便表面带有条状鲜红色血迹。腹痛占 10%，一般认为是由于肠蠕动牵拉息肉所致。息肉偶可脱垂于肛门外，占 4%。罕有合并直肠脱垂和大便失禁的。部分幼年性息肉可自行脱落，出血自动停止。

【治疗】

幼年性息肉的诊断和治疗需结合病史、直肠指诊、钡灌肠和乙状结肠镜或纤维结肠镜检查。怀疑有息肉的孩子应该先行直肠指诊，进而行乙状结肠镜检查，并同时切除直肠及结肠远端所见之息肉。切除的息肉经组织学证实是幼年性息肉，仍应该在充分肠道准备的情况下，行钡灌肠检查以明确是否有另外的位于结肠更近端的息肉。如果经乙状结肠镜和钡灌肠检查，证实息肉不超过 5 个并且无症状，可暂不处理。但要定期行大便潜血和血常规检查，若大便潜血阳性和有进行性贫血，应该尽快经纤维结肠镜切除残余息肉。息肉越接近于结肠近侧，尤其是数目超过 5 个时，要考虑到幼年性息肉病，其恶变的几率增加，应行纤维结肠镜检查并切除所有的息肉。

二、幼年性息肉病

【临床提要】

幼年性息肉病（juvenile polyposis syndromes）与孤立性幼年性息肉（isolated juvenile polyps）不同，幼年性息肉病其息肉可遍布整个胃肠道，息肉是多发的（≥5 个），大多有阳性家族史；有时尽管只发现 1 个息肉，但有幼年性息肉病的家族史，仍要诊断为幼年性息肉病。该病恶变率较高，约 17%，确诊年龄平均为 35.5 岁，因此对该病的追踪随访至关重要。

■临床表现

根据临床表现的不同分为 3 型：

1. 婴儿弥漫型幼年性息肉病　　出生后数周即可出现症状，通常无任何家族史。临床表现为腹泻、直肠出血、肠套叠、失蛋白性肠病、巨颅、杵状指（趾）等。腹泻、便血和失蛋白性肠病的程度直接与息肉的数目多少相关。该型息肉多不均匀分布于整个胃肠道。需用肠外营养让肠道充分休息，以减少蛋白丢失和出血、降低肠套叠的发生率。当患儿营养状况稳定后，可切除息肉相对较为集中的肠段。尽管采用积极的治疗，死亡率仍较高。仅有 1/6 的患儿能活过 2 岁。

2. 弥漫型幼年性息肉病　　弥漫型幼年性息肉病患儿通常在 6 个月~5 岁时发病，

临床表现为轻度直肠出血和脱垂，也可合并失蛋白性肠病、肠套叠和营养不良。整个胃肠道均可出现息肉。经内镜切除息肉和切除部分病变肠管，尽管复发率较高，但疗效基本满意。

3. 结肠型幼年性息肉病　　发生于 5～15 岁的患儿，常见症状是直肠出血、贫血、直肠息肉。息肉多局限在结肠远端和直肠。50% 以上患儿有家族史，为常染色体显性遗传，可合并有腭裂、肠旋转不良、多指（趾）、先天性心脏病、头颅畸形等先天异常。

■病理

幼年性息肉病其息肉的大体形态与孤立性幼年性息肉基本相同。但在幼年性息肉病，20% 的息肉外观呈分叶状，好像一堆息肉附着在一根蒂上。组织学上息肉表层多为绒毛状或乳头状上皮，可有上皮发育不良；部分息肉中可观察到腺瘤样结构。严重的发育不良将癌变，分叶状的息肉比非分叶状的息肉严重发育不良的发生率高，分别为47% 和 10%。临床上有许多结肠、直肠浸润性腺癌的病人患有幼年性息肉病。据伦敦 St．Mark 息肉登记处的资料，至 60 岁幼年性息肉病之息肉癌变的几率是 68%。

【治疗】

常染色体显性遗传和至 60 岁 68% 的癌变几率，要求其治疗应包括息肉病人及亲属的长期随访。一些学者建议将预防性的结肠切除、回肠末端直肠肌鞘脱出术作为基本治疗方法。另一部分学者则认为定期行结肠镜检查，若发现严重发育不良、息肉快速增长或出现便血等情况时再行结肠切除。但适宜的镜检间隔则难以确定。

三、Peutz‐Jeghers 综合征

【临床提要】

1921 年 Peutz 首次报告了肠道息肉同时伴有口腔、手、足皮肤粘膜色素沉着的病例。1944 年 Jeghers 报告 2 例，至 1949 年 Jeghers 共收集了 12 个病人的资料，并总结了该病的 2 个主要特征：①口腔颊粘膜、口唇以及面部、指和趾有黑色素沉着。②肠道多发性息肉。1954 年 Bruwer 等首次应用了 Peutz‐Jeghers 综合征（Peutz‐Jeghers syndrome）这一名称。Peutz‐Jeghers 综合征少见，男女发病率相近，多种族、多地区的报告显示，Peutz‐Jeghers 综合征多为常染色体显性遗传性疾病。近几年，随着肠内、外肿瘤的相继报告，使人们对其治疗方法进行了重新评估。

■病理

Peutz‐Jeghers 综合征其色素斑的颜色从褐色至棕黑色，可出现在口周、唇、颊粘膜，也可出现于手足掌面、鼻粘膜、结膜和直肠。通常在婴儿期出现，至青春期渐可褪去。Peutz‐Jeghers 综合征其息肉可以分布于整个胃肠道，但它们最常见于小肠（约55%），30% 位于胃和十二指肠，15% 位于结肠和直肠。大小可以从几毫米至几厘米，光滑、较固定、分叶、有蒂。属肌肉粘膜错构瘤，依据平滑肌肉纤维的多少可分为几个亚型。偶尔息肉中可含有腺瘤成分。

■临床表现

若患儿有明显的 Peutz‐Jeghers 综合征家族史，通过筛查大多可以发现。若无家族

史，病人常表现为腹部绞痛，可能与短暂的息肉套叠有关。腹部 X 线检查多显示小肠扩张或不全性肠梗阻，很少有完全性肠梗阻。隐匿性出血造成的贫血和恶液质是另一种表现。30％患儿在 10 岁以前出现症状，50％在 20 岁左右或以前出现症状。

由于 Peutz－Jeghers 综合征的息肉中偶有腺瘤成分，腺瘤成分癌变的可能性是存在的。已有多篇 Peutz－Jeghers 综合征病人患有胃肠道恶性肿瘤的报告。一组 72 例 Peutz－Jeghers 综合征的报告中，22％发展为癌，其中 9 例原发部位在胃肠道或胰腺，胃肠道以外有 7 例。用死亡危险因素分析结果表明：Peutz－Jeghers 综合征死于胃肠道恶性肿瘤的危险是普通人群的 13 倍，死于恶性肿瘤的危险是普通人群的 9 倍。至 60 岁死于恶性肿瘤几率是 50％左右。

Peutz－Jeghers 综合征肠外肿瘤包括子宫、卵巢和睾丸肿瘤。卵巢肿瘤包括囊腺瘤、颗粒细胞瘤和性索瘤。宫颈腺癌通常和卵巢肿瘤同时发生。睾丸的滋养细胞瘤也被报告，其中 50％病例可引起男性乳腺发育。肿瘤虽然是良性的，但有潜在恶性，多建议行睾丸切除术。另外，Peutz－Jeghers 综合征还可同时并发乳腺癌、甲状腺癌、胆管癌、胰腺癌和胆囊癌。

【治疗】

当小儿有痉挛性腹痛、隐性贫血和色素斑时，要考虑 Peutz－Jeghers 综合征的诊断。由于肠内、外恶性肿瘤的发生率较高，近 10 年来其治疗观念已经改变，追踪随访尤其重要。需每年评估的指标包括：①与息肉相关的症状。②血常规检查以了解因胃肠道失血造成的贫血情况。③女孩行乳腺检查、宫颈涂片检查和盆腔 B 超检查。④男孩行睾丸 B 超检查。⑤胰腺 B 超检查。另外，胃镜、结肠镜、硫酸钡小肠造影要求 2 年一次。乳腺 X 线摄像分别于 25 岁、30 岁、35 岁和 38 岁时各检查一次，此后每 2 年一次至 50 岁，然后改每年一次。

行内镜检查时发现直径＞0.5mm 的息肉都应切除，同时可开腹利用内镜切除小肠直径大于 15mm 的息肉。由于该病息肉易复发和大段切除肠管可造成短肠综合征，以前采用的根治性切除术应慎用。肠内外肿瘤应尽量切除干净。回顾性资料分析表明，Peutz－Jeghers 综合征病人寿命超过 60 岁的约 40％，普通人群是 75％左右。

四、淋巴样息肉病

【临床提要】

1941 年 Marina－Fiol 和 Rof－Carballo 首次报告了回肠末端淋巴增生。1966 年 Fieber 和 Schaefer 复习了 8 例文献并报告自己的 4 例病人。1982 年 Byrne 查阅所有文献，全球仅有 44 例病例报告。因大多数病人无明显症状，确切发病率难以统计。淋巴样息肉病（lymphoid polyps）4 岁是发病高峰，5 岁以后发病明显减少。

■病理

淋巴样息肉可发生于全消化道，远端结肠及回肠远端多见。淋巴样息肉多发，密集呈小丘状突起，大小变化较大，直径可从几毫米到 3cm，多无蒂。息肉为结节性淋巴样增生或淋巴滤泡集聚引起粘膜下结节隆起，粘膜表面常有溃疡，溃疡在息肉中心形成一脐样凹陷，使息肉外观像喷发后的火山。粘膜溃疡可导致隐性出血。粘膜下淋巴组织增生可能是由于儿童期非特异性感染所致。

■诊断

隐性出血引起的贫血和偶尔的直肠出血是淋巴样息肉病的表现特征。内镜检查和气钡双重造影是诊断淋巴样息肉病的主要方法。需与家族性腺瘤性息肉病鉴别，息肉活检可明确诊断。

【治疗】

淋巴样息肉病是良性、自限性疾病，通常可自行消退。发生肠套叠的病例需外科处理。

五、家族性腺瘤性息肉病

【临床提要】

1847 年 Covisart 报告首例腺瘤性息肉病，1882 年 Cripps 通过对 9 岁弟弟和 17 岁姐姐同患腺瘤性息肉病的病例分析，指出该病具有家族性。1890 年 Handford 首次提出腺瘤性息肉病有潜在恶性。1927 年 Cockayne 指出家族性腺瘤性息肉病（familial adenomatous polyposis）按孟德尔显性遗传规律遗传，并分别在 1930 年和 1939 年得到了 Dukes 和 Lockhart - Mummery 证实。此后，家族性腺瘤性息肉病成为一个了解腺瘤-癌演变过程的模型。家族性腺瘤性息肉病发病率约占新生儿的 1/6 000～1/12 000，是常染色体显性遗传性疾病，子代 50% 可患此病，男女病人具有相同的遗传性。约 10% 无家族史，可能为基因突变形成的新病例，其往下遗传的规律同前。研究认为，家族性腺瘤性息肉病是由于位于第 5 号染色体长臂上的 APC 基因（adenomatous polyposis coli gene）突变引起的。家族性腺瘤性息肉病的小鼠模型已经制出，为该病的基因治疗研究创造了条件。尽管息肉的发生与基因有密切联系，但人们发现病人在行全结肠切除、回肠直肠吻合手术以后，直肠残留息肉有自行消亡的现象，该现象说明肠腔的内环境在息肉的形成过程中也起着重要作用。

■病理

家族性腺瘤性息肉病，息肉主要存在于结肠及直肠，通常发现 100 个息肉是诊断该病的标准之一。根据息肉的多少，分稀疏型和密集型。前者数百个息肉，后者数千个息肉。Utsunomiya 认为两者的病程发展不同，密集型在年龄较小时即可发展为腺癌。家族性腺瘤性息肉病，其息肉多为无蒂的结节状突起，比周围的粘膜略红。直径 1～2mm，有蒂时直径可为 1cm 或更大。表面光滑或分叶状，部分呈绒毛状或颗粒状。镜下组织学变化主要有 3 种：腺管状腺瘤、绒毛状腺瘤、腺管绒毛状腺瘤。前两者其腺管状或绒毛状成分必须占病变的 80% 以上，如少于 80%，则称为绒毛腺管状腺瘤。有时可见 1～2 个腺管的微腺瘤。

■临床表现

大部分病人无症状，部分病人可表现为排便次数增多、直肠出血、贫血和腹痛。90% 的病人是因为有腺瘤性息肉病的家族史，在常规的筛查中被发现的。通过乙状结肠镜检查和气钡双重造影即可明确诊断。乙状结肠镜检查，常可发现结肠粘膜被密集的息肉所覆盖。家族性腺瘤性息肉病的诊断基于结肠内多于100个腺瘤性息肉的存在，但对于有家族史的儿童，即使息肉数目不多，也可诊断。组织活检至少要取10个息肉标本，其大部分息肉位于结肠近端。若病人无明确的家族史，一旦被确定诊断，一定要检查其所有的家庭成员。50%以上的病人在胃内可发现息肉，但仅6%的息肉是腺瘤性的，其余的多是错构瘤性质的息肉。十二指肠内的息肉较胃内少，但大多是腺瘤性的。大宗病例分析证实，98%的十二指肠肉眼可见息肉有组织学异常，包括发育不良、单一腺管腺瘤、过度增生等。十二指肠壶部周围腺癌的发生率占家族性腺瘤性息肉病的2.9%，因此，家族性腺瘤性息肉病病人应行上消化道内镜检查。

【治疗】

如果家族性腺瘤性息肉病不治疗，所有病人的息肉都将恶变，平均恶变年龄是39岁，其中发生在20岁的占7%，25岁的占15%。若行全结肠切除术，可预防结肠癌、直肠癌的发生。大部分出现症状的病人，息肉已经癌变。因此，有症状的患儿，无论年龄大小，都应行全结肠切除术。手术方法主要有：

1. 全结肠、直肠切除、回肠末端永久造口术，因切除直肠需做较广泛的盆腔分离，可继发神经性膀胱炎和阳痿（男童）；另外，腹部瘘口对患儿的心理发育负面影响较大；因此该术式不适合小儿病人。

2. 全结肠切除、回肠直肠吻合术，曾盛行一时，伦敦St. Mark医院报告215例施行该手术的病人，其并发症发生率约10%。后期随访结果表明，病人平均每日排便3次，不足10%的病人有夜间污粪；44%的病人直肠息肉需要进一步处理。术后要求病人根据直肠息肉的密度，每3~6个月复诊一次，大于5mm的息肉都应经结肠镜切除，约10%的病人直肠息肉发展为直肠癌。直肠息肉癌变的累积风险50岁是10%，60岁是29%。

3. 全结肠切除、直肠粘膜剥脱及回肠经直肠肌鞘脱出术，该术式又依据有无回肠贮袋分2类，但远期效果无明显差异。该手术既避免了永久性腹部造口，又减少了直肠息肉癌变的危险，是较为理想的治疗家族性腺瘤性息肉病的手术方法。术后主要问题是排便次数较多。贮袋的大小与排便次数呈负相关，其他影响排便次数的相关因素有：感染、括约肌功能、小肠蠕动频率等。大的贮袋虽能减少排便次数，但因粪便滞留易诱发炎症。密歇根州大学医学中心报告200例无贮袋的术后病人，随访结果表明：术后早期排便次数较多，2年以后随着近肛管部回肠的扩张，似直肠壶腹的贮袋自然形成，排便次数逐渐减少，平均6.5次，无夜间污粪和失禁。另外文献综述有贮袋的450例术后病人，每日排便次数为3.3~7.2次，平均5.8次。大宗病例报告，贮袋炎的发生率是23%，盆腔脓肿的发生率是8%。手术是否加造贮袋依术者的技术和经验而定。

■随访

家族性腺瘤性息肉病所有术后病人每年要进行一次胃十二指肠镜和乙状结肠镜检查。发现的十二指肠息肉可通过内镜切除或十二指肠切开息肉切除，但当息肉直径>1cm、生长迅速、息肉硬结、严重发育不良或有绒毛改变等情况时，单纯息肉切除恐不能解决问题，须扩大手术范围。统计资料表明，十二指肠Vater's壶腹附近的腺瘤，

直径 > 1cm 的癌变率是 42%，直径 < 1cm 的癌变率是 13%。乙状结肠镜检查对于全结肠切除术后的病人，操作相对容易，检查重点是剩余直肠的粘膜和肛管。

六、Gardner 综合征

【临床提要】

Gardner 分别于 1951 年和 1955 年报告了家族性腺瘤性息肉病合并有多发性骨瘤、纤维瘤和表皮样囊肿的病例，并证实也为常染色体显性遗传性疾病。Gardner 综合征（Gardner's syndrome）其息肉特点、遗传方式、癌变情况与家族性腺瘤性息肉病相同，不同的是本病除结肠多发腺瘤外，有骨瘤及各种软组织肿瘤等肠外表现。

Gardner 综合征的肠外表现已经超过当年 Gardner 报告的 3 大症状，可归纳为以下几类：

1. 骨瘤　　通常多发，好发于颅骨及下颌骨，亦可见于长骨。
2. 软组织肿瘤　　有表皮样囊肿、纤维瘤、脂肪瘤、多发硬纤维瘤等。多发硬纤维瘤好发于腹壁和小肠系膜，切除后易复发。
3. 牙齿异常　　如多生牙、阻生牙等。
4. 视网膜上皮增生至视网膜色素斑　　此表现被视为 Gardner 综合征的早期临床征象。

另外，以往认为 Gardner 综合征发生胃、十二指肠息肉的可能较家族性腺瘤性息肉病多，对比观察发现，二者并无明显差异。同样，十二指肠息肉多为腺瘤性息肉，胃内息肉多为增生性息肉。

【治疗】

Gardner 综合征的治疗和随访同家族性腺瘤性息肉病。

七、Turcot 综合征

【临床提要】

Turcot 等报告一对同胞兄弟患有家族性腺瘤性息肉病，但最终死于颅内肿瘤（神经胶质瘤和成神经管细胞瘤）的病例。Turcot 认为中枢神经系统恶性肿瘤是家族性腺瘤性息肉病的肠外表现，属常染色体隐性遗传。Turcot 综合征是一多能的基因突变所致，多在青少年发病，癌变出现亦较家族性腺瘤性息肉病早。

【治疗】

Turcot 综合征的治疗和随访同家族性腺瘤性息肉病。

（陈亚军）

第十九节　先天性肛门闭锁

【临床提要】

先天性直肠肛门畸形（congenital ano‐rectal malformatation）的病因不清，是正常胚胎发育发生障碍的结果。发病率约为1:5 000，在世界各地的发病率略有不同。某些病例有家族性发病倾向，本病常合并有多发性畸形，约占50%~60%，高位肛门闭锁并发的畸形相对要多；合并心血管畸形约为12%~22%；胃肠道畸形中气管食管畸形约占10%；椎体畸形约占1.3%；约30%肛门闭锁合并骶骨畸形；泌尿生殖系统畸形也很常见，高位直肠肛门畸形中泌尿生殖系统畸形约占60%。

由于先天性直肠肛门畸形非常复杂，其病理分型方法也很多。1970年在澳大利亚召开的国际小儿外科会议上制定的高位、中间位和低位的国际分类法已为许多小儿外科医师所采用，但权威的教科书中有作者认为上述分类法并非实用，因为中间位的一组一般按高位来处理，另有作者对中间位畸形的结构持不同意见，因此更倾向于分为高位和低位。但目前国内小儿外科界普遍采用高位、中间位和低位的分类法。

■分类

（一）高位

1. 直肠发育不全　　直肠位置在提肛肌以上，肛门内括约肌缺如，瘘管周围有内括约肌样组织，外括约肌仍有发育。

（1）合并直肠前列腺尿道瘘（男性）或直肠膀胱瘘。

（2）合并直肠阴道瘘（女性）。

2. 直肠闭锁　　直肠盲端位于PC线以上，有肛门内外括约肌及提肛肌，肛门及肛管正常。

（二）中间位

1. 直肠盲端位于提肛肌水平，即位于PC线与I线之间，合并直肠球部尿道瘘。

2. 直肠阴道瘘（女性）或直肠前庭瘘。

3. 肛门发育不全，无瘘，肛门内括约肌发育差，外括约肌有发育。

（三）低位

直肠盲端在PC线以下。

1. 肛门皮肤瘘或肛门前庭瘘。

2. 肛门狭窄　　肛门内外括约肌正常。

■临床表现

绝大多数直肠肛门畸形患儿临床表现，是在正常肛门的位置上没有肛门，或肛门位置异常，有时合并会阴部瘘被家长误以为肛门。因此，对出生后不能正常排出胎便的患儿应仔细检查。完全闭锁的患儿会出现低位性肠梗阻，胎便不能排除，迅速出现腹胀呕吐；肛门狭窄或有会阴部瘘管的患儿早期出现排便困难，并可在几周或几个月后出现便秘、直肠内粪石及继发性巨结肠改变。

【治疗】

先天性直肠肛门畸形患儿治疗方法及治疗时间的选择应根据不同的病理类型和合并的瘘管不同而异。

■治疗原则

①高位或中位生后均应作结肠造口术，待6~12个月时实施骶会阴或腹骶会阴肛门成形术，术后3个月至半年关闭瘘管。②中间位直肠肛门畸形合并较大的会阴瘘或直肠舟状窝瘘（女性），可先作瘘口扩张，以利排便。无瘘或合并直肠尿管瘘时，按高位处理。先作结肠造口术，待6~12个月时作骶会阴肛门成形术。③低位，肛门轻度狭窄仅作扩肛，扩张后可恢复正常排便功能；膜性肛门闭锁仅需作会阴肛门成形术；肛门皮肤瘘的前位肛门仅作后切手术。

■针对低位直肠肛门畸形的手术：会阴肛门成形术

（一）肛门膜状闭锁的手术

手术步骤：在肛门膜状闭锁部位作十字形切口，见到肠粘膜与皮肤之间组织突出时，将其切除，然后将直肠粘膜与皮肤对合后用肠线或其他可吸收缝线间断缝合。

（二）会阴瘘管后切开肛门成形术

手术步骤：

男婴：通过瘘管放入一根带槽探针，直插入直肠下端，以手术刀切开瘘管前壁直达肛门，然后将直肠粘膜与皮肤缝合。

女婴：自舟状窝处瘘管口向会阴部正中剪开瘘管，直达肛门，切口两端向两侧延长，以增加肛门的口径，然后将直肠粘膜与皮肤间断缝合，在缝合过程中将皮肤与直肠粘膜作成交叉皮瓣，以减少肛门狭窄的并发症。

（三）会阴肛门成形术

手术步骤：

1．肛门皮肤凹陷部作十字切开，各长1.5cm。

2．切开皮肤后，以蚊式血管钳小心从中间分离并扩大外括约肌皮下环，不断向深部作钝性分离即可显露直肠盲端。此时直肠盲端因有胎便填充呈深蓝色，小儿啼哭或腹压增加时可见局部膨隆，如不易确定时可局部穿刺。

3．充分游离直肠盲端，长2~3cm，在分离过程中应防止损伤尿道，为延长直肠长度可将直肠周围纤维鞘横行切开，以减少术后回缩。

4．将直肠盲端向下牵引，用丝线或可吸收缝线间断固定直肠与外括约肌皮下环，然后将直肠全层与皮肤作间断缝合。

术中注意要点：

1．术前应留置尿管，术中随时触摸导尿管，借以了解尿道的位置，以防损伤尿道。在女婴，阴道内留置一根硬质肛管，以防术中游离直肠盲端时撕破阴道。

2．低位肛门闭锁，直肠盲端已穿过括约肌，只是盲端的窦道有时在外括约肌皮下环之外，因此术中应仔细分离，务必使直肠盲端从外括约肌中间拖出，分离直肠盲端时防止粗暴操作以防损伤肌肉复合体，术后并发肛门失禁。

3．直肠拖出过程中，应该将直肠游离充分，防止张力过大导致术后直肠回缩。必要时术中可切开直肠周围筋膜，以延长直肠长度。

术后处理：

1．术后保持肛门手术野清洁，随时清除粪便及分泌物。必要时可留置肛管 3 ~ 4 天，帮助排气和排便，减少切口污染。

2．术后短时间禁食，继之进少渣饮食，保持大便通畅，防止便秘。

3．术后应用抗生素 1 周，预防切口感染。

4．术后 2 周起开始用扩肛器扩肛，每日 1 次，持续 6 ~ 12 个月，扩肛时手法轻柔，防止粗暴，未坚持扩肛者会导致肛门狭窄、继发性巨结肠、狭窄性失禁等严重并发症。

■高中位畸形的手术

（一）结肠造口术

高中位直肠肛门畸形一般应选择在新生儿期行结肠造口术，通常根据畸形的类型和可能重建肛门手术的年龄选择不同的造口方法。一般选择横结肠双腔造口术，造口后左半结肠可供直肠拖出时选用，且造口方法简单，容易关闭。打算早期作重建肛门手术时（8 ~ 10 周之内）亦可选择单腔造口术，但单腔造口术不便于冲洗远端结肠，双腔造口术便于远端结肠的冲洗。

结肠造口术后处理：

结肠造口后，应注意加强假肛口的护理，防止其周围皮肤的糜烂，近端造瘘口应防止狭窄，必要时不定期用手指扩张造瘘口。远端造瘘口不宜过大，以防肠管脱垂。

造瘘后应作结肠远端的造影检查，以了解直肠肛门畸形上端肠管状况。需要时作膀胱造影，了解有无瘘管及瘘管位置。

（二）后矢状入路直肠肛门成形术治疗男性高中位畸形

高中位畸形一般均主张通过后矢状入路直肠肛门成形术得以恢复。约有 10% 的男性高位无肛或合并直肠膀胱瘘以及 40% ~ 50% 的女性高位一穴肛需要作腹-骶会阴手术，以便处理高位瘘管及彻底松解肠管，以利于拖出及重建。

手术步骤：

1．体位　　采取俯卧位，臀部抬高。身体受压的部位必须用柔软的特制护垫保护，应防止头颈部过渡后伸，留置气囊导尿管一根。

2．从尾骨尖以下正中切口至肛门隐窝处，在切口下仔细分开肛门外括约肌结构，使中线切口两侧数量相等，在切开分离过程中始终不断以电刺激器来了解括约肌情况，必要时作好标记，以利于修复时参考。Peña 报告的后矢状入路直肠肛门成形术的理论基础之一是中高位直肠肛门畸形患儿外括约肌均有发育。另外，肛门外括约肌在中线部位形成外括约肌复合体。重要的神经血管均不通过中线，切开括约肌后暴露直肠应用 Weitlaner 牵开器（也可用后颅凹牵开器代替）以获得良好显露。但牵开器应放置在皮下表浅部位，以免压迫并损伤向创口深部走行的神经纤维。

3．游离直肠，修补直肠尿道瘘　　在分离直肠过程中应注意勿损伤尿道，妥善处理直肠尿道瘘，必要时应将直肠壁之一部分留给尿道，以防缝合后发生尿道狭窄。直肠盲端应用丝线间断缝合，这样在多条缝线的牵引下压力均匀，以免发生牵拉损伤直肠。

游离直肠时应切开直肠周围筋膜，以充分松解直肠，使拖出的直肠无张力。

4. 直肠尾状整形　当直肠壶腹部明显扩张时，拖出直肠难以放置在括约肌复合体中间。此时应将直肠作尾状整形。尾状整形的要点是从直肠后壁作楔形切出，使直肠呈上宽下窄的漏斗形。切开的直肠应作两层缝合。

5. 经腹骶会阴直肠拖出肛门成形术　如高位直肠肛门畸形，在腹膜反折以下找不到或不能充分游离直肠时或直肠膀胱瘘或膀胱颈尿道瘘经骶会阴难以处理时应将后矢状切口放纱垫保护，翻身作腹部切口，在腹膜反折以上找到直肠，充分松解并在明视下缝合修补直肠膀胱瘘或直肠膀胱颈部瘘，然后将直肠下端固定于经后矢状入路放置入盆腔的肛管上，拖至会阴部，缝合腹部切口。

在会阴部将直肠放置于括约肌复合体中间，恢复正常解剖关系。注意保留拖出的直肠远端，高位直肠肛门的畸形时内括约肌缺如，在瘘管附近有近似内括约肌样结构，应当予以保留和在重建中应用。肛门直径一般不超过1cm，术后坚持扩肛。

（三）后矢状入路直肠肛门成形术治疗女性一穴肛

一穴肛泄殖腔管短于3cm时，仅作后矢状入路直肠拖出肛门成形术，泄殖腔管留给阴道及尿道。这类患儿至青春期后泄殖腔管口可能自行扩大成阴道开口，尿道位于此口上方相当于女性尿道下裂，如无泌尿道反流可不必予以处理。

高位泄殖腔畸形的处理则非常复杂，要通盘设计，手术要同时完成尿道与阴道的分离及尿便的控制以及阴道的成形。

切口：采用长的后矢状切口从尾骨向下一直切至会阴部，首先小心从后方分开直肠，泄殖腔管必须留给尿道。像处理高位无肛那样充分松解直肠保证拖出后无张力。

第2步即完成阴道及尿道的分离，因为尿道的后方常被阴道覆盖2/3以上，故完成二者的分离需要非常耐心仔细，泄殖腔管留给尿道，但阴道亦必须分离至能拖出而无张力，阴道的位置要紧贴尿道，直肠应放置在外括约肌复合体之中。如在分离中阴道壁破裂，应当在缝合后旋转90°，以防止形成阴道瘘。

在高位一穴肛时，泄殖腔管长于3cm，此时松解阴道极为困难。如阴道过短位于盆腔或阴道完全闭锁时需开腹作带血管回肠段拖出，拖出的回肠要保证血运，腹腔侧封闭或与残留的阴道作吻合，另一侧位于尿道后方缝合于会阴部皮肤上，此外若患儿为双阴道，尚可根据实际情况作一侧阴道转位。

术后处理

1. 保持肛门部及会阴部清洁，经常以生理盐水擦拭，以保证切口愈合。

2. 术后应用抗生素预防感染。

3. 骶部切口放置橡皮片引流，术后24～48h拔出。

4. 术后2周开始扩肛，扩肛应循序渐进，防止粗暴以免加重损伤。一般扩肛需持续6～12个月。应将扩肛技术教会家长掌握。

5. 有直肠尿道瘘患儿应保留尿管5天。若拔出尿管不能排尿时可考虑暂时性耻骨上膀胱造口。

（刘贵麟　周薇莉）

214

第二十节　小儿后天性肛前瘘

【临床提要】

小儿后天性肛前瘘尽管有各种名称，也有少数的学者认为是消化道双重末端，属先天性畸形。但多数学者还是认为属后天性感染所致。患儿有发育正常的肛门直肠，出生后由于使用的尿布粗糙、不净以及排便后擦拭肛门的方式不恰当，引起肛周感染再形成脓肿。脓肿向前破溃，形成瘘管其外口，通往女婴的外阴前庭、阴唇或阴道，通往男婴的尿道。因粘膜生长较快，外阴与直肠粘膜迅速对接愈合，形成完整的瘘管。早期因括约肌痉挛，几乎全部粪便从瘘管排出。以后随着年龄的增大粪便变硬，局部炎症的控制形成疤痕组织，当其收缩时，瘘管内径缩小，故瘘管不再漏大便。仅在排稀便时，偶尔从瘘管排出。

后天性肛前瘘多在新生儿期发病。有时在生后数天便发生肛周感染形成漏，故有人认为是先天性畸形。肛前瘘病变过程可分为 4 期。第 1 期在瘘形成后 7～10 天。因直肠周围炎症而腹泻并引起哭闹不安，大便经瘘口流出较多，瘘口不整齐，会阴部出现感染。第 2 期在瘘形成后 10～30 天。急性炎症逐渐控制。瘘口得到良好的处理，成为被控制的瘘。第 3 期在发病后 1～3 个月。瘘口炎症已控制，一般由肛门排大便，偶尔是从瘘孔排出大便，如未获得预期的效果，则表现为严重感染。第 4 期是在病变 3 个月以后。病情稳定后，瘘口未愈。

瘘管外口多位于中央前庭或两侧。瘘管内口位置全在直肠正前方，多数距齿状线 1cm 以内，偶尔可高达 1.5cm。瘘管成一直线型完全性的瘘，其内衬有完整光滑的粘膜组织。

本病的诊断并不难，与先天性的肛门直肠畸形鉴别诊断也不困难。

【治疗】

■治疗原则

本病的治疗包括瘘形成的 4 期。第 1 期和第 2 期应属急性炎症期，此时应以抗感染为主，辅以局部的处理。如清洁外阴、浸泡外用的药物，使外阴的炎症得到控制。有脓肿形成应及时切开引流，不宜挂线治疗或经皮肤向肛门方向切开更多的组织和括约肌，以免日后发生大便失禁。第 3 期治疗为继续抗炎和加强营养。第 4 期治疗是择期针对瘘进行的手术。

手术方法有瘘管根治会阴成形术（即"H"型手术）和瘘管后移术、经直肠内瘘修补术。手术时机应选在急性期 3 个月后进行，一方面让炎症消退及疤痕软化，另一方面让瘘孔有自然愈合机会。

■术前准备

包括肠道准备如清洁洗肠、口服或经肠道保留灌入抗生素。可用激素使疤痕软化。并用稀释高锰酸钾水坐盆。

■瘘管根治会阴成型术

麻醉下，截石位，先沿阴道肛门粘膜面两侧与皮肤交界边缘各做一条纵切口，切口应切至肛门中部最大径处。以利暴露括约肌；于阴道与肛门连接处粘膜做横切口，3 条切口形如 H；横切口处系原瘘管之后壁，有疤痕粘连，不易分离，所以须先经两侧纵切口，阴道直肠交界处向深部钝性分离约 5cm，然后由该处分离阴道与直肠，由深而浅逆行分离至阴道肛门连接粘膜面。最后横断粘膜。分离时为防止损伤直肠，应以左手食指置入直肠作分离钳的引导，另以一鼻窥镜撑开阴道；将直肠与阴道充分分离 5cm，使各自前后分开相距 3cm，用可吸收细线自深而浅缝合直肠阴道间隙两侧软组织，消灭死腔，使阴道与直肠完全隔离；缝合括约肌、皮肤及阴道、肛门粘膜。会阴成形后缝合口长度在 3cm 左右。最后经肛门前部皮肤穿过括约肌作一贯穿纵缝合，预防感染后括约肌断离太远，同时保护会阴伤口不致裂开至外阴。

■瘘管后移术

麻醉下，患儿采用截石位，在肛门前缘皮肤上作半弧形切口，切除外口瘘管及周围的疤痕组织，缝合舟状窝使后联合皮下组织无死腔。充分游离直肠与阴道到肛门瘘口以上至少达 1cm。肛门会阴切口间挂线但不扎紧。待前庭伤口愈合，会阴切口缩小基本形成会阴瘘时再紧线，挂开肛瘘。

■经直肠内瘘修补术

麻醉下，俯卧位并使臀部抬高。扩肛，肛门皮肤两侧缝一牵引线，用拉勾显露直肠腔。沿肛前缘粘膜下注入含肾上腺素的盐水，于瘘管内口上缘以内口为中心，至齿状线平面，作一弧形切口，切开粘膜层，长度达肛管周径 1/3～1/2，将弧形切口以下的直肠粘膜、瘘管内口及周围疤痕全部切除。在粘膜下层与肌肉之间向上分离粘膜约 2cm，使该部分粘膜能拉至齿状线平面。对创面出血点压迫止血，止血须彻底，否则粘膜的积血易引起感染，使手术失败。缝合关闭瘘口，然后用肌肉埋入第 2 层，将剥离直肠粘膜与肛管皮肤缝合固定。术毕用凡士林纱布包绕粗胶管，压迫创面止血，1 天后拔除。

■术后处理

每天红外线照射肛门，小婴儿勤换尿布，保持会阴部干燥。术后禁食数天，尽量减少粪便的排出，使肛门创口清洁干燥。术后头几天全身应用抗生素。

（刘钧澄）

第二十一节　肛　门　失　禁

【临床提要】

肛门失禁（anal incontinence）或大便失禁（fecal incontinence）是指病儿失去对直肠内容排出的自主控制能力，可在不合适的时间、不合适的地点不自主地排出。

小儿肛门失禁按病因分功能性和器质性。功能性大便失禁实际是一种小儿便秘引起的充溢性大便失禁（参阅第二十二节）。器质性大便失禁分先天性和外伤性。先天性大便失禁除肛门直肠畸形外还包括神经源性大便失禁，常见于腰骶部脊膜膨出、骶骨发育不良等。外伤性大便失禁又分神经源性和肌源性，前者多见于脊柱外伤、椎管手术后致神经损伤的大便失禁；后者多见于会阴、肛门手术后或直接外伤破坏了括约肌和盆底肌引起的大便失禁；另一些患儿如骶尾部巨大畸胎瘤术后出现的大便失禁则通常是肌肉和神经同时损伤所致。小儿肛门失禁按病变程度在临床上可分4级：轻度污粪、污粪、部分失禁、完全性失禁。

小儿肛门失禁诊断并不困难，重点是要判断失禁的原因、机制和失禁程度。仔细采集病史对诊断评价和制定治疗方案都十分重要，应详细了解病儿原有疾病、既往手术方法、术后并发症、术后治疗和恢复情况、目前大便状况与影响因素等。局部检查应注意肛门口的位置、形态及直肠粘膜有否外翻，肛门指诊应了解肛门口大小、瘢痕情况和肛门括约肌收缩力强弱，测量PAC三角（耻肛尾三角）将有助于对盆底肌和外括约肌的发育及功能状态作出评价。

能反映肛门直肠和结肠功能状况的检查有：钡灌肠、直肠肛管测压及其向量测压、肌电图、神经潜伏期测定、肛门超声波检查、CT和MRI检查、X线排便造影、粘膜电感觉、盐水灌注失禁试验、直肠顺应性、结肠运送时间、全肠钡餐等。临床医师应根据不同的病人选择必要的检查项目。

【治疗】
■康复训练治疗

1. 排便习惯训练　每天3次进餐后半小时内（利用胃结肠反应）上厕所训练排便，必要时可加用开塞露或灌肠。目的是要训练病儿定时自主排便和建立排便条件反射；同时每日3次排空直肠，减少粪便潴留，也能从另一种机制防止大便失禁。

2. 缩肛提肛训练　患儿平卧，全身肌肉放松，主动收缩提肛肌和肛门括约肌，如便急时用力憋住样。若病儿不懂收缩或训练有困难，可戴手套将手指插入直肠，刺激直肠和盆底肌、耻骨直肠肌以激发便意，同时指导病儿收缩盆底肌（使手指有紧缩感），每小时收缩20～30次。对年长儿可指导患儿在排尿时突然中断尿流至完全停止后再重新排尿，反复数次，这对盆底肌的收缩功能和诱导肛门括约肌收缩都有帮助。

3. 降低直肠感觉阈值训练　将连接细导管的气囊置于直肠，向气囊内注气并逐渐增加注气量，指导患儿在出现便意感觉时即缩肛提肛，阻止气囊排出，持续1～2min后抽气，休息3min再重复。如此反复训练，逐渐减少充气量以降低直肠感觉阈值。

4. 协调共济肌与毗邻肌诱导训练　①仰卧起坐。患儿仰卧，家长按压其下肢，令坐起再逐渐平卧，重复。②抬臀弓背。屈髋屈膝仰卧，抬臀直髋，弓背挺腹，放下再重复。③直腿抬高。双下肢并拢，直腿逐渐抬高至与躯干成90°，再逐渐放回原来平卧位，重复。经临床观察，这组训练对改善排便控制效果十分显著。

■生物反馈治疗

该疗法是利用各种技术，以视觉、听觉形式显示体内生理活动，通过指导和自我训练有意识对某些异常的病理生理活动进行矫治，从而达到治疗目的。简单的方法是放置一气囊于直肠内，充盈气囊让小儿进行提肛肌和括约肌收缩训练，同时将肛管压力仪耦联到光声发生器或监视器屏幕，指导患儿配合信号进行缩肛提肛运动，逐渐建立一个气囊充盈——直肠扩张——缩肛提肛的反射，并通过信号诱导，反复训练，使感觉阈值降低。此法操作简单，无损伤性，且效果明显，将会在外科大便失禁的治疗中起愈来愈大作用。

■手术治疗

由于引起大便失禁的病因往往不是单一的，且每个病人的重点亦有不同，因此，如对失禁原因判断错误或手术针对性不强，手术效果必然会受影响，所以术前评价应该充分，选择最适合病人的手术方案。手术方法可分：

（一）肛门口皮肤成形术

适用于肛门口狭窄或瘢痕形成影响肛门口闭合者，对轻微狭窄、症状不严重的病人大多可通过肛门扩张来解决，只有对那些扩张治疗无效或无望的病人方施行手术。目前常用的方法有 Y-V 瓣成形术（图 6-21-1）、S 形瓣转移术（图 6-21-2）。

  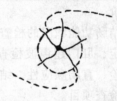 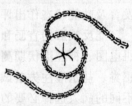

图 6-21-1　Y—V 瓣成形术　　　　　　　图 6-21-2　S 形瓣转移术

（二）后矢状切口手术

适用于先天性肛门直肠畸形首次手术时直肠位置放置不正确所致的大便失禁，手术通过后矢状切口把肛管直肠重新放置在盆底肌的横纹肌复合体之间，但术前要有明确的临床和 X 线检查证据。可将该手术选择在施行各种肌肉转移替代术之前。

（三）肛门外括约肌的修补、成形和重建

1. 肛门外括约肌修补术　　主要适用于外伤病人，尤其是肛周瘘管处理不当切断了括约肌主要结构所致的失禁病儿。

2. 股薄肌转移肛门外括约肌成形术　　该术式由 Pickrell（1952）首先提出，采用保留血管神经束、远端切断的游离股薄肌，围绕肛门缝合固定（图 6-21-3），以重新建立肛门外括约肌。Hartle（1972）采用游离双侧股薄肌，切除远端血运不良的肌性部分和腱性部分，双侧肌肉经直肠前方绕过对侧直肠，于直肠后方相互缝合，此手术尤其适合 5 岁以下年幼儿童。Holl（1976）、刘贵麟（1991）采用的去神经保留血运股薄肌转移术，是基于人们认识到股薄肌缺乏肛门括约肌所具备的持续耐疲劳收缩能力。实验证明横纹肌要保持这种特性乃取决于酶和代谢，而神经供应可使酶和代谢发生改变。根据神经再生原理，Holl 把股薄肌支配神经切断，移植紧贴在已去肌膜的盆底肌表面；刘贵麟则强调尽量解剖出残留的外括约肌组织，以期去神经的股薄肌可自周围肌肉获得神经再生，从而把股薄肌改造为具有耐疲劳特性的肌肉，因此改善了手术效果。但由于神经再生有其局限性，再生的细小神经纤维难以穿透到肌肉中心，一旦失神经的肌肉出现萎缩，神经再生也就不可能了。根据双重神经再生支配理论，陈雨历（1995）设计了神经压榨保留血运的股薄肌转移术，术中将股薄肌支配神经压榨，使肌肉处于暂时失神经状

218

态，以接受外来神经的再生进入，而最终使肌肉建立双重神经支配。Beaten（1988）采用神经肌肉刺激股薄肌移植，将刺激器安置在支配神经干附近，以低频刺激来改造和控制股薄肌收缩，从而改善临床疗效。

图6-21-3 股薄肌转移肛门外括约肌成形术

3. 臀大肌瓣转移肛门外括约肌成形术 臀大肌是肛门附近一组巨大而强有力的横纹肌，其支配神经与肛门外括约肌支配神经都由同源的脊神经供应，所以建立新的反射要比远隔神经来源的肌肉快得多、容易得多；而在日常生活中，臀大肌和肛门外括约肌的收缩和松弛是一致的，因此采用臀大肌来重建肛门括约肌有着其他肌肉所不可比拟的优点。缺点是该肌与周围组织隔开的肌膜不很清楚，手术分离时创伤较大。目前临床上常用的术式有2种：①将臀大肌远端的腱性部分在大粗隆处切断，游离一条保留血管神经的远侧肌束，通过肛周皮下隧道围绕肛管并相互缝合（图6-21-4）。②在骶尾部肌肉起始附着部游离一条保留血管神经的近侧肌束，将其围绕肛管相互缝合（图6-21-5）。

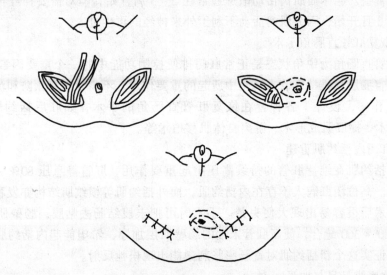

图6-21-4 臀大肌瓣（远侧束）转移肛门外括约肌成形术

4. 括约肌重建术的几个问题 ①重建手术指征应局限于完全性失禁和解剖破坏严重的病例。②行肛周解剖时应暴露出直肠平滑肌、残存的括约肌或提肛肌，以实现和移植肌的肌性接触。③必要时结肠造瘘以防感染，尤其是臀大肌束转移的病例，但对神经切断或压榨的手术，因肌肉瘫痪可不必结肠造瘘。④继发巨结肠者应予处理。⑤男孩合并后尿道瘘，在括约肌重建同时修补瘘，可提高成功率。⑥移植肌肉的血运不良和术

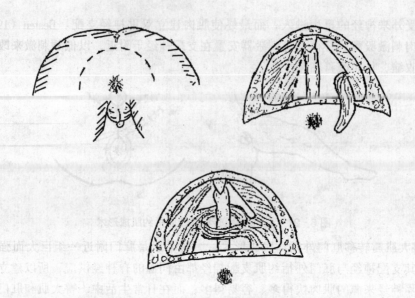

图 6-21-5 臀大肌瓣（近侧束）转移肛门外括约肌成形术

后感染是导致括约肌重建手术失败的主要原因，应在各个环节上防止发生。⑦转移肌肉缝合时固定的松紧度要适合，失神经状态的肌肉更不能缝合固定过紧。⑧行移植肌的神经切断或压榨均以非主干为好，最好选择其周围部分的分支。⑨帮助神经恢复再生药物的应用当有裨益。⑩术后肌肉活动锻炼通常在 2～3 周开始，但对需要神经再生的手术则应在术后 3 月开始，因为肌肉活动不利于外来神经的再生进入。

（四）恢复肛管直肠角手术

维持肛管直肠角为锐角状态是正常肛门排便控制功能中的一个重要因素。Stephens 强调了耻骨直肠肌在维持肛管直肠角中所起的重要作用。不少学者在预防和治疗大便失禁的临床工作中，设计了各种旨在恢复肛管直肠角的手术，如肛后括约肌紧缩术、Kottmeier 手术、提肛肌成形术、游离自体肌移植术等。

（五）肛门内括约肌重建

肛门内括约肌在维持肛管的持续高压中起重要作用，肛管静息压 80%～85% 是来自内括约肌。高位闭肛病人不存在内括约肌，而外括约肌等横纹肌结构亦发育不佳，腹会阴拖下手术后很容易出现大便失禁。手术时可把末段结肠去粘膜，肠壁肌层向上翻转，返折 180°～360° 缝合，使新肛管末端的肠壁肌层加厚，希望能起内括约肌作用。术后肛管测压证实这个新括约肌对直肠膨胀刺激能出现松弛反射。

（六）盆底肌悬吊与加强

近年来许多学者都已注意到盆底肌对排便控制的重要性，指出提肛肌有排便肌和控制肌的二重作用，也发现盆底肌瘫痪病人其充溢性大便失禁与盆底肌在排便活动时的反常运动有密切关系。采用双侧髂腰肌盆底悬吊术，把双侧髂腰肌肌腱在止点切断，经膀胱直肠窝或子宫直肠窝底与会阴中心腱缝合在一起（图 6-21-6），可改变患儿提肛肌之下塌、深漏斗状态，并使其在排便时能固定肛管，以便粪团排出。本手术适合神经源性大便失禁的病例。

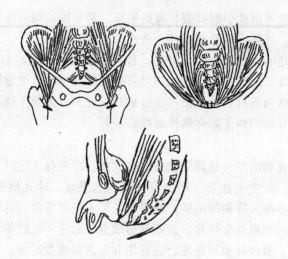

图6-21-6 髂腰肌盆底悬吊术

（七）阑尾造瘘或盲肠扣状造瘘术

手术是为顺行灌肠治疗大便失禁而设，通过结肠近端无污便的造瘘口每日灌肠一次，排空结肠内积存粪便，从而保持不失禁和污便。

（八）其他手术方法

人工括约肌、神经刺激器植入、弹力肛环等方法仍在不断摸索和改进中，永久性结肠造瘘则是不得已的最后选择。

总之，任何手术后都应注意防治感染，要有一个恢复和功能训练过程，各种增加肛门肌肉收缩力的康复治疗训练都十分必要，是争取最大功能恢复的不可缺少环节。

（朱德力　陈雨历）

第二十二节　小儿便秘

【临床表现】

便秘（constipation）是指大便干硬，排便困难、排便量少、次数少（每周少于2次），排便间隔时间长（3天以上）。是小儿常见的疾病，约3%的小儿发生便秘。临床上还须注意有些患儿表现便秘和大便失禁同时存在，这是便秘的患儿由于粪便长时间潴留在直肠腔内，使直肠过度扩张和受体的感受性降低，造成肛门括约肌扩张、并松弛，控制粪便排出的能力降低，粪便从肛门溢出。因而这些患儿的大便失禁还是由便秘引起的。

小儿的便秘多数属于功能性，与饮食及不良的生活习惯有关。如进食的量少，经过消化后余渣少，大便量自然少；如食物含蛋白质多而碳水化合物少，则肠内分解蛋白质的细菌比发酵菌多，肠内容物发酵少，大便呈碱性，干燥、次数少；食物中含纤维素少、患儿饮水少，大便量少、干硬；亦可因贪玩、生活不规律，以致未养成良好的排便习惯。这些便秘患儿可因此引起肛裂、直肠脱垂，甚至因长期的便秘而引起食欲差、腹部不适、营养不良。以致形成恶性循环，造成顽固性便秘。

此外小儿便秘还有因器质性病变引起。包括肛裂引起排便时肛门疼痛，造成便秘；肛门直肠手术后引起肛门狭窄；肠壁的神经发育异常如神经节细胞缺如、发育不良；乙状结肠冗长，因乙状结肠过长，粪便内水分被吸收过多，大便干硬；内分泌疾病如甲状腺功能低下；还有脊髓的病变如脊髓栓系综合征等。

【治疗】

功能性便秘的食物治疗包括调节饮食、多饮水、养成每天定时排便的习惯，必要时可用药物帮助排便。饮食上在婴儿期加服蜂蜜和水果汁，幼儿期进食含纤维较多的食物。儿童应从小培养每天排便的训练，最好每天早上进行排便，这样可很快养成排便习惯，但不要长时间的蹲厕或坐便盆，否则易造成直肠脱垂不良的排便习惯。可服用一些泻药，如中药大黄、番泻叶和果导等，也可用开塞露等辅助排便。

器质性便秘的治疗主要是找出原发病因，并进行针对性的治疗。肛门直肠手术的后肛门狭窄，应进行肛门扩张或手术切开狭窄的疤痕环。肠壁的神经发育异常多为先天性巨结肠及类缘性病，按病因行巨结肠根治术治疗先天性巨结肠，类缘性病多可用内括约肌切除及保守治疗 6 个月而治愈。经上述治疗无效的类缘性病，则需切除发育不良的结肠。乙状结肠冗长则需切除过长的结肠，减少粪便在乙状结肠的时间，减少水分的吸收，使粪便不会过干硬。甲状腺功能低下，应通过口服甲状腺素，可使便秘症状改善，并可避免因甲状腺功能的低下，引起智力低下和身材矮小。脊髓栓系综合征则需手术治疗，把受到牵拉的脊髓松解。

（刘钧澄）

第二十三节　肛门周围脓肿、肛瘘

一、肛门周围脓肿

【临床提要】

■病因及分类

急性肛门周围脓肿（acute perianal abscess）可分为婴儿和年长儿 2 型。病因有先天性和后天性之分。先天性发育异常，如肛腺囊性扩张，扩张的肛腺易继发感染。病原菌为金黄色葡萄球菌。小儿肛门周围脓肿源于肛门腺窝及肛门腺的炎症。感染由肛管直肠壁直接向外蔓延，或以淋巴、血行扩散形成肛周脓肿；女婴的直肠前壁与前庭间组织疏松，更易受炎症侵袭。直肠粘膜或肛周皮肤受损伤，如干燥的大便损伤、尿液的浸渍或粗糙的尿布擦伤亦可继发肛周脓肿。另外，小儿肛周皮肤及直肠粘膜的局部防御能力薄弱也是肛周脓肿形成的重要因素。

■临床表现

婴幼儿无原因哭闹、发热，排便时哭闹尤甚，伴有食欲减退、精神不振。年长儿诉肛门周围疼痛。肛门周围局部红肿、发热，触痛明显，初时局部硬结，皮肤皱纹消失，以后中央变软，出现波动，并有发热、感染中毒、血白细胞增高等全身症状。

■诊断

根据临床症状及局部表现，诊断并不困难。婴幼儿排便时哭闹及发热，应考虑肛周脓肿的可能。

【治疗】

肛周脓肿早期，全身应用抗生素，口服缓泻剂，保持大便通畅。局部以 0.25% 普鲁卡因和抗生素溶液封闭。局部已有波动感或穿刺有脓者，应即行脓肿切开引流。

■手术治疗

采用局部浸润麻醉，或基础麻醉加局部浸润麻醉。取截石位。选取脓肿中心与肛门接近的放射状切口（图 6 - 23 - 1），切开皮肤及皮下组织，用止血钳或手指分离脓腔的间隔，排尽脓液后，用碘仿纱或凡士林纱条填塞引流。

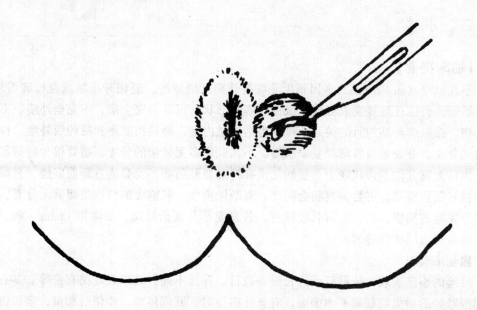

图 6 - 23 - 1　肛门周围脓肿切口

如术前检查脓肿同侧的肛窦有炎症，特别是肛窦开口有脓液渗出者，可考虑一期肛门周围脓肿切开引流加肛窦切开术。具体操作是，沿肛门的放射状切口延至肛窦，将整个脓腔连同肛窦一并敞开，适当切除切口周边少许组织（图 6 - 23 - 2），形成一 "V" 创面，防止肛瘘的发生。如脓肿较深，先将一食指伸入直肠腔内，指引血管钳伸至脓腔引流（图 6 - 23 - 3）。

■术后处理

1. 全身应用抗生素控制感染。

2. 保证引流通畅，术后 12～24h 取出引流条。每日更换纱条，至创面底部有新鲜

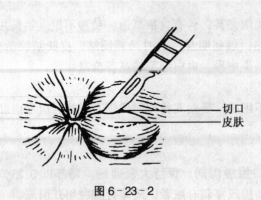

切口
皮肤

图6-23-2

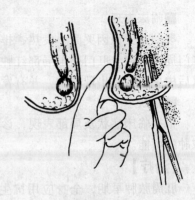

图6-23-3

肉芽。

3. 每日以1:5 000高锰酸钾液坐浴，保持局部清洁。

4. 局部理疗，促进伤口愈合。

二、肛瘘

【临床提要】

小儿肛瘘（anal fistula）多因新生儿或婴幼期肛周脓肿，经切开排脓或自行破溃后，引流不畅，炎症迁延复发成肛瘘。根据肛瘘的形状，可分为完全瘘、不完全外瘘、不完全内瘘。按肛瘘与括约肌的关系，可分为括约肌内瘘、经括约肌瘘和括约肌外瘘。按瘘管有无分支，分为单纯肛瘘和复杂肛瘘。小儿肛瘘多无复杂的分支，瘘管很少向深部蔓延，内口大部分位于齿状线上。婴幼儿尚有特殊型肛前瘘，女婴为直肠前庭瘘、直肠阴道瘘或直肠阴唇瘘。男婴为直肠会阴瘘、直肠尿道瘘。肛前瘘的特点是瘘管无分支，管内衬于完整的粘膜，内口距齿状线较近。若发现小儿复杂肛瘘，要考虑 Crohn's 病、溃疡性结肠炎或结核病等的可能。

■临床表现

肛瘘的临床表现，依据肛瘘的长短、数目、深浅不同，临床表现稍有差异。多有肛门周围脓肿的病史或肛周手术瘢痕。有急性感染时，肛周疼痛，排便时加重，瘘口流脓较多，脓液粘稠、味臭，急性感染后，脓液渐少，时有时无，甚至瘘口闭合。完全瘘的外口可有粪便、气体流出。

■诊断

根据有肛周脓肿病史及瘘管，确诊并不困难。尚要了解长短、走向，特别是内口的位置。

1. 直肠指诊　可扪及条索状的瘘管。

2. 肛门镜检查　常在隐窝或粘膜与皮肤交界处发现内口。

3. 探针检查　探针经外口插入，食指在肛管内触到探针尖处，即为内口。探针检查过程切忌暴力。

4．注射色素　直肠腔内置一纱布，经外口注入美蓝，可见直肠腔内的纱布蓝染。

5．瘘管造影　经外口注入碘油，可确定瘘管的长度、方向，有无分支及与括约肌的关系。

【治疗】

新生儿与婴儿瘘管尚未完全形成的肛瘘，宜采取保守疗法。每日以1:5 000高锰酸钾液坐浴2～3次。合并急性感染时，除注意保持瘘管的通畅外，应适当应用抗生素。小儿肛瘘时愈时破，间歇流脓，瘘管周围有瘢痕纤维增生，多需手术治疗，手术年龄以6个月以上为宜。小儿多为单纯性肛瘘，多采用肛瘘切除术或瘘管切开术。肛瘘持线疗法，操作简单，易于掌握，除肛前瘘及直肠尿道瘘外，不管低位肛瘘还是高位肛瘘，均可采用。直肠舟状窝瘘国内广泛应用是直肠内修补术。

■术前准备

1．肛瘘的各种手术，均需行术前肠道准备，包括术前灌肠、口服肠道抗生素。

2．有急性感染者，应全身应用抗生素控制感染。

3．术前禁食。

■麻醉与体位

不合作者应用分离麻醉加局部浸润麻醉，年长儿可行骶管麻醉。

取截石位利于术野显露和操作。

■肛瘘切除术

手术步骤：

1．扩肛后，将探针自外口插入瘘管，由内口穿出。

2．沿探针切开内外口之间的皮肤、皮下组织（图6-23-4）。

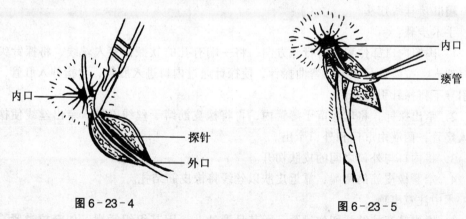

图6-23-4　　　　　　　　　　　　　　　　图6-23-5

3．沿瘘管分离，切除整个瘘管及瘘管周围的瘢痕组织（图6-23-5）。

4．切除切口边缘的皮肤，使创口呈"V"形。

5．创面填油纱布条引流。

手术中注意事项：

1．术中寻找瘘管及内口是手术成败的关键，术中经外口注入美蓝，有助瘘管及内口的寻找及切除。

225

2．复杂性肛瘘，要同时将分支瘘管切除。

3．如发现瘘管位于肛直肠环以上，应将肛直肠环以下的瘘管切除，以上的瘘管行挂线疗法。

术后处理：

1．术后24~48h，拔除油纱布，以1:5 000高锰酸钾溶液坐浴，每日2~3次，排便后尤需坐浴，保持创面清洁。

2．坐浴时，适当牵拉伤口两侧皮肤，以防皮肤过早愈合，再次形成瘘管。

■肛瘘切开术

手术步骤：

1．扩肛后，食指伸入肛管内，拇指在瘘管外口，触及条索状瘘管。

2．探针自瘘管外口插入，经瘘管由内口探出。

3．确定瘘管在肛直肠环以下，自外口沿探针将瘘管表层的皮肤、皮下组织及瘘管和内口一并切开。

4．刮除瘘管内肉芽组织，并将瘘管边缘的瘢痕和切口边缘的皮肤切除，使伤口呈"V"形以利引流，防止假性愈合。若发现有支管，应一并切开。

5．创口内填油纱布。

手术中注意事项：

1．与肛瘘切除术基本相同。

2．切开瘘管后要将瘘管的肉芽及瘢痕组织彻底清除。

术后处理：

与肛瘘切除术同。

■肛瘘挂线疗法

手术步骤：

1．确定内口部位和瘘管行经方向，将一端有孔的软探针穿入丝线，将探针尖端由外口伸入，按瘘管行经方向弯曲探针，使探针通过内口进入肛管，食指伸入肛管，在食指引导下将探针引出肛门。

2．牵出探针，将丝线留于瘘管内，再将橡皮筋缚于丝线一端，牵出丝线使橡皮筋进入瘘管，两端由肛门和外口牵出。

3．将内口与外口之间的皮肤切开。

4．牵紧橡皮筋的两端，靠近皮肤以丝线将橡皮筋结扎。

术中注意事项：

1．橡皮筋牵拉结扎切勿过紧，尤其是婴幼儿，因其组织娇嫩，如牵拉过紧，橡皮筋过快将组织切割，未能达到边切边愈合的目的，导致手术失败。

2．瘘管表面的皮肤应切开，避免术后橡皮筋牵勒皮肤，导致剧痛。

术后处理：

1．保持会阴部清洁，每日以1:5 000高锰酸钾溶液坐浴，术后2~3天，逐日将橡皮筋收紧。

2．一般一周左右橡皮筋完全脱落。

■经直肠瘘管修补术

手术步骤：

1．用拉钩拉开肛门直肠，即可显露齿状线附近的瘘管内口。

2．以内瘘口为中心做一横向弧形切口，上缘切口跨过内口，止于两侧的齿状线，下缘切口沿齿状线，至两侧与上缘切口会合。

3．瘘口周围粘膜下注入稀释肾上腺素液后，切开粘膜层，在粘膜下层向口侧潜行分离直肠粘膜2~3cm。下缘切口沿齿状线切开后，向口侧分离至瘘口。将上下缘切口之间的粘膜、瘘口及周围的瘢痕组织完全切除。

4．用1-0丝线横向间断缝合内口肌层3~4针，使瘘口关闭，再在其上横向结节外翻缝合肌层。

5．将口侧切缘粘膜牵至齿状线处，两切缘粘膜间断缝合，覆盖内口的肌层缝合处。

术后处理：

1．禁食、输液，应用抗生素3~5天。

2．会阴部每日以1:5 000高锰酸钾溶液清洁。

3．适当予缓泻剂，保持大便松软，以免干结粪便撕裂伤口。

（洪楚原）

第二十四节　直肠脱垂

【临床提要】

直肠脱垂（rectal prolapse）是自限性疾病，多见于1~3岁幼儿，较大儿童少见。直肠脱垂并非单一原因所引起，而是多种因素相互关联的结果。幼儿期直肠粘膜与深面的肌层间的联系较疏松；会阴部肌肉尚在发育中，又面临排便控制和排便训练的需求增加，加重了肛提肌的负担；骶骨弯曲尚未形成，直肠肛管几乎呈直线下行，当腹压增高时缺乏骨盆的保护；随着Douglas腔的加深，盆底肌被扩张，其张力下降。当遇有腹泻、严重咳嗽等促发因素时，直肠脱垂就可能发生。与成人不同，小儿直肠脱垂多是特发的。小儿直肠脱垂极少合并消耗性疾病、外伤性损伤以及营养不良。有神经肌肉病变的小儿，如脊髓脊膜膨出、膀胱外翻等经常合并直肠脱垂。另外，寄生虫、直肠息肉及炎症等也可能诱发直肠脱垂。因此，有直肠脱垂的小儿，应行寄生虫检查；若有直肠出血的病史，要行结肠镜或钡灌肠检查。

■直肠脱垂依其脱出的程度分2型

1．部分脱垂（粘膜脱垂）　　脱出部仅为直肠下端的粘膜，多见。

2．完全脱垂　　直肠的粘膜和肌层均脱出肛门，较少见。

■临床表现

1．粘膜脱垂　　可见肛门外深红色球行肿块，长度2~3cm，后壁比前壁稍长，表面有自肛管中央向外放射的皱襞，似玫瑰花瓣样。

2．完全脱垂　　脱出物脱出较长，呈宝塔样或球形，表面可见环行的直肠粘膜皱襞。早期脱肛，便后可自行回纳或用手指压迫复位。长期或反复脱出的肠管粘膜会伴有水肿、渗血和溃疡。个别完全脱垂脱出时间较长的，可发生箝闭，并有坏死的危险。

直肠脱垂的诊断不难，根据病史和看到脱出物并能将其还纳，诊断即可确立。鉴别诊断需注意肠套叠脱垂和直肠息肉脱垂。

【治疗】

■非手术治疗

小儿直肠脱垂多可自愈，故以非手术疗法为主。如便后脱肛立即复位；及时治疗腹泻及便秘；暂时改变排便姿势；训练每日一次、定时、尽快（5min）完成排便的习惯。

■手术治疗

非手术治疗无效，影响患儿学习生活的，可考虑手术治疗。

1．硬化剂治疗　　用于粘膜脱垂。将硬化剂（5%酚甘油＋30%盐水或50%葡萄糖溶液）在同一平面分4个点分别注入粘膜下层，Wyllie 报告首次治疗有效率90%，并发症少见。

2．后入路骶前直肠成形术　　由 Ashcraft 报告，该术式是将直肠重新悬吊在骶骨前的筋膜上，同时自后面紧缩肛提肌，以重新建立肛直角。改良的后矢状入路肛门直肠成形术与此机制相同。

3．其他术式　　还有 Ripstein 手术、Lockhart‑Mummery 手术等，总的手术效果无明显差别。

（陈亚军）

第二十五节　肝　脓　肿

一、细菌性肝脓肿

【临床提要】

细菌性肝脓肿（bacterial liver abscess）多继发于全身细菌性感染，或身体其他部位的感染，特别是腹腔内感染时，细菌侵入肝脏，此时若患儿抵抗力低下，可发生肝脓肿。本病多发生于5岁以下的小儿，偶亦发生于新生儿。致病菌与原发的感染部位有关，腹腔内的感染多为大肠杆菌和厌氧菌，而全身其余部位的感染多为金黄色性葡萄球菌，但混合性感染也常见。细菌性肝脓肿约80%发生于肝脏右叶。多发性小脓肿较单个大脓肿多见。单发性脓肿多由多个小脓肿融合而成。细菌可经下列途径进入肝脏：

1．经血源性感染　　①门静脉途径：门静脉为细菌侵入肝脏的主要途径。消化道的化脓性病变如坏疽性阑尾炎等，细菌经门静脉系统到达肝脏繁殖，再继发肝脓肿。新生儿脐静脉及门静脉感染可引起肝脏多发性小脓肿。②肝动脉途径：全身各部位化脓性病灶中的细菌，都有可能经肝动脉进入肝脏，引起多发性脓肿。

2．经胆道系统　　肠蛔虫进入胆道，带入细菌，以及胆道结石并发胆道感染，均可继发胆管炎后引起肝脓肿。

3．经淋巴系统　　邻近器官或组织的炎症，如胆囊炎、膈下脓肿、右肾周围脓肿、右侧脓胸或肺脓肿等，细菌均可通过淋巴系统进入肝脏。

4．其他　　外伤因素如开放性肝损伤、肝肿瘤继发感染或手术后感染等。有些肝脓肿找不到发病原因，但此类患儿在起病初期常有类似上呼吸道感染、腹泻或胃肠道感染的征象。

肝脓肿主要症状是畏寒、高热、盗汗、恶心、呕吐、持续性肝区钝痛等，严重者会出现黄疸和腹水。肝脏有不同程度的肿大，并有压痛和季肋部叩击痛。白细胞计数和中性粒细胞升高。病程较长者常出现贫血。胸部 X 线透视，可见右侧膈肌运动受限，膈肌抬高。右侧肺部出现炎症变化或胸膜反应。腹部平片显示肝脏阴影增大。超声波检查对较大的脓肿有诊断意义。可查明脓肿的位置、大小和数目。CT 对本症的诊断更为准确。细菌性脓肿应与继发感染的阿米巴性肝脓肿进行鉴别。本病与膈下脓肿的鉴别诊断有时会较困难，两者可同时存在，互为因果。

【治疗】

治疗包括抗生素抗炎治疗、B 超或 CT 引导下经皮穿刺置管引流，手术切开脓肿引流和病灶切除。不应过分强调某一治疗方法，应根据患儿的具体情况选择适宜治疗方法。

■应用抗生素可控制多数早期感染或直径较小脓肿、多发性脓肿者。

选用有效的抗需氧菌和抗厌氧菌药物静脉联合应用是治疗的重要环节，例如采用二联或三联抗生素，甲硝唑和第二、三代头孢类抗生素及氨基糖苷类抗生素联合应用等。根据脓液细菌和厌氧菌培养及药物敏感试验，确定细菌的种类和选用有效的抗生素，可提高治疗效果。

■经皮穿刺引流

在超声引导下穿刺抽脓、置管引流目前已成为常规的治疗方法。对脓肿直径 3～5cm 者，可在 B 超或 CT 引导下，选用 24～26 号动静脉穿刺套管针、或采用专用的穿刺管进行穿刺，置管引流。置管后可用抗生素溶液反复冲洗脓腔。

■手术

1．手术指征　　①脓腔较大穿刺抽脓有困难。②多发性脓肿。③脓液粘稠或有坏死组织堵塞针头。④脓肿位于肝右叶前方或肝左叶。⑤胆道蛔虫引起的肝脓肿，伴有化脓性胆管炎、胆道阻塞者。⑥已发生合并症，如脓肿穿破入胸腔和腹腔。⑦局部体征如压痛、肌紧张、腹膜穿刺激症状明显者。⑧症状严重，经肝穿刺排脓不畅或病程长、局部症状明显者，应及早手术。

2．手术切开引流　　术中用 B 超给予定位，纱垫围绕术野，防止脓液污染腹腔。穿刺抽出脓液确定脓腔位置，并分别送厌氧菌和细菌培养。穿刺针留在脓腔内，用电刀沿穿刺针切开肝实质，进入脓腔，充分敞开脓腔，冲洗后放引流。引流管不经切口引出，而直接从另一个口引出。若合并脓胸者加做胸腔闭式引流术。

3．病灶切除　　对慢性、局限性、厚壁脓肿或局限在某一叶的多发性小脓肿可考虑病灶切除。

4．脓肿引流加动脉插管术　　行脓肿切开引流术中，在供应肝脏的腹腔内小动脉如胃网膜右动脉内插管。术后每日滴注抗生素，也收到良好的治疗效果。

二、阿米巴肝脓肿

【临床提要】

阿米巴肝脓肿（amebic liver abscess）是阿米巴肠病的常见并发症。阿米巴原虫从结肠溃疡侵入门静脉所属分支进入肝脏内导致本病。小儿阿米巴肝脓肿可发生于各年龄组，但以年长儿多见。发病前 30% ~ 80% 有阿米巴肠病史。

无并发细菌感染者，起病缓慢。有持续或间歇性低热，每次发热前可有发冷、寒战。退烧时出大汗。患儿食欲欠佳，体重不增或减轻。体查多数有肝大。肝区钝痛，可向左肩或腰部放射。肝区有压痛或叩击痛。脓肿位置表浅者，可扪到囊性肿块，腹肌紧张不明显。脓肿位于肝顶部者，可出现胸腔积液、呼吸困难、咳嗽、呼吸音减弱或肺部有啰音。如果脓肿破溃进入胸腔，则出现脓胸。溃入肺部，患儿咳嗽突然加剧，痰呈"巧克力"样，此时增大的肝脏可有不同程度的缩小。破溃入腹腔可引起腹膜炎。脓肿破入肠腔，形成内瘘，"巧克力"样脓液常随粪便排出。破溃到腹膜后则可继发腰部脓肿。

■阿米巴性肝脓肿的诊断方法

1．X 线检查　　右侧膈肌升高，呼吸运动受限，肋膈角消失，肝阴影扩大，可见不同程度的胸腔积液。

2．实验室检查　　白细胞总数增加，常可达 $20 \times 10^9/L$ 以上，并发细菌性感染时，白细胞数更高。血沉增快。粪便中检出溶组织阿米巴滋养体是确诊的重要依据。

3．超声检查　　可查明肝脏肿大或肝内脓肿的大小、数目和位置，为选择穿刺部位、方向和深度提供依据。在超声引导下进行穿刺更为准确、安全。

4．肝穿刺　　选择压痛最明显处或超声波有液平面处，用粗针穿刺；如为试探性可选第 7、8 肋间，获典型棕褐色脓液即可确诊。

5．诊断性治疗　　用灭滴灵等高效杀滋养体药物作为诊断性治疗，有助于形似本病而用其他方法很难确诊者。其他如 CT、腹腔镜或剖腹探查亦有助于确诊。

本病有些患儿的表现不典型，可能误诊为原发性肝癌、肝炎、肝脏血管瘤、肺炎、肺结核及肾周围炎症等，需进行鉴别诊断。

【治疗】

阿米巴原虫性肝脓肿首选非手术治疗，大多数可获得良好的疗效。在非手术治疗无效的情况下，才考虑手术治疗。

■非手术治疗

在疾病早期脓肿不大时，常用的治疗药物有灭滴灵、吐根碱和氯化喹宁。这 3 种药物可直接杀火阿米巴原虫，在肝组织中均有很高的浓度。用法是：灭滴灵口服每日

50mg/kg，分 3 次，连服 5 ~ 7 日。严重者静滴 1.5mL/kg，一天滴 3 ~ 6 次，连用 7 天，病情缓解后改口服。吐根碱深部注射每日 0.5 ~ 1mg/kg，分 2 次注射，连用 6 日，未愈者，30 日后再用第 2 个疗程。在抗阿米巴肝病治疗结束后，要继续使用一个疗程的抗肠道阿米巴的药物以防止复发。常用药有卡巴肿、喹碘仿、双碘喹啉、灭滴灵等。卡巴肿口服每日 8mg/kg，分 2 ~ 3 次服，连服 10 日为一疗程。停药 10 日后可先行第 2 个疗程。喹碘仿口服 15 ~ 30mg/kg，分 3 次服，连服 7 ~ 10 日。亦可把 1 ~ 2g 喹碘仿溶于 70 ~ 100mL 生理盐水中，每晚 1 次，连用 7 日。双碘喹啉口服每日 15 ~ 30mg/kg，连服 15 ~ 20 日。间隔 2 ~ 3 周后，可进行第 2 疗程。

■外科治疗适应证

1. 继发细菌感染，脓肿迅速扩大应立即切开引流。

2. 多发性脓肿、脓腔内有大块的坏死肝组织、脓腔太大不易闭合、肝穿刺抽脓的效果欠佳者应行手术治疗。

3. 多发性肝脓肿采用穿刺排脓的治疗方法常常疗效不佳，而且病情常较严重，极易穿破而引起严重的并发症。经内科积极治疗无效者，应手术治疗。

4. 脓肿穿破至腹腔，需紧急手术引流腹腔及脓肿。

5. 脓肿穿破至肝内胆管，手术引流后残留经久不愈的胆外瘘，需手术闭合瘘管。

6. 长时间内科治疗效果不佳或诊断不明确者，应考虑手术治疗。

■手术方法

1. 经腹膜腔外引流　可通过切除第 12 肋经骨床，或右肋缘下切口经腹膜外剥离至肝右上方或前方的脓肿部位，行切开排脓，并放置引流管。

2. 脓腔壁切除　对慢性巨大肝脓肿，可采用脓腔壁切除术。

第二十六节　肝　移　植

【临床提要】

小儿肝移植（pediatric liver transplantation）对人类原位肝移植的开展和推广起到重要作用。世界首例临床肝移植是一位 3 岁胆道闭锁的患儿。经过 30 多年临床实践，不断探索、总结经验，尤其是环孢素 A 及 UW 器官保存液的临床应用，使肝移植的疗效有了很大的提高。与此同时，近年来新的手术方式的创建和不断改进，使小儿肝移植的疗效也取得显著进步，它作为小儿终末期肝病的一种有效治疗方法，已被广泛接受。现一年存活率约 90%。

■小儿肝移植适应证

适合于小儿肝移植的病种大致包括慢性肝病、进行性衰竭的肝脏疾病和局限于肝内的恶性肿瘤 3 组疾病。

1. 导致肝功能不全的原发性肝病　肝功能衰竭是小儿肝移植的主要适应症，进行性胆汁性肝硬化，特别是胆道闭锁，是最常见的适应证，肝实质性疾病，如慢性活动性肝炎并肝硬化、引起急性或慢性损害的某些代谢性疾病以及暴发性肝衰竭都是常见的适应证。虽然通常把肝硬化列为肝移植的适应证，但只有肝功能有严重失代偿的证据，才考虑行肝移植。

胆道闭锁占小儿肝移植 50%～75% 以上，是肝移植最常见的疾病，胆道闭锁未进行手术和进行葛西手术无效者，多在生存 9～18 个月时出现肝脏终末期病变，随时有可能死亡。约 1/3 的病儿通过葛西手术取得了较满意的效果，使肝移植时间可推迟至儿童期甚至更晚。对胆道闭锁的治疗究竟是直接进行肝移植，还是行葛西手术无效之后再行肝移植，应根据病儿的情况综合考虑。葛西手术与肝移植是相互补充的，患儿年龄小于 90 天可先行葛西手术。如患儿手术后没有胆汁引流或仅有短暂胆汁引流，而且肝门部组织学检查显示肝管口径小、数量少，这些患儿不必再次行葛西手术。因再次手术仍然引流无效，反而多次手术增加了以后肝移植的难度。如患儿大于 90 天且无明显慢性肝病，可先开腹解剖肝门了解有无残留胆管，如发现有开放的的残留胆管，则可行葛西手术，否则应行肝移植。如患儿就诊时已有明显的肝病和肝硬化及（或）门静脉高压，则应行肝移植，即使葛西手术后胆汁引流满意，黄疸逐渐减轻，也应长期进行密切随访，如出现慢性肝脏病变，则应尽快行肝移植。

2. 先天性代谢性肝病　人类许多严重先天性代谢性疾病和合成障碍性疾病都累及肝脏。肝豆状核变性、α-1 抗胰蛋白酶缺乏症、遗传性络氨酸血症、糖原累积综合征、遗传性血色素沉着症等，都可造成肝脏结构损害，如肝硬化，最后导致在儿童期和成年期肝功能严重损害，需施行原位肝移植。原位肝移植的目的是：置换因代谢性疾病和合成障碍性疾病引起的肝功能有严重受损的肝脏；防止原发病进一步发展以致产生恶性病变；纠正代谢障碍。

理论上，没有出现肝脏损害的先天性代谢性疾病患儿行肝脏移植后状况可得到明显改善，这些患儿肝移植的主要目的是纠正代谢障碍，如Ⅰ型糖原累积综合征。如认为肝移植术后可逆转疾病过程，并且患儿尚未产生不可逆的并发症，可考虑肝移植，如家族性非溶血性黄疸患儿几乎全部发展为核黄疸，肝移植应在出现脑损害之前进行。遗憾的是，至今为止没有一个有效方法来预测脑损害可能发生的时间。所以对这类患儿往往内科治疗到 10～12 岁时才行肝移植。有些先天性疾病如血友病 A 也可通过肝移植得到有效治疗，但患儿行原位肝移植所带来的危险性可能比得到的好处还大，即弊大于利，而辅助性肝移植既可以有效治疗该病，又能大大降低原位肝移植的危险性，因而血友病被认为是辅助性肝移植的适应证。

3. 囊性纤维化继发性肝病　许多患肝囊性纤维化和胆管硬化的儿童可接受肝移植手术。以前的观点认为这些患儿肝移植后免疫抑制剂的应用可产生严重感染，但近年报道这类患儿肝移植后多数效果尚好。对各种继发性肝脏疾病，是否进行肝移植应视每个患儿具体情况而定。

4. 非进行性原发性肝病　儿童期胆汁郁积征可出现严重症状，但很少会发展为肝硬化和出现肝功能失代偿。当决定是否对这些患儿进行肝移植时，必须全面衡量肝脏疾病的程度与肝移植的风险。慢性肝内胆汁郁积综合征是一组复杂的疾病，通常其症状严重，但不会危及生命，对这组疾病是否行肝移植仍有争议。当出现严重瘙痒、有肝动脉发育异常等的儿童期肝硬化患儿，则适合于行肝移植。

5．原发性肝脏恶性疾病　　已经出现症状的肝细胞性肝癌患儿行肝移植效果较差，肿瘤局限在肝内的效果较好。有些代谢性疾病，其自然病程中即可能产生恶变，如络氨酸血症恶变为肝细胞性肝癌发生率很高，所以即使代谢症状得到很好控制，肝移植也应早期进行。

【治疗】

■手术时机

手术时机的正确选择对小儿肝移植至关重要，结合实验室资料和临床观察做综合分析，应在多器官衰竭发生以前及时收进移植中心，给予支持和对症治疗，使患儿处于相对稳定的状态下等待移植，避免肝病严重并发症的发生。上述疾病出现下列情况是肝移植的手术时机：

1．肝脏合成功能低下。

2．严重的门静脉高压合并症（消化道出血、腹水、肝性脑病）。

3．严重营养不良。

4．顽固性瘙痒。

5．胆红素迅速升高。

6．生长迟缓和发育不良。

7．代谢性骨病。

■禁忌证

严格掌握肝移植的禁忌证直接关系到手术的成败。肝移植受体必须接受全面检查，特别应注意酸碱平衡、有无不可逆脑病及感染灶等，根据腹部超声检查确定门静脉及下腔静脉是否畅通。

1．肝移植的绝对禁忌证

（1）脓毒血症、严重的肝胆系统细菌感染或真菌感染。

（2）肝外恶性疾病。

（3）多发性难治性先天性畸形。

（4）进行性心、肺疾病。

2．肝移植的相对禁忌证

（1）还有其他有效治疗方法的肝脏疾病。

（2）预计肝移植后生活质量差者。

（3）伴有其他器官原发或继发性损害。

（4）严重全身感染。

（5）肝移植后原发病常复发者。

■肝移植术前处理

1．供肝的选择　　与其他器官不同，肝脏有它的特殊免疫耐受性，移植肝较其他移植器官更能耐受排斥反应。具有一定程度的免疫特惠性质。不强调作 HLA（组织相容性抗原）配型，但血型 ABO 力争同型，或按输血规律供给供肝。

2．患儿移植前准备　　对移植受体进行术前全面评价非常重要。首先应对终末期肝病的诊断通过各种检查进一步证实，从临床心理学角度确保患儿符合接收肝移植的条件，明确病情所处的阶段，以便估计预后，确定移植到合适时间。术前评价主要有 2 个方面。实验室检查除常规术前检查外，为了进一步确定病因诊断，应作肝炎系列的血清学检查以及代谢性和自身免疫性肝脏疾病的特异性检查。术前应充分了解肝功能，如有异常者应及时纠正。影像学检查：腹部彩色多普勒检查肝动脉和门静脉通畅情况，如有异常，再进一步行肝血管造影。CT 扫描主要是了解肝脏的大小及肝的容积，其他包括胸、腹 X 线检查和骨髓测量，以估计肝性骨营养不良和骨密度情况。终末期肝病的患儿，常出现营养不良、厌食、脂溶性维生素缺乏、出血倾向等。应在术前予以改善。患儿每天补充热量达 627.6kJ/kg（150kcal/kg），厌食者可通过鼻饲喂养，也可通过胃肠外营养，给予中链乳化脂肪溶液、支链氨基酸、各种维生素和微量元素。对脂溶性维生素，如维生素 A、D、E、K 等给予补充。口服维生素 A＋D 胶丸、维生素 E 胶丸。也可肌注维生素 D_2 和 D_3。在静脉补液中加入维生素 K。

■小儿肝移植的手术方式

因患儿同体积供肝来源困难，为解决此问题，减少患儿在等待合适供肝的过程中死亡，出现了减体积肝移植、分离式肝移植、亲属活体肝移植。减体积肝移植是将成人供肝切除过剩部分，使余肝体积与受体匹配，根据受体的具体情况可利用供肝的右半肝、左半肝和左外侧叶。如供体、受体体重之比大于 5∶1 时，则不适合于作右半肝移植，只能取体积更小的左外侧叶。分离式肝移植是将一个成人供肝分成 2 个体积相对较小，且具有完整功能的减体积肝，可同时满足 2 个病儿的需要。供肝依门静脉解剖分肝右叶和肝左叶或左外叶，门静脉、肝动脉、胆总管和下腔静脉附于肝右叶，肝左叶分支血管、胆管作肝左叶或左外叶移植重建用。活体亲属肝移植是从患儿亲属活体上切取肝左叶或左外叶。亲属供肝不仅解决了儿童肝移植供肝来源短缺的问题，而且肝移植手术可按计划在患儿情况最佳时进行，缩短了等待供肝的时间及其可能带来的不利影响。另外亲属健康供肝的质量极佳，切取时几乎无热缺血发生，因而移植后肝原发性无功能和急性排斥反应的可能性小、反应程度轻。上述 3 种减体积肝行肝移植术，广义上都可称为减体积肝移植。小儿肝移植与成人不同，术中不需作体外静脉转流。可行背驮式原位肝移植。

■肝移植

包括供体肝脏切取、病肝切除、供肝植入。

1. 供体肝脏切取　　选择合适的肝脏供体是肝移植成功与否的关键之一。供移植用的肝脏可取自尸体或活体（亲属供体）。前者包括有心跳的"脑死亡"者和无心跳者。活体主要指有血缘关系的亲属，仅作部分肝移植的供体。其技术难度在于供肝的切取，亲属供肝者是活体，安全至关重要，必须绝对保证。根据受体的体重选择供体肝左外叶的切取或供体肝左半叶的切取。

2. 病肝切除　　受体的全肝切除是原位肝移植手术的一个主要组成部分。手术中游离出足够长度胆总管，但应注意勿损伤胆总管本身的血供。门静脉、肝动脉及肝上肝下下腔静脉尽量保留较长的长度并作适当修整，以利移植时血管的吻合。

3. 供肝植入　　包括下腔静脉吻合、门静脉吻合、肝动脉吻合和胆管重建。在行原位减体积肝移植时，若须以右叶为供肝，血管重建的方式与原位全肝移植相似。如果以肝左叶或左外叶作供肝，肝上段下腔静脉吻合时作供肝左静脉与受体肝左、肝中或肝右静脉残端吻合，供肝肝左动脉可与胃十二指肠起始部或肝固有动脉行端端吻合。为了延长肝左叶血管长度，可以用供体的一段大隐静脉延长动脉和门静脉。减体积肝应适当固定于受体肝床，避免血管和胆管扭曲。

■肝移植术后处理

应在 ICU 进行严密观察，注意生命体征变化、出血量、有无排斥反应和并发症的发生。及时处理排斥反应和并发症。

1．肝移植的排斥反应　排斥反应包括超急、急性和慢性排斥反应。治疗排斥反应的免疫抑制剂包括环孢霉素 A、硫唑嘌呤、皮质类固醇类、FK506（商品名 prograf）、环磷酰胺和淋巴细胞制剂等。

急性排斥反应的治疗：立即静注 MP（甲基强的松龙）20mg/（kg·d），有效时从 100mg 开始减量维持。可反复使用 MP，也可用 OKT3（单克隆抗体），小儿 2.5mg，连用 10～14 天。OKT3 给药期间，MP 减量，CsA（环孢素 A）停止给药。OKT3 停止给药前 3 天开始，MS、AZ、CsA 恢复原剂量。这是为了防止 OKT3 停药时反跳。在 OKT3 第 1 次用药前 30min 静注 MP 1mg/kg，用药开始后 30min 静注氢化考的松 100mg，以减轻 OKT3 的首次剂量综合征。急性排斥反应对大剂量激素冲击疗法无效时，可用 OKT3 5mg/日，10～14 天。难治性排斥反应时，采用 FK506。首次 0.15mg/kg 静注；第 2 天 0.075mg/kg，静注，每小时 1 次；第 3 天改为口服，0.15mg/kg。

2．肝移植术后感染　肝移植术后可出现细菌、真菌和病毒感染。术后感染是肝移植术后的主要并发症和患儿死亡的主要原因。肝移植术后细菌感染同普通腹部大手术类型相似。但通常无典型的症状和体征，开始仅为体温降低、精神状态恶化、移植肝功能损害或肺、肾功能受损。然后才出现发热、白细胞升高等感染典型症状。治疗时及时使用强有力广谱抗生素，并应依近期细菌学检查结果（重点是胆系统及痰的培养结果）来调整抗生素。真菌感染主要为念珠菌和曲霉感染。治疗时使用二性霉素 B 和依他康唑等抗真菌药物治疗。病毒感染对肝移植物存在着较大的威胁，由于免疫抑制剂的应用可使一些原先致病性较弱的病毒感染机体，特别是肝移植物。这些感染病毒称为机会致病病毒。临床发现在同种肝移植中引起受体病毒感染的病原体主要是属于疱疹类病毒，包括巨细胞病毒、单纯疱疹病毒Ⅰ型和Ⅱ型、水痘-带状疱疹病毒和 EB 病毒等。对感染这些病毒的患儿，治疗上应根据不同的病毒给予分别处理。

3．肝移植术后出血　包括腹腔出内血和消化道出血。前者多与手术止血困难有关。病人常常伴有凝血功能障碍和门静脉高压症，彻底止血比较困难。消化道出血，应根据原因给予对应治疗。

4．肝移植术后血管并发症　血管并发症是肝移植术后预后最差的并发症之一，它会导致明显的移植物功能丧失和病人死亡。其中，动脉血栓形成是最严重的并发症。螺旋 CT 扫描和动脉造影则可诊断肝动脉血栓形成或肝动脉狭窄。当肝动脉血栓形成诊断明确后，应同时实施治疗措施如血管成形术或使用溶栓剂。肝动脉狭窄通常是由于排斥反应造成的。常规使用多普勒超声波检查有助于早期诊断。对于可疑病例应进行血管造影，如果肝动脉狭窄发生于移植1周内行剖腹探查和修整吻合口。而门静脉血栓形成的临床表现取决于血栓形成的时间。早期行血栓摘取术和修整门静脉吻合口能够挽救移植物。如果情况不能逆转和肝功能持续变坏，则需再行移植术。

5. 胆道并发症　　包括胆瘘和胆管梗阻。胆瘘是一种严重的并发症，在肝移植术后它可以导致凶险的败血症和死亡。诊断明确后，应给予适当的抗生素。必要时应行紧急处理。发生于吻合口的胆管瘘必须施行紧急手术修补。胆管梗阻通过手术解决、内镜或经皮放射技术来治疗。

第二十七节　　婴儿阻塞性黄疸的外科治疗

【临床提要】

婴儿阻塞性黄疸常见有先天性胆道闭锁、先天性胆管扩张症和婴儿肝炎综合征。因 α_1 抗胰蛋白酶缺乏征引起的胆汁粘稠，在中国人较少见。有研究认为胆道闭锁、胆管扩张症和婴儿肝炎综合征三病属同源病，是同一疾病不同的表现。三病有时在临床上不易区分，特别是胆道闭锁和婴儿肝炎综合征两病，常因鉴别诊断而延误胆道闭锁的最佳手术治疗时间。婴儿肝炎综合征在治疗上也存在着争论，争论的焦点是是否需要手术治疗，手术是否会增加肝功能的损害？有部分儿科医生认为，手术和麻醉会增加患儿肝脏损害，易导致肝硬化。目前多数小儿外科医生的观点，绝大多数的婴儿肝炎综合征不需要手术治疗，这类患儿临床上表现主要为以肝功能损害为主，血清间接胆红素和直接胆红素都升高，但以前者为主。手术的确会增加肝脏的损害，手术后黄疸会加重，增加治疗的难度，所以此类患儿不适宜手术治疗。但有小部分患儿，临床上以阻塞性黄疸为主，大便呈白陶土色或淡黄色，皮肤呈古铜色，血清间接胆红素和直接胆红素均升高，但后者升高的程度明显高于前者。患儿经过较长时间的治疗，仍然效果不佳，仍难与先天性胆道闭锁鉴别。此类患儿可考虑手术治疗，一方面手术探查排除胆道闭锁，不因误诊而延误治疗胆道闭锁。另一方面若术中证实为婴儿肝炎，则进行胆道冲洗，使肝外胆道重新疏通，胆汁易于排出，达到治疗的目的。新生儿期和小婴儿期的胆总管囊肿，也常表现为阻塞性黄疸。患儿的肝脏功能损害较重，也应积极进行治疗。

【治疗】

婴儿肝炎综合征手术具体方法是入腹后，暴露肝十二指肠韧带和胆囊。从胆囊底进行穿刺，然后进行术中造影，可排除肝外胆道是否闭锁。无条件的术中造影可采用简便的方法。在胆囊底进行穿刺，抽出液体，如无法抽出液体，可注入小量生理盐水，再回抽，根据其颜色和胆囊及肝外胆道的情况，判断肝总管及上端是否完全阻塞。若排除上端的闭锁，从胆囊注入盐水冲洗肝外胆道，经反复冲洗后，肝外胆道的阻力下降。再注入稀释美蓝水，可见胆囊、胆总管、十二指肠依次显示腔内有蓝色液体，胆道闭锁可以完全排除。再冲洗胆道时，用手轻轻捏住肝十二指肠韧带，使盐水冲洗左右肝管和肝总管。反复冲洗后，肝外胆道已通畅，可拔去穿刺针，也可置细管供术后反复冲洗。

若手术中证实为先天性胆道闭锁，年龄在 90 天以内，可行葛西手术。年龄在 90 天以上或者肝硬化严重，则不应行葛西手术，应日后行肝移植。

先天性胆管扩张症则行囊肿切除、胆肠吻合术。

（刘钧澄）

第二十八节　先天性胆管扩张症

【临床提要】

先天性胆管扩张症（congenital dilatation of the bile duct）又称先天性胆总管囊肿（congenital cholangiectasis），是小儿较常见的胆道畸形。亚洲人发病率较欧美为高，在婴幼儿及儿童多见，新生儿及青少年亦可发病。病因尚不清，过去认为与胆管发育异常、胆总管壁发育薄弱及胆总管末端狭窄有关；Babbitt（1969）发现本病与胰胆管合流异常关系密切；尚有病毒感染及胆总管远端神经肌肉发育异常的学说。

病理类型复杂，一般多采用 Alonsolej 分类法，按囊肿的形态分为 3 型：Ⅰ型为胆总管囊性扩张，该型最常见；Ⅱ型为胆总管憩室；Ⅲ型为胆总管口囊性脱垂，Ⅱ型、Ⅲ型较少见。

本病的诊断首先应根据临床表现，如病儿具有黄疸、腹痛及右上腹肿物的三联征时，诊断并不困难，但症状不典型者，临床并非少见，应辅以必要的实验室检查及影像检查。

1. B 型超声检查　　能显示胆总管及肝内胆管的形态、部位及有无胆道结石等，本法无损伤，价廉易于推广，应列为首选。

2. X 线检查　　①胃肠钡餐透视及摄片。②经皮肝穿刺胆管造影（PTC）。③经纤维十二指肠镜逆行性胰胆管造影（ERCP）；本法不仅能显示胆总管的形态，并能显示胰管、胆管及其汇合部的形态，可提供有无胰胆管合流异常的客观依据。④术中胆管造影。⑤磁共振胰胆管造影（MRCP），可提供肝内、外胆管及胰管的形态，具有不用造影剂，不用麻醉剂，对病儿无损伤等优点，但胰管显影尚不如 ERCP。

【治疗】

先天性胆管扩张症，在婴幼儿时期即可发病，可由于严重感染、胆管穿孔出现胆汁性腹膜炎，以及胆结石、胰腺炎及癌变等严重并发症，而危及病儿生命，故本病一经确诊，应及时手术治疗。

■术式选择

本病采用的术式有 3 种：①即囊肿外引流术；②囊肿内引流术；③囊肿切除、胆道重建术。

1. 外引流术操作简单，创伤小，但病灶未切除，仅适用于病儿全身情况极差、重度感染、营养不良、肝功能严重受损，用非手术疗法症状未见改善，且不能耐受根治术者，可先行外引流术。在胆汁引流通畅、症状缓解、全身情况改善 1～3 个月后再行根治术。

2. 内引流术　亦称囊肠吻合术，是 20 世纪 70 年代以前较常用的一种术式，是将囊肿与肠管进行吻合，可解除大量胆汁潴留，缓解临床症状，因病灶未能切除，术后逆行性胆管炎发生率极高，再手术率可达 10%～30% 左右，术后癌变亦较其他术式为高，目前本术式多不采用。

3. 囊肿切除、胆道重建术　是目前治疗胆管扩张症的首选术式。手术共分 2 部分，第一部分为囊肿切除及胆囊切除，胆管切除的范围为：近端达肝总管，远端应达胆管远端狭窄段的基底部，如狭窄段已进入胰腺，应将胰腺被膜切开。第二部分为胆道重建，常用的胆道重建术为肝总管十二指肠吻合术、肝总管空肠 Roux－y 吻合术及肝总管空肠间置吻合术。目前国内、外较多采用的是肝总管空肠 Roux－y 吻合术，具有操作较简单、防反流效果较好、术后并发症较少等优点。

·囊肿切除、肝总管空肠 Roux－y 吻合术的术前、后处理及手术步骤：

(1) 术前准备　术前应全面了解病史、体格检查，对发热、黄疸伴营养不良、贫血、离子紊乱、低蛋白血症者，术前应予纠正。

(2) 手术要点　①切口及探查　于脐与剑突中点作右上腹部横切口，进入腹腔后，将肝脏向上牵拉，显露胆总管，仔细探查胆总管囊肿范围、胆囊的位置和大小，分别抽吸胆总管及胆囊中的胆汁，送检胰淀粉酶及细菌培养。②游离胆囊及胆总管，首先将胆囊从胆囊床剥离出来，沿十二指肠外侧壁纵行切开后腹膜，显露囊肿壁，囊壁的外层有丰富的血管网，此处剥离时出血较多，故应从无血管的内层剥离，不但可以减少出血，术野清晰，可防止损伤肝动脉、门静脉及胰管等。在囊壁的前、侧壁剥离后，切开囊壁内层，吸出胆汁，探查左、右肝管及远端狭窄段开口的部位及其直径。特别在寻找远端狭窄段的开口时应特别注意分离，操作应轻柔，以免撕裂而未能发现其开口，并应注意由开口处有无胰液反流。将囊肿后壁全部剥出，近端直达胆囊管近端，距左、右肝管 1～1.5cm 处切断，连同胆囊一并切除。远端直达狭窄段的基底部全部切除，断端缝合结扎，并将胰腺被膜及后腹壁腹膜覆盖，以防胰瘘。囊肿较大时，切除后的创面应与热盐水纱布湿敷压迫后，将创缘缝合。③行肝总管空肠 Roux－y 吻合术，距 Treitz 韧带 15～20cm 处为切断空肠的位置，在肠系膜两肠段动脉支之间，无血管区切断肠系膜直至根部，结扎血管，切断空肠。将空肠远侧端缝合闭锁，穿过横结肠系膜切口与肝总管对合，用可吸收线端侧吻合，采用全层结节缝合，吻合应在无张力、无扭曲、吻合端血运良好的情况下进行。在肝总管空肠吻合后，在距吻合口 30cm 处的空肠与近端空肠袢肠袢做端侧吻合，为防止术后胆汁反流。最后加用矩形瓣成形。将肠系膜通过空肠胆支的裂孔缝合，松紧适度，腹腔冲洗置腹腔引流，缝合腹膜及腹壁各层。

(3) 术后处理　①术后应禁食，胃肠减压，在肠蠕动功能恢复后开始进食，禁食期间应给以静脉高营养（TPN）补给足够的营养及多种维生素。②静滴广谱抗生素，以先锋霉素、庆大霉素及甲硝唑联合用药为主。③肝脏功能损害者，应保肝治疗。④腹腔引流管可于术后 48～72h 拔出。如肝总管与空肠吻合口置引流管时，应于术后 10～14天时，经胆道造影，吻合口通畅无阻可拔管。

(4) 术后并发症　近期并发症有出血、胆瘘、肠瘘、粘连性肠梗阻及上行性胆管炎。远期并发症为胆道感染、吻合口狭窄、肝内胆管扩张、胆结石、癌变，胰腺并发症为急性、慢性胰腺炎及胰腺癌，胃肠道并发症为胆汁反流所致的浅表性胃炎、十二指肠球炎及胃、十二指肠溃疡等。

上行性胆管炎在术后近期、远期均可发生，是较常见的并发症，主要是由于肠液反流入肝内胆管、吻合口狭窄、囊肿未能彻底切除、胆汁淤积、胰液反流、继发感染所致，如未及时处理将导致胆管结石、胆管癌等严重后果。为此选择适当的术式，彻底切除病灶，防止吻合口狭窄及胆汁淤积，有效地控制胆道感染及肝功能受损，定期随访是防治术后并发症有效措施。

（5）预后　　先天性胆管扩张症的手术死亡率，我国在 20 世纪 60 年代可高达 30%，近年来有明显下降，约为 4%～5%。中国医科大学在 1988～1998 年间手术治疗 176 例，治愈 173 例（98.29%），死亡 3 例（1.7%），疗效明显提高。长期存活例日见增多，远期并发症约为 8%～15%。作者 1999 年报告先天性胆管扩张症术后 5 年以上的 97 例进行随访，对病人的临床表现、实验室检查、B 型超声、纤维十二指肠镜检查及行 24h 胃食管双 pH 监测综合分析，结果：①发育营养佳，无任何自觉症状，检查无异常者 50 例，或偶有上腹疼痛、胃纳不佳，检查无异常者 20 例，两者共 70 例为优（72.16%）。②发育营养良，偶有或时有上腹痛，经内窥镜检查发现胆汁反流性胃炎、浅表性胃炎、十二指肠球炎共 15 例，临床无症状 B 超检查发现肝内结石 8 例，共 23 例为良（23.81%）。优良率为 95.87%。肝硬化、门脉高压症 2 例（2.06%），肝门部胆管癌 2 例（2.06%），其中一例为早年行内引流术后癌变，一例为囊肿切除不彻底癌变者。

（王慧贞）

第二十九节　Caroli's 病

【临床提要】

本病是少见的胆道畸形。1958 年 Caroli 对此病的临床特征作了清楚的描述，因而命名为 Caroli's 病。本病表现为肝内末梢胆管呈多发性囊状扩张，有 2 种类型，单纯型和门静脉周围纤维化型。单纯型表现为多发性胆管炎、肝脓肿、腹痛、发热，60%～80% 合并有肾的囊性变。门静脉周围纤维化型伴有先天性肝纤维化、肝硬化、门静脉高压症及食道静脉曲张。此病有恶变趋势，发生率 4%～7%。临床表现多见于青少年，症状依肝纤维化或胆管扩张的程度而异，如果肝内胆管扩张，则主要表现为上腹痛，伴发热、黄疸、肝大等胆石、胆管炎和肝脓肿症状。如果是肝纤维化占优势，则表现为门脉高压、呕血为主，诊断靠 B 超、MRI 和 ERCP。

【治疗】

■内科治疗

以预防和治疗胆管炎为主，可用各种广谱抗生素和利胆药物，可暂时控制症状。

■手术治疗

1. 若病变局限于单侧，患儿一般情况好，可行肝叶切除或半肝切除，由于病变多系弥漫性的，故能行此手术的机会不足 30%。

2. 若病变累及左右叶，患儿情况差时：

(1) 可考虑 B 超引导下行暂时性的经皮肝穿刺引流（PTECD），此法可暂时减轻肝内胆道感染症状，但应同时注意由于胆汁丢失过多所致的水、电解质紊乱。

(2) 经皮肝穿，胆道内引流术（PTICD），患者可以带管数月以上，避免了胆汁的丢失。

(3) 病人情况允许，Meradier 等提出将左肝叶切除，用右叶的囊肿与空肠行 Roux－Y 吻合。

(4) 肝移植　　是治疗本病的根本方法。

（李桂生）

第三十节　先天性胆道闭锁

【临床提要】

先天性胆道闭锁（congenital biliary atresia）病因尚不清楚。在我国并非少见，因胚胎发育障碍及病变范围不同，形成的胆道闭锁部位亦不同。可分为"不可吻合型"和"可吻合型"。前者疗效不满意。胆道闭锁临床表现为皮肤巩膜渐进性黄疸、灰白色或淡黄色粪便及深茶色尿。黄疸在出生后 1 周内出现，呈进行性加深。亦有在生理性黄疸消退后 1~2 周又复现持续性的黄疸。粪便逐渐变淡，严重者粪便为白陶土色。但进食母乳者粪便可为淡黄色。胆道闭锁主要症状是持续性黄疸、灰白色粪便和黄疸尿。病儿出现肝脾肿大。

本病应与新生儿小婴儿黄疸性疾病鉴别。应特别注意与新生儿肝炎相鉴别，但两病鉴别诊断困难。由于肝内或肝内外胆道闭锁、胆汁淤积、胆汁性肝硬化出现早，病情呈进行性发展。年龄超过 3 个月，肝脏病变不可逆转，临床上常可遇到因与婴儿肝炎进行鉴别诊断而丧失手术时机的病例。

■本病与新生儿肝炎临床鉴别的要点

(1) 黄疸　　肝炎个体差异较大，出现时间较迟，黄疸程度随治疗出现波动性改变，胆道闭锁为黄疸持续性加重。

(2) 粪便　　肝炎粪便颜色较黄，胆道闭锁较早出现白陶土色便且持续时间较久。

(3) 体征　　肝炎者肝大不及胆道闭锁，胆道闭锁者肝常在右下季肋下 4cm 以上，质坚韧，边缘钝，常伴有脾肿大。

(4) 血清胆红素变化　　肝炎患儿直接胆红素与间接胆红素都有升高，且两者升高程度相似，甚至间接胆红素高于直接胆红素。胆道闭锁患儿以直接胆红素升高为主。

■对本病有鉴别诊断意义的辅助检查

(1) B 型超声检查　　包括对肝门部观察有无纤维块，及胆囊进食前后的收缩率。

240

（2）肝胆核素动态检查。

（3）测定十二指肠引流液中的胆红素。

【治疗】

手术是惟一治疗方法，有重建胆道和肝移植2种方法。这2种治疗方法是相辅相成性的。必须根据当地医疗条件、医疗技术水平以及患儿的具体情况来决定。一般认为：①患儿年龄<3个月，宜先行肝门空肠吻合术；>3个月则首选肝移植。②伴有多脾综合征的患者，无论年龄大小，均宜选用肝移植。③肝门肠吻合术后无胆汁排出、或量少、或胆流量中断，宜选用肝移植。④肝门肠吻合术后出现晚期肝病者再改行肝移植。

手术重建胆道有葛西手术及各种改良术式。葛西手术及各改良术式强调早期诊断早期治疗，最好在出生后60天内进行，最迟不能超过90天。本病造成的肝脏损害是进行性的。手术延迟，效果就相应降低，生后60天手术每延迟10天，胆汁引流的良好机会就会减少一半，胆汁瘀滞性肝硬化加重成为不可逆性，最后死于肝功能衰竭。

肝移植是治疗胆道闭锁有效方法。不但对年龄较大的患儿可直接进行肝移植，对葛西手术后出现肝功能衰竭也可行肝移植。

■葛西手术

1．术前处理　　术前除进行常规手术前准备和检查外，还应进行积极护肝治疗，每天静滴肝泰乐、肌苷、维生素及葡萄糖液。同时患儿因阻塞性黄疸，可出现脂溶性维生素吸收障碍，出现维生素 K 吸收减少，加上肝功能不好，凝血功能障碍，术中和术后出血不止，所以术前需每天在静脉补液中加入维生素 K_1 滴注。

2．肝门、空肠 Roux－Y 吻合术　　本术式包括2个基本部分：肝门部的解剖和胆道重建术，肝门解剖的范围和深度很重要，直接影响肝门部胆汁的排出。手术要点是要在门静脉入肝的左右分叉部，小心解剖肝门部纤维组织，微小的胆管来自 Glisson 组织的纤维部分，先结扎 2~3 支由门静脉进入纤维块的小静脉，再切除纤维块。其深度达肝实质表面。有作者提出切断左门静脉外侧的静脉韧带，可使门静脉游离，更利于暴露及切除纤维块。手术步骤是入腹后须将肝镰状韧带、左肝三角韧带和冠状韧带切断，将肝门部向上翻起，使肝门部暴露良好。游离胆囊，并沿胆管和纤维条索状的肝管，向肝门部分离（图6-30-1~2）。门静脉分叉上缘有三角型纤维块与纤维条索状胆管相连。肝门纤维块内含有许多小胆管（图6-30-3~4）。沿门静脉分叉上缘，分离与肝脏相连的纤维块的两角，把通向门静脉的细小静脉小心结扎。切忌用电刀止血。通过用手术放大镜观察，在中等张力的牵引下，剪除肝门纤维块。肝门纤维块剪除过浅未能完全充分解除胆管的闭塞，剪除过深伤及肝门部形成疤痕，使胆汁排出障碍。两者均影响手术效果。然后在距蔡氏韧带15cm切断空肠。空肠胆支长度为 45~55cm。空肠胆支缝合封闭，肝门与胆支用 0/5 Dexon 线行端侧吻合单层缝合。吻合口后半圈是肝门周围组织与空肠胆支缝合，前半圈是肝脏包膜与空肠胆支缝合。空肠胆支与空肠远端作"Y"式吻合。

3．肝门胆囊吻合术　　适合于从胆囊到十二指肠间胆管开放的肝外胆道闭锁。肝门暴露及剪除纤维块同前。沿十二指肠上缘切开肝十二指肠韧带，妥善保护胆囊及总胆

图 6-30-1

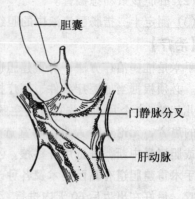

——胆囊

——门静脉分叉

——肝动脉

图 6-30-2

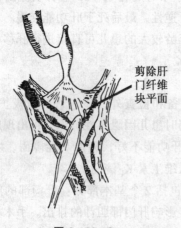

剪除肝门纤维块平面

图 6-30-3

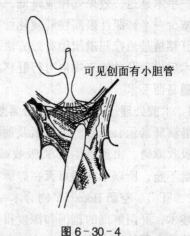

可见创面有小胆管

图 6-30-4

管。游离胆囊，把胆囊底部反转至肝门，与肝门部结缔组织创面作缝合吻合。

4. 肝门空肠吻合的各种防反流术　　胆道闭锁术后胆管炎是最常见的并发症，直接影响疗效。而引起胆管炎的原因与反流有关。为防止反流所致的上行性胆管炎，有作者在升支作套叠式防反流瓣，或加长升支长度，达 80cm，或将升支切断作空肠皮肤外瘘（Suruga 术式）。Suruga 手术优点是术后便于观察胆汁排出量、颜色，检测其中胆红素含量，作细菌培养等。缺点是增加了手术的次数，腹腔粘连严重，为日后行肝移植时带来操作上的困难。每日回收胆汁，再重新注入胆汁，给家属带来极大的负担。中山一院近年则采用张金哲的矩形瓣防止反流。手术要点是把空肠吻合口上方的空肠胆支的系膜对侧缘，切开浆肌层 5cm，用刀柄钝性剥开面对空肠一侧的半周浆肌层，仅剩下粘膜。缺损浆肌层的矩形与空肠拼拢，并缝合固定，使缺损矩形与空肠紧密相贴。当进食时压迫空肠胆支，防止食物反流。

5. 术后处理　　手术后仍继续护肝、利胆、防治胆管炎。除继续静滴肝泰乐、肌苷、维生素 C 等外，术后每天把茵栀黄 10～20mL 加入葡萄糖 100mL 中滴注，每周肌注胰高血糖素，口服去氧胆酸等利胆药。

6. 术后并发症的处理　　术后的并发症常见有胆管炎、门静脉高压以及肝内胆管的囊性扩张。

胆道闭锁术后胆管炎是最常见、最难处理的并发症，常可影响疗效，需积极防治胆管炎。所以术后应静滴灭滴灵和广谱抗生素使用应不少于1个月。术后2~4周是胆管炎发作的高峰期，此时可出现胆管炎前征兆，如不明原因哭闹、腹胀，有胆道造瘘者可发现胆汁变混浊、变淡，应定期及时更换抗生素，静滴免疫球蛋白。早期胆管炎还可引起肝门部胆管梗阻，当胆管炎炎症已控制后，但仍有胆汁排出障碍，需注意肝门部胆管梗阻。必要时再手术，剪除肝门部吻合口疤痕，再重新行肝门空肠吻合。

胆道闭锁晚期并发症，主要为肝硬化门静脉高压。门静脉高压出现消化道出血时，按门静脉高压消化道出血处理，首先推荐内窥镜下注射硬化剂，此法可反复进行，亦可考虑作分流术。合并脾亢可考虑作脾栓塞。

随着生存病例数增加和时间的增长，肝内胆管囊状扩张例数也会增多，临床表现为发热、黄疸、排白陶土样大便，通过B超和CT可作出诊断。分为3型：单个孤立囊腔与周围没有交通支的属A型；孤立囊肿与周围有交通支属B型；多发性囊状扩张属C型。A型和B型可通过PTCD或肝内囊肿空肠吻合术而治愈，而C型此治疗方法效果差，要考虑肝移植。

■肝移植

患儿年龄超过90天或葛西手术失败者，以及术后肝功能差、生活质量不佳者，应考虑进行肝移植。小儿肝移植术式为背驮式。小儿肝移植可进行减体积肝移植、亲属活体供肝肝移植、分离式肝移植。

（刘钧澄）

第三十一节　门静脉高压症

【临床提要】

门静脉高压症（portal hypertension）是门静脉系统血流增加或受阻而使门静脉压力增高引起的一系列临床症状，表现为脾肿大、脾功能亢进、食管胃底静脉曲张或合并破裂出血、腹水等症状。其临床类型、诊断、治疗，小儿与成人病例基本相同，所不同者临床类型略有差别。小儿肝前型门静脉高压症约占40%~60%，且多为先天原因造成的门静脉梗阻，如门静脉发育不良、门静脉栓塞、门静脉海绵状瘤样变等；而成人门静脉高压症则主要是肝硬化造成的肝内型门静脉高压症。

本病诊断并不困难，但应注意与其他原因造成的脾大症相鉴别，特别是应以血液病的脾大症相区别。为了进一步诊断本病和为治疗方法的选择提供依据应进行以下检查。

1. 血常规及肝功能检查　以了解脾功能亢进及肝功能受损程度。如有血液病可疑者应做骨髓穿刺涂片检查，以利鉴别。还要检查心、肺功能情况。

2. 上消化道钡餐检查　了解食管及胃底有无静脉曲张及曲张程度。

3. 超声检查　B型实时超声、脉冲多普勒超声和彩色多普勒超声对门静脉高压症的诊断均有重要价值。可以观察门静脉及其属支是否有扩张、栓塞、受压、海绵样状瘤样变及其他畸形。脉冲多普勒还可以判断门静脉血流方向，测定血流速度。彩色多普勒对血流方向的判断更加准确。

4．经脾门静脉造影　　可以直接显示门静脉的影像，了解门静脉的梗阻部位及观察侧支循环形成情况，确定病变类型。同时还可以进行脾髓压的测定。

【治疗】

小儿门静脉高压症治疗的目的主要是解除脾功能亢进和防治食管静脉曲张破裂出血，对肝内型还要长期保肝治疗。

■解除脾功能亢进

脾功能亢进主要表现为全血细胞减少和小儿生长发育障碍。脾切除术是解除脾功能亢进的可靠手术方法，还可以减少部分门静脉血流。但必须强调术中同时切除存在的副脾。有严重食管静脉曲张或有食管静脉破裂出血者还应加做其他术式。曾有人应用脾动脉栓塞或脾动脉结扎的办法来解除脾功能亢进，但多达不到预期的目的。

■防治食管静脉曲张破裂出血

小儿门静脉高压症合并食管静脉曲张破裂出血者约占总数的60%左右。是一种严重的并发症，随时危及病儿的生命。因此，防治食管静脉曲张破裂出血是本病的治疗重点，也是减少死亡率的主要措施。

（一）急性出血时的处理

急性出血时应采用非手术疗法达到控制出血的目的，不主张进行紧急手术。一般可采用以下方法。

1．抗休克　　首先建立通畅液路，以保证输血、输液。应用新鲜血液输入效果最好。输血量和速度依据病儿血红蛋白值而适当加减，使血压维持在11.9kPa（90mmHg）或13.33kPa（100mmHg）为宜。防止过多输血和血压过多上升引起再出血。同时要纠正水、电解质和酸碱失衡。

2．止血药物的应用　　除应用一般止血药物外还可以应用以下药物治疗：

（1）去甲基肾上腺素8mg加冰盐水100mL由胃管内注入或去甲基肾上腺素10～16mg加生理盐水200mL腹腔内注射，可使胃粘膜或内脏血管收缩，减少食管血流从而减少出血。

（2）垂体后叶素0.4U/kg加5%葡萄糖溶液40～100mL于20～30min内静脉滴入，30～60min后可重复使用，一般可重复4～6次。此药可以收缩内脏小动脉，减低门静脉压力。但有用药后病人出现面色苍白、出汗、心悸、腹痛、诱发心绞痛等副作用。

（3）善得定（sandostatin）又名奥曲肽（octreotide）是一种人工合成的人体生长抑素的八肽衍生物。对内脏血管收缩具有选择性，能减少内脏血流量，尤其是可减少门静脉血流，降低门静脉压力。对全身血液动力学无明显影响。急性出血期间可用善得定2μg/kg加20mL5%葡萄糖缓慢静注，然后6μg/kg加5%葡萄糖200～500mL每12h静滴。

3．三腔双囊管压迫止血法　　一般胃囊内压力为5.27～7kPa（40～60mmHg），食管囊压力为4kPa（30mmHg），留置时间一般为48～72h。每12h可放气一次，5～15min后再充气压迫。95%以上可达到止血效果。

4．经内窥镜硬化剂注射疗法　　气囊压迫数小时待病情稍稳定，可通过食管镜行硬化剂注射疗法。常用硬化剂有1%乙氧硬化醇，5%鱼肝油酸钠、5%氨乙醇油酸盐等，每次注射3~5个点，每点1~3mL，注射完毕再压迫数小时。急症止血效果可达90%左右。

急性出血被控制后，应积极改善患儿全身状况，加强营养，纠正贫血及低蛋白，以便选择适当时机进行择期手术。

（二）择期手术的选择

脾切除术可以解除脾功能亢进，但对大多数病儿还要以防治食管静脉曲张破裂出血为治疗目的。欲达到防治食管静脉曲张破裂出血的目的必须采用减少门静脉血流、降低门静脉压力和阻断门奇静脉间的交通等手段。因此，临床上形成了减流术，门静脉、奇静脉断流术，门静脉、体静脉分流术和联合手术等多种术式。对每种术式的评价尚存有争论。特别是远期效果尚不令人满意。

1．脾切除减流术　　脾切除术除可以解除脾功能亢进外还可以减少门静脉血流的24%~40%。从而降低部分门静脉压力。此术式可用于阶段性肝外型梗阻具有脾功能亢进者或有脾功能亢进没有食道静脉曲张者。

2．门静脉、奇静脉断流手术

（1）贲门周围血管离断术（Hassab手术）　　即切除脾脏的同时结扎、切断食管下段及左半胃的外周血管，以阻断门静脉、奇静脉间的反常血流，从而达到减少胃底、食管粘膜下曲张静脉血流以减少出血的目的。在此手术操作中处理冠状静脉最为重要。冠状静脉包括胃支、食管支和高位食管支。其中高位食管支位于贲门右侧约1~3cm处，在肝左外叶脏面水平向上向前行走，于贲门上方2~4cm处或更高处进入食管肌层。门静脉高压症时，胃支、食管支及高位食管支都显著扩张。彻底结扎、切断胃冠状静脉的3个主要分支特别是高位食管支尤其重要（图6-31-1）。该手术可将食管粘膜下曲张静脉血流减少到原来的1/8左右，大大减少了出血的可能。本手术具有操作简单、手术条件较宽、对肝脏功能和储备能力影响不大，近、远期疗效较好等优点。目前很多医院采用此术式治疗小儿门静脉高压症。

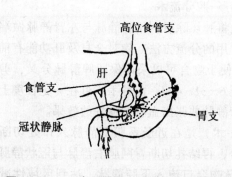

图6-31-1　贲门周围血管离断术示意图

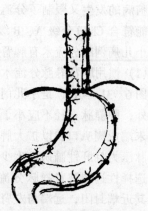

图6-31-2　Surgiura手术范围

245

(2) 经胸经腹行脾切除、胃底及食管下段外周血管离断和食管下端横断吻合术（Sugiura 手术）　此手术时 1984 年由 Sugiura 等报道用以治疗各种类型门静脉高压症合并食管静脉曲张 671 例的经验。认为本手术疗效好，可适用于所有类型的肝硬变病人。对于急性出血者只要无明显肝衰竭表现就有手术指征。本手术实际上是经胸食管横断和经腹贲门周围血管离断术的联合手术（图 6-31-2）。此手术操作复杂，手术时间长，须开胸、开腹损伤大，一般小儿难以耐受；有时须分期进行。因此未被广泛接受和应用。

(3) 食管下段、贲门、胃底切除术　该手术主要用于小儿门静脉高压症外科治疗（分流术或贲门周围血管离断术）术后严重反复再出血的病儿。手术采取左肋缘下切口。离断并结扎胃近端大小弯侧及食管周围的血管后，自至贲门上 2～3cm 处离断食管下端，再至贲门下 3～4cm 处离断胃底。食管贲门胃底切除后行食管胃吻合（图 6-31-3）。此手术虽创伤较大，但由于切除了食管、贲门及胃底曲张静脉的积聚区，止血效果良好。河北医科大学第二医院应用此手术治疗 8 例小儿门静脉高压症术后再出血，术后均不再出血。最长随访时间已 14 年。随访发现有的小儿有轻度贫血，可能与胃底切除过多有关。

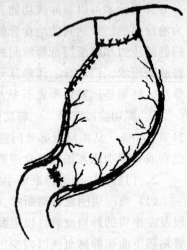

图 6-31-3　食管贲门胃底切除术示意图

3. 门静脉、体静脉分流术　门静脉、体静脉分流术是在门静脉和体静脉间作成人工通路，利用门静脉与体静脉之间的压差使门静脉的血流部分流入体静脉，从而达到减低门静脉的压力减少食管静脉曲张出血的目的。自 1945 年 Alan Whipple 报道脾肾静脉分流术后又相继出现门静脉与腔静脉（门-腔）分流术、肠系膜上静脉-下腔静脉（肠-腔）分流术、脾静脉与下腔静脉（脾-腔）分流术及其他分流术。尽管各类分流术均能在一定程度上减低门静脉压力，但术后向肝血流的减少肝功能进一步恶化和肝性脑病的发生又限制了分流术的应用。此外，选择分流术时要求患儿一般情况良好，肝功能符合 Child 分级 A、B 级或中华医学会外科分会门静脉高压症分级标准 I、II 者。适合小儿病例的分流术有脾肾静脉分流术和肠-腔分流术。

(1) 惯用脾肾静脉分流术　该手术是将脾切除后利用脾静脉与左肾静脉做端侧吻合（图 6-31-4A），是小儿门静脉高压症常用的分流方法。除对全身及肝功能有前述的要求外，脾静脉直径不应小于 0.6cm。为了便于吻合可以采用保留脾静脉分叉，剪开分叉使末端成喇叭口状以扩大脾静脉口径（图 6-31-4B）。此种手术可在一定程度上减低门静脉压力且肝性脑病发生少。对防治食管静脉曲张出血收到良好的效果。

选择性远端脾肾静脉分流术（Warren 手术）是在近肠系膜下静脉入口处切断脾静脉，其近端封闭，远端与左肾静脉端侧吻合，再结扎切断胃网膜右静脉与冠状静脉，使胃底食管静脉流入胃短静脉后再经脾肾静脉吻合口流入下腔静脉，达到区域性减压效果。但此手术操作复杂，且远期效果并不理想，因此小儿病例很少运用。

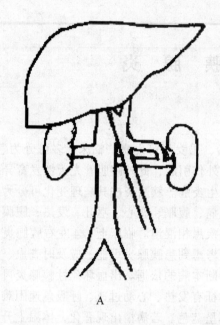
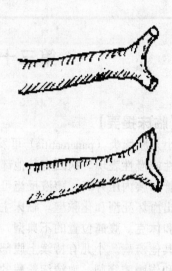

A   B

图 6‑31‑4　惯用脾肾静脉分流术示意图

（2）肠‑腔静脉分流术　　该手术是将下腔静脉在髂总静脉汇合处切断，与肠系膜上静脉端侧吻合。也可以用自体颈静脉或人造血管在两静脉之间搭桥（图 6‑31‑5）。该手术减压效果好，但必须控制吻合口的口径在 1cm 以下，以减少肝性脑病的发生。

肝外型小儿门静脉高压症约占总数的 50%左右。其中多数属肝前型，大约 2/3 病儿的左侧门静脉系统没有血栓。Goyet 等

图 6‑31‑5　肠腔静脉分流术示意图

（1998）创用自体颈静脉移植物行左门静脉与肠系膜上静脉间搭桥，使受阻的门静脉血液经颈静脉移植物直接流入左门静脉。术后门静脉压力下降，脾功能亢进改善。该作者治疗 7 例患儿均取得良好效果。

4．联合手术　　即分流术与断流术同时应用。在小儿可在脾肾静脉分流术的同时再行贲门周围血管离断术。这样既减低门静脉压力又不过多地减少向肝血流，对肝功能影响较少。河北医科大学第二医院小儿外科的临床治疗和动物实验结果都证实联合手术的良好效果。并提出如果病儿条件许可，应作为防治小儿门静脉高压症合并出血的首选术式。

（李振东）

第三十二节　胰　腺　炎

【临床提要】

小儿胰腺炎（pancreatitis）可发生在各年龄，男女均可发病。临床上多可分为急性、复发性或慢性表现。病因有其他部位的感染、外伤引起，此外胰胆管先天性发育异常引起胆管和胰内压升高，胰液反流可导致胰腺发生炎症。胰腺炎按其病理变化可分为水肿型、出血坏死型和化脓型。临床主要表现有腹痛、腹胀、恶心、呕吐、发热、腹膜炎的体征和休克。腹痛位置的不典型，容易与胆道疾患相混淆。临床上 1/4 左右胰腺炎被误诊为其他疾病。小儿有持续上腹部疼痛时，要考虑到患胰腺炎可能，应及时查血、尿淀粉酶和作腹腔穿刺。血清淀粉酶的升高乃是诊断本病的依据。出血坏死性胰腺炎可致死亡。在临床上出血坏死性胰腺炎的不祥预兆体征有发热、心动过速、呼吸急速困难、低血压、精神状态变化、两侧腹壁呈蓝色及脐部呈蓝色。若病情出现恶化，体温上升及白细胞数升高，腹腔穿刺有血性混浊液，且淀粉酶高，血压下降，出现腹膜炎体症时有可能发展成为出血坏死型。

【治疗】

治疗急性胰腺炎的原则：尽量消除导致胰腺炎发作的因素，如去除胰胆道的梗阻和感染，同时进行严密监护。根据急性胰腺炎的病理分型不同，治疗也应不同。治疗分为非手术治疗和手术治疗。水肿型应以非手术治疗为主，同时严密观察病情发展。水肿型若非手术治疗无效，发展为出血坏死型时应及时手术治疗。

■非手术治疗

包括抑制和减少胰液分泌，抑制胰酶活性，应用大剂量广谱抗生素，补液及纠正电解质紊乱，对症治疗如解痉、镇痛等。

抑制和减少胰液分泌有禁食和胃肠减压；应用 H_2 受体拮抗剂减少胃酸的分泌及对胰酶分泌的刺激；应用生长抑素和善得定抑制胰液的分泌。使用抑肽酶等抑制胰酶的活性。应用广谱抗生素和甲硝唑，加强抗感染。针对患儿腹痛严重可用止痛剂但禁用吗啡类药物。出现休克或病情重时，可用肾上腺皮质激素等。

■手术治疗

手术指征：难与穿孔性腹膜炎、急性胆囊炎、肠梗阻等其他急腹症鉴别者；保守治疗症状加重；合并有胆道疾患；伴有休克的重症出血坏死型胰腺炎。

手术治疗的目的：明确诊断；消除胰腺炎病因、排出活性胰酶及其分解产物，彻底清除坏死组织及术后建立有效的引流；预防合并症如假性胰腺囊肿、胰腺脓肿的发生。

手术方式：胰腺炎病变部不严重者，行单纯性小网膜和胰床引流术；若胰腺有明显和严重损害，则根据病变的程度作胰腺被膜切开减压、胰腺坏死组织及胰周坏死组织清除术。有学者提出对急性出血性坏死性胰腺炎选择的手术方式。包膜下出血和晚期胰腺脓肿，适用腹腔灌洗引流术。胰腺实质残存散在的坏死灶和胰腺坏疽或全身情况较差者，适用于坏死组织清除。包括部分胰腺切除、胰腺次全切除甚至全胰腺切除的规则性胰腺切除术对坏死组织局限又涉及一定范围的适用。往往在急性出血坏死性胰腺炎手术处理中也须对胰外侵占区扩创、引流。另有学者认为急性坏死性胰腺炎如病变范围较局限，病灶边界清楚，手术切除范围应达新鲜的胰腺及胰周组织中，局限于胰体尾部的病灶行胰体尾切除术。如病变范围分布在全胰，界限不清，宜行坏死组织部分清除并广泛切开胰腺被膜，分离胰床及胰周组织充分减压。术后腹腔和胰床灌洗及持续负压吸引，将胰腺释放的毒性酶素和残留的坏死组织稀释排出。

对因胰胆管合流异常引起的胰腺炎，治疗原则是切断两管的连通性，即行扩张胆总管切除胆道重建术，术中根据胰腺的病变相应处理胰腺。

此外，胃、胆道及空肠造瘘在外科治疗重症胰腺炎十分必要，腹腔灌洗是使胰腺释放的有毒物质排出、吸出残留的坏死组织及控制腹腔内感染的有效措施，应列为常规，一般要持续灌洗 2～3 周。

并发症防治：首先应积极保持内环境的平衡，加适量胰岛素控制尿糖，并满足每日基础热量和修复的需要。改善微循环和增强利尿效应。防治并发症形成及消化道出血。大力控制感染和坏死的进一步发展。对局部做持续灌洗，此时易引起水与电解质紊乱，应经常测定血的电解质，除清除坏死组织和毒素物质外，使用大剂量广谱抗生素，尽早作第二次探查也是一个关键的步骤。

术后处理：包括各种管道的处理。胃造瘘管用低负压吸引，胆囊造瘘管可仅作体位引流，这样可减少已进入十二指肠的胆汁淤塞乏特氏壶腹部，使胰腺得到充分休整。空肠造瘘管在肠蠕动恢复后即可开始缓慢滴入流质或要素饮食。必要时可胃肠外营养。

反复发作或慢性胰腺炎的诊断，除了临床上症状持续或反复发作达 6 个月以上作依据外，一般须做内镜逆行胰胆管造影确定管的形态是否异常及所在部位。慢性胰腺炎手术治疗方法复杂，主要根据胰腺的病理变化选择手术方式；诸如病灶弥漫而胰管扩张症，作 Roux－Y 纵形胰腺空肠侧侧吻合术；如病灶局限于胰腺头部，采用近端胰腺十二指肠切除；胰体、尾部病变较严重者，则作远端胰腺切除术；胰腺分离而又伴有副乳头狭窄，行副乳头成形术。

第三十三节　胰　腺　囊　肿

【临床提要】

小儿胰腺囊肿（pancreatic cyst）分为真性和假性 2 种类型。临床上多为假性囊肿，多由于腹部外伤引起，胰腺受到锐性或钝性损伤，致较大的胰管破裂。或因急性胰腺炎时，胰腺局部组织坏死，与较大的胰管相通，分泌的胰液外溢，与周围的脏器形成局限性积液，并积存在腹腔间隙内，形成囊肿。囊肿壁特点是与周围组织粘连紧密，囊肿内皮层无衬里，无分泌功能，仅是纤维状的假膜，无肌层，血供不足，质脆而韧性差，故囊肿壁易破裂。

临床主要表现有腹部包块、腹痛、发热、消化不良、恶心、呕吐，个别会出现黄疸等症状。几乎全部患儿均以腹部包块就诊。包块多位于左上腹，较固定，表面光滑，无感染时边界清楚。钡餐和钡灌肠检查发现胃和结肠移位。B 超和 CT 检查多能发现在胰腺周围有囊性的肿物，且能作出明确诊断。

【治疗】

小儿外伤性胰腺假性囊肿与成人有明显不同，有相当一部分病例的囊肿可逐渐吸收，因而一方面应避免不必要的早期剖腹探查术，另一方面，也应认识到过长时间的保守治疗也可能会增加并发症的发生。有学者提出当胰腺损伤后 6 天才出现假性囊肿；血淀粉酶峰值 <1 600U/L；损伤后 20 天血淀粉酶值 <600U/L。以上任何 2 项情况出现时，假性囊肿保守治疗吸收的可能性大。可在密切的观察下，暂不行手术。而胰腺损伤后 4 天内出现假性囊肿；血淀粉酶峰值 >1 900U/L；胰腺损伤 20 天后出现血尿淀粉酶 >1 200U/L。符合上述任何 2 项者，囊肿自行吸收的可能性不大，需早期进行引流治疗。治疗包括有手术引流和在 B 超下引导穿刺。

■手术方式

有内引流术、外引流术和胰腺囊肿摘除术。应根据患儿的临床表现、全身情况、囊肿的大小、部位、囊内有无继发感染而定。

1. 内引流术　　包括有囊肿空肠 Roux - Y 吻合术和胃囊肿吻合术。适用于各种类型的囊肿。对患儿的生理影响较小，创伤不大，术后护理方便。吻合要求吻合口要大，要在 3cm 以上。吻合部位应是最低位置，便于引流。

2. 外引流术　　适用于囊内有感染、高热、体质差不能耐受复杂手术的患儿。缺点是患儿留置的引流管，给家长护理带来不便，且每天丢失的液体和电解质需记录好，并及时补充。外引流术后仍有部分患儿需再次手术。

3. 囊肿切除术　　适用于胰尾部边缘的小囊肿。手术彻底，但小儿胰管细小，极易损伤，多不主张采用。

（刘钧澄）

第三十四节　胰母细胞增殖症

【临床提要】

胰母细胞增殖症（nesidioblastosis）又称高胰岛素血症，是新生儿小婴儿时期持续低血糖的病因之一。由于胰腺 β 细胞过度增生，血中胰岛素量增高，患儿表现为低血糖症状。如阵发性衰弱无力，多汗，四肢冰凉，甚至晕厥抽搐，昏迷等。70% 在新生儿期发病，患儿出生时体重高，多肥胖，食欲强。低血糖症状常在空腹饥饿时出现，注射葡萄糖后症状缓解。如果在发作时抽血查血糖和胰岛素，可发现血糖极低，胰岛素（mU/L）与血糖（mg/dL）比值大于 0.3，证实有高胰岛素血症存在，加作胰高血糖素耐量试验即可诊断胰原性低血糖。B 超、CT 检查可帮助排除胰腺的占位性病变。本病强调早期诊断、早期治疗，否则会导致严重智力发育障碍。

【治疗】

原则上早期作胰腺次全切除术，尤其发病出现在早期时，更应积极手术，防止由于低血糖所致的脑损害。

■药物治疗

对少数生后一个月以上或数月才发病的患儿，可先试用二氮嗪（diazoxide）治疗。二氮嗪可直接抑制β细胞的胰岛素分泌，动员糖原，增加糖再生，减少外源性葡萄糖的消耗，剂量为 10mg/（kg·d），分 2～3 次服用，极量是 25mg/（kg·d），其副作用是可使水迅速潴留、多毛症及免疫抑制。若同时用氯噻嗪，可促进二氮嗪的高血糖作用，防止水潴留。若用药后一个月内不能减少药量，应改用手术治疗。

■手术治疗

发病后一个月内手术，几乎不会遗留脑损害。若超过一个月，多数会出现程度不同的精神运动迟缓。有报告切除 75% 胰腺，术后复发率高，常需再次手术，而切除 95% 胰腺后，术后 1～2 年内，外分泌功能可以正常。手术创伤比全切除少。因此目前推崇作 90%～95% 的胰腺次全切除，疗效最佳。

手术方法：上腹横切口，切开胃结肠韧带，暴露胰腺，检查有无肿块，然后由胰尾开始分离所有进出胰腺上下的小血管，均一一结扎。如此逐渐由左自右，即可达到肠系膜上动静脉处。要小心分离，勿损伤肠系膜上静脉、门静脉和脾静脉，将胰腺一直游离到十二指肠壁侧的边缘，同时注意保留十二指肠的血供，并注意胆总管下段的走向，勿误伤，为避免切胰腺时损伤胆总管，必要时可在胆总管内置入一细管，插入十二指肠内，此外在切除胰腺时作为标志，即可避免损伤胆总管。胰腺的断端仔细缝合。

术中抽血同时测定血糖及胰岛素含量，以观察效果，每次抽血前应停止静滴葡萄糖30min。术中抽血可直接穿刺门静脉取血，第 1 次抽血在开腹后，第 2 次在游离胰腺后，拟切胰腺前，第 3 次在切除胰腺后 30min，第 4 次在关腹后抽取周围静脉血，术后要持续监测血糖和胰岛素，至少 7～10 天。

■术后复发的处理

复发的原因是术中胰腺切除不够，复发率可达 10%～45%，有时甚至切除 95% 的病例也会复发。对复发患者可先试用二氮嗪治疗，效果不佳或不能停药时，及时改手术，作胰腺全切术。

（李桂生）

第三十五节　血液病和代谢病脾脏的处理

目前认为脾脏是免疫系统中重要的器官，脾脏的切除可能会导致机体的免疫力下降，甚至引起暴发性感染。现除了因为严重脾外伤脾脏无法保留，或者由于脾脏功能亢进以及脾囊肿、脾肿瘤、脾脓肿、脾扭转等需切除脾脏外，多是由于血液病和代谢病而切除脾脏。但由于脾切除术并不是从病因治疗这些疾病，且可能会引起严重的感染，所以需严格掌握好脾切除的指征。

需切除脾脏的血液病和代谢病有溶血性疾病、贫血性疾病和遗传代谢疾病。溶血性疾病包括如遗传性红细胞增多症、红细胞葡萄糖-6-磷酸脱氢酶缺乏症、丙酮酸激酶缺乏症、地中海贫血、自身免疫性贫血。贫血性疾病主要是再生障碍性贫血。而遗传代谢疾病则为高雪氏病和肝豆状核变性引起的巨脾和脾功能亢进。

遗传性红细胞增多症是一种常染色体显性遗传疾病，常有明显的家族史。因红细胞膜的变化性和柔韧性减弱，通过脾窦时易被破坏，引起溶血性贫血。因这些异常的红细胞主要在脾脏被破坏，脾切除效果显著。脾切除术后溶血即可停止，1月内红细胞基本恢复正常。

红细胞葡萄糖-6-磷酸脱氢酶缺乏症是一种遗传性溶血病，脾切除术后可改善贫血症状。

丙酮酸激酶缺乏症是常染色体隐性遗传的一种溶血性疾病。患儿主要临床为黄疸、贫血、肝脾肿大。因患儿的网织红细胞和成熟红细胞常在脾内破坏，故脾切除术有改善贫血，减少输红细胞的作用，但不能改变丙酮酸激酶的活性。

地中海贫血是一组遗传性溶血性贫血，由于基因的缺陷，造成血红蛋白的组成成分改变。脾切除术不能从根本上治疗本病，只可改善贫血症状和减少输血，并且对重型 β 地中海贫血效果较差。患儿往往只有较短的一段时间贫血症状得到改善，很快又出现严重的贫血症状。

自身免疫性溶血性贫血是由多种原因引起体内产生红细胞自身抗体和/或补体结合于红细胞表面，导致红细胞破坏加快的溶血性贫血。临床表现有多样性，但共同表现为溶血性贫血的表现。脾脏是温抗体 IgG 和 IgA 致敏的红细胞破坏的主要场所，又是自身抗红细胞抗体主要生成的器官，脾切除术是治疗温抗体 IgG 和 IgA 所致自身免疫性溶血性贫血的方法之一。肾上腺皮质激素治疗无效、经治疗仍反复发作溶血性者、脾巨大和脾功能亢进者是本病脾切除的适应证。

再生障碍性贫血是骨髓造血功能衰竭所导致的一种全血细胞减少综合征。对慢性重型再生障碍性贫血，骨髓增生良好，无明显出血，经治疗半年无效者，可采用脾切除术。

高雪氏病和肝豆状核变性引起的巨脾和脾功能亢进，脾切除术可改善临床症状。

脾切除前，患儿需纠正严重贫血情况、营养状态，注意有无凝血方面的问题。

因患儿的脾脏巨大，有时达盆腔，故手术切口应能充分暴露脾脏。可根据术者的习惯、患儿脾脏的大小，选择纵切口、左上腹斜切口和"L"形切口。

术后 3~15 天内血小板可能会急剧上升，故术后头几天内，应每天查血小板的数量。若上升太多者，应注意出现高凝状态。

部分脾栓塞：能保留部分脾脏，可避免暴发性感染的发生，又能很好控制脾功能亢进。且栓塞后重新出现功能亢进可再次重复栓塞。部分栓塞是在氯胺酮麻醉下，采用 Seldinger 技术，从股动脉穿刺置入 F4~F5 Cobra 导管，在 X 线机监视下，将导管送入脾动脉内，然后注入造影剂进行血管造影，将安瓿密封高压消毒后将明胶海绵粒（约

0.5mm×0.5mm×1.0mm）20～30 颗注入动脉内，再次脾动脉造影，决定栓塞的面积。术后可有低热、腹痛等轻微反应。

第三十六节　腹　膜　炎

腹膜炎根据发病机制可分为原发性腹膜炎及继发性腹膜炎 2 类；按病因可分为细菌性腹膜炎和非细菌性腹膜炎；按炎症累及的范围可分为弥漫性腹膜炎和局限性腹膜炎；按病程可分为急性腹膜炎及慢性腹膜炎。急性腹膜炎一般指化脓性感染；慢性腹膜炎多指结核性感染。还有因胚胎发育异常引起的胎粪性腹膜炎。

一、原发性腹膜炎

【临床提要】

原发性腹膜炎（primary peritonitis）又称自发性腹膜炎，系指腹腔内无任何明显感染源的细菌性炎症，感染多是弥漫性的。可发生于任何年龄，多见于 3～7 岁之间的女孩。感染细菌以厌氧菌、大肠杆菌（肠埃希氏杆菌）、肺炎双球菌及溶血性链球菌等为主，偶见有金黄色葡萄球菌及链球菌等。此外，还有因淋病双球菌等引起的淋病性腹膜炎。

■细菌进入腹腔引起感染的途径

1. 血行性感染　　如继发于上呼吸道感染等。
2. 淋巴道感染　　胸部疾病如肺炎、胸膜炎等疾病的细菌经淋巴管穿过膈肌而至腹腔。
3. 生殖道逆行感染　　细菌通过女性外生殖器，经输卵管直接向上扩散至腹腔。
4. 肠道感染　　细菌由肠腔通过肠壁进入腹腔。
5. 肾病、肝病伴有腹水者继发感染。
6. 直接扩散感染　　新生儿败血症或脐部感染时细菌可通过腹壁直接扩展至腹腔引起腹膜炎。此外，泌尿系感染时，细菌也可通过尿路经腹腔而感染。

原发性腹膜炎起病急骤，多无明显前驱症状，或仅有上呼吸道感染史；少数患儿有肾病史、肝病史、新生儿败血症及脐部感染史。

■临床表现

1. 腹痛　　突然发生剧烈腹痛，患儿哭闹不安，腹痛呈持续性，阵发性加剧。疼痛为全腹性或位于脐周；伴有频繁呕吐，有时盆腔由于受到炎症刺激会出现腹泻或尿频等症状。
2. 寒战、高热　　体温可高达 40℃，有时可导致惊厥。
3. 急性病容　　面色苍白，发绀、脉搏快而弱，有的神志模糊，虚脱，有全身中毒症状。
4. 腹部体征　　全腹膨隆，满腹压痛，腹肌紧张明显，可呈板样。但婴幼儿腹肌紧张不明显，有时仅有柔韧感觉，肠鸣音消失。腹部叩诊时可有移动性浊音。直肠指诊膀胱陷窝或直肠子宫隐窝有触痛，但无肿物触及。

■诊断

主要根据病史及腹部体征。如患儿突然有剧烈腹痛和高热，呈现中毒性休克的表现，全腹压痛及腹肌紧张；血白细胞明显增高，可达（20～40）×10^9/L，中性多核白细胞在90%以上，应疑有原发性腹膜炎。若有肾病及肝病腹水者更应考虑此病。

■辅助检查

腹部平片可显示小肠均匀充气，双侧腹脂线消失，有时可见积液阴影。叩诊两侧下腹部为浊音时，可行诊断性腹腔穿刺。腹腔穿刺液可作涂片检查及细菌培养，应同时送厌氧菌培养。

■鉴别诊断

1. 继发性腹膜炎　　例如：阑尾穿孔性腹膜炎在发病初期病情较轻，体温可升高，但中毒症状不明显，白细胞升高不如原发性腹膜炎，腹部压痛及腹肌紧张以右下腹较为明显。

2. 肺炎　　肺炎的早期症状有腹痛、呕吐、寒战、高热、白细胞计数增高，与原发性腹膜炎相似。但细心检查就会观察到患儿有呼吸急促、鼻翼动、面部潮红等症状，反复检查可发现腹肌并不紧张，当分散患儿注意力时腹部也无压痛。X线检查可以发现胸部病变。

3. 中毒性菌痢　　此病好发在夏季。骤然发病，有高热、恶心、呕吐、阵发性腹痛伴腹泻，严重者伴有中枢神经症状，如昏睡、谵妄、惊厥等，全腹可有压痛。菌痢腹泻次数较多，粪便带粘液及脓血，腹部虽有压痛但无腹肌紧张。

【治疗】

原发性腹膜炎的治疗可分为手术治疗和非手术治疗2种。

■非手术疗法

原发性腹膜炎多采用非手术疗法。特别是肾病或肝病患儿同时并发有腹水感染、新生儿败血症或脐部感染引起的腹膜炎，病情常较严重，患儿有神志不清、持续高热，或伴有其他重要器官感染（如脓胸、肺炎等）的症状，如采用手术治疗可能会产生更多的并发症。非手术治疗采用二联或三联抗生素，如甲硝唑和第二、三代头孢类抗生素及氨基糖甙类抗生素联合应用。必要时可静滴免疫球蛋白，增强患儿的抵抗力。

■手术治疗

经非手术治疗48h无效，可考虑剖腹探查。特别是原发性腹膜炎与阑尾穿孔性腹膜炎鉴别困难时，力争早期探查。

1. 术前准备　　纠正水与电解质失衡，补液、输血、应用抗生素。高热时降温，有感染性休克时，除纠正水、电解质失衡、酸中毒外，必要时用激素或阿托品类药物治疗感染性休克。

2. 手术方法　　在静脉复合麻醉或硬脊膜外麻醉下手术。于右下腹取探查切口，腹腔切开后先吸取脓液做细菌培养。即使术前考虑为原发性腹膜炎，无明确的病灶，也应作腹腔探查，先探查阑尾、回盲部、盆腔附件，如确认确无原发病灶则肯定为原发性腹膜炎，吸尽脓液后，盆腔放置引流管，关腹。

3．术后处理　　继续应用抗生素到感染控制后逐步停用。术后半坐卧位、胃肠减压、禁食，必要时给氧、补充维生素。病情危重者还可考虑使用免疫球蛋白，提高机体抵抗力。

二、继发性腹膜炎

【临床提要】

继发性腹膜炎（secondary peritonitis）在儿童期最常见的病因是阑尾炎穿孔、胰腺炎、蛔虫穿孔、阿米巴肝脓肿或阿米巴性结肠炎、结肠炎溃疡穿孔也可导致本病发生。偶可见于胃肠穿孔、胆总管囊肿破裂、胆囊穿孔等，腹部损伤比较少见。

需氧菌与厌氧菌均可同时存在致病，脏器穿孔导致的腹膜炎多含有混合型菌种，最常见的细菌是厌氧菌和大肠杆菌（肠埃希氏杆菌），两者混合感染时则有一种特殊的粪臭味。消化道穿孔引起的腹膜炎属多种细菌的混合感染。在上消化道穿孔病例中，需氧菌检出率高，而下消化道穿孔病例中则以需氧菌和厌氧菌的混合感染为多。

由于病因不同，症状表现也可不同。胃十二指肠穿孔或空腔、实质性脏器损伤破裂引起者可以是突然发病，而其他疾病所致穿孔则有原发病的症状，后才出现腹膜炎体征。

【治疗】

■手术治疗

1．原发病治疗　　根据原发病变的不同，进行相应的手术治疗。如阑尾切除术、消化道穿孔修补术、胆囊切除术等。但不应过分强调为了彻底治疗原发病而加重病情，甚至危害生命。如坏疽性阑尾炎局部炎症严重，解剖关系不清，手术极易损伤其他肠管，导致肠瘘等并发症，应急诊手术放置腹腔引流，待身体及局部情况好转后，再行阑尾切除术。

2．清理腹腔　　脓液经常积聚在原发病灶周围，以及膈下、两侧结肠旁沟和盆腔陷窝或直肠子宫凹陷等部位。术中应用负压吸引干净或用盐水纱布揩干净。严重污染全腹时，可用大量生理盐水冲洗腹腔。

3．引流　　腹膜炎、腹腔内脓液较多，应在原发病灶周围、盆腔放置引流条。引流条原则上不从切口引出。术后每天检查引流条是否通畅。香烟引流每天应向外旋转式拔出少许，防止堵塞。

■术前后处理

与原发性腹膜炎相同。

三、结核性腹膜炎

【临床提要】

结核性腹膜炎（tuberculous peritonitis）系指腹腔内感染细菌为结核杆菌。

结核性腹膜炎常为继发性，原发病灶多为肠系膜淋巴结核，有时泌尿系统结核和肠系膜结核亦可合并导致局限性结核性腹膜炎。少数病例是肺结核血行播散的一部分。偶有肠系膜淋巴结结核，突然破溃，大量结核菌散布腹腔，形成弥漫性结核性腹膜炎。此外，结核性腹膜炎也可能是全身性粟粒性结核的一部分。

病理改变可分为 3 种类型：渗出型亦称腹水型；粘连型；干酪溃疡型。患儿常有一般性结核病症状，如低热、胃纳不佳、盗汗等。亦有诉腹胀或不同程度的腹部不适者。

1．渗出型　可有大量腹水，常见体征为全身消瘦而腹部膨大，患儿腹部不适，合并腹胀。腹腔穿刺为草黄色渗出液。

2．粘连型　可有腹痛、腹胀等不完全肠梗阻的表现。

3．干酪型　应为较晚期结核性腹膜炎的表现。干酪液穿入腹腔，形成局限性腹膜炎，亦可继发感染。与腹壁粘连可穿孔形成瘘管。

有结核病接触史，结核菌素反应阳性。有肺结核病史者，在出现腹部症状时应考虑本病。腹腔穿刺抽液为草黄色渗出液，腹部平片显示钙化灶或腹膜增殖亦可帮助诊断。

本病腹水型需与肝硬化、肾病综合征、缩窄性心包炎、心脏病等所引起的腹水进行鉴别。粘连型和干酪型需与局限性回肠炎、蛔虫病、肿瘤和其他部分性肠梗阻进行鉴别。

【治疗】

■抗结核药物

异烟肼（雷米封）每日口服 10～30mg/kg，静注或静滴 20～30mg/kg，分 1～2 次。乙胺丁醇每日口服 15mg/kg，顿服。利福平每日口服 10～20mg/kg，分 2 次，疗程半年。对氨基水杨酸钠每日 0.2～0.3g/kg，分 3～4 次，饭后服，每日不超过 6g。静滴剂量同口服，每日 1 次。

■手术治疗

1．适应证　①胃肠道梗阻者。②肠穿孔、肠道大出血者。③结核性腹腔积液者。④腹腔结核病灶压迫门静脉及胆道引起门静脉高压及阻塞性黄疸。⑤腹腔结核性包块及胃肠道结核性溃疡或对腹腔肿物鉴别不清者。⑥对回盲部肿块与阑尾结核难以鉴别者。⑦腹腔淋巴结结核融合成团，形成结核性脓肿，压迫周围组织者。⑧胃肠结核性溃疡引起的大出血者。

2．手术　根据患儿腹腔情况行肠粘连松解术、肠切除吻合术、肠修补术或结核病灶清除术等。

选择手术切口要充分注意不能损伤切口下腹腔内粘连的肠管，保护好切口创缘，预防腹腔内结核性脓液及结核性病变的污染。首先吸净腹腔内脓液，用生理盐水冲洗腹腔，应从粘连轻的病变部位或者从健康组织进行手指钝性分离，探查病变部位、范围、程度，同时清除结核病变，清除肠壁上结核性脓苔。如术中发现腹腔内广泛性粘连，肠管粘连成团或已形成包裹性肠梗阻，可采用纤维板剥脱术或部分肠管切除，再行肠吻合术。术中应充分冲洗腹腔，同时放入异烟肼 400mg 作腹腔内结核病灶局部治疗。腹腔放置引流管注入异烟肼，每天 200mg，持续 7 天。术后适当应用抗生素控制感染并加强营养，同时采用联合、有效、足量抗结核药物进行治疗的原则。

有文献报道对渗出型结核性腹膜炎及由此而引起的不完全性肠梗阻的患儿，手术中吸尽腹水后，手术台上可用紫外线照射腹腔。具体操作为：采用国产悬吊式 2537A30W 直紫外线杀菌灯，将身体其他部位覆盖防护，切口处以牵开器张开，灯管置切口正上方，灯距 2m，一次性照射 15min 后关腹。通过紫外线照射能增加和调整小儿免疫功能，改善腹部血液循环，促进炎症和渗出液吸收，加速病灶钙化。

四、胎粪性腹膜炎

【临床提要】

胎粪性腹膜炎（meconium peritonitis）系因胎儿期发生肠道穿孔，胎粪进入游离腹腔而引起。腹腔钙化灶是本病的特征表现。临床上可分为 4 类：胎粪性假性囊肿；胎粪性腹腔粘连；胎粪性腹水；胎粪性腹膜炎。

【治疗】

有明显临床症状者应积极治疗，纠正水、电解质失衡，补充营养和支持疗法，同时加强护理，必要时根据手术指征施行手术。

手术指征：出现肠梗阻症状；腹腔有游离气体；可扪到明确的腹块；并发细菌性腹膜炎。具体的手术方式应取决于术中所见，偶见肠穿孔的原因是肠闭锁、肠扭转和胎粪性肠梗阻等，应同时解除原发病。个别假性囊肿包绕的胎粪团块可单独完整切除，但大部分情况下需同时切除部分肠段和胎粪团。严重的肠粘连有时也需要切除肠段。在切除肠管时，应注意保留肠管的长度，以维持小儿生长发育。特别是合并其他畸形，如肠闭锁、肠旋转不良或脐膨出时，这类患儿肠管的长度仅为正常的一半，切除过多的肠管很容易出现短肠综合征。腹腔内没有细菌污染者可一期行单纯肠吻合。如细菌性腹膜炎严重，则不宜施行一期切除吻合术，应考虑行肠外置造瘘口术（Mikulicz 造口术），待病情稳定后再行腹膜外肠吻合术，这对粘连处有丰富血运，或广泛肠粘连的患儿尤为适宜。

（刘钧澄）

第三十七节　腹　壁　疾　患

一、腹裂

【临床提要】

腹裂（gastroschisis）是一种极为罕见的先天性畸形、发育缺陷。是在胚胎时期腹壁发育缺陷引起，腹腔脏器经腹壁裂隙脱出。脏器表面（肠管）暴露在腹腔外，表面无任何覆盖物。

胚胎时脐带周围的四个皱襞逐渐向中央生长闭合腹壁的。在胚胎 6~10 周时，腹壁的发育比内脏发育速度慢，部分内脏于体腔外面。胚胎 11 周后内脏回纳，第 12 周末完成回肠旋转，如果体腔发育停滞内脏不能经脐部回缩而形成脐膨出。如果脐带周围的四个皱襞发育停滞，如头端襞不闭合，则形成上腹裂；如尾端襞不闭合，可形成脐以下腹裂，则尿囊、泄殖腔外翻、小肠膀胱裂或后肠器官发育不良，形成腹裂畸形。

在世界范围内腹裂的发病率是逐年在增加。目前认为腹裂与胚胎 10 ~ 12 周时发育停滞有关，病因与遗传无关，而环境因素和药物致畸形可能是近年来腹裂增多的原因。而且发现腹裂胎儿与母亲年龄有关，还与父母吸烟有关。

腹裂是腹壁的全层裂开，裂隙呈纵行，长约 3 ~ 4cm，也有从剑突到耻骨联合，腹裂肠管的脱垂因裂隙长短而异。肝脏一般不伴脱垂，腹裂常合并小肠膀胱外翻、美克氏憩室、小肠闭锁。女性的下腹裂，有时合并女性内生殖器脱出，全部脱出脏器无腹膜、羊膜的覆盖，外露腹腔外。

■临床表现

孕妇没有任何异常不适，只有在产出的新生儿有特殊临床现象。腹裂儿多是早产低体重儿，体重常在 2 000 克左右，体温不升，合并硬皮症，合并多发畸形，常见为小肠闭锁、美克氏憩室、小肠膀胱外翻脱出。因为腹裂没有任何被膜覆盖，所以内脏外露腹壁外。腹裂也常合并 prune - Belly's 综合征，合并胎儿尿路梗阻存在，羊水过少。也有报告腹裂合并先天性巨结肠，因为内脏外露，如不及时关腹处理，则外露肠管水肿，充血粘连及肠系膜嵌顿，合并感染败血症，死亡率增加。

■诊断要点

产前 B 超扫描检查是诊断胎儿腹裂的惟一简单可靠办法，其确诊率 98% 以上。其根据是羊水过少，胎儿腹腔脏器主要是小肠漂浮在胎儿腹壁外、于羊水中，这点与先天性脐膨出有区别。巨大脐膨出时肝、脾实质器官也膨出，但它有胶冻样物质组成的羊膜及腹膜覆盖，有一定局限性，这是与腹裂的根本区别。B 超还可诊断胎儿腹裂合并肠穿孔，主要是因为羊水过少，外露肠道容易粘连水肿，肠蠕动功能障碍，粘连梗阻，血循环障碍，可致肠穿孔。检查可见羊水混浊、穿孔肠壁水肿，局部凹陷，一般诊断不难。

【治疗】

（一）产前诊断小儿外科监护

一经 B 超诊断，则应通知产科医生和小儿外科医生共同监护和研究分娩时间、方式、地点。合并胎儿肠穿孔者，拟行紧急修补手术，紧急剖宫术；进行 I 期穿孔小肠修补术及 I 期腹壁裂的修补术。

（二）诊断胎儿羊水过少的治疗

腹裂胎儿羊水量过少是增加合并症和死亡率的危险因素，注射羊膜浸液到宫腔内，是减少胎儿并发症，同时储存 AFP 量，且羊水量过少，胎儿心律减慢应在第三孕期多次胎儿 B 超监测，选择在 31、34 周期间，用羊膜浸液宫腔内灌注是重要的手术前准备工作。

（三）手术治疗

1．手术前准备

（1）产妇的准备　　小儿外科医生必须密切和产科医生合作，产前诊断胎儿腹裂时

258

是选择剖宫产或阴道产，应该取得一致共识，如果腹裂 2~3cm 长，脱出的肠管不多，不会因经产道分娩受压肠壁坏死穿孔危险者，可经阴道分娩。如果小儿外科医生认为腹裂过长，经阴道分娩，可能胎儿腹压影响肠管脱出更多时，最佳选择是剖宫产。在手术室应该同时准备剖宫产与小儿外科Ⅰ期关闭腹裂手术的二套准备。

（2）新生儿术前准备，当胎儿一娩出，小儿外科医生同时在产科手术台用一个尼龙血管修补的薄膜袋立即在前腹壁把脱垂的肠管轻轻置入尼龙袋内小心保护。产科医生同时作断脐处理，立即在婴儿床上处理胎脂，测量身高体重，体检心肺及肛门指检，注意合并肛门直肠闭锁及外生殖器畸形，检查时注意保温，并同时给予吸 O_2。然后检验员进行血常规血型取样检查。护士插胃管，插尿管，进行手术前用药注射，准备就绪，转移到手术台准备麻醉及手术。

2. 麻醉选择　　气管插管麻醉。

3. 手术方法　　手术原则是根据腹腔发育大小，肠管脱出多寡及病儿全身情况而定，如果腹裂太长，肠管脱出太多，腹腔发育较细小，估计一期手术复位困难，勉强复位可致下腔静脉受压，回流障碍，又因膈肌上升胸腔容量变小，而致呼吸障碍者，切忌切除肠管以求缩小体积，可行Ⅱ期修复术。但如果肝脏边缘受腹裂边缘受压坏死者，可行部分肝组织切除。禁止暴力挤压肠管回纳，可引起肠壁充血、水肿，重者肠坏死穿孔腹膜炎，或呼吸衰竭，如果产后转院运送时间长，外露肠管污染，腹膜炎者，宜Ⅱ期手术。如合并小肠闭锁者，主张小肠造瘘术。

（1）Ⅰ期关腹术　　适合下腹裂的患儿，分娩后立即手术者，麻醉后先用生理盐水清洗脱出的肠管，助手保护肠管以防脱落手术台，牵拉肠系膜引起反射性休克，术者用有齿皮钳提起腹裂皮缘，用双手/四只手指进入腹壁两侧，扩张腹腔，使腹肌向两侧推移，充分估计肠管可回纳时，将腹裂皮肤缘切开，分离腹膜与肌肉，用 Dexon 线作环形缝合，第二层皮肤间断全层缝合，如觉腹壁张力仍较大，主张在腹侧壁作多个纵形梭形皮肤切开减压用，注意止血。作者一例产前诊断，在母亲剖宫术同时给患儿进行手术，胎儿娩出至手术Ⅰ期修复术共历时二小时，取得满意效果。

（2）Ⅱ期手术修补　　如果腹腔发育不良，肠管回纳可致腹内高压者，在腹裂缘游离皮肤皮下，在两侧腹作多个 2~3cm 纵形皮肤全切口以利向中线牵拉减压，缝合腹裂两侧皮肤，腹壁肌肉不分离形成人工脐膨出，待 6 个月至一岁后关腹。

（3）Schuster 手术，腹裂太长，一般中上腹裂者，肠管脱出太多，用圆柱状硅塑薄膜袋，硅塑袋用 0/4 Dexon 线缝合固定于缺损边缘的内壁，以不吸收缝线将肌肉和硅塑袋做环形固定。然后在袋上端切一小孔，以利排出空气后，即用 8 号丝线结扎收紧袋口结扎缝线，然后每天向下稍加压缩小袋口结扎第二道线，硅袋表面涂以 SD 银软膏，至腹壁皮缘，保持无菌包扎，一般 7~10 天即可逐步扩张腹腔，肠管回缩时，即作第二期修补，关闭腹腔同Ⅰ式。在此期间 SICU 维持机械控制呼吸，全胃肠外静脉营养，抗生素应用，持续胃肠减压是本术式成功关键。

■并发症及其处理

1. 早产低体重儿，常合并休克、体温不升、硬皮症、呼吸循环障碍、感染、败血症是致死原因。故出生后即给予 SICU，维持呼吸，抗感染，心电监护、TPN、保暖。维持热量、水电解质平衡。

2. 胎儿急性肠穿孔，未成熟儿紧急剖宫手术，Ⅰ期腹裂修补术。但常合并胎儿肠粘连，手术后粘连性肠梗阻、腹裂者，明显增加死亡率。有报道，产前诊断无合并畸形与并发症者，生存率 98%~100%，但有合并者如肠闭锁、羊水过少、肾功能损害者，死亡率高达 50%，如出生后诊断腹裂者，因延误手术时机死亡率增加达 34%。

3. 短肠综合征　因为腹裂小肠外露，腹腔内肠严重吸收，有文献报告合并大部分小肠，回、盲肠闭锁，空-结肠吻合后的短肠综合征，最后处理必须接受肝-小肠移植术。

■手术后护理

1. 手术后 SICU 心电监护，呼吸管理抗感染，术后应维持良好的通气。TPN 是腹裂患者提高生存率的重要原因，尤其是用硅袋患儿，有长达 25~50 天的 TPN 及 SICU 时间，防止坠积性肺炎，预防肝功能衰竭发生。

2. Ⅰ期修复患儿，早期积极胃肠减压，必要时加强物理治疗，帮助小肠功能恢复，早期 7~10 天进食，奶类食物有利于肠道功能恢复及康复。

3. 防治败血症。常见细菌为革兰氏阴性杆菌，来自修补的硅袋创面、呼吸道。注意每 1~2 天取创面分泌物作培养加药物敏感度试验，加强免疫球蛋白注射，提高免疫力是提高腹裂生存率直接相关因素。

二、先天性腹壁肌肉缺损

【临床提要】

本病罕见，表现为前腹壁肌肉部分或全部缺如，绝大多数患儿为男性，同时合并睾丸未降，常伴有膀胱扩张肥大、输尿管扩张和肾积水等。有上述典型表现者称为 Prune-Belly 综合征。

患儿出生后，腹壁外观松弛且皱折多，像"梅脯"状。胸廓隆起呈鸡胸形，而腹部塌陷，可通过菲薄的腹壁隐约看到肠管，也可轻易触到肝、脾和肾等脏器，甚至可摸到巨大而蜷曲的输尿管。由于腹肌发育不良，前腹壁松弛无力，以致站立时内脏下垂，仰卧位时如无外力扶持不能坐起，因腹肌不能收缩以维持或增加腹压，影响排尿、排便、咳嗽排痰等生理功能。

【治疗】

本病不需急症手术处理腹部缺损，随着年龄的增长，腹壁缺损在发育过程中可自行闭合。在此过程中可使用弹性绷带或腹带包扎腹部，支持腹部使内脏不易损伤。但也有文献报道用人造材料或自身组织修补缺损腹肌的方法。

治疗主要是针对泌尿系统的梗阻。可选用膀胱造瘘、输尿管造瘘或肾造瘘等手术解除之。

随着产前 B 超的开展，在患儿出生前即可对本病作出诊断，并对患儿进行围产期的监护。我院对本病患儿采用了早期手术的治疗方法，先行Ⅰ期停留尿管引流，解除膀胱输尿管的反流。数月后再行输尿管隧道式膀胱移植、带蒂去粘膜回肠包膀胱术。术后患儿膀胱残余尿量明显减少，挽救了肾功能，取得了很好的效果。

三、脐膨出

【临床提要】

脐膨出（omphalocele）是先天性腹壁发育不全，部分腹腔脏器通过脐带基部的缺损突向体外，表面覆盖有一层透明囊膜的一种畸形。约有 1/3 ~ 3/4 的患儿伴有其他先天性畸形，如先天性心脏病、胸骨后疝、肛门闭锁、肠旋转不良、美克耳憩室和卵黄管残留以及尿道下裂，还可发生先天愚型以及染色体异常综合征。根据腹壁缺损的直径和突出的肿物大小，分为巨型脐膨出（又称胚胎型）和小型脐膨出（亦称胎儿型）。缺损直径超过 6cm，突出肝脏者，为巨型脐膨出；缺损直径少于 6cm 者，为小型脐膨出。

【治疗】

脐膨出均需手术治疗。根据不同的类型分别进行一期、二期和分期修补法。

■术前处理

注意保暖，防止体温过低；避免脱出的内脏污染；胃肠减压；纠正失水和电解质紊乱；并同时注意检查有无合并肛门闭锁等畸形。

■手术

（一）一期修补术

主要用于小型脐膨出，沿囊膜基底部的皮缘作切口。剪开囊膜，仔细分离囊膜与内脏间的粘连。剪除全部囊膜，结扎、切断脐动脉、脐静脉和脐尿管，注意有无腹内器官畸形，在可能的情况下可同时处理。强力牵拉腹壁扩大腹腔，使脱出的器官能回纳入腹腔。如脱出的肠管积气积液较多，可把肠内容物或挤入胃内，经胃管吸出；或挤入结肠经肛门排出。分层缝合腹壁各层，必要时缝合减张线。

目前随着产前 B 超的广泛开展，可在产前诊断出本病。当母亲经剖腹产下患儿后，马上在气管内麻下给患儿行一期修补术。此时患儿的囊壁未破，肠管未出现水肿，肠腔积气不多，相对容易地把肠管回纳进腹腔。然后分别缝合腹壁的肌肉层、皮下和皮肤。

（二）二期修补术

对巨型脐膨出，强行回纳进腹腔，会在术后因腹压高，影响呼吸和循环系统，导致死亡。术中去除脐带后，注意保留囊膜，在囊膜的基底部切开皮肤，向两侧游离皮瓣直到腋前线，把皮肤拉拢并缝合，如仍有困难，可作减张的切口。此时形成巨大的腹壁疝。待 1 ~ 2 年后，在通过用弹性绷带或腹带压迫，使突出的器官回纳进腹腔，不会引起呼吸困难和缺氧时，可考虑进行再手术，把缺损的腹壁肌肉拉拢并缝合，再缝合皮下和皮肤。

（三）分期修补术

将涤纶膜缝合在两侧的腹直肌边缘上，使涤纶膜形成袋形，每隔数天将袋顶收紧缩小，使内脏逐步回纳进腹腔。再分层修补缺损的腹壁。

也有用手术消毒薄膜纸，分别粘贴两侧的腹直肌的皮肤，而脐膨出处不能粘贴，每隔 1 ~ 2 天把腹壁缺损处的薄膜纸收紧缩小，内脏亦逐步回纳进腹腔，数天后便可修补腹壁的缺损。

对巨型脐膨出就诊较晚，囊膜已穿破，并有感染的患儿；或全身条件差，同时合并其他严重畸形或并发症，不能耐受手术者，可先通过每天从缺损面的羊膜表面涂红汞或碘伏溶液，使新生成的皮肤逐渐覆盖创面，形成巨大的脐疝。按一期修补术的方法，通过加压腹壁，把内脏回纳，扩大腹腔，再进行手术。

（四）术后处理

因腹内压过高，引起呼吸、循环衰竭是脐膨出，特别是巨型脐膨出术后重要并发症，也是术后死亡的重要原因。为预防呼吸循环衰竭的发生，有学者提出测定膀胱或胃内压力，以了解腹腔的压力。插导尿管入膀胱，注入 10～15mL 生理盐水，把导尿管连测压管测压，压力超过 1.96kPa（20cmH$_2$O），说明修补后腹内压过高，术后易发生呼吸循环衰竭。应在术中、术后采取相应的措施。如术后出现呼吸困难，可用呼吸机辅助呼吸。术后继续保温，早期尽量减少腹压的升高，如禁食、胃肠减压、胃肠外营养等。使用抗生素预防感染。

四、脐疝

【临床提要】

脐疝（umbilical hernia）是由于脐环未闭合，使腹腔内脏经脐环向脐部突出于体表皮下。在婴幼儿期并不少见，脐疝的直径一般为 1～2cm，疝囊为腹膜，其外为皮肤。脐疝一般不发生嵌顿。本病诊断并不困难。

【治疗】

本病一般不需要特殊治疗，随着年龄的增长而自愈。偶尔年龄在超过一岁以上，脐疝环仍较大，或常出现嵌顿。可进行手术治疗，修补脐部缺损的腹壁。可选择在脐疝下方作弧切口，分离皮下组织，游离疝囊。剪开疝囊后，还纳疝内容物，结扎疝囊颈部。缝合脐部两侧的筋膜、皮肤。手术效果较好，极少复发。

（刘唐彬）

第三十八节　腹股沟疝与鞘膜积液

一、腹股沟疝

【临床提要】

小儿腹股沟疝的病因是腹膜鞘突未闭，腹壁薄弱不明显。分为腹股沟斜疝（oblique inguinal hernia）和腹股沟直疝（direct inguinal hernia）。直疝极罕见，临床上见到的几乎均为腹股沟斜疝。多于 1～2 岁发病，大多数为男孩，女性约占 10%，双侧疝占 10%～

15%，右侧多见。

斜疝最初的表现为腹股沟可回纳性肿物，随病程发展，肿物可突入阴囊。站立、哭闹、用力时肿物出现或增大。平卧、安静睡眠后肿物变小或消失。用手轻轻向上按压可使肿物还纳腹腔。疝内容不易还纳或还纳不全，要考虑滑动性疝或疝内容与疝囊有粘连。如疝已还纳腹腔，患侧腹股沟部较饱满，精索较健侧粗，阴囊较对侧大。小儿斜疝**容易嵌顿**，表现为疝块突然增大、变硬、不能还纳，有触痛，甚至有肠梗阻的表现。少数患儿就诊较晚，可发展为绞窄性疝。

腹股沟疝诊断多无困难，注意与鞘膜积液（特别是交通性鞘膜积液）、子宫圆韧带**囊肿**、睾丸下降不全、睾丸肿瘤、腹股沟淋巴结炎等鉴别。

【治疗】

斜疝很少自愈，且易发生嵌顿，累及肠管、卵巢、输卵管，甚至可造成睾丸萎缩，应及早治疗。但新生儿耐受麻醉、手术的能力差，局部解剖关系不清，疝囊菲薄，易发生精索损伤及撕裂疝囊致术后复发。故多数人主张，如无反复嵌顿，手术年龄以 6～12 个月为宜。

■非手术治疗

适用于年龄小或有严重疾病如血友病、发绀型先天性心脏病等不宜手术者，可采用**疝带疗法**（图 6-38-1、图 6-38-2）。患儿平卧后，先将疝内容物还纳入腹腔。利用棉纱带扣环压迫内环，防止疝内容物突出。

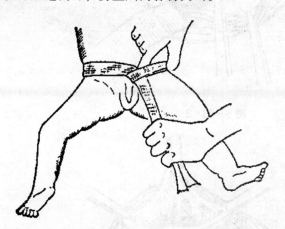
图 6-38-1

图 6-38-2

■手术治疗

术前准备：选择小儿健康状况良好，无呼吸道感染、腹泻、便秘、排尿困难以及局部皮肤感染。手术前日清洁皮肤。嵌顿疝有肠梗阻或疑有绞窄性时，应留置胃管，纠正水、电解质紊乱。

（一）疝囊高位结扎术

小儿腹股沟疝的病因是腹膜鞘状突未闭，腹壁薄弱不明显，行疝囊高位结扎，多可治愈，并不需特殊修补。常用基础麻加局部浸润麻醉。选择患侧耻骨上方下腹部横纹处，做 2～4cm 横切口。切开浅筋膜后找到外环。年幼儿腹股沟管短，不必切开外环，

263

直接经外环行疝囊高位结扎。年长儿腹股沟管长，需切开腹外斜肌腱膜及外环。注意避免髂腹下神经及髂腹股沟神经。分开提睾肌，于精索内前方找到白色质韧的疝囊，如疝囊小可全部剥离。如疝囊进入阴囊，则横断疝囊，远端任其开放。女婴子宫圆韧带与疝囊后壁紧密粘着，无法与疝囊分离，横断疝囊时应与疝囊一并切断，近端与疝囊壁一起处理（图6-38-3）。近端疝囊用钝性与锐性分离结合，剥离到内环见腹膜前脂肪。于疝囊颈部行荷包缝合或"8"字缝扎（图6-38-4），再于远侧单纯结扎。去除多余的疝囊。如内环口较大，可间断缝合腹横筋膜数针，以缩小内环减少复发机会。

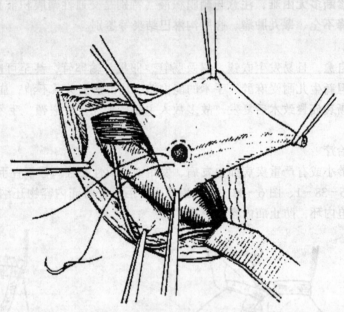

图6-38-3

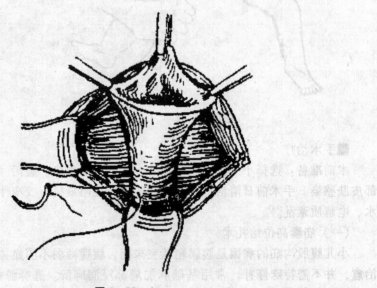

图6-38-4

近年国外流行保留输精管、睾丸动脉与静脉，其余组织均结扎的手术方式。手术时暴露腹股沟管后，提吊起精索，小心把精索内的输精管、睾丸动脉与静脉分离出来并注意保护好。把这三管以外的其他组织包括疝囊向内环口分离，在内环口处切断结扎。本手术的优点在分离出三管后，把其余组织全部切断结扎不会遗留疝囊而致术后复发。

（二）滑动性疝手术

腹腔内脏器通过腹股沟管内口突出腹壁构成疝囊壁的一部分，称为滑动性疝（sliding hernia）。小儿多为盲肠滑动性疝和输卵管滑动性疝。滑动性疝切开疝囊时注意勿损伤下滑的脏器。先在下滑脏器远端离断疝囊，沿下滑脏器两侧剪开疝囊达疝囊颈，充分游离下滑脏器使其还纳入腹腔，于疝囊颈处将剪开的疝囊缝合重建疝囊颈（图6-38-5、图6-38-6），再行高位结扎。

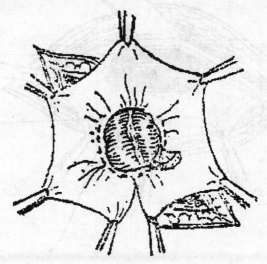

图6-38-5

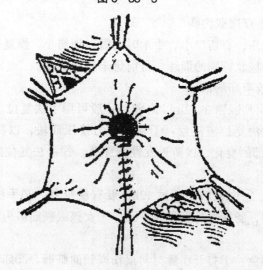

图6-38-6

（三）腹膜内途径

适用于复发疝或腹膜外途径寻找疝囊困难时适用。打开腹外斜肌后，分开腹内斜肌及腹横肌纤维，横行切开腹膜，疝内口在腹膜切口下缘内侧，或用手指寻找到疝内口。将腹膜切口延至疝囊颈，将精索及输精管分开，使疝囊与腹腔完全离断，疝囊留在腹腔外，腹膜切口用丝线连续缝合，此法称为经腹腔疝囊离断术。亦可经腹膜切口，直视下提起疝囊颈，四周作荷包缝合或连续缝合（图6-38-7），称为经腹腔疝囊闭合术。也可用蚊式钳提起内环口下唇腹膜，将其与腹膜切口上缘以不吸收缝线作连续缝合，使疝囊与腹腔完全分开，即可在高位结扎疝囊的同时关闭腹膜切口。

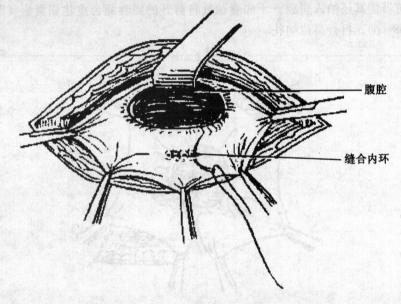

腹腔

缝合内环

图6-38-7

（四）腹腔腔镜治疗腹股沟疝

腹腔镜治疗小儿疝，有切口小、手术时间短、创伤小、恢复快、术后几近无疤痕的优点。但需专门的器械及特别的训练。目前仍未普及应用。

（五）嵌顿疝和绞窄疝的治疗

1．手法复位　　凡嵌顿在12h以内者，一般可用手法复位。复位前先注射足量的解痉剂及镇静剂。手法复位应注意：①切忌暴力挤压疝块，以防损伤肠管。②复位后24h内应密切观察腹部的变化，以防迟发性肠穿孔。③手法复位困难者，应积极准备手术。

2．手术治疗　　①嵌顿时间超过12h，疑有绞窄者。②手法复位失败者。③新生儿不易明确发病时间，肠管薄易发生肠穿孔。④女孩嵌顿疝多为输卵管和卵巢，应早期手术。

嵌顿疝手术应注意：①打开疝囊时勿损伤嵌顿的脏器。②疝囊内有血性积液时，提示有绞窄，勿急于还纳疝内容，认清嵌顿的关键狭窄环部位，在疝囊外向外上方小心剪切狭窄疝环，以免损伤腹壁下动脉。③疝环松解后，注意观察肠管的颜色、光泽、张力、蠕动及系膜血管搏动。如疑肠管坏死，以温生理盐水纱敷盖，用 0.25% 普鲁卡因封闭系膜。观察 15~20min，如肠管变为红色、肠系膜血管搏动恢复，方可还纳入腹腔。肠管已坏死或经处理后不能恢复者，应行肠切除吻合或肠造瘘。肠管回纳腹腔后，行疝囊高位结扎。切口污染严重者，应放置胶片引流。

■主要并发症

1. 阴囊水肿或血肿　　多因剥离面广、操作对组织损伤过重、止血不充分所致。术中应仔细检查疝囊断端及精索的出血。如血肿进行性增大，应行血肿清除、止血、引流。

2. 输精管损伤和萎缩　　小儿输精管细小，与疝囊粘连较紧，且因疝内容的扩张作用，使其与精索血管分离，术中剥离疝囊后壁时要用手扪清有无输精管。嵌顿、绞窄的肠管压迫或术中损伤精索血管，可造成睾丸萎缩。

3. 膀胱肠管损伤　　小儿膀胱位置较高，切口偏内侧，寻找疝囊时偏离精索，可误将膀胱切开。疝囊为白色、无血管的腹膜，切开疝囊如发现较多的血管或较厚组织时，应警惕是否膀胱。肠管损伤多发生在嵌顿疝或滑动疝切开疝囊时，误伤肠管应立即缝合。

4. 鞘膜积液　　多因疝囊远端囊口狭窄或被缝闭造成，术中应将远端疝囊敞开不成袋状。如已发生积液可试行穿刺抽液。

5. 疝复发　　主要原因是没有在高位结扎疝囊。荷包缝合时内跨针过大、疝囊撕裂使疝囊留有空隙。将其他组织误认为疝囊或疝囊并未横断，将疝囊切口提起缝合。疝环宽大未修补腹横筋膜，均是疝复发的原因。

6. 手术错边　　小儿不懂合作，麻醉后无法主诉。强调术者术前检查病儿并与家长仔细核对。

二、鞘膜积液

【临床提要】

通常在出生前胎儿腹股沟管内环处和睾丸之间的鞘状突已闭合。但有部分患儿出生后，鞘膜突仍未闭合或闭合不全。鞘膜囊与腹腔相通，使鞘膜腔内积有液体，称为先天性交通性鞘膜积液（communicating hydrocele testis 或 congenital hydrocele of tunica vaginalis）。积液在睾丸鞘膜囊中，属睾丸鞘膜积液（hydroccle of testis）。精索部鞘状突在内环处和睾丸鞘膜囊中已闭合，称精索鞘膜积液（funicular hydrocele）。

【治疗】

年龄小于 1 岁者，若积液不多，可先观察一段时间，有部分患儿随年龄增长可自行闭合。若积液量多，或年龄已超过 1 岁，应行鞘状突高位结扎及鞘膜开窗术。其方法与疝囊高位结扎相同。

小儿鞘膜积液几乎全部都为交通性鞘膜积液，有些医生不认识小儿先天性交通性鞘膜积液的病因。对小儿交通性鞘膜积液，按成人的鞘膜积液方法，仅进行鞘膜翻转术，而不结扎鞘状突，故并不能真正根治本病。

（洪楚原）

第七章 泌尿生殖系疾病

第一节 先天性肾盂输尿管连接部梗阻

【临床提要】

先天性肾盂输尿管连接部梗阻（congenital ureteropelvic junction obstruction）是先天性肾积水最常见的原因。男女之比为 5:1。左侧多于右侧，双侧病例约占 20%～25%。鉴于产前 B 超的普及，大部分病例在产前或婴幼儿期已被发现。

■病因

有下列几种原因，以第 1 种原因最多见：

1. 肾盂输尿管连接部狭窄　　镜下见局部肌肉结构紊乱，肥厚、纤维化、炎性细胞浸润。狭窄段长度在 1cm 左右。

2. 输尿管连接部息肉　　该息肉常有蒂，可上下飘移，息肉引起输尿管不全梗阻。

3. 肾盂输尿管连接部瓣膜　　管腔内有先天性粘膜皱襞隆起，造成管内狭窄。

4. 高位输尿管开口　　输尿管上段常有明显扭曲，粘连，该段输尿管的肌层结构多不正常。

5. 异位或迷走肾血管压迫输尿管　　供应肾下极的异位迷走血管或副血管可将其前面的输尿管悬吊起来，而呈弯曲状态，受压输尿管本身的发育亦有异常，造成不全梗阻。

1 岁以下婴儿肾盂容量约为 1～1.5mL，5 岁以内为 1mL/岁，5 岁以上为 5～7mL。肾积水时容量可达到数百毫升甚至千余毫升。肾盂积水时集合系统亦渐扩张，肾髓质血管伸长以致断裂，肾实质缺血萎缩、硬化变薄，可并发血尿、结石、感染等，最后导致肾功能衰竭。

■临床表现

本病临床表现与先天性肾盂输尿管连接部梗阻性肾积水出现的早晚与梗阻程度成正比，主要症状有：

1. 腰腹部包块　　约 75% 患儿以偶然发现包块就诊的。如痛性包块在大量排尿后变小，这是肾积水诊断的有力依据。

2．腰腹部间歇性疼痛，甚至有恶心、呕吐、腹胀等。约 50% 患儿有此症状。

3．血尿的发生率约为 30%。

4．尿路感染发生率低于 10%，但一旦发生，其全身中毒症状极重，局部异常疼痛。

5．高血压见于肾有较严重损害者，是缺血肾产生肾素之故。

6．肾破裂　　患儿受到轻微外力可致积水肾破裂，产生尿性腹膜炎。

7．尿毒症见于总肾功能不全时，患儿生长发育有障碍。

■诊断

1．围产期超声检查发现的胎儿肾积水，在新生儿期应及时复查，以便决定是否作进一步检查。婴幼期的患儿发现腹部包块，超声波检查可发现肾积水。

2．静脉肾盂造影时，患肾可不显影或淡影或明确积水。CT 扫描更能清楚见到肾积水的形态。这些检查对了解肾功能有帮助。

3．如诊断仍不肯定可做 MRI 检查，必要时作肾穿刺造影或逆行造影。可与其他原因引起的肾积水相鉴别。

【治疗】

■治疗原则

对轻微的肾积水，可作 B 超动态观察，中度或 5 倍于肾盂容量以上的肾积水应限期手术，合并有结石、感染者更应及时手术治疗。无功能的巨大的积水肾，原则上应切除，但应考虑到小儿肾脏功能再生旺盛，尽管术前积水严重，肾实质菲薄，一旦解除梗阻，亦有可能恢复。而小儿在其长期生活中，对侧肾脏有罹患可能，除非病肾合并严重继发感染等，否则尽可能保留。

■手术方式

肾盂输尿管连接部梗阻，行肾盂输尿管整形术的方法很多，包括狭窄段纵切横缝成形术、“Y‐V”成形术、肾盂输尿管侧切或肾盂成形、离断性肾盂成形术（Anderson‐Hynes）等。以后者效果最好，应用最广，适用于任何类型的梗阻，目前多采用。手术要求吻合口宽广，低位，呈漏斗形，缝合密闭而无张力。手术是切除肾盂输尿管连接部不正常的部分，可对扩张的肾盂进行裁剪，然后作吻合复通。手术后临床症状消失，肾功能会好转，但肾的形态不可能恢复正常，伴终生肾积水。手术成功率已达 95% 以上。下面介绍离断性肾盂成形术及留置支架管和肾造瘘管问题。

（一）肾盂成形、离断性肾盂成形术

麻醉下，平卧位，垫高患侧的腰部。采用第 12 肋缘下切口或上腹横切口。把腹膜和腹内器官推向内侧，暴露肾下极，如有大量的肾积水，可先放出部分积水，循肾下极找到肾盂和上端输尿管，游离并提吊起输尿管。于梗阻下方切断输尿管，插入细管至膀胱，证实远端无梗阻。切除裁剪过多的肾盂，输尿管剪成内高外低，再往外侧缘纵行剪开少许。用 6‐0 Dexon 线连续缝合吻合输尿管尖端与肾盂下缘，缝合完一侧壁后，放入支架管，再缝合另一侧壁。肾盂输尿管吻合后，继续缝合其余的肾盂。于肾薄弱处放置一肾造瘘管。肾周放烟卷引流。术后须保持各引流管的通畅，抗生素防治感染。

（二）留置支架管和肾造瘘管问题

手术是否留置支架管和造瘘管，意见有分歧。有作者认为留置可减少吻合口承受输尿管内压，防止吻合口漏尿；从而防止疤痕形成和由此引起疤痕性狭窄；支架管可保持输尿管直线走行，防止扭曲。而有作者却认为留置异物可诱致感染；进而引起吻合口疤痕狭窄，支架管和肾造瘘管通过肾，造成肾实质的损伤；增加住院日。有报道用改良的双"J"管，既可缩短术后住院日、减少费用，又可不需住院在麻醉下拔管，还减少外引流在生活上的不便之处。吻合前根据输尿管长度确定双 J 管置入长度，将双 J 管的膀胱端放置妥当，双 J 管进入膀胱时有轻微突破感，并注水证实。将肾盂端多余的双 J 管套入与之管径相适应的普遍硅胶管内，妥善固定后从肾实质处穿出，末端封闭，固定于皮外。术后 4 周拔除双 J 管。若必要可将封闭端开放，改为外引流。

（三）腹腔镜手术

用腹腔镜技术行离断的肾盂成形术（Anderson - Hynes），保留了该手术原有的基本技术，腹腔镜解剖显露要比常规手术暴露得好。患儿停留胃管，气管内全麻，健侧卧位，患肾侧在上方，患儿在术者和荧光屏中间。术者、助手和器械护士均面对着电视荧光屏。取脐上切口，置入 Veres 气腹针，注入 CO_2，压力为 1.73kPa（13mmHg），放入 10mm trocar，然后置入腹腔镜。在患者锁骨中线处置入 2 个 5mm trocar，再置操作器械，用以分离和缝合。切开与降结肠或升结肠相连的侧腹膜，暴露肾脏，切开肾周筋膜数厘米，钝性分离，暴露肾盂。从肾旁腹壁置入牵引线，提吊起近端输尿管和肾盂，切断、分离输尿管狭窄段下方，修剪上方的肾盂，牵引线将两端的结构保持一定距离，于输尿管断端沿外侧壁纵行切开，用 5 - 0 PDS 线将劈开处的下角缝至肾盂瓣的下角，连续缝合吻合口的后壁。缝合结束时，在肾盂上端接近上组肾盏处作切口，将肾造瘘管一端经吻合口插入输尿管，PDS 线作荷包固定，另一端由侧腹壁作切口引出。缝合吻合口前壁，不缝腹膜。移去牵引线，最后缝合 3 个切口。

（四）逆行气囊扩张术

国外也有文献报道用逆行气囊扩张治疗婴幼儿肾盂输尿管连接部梗阻。先插入膀胱镜，在图像增强监视下置入一外涂 Teflonr 的直导丝至患侧肾盂。退出膀胱镜，用输尿管扩张器经导丝引入扩张的膀胱输尿管交界处，再换特制的导管行逆行造影，了解上尿路形态。再次更换导丝，插至肾盂，把导管换成气囊扩张器，在监视下把气囊骑跨于肾盂输尿管交界处，扩张至漏斗样狭窄消失或持续扩张 3min。最后在肾盂输尿管交界处置比尾内支架管 6 周。经治疗后症状无改善者，不主张反复扩张，而行手术。

第二节　重肾、重输尿管

【临床提要】

重肾、重输尿管（duplication of renal pelvis and ureter）是胚胎早期出现双输尿管芽或输尿管芽出现异常分支，穿入后肾胚基后，形成 2 套集合系统：输尿管、肾盂、肾盏、肾曲小管等。双输尿管可以是全长的，即各有一个输尿管口，也可以是不完全性双输尿管，即丫形输尿管，其汇合点可在肾盂至膀胱的任何一处。

重肾、重输尿管是较常见的肾输尿管畸形，在泌尿系造影上约有 2% ~ 3% 的发生率。一般规律是引流上肾的输尿管开口在正常输尿管的下方，相当一部分开口在膀胱腔外，输尿管及上肾多发育不良，扩张积水。而引流下肾的输尿管开口在正常位置，功能一般是正常的。上肾多较小，下肾多有 3 个大盏。因男女胚胎发育的不同，男性上肾输尿管口异位不会开口于尿道外括约肌远侧，而女性上肾输尿管口可异位在随意括约肌的远侧，所以完全性重肾、重输尿管女性的主要症状是有不间断的漏尿，日夜如此，但又有正常排尿。而男性主要是反复严重泌尿系感染。Y 形输尿管可能没有症状，只是偶然作肾造影时被发现。诊断的主要方法是影像学检查，包括 B 超、IVP、CT 及 MRI 等。

【治疗】

治疗原则：无症状的无积水的不全重肾、重输尿管，无需处理。完全性重肾、重输尿管多有明显临床症状，如出现尿路感染、腹部包块、排尿困难、尿淋漓等症状需作手术治疗。手术方法应根据具体情况决定。重肾、重输尿管常合并输尿管囊肿，对小的囊肿不必切除。囊肿较大，压迫尿道口，经膀胱行囊肿大部分切除。只有滴尿的症状，而上肾输尿管功能形态均正常者，可作输尿管-膀胱移植术。凡有输尿管、肾积水者以及感染、功能不全者，应将该部分肾组织作切除，并将其所属的输尿管尽量低位切断，以免上组肾盂炎症波及下组肾盂使全部肾脏遭受损害。手术时，一定要保护好下肾，避免术中误伤。重复输尿管粗大、苍白、迂曲、蠕动无力，与下肾所属输尿管互绕而行。在肾下极水平找到确认为上肾输尿管后，将其切断，上断端从肾蒂与下肾盂间穿向肾后内上方，倒提输尿管并向上分离至上肾盂，把上肾盂切开，用弯钳或小指插入肾盂无误后，切开重肾部的肾包膜，并将剥离至与下肾相连的浅沟处。切开重肾肾实质及肾盂，靠上肾的肾实质处结扎切断供应上肾的血管，然后剔除上肾盂、切除重肾组织，妥善 U 形缝扎止血，然后将肾包膜紧密缝合，以避免渗血。术中宜保护好肾蒂及下肾。尽量低位切除重复输尿管远侧端，若下端与正常输尿管有"共壁"时，则就在此平面切断结扎。重复输尿管合并囊肿相当常见，大的波及下肾输尿管口的囊肿者去顶后，若下肾所属输尿管无反流，则无需进一步处理，但宜动态观察一段时间。若下肾的输尿管有反流积水，肾功能受损，则宜作抗反流的输尿管膀胱吻合术。

第三节　肾发育不良

【临床表现】

肾发育不全（renal hypoplasia）是指肾脏体积小于正常肾的 50% 以上，但肾单位及肾小管的分化及发育仍是正常的。肾发育不全时，肾小叶及肾小盏的数目减少，肾小盏数目常少于 5 个（正常肾脏小盏数目在 10 个以上）。肾单位的数目也明显减少。肾发育不全可单独存在亦可合并其他脏器异常。可分为单纯肾发育不全、节段性肾发育不全和少而大的肾单位肾发育不全。

单纯肾发育不全（simple renal hypoplasia）属非遗传畸形，个别病例有家族倾向，但90%以上病例是偶发性的，无性别差异。特点是小肾含有正常肾实质单位，但数目明显减少。病理上多数是双侧肾发育不全，或一侧肾发育不全并对侧肾不发育，或儿童及成人常见的单侧肾发育不全并对侧肾代偿性肥大。前2类病例，因总肾单位过少，因而有总肾功能不全、脱水、生长发育迟滞、贫血等表现，也是小儿慢性肾功能不全常见原因之一。该类患儿可能是早产婴，不少婴儿尚有中枢神经系统等发育异常。后一类患儿，肾功能一般是正常的，某侧发育不良的肾因肾素异常分泌可并发高血压，其所属输尿管可异位开口至阴道而出现漏尿现象。

节段性肾发育不全（segmental hypoplasia）罕见，无家族性，多为女性。其特点是小肾合并节段性及小叶区域内严重皮、髓质发育不全。经肾被膜外可见到肾实质变薄的部位覆盖着扩大的肾盏，该处表面有凹入的浅沟界。病变区可以是单个或多个部位，可在一侧肾或两侧肾同时受累。多数病例以严重高血压为主要症状，表现为头痛、高血压脑病，其中50%有高血压致的视网膜病变。肾功能可能有变化，出现尿蛋白及红细胞，或肾功能不全。若合并感染，肾功能可迅速严重受损。

少而大的肾单位肾发育不全（oligomeganephronia），多为双侧先天性病变。无家族史，男性居多，约1/3婴儿出生体重小于2 500g，而生母年龄大于35周岁。双肾较小，平均重量为20~25g，外表苍白，触之质地较坚实。镜下肾单位数量明显减少，约只有正常肾脏的1/5，但肾小球直径较正常大2倍，体积增大7~12倍，近端肾小管长度增加4倍。

【治疗】

对双侧肾发育不全尚无特殊治疗。

对一侧肾代偿肥大，对侧肾发育不良，证实肾已无功能，尤其并发高血压或有输尿管开口异位者，应及早切除该肾。

对肾单位肾发育不全主要是对症治疗，包括维持水、电解质平衡，补充蛋白质、矫正贫血。病程进展缓慢，是肾移植的指征之一。

第四节　巨输尿管症

【临床提要】

巨输尿管症（megaloureter）是指输尿管连接膀胱的出口正常，亦无反流，但整条或节段性输尿管扩张，伴有或无肾盂积水。是一种较为少见的输尿管疾病，以输尿管末端功能梗阻、输尿管显著扩张为特征。本病临床表现差异很大。临床上以尿路感染、血尿、腰痛和腹部包块为主要表现。根据临床较常见到的巨输尿管症的病理特点将其分成3类：

1. 原发性巨输尿管症　原发性巨输尿管症（primary megaloureter）的特点是没有机械性的梗阻，无反流，输尿管扩张，但无明显伸长迂曲。男性比女性多3~4倍。左

272

侧较多见，双侧病例约占 15% ~ 20%，可能是输尿管发育存在先天性缺陷。

主要症状是泌尿系较严重反复感染，短期内反复尿频、尿急、尿痛，脓尿、血尿，全身发热等。B 超、CT、MR 均能显示形态上扩张的输尿管，静脉肾盂造影显示肾盂可能正常或有些积水，输尿管全程或偏下端较明显扩张。膀胱镜下输尿管开口正常，易于插入导管。排尿性膀胱尿道造影无反流，膀胱出口无梗阻。

2．反流性巨输尿管症（reflexing megaloureter）　　由于存在严重的膀胱输尿管反流，病情进展快，输尿管严重扩张、迂曲，肾积水。

3．机械梗阻性巨输尿管（mechanically obstructed megaloureter）　　输尿管口有先天狭窄或由于感染致管口继发狭窄，引起输尿管、肾积水，与原发性巨输尿管不易绝然区别。由于管口有狭窄，故逆行插管常会失败。

巨输尿管症的诊断一般不难，主要根据临床表现、尿路 X 线造影、超声和膀胱镜检查。对反复发作尿路感染、腹部包块、腰部酸胀痛、贫血、高血压及进行性肾功能不全者应考虑本病。

【治疗】

治疗原则是保证输尿管引流通畅，保护肾脏功能。由于小儿先天性巨输尿管病情发展较快，症状严重，常因反复的尿路感染使肾损害较快，特别是双侧者容易导致肾功能衰竭，所以应尽早手术为宜。根据病理类型的不同，采取不同的手术方法。

原发性巨输尿管症无明显尿路感染的婴幼儿可观察变化。对有明显临床症状，尤其药物不易控制者，可作输尿管下端裁剪防反流的输尿管膀胱吻合术。有学者认为输尿管直径不超过2cm的患儿，因小儿代偿功能好，梗阻解除后会有所恢复，故不需裁剪输尿管。

反流性巨输尿管症原则上宜尽早做抗反流的输尿管膀胱吻合术。

机械梗阻性巨输尿管治疗原则是解除引起梗阻的原因；对于输尿管直径粗大者，应行输尿管裁剪加防反流的输尿管膀胱吻合术。

而对单侧巨输尿管肾功能丧失而对侧肾功能尚好者，应行患侧肾输尿管切除；对双侧巨输尿管症且出现氮质血症者，应先行肾引流术，待肾功能改善后再根据上述原则作相应的处理。

第五节　输尿管口异位

【临床提要】

输尿管口异位（ectopic opening of the ureter）是较为多见的泌尿系畸形，其开口在膀胱三角区以外的膀胱内或膀胱外，约80%是重肾、重输尿管，20%以下为肾发育不良、蹄形肾、异位肾所属输尿管口异位。

■病因病理

胚胎早期从中肾管演化而来的正常输尿管芽靠尾端，与后肾的尾端相连，若出现异常的副输尿管芽，则位于头端并与后肾的头端相连。当中肾管下端向膀胱伸张形成膀胱三角区时，下肾部的正常输尿管首先与膀胱相连，由于膀胱的生长发育呈向上外牵引作用使输尿管口向外上移并远离中肾管开口。而上肾部的副输尿管芽在后期才与膀胱相连，位置反而靠近胚胎尾端，即偏后、偏下，故副输尿管口在正常输尿管口的下方，甚至在膀胱之外。

■临床表现

男性异位输尿管口可位于后尿道、射精管、精囊、输精管及附睾等，仍受到外括约肌的制约，故多无滴尿现象，但容易合并感染，表现为发热、脓尿、尿路感染症状常较重，且反复频繁发作。异位于输精管或附睾者可致反复的副睾炎。

女孩的异位输尿管口位于尿道外括约肌的远端，如前尿道、前庭、子宫、阴道等，故有正常定期排尿，又有日夜持续滴尿的特点。合并感染的几率明显少于男性。

■诊断

有上述症状的男孩、女孩应作相应的影像学检查。B超能发现扩张积水的上肾及输尿管，静脉尿路造影显示下肾只有 3 个肾大盏，肾轴向外变位，输尿管远离中线等特征。CT 及 MRI 均能显示扩张积水的上肾和输尿管。在膀胱外侧面常有扩张成囊状的输尿管向下行走。大量饮水后细心观察女孩的会阴部，若异位开口于前庭者，多可见到间歇喷尿时张开的细小开口，经此孔插入小导管造影对诊断极有帮助。

偶然需作膀胱镜检查，患侧可有正常输尿管口，造影见到下肾，因此可间接作出诊断。某侧发育不良肾、输尿管口多异位至阴道，各种影像学检查有时不易发现病变，此时作阴道造影大多可显示细小的输尿管。

【治疗】

输尿管异位开口手术治疗的方式依据不同的异位开口的类型和肾、输尿管病变的程度而定。重肾、重输尿管上肾部的异位开口输尿管，若有积水扩张，原则上应将上肾及其输尿管全部切除。但若上肾功能良好，肾输尿管均无扩张积水者，则可作输尿管膀胱吻合术。单一输尿管口异位，肾功能良好无积水者应保留该肾，作输尿管膀胱吻合术即可。切除一侧重复上肾输尿管后仍滴尿时，应考虑有双侧重肾、重输尿管上肾部输尿管口异位。双侧重复肾伴双侧输尿管开口异位者，可分期行相应的手术治疗。

单一输尿管口异位者，行输尿管膀胱吻合术采用膀胱粘膜下隧道法（Politano - lead-fetter 法），此法有抗反流，防止上行感染的作用。术前在异位开口处插入输尿管支架管作为术中指示用，手术采用下腹正中切口，若无法插入指示管，可根据造影情况决定异位开口的侧别。经腹膜外、膀胱旁显露输尿管，找到扩张迂曲的输尿管，尽量向远端分离和切断异位开口的输尿管。切开膀胱并显露后侧壁，向另一侧的膀胱壁作粘膜下隧道，长度约为输尿管直径的 4~5 倍，将输尿管断端自膀胱后侧方穿入肌层，经粘膜下隧道至对侧预定点穿出粘膜，作膀胱输尿管吻合，用可吸收的合成线间断缝合 5~6 针，要缝合膀胱壁的肌层。术后置输尿管支架管，保证引流通畅，使用抗生素，原有的肾和输尿管感染能控制，肾功能也可得到改善或恢复。

双侧单一输尿管口异位多见于女性，尿液不经膀胱直接漏出体外，故无正常排尿，因膀胱发育有缺陷，没有三角区，括约机制不全，故多作尿流改道术。

第六节　输尿管囊肿

【临床提要】

输尿管囊肿（ureterocele）亦称输尿管膨出，是由于输尿管口及下端发育不良，以致输尿管下端全层形成一囊肿突入膀胱内，囊肿的内层为输尿管粘膜，外层为膀胱粘膜，两者之间为很薄的输尿管肌层。大的囊肿几乎充满膀胱腔呈一透明薄壁水囊，多是重复输尿管的病变，膨出的输尿管口可在膀胱内，或异位开口于膀胱颈或更远些，在女性其囊壁可脱出尿道之外。

输尿管囊肿按输尿管口位置分为单纯型及异位型2大类。单纯型亦称原位型输尿管膨出，膨出较小，多在成年男性见到，一般不阻塞膀胱颈，症状不明显。异位型约占80%，主要见于小儿，是指输尿管口偏离膀胱三角正常位置，或有肾及输尿管重复畸型时，重复上极半肾之输尿管开口位于膀胱同侧下极半肾正常输尿管开口之下方，在此不正常位置的输尿管开口所发生的囊性脱垂即为异位型。囊肿通常在膀胱内，而不在尿道或其他部位。但囊肿形成后输尿管口可随囊肿的延伸与脱垂发生移位。男性可达后尿道，女性可自尿道口脱出。

异位型输尿管膨出位于膀胱基底部，容易引起后尿道阻塞，造成排尿困难及尿路感染。患儿常有尿频、尿急、排尿费力甚至哭闹，尿液混浊，全身发热等尿路感染症状。女性的大囊肿可经尿道口脱出，甚至有绞窄致糜烂出血。少数人有尿失禁表现。

婴幼儿尤其女性有反复尿路感染，排尿困难者应考虑存在本病，尿道口有肿物脱出是较直接的诊断依据。静脉肾盂造影时若肾功能尚好，则可见到膀胱内有显影浓密的椭圆形囊肿。当上肾无功能时，输尿管囊肿在膀胱内则呈淡的负影。排尿性膀胱尿道造影时囊肿多呈淡的负影，一般无反流。膀胱镜检查易于辨认半透明状、上覆正常膀胱粘膜的光滑囊肿。B超、CT、MRI对形态学上的诊断极有帮助。极少需手术探查才能明确诊断。

【治疗】

治疗原则是根除泌尿系感染，解除梗阻，防止反流以保留或改善肾功能。治疗方式分单纯囊肿去顶或囊肿切除术和重复半肾及输尿管的处理。较多的学者认为单纯作囊肿处理已不能达到根除感染、改善肾功能、防止反流的目的。但近年来，由于产前B超的广泛应用及诊断技术的提高，越来越多的患儿在产前已做出明确诊断。新生儿期若能早期解除梗阻，预防继发性感染，减轻肾与输尿管的积水，能最大限度地保留患肾的功能。因而对新生儿患儿可先行早期经内镜或手术切开囊肿（即开窗术）。对小的单纯性囊肿，无明显临床症状，上尿路功能形态不受影响者，可不作手术治疗，但宜定期复查。

（一）经耻骨上膀胱切口行囊肿去顶或囊肿切除术

可在膀胱镜下进行，也可直视下进行。手术切开膀胱后需尽早在正常保留之输尿管口插入道管作标志，否则因拉钩反复牵拉致粘膜水肿而难于辨认。行囊肿切开或切除之困难在于如何确定足够的切开或切除范围，止血需反复进行。手术在有严重感染时不能根除感染，因为输尿管之迂曲、扩张、潴留未获解决，重复肾的感染仍然存在。囊肿切开或切除破坏了原有的结构，有发生反流的可能。

（二）重复半肾及输尿管的处理

对异位输尿管囊肿，因其并发梗阻、感染的发生率甚高，存在解剖上的病因，因而需根据具体情况进行处理。最常见的是切除功能不良的上肾及其输尿管，去除囊肿顶盖。如囊肿不大可暂不处理，完成半肾及输尿管大部分切除后，囊肿有自行萎缩的可能。如重复肾无感染，功能良好但有反流时，为保留半肾可作输尿管移植。对有感染的重复肾及输尿管行切除术。手术时应避免将输尿管切除过低，保留髂血管水平以下的输尿管即可，以防损伤与正常输尿管的"共壁"。因重复输尿管会发生残端反流及残余感染，因此，用石炭酸处理残留输尿管的粘膜，破坏其上皮使管腔闭合，防止合并症发生。较大的儿童必要时可另作小麦氏切口，自腹膜外将远段输尿管切除。

第七节　膀胱输尿管反流

【临床提要】

正常的输尿管膀胱连接部只允许尿液从输尿管间歇推进至膀胱并能阻止尿液倒流。因各种原因使这种活瓣样功能受损时，尿液不同程度的逆流至输尿管和肾，这种病症称为膀胱输尿管反流（vesicoureteral reflux VUR）。膀胱输尿管反流分为原发性和继发性2类，前者是活瓣机能有先天性发育不全，后者继发于下尿路梗阻，如神经原性膀胱、后尿道瓣膜、尿道狭窄等。

■病因与病理

1. 输尿管膀胱连接部解剖和抗反流机制　　膀胱壁段输尿管的肌纤维是纵行的，斜形进入膀胱后肌纤维呈扇形成为三角区肌肉的浅层，并向下延伸至精阜部的后尿道。膀胱壁段输尿管有一纤维鞘（Waldeyer鞘）包绕，此鞘在膀胱外与输尿管外膜相连，下行附着在三角区的深层。进入膀胱腔内的输尿管段位于膀胱粘膜下。膀胱壁段输尿管的复杂结构与逼尿肌的共同协调机制能充分发挥输尿管膀胱连接部的活瓣作用，有效防止VUR。

2. 反流原因　　正常输尿管粘膜下段长度与其直径比例为5:1，若该段输尿管过短或纵行肌纤维本身有缺陷，输尿管开口位置或形态异常，以及膀胱憩室、重复输尿管、输尿管囊肿等解剖异常均可造成VUR。小儿尿路感染时，常诱发反流，发生率为29%～50%，反流发生率与年龄有关：1岁内发生率为70%，4岁25%，12岁15%，成人5.2%。反流可能有家族倾向，同胞之间有反流者达26%～33%。反流可发生于单侧或双侧，后者较多见。

3. 反流分级　　原发性VUR分为5度。

Ⅰ°：反流仅限于输尿管。

Ⅱ°：反流至肾盂、肾盏，但无扩张。

Ⅲ°：输尿管轻度扩张和弯曲，肾盂轻度扩张、穹窿轻度变钝。

Ⅳ°：输尿管中度扩张和弯曲，肾盂肾盏中度扩张，多数肾盏仍保持乳头形态。

Ⅴ°：输尿管严重扩张和迂曲，肾盂肾盏严重扩张，多数肾盏乳头形态消失。

4. 肾内反流与肾瘢痕　　人胚肾由 14 个分叶组成，各个分叶有各自的乳头，分叶融合后的成熟肾包含 8～9 个乳头，乳头管有关闭功能可防止肾内反流，称非反流性乳头。肾的两极尤其上极乳头呈融合型，乳头管呈开放状易反流，称反流性乳头。2/3 小儿肾上极有单个融合乳头。

反流利于细菌从膀胱逆行至肾，反流造成的肾损害降低了局部抗感染的能力，因此表现出反复的急性肾盂肾炎的症状和慢性肾盂肾炎的组织学改变，肾组织可观察到局灶性肾瘢痕。Bailey（1973）用"反流性肾病"这一术语概括了病变的内涵，肾瘢痕是获得性的，在有肾瘢痕的患儿中，97％有反流，新生儿、小婴儿的集合管相对粗大，易发生肾内反流，肾瘢痕的进展与反流的严重程度、反复感染的次数呈正相关，肾瘢痕发生的快慢因人而异。

肾瘢痕可用超声波等检测出来，但最为敏感而简便的检测方法是 ^{99m} 锝标记二巯基丁二酸（^{99m}TC－DMSA）肾皮质闪烁照相。显像结果判断标准：①急性肾盂肾炎 ^{99m}TC－DMSA 摄取呈区域性或弥漫性减少，但肾轮廓完整，无皮质缺损。②肾皮质瘢痕形成，^{99m}TC－DMSA 摄取缺损伴肾实质功能丧失，肾实质变薄平坦，有楔形皮质缺损区。③左肾和右肾的分肾功能正常值为 45％～55％。低于此值示肾功能有损害。

肾瘢痕分级：1 级，瘢痕区小于 2 个；2 级，有 2 个以上不规则瘢痕，瘢痕区之间有正常肾实质；3 级，整个肾实质变薄，伴广泛的肾盂变形，肾外形缩小；4 级，肾外形萎缩，无或极少 ^{99m}TC－DMSA 摄取。

■临床表现

1. 反流常合并尿路感染，急性期常有显著发热、脉快、嗜睡乏力、厌食、恶心、呕吐等全身中毒症状，稍大小儿会诉肾区或腹部疼痛不适，可有尿频、尿急及尿痛甚至尿失禁。

2. 肾小管的功能受损先于肾小球，肾小管的浓缩功能变差，进而肾小球功能受损，感染促进病情恶化。反流、感染消失后，肾功能会好转。

3. 长期反流的患儿，肾的生长发育会受到不同程度影响，反流及感染均重者，肾的生长发育也差。明显肾瘢痕患者反流消失后，肾的生长形态不易恢复至正常。单侧肾瘢痕可致对侧肾代偿性肥大。患儿的全身生长发育较差。

4. 有肾瘢痕的反流患者，2 年以上直至成人发生肾性高血压的比例为 12％～30％，多数伴肾功能不全。肾衰竭主要见于双侧肾瘢痕伴高血压者，小儿肾移植中约 7％～10％是反流病儿。

■反流的自然转归

实验及临床观察到，婴幼儿由于尿路感染引起的轻度反流，在感染治愈后，轻度的反流 85％会消失。但Ⅲ°以上的反流，输尿管有较明显扩张者，反流自然消失的机会少，在 10% 以下。随着年龄增大，反流自然消失的可能性渐减，至青少年原发性 VUR 不会自然消失。

■诊断

1. 排尿性膀胱尿道造影（MCU）　排尿性膀胱尿道造影是确定诊断和反流分级的可靠方法。对不合作的婴幼儿宜在电视录像下完成此项检查。该项检查应在无尿路感染的条件下进行，以防产生假象。

2. 静脉肾盂造影（IVP）　静脉肾盂造影能很好显示肾盂、肾盏的轮廓及输尿管的形态，输尿管全程扩张时，表示其下端有梗阻或存在反流。

3. 超声检查　超声检查能了解肾盂、输尿管、膀胱的积液情况，测量器官的厚度，腔内壁是否光滑等。能显示肾瘢痕情况。是首选的检查项目。

4. 肾核素扫描　肾核素扫描能了解肾功能、梗阻状况，可用于评价肾小球和肾小管的功能。显示肾瘢痕的敏感性很高。

5. 增强 CT　增强 CT 能了解肾功能及肾盂、输尿管、膀胱的形态，是较理想的检查手段。

6. 磁共振成像（MRI）　磁共振成像能显示尿路积液形态，对确定梗阻部位甚有帮助。

7. 膀胱镜检查　膀胱镜检查能了解输尿管口的位置、形态、粘膜下结构以及膀胱有无憩室和后尿道有无梗阻等，并能作逆行造影。

本病须与神经源性膀胱和尿道梗阻，如后尿道瓣膜、憩室等鉴别诊断。

【治疗】

■药物治疗

轻度的原发性 VUR 随年长而自然消失者为数不少，在无感染的情况下对肾的影响甚微。对有感染者，宜用有效的药物治疗。感染控制后有人主张用治疗量的 1/2 ~ 1/3 睡前服用，直至反流消失。5 岁以内轻度反流的自然消失率仍较高，因此定期检测、动态观察，辅以药物治疗是适宜的。

■手术治疗

1. 适应证　持续Ⅳ°以上反流；伴反复尿路感染；伴肾的滤过率有损害、肾生长受抑制、进行性肾瘢痕或新瘢痕形成；伴有梗阻、膀胱憩室；伴输尿管异位开口、囊肿、开口形态异常者；用药物不能预防肾盂肾炎复发。

2. 手术原则　抗反流的输尿管膀胱再吻合术有多种，总的要求是使膀胱粘膜下的输尿管长度与输尿管的直径比达到 5:1，起到抗反流作用。手术成功率为 78% ~ 97%。下面介绍 Cohen 输尿管膀胱吻合术。

Cohen 输尿管膀胱吻合术：耻骨上横切口，切口最好位于耻骨上长阴毛的地方。暴露膀胱后切开前壁，显露膀胱三角区和膀胱后壁，输尿管口内插入输尿管支架管。患侧输尿管口缝牵引线，沿输尿管口 2mm 做环形切口，切开粘膜层及肌层，解剖出膀胱壁段输尿管，直达膀胱外输尿管段。游离输尿管，在膀胱三角区向头侧做横行粘膜下隧道，直达对侧输尿管开口外上方，切开此处膀胱粘膜，从隧道内将游离出的输尿管牵引到此切口处无张力后进行吻合，形成新的输尿管开口。粘膜下隧道的长度是输尿管口直径的 5 倍左右。要确保缝合至膀胱壁的肌层 1 ~ 2 针。

■其他

1. 腹腔镜结合内镜三角区成形术。具有切口小、康复快等优点，但操作时间长，费用大，长期疗效尚需随访。

2. 输尿管口旁注射胶原蛋白或 Teflom 或 Deflux，有报告其成功率达 90%，但远期效果仍有待观察。

第八节　脐尿管畸形

脐尿管畸形（congenital anomaly of urachus）为少见的泌尿系统先天性畸形，可分脐尿管瘘和脐尿管囊肿。

一、脐尿管瘘（patent urachus）

【临床提要】

脐尿管瘘是生后该小管仍未退化闭合，因而膀胱顶部与脐孔间有一孔道，有少量尿液从脐部间歇溢出，这是本病的特征。若脐部有大量尿液外溢，提示下尿路可能有梗阻。

临床上症状典型者常表现为脐部不断有尿液流出，严重者患儿身上有一股尿臭味，脐部皮肤呈湿疹样改变。瘘口细小者，脐部仅表现为经常少许的渗液和经久不愈的脐部炎症和皮炎。婴幼儿脐带脱落后脐窝内常渗液，潮红不愈，应考虑到本病。仔细寻找可见脐部有小口并从此口渗出尿液，从渗尿液的小口插入小胶管，注入造影剂，不但可确诊，还可以了解瘘管的走向以及长度和大小。简单的方法也可注入美蓝水，从膀胱处排出蓝色的尿液，帮助确诊。

【治疗】

本病一经确诊，必须采用手术切除瘘管。手术前必须先治疗脐部的湿疹，若有下尿路梗阻者，须先解除梗阻。目前在手术方法上尚有争论，有作者认为残留的脐尿管会引起日后癌变，故主张必须把瘘管连脐一并切除，达到根治的目的，防止日后恶变。但多数作者认为只完全将脐尿管切除干净，就不必切除脐。这样保留了正常腹部生理外观，消除了由于脐切除对患儿心理造成的不良影响，而且方法简单、损伤小、根治效果好。

手术方法：术前从瘘管口注入美蓝水或插入小胶管，作为术中指示用。脐旁右侧绕脐至脐下正中向下至膀胱顶部，切开腹壁各层至腹膜，按美蓝水或小胶管的指示，腹膜外膀胱顶处分离瘘管，在膀胱顶部切断分离出来的脐尿管，膀胱顶部断端双重结扎并荷包埋藏于膀胱顶部壁内，然后刮除瘘管处粘膜，缝合切口。术中对有伴发畸形应作相应的处理。瘘管粗大者，应仔细修补好膀胱，并停留尿管。

二、脐尿管囊肿 （urachal cyst）

【临床提要】

原于胚胎发育过程中出现异常而形成，胚胎膀胱自脐部沿前腹壁下降时，脐部有一细管即脐尿管与膀胱相连，以后逐渐退化成一纤维索。若退化不全，细管的两端闭塞而中段尚有一囊腔，则形成脐尿管囊肿。较大囊肿在脐下深部可扪及肿物，合并感染时，肿物可明显增大、疼痛、发热，腹壁可有潮红。B超及CT扫描可证实诊断。

【治疗】

彻底切除囊肿，严重感染化脓时宜先作切开引流，待炎症消退后再切除囊肿。下腹正中切口，暴露腹膜外的囊肿，把囊肿与之相连的索带也同时切除，若囊肿与膀胱紧密相连，把囊肿和部分膀胱壁切除后，修补缺损的膀胱壁，并停留导尿管2周左右。

第九节 膀 胱 外 翻

【临床提要】

膀胱外翻（bladder exstrophy）是罕见而复杂且治疗困难的先天性畸形，男性多于女性4～8倍，常伴有腹股沟斜疝、隐睾、脐膨出、脊柱裂、肛门直肠畸形等。原因是胚胎期泄殖腔膜向前移位，致下腹壁中胚层结构不发育。故患儿患膀胱外翻同时伴有尿道上裂，阴蒂、阴唇和阴囊对裂等。因膀胱的外翻，尿液外渗造成患儿极大的痛苦，可并发泌尿系统上行性感染、慢性肾功能不全，不但患儿生活质量差，且可恶变致死。

完全性膀胱外翻患儿的下腹壁及尿道背侧壁均缺失，脐环之下即为外翻的膀胱后壁和三角区，可看到双输尿管开口直接喷尿。脐孔至耻骨联合距离甚短，肌肉发育差、分裂。骨盆发育异常，耻骨联合分离，部分人有股骨外旋，摇摆步态。不完全性膀胱外翻，下腹壁缺损较小，膀胱粘膜外露少，可有轻微的耻骨分离。

膀胱外翻的男女都伴有尿道上裂和外生殖器畸形，男性阴茎短而扁阔，明显上翘，尿道前移至分开的左右阴茎海绵体背侧，因背壁缺损形成一被覆粘膜的浅沟，阴囊发育差，多有对裂，常伴隐睾及疝。女性尿道上裂，并有阴蒂对裂，小阴唇远离露出阴道口。

【治疗】

膀胱外翻须手术治疗，目的是改善生活质量，防止上行感染、肾功能损害和恶变的发生。手术方式有将外翻的膀胱复位、伴有尿道上裂的上弯阴茎矫正、恢复控制排尿的功能、防止上尿路损害方法。另有报道上述手术失败后切除外翻的膀胱、修补腹壁的同时施行尿流改道。

膀胱外翻功能性修复术：本术式可达到恢复正常膀胱生理功能。手术步骤是先做双髂骨截断术,将分离的耻骨联合靠拢,并固定好。然后缝合外翻的膀胱,修复膀胱颈、尿道及腹壁。膀胱颈的重建是提高疗效的关键,可采用 Leadbetter 后尿道延长术,并从耻骨上离断肌纤维条索,于成形肌管前双重缝合。男性尿道上裂矫治包括阴茎伸长术、阴茎伸直术和尿道下裂式尿道成形术。后尿道两侧多余粘膜应切去,后尿道缝合后利用周围软组织加强缝合一层,可减少术后尿失禁的发生。缝合腹壁时,避免有张力,以免术后切口裂开。若尿道上裂成形术有困难,可分期手术。手术时机不受年龄限制,应尽量在幼儿期完成手术。有报道,术后约有 50%~70%患儿能控制排尿,女性效果更好些。

尿路改流术适于做了上述手术失败,术后仍不能控制排尿,并有反复上尿路感染、肾积水者,多采用回肠膀胱术或可控结肠膀胱术。回肠膀胱术是一种尿路改道手术,但需要长期使用尿袋。可控膀胱术是在回肠膀胱的基础上改进的不用尿袋而可控的尿路手术。患儿每隔 4~6h 自行排尿一次,使生活质量有提高。下面介绍一种可控性结肠膀胱术方法。

可控盲升结肠膀胱术:切除膀胱后,取一段 15~20cm 盲升结肠作尿囊,间隔 0.5~1cm 切断结肠的前结肠带及网膜结肠带建成贮尿囊,可选用阑尾作输出道,也有用末端回肠作输出道。把双侧输尿管分别植入贮尿囊内。本手术方式是把结肠带充分切断或切除,可使肠管增长,平均 5cm 的肠管切断结肠带后,可增加 1cm 左右。这样不但建立的贮尿囊顺应性较好,而且切断结肠后降低肠壁的张力,形成低内压贮尿囊,不易发生反流。

第十节　尿　道　上　裂

【临床提要】

尿道上裂(epispadias)为尿道背侧壁部分或全部缺如,尿道开口于阴茎背侧面。膀胱外翻症都有尿道上裂。男女之比约为 5:1。男性尿道上裂按尿道口部位不同分为 3 型:

1. 阴茎头型(glandular epispadias)　　此型最少见,阴茎体积短小。轻度上翘,阴茎头平,尿道外口位于背侧冠状沟部,包皮在背侧分裂而腹侧包皮堆积隆起。无尿失禁症状,排尿时尿流射向头端。

2. 阴茎体型(penile epispadias)　　阴茎短小上弯,尿道外口在阴茎体根部背侧,深于耻骨处皮肤平面,尿道口至龟头尖为粘膜尿道裂沟,包皮悬垂于腹侧。可无尿失禁症状,用力排尿时尿流射向头端。

3. 完全型(complete epispadias)　　或称耻骨部上裂(pubic epispadias)。尿道背壁完全缺如,尿道口位于耻骨联合部直接与膀胱颈部相连,尿道括约肌不完整,有耻骨分离,甚至有不同程度膀胱外翻,故有尿失禁。阴茎短小上翘,龟头扁平,阴茎背侧为裂开的尿道浅沟,包皮堆积于腹侧。

女性尿道上裂分为阴蒂型、耻骨联合下型和完全型。阴蒂分裂，阴唇发育差，耻骨分离程度与发育反常成正比。完全型有尿失禁。

【治疗】

尿道上裂的手术应在学龄前完成，4～5岁左右较适宜，手术目的是把短小的阴茎伸长、重建尿道和控制排尿功能，Leadbetter（1964）应用输尿管开口上移，裁剪膀胱颈部延长尿道的方法重建膀胱-尿道结构，提高了控制排尿的成功率。有人观察到至青春期前列腺发育后轻度压力性尿失禁会自愈。阴茎短小，可用绒毛膜促性腺激素治疗。

（一）阴茎伸长术

麻醉下，仰卧位，垫高臀部，两腿分开。沿裂隙部尿道粘膜与皮肤交界处作切口，并纵行向耻骨上延长切口。从阴茎海绵体上分离尿道，在尿道海绵体和阴茎体之间分离，注意勿损伤精阜。再把尿道缝合成管，尿道内保留多孔硅胶支架管，靠近耻骨从耻骨支锐性分离两阴茎海绵体，以免损伤来自阴部管的阴部血管和神经。阴茎海绵体附着在耻骨面的后半侧，可作骨膜下分离或保留而不分离，达到阴茎海绵体脱离耻骨而下垂伸长。对齐并缝合阴茎头部裂隙两侧阴茎海绵体。在两侧阴茎海绵体脚会合处的近侧三角形间隙部位，作一隧道至阴茎腹侧根部，尿道外口与皮肤缝合，形成人为的尿道下裂。游离阴茎腹侧皮肤，并在冠状沟上缘约0.5cm处作环形切开。敞开阴茎腹侧皮肤，作正中纵行切开，把阴茎腹侧皮肤转移到阴茎背侧作"Z"形缝合。缝合膀胱并造瘘，缝合腹壁。

（二）尿道重建术

介绍膀胱粘膜尿道成形术。麻醉下，仰卧位，先行阴茎整形，沿尿道沟边缘做深达阴茎白膜的切口（图7-10-1）。将尿道沟粘膜从阴茎海绵体上剥离，并适当游离尿道近端，游离的尿道粘膜瓣及尿道口将向膀胱颈退缩。充分松解切除阴茎背侧索带组织，并于白膜表面潜行分离切口两侧的阴茎皮瓣，使阴茎充分伸直。切断阴茎耻骨韧带，紧贴耻骨支从骨膜上游离两侧部分阴茎海绵体脚，以备作中线靠拢缝合以延长阴茎体。至此，对拟行分期手术的病例，经尿道口插入导尿管，以6-0可吸收缝线将尿道粘膜瓣围绕尿管缝合成管状成形并延长尿道（图7-10-2）。于阴茎根部分离两侧阴茎海绵体，于腹侧皮肤切一小口，将成形尿道穿过两侧海绵体间隙经此小口引出，并与创缘皮肤

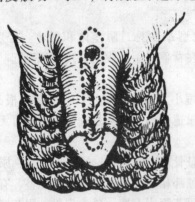

图7-10-1　手术切口

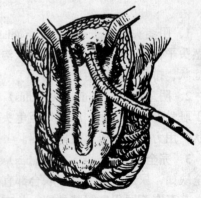

图7-10-2　缝合尿道沟粘膜延长尿道

缝合形成人工尿道下裂（图7-10-3）。留置导尿管引流膀胱一周。对拟一期完成手术的病例，则于剥离尿道沟粘膜瓣后，将其剪除弃去，经耻骨上切口显露膀胱并剥离适当大小的膀胱矩形粘膜瓣备用，行膀胱造瘘。再将膀胱粘膜瓣缝合成管状与尿道口吻合（图7-10-4），远端经阴茎头隧道穿出缝合于阴茎陷窝部形成尿道外口，成形尿道留置

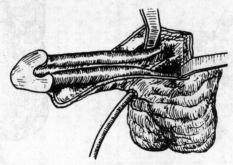

图7-10-3 会阴尿道造口

多孔硅胶支架管。于阴茎背侧中线位缝合两侧阴茎海绵体，此时新成形的膀胱粘膜尿道即转移至阴茎背侧（图7-10-5）。将阴茎背侧已游离的两侧包皮创缘做多个Z形剪开，再交错缝合，或分离阴茎腹侧悬垂的冗长包皮，于中线位剪开包皮瓣并转移至背侧覆盖包皮缺损区（图7-10-6~7）。以尼龙网眼纱及纱布条分2层包扎阴茎。对分期手术者，半年至1年后行膀胱粘膜尿道成形术，手术方法同上。阴茎包皮切口的设计为环绕尿道口并于腹侧正中向远端延伸，但保留远端皮桥，新成形的尿道经皮桥下隧道穿出阴茎头陷窝部。对伴有尿失禁的病例，同时施行尿道膜部外括约肌重建术或膀胱颈重建术，以期达到控制排尿的目的。尿失禁可施行外括约肌重建、膀胱颈缩窄及后尿道延长术。

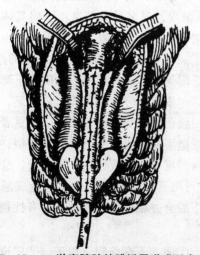

图7-10-4 游离膀胱粘膜瓣尿道成形术

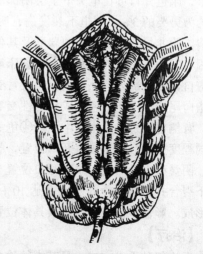

图7-10-5 背侧中线位缝合海绵体尿道即转至阴茎腹侧

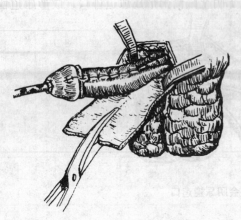

图 7-10-6 分离腹侧包皮瓣并剪开　　　　图 7-10-7 腹侧皮瓣转至背侧

第十一节　尿道下裂

【临床提要】

尿道下裂（hypospadias）是因前尿道发育不全而致尿道口未能达到正常位置的阴茎畸形，尿道开口可在龟头下至会阴部的路径上，一般都伴有不同程度的阴茎下弯。发病率约为男婴的 3‰。尿道下裂发病有明显的家族倾向，属多种基因遗传，但具体因素尚不清。胎儿早期胎睾产生的睾酮及其他相关因素可导致外生殖器发育畸形，尿道下裂的成因与睾酮有明显的关系。主要临床表现是：①尿道口位于龟头下至会阴部的路径上，尿道口偏前者部分有外口狭窄，且常有短段缺乏海绵体的膜状尿道。②阴茎下弯，勃起时指向尾端，不能上翘，成年后性交有困难。③包皮异常分布，腹侧包皮缺乏，系带缺如，背侧包皮过多呈帽状堆积。④龟头尿道原凹腹侧有缺损，而呈斜面。⑤重者阴囊有不同程度分裂。根据尿道开口位置，临床上把尿道下裂分为龟头下、冠状沟型；阴茎体型；阴囊型；会阴型。尿道开口位置与阴茎下弯程度不一定成比例。阴囊型、会阴型尿道下裂合并前列腺囊的发生率达 10%～15%，可阻碍导尿管的插入，易造成感染及结石形成。影像学检查能明确其具体位置。尿道下裂合并隐睾者宜注意是否有性别畸形。

【治疗】

无论何种手术方式，最基本的治愈标准是：①阴茎下弯能完全矫正。②尿道外口位于龟头尿道原凹。③阴茎外观满意，接近正常，能站立排尿。④成年后无性交困难，阴茎勃起时其指向应偏头端。手术矫正的年龄在 2～4 岁间为佳，至少应在学龄前矫治。

年龄过大除心理受影响外，术后康复期痛楚也较严重。

尿道下裂的治疗主要有2个步骤：①阴茎下弯矫正；②尿道成形。目前国内外基本倾向于一期完成手术。

（一）阴茎下弯矫正

在龟头尿道原凹下至固有尿道口前若有0.8~1cm距离，则在尿道口前横断皮肤，如果距离过短则可在龟头尿道原凹下1cm横断膜状尿道腹侧壁及背侧壁，然后斜向两侧冠状沟，距冠状沟0.2cm许环形切开背侧及两侧包皮。在阴茎腹面，锐性松解尿道背侧及两侧挛缩的索条，尿道口后移直至阴茎能充分伸直，龟头下的索条亦宜紧贴海绵体白膜浅面向远端充分松解矫正龟头下弯。严重下弯的阴茎，其阴茎Buck筋膜及增厚挛缩的白膜亦宜充分松解，这样阴茎下弯才能充分矫正。横断前端膜状尿道者，在水压下将尿道粘膜剔除，让其前后壁贴合在一起作为龟头下的皮桥，因其厚度增加，术后尿瘘的几率可减少。

（二）尿道成形术

尿道成形的材料主要有4类：

1. 背侧包皮帽皮肤　　一般可取到1.8cm宽，4.0~4.5cm长，将其制成的皮管宽度可达0.8cm直径。带血管蒂的岛状皮管代尿道，是比较广泛应用的方法（Duckett法），将此带血管蒂的皮管转至腹面与后移的尿道口斜形吻合，前端正位开口于龟头尿道原凹。1985年以来中山大学一院采用游离的包皮帽薄皮片制成皮管，尿道成形过程中无血管蒂的牵拉限制，不会旋转，外形更为满意，经500余例实践，其并发症不多，疗效十分满意。

2. 阴囊皮肤　　其一是绕尿道口近侧周围做一U形切口，远侧中线皮条宽1.8cm，一直向远侧延伸至阴茎阴囊交界处，将皮条左右缝合制成皮管。延长了阴囊段的尿道，即局部Duplay尿道成形，然后再与Duckett尿道吻合，完成尿道成形术。这适用于重型尿道下裂。其二是在尿道口近侧作一1.8cm宽的阴囊纵隔皮条，其长度等于缺损尿道的长度，其近端向龟头侧反转180°角，缝制成皮管，前端开口于龟头。这种带血管蒂的纵隔皮管尿道，尿瘘发生率较低，但其他并发症明显多于Duckett法。①皮管尿道与固有尿道连接处易形成宫颈样结构，易并发结石、感染，插尿管或尿道扩张均有一定难度。②阴茎受牵拉，结果多有不同程度下弯，勃起时阴茎仍指向尾端。③外观臃肿，阴茎阴囊交界不清。④远期并发症多，如成年后皮管长出毛发，皮脂腺囊肿，合并结石形成、严重尿路感染等。

3. 阴茎皮肤　　阴茎下弯矫正半年后，在尿道口远侧作一阴茎腹面皮条，直至冠状沟处，将皮条缝成一皮管，然后把两侧包皮覆盖皮管缝合，因阴茎皮肤紧缺，张力大，故裂开、尿瘘等发生率高。后来改用皮条埋藏法即早年常用的Denis Browne法，同样因成功率较低，国人已极少采用此法。

4. 游离移植物　　有取材易的优点，特别适用于重型尿道下裂一期完成手术以及再次尿道成形等取材困难的病例。其中，皮肤袖套式膀胱粘膜尿道成形是较有代表性的术式，并能避免单纯膀胱粘膜尿道成形术后，尿道口狭窄及尿道外口肉芽形成的缺点。其手术要点是：重型尿道下裂无手术史者，当阴茎下弯矫正完成时多数能切取一块

2cm×1cm 的背侧包皮帽薄皮片，将其缝成一宽 0.9cm、长 1cm 的短皮管，植入龟头段尿道，左右前后固定 4 针。而从会阴或阴囊开始形成的膀胱粘膜代尿道管经龟头段短皮管内穿出，并与皮管交错缝合固定于龟头。如做了阴茎下弯矫正，阴茎皮肤已无富余者，则可在阴囊偏中线切取一块 1cm×2cm 的游离阴囊薄皮片，植入龟头段尿道，其他操作如上。新的皮袖粘膜尿道置入 2 根外径 0.3cm 的多孔硅胶管，刚过内吻合口 1.5cm 许即可，支架管能起到定型定位、引流及冲洗作用，利于粘膜尿道的生长，并能有效预防感染。当紧贴创面的短皮管及粘膜生长成活后，穿过短皮管腔的粘膜因得不到营养而自然溶解，短皮管与粘膜交界处自然融合生长在一起，从而简化了手术操作。新的尿道外口为皮肤结构，其支撑力较强，尿道外口狭窄的发生率明显减少，不会产生肉芽团。

（三）术中及术后注意事项

1. 正位尿道开口　　在龟头下 1cm 许横断皮肤，紧贴白膜浅面松解挛缩索条，充分伸直阴茎后，同时要将龟头下的挛缩条松解，使龟头下弯得以矫正，此时可在皮桥下白膜浅面用小弯钳慢慢穿通至尿道原凹，直视下将此窄小隧道四周的挛缩索状物多个部位齿状切断或切除，使隧道逐渐扩大四壁变得柔软，要求在无张力下其直径达 0.8cm 宽。这样呈斜面的尿道外口极少发生狭窄，也达到正位尿道开口的要求。

2. 延长阴茎腹侧包皮的设计　　尿道成形术时，将背侧包皮转移至腹面后，多数仍有过短倾向，影响阴茎背伸，此时宜在阴茎阴囊交界下 0.8cm 的阴囊处横向剪开，左右各剪开 1~1.5cm，左右剪角对缝能有效延长腹侧包皮，阴茎阴囊界线清楚。

3. 尿道成形术后作耻骨上膀胱造瘘能保证引流尿液通畅，护理上更为方便，尤其适合于年龄较小不合作者。

4. 缝线以 0/6 可吸收的 Dexon-S 合成线较为理想，忌用不吸收缝合线。

5. 术后第 3 天用 0.25% 氯霉素眼水经尿道支架管轻轻冲洗尿道，有利于分泌物的排出，起到清除积液预防感染的作用。

（四）合并症的处理

1. 尿瘘　　尿瘘是尿道成形术后最多见的并发症，即使技术熟练的专业医疗组尿瘘发生率也有 10% 左右。其成因是多方面的，包括手术切口的设计，皮瓣的血运不佳、感染、积液、渗血，缝合线材料，手术操作及护理等。大部分在第一次排尿时已能发现，也有部分是迟发的，瘘口大多位于冠状沟及吻合口处。尿瘘的处理一般宜在术后半年以上，待组织健康后才能修补。修补方法有多种，其中下面介绍的方法效果较好：

（1）小尿瘘内翻结扎法　　将瘘口皮肤环形切开后，潜行游离皮肤，使尿道侧皮肤（或粘膜）薄，外层皮肤厚，若尿道皮肤能贴合在一起，则可环创缘作皮内缝合 3~4 点，然后打结使尿道侧上皮内翻入尿道，间断缝合厚层皮肤。或将尿道侧瘘口缝线两端经尿道口引出，轻轻拉紧但不打结，使尿道侧上皮能内翻贴合在一起即可，适当固定缝线在龟头处，然后间断缝合外层皮肤。经尿道引出的缝线 3~4 天后即会脱落。

（2）小瘘口单层缝合法　　靠冠状沟或瘘口皮肤较薄者，瘘内层、外层皮肤难于分离，此时可将瘘口缘皮肤修去，然后间断缝合外层皮肤，针线紧贴内层皮下穿过即可，结扎后内外层皮肤分别彼此贴合。

（3）大瘘口连续内翻缝合法　　潜行分离外厚内薄皮肤后，内层皮肤（或粘膜）若

286

无张力，则可在创缘外阴茎皮肤正面进针，靠内层皮肤创缘 0.1cm 缝合皮下，左右交错连续内翻内层皮肤，在创口另一端阴茎皮肤出针，并妥善固定缝线的头尾两端，然后一层间断褥式缝合外层皮肤。术毕，前尿道内置入外径 0.6cm 的多孔硅胶管，再经此管内插入小儿胃管至膀胱引流尿液。术后 10 天左右伤口已愈合，将所有缝合线拆除，次日即可拔管排尿。这种无异物残留的伤口，日后极少复发瘘。

2．尿道狭窄　　尿道成形术后在尿道口、内吻合口及形成的尿道均可发生狭窄，以尿道口狭窄多见。尿道狭窄在术后头 3 个月多数经尿道扩张术能治愈，少数无效者需再手术处理。

（1）龟头段尿道口狭窄　　其原因是龟头段皮下隧道过窄，扩大隧道时挛缩的纤维未能充分切断，有些是植入的皮管尿道因感染等未能全部成活，产生疤痕挛缩。尿道扩张无效时需切开狭窄环，半年后再修复。

（2）近端尿道吻合口狭窄　　植入皮管因感染等因素生长成活欠佳，缝合技术不当，固有尿道口未修成斜面，疤痕组织清除不足均可致狭窄。尿道扩张无效时宜作尿道造口，半年后再修补。

（3）成形尿道狭窄　　全段或节段尿道因感染等生长不良致狭窄。尿道扩张无效时宜作成形尿道切开。用膀胱粘膜成形尿道者，尚有粘膜管过于宽大，粘膜呈齿纹状皱缩突出腔内，引起排尿困难，而作尿道扩张时又无狭窄梗阻感，在尿道镜下电灼突起的粘膜多能治愈。尿道成形术后有轻度、中度尿道狭窄者，反复尿扩在医疗上极为麻烦，小儿也非常恐惧，本组采用尿道扩张后立即插入外径 0.6cm 的多孔硅胶管过狭窄段，外露胶管 0.5cm 许，并用丝线固定于包扎阴茎的尼龙纱或弹力网纱上，3～4 周后拔除。这种方法能起到持续弹性尿道扩张作用，患儿可回家正常生活、淋浴等，效果甚佳。

3．尿道假性憩室　　形成的尿道在数月后可出现明显扩张，呈假性尿道憩室样，其原因是外口或扩张前尿道有明显狭窄，有些形成的尿道过于宽大，尤其是用膀胱粘膜代尿道者。因成形尿道缺乏肌性海绵体，尿道外的支持组织又较薄弱，排尿时的压力可使尿道逐渐扩张，表现为排尿时膨胀，尿毕时仍有尿液滴出。过于宽大的尿道内容易合并感染、结石形成。处理上宜切实解除狭窄梗阻因素，并将扩大的尿道壁裁剪成形较适中的尿道。有些可在尿道镜下纵形电灼尿道上皮使其产生收窄效果。

（五）重型尿道下裂合并前列腺囊或阴道的处理

重型尿道下裂患儿，少数可合并前列腺囊，囊的深浅大小不一。真两性畸形、染色体性别畸形患儿，可存在发育不良的阴道、子宫，作男性抚养者，行尿道成形之前应先将前列腺囊或阴道切除，否则可引起反复的局部感染、尿瘘、排尿不畅及反复的附睾睾丸炎等。

（六）无尿道下裂的先天性阴茎下弯的治疗

这类患儿阴茎外观接近正常，但勃起时指向尾端，用力扳向头端有明显受限感，成年后会致痛性阴茎勃起，性生活有困难。可分为 3 种类型：①前端尿道发育不良，缺乏尿道海绵体，尿道壁薄如纸膜，尿道与阴茎海绵体间有挛缩的索条。若尿道外口无狭窄，则可在膜质尿道与海绵体尿道交界处横断尿道，充分松解挛缩的索条，使阴茎背伸，此时尿道缺损多在 3cm 以上，然后用背侧包皮形成皮管插入尿道两断端间吻合。

若尿道口明显狭窄，可将膜状尿道的尿道粘膜在水压下剔除，再在尿道背侧壁钝性分离出一皮下隧道，开口于龟头，扩大隧道后作尿道成形。这样皮桥的厚度增加，可减少尿瘘的发生。②海绵体尿道过短致阴茎下弯，尿道口正常者可在冠状沟处横断尿道，松解背侧的素索，使阴茎充分伸直，尿道两端间缺损用皮管尿道接合。③阴茎 Buck 肋膜及腹侧海绵体白膜挛缩致阴茎下弯，将阴茎腹面包皮脱套，多部位多层次横断增厚的阴茎 Buck 筋膜和海绵体白膜后，阴茎即能背伸。部分合并蹼状阴茎者，宜将阴茎阴囊交界处皮肤横切纵缝。

第十二节　尿道瓣膜症

尿道瓣膜分为后尿道瓣膜和前尿道瓣膜 2 种，前者远远多于后者。

一、后尿道瓣膜症

【临床提要】

后尿道瓣膜症（posterior urethral valves）是男性患儿先天性尿路梗阻中最常见的疾病。病理可分为 3 型：

Ⅰ型：一对三角帆样瓣膜起自精阜远端，走向前外侧膜部尿道的近侧缘，两侧瓣膜汇合于后尿道的背侧中线，中间仅留一孔隙，此型最常见。

Ⅱ型：瓣膜自精阜近端延伸至膀胱颈外侧。

Ⅲ型：瓣膜位于精阜远端的膜部尿道，呈中央有一孔的环隔膜。

各类型瓣膜均在排尿时张开，阻碍尿液排出，但逆行插入尿管时，瓣膜向近心端的尿道壁贴近而不受阻。

临床表现多与瓣膜引起的梗阻程度及病程有关。多在新生儿、小婴儿期出现症状，新生儿期可有排尿困难、费力、尿滴沥，甚至急性尿潴留。胎儿期羊水过少引起肺发育不良，生后可出现呼吸困难、发绀。临床上可出现泌尿系感染和肾功能受损，严重的尿路感染、肾功能不全、尿毒症、水、电解质紊乱可致死。梗阻渐重者，可延至幼儿或儿童期才出现排尿费力、尿线小、无力，以致尿失禁，症状从轻到重，并有反复尿路感染，以致败血症昏迷死亡。临床上还有以其合并症就诊，如腹部包块、尿性腹水，使本病的诊断复杂。

本病产前超声诊断有以下特点：①双侧输尿管积水。②膀胱壁增厚。③前列腺尿道增长扩张。④羊水量少。生后有症状者宜作多种有关检查，以便作出准确诊断：①B超检查能了解肾、输尿管、膀胱、后尿道的形态。②排尿性膀胱尿道造影见前列腺尿道伸长、扩张、梗阻部尿道严重窄小，膀胱有小房小梁，半数有膀胱输尿管反流。③膀胱镜检查直视下见膀胱小房小梁，尿道镜退镜时见靠膜部尿道有瓣膜，如声门状关闭，这是最直接的检查。④静脉肾盂造影能全面了解肾输尿管形态、功能。⑤核素扫描能了解肾功能。⑥CT扫描对肾功能及整个泌尿系统的形态有全面的了解。⑦大孩子宜作尿流动力学检查，显示排尿压增高，尿流率降低。术后则可恢复正常。

本病应与梅干腹综合征、双侧重度膀胱输尿管反流和尿道憩室鉴别。

【治疗】

后尿道瓣膜症病儿的治疗因年龄、症状及肾功能不同而异。主要原则是适时去除瓣膜，解除下尿路梗阻，引流尿液、控制感染，纠正水、电解质失衡。经尿道插入导尿管引流膀胱，大多数病例的尿路感染即可得到控制，这是最通用而有效的方法。膀胱造瘘或造口一般能达到控制感染、引流尿液、防止尿路病变加重的目的。一般情况已良好的婴儿应适时作后尿道瓣膜电灼术，薄而有张力的瓣膜电灼后立即崩解，效果甚佳，是病因根治，但需有特殊设备。电灼瓣膜后，膀胱排尿状况恢复正常的过程一般较快，但已扩张的输尿管及肾盂恢复较慢，甚至长期遗留某种程度的扩张。下尿路梗阻确已解除，膀胱功能恢复正常后，若仍有明显的膀胱输尿管反流或输尿管下端梗阻者，宜作输尿管膀胱再吻合术，以达到上尿路引流通畅及抗反流作用。

二、前尿道瓣膜

【临床提要】

先天性前尿道瓣膜（anterior urethral valves）较后尿道瓣膜少见。同后尿道瓣膜一样，可引起严重的下尿路梗阻。

瓣膜多位于阴茎阴囊交界处的前尿道，两侧瓣膜从尿道背侧向前延伸于尿道腹侧中线汇合。它不妨碍导尿管插入，但阻止尿液排出，造成近端尿道扩张，严重者最终影响到膀胱及上尿路。

临床主要症状是排尿困难、排尿无力、尿线细小或继发上尿路扩张积水，尿路感染时轻时重，最终导致肾功能不全、尿毒症。

诊断方面行排尿性膀胱尿道造影可见到瓣膜近端尿道扩张，这是最直接而可靠的诊断手段。尿道镜检查在退镜过程中能清晰见到瓣膜的存在。前尿道瓣膜有时与前尿道憩室同时存在，需鉴别清楚。

【治疗】

治疗包括病因治疗及并发症的处理。如果患儿一般情况差，肾功能受损严重又合并有尿道憩室感染者，宜先行尿液分流以挽救肾功能，情况好转后再作瓣膜切除。及时在尿道镜下电灼瓣膜，效果良好，若有严重尿路感染，宜先插入导尿管引流膀胱，待一般情况改善后再作根治性手术。

第十三节 尿 道 憩 室

【临床提要】

尿道憩室（urethral diverticulum）属先天性病变。是男童下尿路梗阻的重要原因之一，大多位于尿道球部及阴茎部，少数在尿道膜部。多为单发性，大小不一，大者可至鸡蛋大。大颈憩室有宽颈与尿道相通，但其远端有增厚的瓣膜样唇，造成尿道梗阻。细颈憩室合并感染及结石形成的较多。

因可合并感染、结石、憩室破裂等使临床表现复杂化而常延误诊断和治疗。患儿排尿时，憩室被排出的尿液急剧充盈，因而可见到阴囊部或阴茎阴囊部膨胀，尿后仍有尿滴沥，用力挤压膨胀肿块有助残尿滴出，肿块消失。在憩室远端尿道常有唇状瓣膜结构，导致不同程度的排尿困难，尿线无力细小，尿时用力。尿路感染常为突出症状，并有上尿路感染者多有高热、精神不安、萎靡、胃纳欠佳、腹胀、尿频、尿气味较重，甚至脓尿。阴囊憩室处可有红肿发热感，压痛，甚至溃烂穿破，尿液从破口顺利排出，以致尿路感染症状反而好转。约15%病例并发憩室结石形成，用手可触及，结石可加重排尿困难及尿路感染。

诊断以症状为依据，新生儿症状可极重；尿道造影是最直接的确定诊断的证据。插尿管时往往受阻于憩室处，导尿管卷曲在憩室内，注入造影剂能显示憩室轮廓；静脉肾盂造影能了解上尿路情况；尿常规多有较严重感染的表现，脓球较多，尿培养多有致病菌生长；大龄幼儿作膀胱尿道镜检查能作出诊断。

【治疗】

无症状无并发症的小憩室可暂不处理。患儿有较严重症状，如梗阻、感染均明显者或憩室穿孔者，一般宜先作憩室造口或膀胱造瘘，待炎症消退后再作憩室切除。手术切除憩室的同时修补尿道。手术宜选择近阴囊的半弧形切口，并使皮肤切口与憩室颈口不在同一平面上，因为阴囊部位皮下组织较厚、血供丰富，这样可减少术后尿瘘的发生。术中应注意保留憩室颈部粘膜，预防术后尿道狭窄。为利于尿道愈合，最好行膀胱造瘘。

（谢家伦）

第十四节　外伤性尿道损伤

【临床提要】

外伤性尿道损伤（urethral trauma）是泌尿系统常见的外伤性疾病。多见于活跃的男孩，有明显的外伤史。按不同病因可分为闭合性损伤、开放性损伤和医源性损伤；根据损伤尿道解剖位置的不同，又有后尿道损伤及前尿道损伤之分；膜部尿道和尿生殖膈以上损伤称为后尿道损伤，以下为前尿道损伤。闭合性后尿道损伤多发生于严重的车祸或坠落伤，常并发有骨盆骨折；而骑跨伤则是前尿道损伤最常见的病因；开放性损伤多见于严重的尿道挫裂伤、刺伤、枪伤、动物咬伤等；医源性损伤是指医疗操作过程中所导致的尿道损伤。

临床症状：常表现为疼痛、血尿、尿道口滴血、急性尿潴留等症状，后尿道损伤常并发有骨盆骨折，在男孩如有阴茎筋膜破裂，则有明显的阴茎、阴囊肿胀。骨盆平片、尿道逆行造影、膀胱穿刺造影等对诊断有很大的帮助，可了解损伤尿道的部位及损伤程度。

【治疗】

在小儿生命体征稳定后，应及早处理尿道损伤。在没有了解具体病情前，不应盲目插尿管，以免加重尿道损伤。在了解损伤尿道的部位及损伤程度后，再根据患儿当时情况及医疗条件，决定采取哪种治疗方式。

1. 轻度的前尿道损伤，在确定尿道基本完整的情况下，可在基础麻下经尿道置入尿管，停留约2周，同时患儿应卧床休息及加强抗炎治疗。

2. 尿道损伤严重、患儿生命体征不稳定或条件有限时，可急诊行膀胱造瘘术，如以后尿道发生狭窄，半年后再行尿道修复术。

3. 病情或条件允许可行Ⅰ期的尿道修复术。常用的手术有：

（1）尿道会师术　　切开膀胱，经尿道内外口分别插入金属导尿管或探条，尿道断端会合后，带入一合适大小的气囊尿管，注水膨胀气囊，同时行膀胱造瘘，术后固定牵引尿管约1周。本手术操作简单，但因小儿不合作，常难于按要求牵引尿管，术后易并发尿道狭窄而需再次手术。

（2）尿道端端吻合术　　膀胱会阴联合切口，清除血肿、坏死组织，游离断端尿道，间断吻合，留置支架管，行膀胱造瘘。此方法并发症发生率低，减轻了患儿因再手术的痛苦，但手术操作时间较长，特别是后尿道的损伤吻合较为困难。

■并发症及处理

前尿道损伤的合并症主要有尿道狭窄及尿瘘；后尿道损伤的合并症有尿道狭窄、尿失禁、阳痿、不育等，以尿道狭窄的发生率最高。尿道狭窄主要的症状为排尿困难，长期的排尿困难可引起尿潴留、膀胱输尿管反流、肾积水、肾萎缩、腹股沟疝等。轻度、短段的狭窄可通过定期的尿扩、尿道镜直视下用激光或电刀（TUR）切开狭窄段、记忆金属支架置入等解决。严重的尿道狭窄或闭锁常需要开放性手术治疗，手术要点为：彻底清除尿道疤痕组织，游离尿道，使尿道两端能无张力吻合，吻合口越平坦，术后疤痕越小，效果越良好。术式主要有：经会阴入路手术、经耻骨及会阴联合入路手术等。经耻骨及会阴联合手术包括全耻骨切除及头侧部分耻骨切除，主要解决后尿道显露、吻合困难的问题，此手术成功率较高，但操作复杂，患儿创伤大。目前也有多种改良的尿道吻合方法，其中尿道套入吻合法操作简单，效果好，较为可取，方法是：经会阴及膀胱入路，切除尿道疤痕，游离远近端尿道，从外尿道口插入气囊尿管作尿道支架管，气囊下方根据近端尿道长度缭绕一丝线并固定，用Dexon线将远端尿道边缘分8个点与固定丝线环缝扎固定，尿管头缝一丝线从膀胱内牵引，将远端尿道套入近端尿道内，套入长度以0.3～0.5cm为宜，套入时尿道端应尽量平整，牵引丝线经膀胱壁穿出腹壁，并固定于腹壁胶管上，膨胀气囊，防止尿管脱落，尿道海绵体与尿生殖膈缝合数针固定，行膀胱造瘘，术后3周拔支架管，排尿通畅后拔造瘘管。此外还有利用各种特殊的器械，如：弧形导针等进行尿道吻合修复的方法，均有较好的疗效。

第十五节 包 茎

【临床提要】

包茎（phimosis）指包皮口狭小或包皮呈细管状、包皮与阴茎头间粘连，使包皮不能外翻显露龟头。可分为先天性及继发性2种。先天性包茎并非全为病理性，每个正常小儿出生时包皮与阴茎头之间均有粘连，但随着年龄增大，阴茎体的发育及勃起，包皮与阴茎头之间的粘连会逐渐消退，外翻包皮能显露龟头，大部分小儿可自愈。只有小部分包皮口非常细小、包皮呈细管状或包皮过度肥厚，包皮不能外翻，常须通过外科手段才能治愈。继发性包茎多继发于龟头包皮炎、阴茎头损伤等，因疤痕形成，包皮失去皮肤的弹性及扩张性，不能向上翻开，形成包茎。

■临床症状

包皮不能外翻，紧包龟头，会妨碍阴茎头甚至阴茎的发育。包皮口狭小常伴有排尿困难，尿线细小、偏转，包皮鼓起等症状，长期排尿困难可引起脱肛、腹股沟斜疝、上尿路损害等并发症。包皮囊内产生的分泌物及脱落表皮所形成的包皮垢，堆积于冠状沟处，使包皮外观隆起，呈白色的小肿物，家长常误认为肿瘤而来院就诊。因包皮垢的刺激、包皮囊内清洁困难等原因，可诱发龟头包皮炎。急性炎症时，阴茎头及包皮发红、肿胀，可见脓性分泌物，小儿此时疼痛不安，排尿困难，甚至发生急性尿潴留。反复的炎症发作，可引起包皮口疤痕形成，包皮外翻更加困难，形成恶性循环。炎症严重者可引起阴茎头溃疡、包皮结石形成。包茎同时可引起遗尿，易发乳头状瘤、尖锐湿疣、包皮白斑病、阴茎癌等疾病。由于阴茎痛痒不适，小儿常用手挤压，可造成手淫，最终可影响以后的性功能。因包皮口狭小，如强行翻转，包皮口在冠状沟处会形成紧束的狭窄环，使阴茎头血循环发生障碍，阴茎头及包皮水肿，包皮不能复位，形成嵌顿包茎，时间过长可引起阴茎头及包皮坏死。

【治疗】

包括非手术治疗及手术治疗。

■非手术治疗

是通过各种手段扩大包皮口，使包皮能上翻外露龟头。适用于大部分婴幼儿期的先天性包茎。常用的方法有：

①慢性手法扩张　　反复上翻包皮，使包皮口逐渐扩大，直至龟头能完全外露。操作时应注意手法要轻柔，包皮上翻后要及时复位，防止嵌顿包茎。

②包皮分离术　　用手固定阴茎，将血管钳从包皮口背侧插入包皮囊内并撑开，使包皮口处纤维狭窄环撕裂，扩大包皮口，小心分离包皮与阴茎头之间的粘连，清除包皮垢，使龟头完全外露，涂抗生素软膏后将包皮复位。

③气囊扩张术　　从包皮口滴入表麻液（利多卡因和丁卡因各50%混合），约15min后，用血管钳将包皮与龟头间的粘连分开，清洗包皮垢，将特制的气囊扩张器置

入包皮囊内，气囊注气，扩大包皮口，保持约 10~15min，反复扩张 2~3 次，直到包皮口平顺能外翻露出龟头，达到治疗目的。

■手术治疗

（一）适应证

①包皮口狭窄或包皮呈细管状，上翻困难，有排尿困难等症状。

②反复发作龟头包皮炎。

③后天性包茎。

④有嵌顿包茎史或并发有皮肤病。

⑤小儿遗尿。

关于是否作预防性的包皮切除术目前仍有争议，犹太人及伊斯兰教徒因宗教习惯，出生后常规行包皮切除；在美国 70% 的小儿在 1 岁前已行包皮切除术，3 岁前行包皮切除术的有 90%，这些国家和地区的阴茎癌发病率极低。我国也有学者统计证明，包茎病人在 21 岁前行包皮环切术者，其阴茎癌的发病率与非手术者比较有显著差异性，而在 21 岁后行包皮环切术者，其阴茎癌的发病率与非手术者比较则无差异性。这说明包皮切除术对预防阴茎癌有意义，但我国目前的医疗资源能否应付如此巨大的病例数仍有疑问，何况大部分先天性包茎可自愈，故意见未统一。对于龟头包皮炎患儿，在急性期应首先行消炎治疗，如炎症难以控制，可做包皮背侧切开引流，待炎症消退后再行包皮切除术。

（二）手术方法

包括包皮环切术和包皮环扎术。

1．包皮环切术　　方式多种多样，基本操作步骤为：基础麻或局部麻醉下，分离包皮与龟头粘连部分，清除包皮垢，切除多余的包皮内外板，一般外板切除线沿冠状沟，内板距冠状沟 0.5cm；系带保留 0.6~0.8cm，仔细止血后，间断缝合包皮内外板创缘。

2．包皮环扎术　　需要用特制的器械，如：包皮环扎器或自制工具。操作步骤如下：

（1）常规消毒、麻醉。用两把血管钳提起包皮两侧，于包皮背侧剪开包皮口（不必按常规剪得太深，能置入包皮环扎器就可以。剪得太深，伤及阴茎背侧血管并引起回缩，致术后出血。）

（2）将包皮向上退缩，分离粘连部分及清除包皮垢。

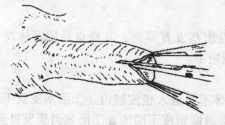

图 7-15-1

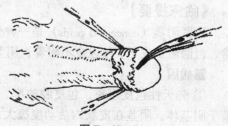

图 7-15-2

（3）复位包皮，选择大小合适的包皮环扎器，用少许四环素眼膏涂抹于环扎器表面润滑，并从包皮口置入包皮内（包皮环扎器置入后应向包皮背侧稍倾斜，保留包皮系带）。

（4）用丝线在包皮表面预定切除线上环扎，将包皮紧紧扎于包皮环扎器上的凹槽内。

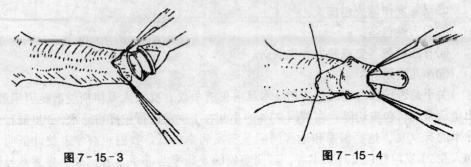

图 7-15-3　　　　　　　　　　　　图 7-15-4

（5）确认结扎牢固后，将包皮环扎器的把柄扳断，剪除多余的包皮（余下的包皮不要离环扎线太近，以免环扎线脱落导致出血）。

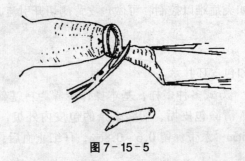

图 7-15-5

（6）术后定期用 1/5 000 高锰酸钾溶液浸泡伤口，环扎器约 2 周后会自动脱落。

第十六节　隐匿阴茎

【临床提要】

隐匿阴茎（concealed penis）是一种先天性阴茎发育异常，其特点是阴茎体发育正常，但隐匿于皮下，与包皮不附着，阴茎外观短小。

■病因

① 先天性包皮短缺，包皮腔狭窄，阴茎体不能进入包皮腔内。②阴茎皮肤不能附着于阴茎体，阴茎在皮肤内活动度极大，常常退缩到皮下隐匿。③阴茎肉膜发育异常，没有弹性，有时可形成条索状物或厚筋膜。这些发育异常的筋膜和条索状物多位于阴茎近段及基部，严重者可向远侧伸展，将阴茎体向近侧牵拉，拘束在耻骨联合下方，同时

还将腹壁皮下筋膜及其周围的脂肪组织向远侧牵拉，使阴茎深藏在臃肿的皮下脂肪组织内。纤维索带附着部位越远，隐匿的程度就越严重。本病多见于肥胖儿，偶可并发尿道上裂。

■临床症状

阴茎外观短小，呈圆锥形，重者外观不见阴茎，仅见包皮。按压阴茎根部两侧，正常阴茎体可伸出包皮外，但很快会回缩进去。在包皮与阴茎体间可触及索状物。患儿有尿频、排尿经常湿裤等症状，至成年期后会影响性交。

【治疗】

本病治疗可分为非手术治疗及手术治疗2方面。对新生儿，家长可每日数次将患儿阴茎皮肤后推，使阴茎头进入包皮腔内，以延长阴茎皮肤及包皮腔。随着年龄增长及肥胖减轻，患儿症状可逐渐好转，但保守治疗效果不确切，目前倾向于首选手术治疗，手术的目的是扩大包皮口，暴露阴茎头，应注意不能做简单的包皮环切术。手术年龄有争论，但在学龄前手术较佳。

■手术方法

1. 隐匿阴茎矫正术（Shiraki 术）　环状切开包皮外板，沿2、6、10点纵行切开外板约 1.5cm，再沿 4、8、12点切开包皮内板 1.5cm，暴露阴茎头，将包皮内外板嵌插缝合。置入尿管，适当加压包扎。

2. 阴茎"V-Y"成形术　即在扩大包皮口的基础上牵引线牵拉阴茎，在阴茎背侧基底部做"V"形切口，尖端向远侧，游离皮瓣后显露阴茎海绵体脚，通过牵引使两海绵体接近并间断缝合。"Y"形缝合皮肤，适当加压包扎，术后阴茎海绵体得到延长并进入包皮腔，呈现正常外观。

3. 采用 Devine 设计之松解术治疗　将包皮尽量退缩，显露狭窄的包皮口。背侧中线纵行剪开包皮内外板，小心行皮下分离，以勿损伤血管，直至阴茎头完全外露。当包皮完全翻转后，切口已变成棱形，显露增厚的肉膜（图 7-16-1）。将其向耻骨方向剥离并横行剪开；显露其深面的阴茎背血管及神经。将皮肤的棱形切口两侧角向两侧横行延长，环绕阴茎将肉膜与阴茎筋膜分离，边分离边环行剪开。若发现有索条组织应将其向两侧剥离．直至其附着处，然后将其切除（图 7-16-2）。将阴茎背伸，显露腹侧。延长皮肤切口至与对侧相遇（图 7-16-3），继续剥离及横断腹侧的肉膜（图 7-16-4），于肉膜下分离，直达阴茎根部，使阴茎完全松解并充分伸直。腹壁筋膜从挛缩的肉膜处完全离断后，即向上退缩至耻骨区，被牵拉向下移位的脂肪组织亦退回腹部，原来

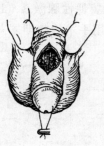

图 7-16-1

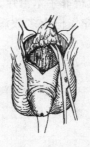

图 7-16-2

图 7-16-3

阴茎周围的臃肿外观亦变干坦。若阴阜有肥厚的脂肪垫，可将其切除（图 7-16-5）。切除脂肪后，用可吸收缝线将下腹部皮肤固定于耻骨区，并将阴茎皮肤固定于阴茎基部的白膜。找出包皮内板皮下弹性良好的会阴浅筋膜，缝合固定于阴茎基部的白膜。然后将阴茎的环形切口创缘缝合，缝线穿过阴茎基部的阴茎筋膜，以防退缩（图 7-16-6）。用尼龙网纱包扎阴茎，外加数层纱布包扎，以防止皮下水肿。术后需留置导尿管 3~4 天，术后 3~4 天拆除阴茎的纱布敷料，继续保留尼龙网纱包扎 3~4 周。

 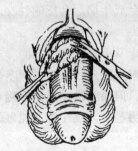 

图 7-16-4　　　　　　　　图 7-16-5　　　　　　　　图 7-16-6

（陈江谊）

第十七节　睾丸疾病

一、隐睾

【临床提要】

隐睾（cryptorchidism）又称睾丸未降或睾丸下降不全（undescended testes）。出生后睾丸未降至阴囊即称为隐睾。未降的睾丸可位于腹腔内、腹股沟管、腹股沟外环口处。部分患者睾丸出外环口后未能降入阴囊而移行于大腿内侧、会阴部、耻骨结节旁或对侧阴囊，则为隐睾的一种特殊类型称为睾丸异位。

隐睾可引起睾丸恶变、不育、睾丸扭转、睾丸损伤等不良后果，因此应尽早予以治疗。部分已位于外环口的隐睾可试行非手术治疗，可选用绒毛膜促性腺激素（HCG）或促性腺激素释放激素（GnRH）治疗。但大多数病例仍需要采用手术治疗即睾丸固定术（orchiopexy）。

【治疗】

睾丸固定术（orchiopexy）

■手术指征

各类型隐睾均适应于手术治疗。

■手术年龄

研究表明隐睾在 2 岁时已可出现明显的组织学改变，因此多主张在 1～2 岁内手术治疗。

■手术方式选择

大多数病人可行一期的睾丸固定术，将睾丸拖入阴囊固定。但如果睾丸的位置较高，精索血管没有足够的长度达到阴囊则可行二期的睾丸固定术或自体睾丸移植术。

■麻醉

采用基础麻醉加局麻或硬膜外麻醉。

■手术步骤

腹股沟上平皮纹横切口或斜切口 3～5cm。切开皮肤、皮下组织及深筋膜（Scarpa's fascia），并切开腹外斜肌腱膜。大多数情况下在外环口或腹股沟管内可以找到隐睾，仅少数隐睾位于腹腔内。

将睾丸、未闭的鞘状突及精索游离，并分离、切断睾丸引带。切开鞘状突囊，将睾丸翻出。睾丸缝一牵引线。将鞘状突从精索分离至内环口水平予以切断、结扎。继续充分地游离精索，使精索的长度能无张力的到达阴囊。必要时可结扎、切断腹壁下血管或将精索在腹壁下血管下通过以缩短精索在腹股沟管的行程。

用食指由腹股沟管向阴囊分离一隧道，并以手指为标志，在阴囊中部做一小切口。用血管钳在皮下和肉膜间潜行分离一间隙。肉膜上戳孔，通过戳孔伸入一长血管钳进入腹股沟管。血管钳夹住睾丸牵引线后，将睾丸拖入阴囊间隙内。肉膜与精索筋膜缝合固定 1～2 针。睾丸牵引线贯穿阴囊皮肤后，系于一小纱球上固定。缝合阴囊切口。

逐层缝合腹外斜肌腱膜、皮下组织及深筋膜、皮肤。

有时睾丸位于腹腔内或腹膜后的高位，而精索血管的长度不够到达阴囊，此时有几种处理方法可供选择。方法 1：如果仅单侧的睾丸不能拖入阴囊，可将本侧的睾丸切除，然后阴囊内置入硅胶的睾丸假体。方法 2：充分游离精索后，先将睾丸固定于腹股沟外环处，6 个月至 1 年后再行手术将睾丸拖入阴囊。方法 3：如果术前在阴囊和腹股沟未能扪及睾丸，可先行腹腔镜检查。当发现睾丸位于腹腔内或腹膜后，估计睾丸不能拖入阴囊时，于腹腔镜下钳夹、切断精索血管，6 个月～1 年后再行手术将睾丸拖入阴囊。方法 4：自体睾丸移植术。将切断的精索动、静脉远端与切断的腹壁下动、静脉近端吻合，睾丸拖入阴囊内固定。本术式要求睾丸缺血时间小于 30min。方法 5：精索血管高位结扎切断，长袢输精管睾丸固定术（Fowler-Stephens 术式）。即尽可能高位结扎切断精索血管，然后一期将睾丸拖入阴囊内固定。本术式要求术中尽可能少分离精索结构，保留睾丸引带与鞘状突的连结；结扎切断精索血管前先用无损伤血管钳夹住精索血管 10min，然后切开睾丸白膜少许，观察有无新鲜血液流出。只有在证明睾丸有可靠的血供情况下，才可结扎切断精索血管。否则将引起睾丸萎缩。

二、睾丸扭转及阴囊急症

【临床提要】

阴囊急症（the acute scrotum）是指阴囊内睾丸或睾丸附属结构发生扭转所引起的

一组疾病之总称。它们以患侧阴囊红、肿胀、压痛为共同的临床表现。阴囊急症是临床上最常见的小儿泌尿、生殖系统急症之一；其中，睾丸扭转是阴囊急症中最严重和最需要特别注意的情况。睾丸或精索的扭转导致睾丸血流的中断，产生缺血性睾丸坏死是阴囊急症中最严重的后果。因此，及时、正确的诊断和早期的手术治疗是挽救睾丸的惟一手段。

■临床表现

睾丸扭转可发生于任何年龄的小儿，但常发生在较大儿童，以青春发育早期最常见。临床表现以突发性的、严重的阴囊疼痛为首发症状；疼痛可向腹股沟区或下腹部放射。部分患者以前可能有类似的发作，但随后自行缓解的病史（睾丸扭转后自行复位）。伴随疼痛可有恶心、呕吐。体格检查可有患侧睾丸张力增高、压痛。早期局部的感染表现不明显。

■鉴别诊断

睾丸扭转特别需要与睾丸附属结构，包括睾丸附件、附睾附件、输精管附件或称迷生输精管（vas aberrans）、旁睾（paradidymis）扭转相鉴别。睾丸附属结构扭转的特点是发病年龄较小，阴囊疼痛多为逐渐发生，一般不向其他区域放射，恶心、呕吐不明显。体格检查扪及睾丸正常而附睾或睾丸旁组织张力增大、压痛。透光试验下见睾丸旁有不透光结构，即所谓"蓝点征"。另外睾丸扭转还需要与睾丸炎、附睾炎、阴囊的感染与创伤相鉴别。有时尚需要与睾丸肿瘤、腹股沟斜疝、鞘膜积液、特发性阴囊水肿、紫癜等相鉴别。

一些辅助检查在睾丸扭转与睾丸附属结构扭转鉴别有困难时可采用。

多普勒超声听诊仪检查：通过探测精索血管搏动音来了解睾丸的血供情况。睾丸扭转时血管搏动音减弱或消失。需要注意的是此检查有较高的假阴性。

彩色多普勒超声波：二维超声波可观察阴囊壁和阴囊内容物的解剖学图像，结合多普勒超声检查睾丸的血供情况对睾丸扭转的鉴别诊断有一定的帮助，但诊断的特异性有限。

同位素扫描：运用^{99m}锝快速连续扫描技术可获得高质量的睾丸显像。睾丸扭转的图像在缺血反应的不同时期有不同的表现。早期（6h 内）显示病变侧血流正常，甚至对侧血流降低。中、后期则表现为晕环反应，即中央为一放射性冷区，周围由强放射区包绕。而睾丸附属结构扭转、附睾炎则没有放射性冷区出现，且病变侧血流明显增高。同位素扫描的诊断准确性在 90% 以上。

需要强调指出的是，要使扭转的睾丸获救就必须尽早恢复睾丸的血供，对辅助检查的选择一定要慎重，以避免延误抢救时间。一旦怀疑有睾丸扭转的可能，积极的外科探查仍是合适的选择。

【治疗】

一旦诊断为睾丸扭转可给予镇静剂或进行精索的局部封闭。可首先试行手法复位。手法复位成功后需行双侧睾丸固定术，以防止睾丸的再次扭转。未能手法复位的睾丸扭转应尽快手术复位。手术可采用阴囊中缝的纵切口以便于行患侧的睾丸复位固定和对侧的睾丸固定。也采用两侧平行阴囊皮肤皱折的横切口。手术先切开鞘膜，迅速将扭转的睾丸复位，再观察睾丸的活力。可采用以下方法判断睾丸的活力：①观察鞘膜切开边缘是否有活动性出血。②用多普勒超声听诊仪检查。③静脉注射荧光素染色法。无活力的睾丸予以切除，有活力的睾丸予以保留并行固定术。同时行对侧睾丸固定术。固定术宜采用不吸收缝线行多点的睾丸鞘膜与阴囊内壁的缝合，切开的鞘膜不予缝合，以利于与阴囊壁的粘连固定。如果扭转的睾丸已发生液化或感染，或已形成阴囊脓肿，则可行患侧的睾丸切除和引流；48h 后再行对侧睾丸固定术。

睾丸切除后可置入睾丸假体，以利于改善外观和心理的治疗。

睾丸附属结构扭转大多数不需要手术治疗。可采用卧床休息、抬高阴囊、非类固醇类消炎镇痛药、抗生素等治疗。一般情况下 2～3 天症状可自行逐步缓解。但如果症状持续 1 周不缓解则可行扭转的睾丸附属结构切除。

（周　李）

第十八节　性别畸形

【临床提要】

（一）正常性别分化是一连续过程，即染色体决定性腺性别，性腺性别决定表型性别（外生殖器及内在性导管）。如该过程被干扰，则出现性别畸形。性染色体决定原始性腺发育为睾丸或卵巢。位于 Y 染色体的睾丸决定基因若被丢失，则原始性腺于胚胎 11～12 周时发育成卵巢而不能发育为睾丸。男性胚胎的胎睾曲细精管的支持细胞能产生一种称为苗勒抑制物质（Müllerian inhibitory substance，MIS），能引起副中肾管退化。稍后。胎睾间质细胞分泌睾酮引起同侧中肾管分化为附睾、输精管及精囊。若胎睾功能不正常，则 MIS 分泌缺乏侧的副中肾管可演化成不同程度的输卵管、子宫及阴道。睾酮缺乏则中肾管不能演化成男性内生殖管道。在女性或没有性腺时，副中肾管分化为输卵管、子宫及阴道上部，中肾管则退化。男性外生殖器的形成有赖于 5-α 还原酶把睾酮变成双氢睾酮以及靶细胞内的雄激素受体，若这些物质有异常则外生殖器演化发育趋向女性。

（二）性别畸形

1. 染色体性别异常

（1）先天性睾丸发育不全症　　本症称曲细精管发育不全或 Klinefelter 综合征。其基本问题是男性多一 X 染色体，X 染色体越多，男性化障碍程度越明显，智能越低下，但只要有 Y 染色体其表型就呈男性。其睾丸小而硬，阴茎短小，青春期后呈女性型乳房，面部胡须及腋毛减少，一般无生育力。约 12 岁许开始雄激素治疗，一般用环戊酸脂（cyclopentyl propionate ester），开始每次肌注 50mg，每 3 周一次，每隔 9 个月增加剂量 50mg 直至 250mg（成人量）。用药后对男性化有帮助，但不能解决生育问题，尚可加重乳房女性化，故多需作乳房成形术。

（2）XX 男性综合征　　其特点是男性表型但核型为 46，XX。睾丸小而硬，阴茎偏小或正常，常有尿道下裂及女性型乳房，不育。可能是 Y 染色体与 X 染色体易位所致。本症因有较严重的尿道下裂，包皮较缺乏，因而在学龄前作皮袖式膀胱粘膜尿道成形术最为适合。青春期后切除女性型乳房。

（3）先天性卵巢发育不全　　本症又称性腺发育不全或 Turner 综合征。常见的染色体组型是 45，X。其临床特征为女性表型，性幼稚，双侧纤维索条性腺，原发性闭经，体矮小。颈蹼及肘外翻。部分合并手足淋巴水肿，发际低、小面颌，内眦皮赘，耳廓低，眼睑下垂，第四掌骨短，心血管畸形，肾畸形等。本症从青春期开始时，用雌激素替代治疗，持续半年或至月经来潮，然后进行周期性的雌激素治疗。

（4）混合性腺发育不全　　其特点是一侧为睾丸而另一侧为索条性腺，核型多为嵌合体 45，X/46，XY。外阴呈模棱两可，有尿道下裂。一侧睾丸下降不全，对侧无睾丸。表型不论是男是女，都有婴儿型子宫或半个子宫、子宫颈及至少一根输卵管。中肾管演化的器官位于睾丸的一侧。睾丸曲细精管仅有支持细胞而无生殖成分。本症作男性抚养时，宜将下降不全的睾丸移至阴囊内，因性腺组织发生恶变的几率高，故宜切除腹内的索条性腺。切除子宫、输卵管及阴道，然后再作尿道成形术。若作女性抚养时，宜将睾丸索条性腺切除，外阴整形。青春期初期用雌激素替代治疗。

（5）真两性畸形　　其特点是同一体内有睾丸及卵巢 2 种性腺组织，其结构可为双侧均为卵睾，或一侧为卵睾而另一侧为睾丸或卵巢，或一侧为睾丸对侧为卵巢。多数有一个或半个子宫，每侧的生殖管道与同侧性腺一致。多数有重型尿道下裂。2/3 核型为 46，XX，也可有 46，XY 或嵌合体。治疗后少数有生育力。真两性畸形在选定性别后切除相反的性腺组织。卵睾结构较特殊，比例不一，质地上卵巢组织较白较坚实，睾丸组织较红而软，宜在冰冻活检基础上处理性腺。选择作男性者，在切除卵巢组织、输卵管、子宫阴道后，第二期作尿道成形术。青春期后切除女性型乳房。选择作女性者，切除睾丸组织，同期或第二期切除肥大阴蒂并作阴道口整形术。

2．性腺性别异常　　性染色体正常，但性腺分化异常，以致性染色体与性腺及表型性别不符。

（1）纯性腺发育不全　　表型是女性，核型是 46，XX 或 46，XY，双侧索条性腺及性幼稚。内生殖管道由副中肾管衍化而来。身高正常，半数有典型女性化性征。索条性腺可发生肿瘤尤其以无性细胞瘤多见，核型为 46，XY 者多为性腺母细胞瘤。当出现男性化体征时，提示可能有性腺肿瘤，应及时手术探查，切除索条状性腺。接近青春期时用雌激素替代治疗。

（2）无睾综合征　　患者核型为 46，XY，表型是男性但外生殖器男化不全。无索条状性腺，无副中肾管衍生物，无睾丸及附睾，但有其他中肾管衍生物。青春期后乳房女性化。阴茎可能较细小。诊断明确后有尿道下裂者应在学龄前作尿道成形术。青春期前用雄激素替代治疗，以助保持男性征。女性化乳房宜切除。

3．表型性别异常

（1）女性假两性畸形　　女性假两性畸形（female pseudohermaphroditism）又称肾上腺性征异常症，核型为 46，XX。最常见的原因是先天性肾上腺增生，属常染色体隐性遗传病。因合成皮质激素过程中需要的一种或几种酶的先天缺陷，引起促肾上腺皮质激

300

素分泌增高以致体内各种皮质醇的前驱物质增多，这些导致内生雄激素过多，引起胎儿男性化，呈现尿生殖窦融合，阴道下段发育不全及阴蒂肥大。但内生殖道及卵巢是正常的。患儿在幼儿期、儿童期生长发育较快，身长高于同龄儿，但至青春期又矮于同龄儿。骨龄提早。

(2) 男性假两性畸形　　男性假两性畸形（male pseudohermaphroti tism）是 X 连锁性遗传或男性常染色体遗传。染色体核型为 46，XY，性腺为睾丸。但内生殖道和外生殖器男性化不全，以致有较轻度尿道下裂至完全似女性的外阴，有些合并隐睾和副中肾管退化不全。其原因可能是睾酮生化合成上有缺陷；5 - α 还原酶缺乏导致睾酮作用降低；靶组织内结合雄激素的受体减少。由于睾酮合成不足所致男性假两性畸形的特点是睾丸发育不全，外生殖器男性化不全，出现假阴道、会阴、阴囊型尿道下裂（pseudovaginal perineoscrotal hypospadias，PPH）。并发于 5 - α 还原酶缺陷者，副中肾管退化不全，可有发育不全的子宫、输卵管、阴道，又有不同程度发育的输精管，常合并隐睾，外生殖器完全男化，形似"有子宫的男人"。睾丸女性化（testicular feminization syndrome，TFS）是由于靶细胞雄激素受体有缺陷，导致外生殖器完全女性化，但没有阴道或仅有短阴道，没有子宫、输卵管。青春期乳房发育、阴茎细小，形似"有睾丸的女人"。

【治疗】

1．女性假两性畸形的治疗原则是补充缺乏的皮质醇，抑制 ACTH 的分泌，制止肾上腺皮质的增生，减少雄激素的过量合成与积聚，以消除男性化征。通常用小剂量皮质激素替补治疗，常用药有泼尼松、氢化可的松或醋酸可的松，其剂量要能抑制 ACTH 过度分泌又不引起库欣征。对 21 -羟化酶活性严重不足，以致皮质醇及醛固酮缺乏，造成性征异常及失盐者，生后可很快出现严重肾上腺功能不全表现，如厌食、呕吐、脱水、循环衰竭，处理不及时可致死亡。此时应加大可的松类的盐型皮质激素，输入生理盐水，能很快改善病情。轻型病例可给予泼尼松 1mg/（kg·d），分 2 次口服，一个月后减 1/4 量。治疗过程中应定期监测血、尿中的类固醇量，以便调整剂量。

外科手术整形应考虑日后能发挥其功能，修复的阴道口应适合成年后的性生活及生育。手术年龄在 2~3 岁左右为好，年龄过大手术会影响患儿身心健康。手术的主要点是切开尿生殖窦，暴露出并扩大阴道外口，切除肥大的阴蒂，小阴唇成形。术后第 3 周可用扩张器轻柔扩张阴道口，以防狭窄。必须指出，术后要有适当的药物治疗，否则阴蒂残根仍会增长肥大而突出，并展现男性心理。适当的药疗可以保持女性心态及妊娠生育。

2．男性假两性畸形阴茎细小伴尿道下裂者，若作男性抚养，出生半年后宜开始用绒毛膜促性腺素（HCG）及丙酮睾丸素联合用药治疗，以促进阴茎发育。一般用 HCG 1 000U 肌注，丙酸睾丸素 25mg 肌注，分别每周 1 次，10 次为一疗程，间歇 2~3 个月进行第 2 疗程，多数患儿在第 3 疗程后阴茎才会明显发育增粗。此时可行尿道成形术，尿道缺损较长者，采用皮袖式膀胱粘膜尿道成形术有其独特的优点。

（谢家伦）

第十九节 肾 移 植

由于免疫反应要比成人强，小儿肾移植（pediatric renal transplantation）术后较易出现排斥，特别是 10kg 以下的患儿。20 世纪 50 年代曾报道 1 例母亲供肾给孤立肾外伤的患儿，肾功能维持了 22 天才出现急性排斥。同种单卵双胞胎供肾移植成功已有许多报道，有的至今存活。20 世纪 60 年代人工肾的使用，免疫抑制剂（如硫唑嘌呤、泼尼松）和放射治疗的临床应用，大大推动了肾移植的发展。6 岁以上患儿肾移植的成功率接近 60%。20 世纪 70 年代组织相容性抗原（HLA）配型的建立，多克隆抗体（ALG、ATG）和环孢霉素 A（CsA）的发现，使肾移植成为 20 世纪 80 年代最常用、最有效治疗尿毒症的方法。近 10 年来，多种新型免疫抑制剂的出现，组织配型和手术技术的提高，患儿肾移植的成功率已达 90% ~ 94%。

■小儿肾移植受体选择及术前准备

1. 小儿肾移植的适应证与禁忌证

（1）适应证

受者接受肾移植的年龄一般在 5 岁以上较为安全。随着 CsA 的广泛使用，急性排斥反应的发生率明显降低，肾移植适应的范围也较以往扩大。以下疾病引起的慢性肾衰竭可行肾移植手术：①慢性肾小球肾炎，是最常见疾病。②不可逆的急性肾功能衰竭（肾皮质性坏死、急性肾小管坏死或孤立肾外伤）。③慢性肾盂肾炎（反流性肾病）。④多囊肾。⑤IgA 肾病。⑥Alportis 综合征。⑦阻塞性尿路疾病（梗阻性痛病）。⑧高血压性肾小球硬化症。⑨胰岛素依赖型糖尿病等。

肾移植受者术前多以透析疗法维持生命，术后长期服用免疫抑制剂，将会促使某些疾病恶化，甚至危及生命。故术前病例选择特别要注意有无恶性肿瘤的病史；原发疾病是否处于活动期；活动性感染；肝脏、肺部、心血管、胃肠疾病、精神状态及全身性疾病的情况。

（2）禁忌证 ①播散性恶性肿瘤。②顽固性心力衰竭。③慢性呼吸功能衰竭。④进展性肝脏疾病。⑤广泛性血管病：包括冠状动脉、脑血管、周围血管等。⑥严重先天性泌尿系畸形（膀胱外翻）。⑦治疗无效的慢性感染。⑧获得性免疫缺陷综合征。⑨持久性凝血障碍性疾病。⑩严重精神发育迟缓。⑪精神心理性疾病：如精神病、酗酒、药瘾（毒瘾）。

2. 肾移植受者术前检查和准备 对肾移植受者术前首先要完成详细的病史和物理检查，不能局限于慢性肾衰竭原因、有关症状和体征，由于肾移植术后将面临免疫抑制剂的使用，全身各系统均有可能受影响，各器官潜在的病变术后可能诱发致命的结局。因此，小心检查心血管的状态、胃肠疾病、泌尿生殖系统情况、肺储备能力，潜在感染如来自口腔、鼻咽等，以及家族史中有无遗传疾病都是十分必要的。

术前检查除一般手术的常规项目外，还应包括：人群体反应抗体（PRA）试验、

HLA 配型、淋巴细胞毒培养试验、淋巴毒性试验（CDC）以及巨细胞病毒（CMV）检测。测定 HLA 以选择相配的供体；定期测定 PRA，如受者曾经多次输血，体内可能存在抗体。如 PRA 阳性而且属于抗体者，不急于行肾移植手术，如 IgG 抗体下降至 10%以下，已选好 HLA 配型，术前再用免疫吸附法或血浆置换去除 IgG 抗体，并且行淋巴细胞毒试验阴性后才行肾移植手术。条件许可时，移植前，供者和受者的淋巴细胞混合培养也应该进行。

正常人中感染过巨细胞病毒者占 45%～100%，术前测定血浆中 CMV IgG/IgM 抗体，如受者阴性，供者最好也是阴性。术后 CMV IgG/IgM 抗体滴度比基础值高 4 倍以上有诊断意义。血白细胞 CMV 抗原 PP^{65} 阳性表示病毒有复制现象，须使用更昔洛韦（ganciclovir）预防。

■小儿肾移植手术

成人尸体供肾供给 20kg 以上小儿可按成人切口；20kg 以下，取剑突下至耻骨上正中切口，于右侧结肠旁侧腹膜切开，结扎切断肠系膜，分离后将右半结肠和小肠翻向左上方切口外，显露腹主动脉下段和下腔静脉。肾静脉与下腔静脉作端侧吻合，肾动脉与腹主动脉或髂总动脉作端侧吻合，输尿管在腹膜后潜行至膀胱前侧壁，作粘膜下隧道输尿管膀胱吻合术。肾移植置于腹膜后。受者体重 10kg 以下，大的肾脏则置入腹腔。

术中输液量平均晶体液 55mL/kg，胶体液 8mL/kg，保持中心静脉压在 1.2～1.6kPa（12～16cmH$_2$O），平均动脉压在 8kPa（60mmHg）以上，低者静滴多巴胺 10μg/min。开放血管阻断钳前，静滴甘露醇 0.5g/kg，输洗涤红细胞 150mL 以代偿肾充血量，静滴碳酸氢钠 1mg/kg，消除血管阻塞期间下肢缺血致氧代谢性酸中毒。

术后血肌酐未下降至 177μmol/L（2mg/天）以前，采用 ALG 或 OKT$_3$ 代替环孢素 A。儿童环孢素 A 代谢比成人高 3 倍，服用时应按体表面积计算。

■术后处理

1. 一般处理　　植肾手术位于腹膜后区，术后 1～2 天胃肠功能恢复正常，5～7天后拔除尿管，早期进食和活动有利于恢复。术后头 3 天应用广谱抗生素可减少伤口感染，然后口服甲氧苄啶/磺胺甲基异噁唑（TMP/SMZ），既可治疗尿路感染又可防治卡氏肺囊虫感染。常规口服抗酸剂如雷尼替丁，防止激素诱发消化道溃疡。口服无环鸟苷（acyclocir）400mg/天可防止单纯疱疹病毒感染。抗高血压用药首选钙通道阻滞剂异博定和恬尔心，其次是肼苯达嗪和心痛定。除非非常必要，术后数个月避免使用血管紧张素抑制剂和 β 受体阻滞剂，因为可损害肾小管滤过率，引起高血氯性酸中毒，伴用 CsA 或FK506 可致血肌酐上升，而不是排斥现象。

2. 维持水、电解质平衡　　植肾手术完成后，受者安置在监护病房 10 天左右，必须每小时记录出入液量，补液量相当于尿量。补液可用 5%葡萄糖和平衡盐液按 1∶1 比例交替静滴。每日根据全身状态，血生化电解质和 CVP 等调整，不稳定时随时处理。高质量供肾，血管吻合口开通后数分钟即有大量尿液流出，每小时可达 1L 以上，这与受者水钠潴留、尿毒症毒素积聚、输入过多液体和近曲肾小管轻度缺血性损害有关，一般持续数天才恢复正常。多尿期须补钾，低钠血症可静滴 2.5%氯化钠液。受者心血管功能欠佳者，应观察有无颈静脉怒张、肺底啰音及 CVP，以防充血性心力衰竭。如出现上述情况应减少补液量，静脉推注速尿以快速排出尿液，极少需使用血液透析机脱水。相反，因补液不足或引流液过多造成脱水少尿，1～2h 内输入 5% 葡萄糖盐水 500～1 000mL 和白蛋白 12.5～25g，仍少尿，须排除早期排斥、肾血管闭塞或输尿管阻塞。

3. 免疫抑制剂的使用　　单用激素不足阻止排斥，合用 AZA（二联疗法）在 20 世纪 60～80 年代成为标准抗免疫方案，由于用量大，感染发生率占 30%～60%，死亡超过一半。自从 CsA 出现，尸肾移植成功率第一年提高 20%，单用剂量较大，易出现毒性，故上述 3 种药合用称三联疗法，一直沿用至今。CsA 对肾有毒性，可引起肾血管收缩，特别是入球动脉和毛细血管丛的收缩，延迟或损害肾功能应及早发现，血肌酐升高不似急性排斥那样急剧升高，且尿量减少不明显，调整剂量数天后恢复正常。长期稳定的浓度，有利于减少其毒性。所以必须定期测定 CsA 的血浓度，中山一院采用全血多克隆 TDX 法测定浓度（正常 400～800μg／L），术后头 3 个月浓度控制在 400～500μg/L，至一年 400μg/L，第 2 年 300～400μg/L，第 3 年后 200～300μg/L。CsA 其他毒性包括：高血压、肝毒性、恶心、呕吐、腹泻、癫痫、手振颤、多毛、牙龈增生等。一些药物可影响 CsA 的浓度，如恬尔心、异搏定、红霉素、酮康唑、溴隐亭、西米替丁等，可增加 CsA 血浓度；利福平、异烟肼、鲁米那、大仑丁等，可减少 CsA 血浓度。这些药物主要通过增加或抑制细胞色素 P450 3A4 的活性起作用，中山一院常规口服恬尔心，减少 CsA 用量 1/4，降低费用。新剂型 CsA（Neoral）显著减少生物利用度的个体差异，增加吸收稳定性，其特点为微乳剂更易吸收，不受食物、脂肪、胆盐及酸性物质的影响。用霉酚酸脂（MMF，骁悉）代替 AZA，称新三联，可降低急性排斥率和减少慢性排斥，主要副作用是食管炎、胃炎、腹泻和血白细胞及血小板减少。

术后最初的 2 周内必须加强免疫抑制剂的使用。由于 CsA 对肾的毒性，一般主张术后 3 天内暂不使用，待血酐下降至 177μmol/L 以下或血肌酐比术前基础值下降一半才用 CsA，期间以 ALG 或 ATG 代替。ALG 或 ATG 治疗窗较窄，用药前应皮试以防过敏，与较大剂量 AZA 或 MMF 合用易致骨髓抑制，继发感染。作者单位按标准半剂量使用，副作用大大减少。普乐可复（tacrolimus，FK506）是继 CsA 之后应用于临床器官移植的新型免疫抑制药物，体外研究表明 FK506 的免疫抑制活性比 CsA 强 10～100 倍，能更有效降低机体排斥率，激素用量可减少，由于能抑制转化生长因子-β（RGF-β）的表达，对预防慢性排斥反应有一定作用。FK506 的毒性与 CsA 类似，但对肝功能损害轻，升高血糖比 CsA 更明显。

三联药物数十年临床应用，已肯定其有效性，近 10 年新的多种免疫抑制剂出现，也显示其有较好疗效和优点，但必须经更长时间的临床验证，才可以推广使用。

■排斥及治疗

1. 超急排斥　　发生于肾移植术后 48h 内，多数出现在手术时血管吻合口开通后半小时内，血管吻合口开放后数分钟，肾脏变紫黑色，灌注和功能停止。组织学见肾小球内和肾小管周围毛细血管内有大量中性多型核白细胞、纤维蛋白和血小板沉积，血栓形成，免疫抑制药物和抗凝治疗无效，应立即截取植入的肾脏。此现象是受者因术前输血、多次妊娠或作过肾移植，体内产生细胞毒性抗体，针对供者 HLA 发生。术前作受者 PRA 检测，供受者血淋巴毒性试验，阴性者发生超急排斥已少见。

2. 急性排斥　术后头 3 个月平均有一次急性排斥，单次且很快恢复不影响预后。表现寒战、发热、高血压及肾区触痛，应用 CsA 以来，上述症状和体征大大减轻或不存在，仅表现血肌酐上升。彩色多普勒 B 超、放射性同位素肾图、核磁共振扫描/成像、细针穿刺及免疫学检查有助于诊断，但准确率为 43% ~ 70%，最可靠是肾组织活检。组织学表现为淋巴细胞和巨噬细胞浸润，当排斥发展成严重血管损害时，表现为坏死性动脉炎、内皮细胞严重损害、腔内血栓形成、肾皮质栓塞、间质出血。目前，国际上以 Banff 分类法，将肾小球、间质、肾小管及血管改变分成 0 ~ 3 级，但未包括免疫组化/荧光的变化。细针穿刺活检不能作为诊断的金标准，常因标本太少，加上局限性无法得出可靠的诊断，甚至正常肾功能无排斥现象，也可有少量单核细胞浸润。临床对急性排斥的诊断仍较困难，目前体外预测排斥反应的两种方法，是检测特异性抗体活力的水平和一些反映免疫抑制的水平，如细胞和体液对供者抗原免疫性的测定。这些测定包括：混合淋巴细胞反应、对供者特异细胞毒 T 淋巴细胞、依赖抗体的细胞毒性、依赖补体的细胞毒性、特异抗供者的 B 淋巴细胞抗体的测定；自用 T 细胞亚群比值作为免疫抑制已足够或逼近排斥的指数，可惜当体内淋巴细胞减少和淋巴细胞亚群因细菌和病毒感染的变化，上述检测便失去意义。临床上必须综合有关资料，及早诊断和处理急性排斥，急性排斥一周内未抗排斥治疗，肾功能将无法逆转。最近报道白细胞介素 IL_{17}，它由活化 CD_4^+ 记忆细胞分泌，肾活检染色在浸润单核细胞上 IL_{17} 蛋白表达，尿沉渣中单核细胞也能发现 $IL_{17}mRNA$ 表达，可作为亚临床急性排斥诊断的依据。

治疗方法：首先采用 MP 0.5/天，用 3 ~ 5 天，有效者症状减轻，有时 12h 后尿量才逐渐增加，血肌酐上升缓慢或下降，疗程完成后 72h 内，肾功能继续改善，MP 治疗逆转急性排斥的有效率 70%，恢复欠佳者加用 ALG/ATG 直至肾功能正常，耐激素、难控制或血管性急性排斥，可选用 OKT_3 治疗，5mg/天，用 10 ~ 14 天，有效率为 96%。首次剂量静注后可能出现细胞介素释放综合征，表现发热、寒战、急性水肿、腹泻、头痛、无菌性脑炎或头痛，必须事先脱掉体内比干体重轻 3% 的水分（利尿或透析），第一次用药前半小时静注 MP 0.25g 和肌注苯海拉明 50mg，口服扑热息痛 0.25g，这样多数不出现细胞介素释放综合征。此外，由于释放的细胞介素对肾的毒性，肾脏功能暂时减退数天，有时得通过透析疗法的支持，OKT_3 治疗期 CsA 停用或减半，有利于减少其毒性。难治性和反复发作急性排斥，长期使用大量免疫抑制剂不是明智的选择，易诱发致命的感染，无效者宁可截取植入的肾脏，等待另一次肾移植。个别半年以后仍可发生急性排斥，多数与免疫剂量不足有关，及早治疗仍有效。

3. 慢性排斥　缓慢发展肾功能逐渐减退。术后头 3 年，每年将有 7.5% 的移植肾因慢性排斥丧失肾功能，3 年后移植肾发展成为慢性排斥占 20% ~ 50%。肾脏排斥反应是指受者对植 入肾脏发生免疫和生理反应的损害，出现炎症和修复的过程最后病理组织铸成病变的肾脏，危及肾功能。目前认为慢性排斥的原因是受者对移植肾异体抗原反应的亚临床排斥反应的表现：缺血/再灌注损伤；CMV 或别的感染所致。同时有许多危险因素助长其发生，包括：HLA 错配、抗体、高脂血症、药物毒性、高血压及肾单位减少。临床表现通常于术后半年开始，先出现蛋白尿、高血压，肾脏功能逐渐减退病理特征表现肾血管周围炎症反应，血管平滑肌细胞增殖向内膜移动，内膜变厚，血管腔同心圆形变窄，最后纤维化，血管可完全闭塞。肾小球硬化继发于缺血，早期肾小球变小，后毛细管基底膜增厚和折叠，透明样变性和纤维化肾小管萎缩。

诊断依靠临床表现和穿刺活检病理诊断，排除原发肾小球肾炎复发或新的肾小球病。

同种异体肾移植所有的免疫反应都有助于发展成慢性排斥反应，全部基因都可能表达到移植物上，包括：粘附分子配体（选择因子和整合素）、趋化因子、生长因子和受体、基质金属蛋白酶等。慢性排斥伴有稳定肾功能，肾内有 $200\sim300$ 个基因表达，理论上可针对这些基因为目的治疗，但实际上不可能。目前仍没有理想的方法。当炎症和增殖反应出现在肾内，间质纤维化，表示已成不可逆的改变。处理上只是针对如何合理使用免疫抑制剂，防治危险因素，延长残存肾单位发挥功能。更重要的是采取预防措施：包括：①HLA 配型选择优质供肾是减少慢性排斥的关键。早期合理使用免疫抑制剂，防止急性排斥发生。FK506 替代 CsA 和 MMF 替代 AZA 可能有助于稳定肾功能，当血肌酐 > 3.5mg/dL 以上，可停用 CsA 或 FK506。将进入临床使用的雷帕霉素有助于减少慢性排斥。②植肾手术期间，静注超氧化物歧化酶（rh - SOD）200mg，可减少缺血/再灌注损伤（对抗氧自由基），减少急性、慢性排斥。③周围血白细胞 CMV 抗原阳性者，Ganciclovir 预防 CMV 发病的诱发排斥。④控制高血压。收缩压控制在 19.95kPa（150mmHg）以下，有利于减少蛋白尿稳定肾功能。抗高血压药于维洛尔（caredilol）还具有抑制平滑肌增殖的作用。高脂血症可促进动脉硬化，普拉固（pravastatin）可降低低密度脂蛋白-胆固醇和甘油三酯，抑制生长因子和平滑肌增殖。⑤慢性排斥期间，怀疑急性除非有病理证实，否则禁用冲击治疗或加大免疫抑制用量，避免诱发感染和药物毒性。

（陈凌武　郑克立）

第八章　心血管疾病

第一节　动脉导管未闭

【临床提要】

动脉导管未闭（patent ductus arterisous）是胎儿期降主动脉和肺动脉的正常通道。出生后未能闭锁而成为先天性心脏病。未闭的动脉导管位于左锁骨下动脉远侧的降主动脉峡部与左肺动脉根部之间，粗细长短不等，大多外径 10mm 左右，长约 6~10mm，外形可呈管状、漏斗状，粗短者则呈窗状。

动脉导管未闭是最常见的左向右分流先天性心脏病之一，它可以单独存在，也可以与其他非发绀型或发绀型先天性心脏病一起出现，而对发绀型先天性心脏病而言，由于未闭的动脉导管起到增加了本来不足的肺动脉血流量的作用，因此它的存在是决定这类患儿能否生存的重要因素。

■病理生理

动脉导管出生后如不闭锁，则压力较高的主动脉血液分流入压力较低的肺动脉内，增加肺循环血量。分流量大小则取决于导管的粗细及主动脉与肺动脉的压力阶差，分流量小时则不引起血流动力学的改变，分流量大时则增加左心负荷而导致左心肥大及肺充血，甚至左心衰竭。血流分流入肺动脉而增加肺循环量和压力，继而增加右心的负荷，引起右心肥大，甚至衰竭。肺小动脉承受大量分流血量初期先发生反应性痉挛，后期继发管壁增厚和纤维化，致使肺动脉压力持续上升。当肺动脉压力等于或超过主动脉压力时，左向右分流消失，甚至逆转为右向左分流，临床上出现发绀，导致 Eisenmenger 综合征，失去矫治的手术时机，终因肺动脉高压右心衰竭死亡。

■临床表现

导管细、分流量小者，则可无症状。导管粗、分流量大者，易患感冒或呼吸道感染，劳累性心悸、气促甚至出现左心衰，可影响患儿生长发育。

■心脏检查

在胸骨左缘偏外第 2 肋间可闻响亮粗糙的连续性机器样杂音，向左颈部传导，局部多可扪及震颤，第 2 心音亢进、分裂，肺动脉压明显增高时则仅可听到收缩期杂音，分流量大者，心尖部还可听到柔和的舒张中晚期杂音和第 3 心音。周围血管征阳性，但随肺动脉压升高，分流量下降而不显著，甚至消失。

■辅助检查

1．心电图检查　　导管细分流量小者呈正常，分流量较大者示电轴左偏，左心室高电压或左心室肥大，肺动脉严重升高者则示左、右心室肥大或电轴右偏、右心室肥大。

2．X 线检查　　分流量小者示正常，心影随分流量大而增大，左心缘向下向左外延长，心胸比例增大，主动脉结突出，肺动脉段膨隆，肺血增多，透视还可看到肺门舞蹈征。

3．超声心动图检查　　左心房、左心室内径增大，可准确地显示沟通主动脉、肺动脉的动脉导管的内径及长度，并测出分流量的大小，有很高的诊断价值。

■诊断

根据病史、临床表现和心脏检查，结合心电图、X 线检查、超声心动图，一般都可以确诊。但还需与高位室间隔缺损合并主动脉瓣关闭不全、主动脉窦瘤破入右心室、冠状动静脉瘘等鉴别。另外肺动脉压力显著升高只有收缩期杂音者，临床上易与室间隔缺损混淆。

【治疗】

最佳手术年龄是学龄前，在新生儿出现呼吸窘迫综合征应予以急诊手术。合并肺动脉高压、心力衰竭、影响生长发育或有较明显临床症状者，应及早手术。手术方法可采取直视下结扎或切断动脉导管，严重肺动脉高压、导管粗大者，或合并其他畸形等，可在体外循环下行心内直视手术，近年来有采用介入堵塞较小的导管，或胸腔镜下钳闭导管。

第二节　房间隔缺损

【临床提要】

房间隔缺损（atrial septal defect）是左、右心房之间的间隔发育不全，遗留缺损造成心房水平血液分流的先天性畸形，是最常见的先天性心脏病之一。房间隔缺损可分为继发孔缺损和原发孔缺损，以前者居多，后者归类入心内垫畸形。继发孔缺损位于冠状窦口的外上方，根据缺损所处的相应的解剖部位分为 4 类：卵圆孔型或中央型缺损位于房间隔中央部分，这型最多见；下腔型缺损靠近下腔静脉入口；上腔型缺损靠近上腔静脉入口，这类缺损几乎都伴有右上肺静脉异位引流入上腔静脉；混合型较少见，为巨大缺损几乎占整个房间隔，或 2 个以上类型的缺损同时存在。缺损的大小变化很大，多数直径为 2～4cm。小部分缺损合并二尖瓣病变如二尖瓣狭窄、关闭不全或二尖瓣裂等，均称为 Lutembacher's 综合征。

■病理生理

由于左心房压力比右心房高，左心房血流经缺损流入右心房，分流量大小取决于心房之间隔的压力阶差和缺损的大小。幼儿期，左、右心房压力比较接近，分流量不大，临床症状也不明显，随着年龄的增大，可达到体循环血流量 2~4 倍，使右心负荷加重，右心房、右心室和肺动脉扩大，肺动脉压力上升。初期肺小动脉痉挛，后期管壁内膜增生和中层增厚，致使管腔狭小甚至阻塞，最终导致梗阻性肺动脉高压，右心房压力高于左心房而产生右向左分流，出现 Eisenmenger 综合征。

■临床表现

继发孔缺损早期多无症状，一般到了青年期症状才开始出现，主要为劳累性心悸、气促，可有右心功能不全和反复呼吸道感染，心律不齐如最常见的房颤则多见于 40 岁以后。

■心脏检查

胸骨左缘 2、3 肋间可闻 Ⅱ~Ⅲ级柔和收缩期杂音（这一杂音并非血流通过缺损所产生，而是因肺循环血量明显增多导致相对肺动脉瓣狭窄所致）第二心音亢进、固定分裂，分流量较大都可在胸骨左缘 3、4 肋间闻及柔和舒张中、晚期杂音。伴有 Lutem-bacher's 综合征者，可在心尖区闻及相应的杂音。

■ 辅助检查

1．心电图检查　　继发孔缺损呈电轴右偏，不完全性（多数）或完全性（少数）右束支传导阻滞，右心室肥大。原发孔缺损则呈电轴左偏，Ⅰ°房室传导阻滞，AVF 导联呈 rS 波，S 波上有切迹。

2．X 线检查　　右心房、右心室增大，肺动脉段膨隆，主动脉结缩小，肺血增多。

3．超声心动图　　右心房、右心室增大，心房间隔连续中断，可准确测出缺损部位、大小。

■诊断

根据临床病史、临床表现、心脏检查，结合心电图、X 线检查和超声心动图可以确诊。但要注意与原发孔型缺损、心脏无害性杂音鉴别。

【治疗】

继发孔缺损，如诊断明确，心电图、X 线检查、超声心动图示右心房、右心室增大，或有肺动脉高压，即使无症状，也应手术治疗，不典型病人如经心导管检查，肺循环血流量为体循环的 1.5 倍以上亦应手术治疗。

手术方法多采取正中胸骨切、体外循环下直视修补缺损，缺损不大者可直接连续缝合缺损，缺损大或上腔型缺损，宜用心包或涤纶片缝补。近年来对缺损不大的中央型采用非剖胸介入性疗法，用心导管将塑料伞推至房间隔，覆盖缺损。

第三节　室间隔缺损

【临床提要】

室间隔缺损（ventricular septal defect）是室间隔在胎儿期发育不全所致，根据缺损所在的相应解剖部位可分为漏斗部缺损、膜部缺损、肌部缺损及左心室右心房间缺损，其中以膜部缺损最多见，漏斗部缺损次之。绝大多数缺损是单发的，偶然有多个缺损。

■病理生理

室间隔缺损产生室水平的左向右分流，分流量大小取决于缺损的大小及左、右心室压力阶差。分流量小者，对血流动力学影响甚少，分流量大，肺动脉压力和肺血管阻力逐渐上升，肺小动脉初期发生痉挛，后期管壁内膜及中层增厚，阻力增大，形成阻塞性肺动脉高压，致左向右分流减少，甚至出现右向左逆向分流导致 Eisenmenger's 综合征。值得注意的是，一部分小缺损尤其是肌部缺损有自然闭合的趋向，多发生在 2 岁以前，2 岁后自然闭合的机会甚微。

■临床表现

缺损小，一般无症状，缺损大者，易反复发生呼吸道感染，劳累性心悸、气促，甚至左心衰竭，进行性阻塞性肺动脉高压者，可出现发绀和右心衰竭。

■心脏检查

心前区常有轻度隆起，胸骨左缘 3、4 肋间可听到 Ⅲ ~ Ⅴ 级全收缩期震颤，多可扪及收缩期震颤，第 2 心音亢进、分裂，漏斗部缺损则杂音及震颤位于 2、3 肋间。分流量大者，心尖部可闻第 3 心音及柔和舒张中、晚期杂音。肺动脉压力显著升高时，杂音会减轻，变短速甚至消失，肺动脉瓣听诊第 2 心音亢进、单一并可闻肺动脉瓣关闭不全的舒张早期杂音。

■辅助检查

1. 心电图检查　　缺损小示正常，缺损较大者示电轴左偏，左心室高电压、肥大，肺动脉压力显著升高时，则示左右心室肥大甚至电轴右偏，右心室肥大或伴劳损。

2. X 线检查　　中度以上缺损可见心影增大，左心缘向左向下延长，肺动脉段隆出，主动脉结正常或变小，肺血增多。重度肺动脉高压肺门肺动脉粗大，远端突变小，分支呈鼠尾状，肺野外周纹理稀疏。

3. 超声心动图　　左房左室内径增大，严重肺高压者右心内径增大，二维切面可示缺损大小和部位。

■诊断

根据病史、临床表现、心脏检查，结合心电图、X 线检查及超声心动图，一般可以确诊。临床上需与动脉导管伴严重肺动脉高压、肺动脉狭窄等作鉴别诊断。

【治疗】

小缺损因有自行闭合的可能，应观察到学龄前再行手术。缺损大、临床症状明显、反复心力衰竭、影响生长发育及有肺动脉高压者，应及早手术，年龄不受限制，必要时如新生儿呼吸窘迫综合征，可作急诊手术。但值得注意的是，如出现新生儿呼吸窘迫综合征或婴幼儿期反复左心衰竭者，除了缺损巨大的原因外，还可能伴有其他畸形如动脉导管未闭、主动脉瓣下狭窄及主动脉弓离断等，手术方法采用正中胸骨切口、建立体外循环、心内直视修补缺损、1cm 以内可直接缝合、1cm 以上宜用自体心包或涤纶片缝补。心脏切口目前已少用右室流出道前壁切口，而多采用右心房切口修补膜部缺损、肺动脉切口修补漏斗部缺损。

第四节　肺动脉狭窄

【临床提要】

肺动脉狭窄（pulmonary artery stenosis）是右心室与肺动脉干之间的先天性畸形。肺动脉狭窄有 4 种类型：右心室漏斗部狭窄（瓣下型）、肺动脉瓣膜狭窄（瓣膜型）、肺动脉主干狭窄（瓣上型）和瓣膜部与漏斗部均有狭窄（混合型）。其中以瓣膜型最常见，约占 85%，3 个瓣叶融合成圆锥状，（少数为 2 瓣畸形），向肺动脉内突出，在交界处可见缝嵴，瓣孔变窄，狭窄后的肺动脉由于血流喷射旋涡而形成狭窄后扩张，肺动脉干狭窄甚为罕见。各种类型均可继发右心室肥厚和右心扩大。

■病理生理

肺动脉狭窄致使右心室血液排出受阻，右心室和右心房压力增高，负荷加重。轻度狭窄对血流动力学无影响；中度狭窄影响尚不大；重度狭窄在静息时心排血量已减少，运动时加重，出现气促，甚至晕厥。此外，由于静脉回流受阻，肝瘀血肿大，可出现周围性发绀。

■临床表现

轻度和中度狭窄者多无症状，重度狭窄者表现劳累性心悸、气促、胸闷或晕厥，尚可有颈静脉怒张、肝肿大等慢性右心衰竭征象。

■心脏检查

瓣膜型在胸骨左缘 2、3 肋间，瓣下型在 3、4 肋间可闻Ⅱ～Ⅳ级粗糙的喷射性收缩期杂音，向左颈部传导，部分可扪及收缩期震颤，第二心音减弱或消失。右心室明显肥厚者可在胸骨左缘下方扪及抬举感。

■辅助检查

1．心电图检查　　根据狭窄程度可示正常，电轴右偏，不完全性右束支传导阻滞、右心室肥大劳损、P 波高尖等。

2．X 线检查　　右心室扩大，严重狭窄者右心房亦扩大，肺动脉有狭窄后扩张，肺门血管阴影减少，肺野较清亮。

3．超声心动图　　右心房、右心室增大，肺动脉瓣增厚、反光增强、开放受限，可测出瓣口直径及最大跨瓣压差，肺动脉干增粗呈狭窄后扩张改变。

■诊断

根据病史、临床表现、心脏检查，结合心电图、X 线检查和超声心动图可以确诊。右心导管检查，更能明确诊断。右心室与肺动脉收缩期压力阶差超过 1.33kPa（10mmHg），即可确诊。收缩期压力阶差小于 5.32kPa（40mmHg）为轻度狭窄，压力阶差在 5.32～13.3kPa（40～100mmHg）为中度狭窄，压力阶差超过 13.3kPa（100mmHg）为重度狭窄。

【治疗】

轻度狭窄的病人一般不需要手术，右心室与肺动脉收缩期压力阶差超过 7.98kPa（60mmHg）者，以及心电图示右心室肥厚劳损、有晕厥病史者，应考虑手术治疗，一般应在童年期施行。手术一般采取前胸骨切口，体外循环下直视下分别切开融合的瓣膜交界直至瓣环，然后再用粗弯钳适度扩张肺动脉瓣环直至通畅满意为止，如有漏部狭窄，应切开右室流出道肥厚肌束，如仍不够通畅，可用心包或涤纶片缝补，充分扩宽右室流出道，对于瓣膜型狭窄还可采用介入疗法，经皮穿刺入股静脉，将球囊置于狭窄瓣口加压扩张，也可取得满意疗效。

第五节　法洛四联症

【临床提要】

法洛四联症（tetralogy of Fallot）是常见的先天性心脏病，居发绀型先天性心脏病的首位，占 70% 以上，它由肺动脉狭窄、室间隔缺损、主动脉右跨和右心室肥大 4 种畸形联合组成，狭窄部位可位于漏斗部、肺动脉瓣或瓣环和肺动脉干甚至左右肺动脉狭窄，也可二者以上并存的混合狭窄。室间隔狭窄较大，与主动脉口大小相仿，多位于膜部，主动脉向右移位骑跨室间隔缺损上。除此之外，部分法洛四联症合并其他畸形如房间隔缺损（即法洛五联症）、动脉导管未闭、双上腔静脉及右位主动脉弓等。

■病理生理

四联症的病理生理改变取决于肺动脉狭窄的程度，狭窄越严重，肺血流越少，室水平的右向左分流越多，从而动脉血氧饱和度越低，发绀、红细胞增多症越严重；反之，狭窄较轻者，产生双向分流或左向右分流为主，则上述病理生理改变较轻，甚至无发绀。

■临床表现

新生儿即发绀，尤其以哭闹时显著，并逐年加重，患儿开始步行后易气促，喜蹲踞，病情严重者可突发缺氧性昏厥、抽搐。

■体格检查

口唇、眼结膜和指（趾）甲发绀，指（趾）呈杵状，多影响生长发育。胸骨左缘2、3、4 肋间听到 Ⅲ～Ⅳ 级收缩期杂音，部分可扪及震颤，第 2 心音因主动脉根部前移而略显亢进，但呈单一。

■实验室及辅助检查

1. 化验检查　　依肺动脉狭窄程度，红细胞计数及血红蛋白有不同程度的增高，动脉血氧饱和度有不同程度的下降。

2. 心电图检查　　心影正常或稍增大，肺动脉段凹陷，心尖圆钝，呈"靴形心"，主动脉增宽，肺血减少，肺野清亮。部分病例为右位主动脉弓。

3. 超声心动图　　升主动脉内径扩大，骑跨在室间隔缺损上方。室间隔的连续中断，缺损较大，右心室增大，右心室流出道或/和肺动脉狭窄，多普勒示室水平右向左分流或双向分流。

4. 右心导管检查　　以往是常规检查，主要目的是：①了解右室流出道的狭窄部位及其程度、左心室发育情况，对手术方式及预后有很高的参考价值。②可与三联症、大血管错位、右心室双出口等发绀型先天性心脏病鉴别。右心造影的特点是：①显示右心室流出道狭窄的部位及程度。②主动脉与肺动脉同时显影。③主动脉增粗，位置偏前。近年来右心导管检查已逐渐被超声心动图、超高速 CT 等所替代。

【治疗】

临床症状较轻者，可等待至 3~5 岁后施行手术治疗，但在婴儿期，如缺氧严重，屡有晕厥发作，活动严重受限者，应及早施行手术。手术方式有分流术和根治手术 2 种。前者适用于暂不适宜行根治术的病例，目的是增加肺循环血量，改善缺氧。常用的手术方法有锁骨下动脉-肺动脉吻合术和主动脉-肺动脉吻合术。根治术多采用正中胸骨切口，建立体外循环，切开右室前壁，切断壁束和膈束，显露室间隔缺损，用心包或涤纶片修补室间隔缺损。右室流出道疏通常需用自体心包或人工血管片扩大加宽，有肺动脉瓣环狭窄时还需作跨瓣环补片。但如左心室过小，容量 $< 25\text{mL/m}^2$，又或左右肺动脉直径之和与横隔水平降主动脉的直径之比 < 1.5，则不适宜作根治手术。

（徐颖琦）

第六节　右心室双出口

【临床提要】

右心室双出口（double outlet of right ventricle，DORV）系胚胎期原始心管向房室孔和圆锥孔过渡，在前心内膜垫水平面与房间隔、室间隔及圆锥间隔互相连接过程中发生的一种复杂畸形。DORV 传统定义：①主、肺动脉均起自右心室；②室缺是左心室惟一的出口；③主动脉瓣与二尖瓣无纤维连接。Lev~Pacifieo 提出只要一根大血管和另一根大血管大部分起源于右室，即可称为 DORV。故有人将其称为四联症型双出口或双出口型四联症。DORV 在先天性心脏病中占 1.67%，可合并 A.S.D.、二尖瓣畸形、房室管畸形、房室关系不一致。

■分类

Stewart 应用 VanPraagh 命名法，根据心球部旋转异常所形成的大血管排列的不同，室缺的位置及有否肺动脉狭窄，分为 7 种类型。

1. DORV（SDD），房室一致，主动脉在肺动脉右侧，主动脉瓣下 VSD，无肺动脉狭窄。

2. DORV（SDD），房室一致，主动脉在肺动脉右侧，主动脉瓣下 VSD，有肺动脉狭窄。

3. DORV（SDD），房室一致，主动脉在肺动脉右侧肺动脉瓣下 VSD，无肺动脉狭窄。又称 Taassing - Bing 型。

4. DORV（SDD），房室一致，主动脉在肺动脉右前方，肺动脉瓣下 VSD，有肺动脉狭窄。

5. DORV（SDL），房室一致，主动脉在肺动脉左前方，肺动脉瓣下 VSD，无肺动脉狭窄。

6. DORV（SDL），房室一致，主动脉在肺动脉左前方，主动脉瓣下 VSD，有肺动脉狭窄。

7. DORV（SLL），（SLA），（SLD），房室不一致，主动脉在前常在肺动脉左侧或稍偏右，主动脉或肺动脉瓣下 VSD，有肺动脉狭窄。

Heniry 认为，最常见 3 种类型依次为 2.（占 28/80），3.（占 26/80），1.（占 18/80）。

■诊断要点

DORV 的血流动力学的改变是多方面的，取决于主动脉和肺动脉开口与室间隔缺损之间的关系，以及有否肺动脉狭窄。如无肺动脉狭窄者，肺血增多，易发生肺动脉高压类似巨大室间隔缺损。有肺动脉狭窄者，症状类似法洛四联症。如室间隔缺损位于主动脉下方，发绀轻或无。

1. 体格检查　　发绀、杵状指（趾）。心前区隆起。P_2 减轻或消失，极少亢进。LSB3～4 有粗糙收缩期杂音，伴震颤。

2. X 线检查　　DORV 无肺动脉狭窄者，X 线表现为心脏增大，肺血增多，类似巨大室间隔缺损合并肺动脉高压。有肺动脉狭窄者，则肺血减少与四联症相似。

3. B 型超声检查　　主、肺动脉均起自右心室，或一条大动脉骑跨于室间隔上，而 80% 连通于右心室。室间隔大的回声失落，主动脉瓣和二尖瓣无纤维连接。

4. 心导管和造影检查　　肺动脉狭窄者与巨大型室间隔缺损合并肺动脉高压相似。左、右心室压力相等，如缺损小，左室压力 > 右心室和主动脉压力。肺动脉压力与体动脉压力相等。右室血氧饱和度增高，如右室内动脉血混合均匀，则主动脉和肺动脉血氧饱和度相等。有肺动脉狭窄者与四联症类似，不同点是右心室血氧饱和度高于右心房。右心室造影主、肺动脉同时显影可予确诊。

■手术指征

1. 2 岁以下儿童无肺动脉狭窄伴肺动脉高压严重，作肺动脉环扎术作为第一期手术；有肺动脉狭窄者，作体-肺动脉分流术。

2. 2 岁以上者，如肺动脉阻力 < 10 个 Wood 单位，或肺、体循环压力比 < 0.85，均作一期根治。

【治疗】

1. 房室关系一致的 DORV 的治疗

（1）主动脉瓣下 VSD　　心室内补片修补，使左心室血液经 VSD 流入主动脉，合并有肺动脉狭窄，心室内补片建立内隧道，切除漏斗部肥厚肌束，扩大成形流出道。严重者可用带瓣导管，进行右心室肺动脉傍路移植术。在婴儿期因心脏容积小不能植入粗大外导管，故主张 5～10 岁时施行手术。

314

（2）肺动脉瓣下 VSD　　无肺动脉狭窄，VSD 以补片修补，使之呈 T.G.A.，再施行心房内静脉折流术（Mustard 手术）。也可采用 Rastelli 手术。有肺动脉狭窄，心室内补片构成心室内隧道，使左心室与主动脉连结，并施行 Rastelli 手术，或流出道扩大成形术。

（3）双关型或无关型室间隔缺损，根治术均可参照以上各型予以纠治。

2. 房室关系不一致的 DORV 的治疗。无论 VSD 的位置如何，和有无肺动脉狭窄，其纠治方法相同。经右心室关闭 VSD，缝闭肺动脉瓣口或结扎肺动脉近端，然后作 Rastelli 手术。

矫治术中应注意，在补片构成内隧道时，如 VSD 小，应将其前缘剪开扩大，使缺损与主动脉瓣口大小相等，最好选拱形补片，大小要适宜。否则，造成类似主动脉瓣下狭窄的左室流出道梗阻。同时要避免损伤传导组织，尤为房室不一致型常有传导组织走向异常。本症为复杂先天畸形，手术死亡率仍很高，文献报告为 7% ~ 67%。

第七节　单心房、三房心、同质异构心房

一、正常心房

左、右心房各具其解剖学特征，并各自与不同静脉相连接。正常右心房为一不规则卵圆体（Rouvlere），右心耳呈钝三角形，与右心房相接处基底较宽，外观上两者无多大区别，两者衔接处亦无明确界限。右心耳内壁甚多梳状肌衬填，大量肉柱阻塞心耳腔，呈海绵状结构。按体内原位观察，上壁与上腔静脉相连，下壁与下腔静脉连接，内壁为房间隔，前壁为房室瓣，后壁与上下腔静脉相互衔接，外壁为游离面。正常左心房处于心脏背侧，按体内原位观察，左心耳呈鱼钩状或镰刀样之外观。左心耳与左心房衔接处无明显界限，但如将左心耳向外牵拉，则左心耳内侧壁与左心房之间有明显界线，在左心耳与左心房二对角深处，隐藏着冠状动脉。左心耳内腔海绵状组织稀疏，且主要集中在心耳尖部，从而为二尖瓣手术时手指探查创造较好径路。左心房左、右二侧分别与左、右肺静脉连接。

正常心房与支气管、内脏位置呈密切相关性，正常时右心房与右侧支气管、肝脏均在右侧，内脏反位时则全部位于左侧。

二、单心房

【临床提要】

单心房（single atrium）为少见先天性心房畸形，系房间隔完全缺如，与巨大房间隔缺损有类似血流动力学改变。Abott 统计占先天性心脏病之 5/1 000。单心房特征是：

①无房间隔组织；②不伴有室间隔缺损；③可以合并有二尖瓣裂。

Levy 认为单心房与共同心房有别；前者无房间隔组织，后者除无房间隔组织外，常伴有室间隔缺损、二尖瓣及三尖瓣病变。

多数学者认为单心房并非简单心房畸形，常与右旋心、左旋心及无脾综合征并存。由于无房间隔的痕迹，有人称之为"二室三腔心"，房室瓣（尤以二尖瓣）可伴有裂缺，因之亦有将此类畸形归入在房室管畸形类病变。

主要病理生理改变为早期肺动脉高压及发绀。因肺血增多，肺动脉高压导致右室充血性心力衰竭，及肺血管阻塞性病变。

■诊断

1. 体检发现与一般房间隔缺损类似。由于分流量大，房水平双向分流，继而肺动脉高压导致右-左分流，因之出现发绀。这类病人多伴有二尖瓣裂，不过二尖瓣区出现二尖瓣关闭不全杂音者不多。听诊与巨大房间隔缺损相似。

2. X 线　　显示双室肥大，肺血多。

3. 心电图　　与房室管畸形类似，电轴左倾，逆钟向转位，P 波额面电轴-60°。

4. 右心导管　　因体、肺静脉血在心房内完全混合，因之各心腔及大血管内血氧含量相异，左、右心房间无压力阶差，肺血流量增多，肺动脉压增高，但早期病变无肺动脉高压。

5. 心血管造影及超声心动图　　对本病与巨大房间隔缺损甚难鉴别。

■自然病史

由于其常与其他心内畸形并存，且易致肺动脉高压及肺血管梗阻性病变，因而预后差，自然病史与房室管畸形类似，而差于继发孔型房间隔缺损。

【治疗】

一旦诊断成立，应及早手术，手术在体外循环下，行聚四氟乙烯或涤纶补片作人造房间隔分隔术。缝合内侧缘时，应注意勿损伤传导系统，并特别注意合并畸形的矫治。

三、三房心

【临床提要】

三房心（cor triatum）系胚胎期原发隔异常发育，形成左、右心房内有畸形隔膜，使左心房分为副房及真正左房 2 个部分。亦可能系肺静脉总干与左心房融合不良，因之由肺静脉总干形成副房。由于上述原因，有人认为三房心亦可视为一种完全性肺静脉异位与左心房连接异常的病变。

三房心单独存在的病例较少，80%与房间隔缺损、永存左上腔静脉畸形、肺静脉异位引流等并存。

■分型

由于合并心内畸形变异较多，临床上根据副房与左心房间交通情况可分为 3 型：

Ⅰ型：左房与副房之间无交通。

Ⅰa型：伴肺静脉异位引流，房间隔缺损。

Ⅰb型：伴双房间隔缺损，副房内肺静脉血经房间隔缺损与右心房体静脉血混合，然后混合血经另一房间隔缺损与真正左房交通。

Ⅱ型：左房与副房之间有小的交通。

Ⅱa型：不伴有房间隔缺损。

Ⅱb型：伴房间隔缺损，仅与副房交通。

Ⅱc型：双房间隔缺损，分别与副房及左房交通。

Ⅲ型：副房与左房间有大的交通，不伴有房间隔缺损。

三房心血流动力学改变，大致可分为2类：

(1) 二尖瓣狭窄型，如Ⅱa、Ⅲ型。

(2) 房间隔缺损型，如Ⅰ型及部分Ⅱ型。

第一类患者可造成肺静脉回流受阻、肺瘀血，而第二类患者因左-右分流，则可出现类似房间隔缺损的变化。由于Ⅰb型及Ⅱc型2类病变，使体、肺静脉血在右心房内相混，因之临床上可有发绀。在Ⅱb型病变副房，一方面有房间隔缺损与右房交通，另一方面与左房间有小的交通，因之血流动力学改变酷似lutumbach综合征。

■诊断

临床表现酷似二尖瓣狭窄伴肺水肿之改变。婴幼儿患者如副房与左房间交通窄小，临床主要表现为低心排出量，面色苍白，心动过速，脉小，生长发育延迟。如伴有左-右分流，呈肺血流增加及肺静脉梗阻之X线，心电图显示右心室肥大。

1. 体格检查　　脉搏细小，肝脏肿大，右室肥大，S_1正常，P_2增强伴分裂，胸骨左缘可闻及全收缩期反流性杂音，可伴有震颤，但与二尖瓣狭窄病人相反，心尖部早、中期舒张期杂音及开瓣音多半不存在。双肺基部因肺水肿可闻及啰音。

2. X线　　有不同程度心影增大，右室肥大伴肺动、静脉高压，肺门明显扩大，但左房不大为其特征。

3. 心电图　　右房大、电轴右倾、右室肥大。

4. 超声心动图　　尤以二维B型超声心动图检查有重要诊断价值。左房内可测得畸形隔膜之多种回声。除非为了解心内其他畸形，心导管检查及心血管造影并非必需。对副房与左房间之压力阶差，有时右心导管亦难以达到目的。其时若行主动脉逆行插管至左心室，然后再经二尖瓣口，进入副房后，连续测压，若系本病则副房与左房间压力阶差可达到2.66～3.33kPa（20～25mmHg）。

本病应与二尖瓣瓣上狭窄区别，后者导致瓣上狭窄的隔膜位于二尖瓣瓣上方1～1.5cm处，病理生理基本上与二尖瓣狭窄一致，且各项检查可示左心房增大。

■自然病史

决定于副房与左房间交通孔的大小，75%三房心因两者受阻明显，导致严重肺静脉高压、肺水肿，在婴儿期死亡。凡合并有房间隔缺损者预后较好。

【治疗】

本病惟一治疗方法——"手术治疗"才能挽救患有本病之儿童，内科治疗仅仅可依赖强心类药物以控制心力衰竭。手术应在体外循环下进行，尽可能将副房与左房间异常膈肋充分切除，保证二者间血流通畅无阻。在婴幼儿，手术技术上有一定困难，必要时可在深低温、循环暂停下进行。切除膈膜时宜尽量彻底，但牵拉张力不宜过大，以防损伤左心房后壁。对合并心内畸形，主要针对肺静脉异位引流及房间隔缺损，必须保证前者使血液向左心房回流，对后者必要时宜用补片作房间隔分隔术，对永存左上腔静脉必须分隔在右心房内。

手术结果：婴幼儿心功能四级患者手术死亡率极高，但在 Mayo Clinic 及 Alabama 大学，2 组分别报告无死亡，但病例不多。Kerklin 认为三房心患者如在婴幼儿期手术矫治成功，日后可如常人一样生长发育。个别报告晚期可因手术中隔膜切除不彻底而导致肺静脉高压，偶有副房与左房之间出现再狭窄。事实上此种再狭窄多与上述切除不彻底有关。

四、同质异构心房

【临床提要】

凡左、右二侧心房以相同的形态表现时，称为同质异构心房（atrial isumerism），系罕见先天性心房畸形，常与复杂心内畸形、内脏不定位并存。根据左、右两侧心房解剖特征，如两侧心房呈右房形态学时称为异构右房，呈左房形态学时则称为异构左房。前者常与无脾并存故有无脾综合征之称，后者多伴有多脾称为多脾综合征。偶尔两侧心房呈左、右心房之混合型时，称为不定型心房。约43%异构心房为共同心房，18%为原发孔缺损或房室管畸形，仅6%房间隔完好。

同质异构心房时，胸腔内脏——支气管、肺叶亦可呈现对称性倾向，如同质异构右心房时两侧胸内支气管及肺叶分布均呈右侧支气管及右肺形态，在异构左心房时则呈左侧支气管及左肺形态。

同质异构心房常与右室双出口、大动脉错位、单心室并存。几乎所有同质异构右心房均有右心室流出道梗阻病变，其中50%为肺动脉狭窄，30%为肺动脉闭锁，其次为合并肺静脉异位引流，且97%为完全型。在同质异构左心房，合并畸形中则主要为体静脉回流畸形，85%合并下腔静脉中断，下腔静脉与右心房下部不连接，而经脊椎旁沟之奇静脉或半奇静脉，向上通过上腔静脉汇流入右心房，肝静脉则直接或分成左、右二支与心房连接。此类患者如有肺静脉异位引流合并亦以部分型为主。

同质异构心房病变中，其传导系统亦有异常。同质异构右心房往往有双窦房结，而同质异构左心房时，窦房结位置不定，且常呈发育不良。房室结有时位置正常，有时可有2个房室结，偶尔传导系统完全异常，导致新生儿阶段出现完全性房室传导阻滞。

■诊断

本病系复杂心内畸形，但由于病变大致上有一定规律性，针对上述解剖病理特征，根据下述方法，顺序进行检查，多可作出诊断。

1. 胸部肺门断层或高电压 X 片检查，根据气管-心房-内脏相关性，对本病诊断有重要意义。如片上显示双侧支气管均系动脉下支气管（Hyparterial），且与气管隆突相距达 4~5cm，双侧均呈现为左支气管形态，提示同质异构左心房之存在。若 X 片显示双侧支气管均系动脉上支气管（Eparterial），与气管隆突距离仅 1.5~2.5cm，双侧均呈现为右支气管形态，提示系同质异构右心房。

2. 二维超声心动图，取肋下短轴横切面扫描，正常心房时下腔静脉与腹主动脉分别位于脊椎相对侧，形态学上右房与下腔静脉、肝脏位于右侧。同质异构右心房时2条大血管均在脊椎同一侧，下腔静脉位于腹主动脉前方。在异构左心房时，腹主动脉位于中线，膈肌下方之下腔静脉中断，而在腹主动脉后方向奇静脉回流。

3. 心导管心血管造影，可进一步确诊。检查前先通过上述检查有一初步概念，再在导管、造影中进行选择性重点了解。则对复杂心内畸形诊断或有更大帮助。

4. 其他 心电图、P波电轴向上常为同质异构左房。体格检查中间位肝脏提示内脏不定位及同质异构心房之存在。外周血液 Howell – Jolly 小体增多提示异构右心房之可能。最后，外科医师在手术台上根据双侧心耳特征为确诊本病的主要依据。

【治疗】
■手术指征

异构心房手术指征取决于合并心内畸形。畸形复杂、年龄小、全身条件不允许，可作姑息性手术（详见婴幼儿心内畸形的外科治疗节），若心内复杂畸形以单一形式存在时（如完全性肺静脉异位引流、大血管错位、房室管畸形），手术抉择按上述合并病变处理原则进行。如上述复杂畸形复合存在时，手术指征与抉择须与其自然病史、预后作出权衡再作最后决定。

■手术方法

深低温低流量灌注或深低温结合循环暂停。双上腔静脉应同时插管，下腔静脉中断病变宜选择足够粗大之上腔插管，以保证引流通畅。肝静脉血可通过右房切口，在右房内抽吸，或同时选一适合的静脉插管。为便于房内分隔术，这类病变以腔静脉直接插管为妥。

1. 房内隧道/分隔术 手术中必须将房内解剖，上下腔静脉、肺静脉、肝静脉回流通道辨认清楚，以防术中疏漏或错误，尤应对左上腔及左右肝静脉开口加以注意，分隔采用补片不宜过大，以防影响心房收缩功能，导致日后出现静脉压增高、胸水、腹水及心力衰竭。

2. Fontan手术 对具有2个心房及2组房室瓣的病例，或合并有肺动脉闭锁或狭窄病例，Fontan手术仍不失为一种良好手术方法。

■手术结果

死亡率约27%~67%（1986年Kirklin），尽管近年来对手术技巧、麻醉、转流技术不断提高，死亡率仍在50%左右。死亡主要原因与畸形过于复杂难以纠治，肺部及传导系统障碍有关。

第八节 房室管畸形

【临床提要】

房室管畸形（atrial‐ventricular septal defect）又称"持久性房室通道"、"房室共同管"、"心内膜垫畸形"等，是复杂先天性心脏病之一，占先天性心脏病的 3% ~ 6%。胚胎发育过程中，原始心腔由管状分隔成 4 个腔，由房间隔、心内膜垫、心球及室间隔分别发育完成。心内膜垫发育畸形，可引起原发孔型房间隔缺损和左、右房室瓣及室间隔膜部的不同畸形。

■房室管畸形中基本病理变化

1. 房间隔缺损，系原发孔型，上缘锐利，下缘为房室瓣，约 35% 病例伴有继发孔型房间隔缺损。少数病例无房间隔，呈一共同心房，给手术带来一定困难。

2. 室间隔缺损，一般分为 3 类：

（1）无功能性分流型 室间隔上缘呈弧形凹陷，血流动力学分析并无分流存在。

（2）小分流型室缺 室缺在前、后总瓣（又称桥瓣 BridgeValve）之下，瓣下部分有细小腱束样结构与室间隔嵴部连接。

（3）大分流型室缺 占本病 1/3 病变。

3. 房室瓣解剖，二尖瓣多有裂缺，一般认为多在隔瓣中少数偏向后 1/3，易被术中忽略。中央型瓣裂有时裂口虽大，如腱束与瓣叶关系正常，心脏收缩时可能无功能上关闭不全。对二尖瓣裂严重程度分为 0 ~ 5 级，0 级最重，裂缺直达瓣环，5 级最轻。

至于三尖瓣改变与二尖瓣一样。少数有瓣膜缺如，亦有仅在三尖瓣根部相当于膜部室间隔处有一小裂孔。可以通向右房，形成左室右房通道。

4. 合并畸形 左上腔静脉，大动脉错位（T.G.A），完全性肺静脉异位引流（T.A.P.V.D）并存。

■分型

外科医师必须对上述解剖特征有一基本概念，结合本病分型，始能对手术矫治作出较好处理。本病分为部分型及完全型 2 类。

1. 部分型房室管畸形，又可分为 2 个亚型：①单纯原发孔缺损型。②原发孔缺损伴二尖瓣裂

2. 完全型房室管畸形，分为 3 个亚型（MacGoon 分型）：

A 型：前总瓣已分为二尖瓣与三尖瓣成分，与室间隔上缘有细小腱束连接。占 3/4 病变。

B 型：前总瓣已分为二尖瓣与三尖瓣成分，与室间隔上缘无连接，通过一异常腱束与右室腔内异常乳头肌连接。

C 型：前总瓣呈共同瓣，没有分成二尖瓣与三尖瓣成分，与室间隔上缘无连接，又称"桥瓣"。

■症状与诊断

部分型房室管畸形临床上与继发孔型类似，伴二尖瓣裂者，如关闭不全严重，易致肺动脉高压及充血性心力衰竭。完全型患者，往往出生几周即可出现症状，有明显气促，常有发绀，早期有充血性心力衰竭。

一般 L.S.B2 ~ 3 收缩期吹风样杂音，P_2 亢进分裂，心尖区因二尖瓣裂而有吹风样收缩期杂音，由于通过三尖瓣血流量大，三尖瓣区可听到舒张期杂音。

320

1. X线　　右房、右室大，肺血多、肺动脉高压征，完全型者可有左室大，由于房间隔缺损存在，左心房往往可以不大。

2. 心电图　　除房间隔缺损中常见不完全右束支传导阻滞以外，房室管畸形患者常在心电图上示以下特征：①P-R间期延长；②电轴左倾；③AVF导联出现小r大S形综合波，S波有切迹。完全型病变可有左心室肥大之表现。

3. 超声心动图　　右房、右室增大，房间隔回声失落，二尖瓣裂缺。完全型病变可见中心纤维体消失，左室亦有肥大，二尖瓣回声可通过房间隔缺损与裂缺的三尖瓣一起呈现共同瓣之外貌，均有助于对本病诊断。

4. 心导管检查　　导管易于从右侧房室腔进入左侧房室腔，房、室水平均有分流。完全型病变动脉血氧可有下降，左心室造影有鹅颈征改变。

【治疗】

内科治疗主要是控制感染，处理充血性心力衰竭。部分完全型病变患儿，因肺动脉高压严重，亦可采用肺动脉环束术控制肺动脉高压，一般趋向一次根治手术。

手术必须在体外循环下进行，部分型患者主要采用补片修补。防止传导系统损伤，二尖瓣裂缺，一般可用间断缝合修补。但在裂缺缝闭问题上存在着不同看法，有人主张全部缝合，有人主张不予处理，有人认为缝合与否应取决于前瓣（大瓣）基底占二尖瓣圆周之百分比，正常时前瓣基底占二尖瓣圆周之35%，如>50%则不宜缝合裂缺，否则可导致二尖瓣狭窄及左室流出道梗阻。

完全型患者可采用Mac Goon氏一块补片修补方法，如系A/C型患者应将前总瓣剪开或将瓣页与室间隔上短小腱束切断分开，先将补片作室间隔缺损修补，然后将二尖瓣基底、三尖瓣基底与补片缝合重建二尖瓣、三尖瓣，最后将补片与原发孔进行缝合。近年来有人主张用2个补片分别作V.S.D.与A.S.D之修补。

■手术结果

早期报告完全型房室管畸形手术死亡率为50%~63%，20世纪70年代后期已下降至10%。部分型则较低，一般为4%~5%。有人认为影响手术结果与二尖瓣裂处理不当，因手术导致或残存左室流出道梗阻、术后传导阻滞，以及肺动脉高压有关。

（孙培吾）

第九节　三尖瓣下移

【临床提要】

三尖瓣下移又称Ebstein（Ebstein malformation）畸形，系胚胎发育早期原始瓣膜内结缔组织和肌肉的退化、收缩等发育障碍所致，部分或整个有效的三尖瓣瓣环向下移位，同时伴有三尖瓣瓣膜装置的畸形和右心室结构异常。三尖瓣的前叶一般在正常位置且较大，成帆状。隔瓣或后瓣（或两者）下移至右房室环下心内膜，严重则下移至心室尖部，下移的瓣膜、腱索可变形缩短或缺如，造成严重三尖瓣关闭不全。在下移的隔瓣和后瓣近侧的右室壁变薄成为右心房的延续部分，称为"房化心室"。多伴有右心室发育不全，Ebstein 畸形比较少见，发病率在各种先天性心脏病中约占1%。

■分类

国内汪氏根据其病理改变分为2型。

1．无瓣型　　仅有三尖瓣和瓣下结构的遗迹。

2．有瓣型　　三尖瓣前瓣增大为其特点，又可分为3种亚型：

（1）三尖瓣的3个交界融合。

（2）三尖瓣的3个交界无融合。

（3）前瓣和后瓣之间的交界融合，房化心室和三尖瓣环较大，隔瓣发育不良或缺如。

Ebstein 畸形的血流动力学改变：

（1）下移的三尖瓣往往关闭不全，功能性右室收缩时部分血流反入右心房。

（2）"心房化"右心室的"反常活动"，影响血流从右心房充盈功能性右心室。从而使右心房血容量剧增，压力升高，导致右心衰竭。

（3）如有卵圆孔未闭或 ASD 存在，右房压力＞左房，出现右-左分流，引起发绀。

■诊断

临床症状可有心悸、气促、发绀和右心衰竭表现。3/4病例有发绀，多在出生时或婴儿早期出现。

1．体格检查　　病人发育差，弱小。发绀明显者有杵状指（趾）。心前区稍隆起，心前区下部心搏动减弱而上方胸骨左缘外侧心搏动增强（由于圆锥部心室肌增厚所致）。第一心音或第二心音分裂，故呈三音律或四音律。心前区常可闻到收缩期和舒张期杂音，杂音在心前区下方最清楚。少数病例无杂音。晚期有肝大、下肢水肿、颈静脉怒张等右心衰表现。

2．X 线　　心脏显著扩大呈球形，心影左缘为右室圆锥部，右缘为扩大之右房，心蒂萎缩。X 平片示右房极度扩大。肺门血管影减弱，肺野清晰。透视下搏动减弱。

3．心电图　　主要表现为完全性或不完全性右束支传导阻滞，P－R 间期延长（＞0.16s），右房肥大。右前胸导联的 R 波和 S 波电压低下，应考虑为本病。阵发性心律失常者占28%，其中10%为 WPW。

4．超声心动图　　右房显著扩大，三尖瓣下移及前瓣活动幅度增强，二维超声可显示功能性和房化右室。

5．心导管检查　　导管可在巨大右房内打转弯曲。右房压力升高至 1.33～2.66kPa（10～20mmHg），a 波增大。导管不易进入功能右心室和肺动脉。右室压力正常。肺动脉压力≤右心室。血氧含量在右心房、右心室和肺动脉相等，但动脉血氧饱和度下降。伴有房缺者导管可进入左房。本畸形心肌应激性增强，导管刺激易诱发心律失常，严重者可致命，故应谨慎从事。

6．心血管造影　　显示巨大右房阴影超过半个心影大小，造影剂在心内缘形成双切迹（为下移和瓣环），动态观察右房和房化右室出现反常活动。右房排空延长，功能性右室和肺动脉显影欠佳。如有卵圆孔未闭或房缺者，左房可先于肺动脉显影。

本病须与四联症、三联症和肺动脉狭窄鉴别。

■手术指征

心功能Ⅰ～Ⅱ级者能进行日常生活，一般不须手术治疗。心功能Ⅲ～Ⅳ者，尤其有严重发绀和心力衰竭者，应作手术治疗。

【治疗】

Ebstein 畸形的外科治疗，过去多主张瓣膜置换，随着对其病理解剖认识的提高，认为只要前瓣发育好，尽可能作三尖瓣成形术，使三瓣变为单瓣化三尖瓣，同时作房化右室折叠或切除，大大地提高了手术成功率。

1. 瓣膜成形术　　①将下移的三尖瓣叶上提重建在正常房室环上。②缩小扩大的房室环，纠正三尖瓣关闭不全。③折叠或切除房化右室，消除反常活动。④修补瓣膜缺损。⑤缝闭房缺。

在冠状静脉窦口的左前方，应用带垫片的双头针，将下移的三尖瓣折叠缝合，再根据瓣环大小及后瓣和隔瓣发育情况，作后瓣环成形或 Devega 成形。术中应避免损伤传导组织。

2. 瓣膜置换术　　适用于瓣膜缺损和发育不全者，或成形失败者。因右房极度扩大，血流缓慢，易形成血栓，因之在三尖瓣部位应用生物瓣较机械瓣有着更多的优越性。手术先缝合房缺或卵圆孔未闭。切除三尖瓣叶，沿正常房室环解剖放置内翻褥式缝合线，在冠状窦入口处，则可将缝线置于其外侧，以免损伤房室传导组织，术后需 3～6 个月抗凝治疗，如为机械瓣则终生抗凝。

Ebsrein 畸形术后常可发生心力衰竭、低排综合征或严重心律失常，如治疗不及时，常可导致病人死亡。手术成功病人心功能明显改善，发绀消失，心影缩小。

（黄达德）

第十节　三尖瓣闭锁

【临床提要】

三尖瓣闭锁（tricuspid atresia）系仅次于四联症之发绀型先天性心脏病，发病率占 2.8%～3.4%。三尖瓣因先天发育异常而闭合，导致右侧心房无法将腔静脉血经三尖瓣向右室倾注。此类病变必然存在房间隔缺损，其血流动力学恰恰与完全性肺静脉异位引流时体-肺静脉血在右心房内相混相反，三尖瓣闭锁时则全部体、肺静脉血在左心房内混合。多伴有二尖瓣扩大及左室肥厚，右室窦发育不全或缺如。三尖瓣闭锁常见合并畸形为室间隔缺损、动脉导管未闭、肺动脉狭窄甚至闭锁，以及大血管转位等。

■分型

早期根据是否合并大血管转位将三尖瓣闭锁分为 2 大类，近年来大致上按 Keith 分类法将本病分为 3 大类 8 个亚型。

Ⅰ. 三尖瓣闭锁大血管位置正常（占 69%）。

Ⅰa伴肺动脉闭锁。

Ⅰb伴肺动脉发育不良、小室缺。

Ⅰc不伴有肺动脉发育不良，大室缺。

Ⅱ．三尖瓣闭锁伴 D-T.G.A（占28%）。

Ⅱa伴肺动脉闭锁。

Ⅱb伴肺动脉瓣、瓣下狭窄。

Ⅱc肺动脉粗大。

Ⅲ．三尖瓣闭锁伴 L-T.G.A（占3%）。

Ⅲa伴肺动脉瓣、瓣下狭窄。

Ⅲb伴主动脉瓣下狭窄。

根据上述分类 Taylor 统计中，以Ⅰb及Ⅱc最为常见。由于本病在右心房与右室之间缺乏直接交通，右室发育随室间隔缺损大小以及肺动脉狭窄程度而异，多见者为合并小的 V.S.D 及肺动脉狭窄，因之肺血减少。部分患者无肺动脉狭窄或仅轻度狭窄，而 V.S.D 大则肺血增多。罕见者为肺动脉闭锁又无 V.S.D，肺部血液依赖动脉导管或支气管侧支循环。三尖瓣闭锁患者因左心房内体、肺静脉血相混，临床上均有不同程度发绀。动脉血氧饱和度降低。

■诊断

凡发绀型先天性心脏病者，检查发现有肺血少而左心室肥大者，首先应考虑本病。发绀程度与肺血多寡成正比，伴肺动脉闭锁者为最重。肺血增多病变患者可无或轻度青紫，但呼吸道感染症状增多。多数患者有杵状指（趾），胸骨左缘有收缩期杂音，呈喷射样或全收缩期杂音取决于通过 V.S.D 血流量大小。叩诊可有左心室增大之体征。

1．X 线　　无特征性改变，心脏大小及肺血多寡根据肺血流量而异，由于右房扩大，提示右心缘增大，但大部分患者心影不大。因左室肥大可呈靴型心。如伴有肺血增多，提示大血管错位并存。

2．心电图　　为诊断本病最有价值之无创性检查方式，电轴左倾，左室肥大为其特征，有右房增大之 P 波，因左房亦大，P 波增宽。典型的心电图变化为：电轴左倾伴"肺性"及"二尖瓣"P 波，V4R 及 V1 导联深 S 波，V5~7 高"R"波。偶尔 P-R 期缩短，但 Q-T 间期正常，无 delta 波，以与 W-P-W 综合征相鉴别。

3．超声心动图　　右室缩小，左室扩大，肥厚，室间隔与心室前壁紧靠，室间隔后方有一组大的房室瓣、呈二尖瓣活动之特征，无三尖瓣回声波出现。

4．心导管检查　　房水平有右-左分流，导管无法自右房插入右室，而极易经左房进入左室。右房压力＞左房，压差大小决定于房间隔缺损大小。体、肺静脉血液在左房内开始相混，至左室内达到充分混合，主、肺动脉内血氧相异。心血管造影摄影显示右房、左房、左室相继显影，左室显影后造影剂通过细小室缺，再显示一个小的右心室，侧位照片可显示 T.G.A 等。

■自然病史

三尖瓣闭锁为严重先天性心内畸形，出生后一年之内症状逐步加重，主要为青紫，如出现晕厥，多在一年内死亡。一般出生后 6 个月之内死亡者达 50%，至 10 岁前高达

90%。肺血流为决定死亡重要因素，肺部血流正常或轻度增加者，则预后良好。

【治疗】

三尖瓣闭锁手术治疗分为2类，即姑息性手术和生理性矫正手术。

凡症状严重而全身情况差之婴幼儿。根据肺血多寡，选用不同姑息性手术仍不失为一重要手段，因4岁以内之患儿采用生理性矫正手术（Fontan手术）死亡率极高。

由于病变严重，纵然采用姑息性手术，6个月之内死亡率亦在40%左右，若患儿能存活在6个月以后再施行手术，则死亡率明显降低。

对肺血少者可选用分流手术，一般以锁骨下动脉与肺动脉吻合术为常用术式。然而在三尖瓣闭锁症时，如患儿年龄已超过6个月，右肺动脉直径已达足够大小（至少大于上腔静脉直径之1/2），则可选用Glenn吻合术，近年来倾向作双向上腔静脉-肺动脉吻合，为日后生理性矫正手术创造条件。Lin氏将上腔静脉近心端与右肺动脉远心端吻合，远心端与右肺动脉近心端吻合，可明显改善症状。肺血多的病变，可酌情考虑肺动脉环缩手术。

Fontan手术为治疗三尖瓣闭锁理想之手术方式。Trusler指出，Fontan手术改观了三尖瓣闭锁外科治疗，如与分流手术综合使用，可起到相辅相成的作用。对Ⅰ类患者多须在右心房与肺动脉之间采用心外导管连通，而Ⅱ类或Ⅲ类病变（尤以后者）可施行右房-肺动脉直接吻合术（atrial – pulmonary anastomosis）。为防止心外导管远期栓塞，近年来主张以不带瓣之人造血管作吻合。在右心室腔发育尚可的病变，Byork则用其改良Fontan，以保证右心功能。术中将右房切开，关闭房间隔缺损，在右室作纵切口，缝合室间隔缺损，然后在右房与右室间植入一不带瓣人造血管沟通之。近几年来，在de Level全腔-肺动脉吻合基础上，辅以可调式ASD，进一步提高了本病治疗效果。全心外全腔-肺动脉吻合，为全腔-肺动脉吻合改变了新的局面，全部手术操作可以不经过心内，甚至可以在不用体外循环条件下进行手术。

■手术结果

Trusler总结148例各类分流手术结果，10年生存率达84%，15年生存率为72%。Fontan类手术结果，对临床症状改善达到明显效果。Bebrendt报告6例长期存活的病例，随诊分别为11～22年，心功能仍全部保持至1级，令人鼓舞。

（孙培吾　黄达德）

第十一节　大动脉错位

大血管错位（transposition of great arteries）系胚胎发育过程中动脉干间隔及旋转过程异常，造成升主动脉与肺动脉位置颠倒的复杂先天性心脏畸形。其时升主动脉由正常之右后方移至前方，并与右心室连接，而肺动脉则位于左后方与左心室相连。对本病定义有众多描述，各抒己见。Kirklin认为"凡主动脉全部或大部（＞50%）出自右心室，肺动脉全部或大部出自左心室者，称为完全性T.G.A.。

T.G.A. 可分为完全性及矫正性 2 大类。完全性 T.G.A. 系指"房-室"连接呈"一致性"(Concordance)，而"室-动脉"连接呈"不一致性"(Disconcordance) 的病变。即右心房与右心室连接，而右心室则与主动脉相连接，左心房与左心室连接而左心室与肺动脉连接，主动脉在右前方，肺动脉在左后方。

矫正性 T.G.A.（C-T.G.A）系指"房-室"，"室-动脉"间连接均呈"不一致"，但其血流方向则已矫正至正常。其时右心房与左心室（功能右心室）连接，并由此发出肺动脉，而左心房与右心室（功能左心室）连接，且主动脉出自此心室。此类病变其肺动脉在右后方，主动脉在左前方。

一、完全型 T.G.A.

为常见之 T.G.A.，占先天性心脏病之 7%～9%，尸检中占所有先天性心脏病之 12%，系发绀型先天性心脏病之第 2 位，男：女 约 3:1。

单纯性完全型 T.G.A.，指 T.G.A. 伴有卵圆孔未闭或房间隔缺损而室间隔完整。为最常见之类型，占 50%，有人将伴有动脉导管未闭或小分流心室间隔缺损的病变亦归入这一类型。

复杂性完全型 T.G.A.，指 T.G.A. 伴室间隔缺损、肺动脉狭窄（亦称为左室流出道梗阻即 LVOTO）或二者兼有之病变。

■病理生理

完全型 T.G.A. 从病理生理改变来看，有 2 个分开并行的循环，即体静脉回流血液-右心房-右心室-主动脉-全身。肺静脉回流血液-左心房-左心室-肺动脉-肺脏，因肺循环不能运载氧，导致组织缺氧 。如在这 2 个并行的循环之间没有分流，则患儿出生后将无法生活，惟一有效血流来源于心内分流，而分流量大小又决定于体、肺循环阻力。T.G.A. 伴室缺导致肺血过多，肺动脉高压，患儿可以在出生后半年之内，因进行性肺动脉高压而产生肺血管病变，如 T.G.A. 合并有大的房间隔缺损，同时伴有肺动脉狭窄，则可获最好的预后。因之凡完全性 T.G.A. 见之于临床的，必然有不同部位分流存在。此外尚可合并有其他心内畸形。

■临床表现

严重发绀，且比法洛四联症更加明显，尤以婴儿啼哭时为甚。如合并动脉导管未闭(P.D.A)，因肺循环血流通过 P.D.A. 进入降主动脉，导致上半身发绀重于下半身。缺氧发作一般较少，除非有严重肺动脉狭窄存在，蹲踞位少。

■诊断

体征随心内畸形而异，50% 病人可听到收缩期杂音，合并 V.S.D. 时心尖搏动活跃，LSB2-4 可听到全收缩期杂音，杂音明显的可能合并左心室流出道阻塞，有大的P.D.A. 时可听到连续性杂音。P_2 可增强/减轻。严重 P.S. 或 PA 时，肺动脉瓣区呈单一心音。

(1) 心电图检查　决定于 2 个并行血循环间交通，如分流小为右室肥大，如分流大则可有双室肥大。

（2）X线检查　　心脏阴影扩大，呈蛋形，肺动脉段平直，心底部狭小，肺血多。如伴有肺动脉狭窄则多显示肺血减少，心脏扩大亦较前述者轻，外形亦可呈靴形改变。

（3）超声心动图　　可明确2个大血管的位置，肺动脉瓣与二尖瓣直接相连，主动脉瓣与右心室之间有流出道存在。近年来彩色多普勒检查更有助于对2个并行循环血流方向、途径以及合并畸形作出判断。

（4）心导管及心血管电影摄影　　对明确诊断，了解大血管关系，以及合并心内畸形有重大意义，应进行2个心室选择性造影，分别作后前位及侧位摄影。在婴幼儿进行这项检查时，必要时可同时作气囊房间隔成形术 Ballon Atrial Sepectotomy（B.A.S）。

■自然病史

各种类型完全型 T.G.A.，出生后存活至一个月者约为55%，存活至6个月者约为15%，仅10%可生存一年。平均生活年龄为0.65岁。如能活至12个月则可期望生存至4岁，极少数存活至10岁。单纯性完全型 T.G.A. 凡并有房间隔缺损者预后好，否则仅有4%的患儿可活至一年。复杂性完全型 T.G.A. 其并存心内畸形仅为室间隔缺损者，早期存活率高，32%的患儿可活至一岁，但以后因肺动脉高压、肺血管病变，使病情急剧恶化。T.G.A.＋V.S.D.＋P.S. 者预后较好，29%的患儿活至5岁。

【治疗】

婴幼儿如有充血性心力衰竭，可给予强心甙药物，疑有 T.G.A. 存在宜紧急心导管检查，同时作 B.A.S. 以改进临床症状。手术治疗方式可分为：

1. 姑息性手术

（1）增加房内分流　　如 B.A.S.，闭式房间隔造瘘术，Blalock-Hanlon 房间隔造瘘术，适合于单纯性 T.G.A. 以增加心房水平分流，提高动脉血氧。

（2）肺动脉环束术　　对 T.G.A. 伴肺血增多及肺动脉高压病人如 T.G.A＋V.S.D. 为阻止肺动脉高压继续进行及防止肺血管病变，为日后根治创造条件。

（3）体、肺分流术　　如 T.G.A. 合并严重肺动脉狭窄，肺血少，可采用本手术（如 B-T Shunt：锁骨下动脉-肺动脉吻合，上腔-右肺动脉吻合等）。

2. 矫正性手术　　上述姑息性手术常适用于6个月之内，全身条件差，不允许作矫正手术之患儿。但这类病变，最终仍须给予根治手术，因之近年来倾向于一次根治以矫正畸形。

（1）房内改道（Atrial Baffle）　　常用术式为 Mustard 及 Senning 手术，前者以心包或补片。在心房内改道，使肺静脉血流至左心房后流入主动脉，上、下腔静脉血流至右心房后流入肺动脉。Senning 以右心房壁作为改道组织，可减少 mustard 术后腔静脉梗阻及房性心律紊乱，为近年来所推崇之手术方法。

（2）Rastelli 手术　　对复杂性 T.G.A.，如 T.G.A. 伴 V.S.D＋P.S.，可选用本方法。手术要点是以心内渠道使室间隔缺损与主动脉连通，保证左心室内血液按正常生理径路向主动脉射出，然后以带瓣或不带瓣之心外通道（同种主动脉或人造血管）将右心室与肺动脉连接，从而使血循环恢复。

（3）大动脉转换术（arterialswitch）　　为近年来风行，并认为是治疗 T.G.A. 病例较理想之手术。术中将升主动脉与肺动脉在起始部切断，互相转换位置，并作冠状动移植。早年手术死亡率高，与手术时机有一定关系，目前主张在出生后 1~2 周内手术，死亡率已降至 3%~4%。

二、矫正型大血管错位

绝大部份有心内畸形，最常见者如室间隔缺损，其次为肺动脉瓣下或瓣膜狭窄，及左室（解剖右室）内房室瓣关闭不全，其中 60% 合并 V.S.D.，48% 伴左室（解剖右室）房室瓣关闭不全，40% 有右室（解剖左室）流出道梗阻。少数与 D.O.R.V. 合并存在。C-T.G.A. 中传导系统多呈异常，其房室结位于右心耳与房间隔交界处组织中，向前向下进入室间隔肌质部之前方，围绕右室流出道前方 1/4 部位，相当于时钟 12 点~3 点处经过，然后分成左、右 2 支。传导束多位于 V.S.D. 之前上缘，与一般 V.S.D. 时传导束位于后下缘恰恰相反，由于上述传导系统异常，故患者常有传导阻滞，常见者为 P-R 间期延长。

绝大多数病人因合并心内畸形而出现症状。常见者为心动过缓，多由于房室传导障碍所致，即使无其他畸形存在，这类病人易致心律紊乱，阿斯综合征发作，或心动过速，甚至突然死亡。

针对合并畸形，手术采用基本方法同一般心内直视手术。由于存在解剖特殊性以及传导系统分布特征，心内矫治时心脏切口问题应予慎重。右心室（解剖学左室）切口，常可导致严重并发症，且死亡率亦高，该室前壁窄小，冠状动脉前降支中部分出的大斜角支横贯该室前方，术中易致损伤，且切口深处即系前乳头肌所在，如不慎可伤及乳头肌而产生二尖瓣关闭不全，亦可致传导系统损伤，作者等采用左室切口（解剖学右室）不但暴露满意，对 V.S.D 修补操作方便，且无术后传导阻滞之虞。对合并有肺动脉狭窄的病人，为防止传导阻滞，可在右室与肺动脉之间作心外通道（即 Rastelli 手术）。

手术死亡率 10% 左右，术后 A-V 传导阻滞发生率约为 10%~20%。术后 10 年生存率约为 75%。

第十二节　完全性肺静脉异位引流

【临床提要】

完全性肺静脉异位引流（total anormallies of pulmonary venous drainage 简称 T.A.P.V.D.），占先天性心脏病 1%，系左、右二侧肺静脉全部与左心房不连接，而直接或经体静脉（上、下腔静脉），或冠状静脉窦异位引流于右心房，多伴有卵圆孔未闭或房间隔缺损。

Cooley 将它列为第 4 位发绀型先天性心脏病（四联症、大血管错位、三尖瓣闭锁、完全性肺静脉异位引流）。

■分类

Darling 对本病解剖分为 4 型。

1. 心上型（supra-cardiac type）　最为常见，占 55%。左、右二侧肺静脉互相汇合成一肺静脉总干（common trunk），经左垂直静脉（vertical vein）（亦称左上腔静脉）将二侧肺静脉血通过无名静脉回流至上腔静脉，再进入右心房。

2. 心型（cardiac type）　占 30%。左、右肺静脉经冠状静脉口或直接回流至右心房。

3. 心下型（infra-cardiac type）　占 10%～15%。左、右二侧肺静脉汇合成一下降静脉，通过食管裂孔至腹腔，使血流经门静脉、静脉导管或下腔静脉回流至右心房，由于多数伴有肺静脉回流梗阻，大部分病人在一年内死亡。

4. 混合型（mixed type）　系上述类型混合存在。

■诊断

本病患者多数有发绀，发育迟缓，因右室肥大左前胸可隆起，胸骨左缘有收缩期杂音，P_2 亢进。

1. X 线显示肺血多，肺静脉淤血，肺动脉段突出，在心上型患者由于扩大的垂直静脉使心影呈"8"字形之特征。在房间隔缺损不大或心下型患者，肺静脉淤血尤为突出。

2. 心电图示右室肥大或 R.B.B.B.。

3. B 型超声心动图和心导管、心血管造影可进一步确诊。心血管造影时宜选用肺动脉干处注入对比剂，更有助于对本病之分析。

■自然病史

本病自然预后差，有人统计一年内生存率约为 20%。心上型、心型以及房间隔缺损大的预后较好，年龄最大者为 49 岁。

【治疗】

手术治疗目标是重建二侧肺静脉与左心房之连接，关闭异常心内外通路。手术结果与手术时年龄和肺动脉高压、肺静脉梗阻程度以及有无心力衰竭有密切联系。3 个月以内婴儿，生长发育差，术前已有酸中毒者死亡率高，术前股动脉血氧 <75% 容积者手术预后差。

根据病情、条件有 3 种手术方式。

1. 姑息性手术　对病情严重，反复发作心力衰竭、肺动脉高压，而全身条件不允许根治手术者，可施行心导管气囊房间隔扩大术（B.A.S.），以减轻肺静脉压力及右心负荷，增加左心血流，为日后根治手术创造条件。

2. 部分根治术　对心上型及心下型患者仅作肺静脉总干与左心房吻合，不关闭房间隔缺损，亦不结扎垂直静脉。

3. 根治手术　彻底纠正畸形，重建肺静脉与左心房之间交通，关闭房间隔缺损，结扎异常通道。

根治手术的基本方法，多采用正中切口，胸骨劈开。以体外循环与低温相结合条件下手术，亦可采用深低温低流量或辅以循环暂停。

Mustard, Behrendt 主张分期手术。第 1 期仅作左心房与肺静脉总干之吻合，第 2 期再结扎垂直静脉，关闭房间隔缺损。Graham，Cooley 等根据此类患者左心排血功能研究，认为手术不必过于考虑左心室发育不全，完全可一次完成。近年来已有人在深低温下为年龄仅几个月婴儿施行一次根治手术成功，Dillard 报告中最小一例为出生仅 3 个月体重仅 3.7kg 的婴儿。对心丁型患者倾向不结扎垂直之下降静脉，以防止肝脏坏死。就手术治疗观点来看，本病手术成败关键在于能否在左心房与肺静脉总干之间，建立一足够大小之吻合口。多年来学者们在这方面的手术技巧上作了不少改进。Cooley 氏采用心后径路，手术时将心尖抬高，心脏倒置；在心脏后方作肺静脉总干与左心房吻合，手术野暴露清晰，操作方便。Shumacker 采用双房切口径路，并扩大左心房。作者根据食管胃吻合原理，取右房切口经房间隔径路作肺静脉总干与左心房腔内吻合，不但操作方便，可获足够大之吻合口，且可保证吻合口通畅而无扭曲梗阻之虞。实践证明效果良好。

■手术结果

1 岁以内手术死亡率仍在 25% 左右，术后早期死亡一般约 16% ~ 17%，晚期死亡 11%。

第十三节　单　心　室

【临床提要】

单心室（single ventricle）系胚胎期一侧心室窦发育不全之复杂心血管畸形，占先天性心脏病的 1% ~ 3.2%。凡只有一个心室同时接受体、肺静脉回流，并由其发出主、肺动脉者称之为单心室。其房室瓣可为 2 组亦可为一共同瓣，80% ~ 85% 伴大血管转位，且大血管之一常有狭窄存在。复习单心室文献，亦有人将一部分左、右室窦发育不全之二、三尖瓣闭锁病例包括在内。实际上 Bankle 认为此类病变不属于单心室范畴，可称之为假性单心室（Pseudo - Simple Ventricle）。

■分类

多采用 Van Prragh 节段分析进行分类。

1．A 型　　心室结构呈形态学左室，无右心室窦部。

2．B 型　　心室结构呈形态学右室，无左心室窦部。

3．C 型　　左、右室之间缺乏室间隔组织。

4．D 型　　为原始心室结构，无左、右室窦。

上述每一类型，按大血管相互关系，又各分为 3 种亚型。I 型为大血管位置正常。II 型为大动脉右侧错位（主动脉在肺动脉右前方），此型常伴有主动脉狭窄。III 型为大动脉左侧错位（主动脉在肺动脉之左前方），此型常伴有肺动脉瓣狭窄。

■诊断要点

临床上，单心室患者多有发绀及心功能受累，50% 有心力衰竭史。血流动力学改变取决于大、小循环内阻力改变。如肺阻力小，流量大，体、肺静脉血在心室内混合少，临床上发绀轻或无发绀存在。如合并有肺动脉狭窄或肺阻力高，则发绀严重。尤以后者往往因肺动脉无狭窄存在，患儿多因肺血多、肺动脉高压、肺血管病变，导致早期因充血性心力衰竭而死亡。一般认为伴有肺动脉狭窄者生存率高。

1. 体格检查　　心前区多有粗糙收缩期杂音，常伴有震颤。凡支气管侧支循环丰富或伴有动脉导管未闭者，杂音性质可有改变。在肺血多患者杂音往往较发绀者轻，且多不伴有震颤，其时可有 P_2 增强、分裂。因肺血流增多可在肺动脉区听到舒张早期高频杂音，二尖瓣区有舒张中期杂音。

2. X 线　　无特征，50% 心影增大，如左心缘上方呈"肩征"样改变者，多提示大血管错位之存在。

3. 心导管检查，多有右心室血氧 > 右房，动脉血氧低。因房间隔缺损之存在，心房水平可有左-右分流。由于体、肺静脉血向单一心室回流，血液在心室内混合，常可出现层流。虽主、肺动脉出自同一心室，但二者血氧极少一致，往往肺动脉内血氧低于主动脉。

4. B 型超声心动图及心血管造影检查有重要意义，不但可以明确诊断，了解单心室及房室瓣结构形态，更可判明大血管位置及发育情况，为手术治疗作出较好估计。

临床上有时极难与四联症、艾森曼格征、大血管错位、三尖瓣闭锁伴大血管错位等鉴别。有人认为，欲达到术前或生前正确诊断较为困难。但本病 85% 伴有大血管错位，因之 Eliott 认为对有大血管错位之患者，应警惕本病之存在。

■自然病史

1/3 可活至成年，平均年龄 7 岁。Marin - Garcia 报告有一例为 40 岁。一般认为，有轻度肺动脉狭窄、肺血管病变及大血管错位者，预后较好，若伴有主动脉狭窄、导管前主动脉缩窄，肺动脉闭锁者，预后严重。

【治疗】

处理单心室为当前复杂心血管疾病治疗中棘手问题，加上术前多数不易判明病变真实情况，手术治疗应有充分准备。姑息性手术主要解决肺循环血流。无肺动脉狭窄、肺阻力高的，可采用肺环束术（Banding）。肺动脉狭窄者，如全身条件不允许，可用体、肺分流手术（Gleen、Waterstoa 分流术）。根治手术不但要解决心室分隔，还须同时纠正大血管畸形或狭窄。有时手术虽可使解剖学畸形得到解决，但生理功能上能否适应尚难确定，且此类病人心内传导系统的位置、走向不够恒定，常因传导阻滞而导致手术失败。心室分隔术（Septation），主要适合于 A 型及 C 型患者。一般认为只有在具有 2 个独立的房室瓣患者适合此种手术，但 Danielson 曾为一例 22 岁仅有一个共同房室瓣的单心室患者，以心室分隔术与双瓣置换获得成功。心室分隔术中补片常从 2 组房室瓣之间的后半部开始，沿心室后壁向前、向心尖，再向上与二组房室瓣之间的前半部汇合，用间断或连续缝合，或连续缝合后再以带小垫片作间断褥式缝合加固。为防止传导阻滞，宜采用 His 束定位器（His - Bundle lndecator）探明传导系统部位及走向。缝合时在邻近传导系统部位时进针宜浅，但有导致日后缝线脱落出现残余室缺之虞，然而进针太深，易致冠状动脉损伤，心肌坏死之可能，因而手术缝合技巧上要求颇高。为保证心室功能，Doty 主张采用右房切口径路而不作心室切口。对合并有大血管错位病例，须按大血管行走方向作垂直或螺旋形补片，亦可在心室分隔术以后，在心房内加作"房内改道术"。

早期施行心室分隔术死亡率高达45%，近年来在有经验单位手术死亡率已降至6%，但住院期总死亡率仍在36%。原始心室（D型）分隔后，主要心腔（与主动脉相通之心室）大小，同时作瓣膜替换术以及在右心室与肺动脉之间作心外带瓣导管等，增加了手术危险因素，术后传导阻滞无疑导致手术失败。

近年来不少学者鉴于心室分隔术存在问题，倾向于采用改良Fontan手术，但Fontan手术在单心室治疗中，手术死亡率亦约为30%（Gall）。

■手术结果

总的来看，本病手术治疗效果由于病理解剖、病理生理中复杂性，仍不够理想，迄至1986年为止Kirklin收集147例手术结果，分析各类手术死亡率为，心室分隔术41%（30%～53%），Fontan手术25%（9%～50%），姑息性分流手术（锁骨下动脉－肺动脉吻合术）2%，肺动脉环束术28%。

第十四节　永存动脉干

【临床提要】

永存动脉干（persistent truncus arteriosus）又称总动脉干，系原始动脉干未能分隔成为主动脉及肺动脉，而代之以一个起源于2个心室的共同总干，并只有一个半月瓣；又因动脉干间隔和圆锥间隔（或两者之一）未与室间隔连接，形成高位VSD，约有1/4病例为单心室。永存动脉干是一种罕见畸形，发生率5%左右。Toronto儿童医院15 000例先天性心脏病中，仅占0.7%。亦有文献报告发生率高达3%。

■分类

永存动脉干可分为4型。

Ⅰ型：总动脉干部分分隔，形成右侧的升主动脉和左侧的肺动脉，接受左右心室的血液（占48%）。

Ⅱ型：左、右肺动脉共同开口或相互靠近，起源于总动脉干之后壁（占29%）。

Ⅲ型：左、右肺动脉分别自总动脉干的二侧发出（占11%）。

Ⅵ型：肺动脉起源于胸段降主动脉（占12%）。肺动脉完全缺如，肺循环依靠自降主动脉发出的支气管动脉供应，故也属肺动脉闭锁这一类型。

总动脉干的血流动力学改变：①高肺血流量伴低的肺血管阻力，临床发绀不明显，大量肺静脉血-左房-左室-总动脉干，右室压力升高达体循环压力，才能将体静脉血喷射至总动脉干，常易诱发充血性心力衰竭。②肺血管阻力增加，肺血流正常或轻度增加者，多无充血性心力衰竭，仅活动时出现发绀。③肺动脉口狭窄，或由于进行性肺血管梗阻性病变，发绀明显。

■自然病史

总动脉干预后不良，半数病例出生后早期死亡，其中，86%在1岁内死亡。只有

15% ~ 30%病例可存活超过 1 岁，多数在成年前死亡。

■诊断

总动脉干患儿症状出现早，其中 91%患儿在出生后 3 个月出现。主要为充血性心力衰竭，肺部感染，体重不增加，发绀常较轻，呼吸困难明显（50 ~ 100 次/min）。如肺动脉狭窄或肺血管阻塞性病变，呼吸困难常不明显，而发绀显著。

1. 体格检查　瘦弱，体重不增，发绀，杵状指（趾）。肝大、肺部有啰音。肺动脉瓣区单一的第二心音，胸骨左缘第 3、4 肋间有响亮粗糙的收缩期杂音，有时心尖区闻舒张早期或中期杂音，动脉干瓣膜关闭不全者有水冲脉。

2. 心电图　电轴正常 ~ 右偏，有时为极度左偏。左右心室肥厚。如肺血管阻力增加时，则为右心室肥厚。

3. X线　示心影增大以心室为主。左右心室扩大者心影类似 D - TGA 呈斜卵形，右心室增大为主者类似四联症。升主动脉明显增宽搏动强烈。肺动脉起源部位较正常高，1/4 病例为右位主动脉弓。肺血管阻力低则肺血多，阻力高则肺血少。

4. 超声心动图　常见左心房和左心室扩大，巨大血管干骑跨于室间隔上，动脉干瓣往往增厚或发育障碍，室间隔高位回声失落。如能记录到 2 个半月瓣则可排除本病的诊断。

5. 心导管检查和造影　左右心室压力相等。肺动脉压力与总动脉干内压力相同，但有高肺血流量时，可有 3.99 ~ 5.32kPa（30 ~ 40mmHg）压差。左右心室造影均可见单一动脉干骑跨于二心室之上，并有膜部室间隔缺损，冠状动脉及肺动脉均起自动脉干。

本畸形须与四联症、主肺动脉窗、大动脉错位、主动脉缩窄伴室间隔缺损或动脉导管未闭鉴别。

■手术指征

因本畸形症患者 80%死于 1 岁以内，故目前不少学者主张无论其年龄和体重多少，均早期纠治。只有对Ⅳ型及肺血管阻力和肺动脉压力明显增高者除外，对内科治疗无效的心力衰竭患儿，即使婴儿期也应考虑完全纠治。年龄较大者，也应在 2 岁前尚未发生不可回逆的肺血管梗阻病变时，作纠治手术。

【治疗】

1. 肺动脉环扎术　是对肺血流量过大，或无条件作根治术者的一种姑息手术。但手术死亡率亦很高，故目前主张只要具备条件应作一期根治。

2. 总动脉干根治手术

（1）体外循环。胸骨正中切口，肺动脉开口上方的升主动脉有一定长度，则作主动脉插管，否则作股动脉插管。上下腔静脉常规插管，并放左室引流管。体外循环转流降温一开始，应钳夹阻断肺动脉，以防灌注肺发生。血流降温至深低温，必要时循环暂停更有利于婴儿手术。采用常规体外循环技术。

（2）分离肺动脉。Ⅰ型从动脉干上切除肺动脉，Ⅱ ~ Ⅲ型则将 2 个肺动脉开口连同一片主动脉一起切下。避免损伤左冠状动脉，因其开口在肺动脉附近。

（3）动脉干后壁形成的缺陷，可横向褥式缝合，缺损大可补片修补。

（4）在右心室前壁的动脉干瓣膜水平与左冠状动脉之间做一垂直切口，经 VSD 打开主动脉瓣膜，开放主动脉钳排除气体。SD 位于动脉瓣下，用大小适宜涤纶片修补。缝合应严密防残余漏发生。

（5）右心室-肺动脉连续，采用 Rastelli 手术，选用带瓣外导管或同种异体主动脉移植。先将移植物与肺动脉端侧吻合，先缝后缘再缝前缘，如肺动脉回血多将一吸引管经外导管插入肺动脉。再将外导管近端修剪成斜面与右室切口吻合。Ⅲ型永存动脉干需用分叉的人造管道与肺动脉两分支相吻合。

■手术死亡主要因素

①年龄因素特别重要，2 岁以下婴儿死亡率达 83%，2 岁以上为 21%。②与肺血管阻力有密切关系。肺总阻力 <5、5~8、>8 单位/m²，其手术死亡率分别为 0%、19%、84%。③与人造瓣膜管道材料有关。近年随着经验增长，死亡率逐年下降。

第十五节　婴幼儿心内畸形的外科治疗

近 10 年来，由于术前诊断精确性的提高，外科和麻醉学的发展，术前、术后处理的经验不断丰富，使小儿心血管外科有了较大发展。不少临床危重复杂心内畸形的婴幼儿，即使在新生儿阶段，也可得到正确诊断并及时进行姑息性或根治手术治疗，从而免于死亡。新生儿已不再是手术禁忌，有报告新生儿年龄仅一天、体重最轻仅 2kg 者，进行了心内直视手术获得成功。据统计先天性心脏病发病率占新生儿 0.7%~1%，按此比例，我国在已有 200 万需要治疗的先天性心脏病以外，每年将有新增加的先天性心脏病约 10 万例，需要手术治疗。小儿先天性心脏病外科手术总的趋势是幼龄化、早手术，力争在肺血管及心脏继发性病理改变发生或加重前予以纠治。在医疗条件先进国家，多数先天性心脏病在出生后 6~12 个月内给予手术治疗，对少数难以纠治的复杂先天性心脏病进行婴幼儿心脏移植也得到了可喜成绩。

■手术方式

婴幼儿先天性心脏病的手术治疗，一般分为 2 类：即姑息性手术与根治手术。对不同年龄的各类病变，究竟应采取一次根治或先姑息后根治之分期手术，临床上各家的看法不同，只有对病变自然规律以及对各类手术掌握充分数据，才能对手术作出适当的抉择。

姑息性手术的目的主要是暂时控制病情，延长生命，为日后根治手术创造条件。常用的姑息性手术，大致归纳为 3 种。

1. 分流术　　主要适应于肺血少，有缺氧晕厥，红细胞容积增加或有脑部并发症之发绀型病变。如四联症、大血管转位伴室间隔缺损及肺动脉瓣狭窄、三尖瓣闭锁伴肺血少之病例。通过体循环与肺循环血管吻合手术，达到增加肺血流，提高血氧的目的。

属于此类手术的有 Blalock - Taussig 手术（锁骨下动脉与肺动脉吻合术）、Potts 手术（降主动脉与左肺动脉吻合术）、Glenn 手术（上腔静脉与右肺动脉吻合术）。Blalock -

Taussig 手术调节血流好，术后肺高压发生率低，但因手术操作较为困难，不适合于一岁以内的婴幼儿。Potts 手术吻合口随年龄长大而增大，且易致术后肺高压，给日后根治手术带来一定困难，故现已较少使用。Glenn 手术，在婴幼儿中，因上腔静脉与右肺动脉口径不一致，使用上有一定限度，且术后有导致上半身静脉回流障碍及脑部并发症之可能。

上腔静脉-肺动脉双向分流（Bidriectional SV - PA Shunt）：切断上腔静脉，近心端缝闭，远心端与右肺动脉作端-侧吻合，此术可克服 Glenn 手术中存在缺点，可使上腔静脉血液同时向左、右肺动脉分流，可减少 40％回心血流，减轻右心负担，提高血氧张力。

2. **肺动脉环束术**   通过环束手术，使右心室流出道阻力增加，肺血流减少，以减轻左室负担，制止或防止充血性心力衰竭的发生，可使婴儿得以正常发育。主要适应于大量左到右分流，或肺血多伴有左、右心衰竭，药物控制不能奏效之危重婴幼儿，如巨大室间隔缺损、纠正型大血管转位伴室间隔缺损、动脉共干、单心室、三尖瓣闭锁伴肺血增多等病例。

环束术后之变化决定于环束之程度，太紧可使肺血减少过多，引起动脉血氧减低，术后出现发绀，导致心肌缺氧、扩大，甚至心跳停止；太松则不能防止肺高压及肺血管进行性阻塞性变化。一般以环束术后肺动脉直径缩小至原来 1/3 左右，环束远端可触及震颤，压力降低至体循环压力之 1/3 为宜。有人认为环束术后肺动脉直径应小于原有直径的 50％，环束远端压力比术前应下降 30％ ~ 50％，并有明显震颤。有人以心音图改变来推测手术后果，如术后肺动脉第二音减轻，分裂时间超过 40ms，则效果良好。肺动脉环束术死亡率为 17.5％ ~ 35％。

3. **房间隔造瘘术（Septostomy）**   通过房间隔造瘘，促进体循环与肺循环之间分流量增加，达到提高动脉血氧目的。主要适应于完全性肺静脉异位引流，大血管转位，三尖瓣闭锁伴肺血少之病例。Blalock - Hanlon 手术，从右侧进胸，阻断右肺血流，将房间沟前后方之右、左心房壁及房间隔的一部分剪去，然后将右心房与右肺静脉处之左房壁吻合，造成一个人为的房间隔缺损。此手术死亡率高。Raskkind 于 1966 年创用气囊房间隔造瘘术（Ballon Atrial Septotomy，B.A.S），术中将带有气囊之双腔心导管，自大隐静脉/股静脉（新生儿可采用脐静脉）插至右房，通过卵圆孔送至左房，以造影剂将气囊扩大（新生儿注入 2mL），然后将心导管用快速手法自左房拉回右房，使卵圆孔扩大，或撕裂房间隔，从而达到人造房间隔缺损之目的。Mullins 主张第一次气囊扩充后，直径至少应达 1cm 左右。

然而姑息性手术后，心内畸形依然存在，日后多数仍须作第 2 次手术，给患儿及家长带来精神负担，甚至有些病例第一次术后，在根治术以前已经死亡。

近年来，由于婴幼儿灌注技术及人工心肺机之改进，膜式氧合器之问世，大大改变了婴幼儿心内直视手术的面貌，也逐步改变了以往的观点，对婴幼儿先天性心内畸形，较多人趋向采用早期一次根治手术。

关于婴幼儿心内直视手术基本方法的选择，多数采用深低温，循环停止/结合短暂体外循环的方法。先体表降温至肛温 30 ~ 34℃，开胸后在主动脉、右心房插管，然后作短暂之血液降温，至 18~20℃（肛温），停止体循环，自右心房插管将体内血液引流至心肺机内，切开心脏进行手术，术毕再将引流管插回右心房，以温血复温。手术中心内完全无血，心肌松弛，解剖清晰，便于在婴幼儿纤细心脏内，进行精细操作。手术中与一般体外循环不同，无须繁杂的心内插管及抽吸，故操作方便。它又不同于一般深低温手术，无面临严重心律紊乱之威胁，且术后肺部并发症及死亡率均较低。

■几种婴幼儿心内畸形的手术治疗问题

1. 巨型室间隔缺损　　此症为婴幼儿充血性心力衰竭常见之原因。有人统计，在室间隔缺损病例中，约有 10%病人，在婴幼儿时期发生心力衰竭，尤以出生后 6~8 周为多见，因此时肺血管阻力降低，促使肺血大量增加，从而促成充血性心力衰竭之发生。大约有 80%病人通过内科治疗可以控制，其余病例如临床呈进行性改变，宜及时作心导管确诊，如测知肺动脉与主动脉压力之比为 0.75，应及早手术。

2. 动脉导管未闭症（PDA）　　有人统计早产儿中动脉导管未闭症（发病率可高达 7%~37%）。多数可自行闭合，部分须予以手术结扎，否则导致进行性呼吸困难综合征以及充血性心力衰竭甚至死亡。Murphy 认为凡婴儿 PDA 出现下述情况应及时手术治疗：①临床及客观检查发现有 PDA 之存在。②充血性心力衰竭，药物不能控制。③胸片显示进行性心脏扩大，肺血增加。④扶助呼吸后动脉血 CO_2 张力增高。⑤动脉血氧张力减低。⑥呼吸停止发作频繁。Murphy 曾为 15 例早产儿动脉导管未闭症因上述情况施行急症手术，可使病婴幸免于死亡，Stark 根据 917 例手术经验，小于 1 岁的病婴死亡率为 21.5%，死亡原因与合并其他畸形有关。

3. 主动脉缩窄症　　此症在婴幼儿阶段死亡甚多，Mustard 指出，"成年型"病例若在婴幼儿时期出现症状，60%在一岁前死亡，"婴儿型"者死亡可达 80%。因之对婴幼儿主动脉缩窄症，凡心力衰竭不能控制，或舒张压大于 100mmHg 的患者，应及早手术。在此类病例中，绝大多数合并有其他心内畸形。如 Reul 报告 19 例 2 岁以内主动脉缩窄症中，仅 3 例属于单纯性病变。单纯性病例手术死亡率低，复杂型的死亡率可达 45%~50%。为防止手术后再缩窄，一般主张在 8 岁以后手术，亦有主张手术年龄最好是 5~10 岁。手术中一般采用间断缝合法。Reul 则采取涤纶朴片成形术，术中尽量保留部分主动脉壁，以减少日后缩窄。他报告的一组 14 例中，年龄自 65 天至 2 岁以内，无死亡，术后追踪 12 年，结果仍良好。

4. 先天性主动脉瓣狭窄症　　系一种进行性病变，凡婴儿诊断明确，且有充血性心力衰竭者，应予急诊手术。Berry 认为儿童期主动脉瓣狭窄，凡临床出现症状，如心绞痛、昏厥或左心室与主动脉间收缩期压力阶差大于 75~100mmHg，均为手术指征。手术方式以主动脉瓣切开术为主。由于此类病例多伴有先天性瓣膜异常，瓣膜切开术仍属姑息性治疗，日后仍有不少病例须作瓣膜移植手术。应该指出 5 岁以内之小儿病例，仍以瓣膜切开术为宜。

5. 四联症　　目前认为系一种进行性病变，其室间隔缺损可随年龄增大而增大，漏斗部肌肉亦可出现进行性肥厚，甚至日后发生右心室流出道心内膜纤维性改变，故近年来多数人对本症的治疗，趋向采用早期根治术。

6. 大血管转位　　此症占先天性心脏病之第 4 位，平均存活年龄为 3~6 个月，

78%～90%在一岁以内死亡。早年有学者主张采用姑息性手术，其中以气囊房间隔造瘘术（B．A．S．）最常用。根治术中以 Mustard 手术最常用，临床上亦称心房内改道术（Intra－atrial Baffle Operation）或心房内静脉转位术（Intra－atrial Venous transposition）。此法主要适于"单纯型"大血管转位症。对"复杂型"病变常伴有室间隔缺损及肺动脉瓣狭窄者，则采用 Restelli 手术。手术要点是在室间隔缺损与主动脉之间，在心内以聚四氟乙烯管将其连通，使左心室血流按正常生理流向主动脉。再将肺动脉干切断，近心端予以缝闭，远心端与右室之间以同种主动脉作搭桥吻合，使右心室血流流向肺动脉。近年来以大动脉互换术（Switch 手术）治疗本病取得较大进展，在出生后 1～2 周左右即于以手术，对合并有 VSD 的可在 1 个月左右进行手术。

7. 完全性肺静脉异位引流（简称 T.A.P.V.D.）　　占先天性心脏病 1%～4%。以往 75%～89%患者在一岁以内死亡，只有 10%左右病例可活至一岁以后。因姑息性房间隔造瘘术并不能改变临床预后，故有人主张一旦诊断确定，即应早期采用根治手术，尤以在肺静脉阻塞严重并充血性心力衰竭者，应急诊手术。

（孙培吾）

第九章 运动系统疾病

第一节 骨骺损伤

■小儿骨折与成人的不同点

1. 生长障碍　　损伤波及骺和骺板会导致生长障碍，如进行性肢体短缩和成角畸形。

2. 骨塑形　　生长中的小儿其骨折的生长愈合具有塑形能力。就是说可使未达到解剖复位的骨折重新恢复正常外观。骨的塑形有一过程，与骨的负重和肌肉的牵动作用有关。骺的不对称性生长可矫正愈合后的成角畸形。骨膜的部分局部吸收可使骨的隆起部变平。骨折连接后的凹侧受负重刺激而有新骨填充补平；凸侧部的骨质按 Wolff 氏定律而有所吸收。

通常距骺越近的骨折其潜在的自动矫正能力越强。相反，位于骨干中部的畸形愈合则自动塑形力弱。

凡接近枢纽关节并与之活动平面一致的成角畸形，塑形力显著。相反，与关节活动平面不一致的成角畸形，如肱骨髁上骨折后的肘内翻则很少能自动塑形的。

旋转畸形不能自动改善。有移位的关节内骨折和 90°跨骺板的骨折有移位时无塑形能力。

3. 骨的过度生长　　长骨的骨干和干骺端部发生骨折后造成骺板部血运增加，从而刺激其纵向生长加快。因此，小儿下肢长管状骨骨折后，有枪刺状重叠愈合反而带来好处。2cm 以内的重叠最终会与对侧下肢等长。

4. 愈合时间快　　小儿骨膜厚，血运丰富，骨细胞活跃，会加速骨折愈合。年龄越小，骨折愈合的时间越短。例如，股骨干骨折新生儿 2～3 周则可愈合坚强，幼儿需时 4 周，7～10 岁的儿童要 6 周始能连接，青少年要 8～10 周才能愈合。因此，年龄越小，如需整复应抓紧时间，反复研究会因错位愈合而使复位遇到困难。

5. 不连接　　因小儿骨膜厚而成骨作用强，很少发生骨折后不连接的。关节内骨折有移位的可能发生不连接。在断端之间有软组织嵌入的也会引起延迟愈合或不愈合。小儿骨折很少需要手术切开复位。无指征的手术会导致延迟愈合甚至不连接。

338

6. 解剖和生物力学方面的特点　　骨骺、骺板、干骺端以及骨干均可能受伤而致骨折。骨干的骨折可能系完全骨折，青枝骨折、竹节状骨折或因柔韧而呈现弯曲变形。完全性骨折其折断方向与外力有关。横骨折为成角折断暴力所致，骨折线与骨干的长轴垂直，一侧骨膜完全撕裂。横骨折多为直接暴力，可发生在婴幼儿。斜骨折常由纵轴方向过度负荷所致。剪力使骨折线与骨干长轴呈 30°～45°交叉。多发生在胫骨、股骨或前臂双骨折。斜骨折多系不稳定性骨折，其原因为骨膜有广泛断裂。螺旋形骨折的成因为扭曲旋转性暴力。斜向的螺旋骨折线部分绕过骨干的周径。一旦经顺时针或逆时针旋动后，因骨膜多完整而可维持稳定。石膏固定控制其旋转时可获良好制动。螺旋骨折多发生于大儿童，股骨和肱骨干是多发部位。蝴蝶状骨折属粉碎性骨折，系轴向过度负荷加之成角外力致骨折线横向而方向不同。蝴蝶状骨片的对侧骨膜完全撕断。这类骨折很不稳定。

青枝骨折是不全性骨折，突侧骨皮质完全断开而受压的凹侧骨皮质和骨膜完整无损。因突侧骨皮质完好反而常引起骨的弯曲变形。治疗时的重点是要将不全骨折变为完全性骨折，始不致弯曲变形复发。这种骨折小儿常见。

竹节状骨折系加压嵌插暴力所致。这类骨折多发于小儿的干骺端，因该处硬骨板成分少。另外，也可发生在青少年肢体麻痹后骨质稀疏的长骨。

外伤性骨弯曲变形实则剪刀力所致的多数微小骨折所致。临床不能看到的细微骨折位于骨折的凹侧。尺骨和腓骨为好发部位。

■正常骺板及其对损伤的反应

1. 骺板结构可按其组织学和功能特点分为 4 层：①静止层紧邻骨板，软骨细胞排列不规则，彼此由丰富的软骨基质间隔。静止层又称生发层，负责不断地提供软骨细胞。软骨细胞源于周缘的软骨环。此层受损导致生长停止。②软骨增殖层与骨的纵向和横径发育有关。软骨细胞在本层中发育肥大。生长层中血管丰富。血管提供未分化细胞，进而变化为静止软骨细胞。此后，静止软骨细胞分裂，肥大并形成很多细胞柱。这是骺板的一大特征。细胞柱构成骺板总厚度的一半。原来在静止细胞和肥大细胞附近的胶原也纵向排列与细胞柱走行一致。③肥大细胞软骨成熟层。本层细胞内产生空泡，细胞间质有明显生物化学变化，导致最终的骨化。④最后一层为软骨细胞转化层，又称钙化预备带。本层的软骨母细胞间的基质为骨所替代。本层主要特征是有血管长入。电子显微镜观察这种血管是一闭襻，为骨化所必要的细胞来源。在钙化的软骨上，骨母细胞其转化为骨。

骺板的主要特点是自胚胎早期直到骨成熟为止，其结构始终保持为软骨状态。一旦骺板完全骨化，使骺与干骺端融合则生长停止。

骺板的血运来源有 3，即骺血管、干骺端血管和软骨周围血管。骺血管多从关节囊及其在软骨周围的附着处进入。软骨骺的血管是经软骨管进入的。软骨管还为生长静止层供血。跨骺板的血管只在生后不久大的骨骺才能见到（如股骨两端和肱骨上端）。二次骨化中心形成或长大后则很少见到跨骺的血管。这是因为此时软骨下骨板已经形成，血管再不能跨过的缘故。

创伤可抑制骺的生长。伤后残存的骺板多少和伤后骺过早融合的范围与造成的日后畸形直接相关。软骨通常没有再生。骺板受伤后，若残存的骺板有骨桥形成，肢体原有生长能力受损。

除了上述骺软骨细胞受损可影响生长以外，骺的血运受损后，生长层和细胞转化层的细胞正常分裂和成熟的过程停止。软骨周围血管觅阻后，骨的积累性生长障碍，偾骺板的横径发育落后。

2. 骺损伤的分类　　1963 年 Salter 和 Harris 按外伤机制、骨折线与骺生发层的关系

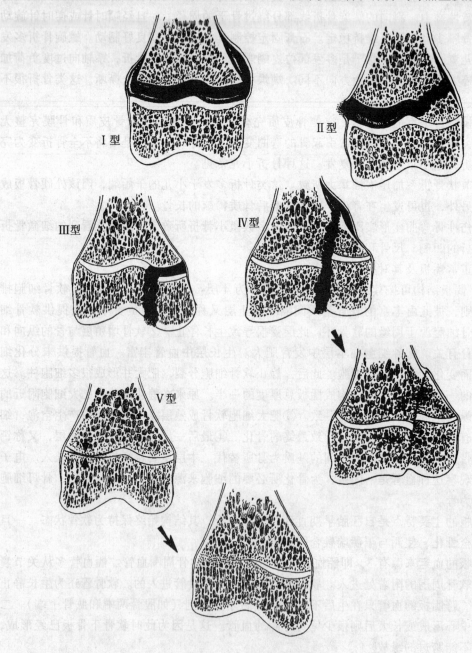

图 9-1-1　骨骺损伤的分类

以及生长障碍的预后因素几方面对骺损伤进行如下分类：

Ⅰ型：婴幼儿骺板较厚，在承受剪刀外力或撕脱力下，骺板多自肥大细胞层分离。通常不造成生长障碍。例如股骨头骺分离属此类骺分离。此类损伤应使之解剖复位并注意有无骺缺血性坏死。

Ⅱ型：病儿多发生在 10 岁以上的剪力或撕脱伤。大部分骺板经肥大细胞层分离，骨折线一端并斜向干骺端，从而形成一三角形骨块。因局部骨膜常完整无损，不致并发缺血和生长障碍。

Ⅲ型：本型罕见，系关节内剪力所致。多发生在胫骨上端骺或下端骺，骨折线经关节面垂直走行贯穿骨骺到达骺板的肥大细胞层，再横向骺板分离。治疗时应注意恢复关节面的平整。为此常需手术切开复位。本型如治疗得当，预后良好。

Ⅳ型：骨折线从关节面开始，贯穿骨骺再斜向干骺端。骨折线包括骺板的生发层，可能影响骨的正常生长发育。因此，需手术使骨折解剖复位。本型常见于肱骨下端外髁骨折。

Ⅴ型：常发生于膝、踝单方向伸屈的枢纽关节，在明显内收或外展暴力下，经骨骺传达到一段骺板，造成轻重不等的骺板挤压伤。虽骨骺无明显移位，但骺板生发层的软骨细胞多有范围不等的挤压捻挫。本型骺板损伤常被误诊为简单扭伤，治疗宜用 3～4 周支持性石膏和避免负重，并告之家长定期复查，注意是否并发畸形（图 9-1-1）。

第二节　肱骨髁上骨折

一、肱骨髁上骨折（supracondylar fracture of humerus）

儿童多见，约占肘部骨折的 50%～60%。

【临床提要】

■损伤机制与类型

1. 伸展型　摔倒时手着地，同时肘关节过伸及前臂旋前，此型多见，骨折线斜向后上方，远骨折端向后上方移位，并可表现尺偏或桡偏及旋转。尺偏型占多数，内侧骨皮质有小碎片或嵌插，内侧骨膜剥离，外伤骨膜断裂，易形成肘内翻畸形。桡偏型少见，尺侧骨膜断裂，骨折远端向桡侧移位，骨折移位严重者，可造成正中神经、桡神经损伤与肱动脉损伤。

2. 屈曲型　摔倒时肘关节屈曲位着地。有时为外力直接作用于肘后方所致。骨折线由后下斜向前上方，骨折远端向前移位。

■临床表现及诊断

疼痛、肿胀、畸形。伸展型应与肘关节脱位鉴别，应注意神经血管损伤症状与体征。X 线照片可确诊骨折及其类型。

【治疗】

1. 闭合复位外固定　　在牵引下纠正旋转与侧方移位，然后纠正前后移位，伸直型者屈肘位、屈曲型者伸直位，后放石膏托或小夹板固定，3 周后去外固定开始肘关节功能锻炼。应注意观察血运及复位后再错位情况以便及时纠正。

2. 牵引复位　　软组织肿胀或移位严重者可采用 Dunlop 支架牵引或鹰嘴悬吊牵引。待肿胀消退后，再决定是否行手法整复。

3. 切开复位　　合并有血管神经损伤者，或手法治疗、牵引无效者，可行手术探查，在处理神经血管的同时行骨折整复钢针固定。

【并发症】

1. Volkmann 缺血挛缩　　由于外固定过紧导致前臂肌肉缺血挛缩。特别在早期应密切观察患肢血运情况，注意 4P 征（Pain 疼痛，Pulselessness 桡动脉搏动消失，Pallor 苍白及 Paralysis 麻痹）。早期出现手指过伸疼有诊断意义。紧急除去外固定，伸展肘关节，如无好转则应行探查或筋膜切开减压手术。

2. 畸形愈合　　复位不满意，可导致肘内翻畸形。内翻超过 20°以上观察 1～2 年无继续变化，肘关节功能恢复后最好在 12 岁以后行肱骨髁上楔形截骨术矫正。

3. 神经损伤　　正中神经较多见，多系擦伤或牵拉伤。一般能自行恢复，有手术探查指征者较少。

二、幼儿阶段的肱骨远端全骺分离（separation of lower epiphysis of humerus）

是肱骨髁上骨折发生在幼儿发育阶段的一种特殊损伤类型，不常见。X 线不能直接显影，误诊率高。应重视前臂骨和肱骨的关系，如肱骨小头已显影，其与桡骨颈的解剖关系正常可提示诊断，多数由外伤引起，其受伤外力与移位和髁上骨折相似。

【临床提要】

■临床表现与诊断

临床表现与肱骨髁上骨折相似，诊断主要依靠 X 线摄片，在 X 线片上如已出现肱骨小头化骨中心，可提供诊断依据，有以下特点：

1. 肱桡关系正常，肘关节正侧位片，均显示桡骨纵轴线通过肱骨小头。

2. 尺桡关系不变，即上下尺桡联合维持正常关系。

3. 肱骨与尺桡骨排列失常，常见尺桡骨带一内侧干骺端骨折片，或肱骨小头化骨中心移向后内上方。

■鉴别诊断

1. 肘关节脱位　　如肱骨小头化骨中心出现，其与桡骨干关系失常则为脱位。如未出现化骨中心，则应依靠临床仔细检查，可发现骨骺分离时肘后三点关系正常，而脱位则有改变。

2. 肱骨外髁骨折　　实际是肱骨外髁骨骺分离。此时肱骨干与桡骨干的对线关系正常而肱骨小头化骨中心向外侧移位。有时可触到外髁异常活动。

3．肘关节脱位合并内髁或外髁骨折　　当外侧脱位合并外髁骨折时，肘后三点关系改变，肘外侧可触到正常关系的外髁与桡骨头。向内脱位合并内髁骨折时，与上述情况类似，即尺骨鹰嘴与内髁关系正常。

【治疗】

方法与肱骨髁上骨折相似。

第三节　桡骨小头半脱位

桡骨小头半脱位（radial head subluxation）亦称牵拉肘或 Malgainge 半脱位，首先由 Fournier 于 1671 年准确描述。是婴幼儿的一种损伤。1～3 岁发病率最高。男孩比女孩多，左侧比右侧多。

【临床提要】

■损伤机制与创伤解剖

其发病原因是当肘关节伸直旋前位，突然受到纵向牵拉所致。过去认为幼儿桡骨头发育不完全，头与颈的直径几乎相等，环状韧带松弛，因此肘关节伸直位受到牵拉时发生桡骨小头半脱位。这种论点不一定正确，因为有些学者做过尸检，发现桡骨头稍呈椭圆形。当前臂旋后时桡骨头的前面从颈部起呈尖形隆起，此时牵引，环状韧带与骨隆起对抗，偏外后则桡骨头较平，因此当前臂旋后位牵引时此部分环状韧带紧张，以致滑越桡骨头。

■临床表现与诊断

有纵向牵拉史，患儿局部疼痛、哭泣并拒绝使用患肢，患肢可有旋前、肘伸直位或略屈曲位，桡骨头外侧压痛，X 线通常无变化。但关节内注气造影可见滑膜皱襞及关节囊陷入肱桡关节内（图 9-3-1）。

【治疗】

闭合复位。一手握住肘部，拇指置于前外侧，另一手握住腕部，屈曲肘关节，将前臂旋后，即可复位（图 9-3-2）。患儿疼痛随即消失而自由活动，复位后颈部吊带一周以防习惯脱位。

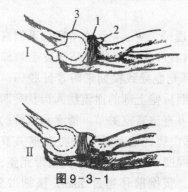

图 9-3-1

图 9-3-2　手法复位（屈肘旋后）

第四节 小儿寰枢关节半脱位

寰枢关节半脱位（atlantoaxial subluxation）系指继发于头颈部感染的单侧或双侧颈椎1、2关节半脱位。有的作者针对病因称本病为自发性充血性脱位、自发性脱位或炎症性半脱位等。1830年Bell首先报道1例本病的尸检结果，发现横韧带腐蚀；寰椎因梅毒病变而溃烂。1930年后对本病有Grisel综合征之称。凡及早诊治的预后良好。严重的可并发四肢瘫，若及时经牵引等治疗，多数病例还能彻底恢复。相反，若半脱位后拖延治疗可残留颈部强直和颅底增宽畸形。

【临床提要】

■局部解剖

寰枢关节自后向前借3组韧带维系，即顶盖膜（tectorial membrane）、十字韧带（cruciform ligament）和齿状韧带（odontoid ligament）。顶盖膜系脊柱的后纵韧带深层的延续，分布在寰枕的上行纤维，限制此关节的前屈和后伸动作。十字韧带紧贴齿状突的后侧，包括3个组成部分：①最主要的是横韧带位于寰椎的2个侧块之间，防止齿状突半脱位和限制齿状突后移，以预防脊髓受压。同时也约束寰枢椎之间的的垂直动作。②三角索带（triangular bands）系枕骨大孔与枢椎之间上下直行的韧带纤维，其下行纤维又起源于寰椎的侧块。此条索的最深层为翼状韧带（alar ligament），起自齿状突的后外侧向上达枕骨髁的两侧，可限制寰枢关节的侧方旋转。此关节如向一侧旋转，对侧的韧带拉紧，从而使关节不致过度旋转，也使此关节稳定。③尖端韧带（apical ligament）从齿状突的尖端到枕骨大孔的前缘。

寰枢关节实际上包括3个滑膜关节：即两侧的小面关节和中央部的齿状突和寰椎前正中关节。齿状突的旋转运动有2，①是以齿状突为中轴的同圆心旋转，②是以侧方小面关节之一作轴心的不同圆心的旋转。临床上出现颈部活动受限，斜颈姿式不重的所谓轻度半脱位，系指不同圆心的旋转过度而横韧带常未受损；颈部肌肉僵直，斜颈姿式固定并伴有颈明显疼痛的即为严重半脱位，乃一侧或两侧小面关节移位，且有横韧带的断裂。

■发病机制

文献中对寰枢关节半脱位的发生机制有3种理论。Wittek认为半脱位系因寰枢关节内发生迁移性感染以致积液使韧带受牵扯所致。Grisel主张半脱位是继发于颈部肌肉的痉挛，Gtrig，Watson－Jones则提出颈部感染的局部充血导致横韧带附着处脱钙，使韧带松弛，最后造成半脱位。据最近的解剖学研究，咽后壁上部的血流注入齿状突四周的血管丛，而此部无淋巴结过滤。因此咽部炎症渗出可直达寰枢关节。滑囊和血管的怒张对横韧带可造成机械性或化学性影响。Steel根据死亡病例的尸检结果将寰枢关节半脱位分为4型：Ⅰ型，半脱位表现为寰椎向前移位，程度在3mm以内，横韧带完整；Ⅱ型，寰椎前移3~5mm并有旋转，横韧带变弱；Ⅲ型，寰椎前移超过5mm，横韧带变弱外，附近其他韧带也无力，寰椎的 2 个侧块均向前移；Ⅳ型，寰椎自齿状突上方向后滑移。

基于上述不同的病理改变，临床上出现轻重不等、形态各异的斜颈外观。

■放射线片所见

本病的确诊有赖于颈椎的 X 线片所见。上颈椎正面开口位显示齿状突与环椎两侧的侧块间隙不对称。应测量两侧间隙的距离，对比之。侧位片可见寰椎正前方与齿状突的间距增大，一般超过 4.5mm 的可作诊断依据。张口位有困难的，可行断层摄影。

■临床表现

本病临床表现主要为发热数日后出现斜颈，故常与肌性、骨性、视力障碍和外伤性斜颈混淆。从颈部感染到发现斜颈的时间为 4～7 天。较大儿童诉颈部疼痛向头部或耳部放散。每当要活动颈部时感局部疼痛。颈部触诊其四周肌肉均有明显痉挛，甚至强直，特点是头部转向单侧半脱位的对侧。枢椎棘突偏离中线，移向半脱位的对侧，即所谓的苏地克征（Sudek）。在临床实践中，因疼痛患儿不合作，加之颈部肌肉僵硬，很难查出此体征。若前移位较多，在咽后壁可触到硬的隆起，但要和咽部的炎症鉴别。必要时可行咽后壁注气造影。

因寰枢关节半脱位而产生神经症状的屡有报道，约占 12%。这种颈椎高位的移位并发神经症状的并不很多，是因为寰枢椎管前后径介于 16～30mm，平均为 22mm。据实验研究椎管突然变细，小于 10mm，始能压迫脊髓。寰椎两侧的侧块均脱位时可使局部椎管前后径小于 7mm，而酿成四肢瘫。

【治疗】

治疗的原则是要依症状的轻重因人而异。药物治疗如抗生素控制感染，镇静剂鲁米那、安定协助患儿平卧复位。

对有典型病史、体征而 X 线表现较轻的留在家里治疗，在门诊随诊。X 线所见重的收入院治疗。

轻病例嘱患儿在家治疗，包括坚持平卧。安定等药物起镇静和松弛作用。平卧时去枕以防止头颈的前屈加重前脱位。在此基础上，在肩下置薄垫，使颈部稍后伸，借头部的重量牵引有助寰椎复位（图 9-4-1）。这样治疗一般经 1 周可使斜颈和颈部疼痛症状消失。然后用颈部围领保护 4～6 周起床活动。

图 9-4-1　用镇静剂使病儿保持平卧，肩下置薄垫。颈轻度后伸，头部重量发挥牵引作用

临床出现症状较久、斜颈畸形较重以及 X 线片有明显移位的，因复位困难需住院牵引。依患儿年龄和移位的程度选用吊带牵引或颅骨牵引。我们体会 10 岁以下患儿，用吊带牵引 1～2 周可满足治疗要求，然后在颈部围领保护下起床，巩固 6～8 周。

对严重的病例在去除牵引后宜分别拍颈椎前屈和后伸的侧位 X 线片。对比牵引前后的 ADI 间距值，如在 4mm 以内说明治疗成功。Keuter 主张牵引 6～8 周后如 ADI 值大于 4mm 应考虑作寰枢椎或包括枕骨在内的融合术。

第五节　股骨头骨骺缺血性坏死

【临床提要】

股骨头骨骺缺血性坏死（avascular necrosis of femoral head capital epiphysis）是在儿童时期，骨骺和骺板（骨生长板或骨骺板）因血供障碍、持续性应力作用或外伤，可引起骨骺坏死、软骨内化骨紊乱，或者骺板部分提早闭合及骺板完全闭合，从而导致肢体畸形和发育障碍。由于真正的病因尚未明确，其命名也未统一，如曾称为骨软骨病，骨软骨炎或骨骺炎。而对每一具体解剖部位的病变，传统上则依首次报道者的姓氏命名。例如 Legg（美）、Calve'（法）和 Perthes（德）3 位作者，于 1910 年几乎同时报告并描述了儿童股骨头骨骺坏死性病变，其后就将该病称为 Legg - Calve' - Perthes 病，简称为 Legg 氏病。该病具有自限性，即骨骺出现缺血性坏死后，经过碎裂、吸收、再血管化和骨化等病理过程，最后股骨头骺修复而静止。其自然病程约需 18～36 个月。有的股骨头骨骺可恢复正常，但多数残留不同程度的畸形，影响髋关节功能。严重者则发生扁平髋畸形，并可引起早发性骨关节炎。

当出现下列征象即"头危象"（head at risk）者，预示结果不佳。这些"临危"征象包括：①Gage 征：股骨头骨骺外侧有一小的 V 形骨质疏松区或缺损区。②干骺端病变范围增大。③在髋臼边缘外侧即骨骺外侧有斑点状硬化或钙化。④股骨头向外半脱位，变形的股骨头有一部分凸出髋臼之外。⑤骨骺板呈水平位改变（图 9 - 5 - 1）。此外，还有的学者报道"临床危象"（clinical at risk）包括：①就诊时的年龄越小越好，超过 6～8 岁预后不佳。②患髋活动明显僵硬者。③有半脱位的。

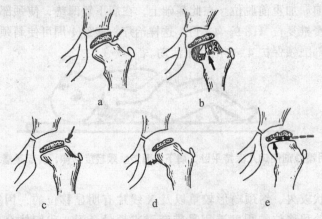

图 9 - 5 - 1　Perthes 病股骨头及干骺端的 5 个"临危"征

【治疗】

临床治疗中需明确那些病例需要手术治疗？应该作什么手术？手术的目的是恢复患髋的包容和尽量使股骨头保持圆形。

■Salter 髂骨截骨术

1．适应证　①股骨头骨骺缺血性坏死，并有"临危"征者。②发病时年龄在6岁以上者。③髋关节造影未见股骨头明显变形；当髋关节外展、内旋和屈曲时，股骨头完全由髋臼覆盖者。

2．禁忌证　①股骨头骨骺缺血性坏死为轻型者。②病人年龄在5岁以下者。③股骨头有明显变形，股骨头骨骺向髋臼外缘凸出占股骨头横径的20%者。

3．术前准备　患侧髋关节造影检查，了解股骨头骺形态及变形情况，并确定髋关节在外展、内旋和屈曲时，髋臼是否能完全覆盖股骨头骨骺。如果在此位置股骨头仍有部分在髋臼之外，表明本手术不能实现包容的目的。坚持髋关节非负重条件下的功能练习，只有髋关节恢复其各方向正常范围的运动，方可施行本手术。否则，影响手术效果。

麻醉与体位、手术步骤、术中注意要点和术后处理，请参见"先天性髋关节脱位的手术"。

■股骨粗隆间内翻和去旋转截骨术

此手术的优点在于不会像骨盆截骨会增加对股骨头的压力，有利于改变负重点，有利于骨的修复。

手术适应证、禁忌证、术前准备及麻醉和体位等与 Salter 髂骨截骨术基本相同。但是，当股骨头骺板受累时，采用本手术可加重股骨短缩畸形和大粗隆过度生长，故应视为禁忌证。

手术：

切口与显露：在大粗隆近端开始，沿大腿外侧正中向远端作纵行切口，长约10～12cm。切开皮肤及皮下组织，再纵行切开阔筋膜张肌后部的腱性部分。将其拉向两侧，于大粗隆下缘横行切断股外侧肌止点，并纵行切断该肌后止缘在股骨上端后外侧的附着点，以及与外侧肌间隔、臀肌止点腱的连接纤维。继之，用骨膜剥离器把股外侧肌推向远端，显露股骨粗隆下区（图9-5-2）。

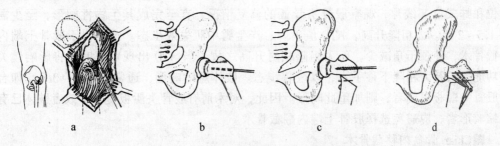

a　　　　b　　　　c　　　　d

图9-5-2　股骨粗隆间内翻旋转截骨术

股骨粗隆间截骨：沿着皮肤切口方向，纵行切开骨膜，并作骨膜下后牵向两侧，显露股骨粗隆间区骨皮质。为了控制股骨头颈不发生旋转，先从大粗隆骨骺板的远端，沿股骨颈的纵轴方向插入一枚直径3mm的螺纹克氏针，其深度以不进入股骨头骨骺板为限。然后在大粗隆下方和股骨颈内下方的水平，设计截骨线。此截骨线应与穿入股骨颈内的克氏针平行，并且不要进入股骨颈内侧皮质。用线锯或低速电锯沿截骨线截骨后，再用持骨钳固定截骨远端，并将下肢内收，显露截骨远端的内侧骨皮质。根据术前X线片测量的结果，以及术前计划所要减少颈干角的度数，在截骨远端的内侧即小粗隆上方，去除一基底位于内侧的楔形骨块。

调整前倾角和内固定：如有股骨颈前倾角增大，可将截骨远端适当外旋予以调整。接着将截骨远端向内侧推移其直径的1/2，把股骨颈内克氏针向上抬起，使截骨近端骨面外露。继之，选择一个大小合适的Altdorf叉状鹅头钢板，从截骨近端外侧插入，用持钉器固定其弯曲处，将其沿着股骨颈的纵轴缓缓打入，注意不要进入股骨头骺板。再用一枚螺钉从此钢板的上孔拧入股骨颈中固定。然后将截骨远端适当外展，使截骨端的内侧部分紧密接触并用持骨钳固定，用一枚皮质骨螺钉从钢板的远侧孔拧入对侧皮质，最后从钢板的中间孔拧入螺丝钉固定。此时，截骨处已牢固固定，拔出股骨颈内克氏针，并将截骨去除的三角骨块嵌入截骨处的外侧间隙内植骨。

缝合切口：彻底止血后，将股外侧肌近端与臀中肌、臀小肌止点腱作间断缝合，以改变截骨处的受力性质，将截骨处所受的切应力变成压力，有利于骨愈合。其后，分层缝合皮肤切口。

本手术不仅能减少颈干角，还可以调整股骨颈的前倾角。术中在截骨远端内上方去除的三角形或楔形骨块的大小，要依据术前X线片测量的结果进行设计，不可截除过多骨质。否则将发生髋内翻畸形。术后应保持120°左右的颈干角。应提高警惕，不要损伤大粗隆骨骺板及股骨颈骨生长板。特别是后者，更易在打入叉状鹅头钢板和插入克氏钉时因进入过深而造成损伤。因此有条件时应在电视透视的监护下，完成上述操作，可避免损伤。强调仔细缝合股外侧肌近端。恢复此肌的连续性，可明显减少截骨处所受的张应力，增加压应力，以利于截骨处的骨愈合。

术后：

采用髋人字石膏外固定6~8周，经X线片证实截骨处坚强愈合后，开始髋关节功能练习，并鼓励病人扶拐行走。3个月后可负重行走。每3个月复查一次，并摄髋关节正位和蛙式位X线片，观察股骨头骨骺的修复情况，直至完成其生物性塑形，至少需要1.5~2年。大粗隆升高，ATD值下降，产生臀中肌失效步态。这是由于股骨上端内翻截骨术，使颈干角减少，而大粗隆相对升高之故。当ATD出现负值时，将影响髋关节功能，可行大粗隆下移手术，以改善步态。肢体短缩畸形，通常短缩2~3cm。如合并股骨头骺板早闭者，则加重此畸形。因此，对术前有股骨头骺板受累，或者肢体已有短缩畸形者，应避免选择股骨上端内翻截骨术。

■Chiari骨盆内移截骨术

1. 适应证 为股骨头骨骺缺血性坏死病变已愈合，但股骨头增大、蘑菇状变形，以及髋臼覆盖不良、半脱位者；病人有髋关节疼痛，年龄12岁以上者。

2. 禁忌证 为股骨头出现明显变形，但无半脱位以及髋臼覆盖不良者。

3. 手术步骤及术后处理参见"先天性髋脱位手术"。

■股骨头骨骺隆突切除术

当股骨头骨骺缺血性坏死愈合后，股骨头骨骺遗留局部隆起畸形，并凸出髋臼之外，每当行走出现疼痛、外展活动受限或有弹响者，宜采取本手术，将局部隆起的骨骺切除，可消除疼痛和弹响，并能改善其外展活动。

本手术不能增加髋臼对股骨头的覆盖或包容。所以，对股骨头明显增大畸形、半脱位者，不宜选择本手术。

术前通常需摄髋关节正侧位 X 线片，确定股骨头骨骺隆起凸出的部位，必要时进行髋关节造影定位。

切口：于髋关节外侧作一弧形切口，自前上棘外侧 2.5cm、大粗隆近端 5cm，沿阔筋膜张肌后缘呈弧形向下，经大粗隆向远端延长 8～10cm。

显露髋关节：沿切口线切开皮肤、皮下组织和阔筋膜，将皮瓣适当向两侧游离，解剖出阔筋膜张肌，再将该肌后缘切开。

沿阔筋膜张肌与臀中肌间隙切开，并向近端解剖，直至显露臀上神经下支。将神经支牵开保护，再将臀中肌和阔筋膜张肌向两侧牵拉，以显露髋关节囊。然后，于股骨颈的前上方，纵行切开关节囊。

切除股骨头的骨隆突：切开关节囊后，旋转下肢以寻找股骨头的骨隆突。通常此隆突位于股骨头的外侧。如果偏向股骨头的后侧，可将臀中肌的前侧部分纤维，从大粗隆处剥离，以增加显露。继之，用锐骨刀将此骨隆突完整切除，务必注意不可损伤骺板及股骨颈，防止术后出现股骨头骨骺滑脱和骺板早闭。然后将髋关节被动活动，特别是作外展活动，检查骨隆突切除是否彻底。缝合切口前冲洗切口，彻底止血后，先将关节囊紧密缝合，再逐层缝合切口。

术后将患肢置于外展位抬高，或采取皮肤牵引。术后 2～3 周开始髋关节运动练习，并可负重行走。

■股骨大粗隆下移术

1. 适应证　为股骨头骨骺缺血性坏死愈合后，并发骨近端骺板提前闭合，而股骨大粗隆骺板并未受累，且正常生长，导致大粗隆升高，髋关节外展受限和臀肌失效步态者。

2. 禁忌证　为股骨头骨骺缺血性坏死愈合后，遗留严重的扁平髋畸形者。

切口：于髋关节外侧作"Y"形切口，从髂前上棘的后下部经大粗隆向后上方延伸至髂后上棘前方，作一弧形切口，再自大粗隆处的切口中点作一垂直切口，与大腿纵轴平行向远端延长 5～7cm。

显露并截断大粗隆：沿切口线切开皮肤及深筋膜，分别向上、前、后方游离皮瓣并牵开，以显露大粗隆及臀中肌、臀小肌。继之用骨刀将大粗隆从其基底处截断。提起大粗隆连同附着其上的臀中肌、臀小肌，向近端分离，直至髂骨外板的中下 1/3 处。

下移大粗隆：用骨刀或电动骨锯去除股骨上端外侧一三角形骨皮质，作为大粗隆下移后的新附着点。然后，将髋关节外展 0～45°，下移大粗隆使其基底骨质与预制的新附着点骨皮质紧密接触，再用一枚螺丝钉或钢丝固定（图 9-5-3）。

闭合切口：冲洗伤口并彻底止血后，先缝合股骨上端骨膜和剥离的股外侧肌近端，

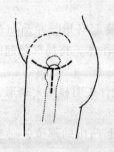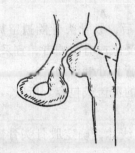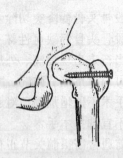

图9-5-3

再分层缝合皮肤切口。

术后采用髋人字石膏，将髋关节外展位固定8周，经X线片证明骨质愈合后，解除外固定并开始功能练习。

第六节 臀肌挛缩症

【临床提要】

臀大肌挛缩症（contracture of gluteus muscles）系指臀大肌反复多次接受药物注射或其他原因，导致该部位肌肉纤维性挛缩而产生髋关节功能障碍的疾病。婴幼儿期常有明确臀部药物注射史，4岁左右开始出现症状，绝大多数为双侧受累，男性多于女性，约为2:1，其临床表现主要有：①臀部外上1/4处有皮肤凹陷，该部位可扪及与臀大肌纤维走行方向一致的挛束带，当髋关节被动内收、内旋和屈曲时束带更为明显。②姿势和步态异常：站立时双下肢轻度外旋，双膝并拢时下蹲受限。③弹响髋：病人侧卧位屈曲髋关节时，臀大肌条状挛缩带滑过大粗隆所产生的弹声。④双下肢交腿受限：嘱病人在膝上交叉两下肢时因受臀大肌挛缩带的影响而无法实现。⑤两下肢伸直并拢不能完成屈髋屈膝动作。⑥X线片显示：骨盆和髋关节在早期无明显改变，晚期因挛缩带的牵拉导致骨盆继发性变形、股骨颈干角增大以及股骨上端外旋畸形。

【治疗】治疗应选择臀大肌挛缩带松解术。

■适应证：臀部扪及臀大肌挛缩带并影响髋关节在中立位屈曲者。臀部虽可扪及挛缩带或弹响髋，但下蹲无困难者，可暂行观察，鼓励病人进行关节功能训练，一年后无改善者可考虑手术治疗。

术前：应认真仔细做体格检查，了解臀肌挛缩范围及深度，弹响髋者挛缩带多较表浅且多为条索状，而没有弹响髋者往往臀肌挛缩范围广而深，需备血400ml。摄骨盆及双髋关节正位X线片，了解是否有继发性骨性改变或除外其他髋部疾病。

基础麻醉加硬脊膜外阻滞麻醉，侧卧位，患侧在上，便于检查臀肌挛缩带是否松解彻底。如为双侧，则完成一侧手术后改换体位，另一侧在上。

沿臀大肌挛缩带方向做臀部斜形皮肤切口，直到股骨大粗隆下方3～4cm处（图9-6-1）。

臀肌挛缩带松解：沿切口方向切开皮肤、皮下组织，显露臀大肌挛缩带及其范围，将其与周边正常肌肉分离。此时术者握住病人的下肢，作患侧髋关节屈曲、内收和内旋活动，观察挛缩带对髋关节功能的影响。用大弯钳自该挛缩带下方挑起，在靠近股骨大粗隆处切断并切除2cm左右纤维性挛缩组织（图9-6-2，图9-6-3）。

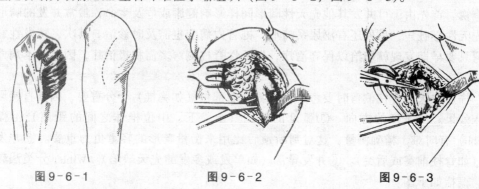

图9-6-1　　　　　　　　图9-6-2　　　　　　　　图9-6-3

为防止术后挛缩带再粘连，再次重复上述髋关节活动，如果没有活动受限，则结束手术。如活动仍有受限，则要松解臀大肌连接于阔筋膜张肌的腱膜，即在股骨大粗隆处切断阔筋膜张肌的腱膜。如还不能解除症状则应考虑做臀大肌肌止点腱Z形延长术。

关闭切口：生理盐水冲洗伤口，彻底止血，逐层缝合皮下组织和皮肤。

放置引流：若臀肌松解广泛或渗血较多时，应放置橡皮引流条，以防术后发生血肿。

术中注意：双侧臀大肌挛缩带松解依次进行，便于术中检查髋关节活动度。在分离切断臀大肌内纤维性挛缩组织时，一定要辨认清楚位于该肌下方的坐骨神经，分清层次前切不可盲目伸入钳子将坐骨神经连同病变组织一同挑起切断。必要时先将坐骨神经解剖出来再切断挛缩带。

术后：术后双下肢伸直并拢位固定7日，术后2周拆线。放置引流条者于术后24～48h拔除。2周后鼓励病人靠拢双下肢的下蹲活动并辅以理疗或体育疗法。

■术后并发症

1. 挛缩带松解不彻底　　多发生于术中采取俯卧位，难以检查髋关节的活动范围，遗留部分纤维挛缩带未得到松解。

2. 切口内血肿　　臀肌挛缩带范围广而深，松解切除挛缩带后臀大肌遗留死腔，术后包扎不紧或术中止血不彻底，又没有放置引流条，极易发生切口内血肿，术中放置引流条可降低血肿的发生。

3. 切口感染或裂开　　术后下地活动过早，容易使缝线断裂，拆线过早也容易使伤口裂开造成感染，如切口内血肿处理不当则容易发生感染。

4. 皮肤切口疤痕瘤　　有一部分病人术后发生切口疤痕瘤，局部隆起、搔痒，甚至影响髋关节活动。于拆线前作浅层X线照射或可降低发生率。

第七节　先天性脊柱侧弯

　　在各种原因引起的脊柱畸形中，先天性脊柱侧弯（congenital scoliosis）日益为人们所重视。首先由于可并发其他先天性畸形同样影响健康或危及生命，最常并发的畸形当属先天性心脏病，另外还有泌尿系畸形，椎管内病变也需及时诊治。其次，特发性脊柱侧弯只要早期发现就能给以保守治疗，先天性脊柱侧弯多需积极治疗，因此对本病尤为重视。

　　描述先天性脊柱侧弯时要考虑：①弧度的部位（如胸椎）十分重要，因其直接影响临床效果。②弧度的方向。③弧度的范围（上、下、中位椎体之间的距离）④弧度（Cobb）有时难于精确测量，这对判断预后比用来衡量畸形的轻重更为重要。⑤并发畸形（如脊柱前突或后突）。⑥并发异常（如单发或多发的先天缺陷）。Winter 分类法较实用，概括如下图：

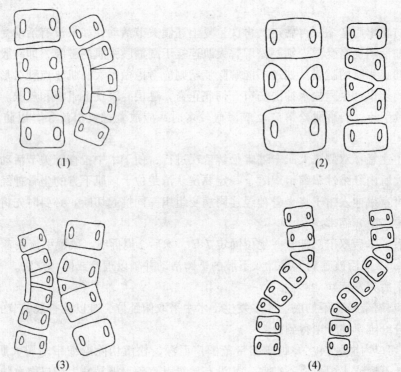

(1)　　　　　　　　　　　　　　　　　　(2)

(3)　　　　　　　　　　　　　　　　　　(4)

　　新生儿时期拍照的 X 线片因骨化不完全，常不能以此作出明确的诊断，但其价值在于可作为衡量日后变化的依据。

　　先天性脊柱侧弯的下列情况后果严重：①新生儿时期已有畸形；②胸廓变形明显；③具有单侧骨桥；④胸椎发育缺陷。总之，脊柱的畸形越重，出现畸形的时间越早，预后就越差。

Winter 观察每节椎体日后生长的潜力为每年增长 0.07cm，腰椎还要比这个数值多些。脊柱融合术后可按此粗略估计身高所受的影响。脊柱畸形融合术可能在数年之内起平衡功效而不出现新的畸形。病儿生长高峰到来时，应再观察其平衡作用。

任何在新生儿时期发现的脊柱侧弯均属严重病例，很可能是先天性的。当然，惟一例外的是婴儿型特发性脊柱侧弯。大多先天性脊柱侧弯临床异常较婴儿型特发脊柱侧弯出现得晚，且常并发其他先天性畸形。另外，X 线片可以区别两者。

1. 新生儿时期　　新生儿时期就有表现的先天性脊柱侧弯常见有胸廓变形，如肋骨缺如、肋骨变形或并肋，三者有时并存。检查新生儿要包括躯干并测量身高，作为日后生长的比较。心脏和泌尿系检查也属必要。同时，应仔细检查神经系统以排除椎管内病变。

对畸形轻、平衡的弧度或证实弧度无大进展者可暂不作任何处理。早期施行简单手术防止畸形较之复杂的分期手术治疗重症畸形为好。

并发心脏畸形可危及新生儿的生命，应及早治疗，否则对日后矫治脊柱侧弯也是个威胁，甚至成为手术的禁忌证。

椎管内畸形常见，如脊髓纵裂（diastematomyelia）。对进行性脊髓功能障碍或计划矫正侧弯的病例一定要先行纵裂的骨嵴切除术，以防止脊髓损伤，为此矫治先天性脊柱侧弯前要常规行脊髓造影或 CT 检查，一旦确诊有并发的脊髓纵裂则应先行切除骨嵴，然后根据需要松解低位而紧张的终丝。当然有的病例可在切除骨嵴的同时行侧弯矫正术。一次完成手术的优点是脊膜和脊髓更为松动，在局部未形成瘢痕之前，矫正过程对脊髓影响较小。术中要作脊髓监测，以避免发生不利影响。

原位融合对 Cobb 角 20°以下的先天性脊柱侧弯是常用的方法，但应确定融合的范围和部位，即前方或后方融合或前后环周融合。根据 Winter 的经验，有的病例需要前后融合，以防止单纯后方融合日后并发进行性脊柱前突。长期随访证实只有原来有轻度前突的病儿才会在后方融合术后发生进行性脊柱前突。Bobechko WP 曾报告 57 例后融合术后有 2 例并发脊柱前突。经验证明，脊柱后方融合和关节突间关节切除对先天性脊柱侧弯是安全有效的。最好是在术后 6 个月再次探查植骨块，理由是没有其他方法可真实了解植骨融合是否坚强。在探查术的同时可作加强植骨。为了控制弧度使之不进展，植骨是否成功非常重要，因此不能等到弧度恶化始明确植骨未成功。术后应密切随访，观察是否需要再增加植骨范围和再次矫正。

2. 幼儿时期　　若因侧弯严重已经接受矫正手术则应定期拍 X 线照片观察。拍侧面站立位 X 线片以了解有无并发进行性脊柱后突。后突可造成脊髓前方受压，故比侧弯更令人担心。

弧度轻、进展慢的侧弯和中等程度进展的弧度最好行后方融合。后方融合不仅可限制畸形的发展，而且可使日后的矫正容易些。一期前方矫正包括椎体楔形切除加后方相应的楔形切除和植骨，同时用 Harrington 撑开杠和加压杠的方法（Leatherman 和 Dickson 法）。

半椎体切除术从理论上讲有吸引力，自 1928 年 Royle ND 就曾有过报告。近日大都与前、后方器械矫正联合应用。切除单一半椎体于少年生长高峰到来之前对病儿多无大影响，但颈胸椎和腰骶段的半椎体则是例外。上述 2 个部位脊柱的代偿能力差，为此只要畸形稍有发展应该作短段融合以防日后畸形的恶化。

第八节　特发性脊柱侧弯（婴儿型、青少年型）

【临床提要】

特发性脊柱侧弯（idiopathic scoliosis）系指原因不明的脊柱侧弯畸形，其中因发病年龄的不同，又可分为婴儿型和青少年型。婴儿型脊柱侧弯为生后 3 年以内出现的结构性弯曲，临床和 X 线片示无明显原因。病儿无神经或肌肉病变，除脊柱有侧弯外，椎体正常，另外无其他先天性发育畸形。

1936 年 Harrenstein 首先认识本病。1951 年 James 作上述依年龄分类。

一、婴儿型特发性脊柱侧弯

【临床提要】

该型临床和预后均与大龄儿童的特发性脊柱侧弯不同。

本型男孩居多数，畸形主要为胸椎左侧突；相反 10 岁以后的大龄儿童的特发性侧弯以女性居多，以胸椎右侧突为主。最大的区别是婴儿型脊柱侧弯多数可自行消失，而青少年的特发性脊柱侧弯不但不会自行消失，几乎全部病例均有不同程度的恶化。

肋椎角差别（RVAD）：1992 年 Mehta 报道脊柱侧弯双侧的肋椎角差别可有效地预测本病的预后。年龄小，弧度轻也能准确地判断预后。测量方法需拍病人侧弯弧度顶端的正位 X 线片，并在片中选定侧弯顶端椎体。肋椎角差别指弧度顶端椎体与其两侧相关的肋骨角的差别。先经弧度顶端椎体的下缘划一水平横线，在此线的中点（即顶端椎体的中点）作一垂直于水平线的竖线，然后再画双侧相关肋骨头的中部至肋骨颈中部连线并将其延长。经肋骨头、颈的延长线与上述垂直线相交的角度即为肋椎角。肋椎角差别如图 9 - 8 - 1。

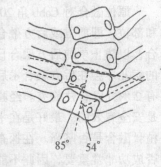

85° 54°

图 9 - 8 - 1

正常左右两侧肋椎角的差别为零。或弧度顶端处于椎间盘部位则应选邻近的上一椎体，选择错误可能导致误差。

1．自行消失的弧度　　其初期 80% 的病例两侧肋椎角的差别在 20° 以内。3 个月后，弧度虽可稍有增加而其肋椎角的差别却有所减少。若其突侧肋骨头与相连椎体影像不重叠的称 Mehta Ⅰ 期。

2．胸椎进展弧度　　其突侧的肋骨逐渐下斜，弧度顶端的肋骨尤为明显。结果是 80% 的病儿两侧肋椎角差别超过 20°，肋骨头与椎体影像重叠是由于椎体旋转所致，称之为 Mehta Ⅱ 期。

354

【治疗】

一旦诊断为婴儿型特发性脊柱侧弯即应拍正位 X 线片测量 Mehta 肋椎角差别。凡弧度小于 20°的宜观察 3 个月，再测肋椎角差别。对可自行消失型的病儿不需给予任何治疗，只需定期复查，并逐渐将检查的间隔延长。对进展型的处理关键是及时预测预后，以进行早期治疗。尽量矫正侧弯畸形，在年龄适合时进行脊柱融合术。3 岁前较轻的进展型侧弯可采取非手术治疗，到青少年时行一次性矫正和融合。对 30°以内的柔韧性较好的进展型侧弯还可考虑行经皮或手术植入的电刺激疗法。有的作者将电刺激与支具结合也收到满意效果。

1．不融合脊柱的哈林顿皮下撑开杠矫正法适于严重的进展型的幼儿病例。在适于脊柱融合年龄以前争取进行几次撑开矫正。但用本法治疗前，病儿家长要了解术后易发生撑开杠折断和意料外的自然的脊柱融合的并发症，即便加用支具也很难完全避免。撑开杠要经皮下或椎旁肌肉内安放，目的是防止脊柱突侧部分的椎板发生意外的自动融合。此外，有时撑开矫正 1~2 次后则不能再矫正。造成这种现象的原因是撑开杠会限制弧度，使其僵硬而不能再撑开。

2．Luque 手术　　能允许等到适合年龄再行脊柱植骨融合。

3．脊柱后方融合术　　对有些进展型侧弯虽可行非手术治疗，但最终仍需行脊柱后方融合才能控制其发展。用支具矫正维持其不再发展很难拖到 10 岁，到青春期生长高峰则无法控制使其不再恶化。在融合的同时应行 Herring ton 器械矫正。对严重的弧度常需预弯杠以适应并发的轻脊柱后突，但如此易出现上钩的滑脱。融合后还可因植骨块不够坚强，发生假关节而使侧弯加重。因此，对于 10~14 岁病儿术后仍需加用支具保护或 2 次加强植骨。术后应避免冲撞性运动。在术后矫正度丢失 4°以内是可以接受的。

二、青少年型脊柱侧弯

青少年型脊柱侧弯最常见，典型的为胸椎突向右侧的弧度，女孩为主，男女之比为1：10。

病因不明，脊柱侧弯可导致肺功能受损，并发右心衰竭、下腰疼痛和抑郁性精神病，有碍成年后的婚姻和就业，因此，对本病的诊治日益为医务界和家长们所重视。

1．Risser 矫形石膏对较轻的病例能收到较好的矫正效果，但欲维持取得的矫正结果，需在石膏上开窗行脊柱融合术。

2．自 20 世纪 50 年代推广 Milwaukee 支具以来，证实对有生长潜力的、弧度较轻、弧度高位的病儿有益，但会影响下颌骨和牙齿的发育。随后又渐为更轻便的塑料支具所替代，如 1975 年的波士顿支具等。在采用非手术治疗的过程中，定期复查至关重要。若弧度有较明显的加重则不宜再继续使用。对所谓"明显加重"的理解虽有不同，但原弧度 20° 4~6 个月内如增加 5°就应视为"明显加重"。

3．青少年特发性脊柱侧弯，弧度在 40°以上者宜手术治疗。对单纯胸腰段的侧弯要比双主弧和腰椎弧度更应积极些。

哈林顿器械矫正加脊柱融合术是治疗特发性脊柱侧弯的最经时间考验的手术。自

20世纪60年代开始，哈林顿手术与自体髂骨取骨融合关节小面相结合，使手术效果更为可靠。有时为了增加植入的矫正器械的稳定性，上端可用Bobechko特制的自动调节钩2个，下端用长脚的Leatherman钩，但这类手术的一个缺点是撑开杠常致胸腰椎的生理弧度变平。腰椎生理前凸消失更易产生临床症状。原因是腰椎前凸一旦消失则躯干前倾，病人站直则骨盆前屈、耻骨联合隆起，也将使骶椎变直。在此情况下，病人只有过度屈曲髋关节或屈膝，取躯干前倾的姿势才能直立（图9-8-2）。

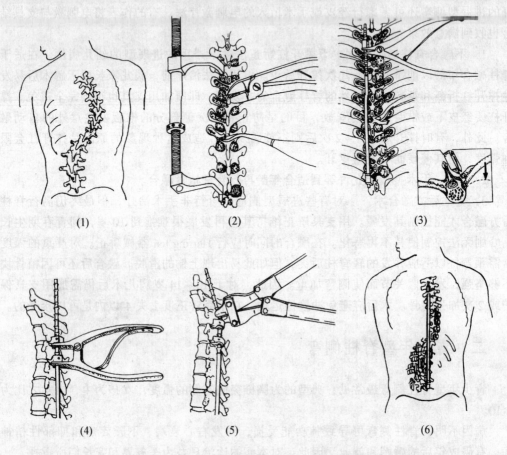

(1)　　　　　　　　　　(2)　　　　　　　　　　(3)

(4)　　　　　　　　　　(5)　　　　　　　　　　(6)

图9-8-2　哈林顿（Harrington）撑开杠矫形

（1）术前；（2）利用螺旋撑开器（Outrigger）矫正脊柱侧弯，用剪去除棘突。大儿童铲去椎板骨皮质和关节小面；（3）装置固定钩和哈氏杠后，用撑开器（Spreader）矫形；（4）或用Bobechko特制分离器撑开两个自动调节钩。侧弯突侧6～10节横突剪断，将剃刀背压下（松解肋骨横突韧带）矫正胸壁畸形；（5）余下的齿状端剪掉，上下钩间尽量少留撑开的锯齿端；（6）术后（撑开矫正和植骨融合）

单纯胸椎侧弯，用撑开杠和加压杠矫正。无论是否在两者之间加用横向联合装置（cross-link）都可收到较好的疗效。侧弯弧度和胸廓畸形均可得到较满意的矫正。横向拉紧装置也可用钢丝替代。术后矫正效果相当稳定。这种侧变弧度常是上起胸3～5，下到腰1～2，弧度的顶端多在胸7～8。对这类侧弯在用哈林顿器械矫正后，再用支具

356

保护3个月，然后逐渐缩短穿支具的时间共半年。但不对称的双主弧和腰椎侧弯术后效果有时不令人满意，腰椎侧弯常因腰部的前屈后伸运动使下固定钩不稳定，为此可用Leatherman的长脚钩解决。最好不在腰5的椎板上安置这种固定钩，理由是长弧度的侧弯融合范围包括骶椎则发生假关节的可能性大。为了解决腰椎生理弧度消失产生平背的问题，最好在腰椎上单独使用加压杠。对矫正双主弧宜有一段观察时间。有时其上方弧度可能僵硬，造成一个弧度矫正后而另一弧度不能恢复，结果反而造成双肩高度不对称，外观不好看。因此，拍双侧反方向侧弯体位的X线照片以预先了解每个弧度的柔韧性十分必要。

Luque手术优点在于其内固定效果稳定，其负载分散到多个椎板下的钢丝上。另外，本法可从正、侧面恢复脊柱的解剖形态。有的文献认为本法因需反复椎板下操作危险性较高，故只适用于神经性脊柱侧弯。但不少单位的经验证明在受过专门训练的医师手上，本法矫正特发性脊柱侧弯很少发生并发症。

此外，Luque技术也有不少改良方法，如Luque杠加哈林顿杠、哈林顿撑开杠加椎板下钢丝等。这些都是企图发挥这2种手术的各自优点，但并不能因此而降低手术的危险性。近年，Zielke、CD手术、TSRH、Moss-Miami相继问世，目的是从三维矫正的角度而设计。同时用椎弓根钉和椎体间加金属替代物（cage）进一步增强矫正后的脊柱稳定性问题。

■并发症

1. 截瘫　在可预见的一段时间里，特发性脊柱侧弯本身并不一定出现严重残废。假如矫正手术后发生胸段高位截瘫，无论病人或家长都很难接受。文献报道特发性脊柱侧弯术后大约1‰并发截瘫。

这些术后并发截瘫的病例据认为系矫正脊柱弧度的同时拉长了脊髓及其供应脊髓的血管，导致脊髓不能耐受的缺血所致。为此大家都非常重视术中对脊髓功能的监测。SCEP监测法等和Stagnara唤醒试验都是了解脊髓功能的方法，当然本法从理论上讲会增加麻醉的危险性并有假阳性的可能。引起截瘫的另一个因素是过度矫正和过于重视X线片上的矫正程度，忽视矫正和安全并重的原则，当引以为戒。

2. 其他并发症　因后背正中线血运丰富，故伤口感染极为少见。一旦发生切口感染需清创，然后二期缝合加冲洗和吸引。

早期发生固定钩滑脱和杠折断的现象实属罕见，几乎都是脊柱融合愈合不理想导致的假关节引起的问题。在胸段操作中偶可发生气胸，为此有人主张术后常规行胸X线片检查，以求及早发现。

第九节　脊髓灰白质炎后遗症

近年来，由于免疫接种普遍展开，脊髓灰白质炎（poliomyelitis）的发病已明显降低，但对积累的传统手术治疗仍时有需要，现将治疗原则和具体操作分述如下：

一、手术前应考虑的问题

1. 髋关节的稳定　　髋关节是联系下肢与躯干的一个重要环节，肌力、运动功能、关节结构变化等都可能使髋关节丧失稳定性，影响下肢运动。

髋关节的稳定依靠关节的完整以及肌肉的力量2个方面。肌肉瘫痪、肌力削弱引起结构变化，髋臼浅，股骨头扁平或尖，周围韧带、关节囊松弛、拉长而增厚。这些变化使肌肉更易疲劳，手术治疗目的是加强髋关节肌力，促进下肢负重。

2. 膝关节的稳定　　这亦是下肢负重中的一个重要环节。当膝关节前、后肌肉全部瘫痪、膝关节不稳定，病孩容易跌倒或用手向后压住膝关节才能行走。

3. 踝关节的稳定　　在下肢负重、站立、行走时，踝关节亦须稳定。踝关节稳定性依靠关节面的正常结构与肌肉的控制。踝关节只有伸、屈的小幅度的活动，背伸为20°～30°，跖屈30°～45°，相对比较稳定。踝关节运动中最有力、最重要的肌腱为腓肠肌，是负责跳跃的肌群，它控制踝关节的屈曲活动使步态有弹性，使足跟能离地、推进。

4. 足负重与稳定　　足接触地面便于推进。正常负重足与地面接触面广，足接触地面不是一片而是几个重点。第1、第5足跖骨头与跟骨，足底外侧有狭长的一条边和足趾。

脊髓灰质炎后遗症有时需要手术，对待不同程度的瘫痪、畸形、缩短，手术应强调一些基本原则，始能生效：

(1) 纠正负重线　　这是手术治疗中的第一步。肢体有畸形时，肌肉不可能发挥力量。纠正肢体屈曲畸形必须考虑3个因素，引起畸形的主要原因是肌肉、软组织、骨骼。软组织挛缩包括皮肤的紧张、筋膜的纤维化、肌腱的缩短、肌肉纤维化，甚至关节囊、滑膜挛缩。治疗时应解除各种挛缩组织。10岁以下儿童，松解这些软组织往往足以纠正畸形。一旦出现骨性畸形，手术虽然成功，退行性关节炎常在所难免。

(2) 平衡肌力　　瘫痪引起肌力的不平衡，由此可出现各种畸形。瘫痪的肌肉不能与对抗肌肉求得平衡。当肌肉仍有一些力量如1～2级，功能不足，可转移其他肌腱来加强，手术效果比较满意。例如腓骨长肌、腓短肌仅有1～2级的力量，治疗足内翻是将胫前肌腱或胫后肌腱转移至足外侧加强足外展、外翻力，同时削弱足内翻的力量，使肌力平衡，纠正畸形。同样股四头肌有2级和3级力量时，以正常的5级肌力的股二头肌加强股四头肌，手术后股四头肌可以增加1～2级力量。当股四头肌有了3级力量，步态明显稳定，不再跌倒。

二、手术操作中应注意的问题

1. 转移的肌力是否正常　　一般选择4～5级肌力的肌肉，转移后肌力会减退1级，但仍起作用。

2. 转移的肌肉与瘫痪肌肉是否同相收缩，同一相转移肌肉很快起作用，2个不同

358

相的肌腱一起转移效果差。

3．肌腱转移应考虑肌力能否平衡，是否会出现其他畸形。腓骨长短肌腱一起转移，会出现足内翻。

4．肌腱转移尽量使肌肉和肌腱呈直线。

5．肌腱转移需有一个良好的隧道和平滑床面。滑动受阻，肌肉功能大减。

6．新的肌腱止点必须缝合牢固。一般固定于骨或骨膜上，避免撕脱。

7．肌腱缝合、固定需有合适的张力。

8．软组织的挛缩应先予解除。

9．肌腱转移不能对抗骨的畸形，肢体有骨性变化，效果差。

手术的目的是增加肢体的功能而不是单纯矫正外观，经过手术使患者可以负重、行走或者在拐杖、支架帮助下活动，生活能自理而不依赖家属或他人。

三、足部畸形的手术治疗

（一）锤状趾

这种畸形多见，尤其以蹞趾最明显，足趾呈锤状。可见足跖趾关节极度过伸，趾间关节屈曲，由于跖骨头向下，趾间关节向上常与皮鞋磨擦，日久出现胼胝，偶尔趾端亦有胼胝。锤状趾应区分2种不同的情况：①伸趾肌、胫前肌乏力，伸蹞肌强力收缩以代偿踝背伸力量不足，其结果是蹞趾关节过伸、趾间关节屈曲，手术治疗需考虑如何加强踝背伸肌力。②肌体缩短，患者用足下垂代偿下肢长度。

Jones 手术

手术前温水泡脚以作皮肤准备，每天一次，共3次。在蹞趾内侧作直切口自趾间关节至跖骨头之上，约3～5cm。牵开皮肤暴露皮下之蹞伸长腱，剥离周围软组织至跖骨中部。在末节趾骨关节后切断蹞伸长腱，将远端与关节囊、软组织拉紧缝合纠正趾间关节屈曲。较大儿童、青少年可切除关节软骨，对拢关节面用克氏钢针自趾尖穿过关节予以固定。将蹞伸长肌游离至跖骨中段，切除腱鞘，在跖骨头关节外钻孔横贯跖骨头，用小止血钳扩大孔道将肌腱穿过反转，拉紧肌腱末端而与近端自身缝合3～4针，缝合时用拇指在大蹞趾下加压纠正蹞趾关节过伸。手术中注意肌腱内侧静脉、内前方之蹞伸短腱勿予损伤。皮肤缝合，将钢针咬断，留在皮外1cm，用消毒软木塞套住避免碰痛或进入皮内（图9-9-1）。

■术后

用短腿石膏靴固定3～4周，一般在拆石膏时拔除钢针。手术后3周可以用足弓托保护行走，约6周完全恢复。

（二）高弓足

足底小肌肉与长肌腱的不平衡，由于足底肌肉的瘫痪而挛缩。

■Steindler 跖筋膜松解术

手术前浸泡足踝，每天一次，共3次。要求足趾无霉菌感染、皮肤擦破或趾甲旁脓肿。

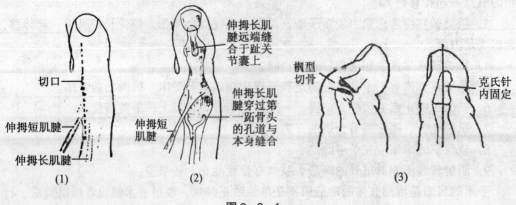

图 9-9-1

在沿跟骨内侧作切口至舟状骨结节处，约长 3～5cm，分离皮下脂肪直达跖筋膜。在跖筋膜与外展姆短肌之间进行分离，沿跖筋膜分离至外侧边缘、完全暴露跖筋膜之足底跟骨起点。在跖长韧带外侧有小动脉穿出勿切断。筋膜切断后立即回缩，再切断各小肌止点但不宜切开骨膜，否则术后在大量新骨生长引起步行疼痛。青少年与成年患者，可用骨膜剥离器沿跟骨上自内向外剥离各外展姆肌、跖方肌、屈趾短肌与外展小趾肌。同样，不能剥离骨皮质，否则亦有骨增生与疼痛。软组织松解后，将足背伸纠正高弓，止血后，缝合皮肤（图 9-9-2）。

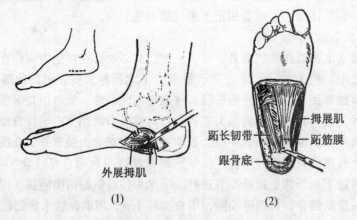

图 9-9-2　跖腱膜剥离松解（Steindler）手术

手术后石膏靴固定，7～10 天更换一次纠正畸形，放平高弓，在距骨头、跟骨下放置棉垫保护，避免出现压疮。石膏固定约 4～6 周，拆除石膏穿矫形鞋在距骨头下加横条。避免复发。

■跗间关节楔形截骨术

10 岁以下儿童，发育尚未成熟的青年可以采用 Japas 操作法，保留足的长度。手术前可先作跖筋膜剥离术以解决足底软组织的挛缩，亦可以同时进行。足跟有内翻畸形可以考虑 Dwyer 跟骨截骨术。

360

1. Cole 手术　　在足背作纵行切口自距骨中部至跖骨中部，约长 6～8cm，将伸趾腱、神经、血管拉开暴露距骨、舟状骨、第 1～3 楔骨，剥离骨膜，根据高弓程度，作二垂直横截骨，将前半足与后半足合拢，缝合背侧骨膜使肌腱、神经、血管回原位，止血后缝合切口。

手术完毕，用棉垫保护距骨头、跟骨，加压使足背楔形空隙消失，足底软组织有一定张力，短腿石膏靴固定 2 个月（图 9-9-3）。

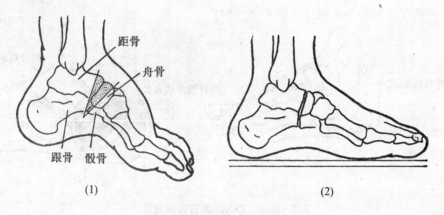

图 9-9-3　跗中楔形截骨术

2. Japas 手术　　这与 Cole 手术相似，其区别是在截骨呈 ∧ 形而不是横越足背。内侧截骨自第一楔骨向足背中央，外侧自骰骨向足背中央，会合于高弓足最突出点，一般在舟状骨中部。截骨完成，将前半足向前牵拉，将截骨线处近端压下，背伸前半足面纠正高弓，自足跟穿入克氏钢针 2 枚固定骨片（图 9-9-4）。

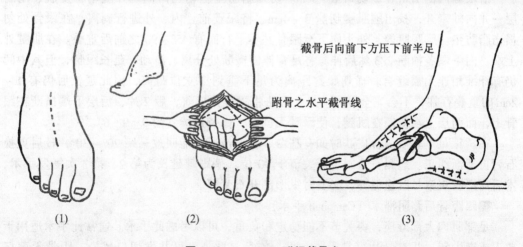

图 9-9-4　Japas 跗间截骨术

■跟骨截骨术（Dwyer 手术）

此手术一般用于青少年高弓足，这些高弓足已有骨性变化，但二侧肌力如胫前肌、胫后肌与腓骨长肌、腓骨短肌仍然平衡有力，跟骨却有轻度内翻。患者年龄较小或三关节固定术后肌力损失较大的，跟骨截骨术是一个好办法。

手术前需先作跖筋膜剥离以松解软组织挛缩。切口在足跟外侧沿腓长肌腱下、后1cm呈弧形。

将皮肤向前牵开，直至腓骨长肌腱出现，沿跟骨将其前、后、外方骨膜剥离。按腓骨长腱方向切除8～12cm宽骨片直至跟骨内侧。折断皮质、合拢外侧楔形，缝合骨膜与皮肤。将前半足背伸纠正高弓（图9-9-5）。

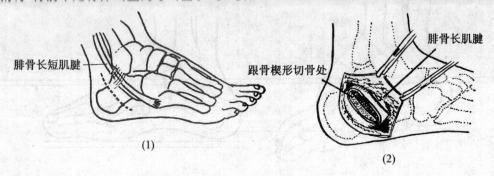

图9-9-5 Dwyer跟骨楔形截骨术

在内踝、跟骨、跖骨头加棉垫防止压迫性溃疡，用短腿石膏固定踝关节在90°位，同时纠正足跟内翻。石膏固定2个月，以后穿矫形鞋负重。

（三）马蹄足

■跟腱滑动延长术

沿跟腱内侧1cm作纵切口6～8cm。切开脂肪至腱鞘在内侧切开腱鞘将皮肤、脂肪层一并向外牵开，找出腘肌腱切除3～4cm。将跟腱前、内、外进行剥离，在跟骨处勿损伤脂肪垫。腓肠肌内、外头向下至跟骨并不平行而有45°～90°之前后重叠。在肌腱外上端、内下端各横断2/3然后伸膝将足背伸使横断处分离、滑动、延长跟腱，但其中间仍有纤维相连无需缝合。横切跟腱距离为足下垂到中立位距离，因此延长后仍有1～2cm的重叠存在，不会完全分离。另一方法将跟腱分成前、后2片，后层下端横断在跟骨上，而前层上端横断在肌腱，使跟腱无创面，保持连续（图9-9-6）。

在矫正足下垂后缝合皮肤时如有苍白、缺血情况只能回放马蹄20°～30°，日后更换石膏再渐渐纠正。短腿石膏固定踝关节于90°位。倘跟腱延长为第2、第3次复发手术，术后需严密观察足趾血循环，必要时纵形剖开石膏筒。

■跟距骨后路阻滞术（Campbell手术）

足部肌肉大部瘫痪，踝关节不能稳定和负重，可以考虑此手术。通常此手术适用于成人或青少年，儿童骨片容易吸收，很少施行。此外，可并发切口感染、距骨无菌坏死、踝关节退行性关节炎。

沿跟腱内侧作纵切口至跟骨约长8～10cm，挛缩的跟腱作前后片延长、翻转。正中切开胫骨后肌至跟距关节囊，显露跟距关节、切除距骨后突，用骨凿造成一平面，在跟骨或髂骨取下骨片放入跟距关节后空隙中、踝关节囊外小碎骨片堆成小丘状，用软组织

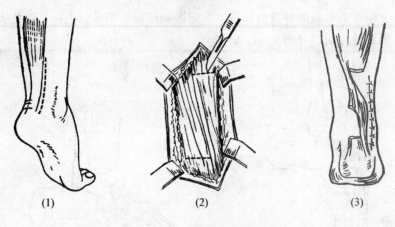

(1)　　　　　　　　　(2)　　　　　　　　　(3)

图9-9-6　跟腱滑动延长术

覆盖骨片，缝合跟骨与皮肤，小腿与足成90°。用螺丝钉将骨片与距骨固定以保证连接（图9-9-7）。

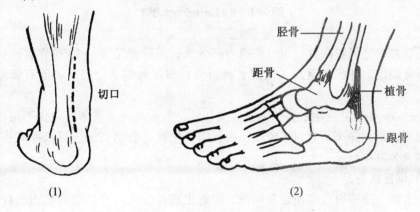

(1)　　　　　　　　　　　　　　　　(2)

图9-9-7　跟距骨后路阻滞（Campbell）术

踝关节在90°位短腿石膏筒固定，足须防止内翻、外翻或旋转。肿胀消退后更换石膏、X线摄片复查明确骨片对位良好。石膏固定3个月，去除后仍需小腿支架6个月。

■Lambrinude手术

是三关节固定术中的一种，轻度马蹄畸形可以施行此手术。

手术前将足完全下垂摄X线侧位片，将距骨、跟骨、舟状骨侧位描线条图，按手术计划矫正所需切除的距骨、舟状骨、跟骨使足放平，不包括关节的面积。骨片靠拢后须有5°~10°的马蹄以免下肢缩短太多。

在足外侧作常规弧行或直切口自外踝下1cm经跟骰关节至舟状骨或第一楔骨。找出腓骨长肌腱、腓骨短肌腱作Z形切断、向前后反折。切开跟骰、距骨、跟距关节，切断腓骨侧方韧带以及跟距间之骨间韧带后可以将足内翻。用电锯切除距骨头及其下关节面，前多后少，斜形切除舟状骨底部以便距骨头可插入舟状骨空隙中，切除跟骨上关节面，偶尔马蹄严重可以切除大部舟状骨，使距骨头插入第一楔骨中。密切合拢跟骨、距骨、舟状骨，距骨头不能向外或内移位，否则影响疗效。手术台上摄片对位满意后，缝合腓骨长、短肌腱与切口（图9-9-8）。

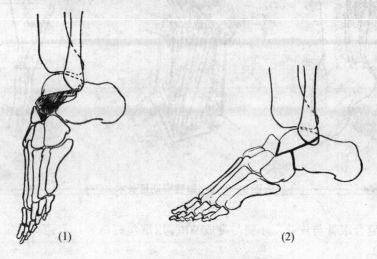

(1)　　　　　　　　(2)

图9-9-8　Lambrinude 手术

在足底加棉垫保护跟骨、内、外踝与距骨头，屈踝关节5°~10°位作自膝关节以下至足趾石膏固定。肿胀消退或3周后更换石膏，固定约需3个月，去除石膏穿长靴步行。

Lambrinude 手术并发症较多，尤其大量切除距骨头与距下关节，血供不足往往引起无菌坏死而少量切除又不能纠正畸形，因此需严格挑选合适病例，可以提高手术效果，并发症亦大为减少。

（四）仰趾跟行足

足行走时，腓肠肌收缩使足跟离地，步态出现弹性。一旦该肌瘫痪则出现跟行足。治疗的关键在于加强腓肠肌力。

■胫前肌代跟腱（Peabody 法）：

切断挛缩的胫前肌减轻跟行足畸形，用以加强腓肠肌力。

在足背内侧第一跖骨处作纵切口，长3~5cm，找出胫前肌，沿腱鞘剥离至足底止点将肌腱切断。在小腿前中、下1/3处作纵切口，切口长5~6cm于胫骨外侧找到胫前肌，切开游离腱鞘，切口内抽出胫前肌腱。向胫骨外推开伸趾腱、胫前动脉、神经，向下暴露骨间膜，切开、扩大骨间膜孔将胫前肌穿至小腿后面。沿跟腱作内侧纵切口，约6~8cm，向一侧牵开肌腱、用长止血钳找到胫前肌腱、拉至跟腱外侧。将足下垂，胫前肌腱斜行贯穿跟腱作绞辫式缝合于跟腱末端及止点上。有时在青少年、较大儿童往往足背伸肌腱挛缩不能下垂，此时可在踝关节前向下作6~8cm纵切口，暴露伸踇、伸趾肌腱，分别以Z形延长至足能下垂20°~30°，缝合切口，缝合肌腱通常在侧面向内外斜形贯穿，既牢固又不与周围软组织粘连（图9-9-9）。

手术结束后足跟加棉垫，尽量跖曲减少跟腱缝合张力。石膏固定约6周，以后需穿长靴、垫高后跟1cm，练习步行。

364

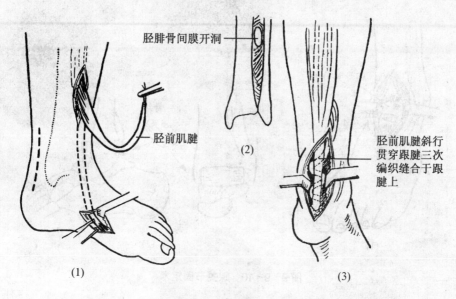

胫腓骨间膜开洞

胫前肌腱

(1)

(2)

胫前肌腱斜行贯穿跟腱三次编织缝合于跟腱上

(3)

图 9-9-9 胫前肌代跟腱手术

■腓骨长、短肌代跟腱术：

倘若下肢胫前、胫后肌乏力，腓长、短肌有力，呈足外翻的宜采用此术式。

足背外侧切口，找出腓骨长、短肌腱切断。小腿外侧切口抽出其肌腱。剖开腓骨长肌腱，将腓骨短肌腱包裹合并成一肌腱。在跟腱内侧纵切口，将腓骨长短肌腱转至后方与跟腱作绞辫式缝合。

术后处理同前。

■踝关节固定术

当仰趾足已有骨性改变，肌腱替代已不适宜，需作骨性手术，踝关节固定较为理想。

踝关节前作正中切口，约长 10~12cm，将肌腱、神经、血管拉向外侧，切开关节囊和胫骨下端骨膜、暴露软骨面。切除踝关节之软骨面包括胫骨下、距骨上、内踝、外踝内侧的软骨。在髂前上棘取出棱形骨片嵌入其中要使踝关节有 5°~10°的跖屈，所取骨片宜前宽后狭以符合要求，肌腱回原位，缝合切口（图 9-9-10）。

术后在跖屈 10°~15°位作短腿石膏固定 3 个月。拆石膏后 X 线检查证实有骨性融合即可以下地负重行走。

（五）马蹄内翻足

■胫前肌外移术

胫前肌外移手术是足背肌腱转移中有效的方法之一。

足背内侧第一跖骨底作纵切口，找出胫前肌，牵开大隐静脉，追踪至足底止点处切断，沿腱向上分离至踝关节前方。在胫骨中下 1/3 处作 4~5cm 纵切口，抽出胫前肌腱至小腿切口。在足外侧跟骰关节作纵切口，约 3~5cm 长，暴露骰骨。在此处用长钳经皮下穿至小腿切口，夹住胫前肌腱抽出至骰骨。在骰骨前内方钻孔至外下方，扩大此孔

365

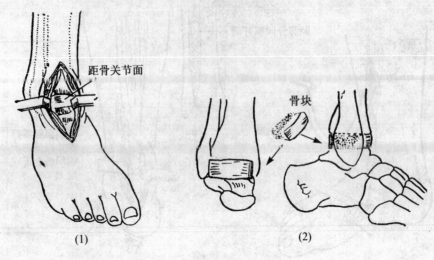

（1）　　　　　　　　　　　　　（2）

图 9 - 9 - 10　踝关节固定术

道备用。将胫前肌分为两半，将内侧一半经骰骨孔至其外下方，保持一定张力。与另一半肌腱重叠缝合 3 针，倘肌腱太短无法缝合可直接缝在腓骨长肌腱上，缝合切口。在骰骨分离中不能损伤骨膜、不能破坏其松质骨，而钻孔时亦需注意勿使骰骨二孔之间骨撕掉下或松动，缝合时需将足背伸 10°～15° 与外翻以减少张力。任何跟腱紧张引起马蹄必须纠正，否则不易缝合（图 9 - 9 - 11）。

术后屈膝 90°，踝关节尽量背伸，足外翻位作短腿石膏固定，共 6～8 周。拆除石膏后训练足外翻与背伸，穿矫形鞋去后跟，并将足底外侧垫高 0.5～1cm 使足外翻。在行走时每一步都协助胫前肌作外翻、背伸动作。

■胫后肌外移术

在足背内侧舟状骨、楔骨作 3～5cm 长横切口，沿舟状骨下方的神经、血管束之间纤维组织中，找出胫后肌进行分离至内踝处，将肌腱在附着处切断。在小腿中、下 1/3 处作 6～8cm 长纵切口，沿胫骨缘向下找出胫后肌，抽出断端至小腿切口。在胫腓骨间膜中打洞，扩大后将胫后腱送入前方。在跟骰关节处作 3～5cm 纵切口暴露骰骨，在骰骨前内向外下钻孔，扩大孔道。用长止血钳自骰骨孔方向夹住胫后肌抽至切口中。同样将肌腱分成两半，一半经骰骨孔至外方，反折与另一半肌腱缝合，肌腱太短亦可与腓长肌缝合，缝合须将足外翻、背伸以减少张力，缝合切口皮肤。

术后处理与胫前肌外移术术后处理相同。

■胫前、胫后肌外移术

手术操作与胫前、胫后肌转移相同，但二者缝合于足背中线骨膜下或楔骨上。

术后处理同胫后肌外移。

■三关节固定术

病儿在 10～12 岁，足已生长发育接近正常时进行。三关节固定术中肌力平衡十分重要，切骨太多容易有空隙，往往骨不连接；切骨少畸形未纠正。

需止血带下手术。切口自外踝下 1cm 开始，向前经距骨突直至第 5 楔骨（Dunn 切

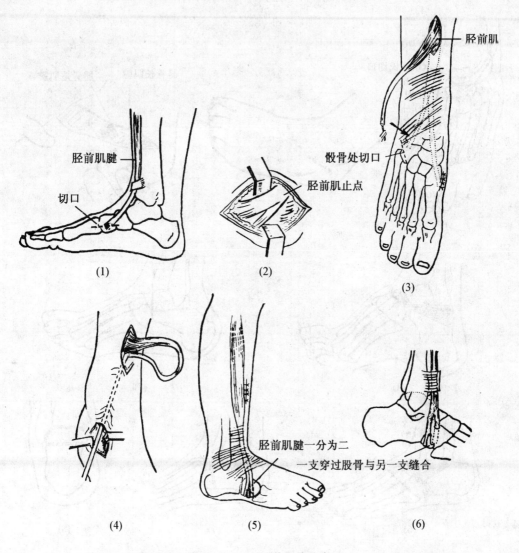

图 9-9-11　胫前肌外移术

口），结扎足内侧、中间、外侧 3 处动静脉。在距骨下找出腓骨长、短肌腱予以切断、反折。剥离伸趾腱推向内侧。暴露跟骰、距舟关节，打开关节囊，按需要切除外宽内狭之三角骨片，纠正前足内收、内翻与旋转畸形。切除距骨窦之脂肪垫，在背侧剥离距骨关节囊，暴露距骨截距突与距骨头后关节面。切除跟距韧带以及 3 个关节面、外宽内狭骨片、内侧关节囊，至暴露胫后肌腱为止。有时暴露胫后肌腱困难，可在跟距韧带、外踝韧带切断后将足翻转，跟骨可以完全暴露，手术更方便。重新组合关节面，距骨头对舟状骨或楔骨、跟骰关节以及距下关节，距骨与骰骨、距骨与跟骨空隙填入松质骨小块，伸趾长腱与伸趾短肌缝回原位。缝合切口，但不宜切除松弛皮肤。对马蹄足外侧宜多切些骨质；而跟行足则内侧、后侧多切些骨质，马蹄足时可多切一些距骨头，以纠正畸形为主（图 9-9-12）。

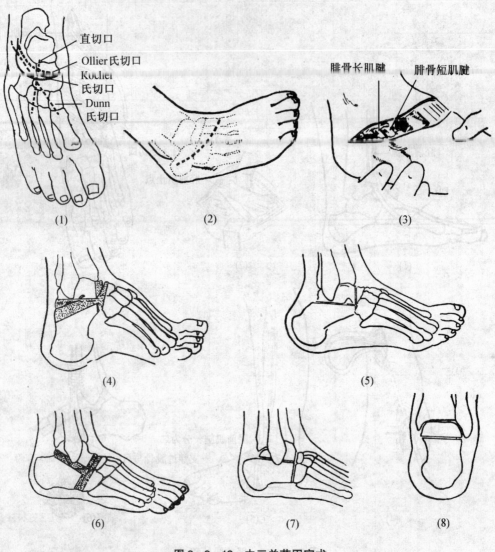

图 9-9-12 中三关节固定术

四、膝部手术治疗

股四头肌瘫痪

选择病例作股四头肌替代术要求膝关节可完全伸直、无屈曲畸形，患儿无马蹄足，替代的肌力在 4 级以上，臀肌与腓肠肌至少有 3 级，年龄在 6~8 岁之间。

■二头肌、半腱肌替代术

患儿仰卧、屈膝 80°~90°，在腓骨头处作纵切口，约长 5~6cm，找出二头肌止点、膝外侧韧带、腓总神经。分离二头肌止点切断连胫前外方一条筋膜约 2cm，向上分离肌腹，勿损伤外侧副韧带与腓总神经。在大腿中下 1/3 处作纵切口约长 8~10cm，切除髂

368

胫束找出二头肌腹，向上、下、内、外分离至内侧动脉进入肌腹处。用止血钳将二头肌腱抽至大腿切口以湿纱布保护。在膝关节下内侧作纵切口约长 3～5cm，找出半腱肌，切断、顺腱鞘向上分离。在大腿上 1/3 后内侧作切口长 6～8cm，找出半腱肌，将该腱抽至大腿上切口。在髌骨前作一横切口，约 5～6cm，暴露髌骨，在中间钻孔横贯髌骨中央。用长止血钳自髌骨上作皮下孔道至外侧抽出二头肌，内侧抽出半腱肌。将半腱肌贯穿髌骨中央、自内侧向外，拉紧而在入口处缝合骨膜、肌腱 2 针。穿出髌骨之半腱肌与二头肌腱交叉贯穿缝合 3 针，将二头肌腱转移至四头肌旁固定 2～3 针，清洗切口、止血，然后缝合。

术后在髌骨前、足跟后、足底放置棉垫，外用石膏固定自大腿上 1/3 至足趾、伸直膝关节减少缝合张力。6～8 周后拆除石膏，开始训练四头肌收缩，可以下地步行（图 9－9－13）。

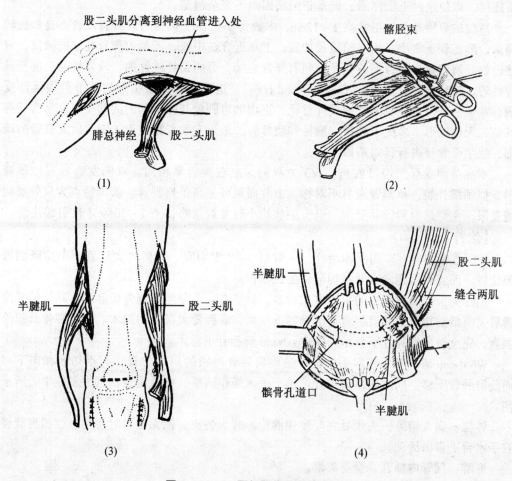

图 9－9－13　腘绳肌代股四头肌手术

第十节 先天性高肩胛症

【临床提要】

先天性高肩胛症（congenital elevation of scapula）在 1880 年 Sprengel 曾作过初步报告，故又称为 Sprengel 畸形。正常成人肩胛骨位于第 2 和第 7、8 胸椎之间，若某一侧高于正常则为高肩胛症。其病因为胚胎发育异常所致。正常情况下，肩胛骨在胚胎第 5 周时位于下 4 颈椎和上 2 胸椎水平，至第 9 周时开始下降，到胚胎第 3 个月末下降至正常位置。然而在下降前和下降过程中发生羊水过多、肌肉组织缺损或肩胛骨和脊柱间存在异常连接，则使这种下降停滞，但真正的病因尚不完全清楚。

高位的肩胛骨可较正常高 1~12cm，多数为 3~5cm，同时有肩胛骨发育不良和旋转畸形，形态较正常小，相对的横径加宽，上角近脊柱中线，下角远离脊柱转向腋窝，有些内收。肩胛骨脊柱缘上方与颈椎间有异常连接，可能是纤维性的、软骨性的，甚至是骨性的，特称为"肩椎骨"（omovertebral bone）。这种异常连接引起肩关节外展运动受限。常常合并提肩胛肌的挛缩或纤维化，更增加肩胛骨与胸廓间的活动受限。常常伴有其他先天性畸形，多见于颈椎、胸椎和肋骨等。最近有学者报道近 1/3 的病人有肾的畸形，故主张常规进行肾盂造影。

本症单侧或双侧均可发病，1/3 为双侧，左右发病率相同。双侧发病者有短颈畸形，似颈蹼外貌，单侧者两肩不对称，由背面观可见高位肩胛骨，临床特点为肩外展功能受限，主要是肩胸活动受限。以上症状幼小时常被忽略，至 7~10 岁才被引起注意。

【治疗】

先天性高肩胛症多需手术治疗。一般以 3~7 岁为宜。年龄过大肩胛则不易降到理想位置。而且有可能发生臂丛神经牵扯性损伤。

治疗先天性高肩胛症的手术方式较多，概括有：①单纯肩椎骨切除术，其目的是改善肩关节活动功能。②肩胛骨广泛骨膜下剥离，肩胛骨大部分切除术。③肩胛骨骨膜外剥离，完全游离肩胛骨下移术。④Woodward 肩胛骨下移术。

Woodward 肩胛骨下移术手术设计是将肩胛骨内缘的肌肉的脊柱起点切断和向下移而使肩胛骨下移，同时切除肩椎骨。由于手术操作简单，疗效满意，已为多数学者所采用。

体位：病人俯卧，头颈处在轻度屈曲位。常规备皮，铺无菌单时要使患肢和肩能够在手术台上自由活动。

麻醉：气管内插管，全身麻醉。

操作步骤：

（1）切口 自第 4 颈椎到第 9 胸椎棘突中线切开皮肤、皮下组织。患侧皮下组织向外潜行游离，直到肩胛骨椎体缘，充分暴露肩胛骨至脊柱的肌肉。

（2）显露 切口下方识别斜方肌下外缘和背阔肌上部，并钝性分离。然后自棘突旁斜方肌起点处纵行切开，再向上解剖，显露大、小菱形肌，自棘突旁切断。将菱形肌和斜方肌以上部与后上锯肌和骶棘肌分离，使前者形成一完整的肌瓣。腱膜在下移后能错位缝合。

将整片肌瓣向外牵开，用咬骨钳切除骨性"肩椎骨"。在切除肩椎骨时应注意保护

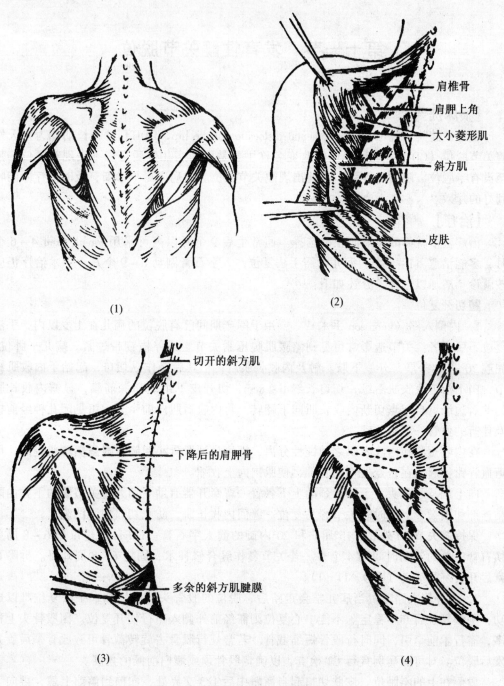

肩椎骨
肩胛上角
大小菱形肌
斜方肌
皮肤

(1)　　　　　　　　　　(2)

切开的斜方肌
下降后的肩胛骨
多余的斜方肌腱膜

(3)　　　　　　　　　　(4)

图 9-10-1　Woodward 肩胛骨下移术

副神经及支配菱形肌神经勿损伤。副神经位于斜方肌下面平行肩胛骨的脊柱缘。于切除肩椎骨时在肩胛上角会损伤颈横动脉。最后肩胛骨的岗上部分有些病例可能膨大且向前弯曲，可以连同局部骨膜一并切除（切勿在骨膜下切除，否则肩胛下移后与胸廓间活动受限）（图 9 - 10 - 1）。

第十一节　发育性髋关节脱位

【临床提要】

发育性髋关节脱位（developmental dislocation of the hip，DDH）过去长期称为先天性髋关节脱位（CDH）。这种公认的改变名称主要是因为病儿生后可能不表现有脱位，甚至没有半脱位，随时间推移，病儿出现髋关节脱位。本病应尽早诊断，及时治疗才能收到好的疗效。

【治疗】

治疗应依就诊的年龄而正确选择。通常生后 9 个月以内可采用 Pavlik 吊带 4 ~ 6 个月，多能治愈。1 ~ 3 岁的病儿常需手法复位，人字石膏制动 6 ~ 9 个月。手术治疗仍应按就诊年龄加以选择。分述如下：

■切开复位

1．内侧入路（Ferguson 手术）　　用于围产期间已有脱位的病儿在 1 岁以内，手法复位不稳定者。关节造影常可见到髂腰肌腱压紧关节囊或伴横韧带过紧。病儿平卧位，屈髋 70° ~ 80°外展、外旋下肢。触及内收长肌后，于其后缘作纵切口，起始于内收肌结节，向下沿内收长肌后缘，切口长约 6 ~ 8cm，切开皮下组织和深筋膜，显露内收长肌的前后边缘。自起点切断内收长肌向下翻转。将内收短肌向前牵开，可见闭孔神经前枝及伴行的血管，不必处理。

在内收短肌和内收大肌之间钝性分离，即可摸到股骨小粗隆。显露髂腰肌腱后，用弯血管钳挑起，在止点处切断腱部，使肌肉向上收缩。

向上触及股骨头，于股骨颈的上下各置一弯牵开器有助于切开髋关节囊的下方内陷粘连部和横韧带。此时髋关节容易复位。缝回内收长肌，防止切口向下凹陷。

保持髋关节 30°外展、15°屈曲和 20°内旋的髋人字石膏。Ferguson 建议每 6 ~ 8 周更换石膏，总的制动时间约 4 个月。若关节囊作缝合修补术，固定 6 ~ 8 周即可。拆除石膏后开展练习活动（图 9 - 11 - 1）。

2．前外侧入路　　当病儿学会走路后，脱位的股骨头上移增加，手法复位难以成功，手法复位后亦不稳定。不能中心复位则需经前外侧入路行切开复位。因股骨头上移多，需行术前牵引，同时行股骨短缩截骨。若常规行股骨去旋转截骨可致股骨颈后旋并发后脱位。对可疑病例宜行 CT 检查，以确定股骨颈或髋臼前倾的角度。

患侧在上的斜卧位。皮肤切口起自髂嵴中后 1/3 交界处，向前到髂前上棘，再向下 7 ~ 10cm。自阔筋膜张肌和缝匠肌之间进入。于髂前下棘处切断股直肌起点并向下翻。

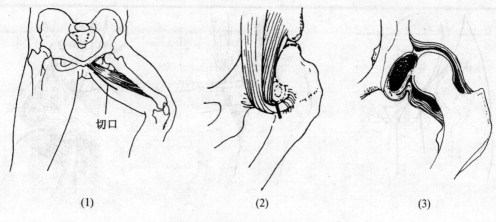

(1)   (2)   (3)

图 9 - 11 - 1 Ferguson 手术

于关节囊内侧找到髂腰肌及其在小粗隆的附着部。可将髂腰肌腱切断或行双段延长松解。

T形切开关节囊，靠近髋臼的横切口要留 0.5 ~ 1cm 的边缘，以便缝合修补。

探查关节腔，如圆韧带肥大拉长应予切除。臼内若有纤维脂肪组织予以刮除。

凡有盂唇内翻的应切除，否则占据髋臼内部分位置，使之浅小会妨碍股骨头的中心复位。

整复股骨头后，如需行附加手术，如骨盆截骨、股骨去旋转截骨等，均在关节复位后进行。

术中由助手保持髋外展 30° ~ 45° 和内旋 20° ~ 30° 位，直到手术结束。

然后行关节囊成形修补术。首先将关节囊上方袋形松弛部自髂骨上的假臼的深层分下，同时分离前方与臀中、小肌的粘连部。关节囊的 T 形切口，横向与关节盂唇平行；纵切口与股骨颈平行。纵切口的外侧瓣，原来在切口中央的尖端拉向横切口的下角，重叠缝合之。

内侧瓣的尖端与外侧瓣重叠，缝在横切口的上角。

最后，横切口关节囊的边缘与重叠的关节囊再次重叠作褥式缝合。股直肌重新缝合于髂前下棘。切口逐层缝合（图 9 - 11 - 2）。

双侧髋关节人字石膏固定于 45° 外展、20° ~ 30° 内旋位。膝关节屈曲 30° 以放松腘绳肌，并可防止旋转。固定 4 ~ 6 周。若同时行骨盆截骨或股骨去旋转截骨的需制动 6 周。去除石膏后，在不负重条件下逐渐练习下肢各关节活动，以增加肌力。必要时可在牵引下练习，间断负重，防止因骨质疏松而并发病理骨折。

■截骨术

1. Salter 骨盆截骨术 18 个月以上、6 岁以下的先天性髋关节脱位小儿宜行切开复位并行骨盆截骨。优点是利用耻骨联合的柔韧性重新调整髋臼方向，使股骨头覆盖好。

沿髋臼上缘，在坐骨大切迹水平用线锯作截骨术。前方标志是对准髂前下棘。

利用耻骨联合的柔韧性，将髋臼和同侧坐骨、耻骨作为一个整体向下外倾斜。用髂

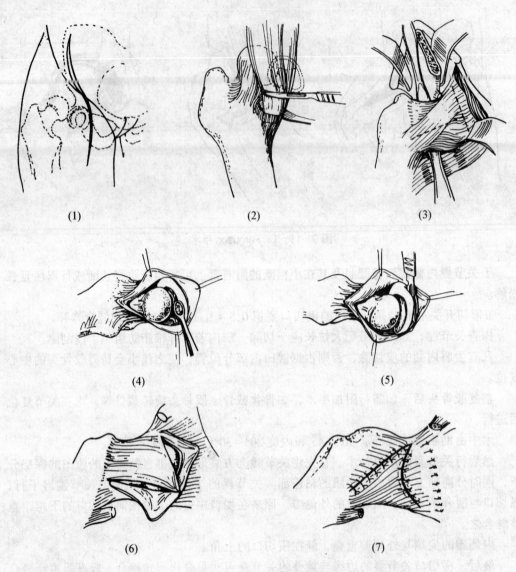

(1)　　　　　　　　　(2)　　　　　　　　　(3)

(4)　　　　　　　　　　　　　　　(5)

(6)　　　　　　　　　　　　　　　(7)

图9-11-2　外侧入路手术

骨前方取下的三角形骨块，修整为一三角形，嵌入截骨部以维持截骨下段的位置。

2枚有螺纹的克氏针贯穿截骨上下端和植骨块，使之稳定。钢针自前上斜向后下，防止钻入髋关节（图9-11-3）。

髋人字石膏固定6周，然后逐渐负重。最初数周要注意防止跌伤，否则会发生植骨块移位、塌陷或股骨干骨折等并发症。术后半年植骨融合良好，可拔除克氏针。

2. Pemberton髂骨截骨术　本手术的优点是以Y形软骨作支点，向下前方转动时紧靠髋关节，因而矫正髋臼方向充分，覆盖股骨头的效果好。另一优点是Pemberton髂骨截骨保留其后下方的完整性，更加稳定。其次，截骨操作不通过坐骨大切迹，可有效地防止神经血管损伤。

缺点是不全截骨会导致髋臼的变形，甚至造成头臼形状不一致而影响关节运动。因

374

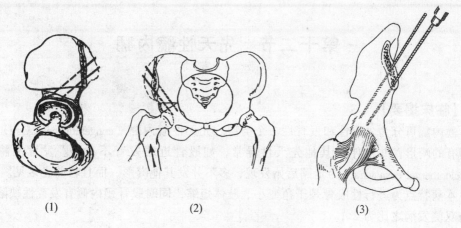

(1)   (2)   (3)

图 9 - 11 - 3 Salter 骨盆截骨术

此本方法主要适于 1.5～6 岁的小儿。此时 Y 形软骨较宽，再塑能力强。相反，此术式对 Y 形软骨窄小或已融合的或臼小、股骨头增大的患者为禁忌。手术适合年龄受限。

手术适用于臼上外缘或前方发育不良的病例。

病儿平卧，最好有床边 X 光机备用。

前外侧切口显示髂骨的内外板，向下达髂前下棘，向后达坐骨大切迹水平。自髂骨外板开始作弧形截骨，前方起于髂前上棘和髂前下棘之间，向后达髋臼上缘以上 1cm，止于 Y 形软骨的后支。

进行髂骨内侧截骨要稍低于外侧截骨，越向后就越要向下。若前上方需要覆盖，内外两侧截骨线可以平行。截骨线多向后下延伸的效果好。

完成截骨后，用骨膜剥离器撬动下段，并可用椎板分离器撑开。动作应缓慢轻柔，预防髋臼骨折（图 9 - 11 - 4）。

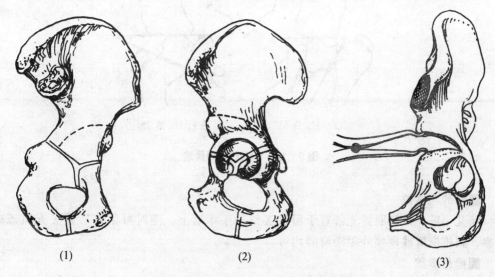

(1)   (2)   (3)

图 9 - 11 - 4 Pemberton 髂骨截骨术

第十二节　先天性髋内翻

【临床提要】

髋内翻可分为先天性和发育性 2 个类型。先天性髋内翻（congenital coxa vara）为生后即有的畸形，并常伴有其他先天性异常，如股骨近端发育不良等。发育性髋内翻（developmental coxa vara）为走路后始发现，多不并发其他畸形，而且较前者多见。

本病特点为进行性股骨颈干角变小、肢体短缩，同时股骨颈内侧有发育性缺陷。单侧与双侧发病之比为 2∶1。

■手术适应证

1．应除外后天性髋内翻，如继发于先天性髋脱位、股骨头缺血性坏死、高雪病、骨感染后遗症、纤维异样增殖或严重佝偻病等。

2．转子间或转子下截骨是有效的治疗方法，但术前宜确定股骨颈内侧有缺陷，股骨颈干角小于 105°。

3．髋内翻畸形进行性加重。

4．病儿有臀中肌跛行。

5．HE（hilgenreiner - epiplyseal）角超过 60°（图 9 - 12 - 1）。

6．最适宜的手术年龄为 1 岁半～2 岁。推迟手术会发生髋臼的继发病变，股骨颈缺陷部可发生假关节以致增加手术的难度。

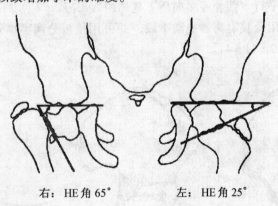

右：HE 角 65°　　　左：HE 角 25°

图 9 - 12 - 1　HE 角测量法

■麻醉与体位

病儿平卧，最好股骨上部置于可透 X 线的手术后上，随时可用 C 形臂 X 光机透视观察，腰椎麻醉或硬膜外阻滞麻醉均可。

■操作步骤

1．先行股骨内收股群松解。

2．术中应切除的骨质宜先按 X 线片上测量的角度作好纸样（图 9-12-2）。

3．截骨线的上、下按计划打入克氏针，以标明截骨部位和角度，上针不穿到骺板，下针达截骨角顶点［图 9-12-3（1）（2）］。

4．用电锯切下计划截除的楔形骨质，平凿将骨质取除［图 9-12-3（3）］。

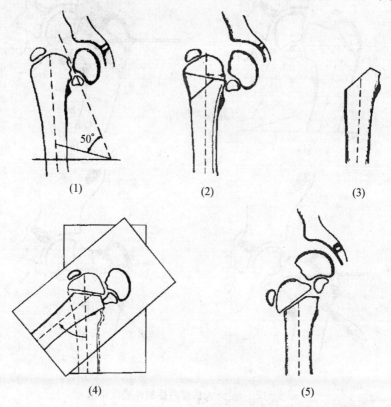

(1)   (2)   (3)

(4)   (5)

图 9-12-2　用 X 光片上作测量纸片法

（1）病人 X 光片测绘预计截骨的楔形角度，截骨下段交角为 50°；

（2）楔形截骨的设计；（3）按 Pauwel 角定间截骨后形状；（4）重叠纸片

在 X 光片上顺时针旋转；（5）转回纸片到股骨头位于髋臼内

5．用一骨钩置大转子上方，将截骨的近端向下拉，使 2 枚克氏针的走向由原来的角度变为平行，消除截骨的楔形间隙［图 9-12-3（4）］。

6．固定截骨部位有 2 种方法：

（1）截骨上、下各用 2mm 直径克氏针自外后向前内钻通作一隧道；然后用 1mm 钢丝穿过，拧紧（图 9-12-4）。

（2）用上端有钩的 4~5 孔钢板，拉住大转子后，用螺钉固定（图 9-12-5）。

■术后处理

1．6 岁以下不能合作的小儿术后髋人字石膏固定 6 周，6 岁以上能合作的儿童术后不需外固定。

2．术后 6~8 周照 X 光片，截骨部位愈合坚强后，可逐渐负重，练习走路。

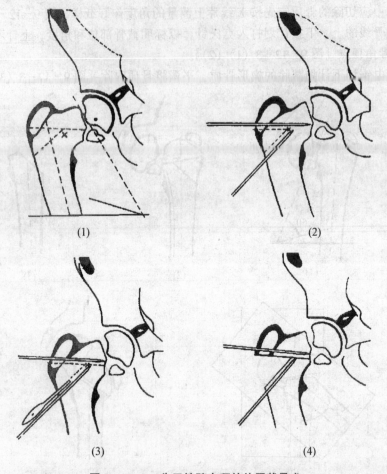

(1)   (2)

(3)   (4)

图 9-12-3　先天性髋内翻的外展截骨术

(1) 楔形截骨设计；(2) 楔形截骨上下用克氏针固定；(3) 电锯截
骨；(4) 截骨后

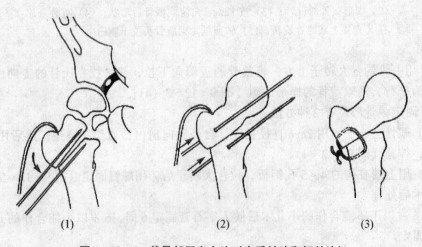

(1)   (2)   (3)

图 9-12-4　截骨部固定方法（克氏针法和钢丝法）

图 9－12－5　用带钩钢板固定

3．本病术后畸形可能复发，宜定期随访直至成年。

为了提高疗效，防止复发，还有插榫截骨术（图 9－12－6）、Langenskoid 截骨术（图 9－12－7）和转子间外翻截骨术（Sordon Spencer 和 Herndon）（图 9－12－8）。等。

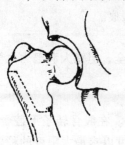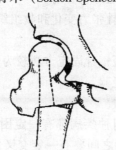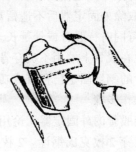

图 9－12－6　插榫式截骨术

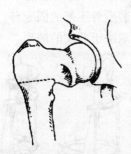

图 9－12－7　Langenskoid 截骨术

附：Ilizarov 法用于先天性髋内翻的矫治

先天性髋内翻除股骨近端的畸形外，常伴有股骨短缩。用 Ilizarov 法治疗本病较传

379

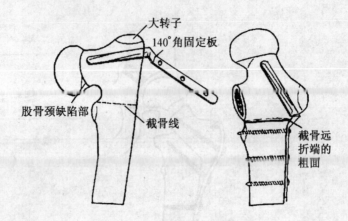

大转子

140°角固定板

股骨颈缺陷部

截骨线

截骨远折端的粗面

图9-12-8 转子间外翻截骨术

统截骨术有如下优点：

1．可一次矫正或缓慢进行矫治。

2．能同时矫正股骨上端3个平面的变形，即内翻、屈曲和内旋。

3．术中可以调整髋-膝-踝的力线。

4．外固定器稳定而牢固，术后早期即可活动和负重。

5．拆除外固定器比取出内固定植入物容易。

6．取除外固定器后不遗留局部骨张力变化和软组织瘢痕。

7．可同时行股骨或骨延长。

虽说在股骨上端用不贯穿骨的短钢针固定方法较为安全，但意大利巴力大学（Bali）用贯穿骨的钢针固定已存有成功的经验。

■操作步骤

组装股骨的外固定器无论用于何种疾病都有一定困难。在股骨转子下截骨部位上、下各需贯穿2枚克氏钢计。2枚钢针之间要有一定交叉角度以求最大限度的稳定。股骨下端再安置1~2个固定环。在股骨上端贯穿钢针之前，先向上推转子部的皮肤以预防一次性外翻截骨后局部钢针所致的软组织压疮。内翻畸形越重，最上端的半环越应直放。第2个固定环在截骨面以下并与股骨干垂直，然后安装股骨下部的固定环。固定环可用双半环或一个半环和一个整环，甚或用2个整环，这取决于并发的畸形。

外固定器安装完毕后，行股骨转子下截骨术（骨皮质切开术）。最上方的半环可按髋内翻所需矫正的角度逐渐从直立向下压平，再用丝状杠与第2个环连接。股骨上端若有旋转畸形（前倾或后倾角）可在矫正内翻时一次矫正。存在股骨短缩的或有轴向移位的，再经股骨下端的2个固定环之间行截骨矫正（9-12-9）。

髋内翻的矫正可一次完成，也可逐渐矫正。Ilizarov认为一次矫正的优点是术后60天截骨部位即可愈合，从而避免了每天每6小时转动一次螺母的麻烦。

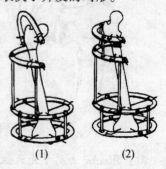

（1）　　　（2）

图9-12-9

术后第2天可借助双拐下地部位负重行走。术后第13天可在手杖辅助下完全负重行走。如同时矫正其他畸形时，全部治疗时间可酌情增加。

术后积极理疗对功能康复和预防关节僵硬十分重要。

第十三节　先天性胫骨假关节

【临床提要】

先天性胫骨假关节（congenital pseudarthrosis of tibia）是一种少见的先天性畸形，治疗困难且效果不满意。发病原因尚不完全清楚，学说较多，有纤维瘤、神经纤维瘤和纤维结构不良等。先天性假关节不仅发生在胫骨，也可发生在第一肋骨、尺骨、锁骨、肱骨和股骨，但更为少见。

本症可以分为2型：①胫骨弯曲症型。出生后胫骨弯曲（前弯或后弯），多在胫骨中下1/3处骨质硬化，髓腔不通，周径变细。一旦发生骨折或手术矫正畸形，则产生假关节。②胫骨囊肿型。常常在胫骨中下1/3有囊性骨缺损，逐渐产生弯曲畸形，腓骨也在同一水平逐渐弯曲变细，若发生骨折也同样形成假关节。有时在出生时已形成假关节。临床所见：一旦发生假关节，则畸形日益加重，患者皮肤多有咖啡色斑块或神经纤维瘤结节，一般诊断并不困难。

【治疗】

先天性胫骨假关节的治疗方法颇多，治疗效果均不理想。

■早期治疗

绝大多数患儿在婴儿期已有明显的特征，如生后即有一侧小腿弯曲畸形，皮肤有咖啡色斑。此时X线照片可发现胫骨的异常变化，作出诊断并不困难。若能在此期确诊后给以及时的保护和治疗，无疑会提高该病的成功率。早期可采用石膏托或轻便夹板支具保护，部分先天性胫骨弯曲症，在精心保护下可以获得治愈。骨质硬化减轻，髓腔完全通畅时才能考虑解除支具，这一点应向家长讲清楚。

先天性胫骨假关节囊肿型，未发生骨折前可考虑囊肿刮除植骨术，以及彻底切除局部肿瘤样软组织，优点在于手术简单，不需要内固定。

■双重骨板植骨术（double onlygrafting）

该手术由Boyd所首倡。其优点为植骨块丰富。尤其有两大块骨板阻挡纤维组织再充填假关节处，因此治愈率较高，但需要切取对侧两大块胫骨，这可能造成胫骨取骨处骨折或假关节的形成。另外，固定后的稳定性较差。

■短路植骨

进行性胫骨弯曲或胫骨假关节远端较长者为其适应证。手术目的是使重力通过假关节后的植骨块，而不通过假关节，消除了剪力，逐渐使假关节愈合。重要的是假关节部分不要进行任何剥离和切除，然后在胫骨后方假关节上5~6cm和假关节下4~5cm处各凿一"V"形骨槽。向下牵拉胫骨，或顶压成角顶端使弯曲度减轻，即弯曲稍有变直时初步测量两骨槽间距离，以此为长度在对侧（健侧）胫骨切取植骨块。该骨块的宽度为健侧胫骨的 1/2～2/3，而且应包括胫骨前嵴以保证其骨块的坚强度。在胫骨牵拉下将植骨块嵌入上下骨槽内。

■髓内针固定植骨术

对假关节远端骨块太短而无法进行上述 2 种手术时为其适应症。

暴露假关节切除瘢痕组织及硬化骨质和打通髓腔后，用一枚 Steinman 针自远端向下插入穿过踝关节、距骨和跟骨自足跟穿出，使远端与近端相对，自跟骨皮肤外向近心端打进髓针，务必使近端内髓针要有足够长度，使之达到有坚强的内固定。另外为了使患侧胫骨周围肌群维持足够的长度，必须使近端和远端保持一定距离，其间紧密充填其松质骨骨条。最后闭合伤口。以长腿石膏管型固定，3 个月后拔针，更换石膏，直至骨性连接。

带血管蒂腓骨移植术提高了假关节愈合的成功率，由于显微外科操作条件的原因，尚不易推广，另外再骨折现象仍然不断地发生。近年来应用 Ilizarov 技术，对切除胫骨假关节段的给以加压以增加愈合机会，其效果只稍优于带血管蒂腓骨移植。

第十四节　小儿脑性瘫痪的手术治疗

【临床提要】

脑性瘫痪（cerebral palsy，CP）简称脑瘫。脑性病儿的治疗需多学科会诊研究。最好有儿科、神经科、矫形外科、理疗、语言、听力等专门医生参加。多学科治疗也要对不同病人分别加以考虑。另外，治疗所需时间一般较长，包括孩子发育的各个阶段，直到青少年。病儿的问题随生长发育而有变化，而且对治疗的要求日益增高。矫形外科医生主要应关心重建病儿运动功能。为此，一定要从病儿全身状况，如智力、语言、视力、听力等全面加以考虑。下列直接影响手术的效果。

1. 脑瘫的类型　　手术对痉挛型脑瘫最有帮助。相反诸如多动、僵硬、共济失调等型常无施行软组织手术的指征。

2. 反射的成熟程度和运动功能　　对能坐起的病儿手术有益。术后能预防髋关节脱位，便于会阴护理。当然，能走路的，手术效果更理想。

3. 病儿年龄越大越能合作，使护理工作事半功倍。孩子的智力如何对保守治疗和手术治疗后的合作更为重要。

4. 手术的种类和选择手术的时间　　过去强调软组织手术矫治脑瘫的畸形，日后都有不同程度的复发。因此，不少学者主张待孩子长大后进行骨性手术。但是大量临床经验证明，多数病例并无复发。同时也应让家长了解手术只是矫正畸形和改善功能，而不是彻底恢复正常的运动功能。

【治疗】

针对脑瘫产生的不同畸形，如足踝的下垂，髋关节的内收、屈曲和内旋以及上肢的拇指内收屈曲、手指屈曲挛缩和腕屈曲、前臂旋前挛缩畸形分别介绍如下手术。

■跟腱滑动延长术

适应证：脑瘫病儿，凡足跟不能落地经保守治疗无效则需行跟腱延长术。跟腱滑动延长的优点为手术不影响跟腱的连续性；术者在术中可随意控制其延长的长度并在术后能较早开始负重行走。当然以腓肠肌痉挛为主的马蹄足畸形，可行 Vulpius 腓肠肌腱膜松解术。

沿跟腱的内侧缘作后内侧切口，长约 7～8cm。皮下组织和腱鞘一起剥离，使腱鞘附于皮下，对缝合后覆盖跟腱有利。跟腱深层无需剥离。

跟腱纤维的旋转方向因人而异。一般在起止点之间沿纵轴旋转 90°。内侧近端走行到远端居外侧止于跟骨。在高低两个水平切开跟腱，切开部位应按其旋转度选定。一般是在靠近跟骨的止点的前内 1/2 或 2/3 切开远端，后外 1/2 切开近端。然后伸直膝关节，用力背伸踝关节。此时跟腱内外侧之间随滑动而延长并保持连续性。患足应能处于中立位或有 5°背伸。超过这个限度会导致仰趾跟足畸形，出现步态不稳。最后松开止血带，小心止血，皮下和皮肤间断缝合（见图 9－9－6）。

下肢用长腿管形石膏固定，膝关节伸直或有 5°屈曲。踝关节保持中位。

术后应作足背伸的被动按摩；踏三角板的斜坡等主动牵拉跟腱的锻炼有助于防止术后畸形复发。

■腓肠肌胫神经运动支切断术

脑瘫的马蹄足并发踝关节痉挛性抽搐适于此手术。在腘窝横纹处作 5～7cm 切口，切开深筋膜，胫神经居血管浅层，第一分支为皮支，不要损伤。左右两支为支配腓肠肌的运动支。内侧支在该肌内侧头起点进入前又分为三小支。外侧支在该肌外侧头起点也分为两小分支。支配比目鱼肌的运动支位于腓肠肌支的远端，最好在切除前用刺激器分别予以鉴定。

选定运动神经支后，在开始分支和要进入肌肉的两个部位作双重切断。切口常规缝合，患肢以长腿管型石膏固定。膝关节伸直，踝关节背伸 5°～10°，3 周后拆除石膏。有时可不用石膏固定，只给加压包扎。当病儿不感疼痛，伤口愈合则可下地活动（图 9－14－1）。

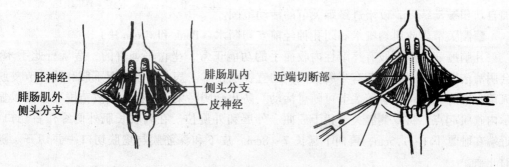

胫神经
腓肠肌外侧头分支
腓肠肌内侧头分支
皮神经
近端切断部

图 9－14－1 腓肠肌胫神经运动支切除

凡膝关节屈曲后，足下垂可以被动矫正的，可行 Vulpius 手术矫治。膝关节屈曲放松腓肠肌在膝以上的起点。说明这类病儿的比目鱼肌正常。所以松解腓肠肌腱膜就可以使足跟落地。

Vulpius手术是从小腿后方的中1/3作切口。显露腓肠肌腱膜后，将其作倒V形的切口分离而跟腱获得延长。

足下垂有时并发足内翻。多数病例的足内翻是由于胫后肌与腓骨肌的力量失衡。此外，胫后肌紧缩、屈趾肌挛缩和外展踇趾肌痉挛也会引起足内翻。所以，在矫正足下垂的同时就要采取相应措施。例如有的马蹄内翻足行跟腱延长时可附加胫后肌延长术。

利用小腿下1/3后内侧的同一切口，延长跟腱后，靠近胫骨内后缘找到胫后肌。在无肌肉纤维的腱部作两个切口。切开腱部的切口勿延伸到肌肉。两切口相隔5cm。上方切口横向，下方切口斜行。此时用力外翻足则可滑动延长胫后肌，从而矫正足内翻。

■关节外距下关节融合术（Grice法）

脑瘫的痉挛性外翻足，6岁以上适于行关节外距下关节融合术，术后除可矫正足的力线并能减少日后需行三关节固定的可能。

以跗骨窦为中心，在腓骨下端以下1~2cm处，沿距下关节作6cm长的横向弧形切口。切口直达跗骨窦。手术均在关节外进行。切开跗骨窦顶部的距骨骨膜，向上翻转。跗骨窦底部的跟骨骨膜和窦内的纤维脂肪组织以及伸趾短肌附着点一并向下剥离。

然后置患足于马蹄内翻位，将跟骨从外翻位转回到与距骨的正常位置。用不同宽度的直凿（2~3cm或更宽的）插进跗骨窦，卡住距下关节以测定植骨块所需的长度和最稳的位置。将患足背伸到中立位后保持5°外翻或中立位（切不能内翻）。植骨块长轴应与小腿长轴平行。后足若有轻度内翻，将随生长而加重。用骨凿划出适合的植骨区。距骨下（窦顶部）和跟骨（窦底部）各剔除一薄层骨皮质（0.3~0.5cm），保留侧面的骨皮质以使植骨块牢固，不致压入骨内。从胫骨近侧干骺端的内方按设计的尺寸取下骨块，然后切成2个棱形骨块。松质骨面对松质骨，骨皮质均朝外。有的作者主张用一段有骨皮质的腓骨块，上下修成尖形将患足内翻送入植骨块。此时踝关节处中立位。植骨块的长轴一定要与胫骨长轴一致。最后，将跟骨一侧纤维脂肪块、韧带和伸趾短肌的附着点翻回缝于距骨下方的骨膜缘。间断缝合皮下组织和皮肤，长腿石膏固定。术后8~10周取下石膏，X线复查。若植骨块生长好则可在双拐支持下开始练习走路。逐渐增加自动和被动练习，以增进膝踝关节的活动范围。

■髋关节内收肌切腱术和闭孔神经前支切断术（Bank和Green法）

凡脑瘫病儿双下肢有痉挛性内收而手的功能正常，坐位平衡好的，适于行此手术。会阴清洁困难或双髋关节有半脱位倾向的宜提前手术。病儿平卧，双下肢和髋关节皮肤灭菌，铺好无菌单以备髋关节可随意活动。防止会阴污染手术野。备皮范围要够高以显示内收肌起点。将双侧髋关节置于屈曲、外展和外旋位。在内收长肌外侧缘作直切口，近端在耻骨下1~1.5cm，再向下延长7~8cm。皮下和深筋膜与皮肤切口一并切开。随时止血。

于内收长肌（靠前）和内收短肌（靠后）之间用器械或手指分出一间隙，然后将内收长肌向前牵开，此时可暴露闭孔神经的前支。沿此找出支配内收长肌、内收短肌和股薄肌的运动神经。最好用镊子尖轻夹或用刺激器观察各自支配肌肉的收缩以证实解剖关系。将3个分支的远端切断并用血管钳夹住，向近端游离。切除约2cm长的一段，但切勿伤及闭孔神经的后支。

横行切断内收长肌靠近耻骨的腱部。稍靠下斜行切断内收短肌，以防止有过大死腔。从切口后内侧游离出股薄肌。伸直膝关节后在稍下部位将其斜行切断。然后伸直外展双下肢以验证外展受限的矫正程度。如仍有些受限，可再将内收大肌的最前方的纤维组一并切断。

如有指征作髂腰肌松解，可将髋关节屈曲、外展、外旋，将股骨上端小粗隆转到前方，操作较为方便。从耻骨肌和内收肌之间作钝性分离，达到小粗隆。用小骨膜剥离器送入髂腰肌的深层，有助于暴露。用血管钳将髂腰肌从四周组织中剥离出来，一定要注意防止损伤其后方的坐骨神经。将髂腰肌的腱部间隔1.5～2cm作两个切口，而不切断肌纤维。过伸髋关节就可将髂腰肌拉长2～4cm。充分止血，深筋膜不必缝合，只缝闭皮下组织和皮肤。最好加用持续吸引器以利引流（图9-14-2）。

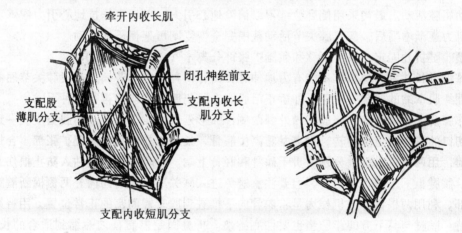

图9-14-2　髋关节内收肌切断和闭孔神经前支切除术

以髋人字石膏固定双髋于充分伸直、外展和外旋10°～15°位。若膝关节有屈曲畸形时，髌骨前要加垫保护。为避免骨盆倾斜，不用双长腿石膏中间加横杠的方法。术后1～2日拔出引流管，3～4周后去除髋人字石膏，换以双下肢长腿石膏连以可调节的外展杠。对并发髋关节脱位或半脱位者，髋人字石膏可延长到3个月。病儿术后清醒并能合作，也可将髋人字石膏作双瓣切开，术后5～7天起开始每日定时活动。开始可先在平卧位锻炼髋关节的自主内收、外展和伸展动作。随后可作轻柔的被动牵拉练习以增进关节的活动范围。肌力增长后可进行抗地心引力和抗阻力的锻炼。关节活动范围改善后，可扶双拐练习走路直到步态接近正常为止。走路平稳后逐渐放弃拐杖。

■腘绳肌分段延长术

脑瘫的膝关节屈曲畸形要在髋关节内收和足部马蹄畸形得到矫正后再慎重考虑。髋关节内收肌切腱术常包括股薄肌松解。因此，术后膝屈曲常有改善。术后半年也要采用被动牵拉和主动锻炼股四头肌。若仍无效宜行腘绳肌分段延长术。

大腿上部束好止血带。于腘窝横纹以上正中作一垂直切口，约长8～10cm。切开皮下脂肪及深筋膜。切口近端可能遇到股后侧皮神经，防止损伤。切开深筋膜后钝性剥离显示腘绳肌腱。打开每一腱鞘，以 3 - 0 细丝线作几个牵引记号，以利最后缝合。在切口的外侧暴露股二头肌腱。仔细在腱的后内侧分离出腓总神经。用一小骨膜剥离器送至股二头肌腱下方。用锐刀隔 3cm 部分切开腱部，保持肌纤维完整。伸直膝关节作直腿抬高动作以延长股二头肌腱，同时保持肌肉的连续性。然后在切口内侧游离出半膜肌腱。该肌的腱部多位于切口的深层，向外牵拉肌肉有助于暴露。肌腱也分两处切开（与股二头肌肉同），使肌纤维保持连续。然后再伸膝关节屈髋，以延长半膜肌。再显露半腱肌腱，在肌肉和腱的连接处的腱部切断肌腱的纤维。为防止切断半腱肌的肌腱，也可作 Z 形延长术。

每个肌腱的腱鞘均应仔细缝合。深筋膜无需缝合。皮肤及皮下常规缝合，用长腿石膏管型固定。患肢膝关节应完全伸直。在石膏固定条件下，每日做直腿抬高运动 15 次，以进一步牵拉腘绳肌。3～4 周后去除管型石膏换以长腿双页石膏板。此时开始做自动和被动屈膝活动。最初采用侧卧位练习以消除地心引力，以后再作抗地心引力锻炼。股四头肌力逐渐增强后，病儿膝关节活动范围完全恢复则可架拐下地活动。

■髌腱折叠固定、髌骨下移和髌腱扩张部分离术（Chandler 手术）

髌腱过长并发高位髌骨不能有力地伸膝，需行这种手术。若病儿并发膝关节屈曲畸形或腘绳肌挛缩的要预先矫正，如矫正后股四头肌仍明显力弱始再行此种手术。

作膝前中心横切口，向股骨内外髁两侧作弧形延长。皮下组织、筋膜与皮肤一致切开。切口的皮瓣向上下翻转，剥离暴露高位髌骨、长而松的髌腱和髌腱扩张部。合拢切口皮瓣，用两枚克氏钢针分别横贯于髌骨和胫骨上端。后者从外向内钻入防止损伤腓总神经。髌腱上下左右均予游离，但要注意避免进入膝关节，然后向内外两侧横断髌腱的扩张部。利用两根钢针的机械力量将髌骨向下推进到股骨髁间窝的正常位置，用特制器械维持。髌腱与其下方的脂肪垫也要彻底游离。折叠固定髌腱使之短缩到适合的长度，用 2 - 0 丝线缝固。折叠后腱过于肥大部分可以剪除。常规缝合切口，术后长腿石膏固定，膝关节过伸 5°～10°。钢针穿出皮肤处以凡士林纱布保护。骨性突起处加垫，防止压疮。术后 4～6 周去除石膏并拔除钢针，练习自主运动和被动运动以恢复肌力和膝关节的活动范围。此时可开始架拐，逐渐练习走路。股四头肌力基本恢复后再负重走路。

■内收拇指肌切开术

脑瘫病儿拇指屈入手掌的畸形可拖延到 5 岁，经保守治疗失败的宜行此手术。

从手背第一掌骨头尺侧向近侧和尺侧延长到第二掌骨基底作 2～3cm 长的切口。切口不要经过拇指的指蹼边缘，以免日后疤痕挛缩影响拇指活动。必要时可经此切口剥离第一背侧骨间肌。若只做拇指内收肌切开，也可在拇指掌侧屈曲皮纹处作 1.5～2cm 长的横切口。但在向尺侧延长时勿波及指蹼（如同时需要矫正指蹼的紧缩，可沿指蹼边缘从拇指近端屈指纹尺侧到手掌近侧掌横纹的桡侧做 2 个斜行切口，呈 45°～60°Z 形延长）。切开皮下组织，将第一骨间肌向近端牵拉，显示其深面的内收拇指肌的附着点。用小骨膜剥离器将内收拇指肌挑起，靠近其附着点处切除 1cm 长一段。注意防止损伤伸肌和外展肌群。如果第一骨间肌有挛缩，可在同一切口内从掌骨上将其剥离。常规缝合切口。术后用石膏将拇指和第一掌骨固定在充分外展，掌指关节中立伸直位，而指间关节保持 10°屈曲（图 9-14-3）。

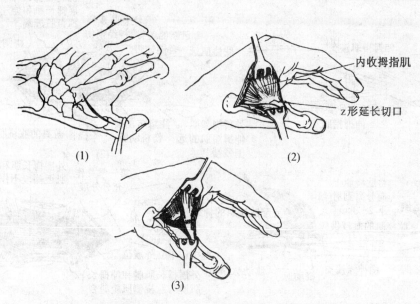

图 9-14-3　内收拇指肌切开术

术后 3 周双瓣切开石膏，用支具将拇指固定在最大外展和对掌位。鼓励病儿做拇指各方向活动的练习——内收、外展、对掌和屈动作。以后随着功能锻炼，逐渐减少固定的时间。

■肱桡肌转移重建拇指外展和伸直

痉挛性麻痹的病儿其肱桡肌多有自主功能。拇指不能伸直和外展时可行肱桡肌转移以增进拇指的功能。手术时间以学龄儿童为宜。从桡骨茎突作一长切口直到近肱骨外上髁 2cm 处为止。切口全长居前臂桡侧的背面。切开皮下组织，向上下游离，翻转皮瓣。切断肱桡肌止在桡骨茎突的扁腱，再将外展拇长、短肌腱于肌肉和腱的联合处切断，并用 2-0 线作个记号。术中应防止损伤神经和血管。桡动脉居肱桡肌的掌侧。血管的尺侧即桡侧伸腕肌腱。桡神经沿前臂外侧居肱桡肌的深面。在前臂上 1/3，神经的浅支绕向背侧，从肱桡肌腱深面，分为内、外侧 2 支，由腕部背侧深筋膜穿出。

将肱桡肌向近端游离，钝或锐剥离使之与前臂筋膜和附近肌群分开（背侧有桡侧伸腕肌，前方有尺侧屈腕肌）。须将肱桡肌尽可能向上剥离，最好接近肘关节才好。目的是使肌肉在改变方向后仍能保持直线。

用 2-0 细丝线将肱桡肌间断缝在外展拇长肌腱残端上。腱的断端要相互编织。转移的肌腱要保持中等度的张力，使第一掌骨能被动的远离手掌外展 1.5cm，腕关节在中立位，第一、二指可作被动的对掌镊夹动作。切口逐层常规缝合。术后用长臂石膏固定肘关节于屈曲 90°，腕关节中立位，第一掌骨高度外展和拇指中立伸直位（图 9-14-4）。

术后 3~4 周取下石膏开始练习活动以使转移的肱桡肌产生外展和伸直拇指的功能，此外还要做被动练习以保持关节应有的活动范围。最初还要以短臂夹板保持拇指的充分

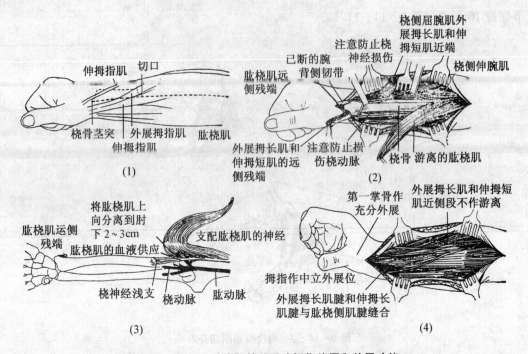

图9-14-4 肱桡肌转移重建拇指外展和伸展功能

外展位。握拿不同口径的玻璃杯练习拇指外展；用摄夹铅笔的动作训练拇指的内收。

■ 前臂屈指和屈腕肌群分段延长术

适应证：脑瘫病儿掌指关节和指间关节有屈曲畸形经牵引石膏治疗失败需行此手术。

前臂掌侧中线中 3/4 作一直切口，皮下组织和深筋膜与皮肤一致切开，向两侧游离，以四齿牵开器向两侧拉开，显示前臂浅层肌群。在尺侧屈腕肌腱的桡侧，找出尺神经和血管加以保护，防止损伤。桡侧屈腕肌的桡侧也分出神经血管，避免损伤。于桡侧腕屈肌和尺侧腕屈肌与腱的连接处做二处切断以延长肌纤维。两处间隔 1.5cm，不切断肌肉纤维。近端作横向切开，远端斜向切开。掌长肌和屈指肌群只作一个切口延长。

被动过伸手指和腕关节，腱组织遂分离延长，肌肉纤维完整仍保持连续。将肱桡肌和桡动脉等向桡侧牵开，桡侧屈腕和屈指浅肌向尺侧牵引，显示掌侧深层肌群。分离出正中神经与桡侧屈腕肌一起向尺侧牵开保护。屈拇长肌和屈指深肌群同样在肌和腱的交界处作二切口延长之，方法同前。

其次，检查前臂被动旋后的活动范围。如有旋前挛缩，用两个斜切口松解旋前圆肌并用力将前臂旋后以延长旋前圆肌。

松开止血带，仔细止血。深筋膜不必缝合，皮肤和皮下组织间断缝合。长臂石膏固定肘关节屈曲90°，腕背伸50°，前臂充分旋后，拇指和手指中立伸直位（图9-14-5）。

术后 4 周取下石膏，开始练习活动以恢复延长后的肌力。积极锻炼至为重要。例如挤压软气球和其他功能训练每日坚持数次。用双瓣石膏维持矫正后的位置。随着运动功能的改善和对抗组肌力恢复正常，逐渐缩短石膏固定的时间。

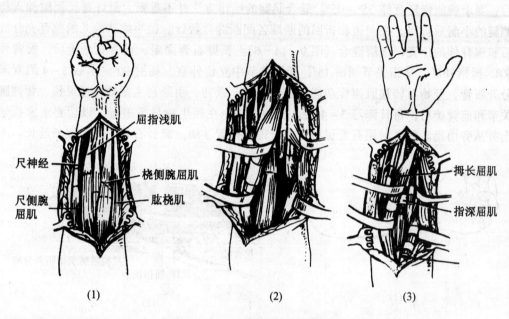

图中标注：屈指浅肌、尺神经、尺侧腕屈肌、桡侧腕屈肌、肱桡肌、拇长屈肌、指深屈肌

(1)　　　　　　　　(2)　　　　　　　　(3)

图 9-14-5　前臂屈肌分段延长术

■尺侧屈腕肌转移（Green 法）

脑瘫病儿每有腕关节的屈曲和前臂旋前挛缩。腱转移手术改变了尺侧屈腕肌的作用方向，从而消除了腕关节屈曲和尺偏的畸形。同时把该肌绕道背侧，转移到桡骨，所以加强了腕背伸和前臂旋后的力量。

手术：前臂被动旋后要毫不受限。腕关节能被动充分背伸而且手指可被动伸直。有前臂严重旋前挛缩时，应事先松解旋前圆肌，甚至要剥离前臂尺桡骨的骨间膜。手指运动功能必须正常。在前臂的前内侧沿尺侧屈腕肌作长切口。切口起于腕屈侧横纹向近侧延长，经前臂肌群的尺侧直达前臂中上 1/3 交界处。切开皮下组织，显示尺侧屈腕肌腱。尺神经紧贴该腱的后方，须加以保护。从尺侧屈腕肌在腕豆状骨的附着点处切断向近端游离。该肌在尺骨上的起点相当靠下。用骨膜剥离器将肌肉从尺骨上作骨膜下游离。尽可能向近端游离但不要损伤支配该肌肉的神经和血管。尺神经分支多造成分离的困难。向上剥离的范围越大越好，只有如此才能保持向手背转移后仍成一直线。通过切除尺骨内侧的一段肌间隔，能使尺侧屈腕肌达到前臂的背侧。然后在手腕背侧，相当于桡侧伸腕长、短肌腱处作一纵行切口，起自桡骨远端的腕横纹上方，向近端延长 3cm。

切开皮下组织和深筋膜，游离出桡侧伸腕长肌腱（与第二掌骨在一条直线上）和桡侧伸腕短肌腱（与第三掌骨在一条直线上）。导针从尺侧切口近端送到腕背侧切口内。尺侧屈腕肌腱绕尺骨沿导针分出的隧道自背侧拉出。肌腱拉出的隧道方向尽可能呈一条直线。在背侧使肌腱与伸指总肌腱的方向一致。用 11 号刀片在桡侧伸腕长肌腱或短肌腱上作一小洞，腕关节尺偏时，将尺侧屈腕肌腱缝在桡侧伸腕长肌腱上。腕关节中立位时缝在桡侧伸腕短肌腱上。有时可在两个肌腱上各作一小洞作缝合固定。前臂充分旋后，腕背伸 45°，将尺侧肌腱缝于伸腱上，尺侧肌腱的张力应能被动屈腕 15°，但松手

389

后，要求腕能恢复背伸 35°~45°。缝合肌腱的操作方法并不重要。最好是尺侧腱伸入桡侧腱的小洞后折回，在洞边和折回的断端各间断缝合数针。助手维持病儿的前臂充分旋后和腕背伸的位置，逐层缝合（图 9-14-6）。长臂石膏固定，前臂充分旋后，腕背伸 60°，拇指外展，掌指关节屈曲 15°，指间关节中立位伸直，屈肘 90°。术后 3~4 周双瓣分开石膏，开始对转移肌肉作功能锻炼和理疗。最初，引导自主活动包括尺偏、背伸腕关节和前臂旋后，每日练习 3~4 次。这种锻炼先在医生指导下进行，以后要求家长学会并从旁协助。休息时用石膏保持患肢于理想位置 3 周。离开石膏的时间逐渐延长。不

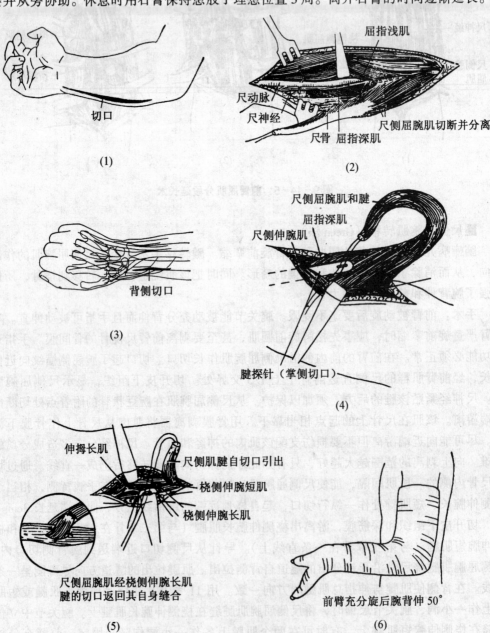

(1)　　　　(2)

背侧切口

(3)　　　　(4)

(5)　　　　(6)

图 9-14-6　尺侧屈腕肌转移（Green 法）

用石膏也不需练习时，还可用轻夹板保持腕关节的功能位。因病儿处于生长发育阶段，要始终强调自主练习和被动活动，保持腕关节的全部活动范围，防止畸形复发。

第十五节　骨关节结核

【临床提要】

骨关节结核（tuberculosis of bone and joint）为人型或牛型结核菌感染，属体内呼吸道或消化道的结核病灶的继发病变。原发病灶可能在肺、扁桃体或胃肠道。因预防结核工作广泛开展，本病的发生率一度明显下降。根据首都医科大学附属北京儿童医院统计，1955～2000年这45年间共收治骨关节结核病儿692例，其中1959～1963年和1963～1968年这2个5年组的病儿最多，均超过200例。相反1978～2000年22年间只收治50例，而1983～2000年17年间收治尚不及30例。但一方面又因病人少而诊断上易被忽视，同时发病率低的环境改变，普遍对结核病的免疫力降低，北京儿童医院近来每年收治粟粒样肺结核约60例、结核性脑膜炎60例，两者之间又有约10%相互重叠。可见数年来急性血源播散性病变增多。

肺部或淋巴结的原发结核病灶偶经淋巴途径可直接扩散到椎体、肋骨和胸骨，而其余绝大部分骨关节结核为血源性播散。

关节结核：结核菌多首先侵犯关节内的滑膜或软骨下的骨质，有时两者兼有。

椎体结核：脊柱结核几乎都是一个以上的椎体受累。胸椎发病者最多，其中以第11胸椎为最（图9-15-1）。

(1)感染病灶和病灶扩散　　(2)病灶前方骨皮质破坏，　　(3)椎体塌陷并出现成角
　　　　　　　　　　　　　　　前纵韧带向前推开

图9-15-1　椎体结核寒性脓肿形成和扩散

脊柱结核的寒性脓肿可向前外方扩张，上下蔓延形成椎旁脓肿。胸椎结核的脓肿很少通过膈肌到达后腹膜间隙。腰椎结核的脓肿可经腰大肌鞘，沿后腹壁到髂窝甚至在大腿的外上方（图9-15-2）。

椎管内的寒性脓肿可引起硬脊膜四周水肿，产生肉芽组织，压迫脊髓的局部血运而呈现截瘫。慢性脊柱成角畸形的机械性压迫和肋间神经牵扯因素可致晚期截瘫。

骨结核：单纯骨结核较滑膜结核少见，掌骨、指骨等短管状骨结核较多。

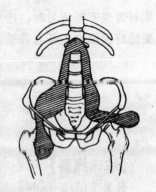

图 9-15-2

病儿每有肺结核或淋巴结核。家庭中结核病接触史阳性者居多数。局部体征有肿胀、功能受限。疼痛多不明显，病变关节或脊柱局部活动后可出现疼痛，有时疼痛夜间加重，病儿出现夜啼。膝关节、髋关节受累的有跛行。脊柱结核的病儿每有弯腰受限。有的病例皮下肿物成为突出的体征。腹股沟部的皮下脓肿可误认为斜疝。病变四周肌肉可有萎缩。病儿全身表现有苍白、瘦弱和倦怠，局部淋巴结可能肿大或有压痛，全身体格检查可能发现肺、肾和肠系膜淋巴结结核。

病变的活动期无新骨形成的骨硬化改变。短管状骨，如掌、指结核可见骨干增粗，骨外膜产生多层的新生骨，呈梭形肿胀，称之为骨气肿（spina ventosa）。

急性期红细胞沉降率加快，而血沉正常的也不能完全排除结核感染的可能性。白细胞稍增高，以淋巴细胞为主。结核菌素试验多为阳性。于病灶中能找到结核菌或豚鼠接种阳性是最可靠的诊断根据。活体组织检查也有诊断价值。

穿刺所得脓液的性状也可作为诊断的参考。脓液应作培养和抗结核药物敏感试验。对可疑的病例应行活体组织检查，在此以前应先给抗结核药物，所取标本最好包括滑膜。对不易取得标本的部位（如脊柱），应强调全身性体格检查，如肺部透视或摄 X 线片、痰和小便的细菌学检查。有泌尿系结核可疑时，还要作静脉肾盂造影。

【治疗】

■治疗原则

自抗结核药物问世以来，有些早期轻型病例可借保守治疗完全控制病变。病灶施行彻底手术后已不再强调长期卧床，但从彻底治愈结核病变的角度要求，仍需坚持耐心地治疗和随访。治疗过程中要注意结核菌毒力的强弱、感染范围的大小、病程不同阶段、病儿全身状况和局部表现等各方面的差异而采取对症的治疗措施。要按病儿的具体环境和生活条件设计合理的治疗方案，例如有时门诊治疗并不比住院的疗效差，当然每 3 个月应检查病儿的全身和局部情况、X 线片复查、血沉的速度，以此来衡量病情和疗效。

■保守疗法

卧床休息，加强营养，充足睡眠，精神愉快均有利于增强对结核菌的抵抗能力。有疼痛和肌肉痉挛的可作石膏制动，一旦疼痛和肌肉痉挛缓解，可改用轻重量的牵引逐渐练习关节活动；骨、关节破坏重的，需制动到病变稳定为止。

抗结核药物中常用的有 3 种，即链霉素、对氨基水杨酸钠和异烟肼。链霉素的小儿剂量为 30~40mg/（kg·d），一般连续使用 3 个月。此药的缺点是必须注射而且有损于第Ⅷ颅神经，影响听力，泛酸钙可对抗这种副作用。对氨基水杨酸钠的口服剂量为 300~400mg/（kg·d），分 2~3 次服。此药排泄较快，药效不及链霉素，但可与链霉素或异烟肼合用。异烟肼的口服剂量为 10~20mg/（kg·d），此药的缺点是单独使用，结核菌很快产生耐药性，大剂量使用可产生神经毒性和肝功能损害，常需连续服用 1 年左右，因此同时服用维生素 B_6 和烟酰胺可减轻其副作用。

利福平口服剂量为 20mg/（kg·d），可与链霉素互换使用，此药对链霉素耐药菌株也有效。此外，抗结核药物还有乙胺丁醇（ethambutol）、紫霉素（viomycin）和吡嗪酰胺（pyrazinamide）。后两者毒性较大，选用时应慎重。

一般均采用 2 种抗结核药物联合使用的方法。常用的配伍为链霉素和异烟肼。链霉素或利福平用完 3 个月后，可用对氨基水杨酸钠和异烟肼。对较重的病例常需坚持用药 1 年半~2 年。轻型病例也需给药 9 个月~1 年。早期的关节结核每 2~3 周可经关节穿刺给药 1 次，但应注意关节内和全身用药的总量不要超量。

抗结核药物的作用在病变的不同阶段疗效不很一致。渗出阶段结核菌主要在巨噬细胞之外，因而疗效最好，发生干酪样坏死后药效降低，这不完全是因为药物进入病变部位受限的缘故。经核素实验方法证明，链霉素和异烟肼可以进入干酪坏死的病灶，药效所以降低，可能是因为坏死物产生一种对抗药物的物质。抗结核药物对骨结核的疗效较滑膜结核更差些。因为观察到结核的坏死物质中长期有结核菌存活，所以主张抗结核药物要同手术疗法并用。

治疗骨关节结核时，制动是必要的，病变稳定后可逐渐增加关节活动。彻底手术后有时可提早活动。

■手术治疗

对有结核脓肿、死骨、软组织坏死和继发感染的病例，可在抗结核药物的配合下进行手术治疗。清除坏死组织后，病灶局部的血运改善，进入病灶的抗结核药物增多。有时脓肿可用穿刺抽脓的方法减压，但脓液粘稠，其中坏死组织多的最好手术引流，并切除或刮除脓肿壁。切口一期缝合。处理有继发感染的病灶比较困难，术中应严格无菌操作以免造成进一步的交叉感染。关节结核常需施行的手术为切除滑膜和软骨面的血管翳。晚期病例还应根据需要施行关节切除、关节融合固定、矫正畸形和复位以及植骨融合等。

脊柱结核并发截瘫或四肢瘫者，也是手术的指征，急性期应手术以缓解脊髓受压。

1. 脊柱结核　　脊柱全长中的任何部位均可发病，但以下胸椎和腰椎最为常见。病灶可涉及 1~2 个椎体，多数情况是一个椎体破坏较重，而其上下的椎体破坏轻微。有时可发生 2 个以上不连续的椎体破坏，称之为跳跃型病灶。

小儿脊柱结核起病缓慢，常有烦躁、食欲减退和低热。局部会有轻度疼痛以及脊柱活动受限。病儿拾物时取下蹲姿势。依病变的部位，疼痛可向胸、腹和下肢放散。

少数病儿起病较急，有高热、疼痛和全身不适，个别病例开始就有下肢肌肉无力的早期截瘫。

脊柱结核的早期，侧位 X 线片上只见椎间隙变窄以及邻近的椎体骨质稀疏。断层造影可能发现椎体有破坏腐蚀。晚期病例可见椎体破溃、边缘不规则以及椎旁脓肿，腰椎结核脓肿可使正常见到的腰大肌阴影消失。

对脊柱尚稳定的、没有神经系统并发症的脊柱结核，可用抗结核药物加不负重和制动等保守治疗，或选用彻底手术清除病灶并加植骨。经大组病例观察对比，用 2~3 种抗结核药物加不负重、制动的保守治疗与清除脓肿和死骨的手术两者疗效近似。彻底清除病灶加植骨可缩短疗程，但应注意手术的指征。

椎体破坏严重，脊柱丧失稳定性的病例宜选手术治疗。彻底搔刮椎旁脓肿，切除死骨和可疑的病骨，摘除坏死的椎间盘可收到肯定疗效。如第4胸椎以下可作椎旁切口，切除2~4个相应的横突和一段肋骨，沿胸膜外途径清除病灶，也可经胸腔直达病变的椎体（图9-15-3）。

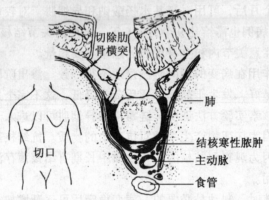

切除肋骨横突

肺

结核寒性脓肿

主动脉

食管

切口

图9-15-3　肋骨横突切除直达病灶

腰椎结核可经下腹部侧方或前方切口，取腹膜外途径作病灶清除术。腰骶椎病变宜取左侧前下腹壁斜切口，经腹膜外到达病灶。

手术后，颈椎和上胸椎结核要用带头的石膏背心或用Milwaukee支具制动2~4个月。胸腰椎结核只需卧床休养3个月。

脊椎结核的早期截瘫宜手术减压。出现截瘫时间在半年以内的术后恢复较好。

2. 髋关节结核　　髋关节结核的恶化进程较快。晚期病例结核肉芽组织穿破关节囊，继而股骨头和髋臼的关节软骨面广泛破坏。关节四周可发生结核脓肿。股骨头、股骨颈破坏和关节脱位致使患肢明显短缩。长期石膏固定也可造成股骨下端骺板过早闭合，从而加重患肢的短缩。

病儿感到患侧髋关节疼痛，活动受限并有跛行，有时感到膝部或大腿前方疼痛。发病初期患肢呈外展、外旋和屈曲位，后来患髋屈曲、内收。可发现髋关节各方向活动均受限，内旋和外展尤甚，此外还会伴有肌肉痉挛。日间肌痉挛的保护作用在夜间入睡后消失而出现夜啼或称"夜惊"。

晚期病例大腿和臀部肌肉萎缩。有的病儿会发生慢性窦道，窦道的开口多在腹股沟或臀部。晚期病例多有病理性脱位。

治疗：除支持疗法和使用抗结核药物以外，病儿应卧床休息，并用牵引缓解疼痛和肌肉痉挛。全身加关节内注射抗结核药物，可控制早期轻度病变。髋关节破坏较重者或保守治疗无进步者，则为手术的指征。术中应切除滑膜和骨病灶。关节内置链霉素粉或用链霉素溶液持续冲洗数日。术后制动数周，待疼痛和肌肉痉挛消失，可开始在不负重条件下练习关节活动。

394

3．膝关节结核　膝关节四周软组织少，部位浅在，因而容易及早作出诊断。

膝关节结核起病缓慢，病儿有膝关节活动受限，局部温度略高，病变关节肿胀并有压痛。患肢走路时有跛行。膝关节的肿胀以滑膜肥厚为主，积液不太明显。股四头肌萎缩，屈膝时可出现股四头肌痉挛。早期 X 线片上可见松质骨广泛性稀疏，晚期关节间隙变窄，关节边缘某一部位出现破坏。关节穿刺有助于诊断。此外，还可行滑膜活体组织检查。

支持疗法、牵引、全身和关节内注射链霉素或异烟肼对早期病例效果较好。

手术切除滑膜和刮除骨的病灶，对控制结核病变有益，但术后造成关节强直。

4．其他部位骨关节结核　足部骨结核中，小婴儿多见于跖骨，儿童则以跗骨结核较多。足骨位于皮下，容易破溃。结核窦道常可用保守疗法治愈。少数病例需经刮除死骨和结核性肉芽组织始能愈合。肩、肘关节结核对保守疗法反应较好，个别病例需切除肱骨头或尺骨近端。腕关节结核常波及全部腕骨和附近的腱鞘。股骨大转子结核和臀肌下滑囊结核宜手术切除滑囊和刮除股骨大转子的病灶。

跖骨、掌骨和指骨结核表现为骨干膨大、骨皮质增粗，称为指（趾）骨气臌（spina ventosa）。长管状骨和股骨干结核罕见，其表现为骨外膜炎症增生和骨的囊状破坏，这类结核病变对抗结核药物和局部制动的疗效较好。

第十六节　小儿骨肿瘤和瘤样病变

骨肿瘤和瘤样病变（bone tumor and tumor‑like lesions）在小儿全身各部位肿瘤中居重要位置。恶性骨肿瘤每需行根治手术，故应重视早期诊断以提高疗效，同时应防止错误的截肢。骨骼源于间叶细胞，因此骨肿瘤可含从间叶细胞发展的纤维母细胞、软骨母细胞、骨母细胞和骨髓网状细胞。

骨肿瘤临床上可按病变对病儿生命、健康的危害性分类；病理学家则根据肿瘤细胞形态及其来源分类；放射学家依据 X 光表现分类。但骨肿瘤发生的来源变化多端，甚至有些来源不明，故其分类很难全面、明确。

骨肿瘤分类

1．良性骨肿瘤和错构瘤

（1）成骨　　骨样骨瘤；良性骨母细胞瘤；骨瘤。

（2）成软骨　　骨软骨瘤；软骨瘤；良性软骨母细胞瘤；软骨粘液纤维瘤。

（3）成胶原和其他肿瘤　　硬纤维瘤；血管瘤、淋巴管瘤、血管球瘤；脂肪瘤；神经纤维瘤；神经鞘瘤。

2．类肿瘤和骨的囊性病变

（1）骨囊肿

（2）动脉瘤样骨囊肿

（3）骨内腱鞘囊肿

（4）纤维性干骺端皮质缺损或非骨化性纤维瘤

3．破骨细胞瘤或巨细胞瘤等其他肿瘤

（1）巨细胞瘤

（2）脊索瘤

（3）釉质瘤

4．恶性骨肿瘤

（1）成骨　　骨肉瘤；恶性骨母细胞瘤。

（2）成软骨　　软骨肉瘤；间叶软骨肉瘤；恶性软骨母细胞瘤。

（3）成胶原和其他肿瘤　　纤维肉瘤；血管肉瘤；脂肪肉瘤。

（4）成髓的　　浆细胞骨髓瘤；尤文氏肉瘤；网状细胞肉瘤；淋巴肉瘤。

（5）白血病、霍奇金氏病以及骨转移瘤。

一、骨样骨瘤

【临床提要】

骨样骨瘤（osteoid osteoma）系骨内良性小肿瘤，其特点是以自发性疼痛和压痛为突出症状。骨样骨瘤并不少见，主要见于儿童和青少年，男性较女性多2倍。股骨发病最多。

■病理变化

病变的特点为一小穴，内含血管丰富的结缔组织基质，混以骨样组织和成熟的骨小梁。数月乃至数年后，瘤体四周环以范围大小不等的硬化骨质。

■临床表现

疼痛是突出症状，特点是疼痛严重，定位不清，持续存在并与活动无关。疼痛严重的可影响睡眠，因而需服止痛药。下肢肿瘤可导致跛行。发病之初，在未查出病变前，可误认为是精神因素所致。

■X光检查

X光照片可见一透亮区，直径多在1cm以内，四周硬化骨包围。有时需断层造影或核素99mTc闪烁造影协助诊断。

【治疗】

治疗原则为彻底切除病变。重点是切除瘤穴而不是四周硬化骨组织。手术中最好用X线照片核对瘤穴是否已彻底清除。一旦切除病变，疼痛症状立即消失。局部刮除往往因未根除病变而复发。放射治疗对本病无效。

二、良性骨母细胞瘤

【临床提要】

良性骨母细胞瘤（benign osteoblastoma）系一罕见的良性骨肿瘤。

■病理变化

此瘤很像骨样骨瘤，但较大，最大的直径可达 10cm。瘤体有骨膨胀破坏，由骨膜或新生骨包裹。偶可穿透骨皮质，产生软组织肿瘤。瘤体血管丰富，手术中不易止血。组织学特点为大量骨母细胞，在骨样组织或骨嵴的表面成团排列，其表面包以骨样组织和不整齐的钙化新生骨。在结缔组织的基质中常有丰富的血管。

■临床表现及诊断

主要症状为局部疼痛及压痛。每因疼痛而有局部肌肉痉挛致该肢体活动受限。脊柱的病变可向椎管内侵犯而致脊神经或脊髓受压。小儿腰痛应考虑本病。

X 光照片表现为膨胀性透明度增高的病变，其直径多超过 2cm，有的可达 7～10cm。病变成熟后则有钙化，密度增高。瘤体四周的硬化骨不如骨样骨瘤明显。

【治疗】

应行肿瘤切除。椎板受累时，如压迫神经，须行减压术。手术不易切除的部位，可用中等量 X 光放疗，使病变钙化而愈合。

三、骨瘤

任何膜性化骨部位，如颅骨、髂骨等均可发生骨瘤（osteoma）。颅骨的内、外板是好发部位。肿瘤长入副鼻窦或自下颌骨长入口底可出现症状。骨瘤的组织学为成熟的骨结构，生长缓慢。只有引起功能障碍时才需手术切除。

四、骨软骨瘤

【临床提要】

骨软骨瘤（osteochondroma）其实并不属于肿瘤，而是生长方面的异常或称错构瘤。瘤体包括软骨帽，其外包以骨膜，其下连以骨组织。此骨组织与干骺端的骨质相连。瘤体自邻近骺板的干骺端长出，几乎与骨干长轴成直角。本症又称骨疣（exostosis）或骨干连续症（diaphyseal aclasis）。本肿瘤居骨肿瘤的首位，多发生于青少年，10～20 岁发病的占 80%。男女无明显差别。

任何长管状骨均可发生，但下肢占半数。股骨下端和胫骨上端最为多见。

■病理变化

肿瘤呈丘状突起或为带蒂的肿物，直径为 1～10cm。肿瘤表面高低不平。剥去骨膜，见玻璃软骨的软骨帽，呈蓝白色。年龄越小，软骨帽越厚，介于 1～3mm 之间。骨疣内部为松质骨，其基底与干骺部的松质骨相连。

瘤体较大的，与附近肌肉、肌腱磨擦后，在其顶部可产生滑囊。

小儿骨软骨瘤显微镜下宛如另一骨端，只是没有二次骨化中心。纤维化的髓腔中含有钙化的软骨。骨疣内的骨髓中脂肪组织丰富。骨疣的增长是靠软骨帽深层的软骨化骨的作用。患儿发育成熟，骨疣停止生长。

■临床表现

常是意外中摸到肿物或在 X 光照片上偶然发现。多数病儿没有症状。股骨下端或胫骨上端的内侧骨疣可有腱滑动感。肿物遭到直接冲击或蒂部发生骨折以后才会有疼痛感觉。瘤体较大时可压迫神经。腰椎的骨疣可发生马尾神经的压迫症状，足和踝部肿物会有走路和穿鞋困难。有的可并发滑液囊肿或滑囊炎。

■X光检查

本病X光所见的特点是邻近骺板部骨性突起，方向与骨干垂直。肿物的骨皮质和松质骨均与基底骨组织相连。软骨帽不显影，但其中如有钙化也会使局部密度增高。病变邻近的干骺端每较正常宽。若发生在胫骨下端外侧或桡骨远端的尺侧可造成胫腓下联合或下尺桡联合分离。

【治疗】

瘤体压迫神经血管或影响关节活动以及蒂部外伤发生骨折的，均为手术切除的指征。当然，无明显症状的也不禁忌手术。

手术的重点是尽量从基底切除而不要剥离局部覆盖的骨膜。软骨帽、骨膜和骨质的瘤体要一并切除，以免肿瘤复发。同时要注意防止损伤骺板。

股骨的骨软骨瘤可因瘤体上的软骨帽滑脱，其下的骨面可刺伤股动脉或腘动脉而造成假性动脉瘤。对此，要将肿瘤和假性动脉瘤一并切除并修补动脉的破口。

单发骨软骨瘤发生恶性变的少于1%。转变成软骨肉瘤、骨肉瘤或纤维肉瘤者均罕见。

五、单发内生软骨瘤和多发内生软骨瘤

内生软骨瘤（enchondroma）系骨内良性的软骨肿瘤，侵犯单一骨者称单发性内生软骨瘤，多数骨发生的称多发内生软骨瘤病（enchondromatosis），单发者软骨病变位于髓腔内，而多发者软骨瘤源于骨外膜，以后穿入髓腔。

1. 单发内生软骨瘤　　男女发病无差别，多数在小儿时发病，到成年后发现。

■病理变化

以单核小软骨细胞为主，分叶排列成团。细胞间有玻璃样软骨。肿瘤内发生钙化。长管状骨的内生软骨瘤可发生恶变，但发展过程缓慢。手指等短骨恶变者尤为罕见。

■临床表现

四肢骨发病的居多，特别是指骨和掌骨，有的病例是发生病理骨折后始被发现。肿瘤增大还可压迫神经使活动受限。X线检查显示卵圆形的骨质稀疏，骨皮质有局限性的变薄。

■治疗

应刮除或彻底切除病变并植入小骨片。应牢记本病有恶变的可能，需长期随访。一旦疑有复发应进行彻底手术。转为恶性的软骨肉瘤转移较慢，彻底切除可获治愈。

2. 多发内生软骨瘤

【临床提要】

本病又称软骨发育不全（dyschondroplasia）或Ollier氏病。多局限于单侧或双侧手部或波及一个肢体，多数发生在下肢骨。累及上下肢时，常以一侧上下肢为主。病理特点是多数骨内含球状或柱状软骨。本病的成因不明，可能系干骺血管吞噬钙化软骨的异常，导致未钙化软骨的聚集。

多发内生软骨瘤合并皮肤和其他软组织散在血管瘤和静脉石的称为 Maffucci 综合征，本综合征有时有内脏血管瘤、皮肤浅静脉扩张、多发色素痣和白斑病。

■病理变化

显示长管状骨变短弯曲，干骺端加宽，纵向劈开病骨，见软骨团内有多数圆形或卵圆形灰白色区，其间有骨隔膜，组织学检查可见小软骨细胞和大空泡软骨细胞相间，排列紊乱。除细胞间基质内钙化不良外，均与单发内生软骨瘤相似。

■临床表现

症状出现较早，好发于掌、指骨、膝关节上下和尺桡骨远端。病变波及手部，使手指肿大，手外形呈怪状，功能受损。股骨和胫骨受累会产生膝内、外翻。下肢病变常不对称，每造成下肢不等长。3 岁的患儿双下肢可差 2~4cm。骨成熟后平均差别可达 5~25cm。患儿跛行，前臂可发生弯曲、旋前受限。

■X 光检查

手和足部的短管状骨的病变常扩张呈球形。骨皮质变薄膨胀，其中常有钙化。长管状骨的病变表现为干骺端纵向的透亮条纹并向骨干延伸。小儿的病变不波及骨骺。但在骺融合后，病变可伸向骨骺。因肿瘤部位的骨皮质变薄，可发生病理性骨折。瘤体内有斑点状钙化。

■治疗

下肢不等长可行肢体延长术并可同时矫正膝内、外翻和其他畸形。北京儿童医院一例右下肢短 16cm，经 Ilizarov 法延长，使病儿双下肢等长。但近期文献报道，经病变部位行肢体延长，因促进细胞生长活跃而导致恶化。

六、良性软骨母细胞瘤

【临床提要】

良性软骨母细胞瘤（benign chondroblastoma）罕见，主要发生在青少年，好发于肱骨近端、股骨远端和胫骨近端骨骺。男性患儿较多。组织学特点为多角形软母细胞密集，间有钙化和坏死区。

■临床表现

症状轻微。病变靠近关节时有肿胀、疼痛、肌肉痉挛致关节活动受限。触诊肿瘤有压痛。发生在下肢的有避痛性跛行。

■X 光检查

照片上可见圆形或卵圆形的透亮区，一般有 1~4cm 大小。反应骨可描出肿瘤边界。病变区的"透亮部"呈毛玻璃状。局部骨皮质膨胀。骨膜反应少。骨骺瘤体偏心发展，伸向干骺端。

■治疗

应彻底刮除或切除病变，注意不要破坏关节。刮除的骨腔植骨填充。放疗可使肿瘤恶化为软骨肉瘤，但罕见。

七、软骨粘液纤维瘤

软骨粘液纤维瘤（chondromyxoid fibroma）少见，属良性，多发生于年长儿或青壮年。好发于下肢，胫骨约占半数，也可见于股骨、腓骨、跗骨或跟骨，上肢、肋骨及骨盆很少发生。男女发病无差别。

肉眼检查瘤体呈白色、坚硬。肿瘤的基质细胞小而圆，由空泡和粘液状的细胞分隔。

临床症状不明显，常在外伤后作 X 光检查时偶然发现。间断疼痛是较多见的症状，触诊并无压痛。X 光照片显示长管状骨干骺端有偏心性圆形或卵圆形骨质稀疏。骨膜反应可描出肿瘤的外缘，同时硬化骨可勾画出内侧轮廓。肿瘤直径最大可达 7～8cm。鉴别诊断应考虑单发骨囊肿和良性软骨母细胞瘤。

治疗常用刮除术，缺损较大者可采用植骨填充或肿瘤病段切除术。

八、骨血管瘤

骨血管瘤（angioma of bone）是一种少见疾病，好发于椎体和颅骨。患儿多无症状，但肿瘤使椎体塌陷，可产生脊髓或神经根压迫症状。椎体部肿瘤的 X 光照片特点为椎体的透亮度增加，并有垂直的粗线条阴影。一种罕见的类型为出现广泛性融骨乃至骨消失。

骨血管瘤需要手术根治的不多。放射治疗可使病变栓塞硬化。

九、单房性骨囊肿

【临床提要】

单房性骨囊肿（solitary bone cyst）并不少见。囊内为一单腔，里面衬以薄膜并含草黄色液体。本病发生在小儿和少年生长期。男性较多。

最初病变源于邻近骺板的干骺端，随生长而远离骺板。肱骨上端占 50%，其次为股骨上下端和胫腓骨近端，偶见于跟骨、掌骨和髂骨。最近也有发生在骨骺部的报告。本病预后较好。

■病因

真正病因不详，似与骨骼生长旺盛期干骺端发生局限性骨化不良有关。有学者提出干骺端松质骨内或髓腔内出血是产生单发囊肿的成因；另外还有一种理论是囊肿壁系多种原始中胚层成分，因而认为囊肿源于发育障碍的肿瘤组织；或谓生长迅速的松质骨就可产生骨囊肿。有的学者认为，骨囊肿是部分骺板遭机械外力损害发生细胞间液体循环阻断的结果。

■病理变化

囊壁如蛋壳的厚度，因囊内液体使囊的外观呈蓝色。切开囊壁，流出草黄色液体，若近期发生过病理骨折，其中液体可为血性，除反复发生骨折的病例囊腔内有纤维间隔外，一般均为单房。囊壁内有骨嵴，腔内衬托一层 1mm 左右的结缔组织膜，颜色呈红棕色。病理学上无特异性。纤维膜为结缔组织，含巨细胞、吞噬细胞、含铁血黄素棕色颗粒和黄色瘤细胞，还可见到囊壁骨折后形成的反应性新骨。

■临床表现　囊壁多因外伤甚至病理骨折后意外发现。除外伤外一般没有疼痛。股骨上端病变常因步态异常才引起注意。

■X 光检查

囊肿一般位于长管状骨的一端，局部骨干的骨皮质略向外膨胀。囊与骺板之间尚有一小段松质骨。囊肿距骺板的远近依病变发生时间的久暂和范围而定，偶见囊肿穿透骺板进入骨骺。如发生骨折，囊肿与骺板之间的松质骨可发生变形，但骨折多无移位。本症的诊断主要靠 X 光和病理活检。

■诊断及鉴别诊断

X 光照片上显示干骺端或骨干部中心性大透亮区有助于诊断。局部骨皮质变薄体积略有膨胀。单发性骨囊肿是中心性膨胀，而动脉瘤性骨囊肿系偏心性扩张。骨囊肿发生骨折后，囊内含血性液体或血凝块，每使二者的肉眼病理混淆。甲状旁腺功能亢进引起的囊性纤维性骨炎多在成年发病，血钙增高可资鉴别。

单骨性纤维异样增殖和单发骨囊肿的影像类似。纤维异样增殖的纤维骨性病变所显示的毛玻璃样影像内有纤细的骨小梁，放大后尤甚。另外纤维异样增殖的病变多呈偏心性扩张。

单发性囊肿不应与巨细胞瘤混淆。巨细胞瘤多发生在成人，几乎都是侵犯骺部，其肿瘤细胞系典型的梭形细胞和卵圆形的间质细胞并散有多核巨细胞。骨囊虽能看到巨细胞，但看不到间质细胞。

■治疗

小的骨囊肿发生病理骨折后常可自愈，较大的囊肿多需手术刮除囊壁内的薄层纤维膜，并植骨填充囊腔，否则骨囊肿照常发展，手术最好选本病的稳定期施行，即囊肿已远离骺板，生长近停止阶段。不宜在活动期进行手术，否则容易复发，在活动期手术复发率高达 25%。另外，待囊肿远离骺板，可防止手术损伤。有的作者报告，刮除植骨法治疗仍有 30% 复发。因此，主张将骨膜下囊肿彻底切除，骨膜管内植骨，这种手术往往需加髓内针等内固定。近年来不少学者主张穿刺抽出内容物后注入肾上腺皮质酮（methyl prednisolone acetate）或自体骨髓的保守疗法，通常 3～5 次可治愈，每次间隔 1～2 个月。

十、动脉瘤样骨囊肿

【临床提要】

动脉瘤样骨囊肿（aneurysmal bone cyst）是一种良性单发骨肿瘤，特点是瘤内有均匀泡沫状透亮区。本症常发生在大儿童和青壮年。

病因尚未明确，可能系骨内局部血管组织异常或血液动力学变化致静脉压明显增高，使患处产生怒张的血管床。

■病理变化

好发于椎体、椎弓根、椎板、棘突和长管状骨。脊柱病变邻近的肋骨和椎体可发生压迫性侵蚀。长管状骨的瘤体居骨干或干骺端，呈偏心性膨胀。此外，本症还可见于跟骨、耻骨、锁骨、掌骨和指骨。

肉眼观察囊外具有薄膜，内有张力，呈蜂窝状，刮除囊壁时可得红棕色软组织，其中含类黄色素瘤细胞、纤细的骨小梁和多数巨细胞，间有弯曲的血管与之交通。

■临床表现

感局部疼痛，若病骨表浅，可摸到肿物局部温度增高，有压痛，偶有搏动，大的动脉瘤样囊肿可闻杂音。长管状骨的病变邻近关节时可造成运动障碍。脊柱病变能引起腰背疼痛和局部肌肉痉挛。瘤体持续长大或椎体塌陷会出现脊髓和神经根的压迫症状。

肥皂泡沫状透亮区是本症 X 光照片的特征。病变呈明显扩张，其薄壳内缘如贝壳状。病变内可见多数不规则的细隔。薄壳破裂者也不少见。本病源于松质骨，但很快发展为偏心位置。

■治疗

切除或刮除病变并植骨常可治愈。对脊柱椎体病变在手术切除肿瘤后应行脊柱融合术以求稳定。有时术中出血较多，术前应配血备用。对不易施行手术的部位，放射治疗也能奏效。经根治手术或部分刮除的病例复发者罕见。

十一、纤维性干骺端骨皮质缺损

纤维性干骺端骨皮质缺损（fibrous metaphyseal cortical defect）也称非成骨性纤维瘤（non - osteogenic fibroma），可见于儿童和青年，多见于 2～8 岁小儿。好发于长管状骨的干骺端，股骨的骨皮质缺损高达 20%。患儿毫无症状，2～5 年消失。病因不明，可能系缺血后的溶血或系对过去骨膜下出血的一种反应。病变区有黄棕色组织，内含陷窝状结缔组织和多核巨细胞。病儿年龄稍大，常在 6～10 岁。

骨皮质边缘局灶性的缺损有时扩大而演变为纤维性骨内缺损（fibrous endosteal defect），此时即非成骨性纤维瘤。X 光照片上，病变多为卵圆形透亮区，边缘清楚，位于骨的中心，四周骨皮质菲薄而且向外膨胀，瘤体边缘致密硬化，但轮廓平滑。

肿瘤随发育而远离骺板，瘤体逐渐变小，边界不清，最后消失。

一般对无症状的病例不需特殊治疗。发生病理骨折或病变长大容易产生骨折的，可刮除瘤体，进行植骨。

十二、骨肉瘤

【临床提要】

骨肉瘤（osteosarcoma）是小儿骨恶性肿瘤中最多见的，约为小儿肿瘤的 5%。从间胚叶细胞发展而来，典型的骨肉瘤来源于骨内，另一种类型来源于骨外膜和附近的结缔组织，与骨皮质并列。后者较少见，但预后稍好。

本病的 1/3 发生于 10~25 岁青少年，最小年龄为 5 岁。男性较女性多 2 倍。

肿瘤好发于长管状骨的干骺端，偶见于骨干，最多见于股骨下端和胫骨上端，约占全部病例的一半，其次为股骨和肱骨上端，很少见于腓骨、骨盆和椎体。肢体远端发病者（如手、足）极为罕见。

骨肉瘤的骨化程度很不一致。过去习惯依 X 光片所见划分为溶骨型和硬化型，对骨化很少、生长迅速而有坏死和囊性改变者又称毛细血管扩张性肿瘤。目前，这种称呼多已不用。因为骨化程度不同只是骨肉瘤的一个特点，与肿瘤的发展阶段和预后无关。

■病理变化

肿瘤源于长管状骨干骺端部的骨髓腔。随后可穿透骨皮质并揭起骨外膜。骨膜穿破后在肌肉内也能发现软组织肿物。一般情况下，肿瘤中央部的骨化较四周为重。骨化部分为黄色砂粒状。细胞较多的区域，韧性较大，呈白色。肿瘤的纵切面血管丰富，易出血。骨的干骺端和瘤体之间分界不清。骺板常不受侵犯，到晚期骺板破坏也较骨皮质轻。关节面的玻璃软骨能防止肿瘤浸入关节内。偶尔在同一骨的不同高度出现两处原发肿瘤，即所谓的跳跃型的病变，在选择截肢平面时应予注意。

病理诊断的难易程度差别很大。如标本内含大量肉瘤样基质，则肿瘤骨和骨样组织不难明确区分，但有些切片内看不到肿瘤骨样组织，只有胶原条索，包以肿瘤细胞。肿瘤生长不太旺盛的区域只有细胞的间质。有的肿瘤主要是新生的软骨和不典型的棱形细胞。

骨肉瘤的病理可分为 4 型：第 1 型主要是骨样组织；第 2 型骨样组织和骨组织并存；第 3 型没有骨样组织和骨组织，只有胶原纤维；第 4 型很少见，其主要成分为软骨细胞和形态不一、分化不良的肿瘤细胞。病理所见和临床联系考虑是有价值的。单凭病理所见不能估计肿瘤生长的速度、转移的途径和患儿生存的时间。细胞核有丝分裂情况是衡量肿瘤生长快慢的标志。但对估计预后的作用不大。

■症状

肿瘤部位的疼痛是本病的突出症状，乃因肿瘤组织侵蚀和溶解骨皮质所致，最初，疼痛为间断性，几周以后发展为持续性。下肢疼痛可出现避痛性跛行。病情发展后，局部可出现肿胀。患处温度增高，对受压很敏感，或有压痛，表面常见怒张的静脉，随着骨化程度的不同。肿物的硬度各异，瘤体增大，造成关节活动受限和废用性肌肉萎缩。

明确诊断时，一般患儿的全身状况均较差。全身症状为发热、不适、体重下降、贫血以至衰竭。个别病例肿瘤增长很快，早期就发生肺的转移瘤，致全身状况恶化。经瘤体部位的病理骨折使症状更加明显。

■X 光检查

骨肉瘤具有典型的 X 光所见，其特点是骨破坏兼有新骨形成。肿瘤多居长管状骨的干骺端中心部，表现为丧失正常骨小梁而出现境界不清的破坏区。无论新骨、肿瘤骨或死骨，致密度均增高。

肿瘤侵蚀骨皮质而有明显破坏和新生骨。骨外膜揭起后拉长的血管与骨干垂直。沿血管产生新骨形成"日光放射"状阴影。掀起的骨膜与骨干之间形成三角形新生骨称"考德曼套袖状三角"。这种变化并非骨肉瘤所特有，在骨髓炎和尤文氏肉瘤也可见到。肿瘤晚期在 X 线片上可看到超出骨皮质的软组织阴影，偶可见病理骨折。

某些病例有碱性磷酸酶升高，这说明肿瘤骨的成骨作用增强。

手术前应作如下诊断性检查：①完整的病史和体格检查；②全血细胞计数与分类、血沉、血钙、磷和碱性磷酸酶；③病变局部和胸部 X 光照片；④^{99m}Tc 核素闪烁造影，个别病例还可用镓 67 枸橼酸盐（galliom‐67citratc）；⑤直线断层照片用以测定肿瘤在骨内纵向范围；⑥肿瘤部位和胸部的 CT；⑦病变部的磁共振；⑧双向周围血管造影对计划保留肢体的病例尤为重要。

■预后

肿瘤的部位距躯干越近的，病死率越高。至于肿瘤的类型和血管丰富的程度与预后的关系很难判断。病儿对所患肿瘤的免疫反应也值得注意，有文献报道，晚期肿瘤作截肢手术的病儿有的可长期存活，经放射治疗后局部不复发，肺部转移也奇迹般地消散。这可能与免疫反应有关，提示治疗后死亡的肿瘤细胞产生了免疫作用。

影响预后的因素关键在于就诊时间、肿瘤是否彻底切除、手术前后的化疗和放疗。此外，还有瘤细胞的组织类型、肿瘤大小、手术前后血清碱性磷酸酶增加的变比以及是否累及局部淋巴结等。

■治疗

过去治疗方法唯有截肢，缺乏有效的化学治疗的药品。目前，只要及早诊断，术前仔细分型，细心手术加上术前和术后的化疗，则预后大为改观。近年来，5 年治愈率有明显提高。即使有肺部单一结节的转移，如能切除，5 年生存率仍可大于 40%。

治疗骨肉瘤应行根治手术。有条件的病例可作局部广泛切除而保留肢体。此外，截肢前要作活体组织检查，以进一步证实临床和 X 光诊断。为了防止肿瘤扩散可用电刀操作。

放疗和化疗均为重要的辅助治疗。放射治疗宜分成几个阶段：①活检前 1 000 ~ 2 000cGY，共 5 ~ 6 天，最后一天为进行活检的日期。随后在截肢前后给 6 000 ~ 8 000cGY。②化学治疗包括选用大剂量氨甲蝶呤（MTX）、甲酰四氢叶酸（citrovorum factor rescue）、阿霉素、争光霉素（bleomycin）、更生霉素（actinomycin）作为复合剂应用。

免疫治疗为静脉输入淋巴细胞转移因子或用干扰素，但效果尚未肯定。

十三、软骨肉瘤

软骨肉瘤（chondrosaroma）少见。本肿瘤源于软骨母细胞和胶原纤维母细胞。好发于躯干骨和肱骨、股骨上端。小儿的软骨肉瘤几乎均由骨软骨瘤或内生软骨瘤恶性变而来。

肿瘤外观如软骨，中等硬度呈分叶状。瘤体外有包膜，肿瘤内散在粘液性变或不规则的钙化区。每个肿瘤的组织学不尽相同，肿瘤的不同部位的组织变化也不完全一样。生长活跃的可见到有不规则的核分裂，静止型的犹如一般的内生软骨瘤。瘤内的钙化和软骨内化骨是软骨肉瘤所特有。

发病之初患儿只感钝痛，随后转为持续性疼痛。检查局部有硬性肿物。

X光片显示透亮度较高的实体，其中有片状钙化。位于骨边缘的软骨肉瘤，瘤体可很大，同时可见附近软组织被推移。居骨中心部位的肿瘤常位于骨干的髓腔之中。由于髓腔内压力升高骨皮质的内面腐蚀并有新生骨，最后因骨皮质穿破而并发病理性骨折。

经彻底切除手术治疗，5年治愈率约为30%。

十四、骨纤维肉瘤

骨纤维肉瘤（fibrosarcoma of bone）可分为2种类型：自骨髓发生的中心型纤维肉瘤和从骨外膜发生的骨外膜纤维肉瘤。儿童较青少年发病率低。肿瘤生长缓慢，主要症状是疼痛。好发于长管状骨的干骺端，偶见于髂骨。

十五、尤文氏瘤

【临床提要】

目前多数学者认为尤文氏瘤（Ewing's sarcoma）包括骨的尤文氏瘤，过去称为尤文氏肉瘤，骨外的尤文氏瘤即神经外胚层（神经上皮细胞瘤）和Askin瘤（胸肺部恶性细胞瘤），经免疫组化标记，细胞生成和组织培养研究表明3类肿瘤均源于原始干细胞。居小儿原发恶性骨肿瘤的第2位。好发年龄为10～15岁。5岁以下的患儿往往诊断为神经母细胞瘤。男孩较女孩多见。好发部位是髂骨、股骨、肱骨、腓骨和胫骨。侵犯长管状骨时，多发生于骨干。发生在肋骨、肩胛骨、锁骨和椎体者罕见。

■病理变化

肉眼见肿瘤为髓腔内灰白色软肿物，肿瘤内常有坏死液化和出血区。瘤体大小每较X光照片显示的大。因此，放疗时应强调要针对病骨全长。肿瘤组织破坏病骨，骨外膜揭起并多有穿孔。因之，软组织肿瘤常大于髓腔原发瘤。髂骨受累时软组织肿物突向骨盆内，甚至伸入腹腔。

组织学检查显示密集多层的小多面形或卵圆形细胞，胞浆浅，细胞膜境界不清。细胞核色深，大小一致，呈圆形或卵圆形，并有染色体，偶见菊形团或假性菊形团。这种细胞学所见宛如神经母细胞瘤或恶性淋巴瘤。

因广泛坏死和退行性变易混淆诊断，每使活检结果不能帮助确诊。出血会使人想到是否为肿瘤继发感染，甚至认为是感染病灶。

尤文氏瘤内不含网状纤维。本症另一个组织化学所见是细胞内含有糖原。组织学表现和电子显微镜检查也有其特征，如细胞内可见糖原颗粒，相反，网状细胞肉瘤的细胞内不含糖原。

■症状

突出的主诉是局部疼痛，其他症状取决于病变区的部位，累及肋骨时会有胸腔积液。长管状骨受累时，邻近关节往往有一定程度的运动受限。腰椎若有病变会波及神经干而产生坐骨神经痛和力弱。骨盆病变向盆腔内侵犯时可出现大小便障碍。

体格检查时，可触及肿物和压痛。体检时若发现瘤体大于 X 光片上肿瘤阴影，则表明瘤体已穿破骨皮质，形成软组织肿瘤。侵犯骨盆的病变约占半数。若耻骨和坐骨受累，直肠指诊可摸到不规则的球形肿物。髂骨病变可在下腹部或腹股沟触及肿物。

患儿常有不规则发热、继发性贫血、白细胞增高和血沉增快。

■X 光检查

X 光片的特点为患处松质骨和骨皮质均有斑点状骨质稀疏，表示骨质的破坏。病变部位的骨质略有膨胀。骨外膜掀起后，新生骨常呈多层的"洋葱皮样"，但这种现象并非尤文氏瘤所特有。骨破坏的四周常有软组织肿物阴影，表明瘤体已穿破骨皮质，出现在软组织中。长管状骨的病变多位于骨干，而且范围广泛。发生病理骨折的很少见。

■诊断及鉴别诊断

在活体组织检查以前，应先摄 X 光骨片和胸片，并作静脉肾盂造影和骨髓穿刺。用手术活检确定最后诊断。

活检所取的组织要充分，有时要用 X 光照片核对活检所取标本的部位是否正确。冰冻切片有时是很有帮助的。肿瘤的退行性变类似脓性分泌物。此外，X 光骨片的影像也易与骨髓炎混淆。关于本症的鉴别诊断，应考虑嗜伊红肉芽肿、网状细胞肉瘤、恶性淋巴瘤、溶骨型骨肉瘤、转移的神经母细胞瘤和白血病。

■预后

尤文氏瘤的 5 年治愈率已从 16%～18% 提高到 50%～75%。主要是由于化疗和放疗的联合应用。预后与初诊时肿瘤侵犯范围有关。对此，可作如下分期：Ⅰ期为单一肿瘤，局限于骨内；Ⅱ期为单一肿瘤已波及骨外；Ⅲ期多中心肿瘤仍位于骨内；Ⅳ期肿瘤已有广泛转移。

■治疗

肿瘤对放疗敏感，一般认为放疗较根治手术为佳。肿瘤趋向沿病骨的纵轴扩展，因此，放疗的范围最好超出 X 光的影像，甚至对病骨全长进行放疗。采用长春新碱和环磷酰胺配合根治手术效果好。长春新碱（$1.5mg/m^2$）静注，每周一次；环磷酰胺（$500mg/m^2$）静注，每周一次，共 6 周，与长春新碱一起应用。然后用上述 2 种化疗药物的同样剂量，每周一次，共 2 年。但应注意 2 种药物的毒性：环磷酰胺可致恶心、呕吐、白细胞减少、脱发和泌尿系并发症，如排尿困难、血尿、蛋白尿和膀胱不可逆性的纤维化；长春新碱除了血液系和消化系的症状外，还会引起神经毒性反应，如麻木、深层腱反射消失，偶有运动麻痹和广泛性肌肉萎缩。一旦出现中毒症状，应调整剂量，白细胞应维持在 $2\,000～3\,000/mm^3$ 之间。

若发现转移瘤，除化疗外应加用放疗。经过改进治疗方案，尤文氏瘤的治愈率较前有了提高。

因骨肿瘤造成的肢体短缩，平均可达 9.3cm，Herranz 于 1995 年报告手术延长患肢，平均可延长 8.1cm，手术并发症与其他原因而行肢体延长的基本相似，惟一注意事项是延长段要远离病变部位。

十六、神经母细胞瘤的骨转移

神经母细胞瘤（neuroblastoma）系一种恶性的圆形细胞瘤，多见于 4~5 岁以下的小儿。原发瘤可见于交感神经系统的任何部位，但以肾上腺髓质最为常见。肿瘤可经淋巴或血运转移至肝、淋巴结或骨骼等部位。骨转移瘤以多发病灶为主，偶有单发病变。

转移瘤的 X 光片的特点是穿凿样溶骨性破坏区，并有一些反应性新骨。颅骨病变表现为广泛斑状破坏和颅缝加宽。患儿可能发生病理骨折。

单一病变可误诊为骨的原发肿瘤，如尤文氏肉瘤。有骨转移时，骨髓涂片可找到肿瘤细胞，尿内儿茶酚胺增高，儿茶酚胺的代谢产物香草基杏仁酸（VMA）和同型香酸（HVA）也增多。

原发性神经母细胞瘤的治疗采用手术切除，术后加用放射治疗和化疗药物，如长春新碱和环磷酰胺，但发生骨转移者预后不良。

第十七节　急性、慢性骨髓炎

一、急性骨髓炎

急性骨髓炎（acute osteomyelitis）的致病菌最常见的是溶血性金黄色葡萄球菌（约占75％以上）和溶血性链球菌（约占 10％）。病菌感染途径有 3：①血源性感染：为病菌从身体的远处感染灶（如扁桃腺炎、咽喉炎、中耳炎、疖、痈等）通过血运到达骨组织，因此，也称作血源性骨髓炎。由于致病菌经血流传播，有时可累及数骨。②外伤性感染：如为外伤引起开放性骨折、骨穿通伤、手术切口感染等，导致骨感染发生骨髓炎。③直接蔓延：为骨附近的化脓性感染灶直接蔓延到骨组织发生骨髓炎，如指端感染继发的指骨骨髓炎。其中血源性骨髓炎最常见，而且病情险峻。

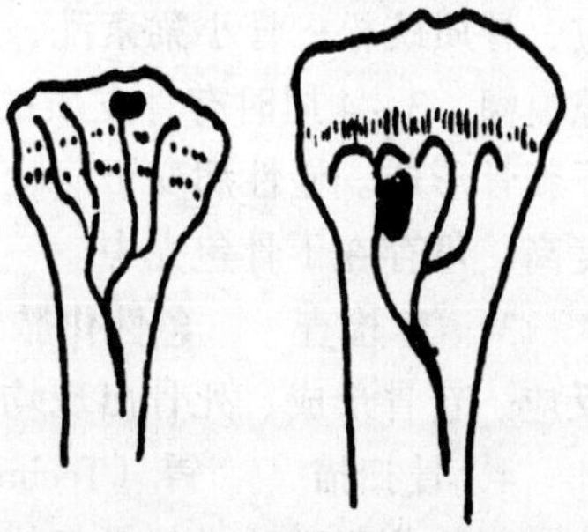

急性血源性骨髓炎以长骨的干骺端发生率最高。小儿长骨干骺端血管密集，血运丰富。小儿在 $1\frac{1}{2}$ ~ 12 岁之间干骺端血管和骺之间不能直通，毛细血管纡曲，血流缓慢有利于细菌停留和生长繁殖（图 9-17-1），长管状骨特别是下肢血源性骨髓炎发病率最高（约占 80％），胫骨两端、股骨下端、肱骨及桡骨等最

图 9-17-1　婴儿（$1\frac{1}{2}$ 岁以下）干骺端血管可通过骺板，而 $1\frac{1}{2}$ 岁以上的儿童则骺板成为阻挡血管通过的屏障

为常见，脊柱和髂骨也有发生。

【临床提要】

■临床表现

本病好发于儿童，血源性骨髓炎 10 岁以内病例占 80%，男多于女（比例约 4∶1）。下肢占 80%（其中股骨 50%，胫骨 30%），上肢占 20%（其中肱骨 10%，其他部位 10%）。

患者多有近期感染史（如疖肿、扁桃腺炎、咽峡炎、中耳炎等）和外伤史。血源性骨髓炎常突然发病，病发后全身症状来势迅猛，甚至于有时局部症状可被掩盖。病人脉搏频速，寒战高热，体温 39～40℃以上，头痛、周身关节酸痛。若是小儿可有呕吐、神志昏迷，甚至发生惊厥、脱水、酸中毒等。严重病例表现脓毒血症症状，如不及时治疗预后不佳。

发病早期，患部持续剧痛，附近肌肉痉挛，这时炎症局限于骨内，局部皮温增高，有深压痛，软组织并无明显肿胀。经 3～4 天后，骨膜下脓肿形成，病区皮肤敏感，红、肿、热痛（跳痛、压痛），邻近关节可出现交感性积液。当骨膜下脓肿破入软组织后，疼痛减轻，压痛及肿胀加重，皮肤红热且可触到波动，如穿刺抽吸可有脓性液体。软组织脓肿溃破、体温下降，肿痛缓解，形成经久不愈的窦道，可流出脓汁，有时排出死骨碎片，转为慢性骨髓炎。

■检查

1．化验检查　　血液白细胞计数明显增高，可高达 20 000～30 000/mm³，中性核比例升高。如患儿营养差，在病情严重时机体反应低下或持续使用抗生素，白细胞计数也可正常或低于正常。血沉加快。应用抗生素前，血液培养阳性率较高。骨膜下穿刺培养得阳性结果。

2．X 线检查　　发病 14 天之内 X 线片无改变。2 周后 X 线片上才见轻微骨膜反应、骨质疏松、骨小梁紊乱、骨质点状吸收、髓腔内透亮区、周围软组织肿胀，肌肉间隙模糊。3～4 周时有骨皮质的广泛性不均匀破坏的透亮区，骨膜反应明显。渐有骨膜下新骨形成。慢性病变于病变骨干周围构成一层包壳骨，同时局部出现死骨，死骨块密度高，可存在于骨包壳中。

3．CT 检查　　急性化脓性骨髓炎软组织肿胀，早期骨质模糊，晚期骨破坏，骨膜反应、新骨形成、死骨出现均较 X 线片出现早且显示清楚。

4．骨扫描　　锝（Technetium）比镓（Gallium）费用低，放射量小。使用同位素 99m锝-锡-焦磷酸盐进行骨扫描检查，于发病 2 天后即出现病骨区的核素示踪剂浓集，乃炎症反应局部血供丰富之故。这对早期诊断及准确定位手术引流帮助较大。

■诊断、鉴别诊断

急性化脓性骨髓炎的临床表现、辅助检查、X 线所见有时并不典型。急性化脓性骨髓炎急性期之初仅有食欲不振、恶心不适、易怒和发热，待 1～2 天后方出现局部疼痛、压痛、软组织肿胀和关节运动受限，抗生素的应用也使症状不典型化。

X 线检查软组织肿胀，肌肉阴影消失，骨片状脱钙，骨膜下新骨形成出现早（约 7～12 天），在诊断过程必须与软组织感染急性化脓性关节炎、Ewing 肉瘤等鉴别。

■并发症

重要的并发症有：①败血症或脓毒血症；②感染扩散到邻近关节，则继发化脓性关节炎；③起病 1～2 周后易发生病理性骨折；④在儿童由于损害骨骺软骨引起骨生长障碍；⑤急性化脓性骨髓炎可转化为慢性骨髓炎。

【治疗】

早期诊断及时治疗可扭转预后。治疗主要针对控制急性炎症，防止转为慢性。

■全身治疗

包括增强对疾病的抵抗力和早期使用大量有效抗生素。

1. 一般疗法　补充营养，给维生素、高蛋白、高营养饮食，多饮水。全身和局部休息。疼痛用止痛药。体温 38℃ 以上物理降温，补液，纠正酸中毒。必要时少量多次输血。加用维生素 C、B_1 保护心肌，减轻细菌毒素对心脏的有害作用。

2. 早期及时使用有效的抗生素　在选用抗生素时，应注意抗生素进入骨组织或关节腔内的有效浓度。由于用药时间较长，对药物耐药性不断增高，可根据细菌药物敏感试验调整用药，最好联合应用有效抗生素。常用药物有：①青霉素 G 和苯唑青霉素联合应用。青霉素 G600 万～2 000万 U/日，分 4～6 次肌注或静滴，儿童按年龄或体重酌减。3 岁以下给成人 1/3 量。较大儿童给成人 1/2 量即可。苯唑青霉素（苯甲异噁唑青霉素）为半全成新青霉素，成人 4～6g/日，儿童 50～100mg/（kg·d），分次肌注或静滴。有时也用氨苄青霉素代替青霉素 G，该药为广谱半合成青霉素，儿童 100～150mg/（kg·d），分 4～6 次肌注或静滴。必须注意，用青霉素类药物前常规作皮肤过敏试验，试验阴性方可用药。②先锋霉素：为头孢菌类的高效抗生素，抗菌谱广，对厌氧菌有显效，引起的过敏反应通常比青霉素少，特别是引起过敏性休克的病例尤比青霉素发生率为低，使用较为安全。如果病人对青霉素过敏或耐药疗效不佳可以选用。头孢哌酮钠（先锋必）是对革兰氏阳性菌、阴性菌均有作用的广谱抗生素，儿童 50～200mg/（kg·d），分 2 次用，剂量最大可达 300mg/（kg·d），肌注或静滴，严重感染剂量可增加一倍。头孢他啶为一活力较强的广谱抗生素，对革兰氏阳性菌或阴性菌均具有高效作用，儿童 30～100mg/（kg·d），分 2 次给药，严重感染可增至 150 mg/（kg·d），2 个月内新生儿 25～60mg/（kg·d），分 2 次使用。头孢类抗生素，用前应了解有无青霉素过敏史或头孢菌素过敏史，应于用前作过敏试验，试验阴性时再用。③红霉素或新生霉素等也可采用。抗生素使用时间要视病情而定，一般连用药 3～4 周。病情稳定者，用药 2 周后可改用口服至 3～4 周。最好根据体温和血沉是否恢复正常决定是否停止用药。

■手术治疗

急性化脓性骨髓炎，早期及时大剂量有效抗生素治疗后，炎症多可控制，不一定需要手术治疗。对已形成骨膜下脓肿或穿破骨膜软组织形成脓肿者，及时作切开排脓引流术。早期急性化脓性骨髓炎病变仍局限于髓腔内时，行骨皮质钻孔减压手术，有利于炎性渗出引流减轻病人疼痛。被炎症侵犯的干骺端部分或大部分位于关节囊内，应尽早作切开引流，手术注意轻柔，避免对骨和软组织损伤。全身症状严重的病例要作好术前准备，包括输血、输液、纠正酸中毒等后再行手术治疗。手术局部可辅以二枚胶管（一进一出），抗生素液连续灌注冲洗，至体温正常。

■固定制动

对于炎症肢体固定制动，既可减轻疼痛又可防止病理骨折。可采用石膏托外固定或患肢牵引的方法，制动时间视病情而定。

二、慢性骨髓炎

【临床提要】

慢性骨髓炎（chronic osteomyelitis）病人多有急性化脓性骨髓炎或开放性骨折的病史，少数病人有手术或糖尿病病史。病人周身症状一般轻微，急性发作时病变局部红肿、疼痛、流脓，甚至发热，呈反复发作倾向。发作常由于机体抵抗力下降或局部脓汁引流不畅引起。窦道长期不愈，有灰黄色分泌物，有时有小块死骨自窦道排出。窦道多、病程长、创面大、脓汁经常排放导致病人慢性消耗症状。病变部位因骨包壳形成变粗。骨发育期患者因刺激骨骺过度生长或骺板破坏，产生发育畸形，如肢体不等长或膝内、外翻等。如果关节受累可致关节运动受限。由于炎症的不断刺激，窦口偶发生鳞状上皮癌，发生率在0.25%左右，多见于下肢胫骨慢性骨髓炎，此时窦道产生疼痛、脓性分泌物增多、有恶臭、肉芽组织增生变脆触碰出血不止。如骨质破坏严重，也可发生病理骨折。病程迁延持续排脓可并发实质脏器淀粉样变。

X线检查：病变骨失去原有外形，变粗，呈不规则的片状骨质硬化和骨破坏区。死骨表现为致密而游离的碎片，具有清晰不齐的边界，位于透亮区内，大块死骨周围可见骨包壳围绕。

【治疗】

1. Orr疗法　　也称碟形手术。在骨病灶基本愈合，存在小块死骨死腔不大时可用，行死骨摘除窦道刮除后，与感染骨相连的健骨切除，使成碟状，冲洗干净，以凡士林纱布或抗生素链珠填塞，用石膏封闭固定4～6周，肉芽组织逐渐生长填满骨腔达到二期愈合，此期间不拆开石膏开窗更换敷料。此法因时间长、愈合慢，已很少使用。

2. 病灶清除缺损充填术　　大块死骨及骨腔较大者，在摘除死骨和清除邻近的感染肉芽组织以及坏死组织后，冲洗干净，加入细菌敏感的抗生素，将附近肌肉行带蒂肌瓣填塞消灭死腔缝合伤口。也可采用封闭式引流法（骨腔内排放直径3～5mm长50cm塑料管，管端剪成斜面，一根滴入一根吸引，全层关闭伤口，每3h用敏感抗生素溶液冲洗一次。通常2～4周体温正常，引出液清亮即可拔管）。近年来有人将庆大霉素（gentamycin）加入骨髓泥内，制成6～8mm直径小珠以不锈钢丝串成珠链置入骨腔，3周后取出植入松质骨，疗效不一。

3. 单纯死骨摘除术　　对死骨不大、软组织炎症浸润轻、没有窦道或窦道较少的慢性骨髓炎，可在抗生素控制下摘除死骨，冲洗净炎性组织，缝合伤口即可。此种手术通常需在急性期过后骨壳形成前作较为适宜。

4. 截肢　　对慢性骨髓炎恶变或肢体破坏广泛、功能基本丧失，以及感染严重不能控制引起大出血时，应考虑选择截肢手术。

第十八节　先天性马蹄内翻足

【临床提要】

先天性马蹄内翻足（congenital talipes equinovarus）在先天性足部畸形中占首位，约90%左右，发生率约1/1 000，男与女之比为2∶1。由于畸形极为明显，患儿出生后即发现，诊断并不困难。本症发病原因虽尚不确定，有宫内位置学说、胚胎发育障碍和胚胎原生质的缺陷等原因。近年报道超声波检查宫内胎儿在妊娠中期始能识别足部畸形。跗骨内、后侧肥厚及短缩韧带中存在 Vimentin 和类肌纤维母细胞是畸形足的主要原因。还有学者观察到腓肠肌及其韧带以及胫后肌腱均有短缩和纤维化。

先天性马蹄内翻足的畸形主要是前足内翻内收、足跟内翻和距下关节跖屈。

1. 病理变化　　有原发的和继发的，也涉及骨组织和软组织两方面的变化：距骨向内和向跖面偏斜。跟骨外形基本正常，跟骨内翻下垂和内旋。胫骨在某些病例有不同程度的外旋。胫后肌、胫前肌、踇长屈肌、趾长屈肌均有挛缩。具有背伸外翻功能的趾伸总肌腱和腓骨短肌，因受牵拉而松弛。足内侧及跖面的韧带如内侧的三角韧带、跟舟韧带、弹簧韧带和后侧的跟腓韧带、距腓韧带均明显挛缩。足内侧及踝关节后方的关节囊也有挛缩。

2. 临床症状　　一般可分为僵硬型和松软型，这关系到治疗和预后。

僵硬型：畸形重，足跟小，下垂和内翻极为明显。前足也有内翻内收，踝内侧和足跟内侧无明显的皮肤皱褶。此种畸形僵硬，不易矫正，易复发，常伴有其他先天性畸形，如关节挛缩症、先天性髋发育不良或发育性髋脱位。

松软型：畸形较轻，足跟大小接近正常，踝及足背外侧有皮肤皱褶，在被动背伸外翻时可以矫正足内收和内翻畸形，能使患足达到或接近中立位。

先天性马蹄内翻足的治疗原则是越早越好。最好于生后立即开始。绝大多数患儿通过手法按摩和必要的巩固措施，可获得跖侧负重和正常的足形。

【治疗】

■非手术矫正法

根据 Cooper（1995）和 Ponseti（1996）等报告，手法治疗后 25～42 年的长期随访效果满意。在新生儿阶段开始治疗先天性马蹄内翻足效果更好，小儿越小，生长速度越快，早期矫正利用快速生长的有利因素。通常采用的是多次重复手法按摩，胶布制动、支架或石膏固定。

手法按摩进行整复时，应首先纠正前足内收和内翻，并纠正足跟的内翻，最后纠正马蹄，舟状骨由距骨的内侧恢复到距骨的前面。矫正足跟内翻的畸形时，注意握住足跟向下过牵拉并推足跟使之外翻，同时于距骨头前外侧向内加压，另一手于第一距骨头部用力外展外旋前足。如上手法每次进行 10 余次，然后放松，休息片刻后再重复进行约10min，最后用胶布固定维持矫正后的位置。距舟关节和跟骰关节未恢复正常时，矫正马蹄畸形，距舟关节和跟骰关节仍处于脱位状态，马蹄不可能矫正。若用暴力则会形成"摇椅脚"，一旦形成，难以处理。其次纠正足跟的内翻，在生后4个月加用跟腱延长也不易矫正。

最后一步是进行马蹄畸形的矫正，如上所说，必须在前2种畸形的矫枉过正以后才能矫正马蹄畸形。手法按摩后对一部分进步不明显者，可行简单的皮下跟腱部分切断术。若过早的切断跟腱会失去矫正前足畸形的对抗力量。

按摩手法必须温柔，禁忌粗暴。一般松软型用逐步手法矫正，足以矫正畸形，不必快速一次复位，若足僵硬型者采用此法也并非一定能达到复位，甚至有距骨压迫变扁和足弓破裂的并发症。

胶布固定时，首先皮肤涂以安息香酸酊，以保护皮肤。然后用2.5cm宽的胶布自跟骨中线开始，经足跟内侧到足外侧，至小腿外侧，最后可超过膝关节。约3~4条，每条略有重叠，顺序粘住，在小腿处用胶布横行加强固定数条，注意胶布勿使之成环形而影响血循环。

胶布固定后患儿母亲仍可按摩，按规定手法进行。若胶布松动或者由于畸形逐渐恢复使胶布失去作用时可更换胶布或进行加固。也可用石膏管型固定，每周更换一次，以后每2周更换一次，畸形基本矫正后可延长至4周更换一次，直至完全矫正。石膏固定范围应自足趾到腹股沟部，并且要求膝关节屈曲30°~60°，以防石膏滑脱，也防止胫骨内旋。

手法矫正成功后可继续用双侧鞋之间加外展杠（foot abduction bar），过去曾误称Denis-Browne支架矫正，使患足固定于外展60°或60°以上。目的是防止复发。石膏和足外展杠的方法均应坚持3个月，以后夜间再用3年。

■手术疗法

1. 跟腱皮下切断术　　适用于婴幼儿手法按摩治疗后遗留马蹄畸形者，作为按摩治疗的辅助。

于足跟上跟腱两侧各作一小切口，上切口在外侧，下切口在内侧，两切口上下应相距5cm左右为宜。用尖刀伸入皮下后，紧贴跟腱以免损伤神经和血管，在跟腱拉紧的同时，内侧自下方切断跟腱的1/2，于外侧自上方切断跟腱的1/2。然后术者再施力背屈踝关节，跟腱滑动后得以延长，必要时缝合小切口。

术后以石膏靴固定，然后继续进行保守治疗的其余部分。

对马蹄畸形比较僵硬的还可行踝后关节囊切开。

对顽固性马蹄内翻足，Turco（1979）报告了240例的经验。采用足后、内和距下松解术，然后用2枚克氏针作内固定以维持松解后矫正的效果，一枚横向固定距舟关节；另一枚垂直固定背伸状态下的跟距骨。病儿年龄介于1~8岁，随访2~15年，优良共计为83.8%。Mckay于1983连续报告3篇，重点提倡内后外三面的Cincinnati切口，便于松解外侧的跟腓韧带，以求更好矫正。

2. 伊氏外固定器治疗小儿马蹄内翻足　　对顽固性马蹄内翻足还可用伊氏外固定器（Ilizarov frame）结合不同的足部手术，逐渐矫正足畸形，疗效满意（图9-18-1）。

在安装伊氏外固定器前，不一定行做跟腱延长，随着日后螺距的调整而矫正。伊氏

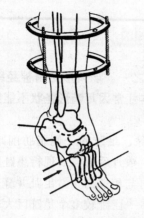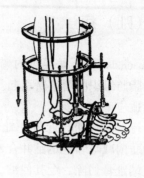

图 9-18-1

外固定器及伊氏张力-应力下组织再生理论在临床实践应用以来，已在世界矫形外科界得到广泛赞许。近 10 年国外屡有采用伊氏外固定器治疗足畸形的报道，在国内北京儿童医院于 1995 年有成功经验的报告。此法的特点：①通过对伊氏外固定器的调整，能够三维地延长（后推、前拉）、压缩、扭转各部件间距，从而矫正足内收、内翻、下垂等畸形。有时需辅以截骨术以完成矫形。②缓慢而持续的矫形作用不但不影响患足生长，对原足发育小的，还可有延长足的效应。③操作简便、安全，随时观察，根据需要及时调整外固定器。④对组织损伤小，术后并发症少。⑤治疗期间，可每天下地负重作功能锻炼。⑥此方法更适合用于大年龄患儿，对其他手术方法失败的患儿，可作为一项补救方法。

第十九节　手部先天性畸形

一、多指（趾）

多趾和多指畸形（polydactyly）同样具有家族性，发生率约为每 1 000 个新生儿中有 0.08。多趾畸形的治疗只能行切除术，其目的是提供一个满意的外形，能穿正常鞋。一般情况下是切除最外面的多指（图 9-19-1），若多趾合并双距骨者应一并切除。若多趾呈分叉共寄生于一趾骨基底，手术时应保留趾骨基底，因为可以使附着的韧带不被破坏，以免出现邻趾进行性畸形。总之，要外形好，注意患侧手能发挥拇指与各指的捏拿动作和功能，指间关节稳定、有力；因此，切除赘生指后要注意有功能的伸、屈健的转移、固定和关节囊的修复。能维持双足相同的正常宽窄，也不导致继发性畸形。

二、巨指（趾）症

巨指（趾）（macrodactyle）是罕见的畸形之一。该畸形是由神经纤维瘤病或者是由先天性淋巴组织和脂肪组织的增殖所引起。本症常因足畸形怪状不能穿鞋或影响负重而就诊，这也是手术适应证。

手术分两期进行。第一期行近节趾骨切除，足趾的一侧脂肪削减与邻近节趾骨切除，足趾的一侧脂肪削减与邻近足趾并合术，数月后行二期现行患趾脂肪削减及并趾术（图 9-19-2）。近端趾骨切除，令其回缩，再与相邻的正常足趾并缝较易成功。但脂肪削减有时易并发软组织坏死、感染。另外，单一巨趾较多个足趾巨大较易治疗。

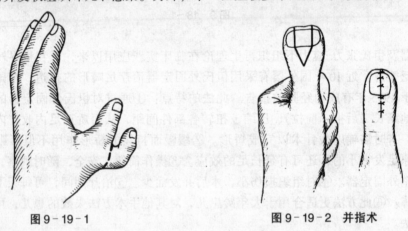

图 9-19-1   图 9-19-2 并指术

第二十节　脊髓纵裂和脊髓栓系（约束）综合征

脊柱神经管闭合不全系脊柱和神经轴发育畸形所致的一大类疾病，包括脊髓纵裂、双脊髓、皮样窦道、皮样囊肿或表皮样囊肿、神经肠囊肿、骶骨缺如、异常背部纤维索条（anomalous sorsal fibrous band）、终丝约束、神经根异常、硬膜内血管瘤或脂肪瘤和阿-奇综合征等。脊髓脊膜膨出也可列为严重的神经管闭合不全。本节内容的重点为脊髓纵裂。Von Reckinghaus 认为本畸形系因神经管和神经芽未能闭合所致。Bremer 称脊髓纵裂和神经肠囊肿系 神经管的部分闭合或停滞的缘故。Bently 和 Smith 观察到若神经肠管持续存在，则有 3 个胚层的组织残留，随生长远离其原来部位，因此发生畸形范围广泛，包括肠、椎体、颅骨、囊肿性病变和脊髓纵裂。Morgagni 研究脊柱神经管闭合不全源于已闭合的神经管再次穿通或裂开。Padget 支持再穿破理论，提出脊髓纵裂是继发于背侧和腹侧裂自中线分割神经板，因此将两半部分别闭合。间叶组织填充两者之间形成骨嵴和中胚层的异常。

首都医科大学附属北京儿童医院治疗的 55 例脊髓纵裂病儿，其中 75%并发先天性脊柱侧弯。而该组病例中无脊柱侧弯的也有椎体畸形、分叉状棘突或隐性椎板裂，1 例脊髓纵裂在其骨嵴以上 3 个椎体高度同时有椎管内皮样囊肿。Keim 等复习文献中 112 例脊髓纵裂，其中只有 2 例无脊柱的骨畸形（图 9-20-1）。

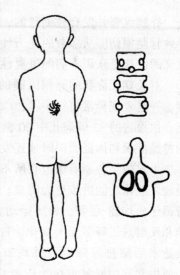

图 9-20-1　脊髓纵裂特点（毛发丛生，椎弓根增宽，下肢发育异常和椎管内骨嵴）

脊髓可因神经管闭合不全受约束。具体原因可能是脊髓纵裂、脂肪瘤、终丝紧张或异常纤维索条。脊髓约束可能是限制了脊髓的活动性。神经管闭合不全的症状过去认为是由于病变使脊髓圆锥在生成过程中无法上移到腰 1~2 的正常水平。Benson 研究结果证实脊髓圆锥在生后 2 个月时即已完成其上移位置。若生长牵拉的理论正确，一切症状应在婴儿时期就表现出来，但是从文献中很难查到本病的体征在如此早期出现，复习 112 例脊髓纵裂，47%的病儿是在 6~10 岁期间因出现症状而诊断的。

脊髓受约束出现症状是由于脊髓正常活动性受到限制，原因有终丝紧张、异常条索或脊髓纵裂等。躯干前屈时对脊髓有一定程度的牵拉，这对已受约束的脊髓来说就增加了牵拉张力，于是脊髓局部经受反复性的牵拉和放松。Yamada 等人研究了人类和实验动物的脊髓受约束时氧化代谢功能，他们的结论是脊髓约束使细胞线粒体氧代谢因牵拉而受损。这种结果是否因局部缺血尚不能得出定论，但这足以解释症状出现较晚的原因。Yamada 还证实去除约束因素后，病儿脊髓局部的氧化代谢有所改善，同时病儿年龄越小手术后的症状进步越明显，这与损害神经细胞和轴突所致的结构性功能失常不能恢复的理论一致。

X 光片可见椎弓根间距增宽而无椎弓根变形是最多见的椎弓异常，作者所见的 55 例脊髓纵裂病儿 X 光照片均有此表现。椎弓根间距增宽部位就是骨嵴的水平，此 X 光表现对脊髓纵裂有诊断意义。因 James 和 Lassman 报告 51 例椎管内脂肪瘤中 42 例有椎弓根间距增宽而无脊髓纵裂。椎弓根受压变形或融蚀最常见于局部良性或恶性肿瘤，可见于大的皮样囊肿和脂肪瘤。临床经验，平片中可见纵裂骨嵴的约占半数（55%），而大多数的病儿（81%）均有椎板和棘突变形，如局部椎板增厚、椎板融合、棘突分叉等。同时，这种附件变形均与纵裂的骨嵴水平一致，这一点为手术后方入路、椎板切除和摘除骨嵴有引路的作用。

用 X 光片不能作出诊断时需行脊髓造影。对软骨或纤维性间隔，而不是骨嵴的病例更需脊髓造影才能作出诊断。同时若存在终丝紧张或其他多发病变时可作出诊断。

CT 检查所见更为细致，发现骨性间隔不一定在椎管的中线，也就是说脊髓纵裂的左、右两部分可以是对称的，也可能并不对称。临床发现这种纵裂的影像虽有不同，但与神经症状无明显关系。肢体异常的一侧可能是分裂脊髓的粗侧，也可能是细侧。另外，对术前了解骨嵴的厚度和是否前后相连有益。

脊髓纵裂并发脊柱侧弯的，在矫正侧弯手术前一定要先切除骨嵴，否则矫正手术会导致脊髓损伤。从多数的先天性脊柱侧弯病儿中找出少数并发脊髓纵裂的病例是有实际意义的，这是认识本病的重要性所在。

对长期无症状的脊髓纵裂的治疗方针有 2 种意见，一种是无需手术，只应认真观察，一旦发现异常再行手术；Guthkelh 则建议及早手术切除骨嵴，对无症状的病儿也如此。他报告的 37 例病儿中 20 例采取了预防性手术，其他未手术的 17 例均发现有了新的神经症状和体征。同时他还发现腰部的骨嵴较之胸部纵裂更容易出现问题。

手术效果各家看法也有所不同。Hendrick 一组术后症状均有很大改善，大、小便障碍较之肢体功能进步更为明显。Guthkelh 报告术后病儿的括约肌功能异常，肌肉痉挛和背部疼痛均能 缓解，相反运动力弱、感觉迟钝和反射减退等多无大变化。Fukui 等人的体会是术后除排尿障碍以外均有好转，而大、小便失常问题恢复迟缓。作者总结的一组 55 例，发现术后 1 年病儿的大小便困难、下肢肌力减弱等都有明显进步，只是一侧小腿细或足部发育落后等局部生长问题在术后 2～3 年仍然存在，恢复迟缓。

气管内吸入麻醉，俯卧于 Relton 支架上采头低位。椎板切除要做好高度定位，骨嵴切除避免损伤硬膜和蛛网膜，以防止脑脊液漏，骨嵴切除后是否需要并缝硬膜意见尚不一致（图 9 - 20 - 2）。

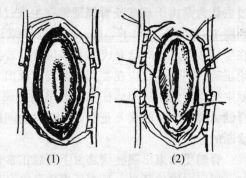

(1)　　　　　　　　(2)

图 9 - 20 - 2　脊髓纵裂手术

椎板切除后显露骨嵴，深嵌于分裂的脊髓中间。骨嵴切除后分裂的脊髓段靠拢。

（潘少川）

416

主要参考文献

1　刘学易．儿科急症诊断治疗学．北京：中国医药科技出版社，1999．94～109

2　廖清奎．临床儿科学．天津：天津科学技术出版社，2000．32～36

3　陈敏章，蒋朱明．临床水与电解质平衡．北京：北京人民出版社，2000．269～275

4　蔡威，佘亚雄，孙云，等．小儿专用氨基酸配方在新生儿全肠道外营养的应用．临床儿科杂志，1989，7：356～357

5　蔡威，汤庆娅，李民，等．全营养混合液中各营养成分的 pH、渗透压对脂肪乳剂稳定性的影响．中华实验外科杂志，1995，12：66～67

6　蔡威，佘亚雄．小儿肠道外营养有关的胆汁郁积和肝脏病变．临床儿科杂志，1990，8：197～199

7　佘亚雄，应大明．小儿肿瘤学．上海：上海科技出版社，1997．340

8　单鸿．临床介入诊疗学．广州：广东科技出版社，1997．48～50

9　李民驹．小儿巨大肾母细胞瘤的术前栓塞化疗．实用放射学杂志，1997，12（3）：120

10　刘钧澄，李桂生，庄文权，等．介入治疗在小儿腹部恶性实体瘤的应用．中华小儿外科杂志，1999，20（5）：283～285

11　王建华，王小林，颜志平．腹部介入放射学．上海：上海医科大学出版社，1998．130

12　夏五一，夏穗生．脾栓塞及其在外科中应用．国外医学外科分册，1987，1：23

13　盛朴义，廖威明，陈伟，等．骨肿瘤段截除术前应用化疗栓塞的选择与作用．癌症，1999，18（3）：314

14　Hurford WE，Bailin MT，Davison JK．美国麻省总医院临床麻醉手册．第5版．沈阳：辽宁科学技术出版社，1999．7：381～398

15　张秉钧．小儿麻醉进展．中华麻醉学杂志，1998，4（4）：254～256

16　管忠震．癌的化学治疗．见：张天泽，徐光炜主编．肿瘤学．天津：天津科学技术出版社，1996．715～716

17　姜文奇，管忠震，林桐榆，等．肿瘤内科治疗及抗癌新药的临床研究．见：曾益新主编．肿瘤学．北京：人民卫生出版社，1999．317～318

18　潘启超．抗肿瘤药物的研究进展．癌症，1998，17（3）：228～232

19　张覃沐．抗肿瘤药物的药理与临床应用．郑州：河南医科大学出版杜，1999．91～301

20　何友兼．恶性肿瘤的化学治疗．见：万德森主编．临床肿瘤学．北京：科学出版杜，1999．74～79

21　张金哲，李家驹，祝秀丹，等．儿童实体瘤．见：张天泽，徐光炜主编．肿瘤学．天津：天津科学技术出版社，1996.2273～2276

22　王海燕，李运曼，刘国卿．紫杉醇抗癌机制研究进展．药学进展，1999，（23）4：209～213

23　金百祥．当前儿童肿瘤的综合治疗原则．中华小儿外科杂志，1995，（16）5：295

24　和虹．肿瘤溶解综合征-易被忽视症候群．国外医学肿瘤学分册，1999，（26）：165～167

25　张品良，梅慧．顺铂肾毒性预防的研究进展．国外医学肿瘤学分册，1998，（25）：98～100

26　金先庆．儿童恶性肿瘤化疗药物的副作用．中华小儿外科杂志，1995，（16）5：297～298

27　管忠震．G‐CSF 和 GM‐CSF 临床使用指导原则．癌症，1995，（13）3：233

28　徐兵河，周际昌，周爱萍．蒽丹西酮预防顺铂所致呕吐的Ⅲ期临床研究．中华肿瘤杂志，1997，（19）358～361

29　李振. 恶性肿瘤的化学治疗与免疫治疗. 北京：人民卫生出版社，1990. 110

30　佘亚雄，应大明. 小儿肿瘤学. 上海：上海科学技术出版社，1997. 38～39

31　张广，阎杰，赵强，等. 儿童甲状腺癌. 中华小儿外科杂志，1998，19：36～38

32　王峰，庞玉梅，夏洪才，等. 儿童甲状腺乳头状癌的外科治疗. 中华普通外科杂志，2001，16：108～109

33　陈雨历. 小儿甲状腺手术指征与方法选择. 中华小儿外科杂志，1996，17：177

34　江启俊，马玉琳，周建华. 小儿肾胚瘤的外科治疗. 小儿外科杂志，1990，11（3）：172

45　江启俊. 小儿腹部肿瘤. 见：王果，李振东主编. 小儿腹部手术并发症的预防及处理. 北京：科学技术文献出版社，1994. 329～337

36　毛福祥，江启俊. 双侧 Wilms 瘤的外科治疗. 中华小儿外科杂志，1999，20（1）：55

37　谢家伦，赖炳耀，刘文旭，等. 小儿原发性睾丸肿瘤. 中华小儿外科杂志，1991，12（1）：29～30

38　阮双岁，陆毅群，葛琳娟，等. 治疗小儿睾丸卵黄囊瘤 25 年的临床回顾. 中华小儿外科杂志，2000，21（6）：336～338

39　胡承冈，金百祥. 腹膜后淋巴结清扫术在小儿睾丸卵黄囊瘤的应用评价. 中华小儿外科杂志，1993，14（4）：213～214

40　刘国昌，耿进林，王春华，等. 小儿睾丸卵黄囊瘤治疗体会. 中华小儿外科杂志，1997，18（1）：39～40

41　徐卯升，刘国华，叶惟靖，等. 小儿卵巢肿瘤及囊肿. 临床肿瘤学杂志，2000，5（2）：101～102

42　张蓉，洪婉君，刘丽影，等. 卵巢恶性生殖细胞瘤患者保留生育功能 65 例临床分析. 中华妇产科杂志，1999，34（8）：502～503

43　春梅. 幼少女卵巢肿瘤 67 例临床研究. 临床肿瘤学杂志，2000，5（2）：118～120

44　陈春光，等. 小儿皮质癌（附 7 例报告）. 中华小儿外科杂志，1995，12（6）：328

45　刘文旭，郑克立，谢家伦. 儿童嗜铬细胞瘤 6 例. 中华小儿外科杂志，2000，21（4）：232～234

46　戴宇平，郑克立，董焱鑫. 嗜铬细胞瘤的手术治疗（附 120 例报告）. 中华泌尿外科杂志，1997，18（5）：262～264

47　张旭，叶章群，陈忠，等. 腹腔镜肾上腺切除 23 例报告. 临床泌尿外科杂志，2000，15（12）：541～542

48　金百祥. 甲状腺舌管囊肿与瘘. 见：金百祥主编. 临床小儿外科学. 银川：宁夏人民出版社，1991. 177

49　金百祥. 鳃源性囊肿与瘘. 见：金百祥主编. 临床小儿外科学. 银川：宁夏人民出版社，1991. 178

50　高宏，王海强. 肌性斜颈病因及病理的历史与现状. 中国矫形外科杂志，2000，7（7）：690～692

51　王文强，刘子欣，郭红章，等. 先天性斜颈的早期药物注射治疗. 实用儿科临床杂志，2000，15（4）：248

52　吴国利，李莉，张焕峰，等. 小针刀并手法治疗小儿肌性斜颈. 现代康复，2000，4（8）：1260

53　李荃林. 氦氖激光并按摩治疗婴儿胸锁乳突肌血肿伴斜颈 10 例. 中华理疗杂志，2000，23（5）：310～311

54　王练英，等. 正常胎儿、新生儿及婴儿食管下端肌层解剖学观察. 中华小儿外科杂志，1990，3（11）：129

55　施诚仁. 小儿食管 pH 24h 监测（综述）. 中华小儿外科杂志，1988，9（5）：299

56　施诚仁，等. 小儿食管外科术后功能评价. 中华小儿外科杂志，1990，12：83

57 顾恺时. 胸心外科手术学. 2nd ed. 北京：人民卫生出版社，1993

58 Willian CH. Ralph BD, Richard AH, et al. Amino acid mixture designed to maintain normal plasma amino acid patterns in infants and children requiring parenteral nutrition. Pediatrics, 1987, 80: 401~408

59 Michael G. Livien, Karen A. Bringelsen, et al. Postoperative Chemotherapy in the National Wilm's Tumor Studies. Seminars in Urologic Oncology, Volume 17, Number1 (February), 1999: 40~45

60 Greenberg, C. Burnweit, R. Filler, et al. Preoperative chemotherapyfor children with Wilms' tumor. J Pediatric Surg. 1991, 26: 949

61 Wagget J Koop CE. Wilms' tumor: Preoperative radio therapy and chemotherapy in the management of massive tumors. Cancer, 1970, 26: 38~40

62 Takaharu Oue, Masahiro Fukuzawa, Takeshi Kusafuka, et al. Transcatheter Arterial Chemoembolization in the Treatment of Hepatoblastoma. J Pediatr Surg, 1998, Vol33: 1771

63 Israel DM, Hassall E, Gulharm J, et al. Partial splenic embolization in children with hypersplenism. J Pediatr, 1994, 124: 95

64 Devita VT Jr, Hellman S, Rosenberg SA. Cancer: Principles and Practice of Oncology. 5th edition. Philadelphia. JB Lippincott, 1997. 334

65 Hrynick W. Average relative dose Intensity and the impact on design of clinical trials Semin. Oncol, 1987, 14: 65

66 Pizzo PA, Toplack DJ. Principle of Pediatric Oncology. 3rd ed. New York: Lippincott - Roven Press, 1997. 733~760

67 Minow RA, et al. Adriamycin cardiomyopathy - risk factors. Cancer, 1977, 37: 1397

68 Voute PA, Berg HV, Behrendt H, et al. Ifosfamide in the treatment of pediatric malignancies. Semin Oncol, 1996, 23 (suppl) 7: 1939~1945

69 David T. Head and neck sinuses and masses. In: Ashcraft KW. Holder TM (Eds.): Pediatric Surgery. Philadelphia: Saundrs, 1993. 927~931

70 Welch K, et al. Pediatric Surgery. Chicago: Year Book Medical Publishers, 1986. 543~549

71 LT Thmomas L, Bosshardt. Congenital internal jugular venous aneurgym: Diagnosis and Treatment. Military Medicine, 1996, 161, 4: 246

72 Bowdler, D. A. Singh, S. D Internal jugular phlebectasia. International journal of pediatric Otorhiolaryngology, 1986, 12: 165~171

73 Hollwarth ME, et al. Esophageal manometry. Pediatr Surg Int. 1986, 1: 177

74 Boix - Ochoa J. Physiological management of GER in children. J Pediatr Surg, 1986, 21: 1032

75 Hassall E, et al. Barrett's esophagus in children. Gastroenterology, 1985, 89: 1331

76 Koch AW. Extended PH - monitoring in the evaluation of gastroesophahageal reflux in infancy and childhood. Pedi Surg Int, 1986, 1: 161

77 Sondheimer JM. Gastroesophageal reflux. Pediatr Clin North AN, 1986, 35: 112

78 Yvan Vandenplas. Reflux Esophagitis in infants and children: A Report from the working Group on Gastro - Oesophageal Reflux Disease of the European society of pediatric Gastroenterology and Nutrition, J Pediatr Gastroenterology and Nutrition. 1994, 18: 413

79 Allan L. coates, Janet stocks. Esophageal pressure Manometry in Human infants. Pediatric Pulmonology, 1991, 11: 350

80 Zec Dc Van der, et al. Surgical treatment of reflux esophagitis: Nissen Versus thal procedure. Pediatr Surg Int. 1994, 9: 334

81 Smith CD, et al. Nissen fundoplication in children with profound neurologic disability. Ann Surg 1992, 215: 654

82 James A, O'Neill, Jr, et al. Congenital chest wall Deformities in "Pediatric Surgery". 5th ed. ST. Louis: Mosby - Year Book, Inc. 1998